国家社科基金
GUOJIA SHEKE JIJIN HOUQI ZIZHU XIANGMU
后期资助项目

文心见园：
唐宋园林散文研究

The Literati Thought Reflected in the Landscape:
Research on Landscape Prose in Tang and Song
Dynasties

李小奇　著

九州出版社 | 全国百佳图书出版单位
JIUZHOUPRESS

图书在版编目（CIP）数据

文心见园：唐宋园林散文研究 / 李小奇著. －－ 北京 ：九州出版社，2022.5
ISBN 978-7-5225-0825-2

Ⅰ．①文… Ⅱ．①李… Ⅲ. ①古典散文－古典文学研究－中国－唐代②古典散文－古典文学研究－中国－宋代 Ⅳ．①I207.62

中国版本图书馆CIP数据核字(2022)第028518号

文心见园：唐宋园林散文研究

作 者	李小奇 著	
责任编辑	郑闯琦	
出版发行	九州出版社	
地 址	北京市西城区阜外大街甲 35 号 (100037)	
发行电话	(010)68992190/3/5/6	
网 址	www.jiuzhoupress.com	
印 刷	三河市国新印装有限公司	
开 本	787 毫米 ×1092 毫米 16 开	
印 张	23.75	
字 数	400 千字	
版 次	2022 年 6 月第 1 版	
印 次	2022 年 6 月第 1 次印刷	
书 号	ISBN 978-7-5225-0825-2	
定 价	85.00 元	

国家社科基金后期资助项目
出版说明

后期资助项目是国家社科基金设立的一类重要项目，旨在鼓励广大社科研究者潜心治学，支持基础研究多出优秀成果。它是经过严格评审，从接近完成的科研成果中遴选立项的。为扩大后期资助项目的影响，更好地推动学术发展，促进成果转化，全国哲学社会科学工作办公室按照"统一设计、统一标识、统一版式、形成系列"的总体要求，组织出版国家社科基金后期资助项目成果。

全国哲学社会科学工作办公室

序　一

小奇的新著即将付梓，嘱我撰序。我拖了一段时间，一直拖到出版社所能容忍的最后期限。

本书是在她博士论文的基础上修订定稿的。该论文从酝酿选题、开题、中期考核、预答辩到正式答辩的每个环节我都知晓，对论题及所写内容也不能说不熟悉。但是，我总想把我对园林文化的一些最新思考告诉她，也希望本书的出版不仅是她对过往求学经历的总结，而且也能够成为她步入学术共同体的入场券。无奈目前我的想法也很零散，甚至闪烁不定，故序文无论完成迟早，都可能是一种未定状态。

据我的理解，一般流行的研究生选题，大体分为以下三类：其一，导师的研究范围及研究课题；其二，研究生本人的兴趣及擅长；其三，师生共同感觉的一些值得研究的重要问题。本文的选题应该属于其一和其三，既是我的研究范围，也是我们感觉的一个重要的学术问题。我虽然在中古园林文化研究领域起步较早，但进展很慢，成果较少，乏善可陈。不过，我很早就带学生进入此领域，截至目前，已经有十多位硕博士研究生及博士后以古代园林文化和文学作为学位论文和工作报告的选题。

当前的古代园林文化研究有点像我们方兴未艾的城乡接合部的开发，点的突破不少，但缺乏总体规划，热点话题难免重复、雷同，一些基础理论问题，却多被视为畏区，不愿意接近。这种状况在其他学科中也有，但在园林文化领域更为突出。原因很多，其中最为明显的则是，进入此领域的研究者，有建筑理论和历史专业的，有园林园艺专业的，有设计专业的，有艺术理论和艺术史专业的，也有文学史和断代文学专业的，还有历史学和文献学专业的，可谓理工农文史艺，都从自己的专业出发，奔向这块学术热土来淘金。对多个学科交叉地带或边缘地带的关注是一件好事，不同学科的学人集中攻关，把脉会诊一种病灶，也有利于解决问题。但是，仅从自己的学科看问题，"不识庐山真面目"也就不奇怪了，出现雷同撞车以及低水平重复也就在所难免了。我和小奇的专业背景都是古代文学，是从文学史和断代文学的视角切入，故有我们的优长，也有我们认知的盲点。小奇的清醒处就在于，她始终将此课题放置在一个文学背景的学人所能掌控的范围内，而这又是相当部分文学史同行所忽略的问题。这就使本选题及其讨论的内容新意盎然，具体体现在如下几个方面：

首先，拓展了唐宋散文的研究视野。本书作者抓住园林建构和园林活动催生园林文学作品这一重要学术问题，从唐宋园林散文角度切入，观照唐宋文人园林审美、园林传世意识在文学创作中的反映，揭示园林卜筑和花木栽植、游宴、读书、抚琴等园居生活对文人创作的影响，探究园林发展与文人、文学、社会之间的关系，展现出园林与散文两股清流交汇而激起的异彩纷呈的艺术浪花，呈现唐宋园林散文创作的文化景观，大大拓展了古代文学研究的视野和领域，为文学开拓了阐释的新空间。

其次，通过文献整理，辑录园林史料。作者从唐宋文中筛检出园林散文共九百多篇，并以表格呈现，厘清了唐宋园林散文的文献底数。这些整理出的大量园林文学文献可为造园理论、园林艺术的深入研究提供可靠的第一手资料，体现出唐宋时期造园艺术在叠山、理水、花木种植、建筑、铺地、园林小品设置等方面的极高成就，有利于澄清以往园林史家的某些陈陈相因的观点，具有重要的园林文献价值。该书将文学作品与史书、笔记中的资料相结合，运用数据分析，将整个唐宋时期的皇家园林、私家园林、公共园林、寺观园林、官署园林的数量、地理分布、建造情况、园主信息等具体而清晰地呈现出来，全面勾勒出唐宋时期园林发展的状貌。当下园林文化研究的现状是重明清时期而轻唐宋时期，主要是因为唐宋时期资料有限，本书蒐集整理的文献资料在一定程度上弥补了这方面的不足，拓展了园林文化与文学研究的空间。

再次，标举园林散文，凸显文体意义。该书将园林散文的发展演变置于整个园林和散文发展的历史长河中，考察园林散文随着园林而复线发展的过程，梳理总结出随着记体文的发展，园林散文从多元文体选择到以记体为主流的发展规律，从文体学的角度研究"园记"在中唐创体、宋代立体的文体嬗变过程，强调园林散文的园林特性，提出了园林游记和山水游记同为游记中的次文类，不可混同的观点。作者所进行的文体研究，既有宏阔的视野，亦有见微知著的微观论证。

最后，展示个人体验，发挥阐释效应。文学史归根到底是生活史、心灵史，作者将园林散文的研究回归到唐宋时期的园林生活空间和心灵空间，对园林建造之不易、建园者的人生际遇、园林景观的阴晴晦明之姿态、园居空间中人情世故之冷暖等都有着独特的心灵体验，对生活和生命的体认细腻而深刻。阅读这本书就是跟随作者一起参访唐宋时期的一座座园林，回望那个遥远历史时空中的生活瞬间，倾听园林主人的真实心声。正因为此，本书规避了学术著作的枯燥和乏味，理性分析和感性体悟有机缩合，个性化的语言表达优美流畅，典雅凝练，相得益彰。

本书虽然在园林文化和文学研究方面做了很大的努力，特别是对唐宋散文研究有很大的拓展，但是，也还有一些值得进一步深耕细作之处，除了我在本序开头所说的一些问题外，还比如文化理论和艺术理论问题，以及园林学特别是海外有关环境学、生态学、比较文化学的新知。若能将不同学科对同一问题的关注从学理上打通，进行关联性研究或比较研究，或可有更多的新发现。

我在本文开头已说及，希望小奇以此为开端，将园林文化和文学作为毕生的事业。她在毕业后以此课题为基础，申报并获批国家社科基金立项，另外还在一个园林文献的重大项目中负责一个子课题，已经发表了多篇论文，在园林文化研究中迈出了自己坚实的一步。希望她在参加重大课题过程中，随时向课题组中王毅、曹林娣、曹淑娟等知名专家请益问学。也希望她利用学术考察的机缘，行万里路，读万座园，知己泉石，友于山林，不仅提升人生境界，也能悟出学术作为一种志业的终极意义。我作为老师，在欣慰和喜悦之余，希望她百尺竿头，更进一步，在园林文化和文学领域取得更辉煌的成绩。

李　浩

2022 年 8 月 10 日

序　二

当小奇把她沉甸甸的书稿递到我面前叮嘱我写序时，我一点也不惊异，因为我知道勤奋刻苦的她，肯定会有这样的作品出世的。小奇是我多年前的研究生，毕业后工作了几年，又考上了西北大学的博士研究生。因为西北大学与我校相邻，两校交往很密切，小奇的博士论文从选题到答辩的过程我都忝列指导教师，对她的学习和成长一直十分关注，也十分高兴。所以，她嘱我写序，我也就欣然应命了。

虽说拿到书稿时不惊异，但读完稿子后我还是颇有些意外，因为书稿有很多可圈可点之处。园林文学是一项集园林建造、园林审美、文人趣尚、时代文化等多种因素于一体的文学样式，尤其在唐宋这一文化转型时期，园林文学也呈现出鲜明的思想、文化、美学方面的变化特征。研究这一时期的园林散文，可以从这一特殊的文学样式出发，深入探讨园林散文在这两个时代的差异，揭示唐代和宋代在文化转型期的不同承载。园林作为一种趋于自然而又优于普通住所的建筑，它所满足的并不是简单的生存之需，而是寄托着园主或公众更多的情趣和追求，皇家园林和私家园林都是如此。然而从文体的生成和发展来看，以园林为主要对象的"记""序"等文章却要晚于园林构建。如"记"，明吴讷《文章辨体序说》中说："窃尝考之：记之名，始于《戴记》《学记》等篇。记之文，文选弗载。后之作者，固以韩退之《画记》、柳子厚游山诸记为体之正。"徐师曾在《文体明辨序说》更确切地说："知汉魏以前作者尚少；其盛自唐始也。其文以叙事为主，后人不知其体，顾以议论杂之。"其辨文体之流变，正道出了以记园为主的园林散文的生成过程，强调了唐宋两个时代在园林散文发展史上的地位。所以，小奇这部研究唐宋园林散文的著作，切中了中国古代园林构建与园林散文创作的关键点，学术感觉极为敏锐。

这部书研究的范围较大，跨越唐宋两代，尽管学术界已有不少相关成果，但系统全面地研究唐宋两代的园林散文，仍是一件困难的事。好在小奇知难而进，较好地完成书稿的写作。

首先，从材料上来说，唐宋两代的园林散文比较分散，大部分材料散见于作家别集或笔记之中，要全面掌握、一网打尽殊非易事。小奇在研究中下足了功夫，收入附录中的"唐代园林散文统计表"和"宋代园林散文统计表"就非常出色。表格以"作者""篇目""园林所在地""园主""园林类型""文献出处"等类目，对唐宋两代园林散文进行统计，颇具匠心，在方便检索的同时，又直观地揭示了园林的分布地域及作者所体现的时代，从时间和空间的维度锁定了研究范围。虽然这两个表格没有列入正文，但可以想象，作者为这两个表格所下的功夫。有了这个基础，就有了良好的开端。从书稿中可以看到，诸类散文的材料十分翔实，取舍自如，得心应手。有时可数例详论，有时又可以概要提写，材料充实，不作空谈。

其次，唐宋两代的政治文化有较大区别，按学术界唐型文化和宋型文化的概念来说，唐代和宋代是两种不同类型的文化，这种文化区别也应该体现在园林建造和园林散文创作方面，从这个意义上来说，唐宋园林散文的研究其实还是一种文化研究。小奇的这部专著就是建立在这一理论思维上的。专著在处理唐宋园林散文的文化特质方面，采用了合分兼举的方法，有时着重谈其共性，有时又谈其个性和变化，比较注意学术分寸。如在"唐宋园林卜筑与园林散文创作"一章，从六个方面总结了唐宋园林建造的美学思想，即："清浊辨质，美恶异位""筑亭胜境，空廊万象""因天之资，参地所宜""删拨伐蔽，辟牖清旷""胜景待人，尽之于今""景随心运，备仪不俗"。这六个方面比较符合中国古代园林建造的一般规律，或者说，这是唐宋时期园林建造的共性元素，总结得比较到位。"唐宋园林散文的文化阐释"一章，从隐逸观念、园林的政治意蕴、园林经济生活、草木书写、园林兴废的省思等方面展开，在论述过程中，对这种文化现象在唐代和宋代的不同表现着墨也不尽相同。如研究园林草木书写方面，关于宋代的谈得多一些。这可能是因为唐代的材料较少，另一方面也是由于宋代的文化特质更加鲜明。在谈隐逸观念的演变时，既兼顾唐宋，又对"农隐"观在宋代的发展进行了重点论述，颇有新见。

最后，这部著作还比较注重文学本体研究，除从文体学、文人活动方面进行考察之外，"唐宋园林散文书写嬗变"一章从发展变化的角度，对唐宋园林散文的创作特征进行探讨，见解较新。这其实是透过园林散文这个窗口，认知唐宋两代文学发展变化的特质，是对唐型文化和宋型文化的文化阐释。"园林景观题名由实入虚""园林景观描写由简至繁""园居生活记述由雅入俗"，简洁明了地道出了唐宋两代园林散文艺术的变化。在具体论述中，作者参照了唐宋文人的生活与思想，让每种变化都与具体的作家作品对应起来，学术性强，可读性也很强。

中国的园林建筑在宋代以后还有更大的发展，同时，园林散文在宋代以后也更加精致和发达。从这个意义上来说，小奇的唐宋园林散文研究仅完成了园林艺术研究的上半部分，下半部分还有更多的领域等待开掘。我希望且相信，这部著作是小奇学术研究的新起点，她会站在此学术高地，放眼更广阔的园林世界，把自己的学术事业推向新境界，取得更丰硕的成果。

是为序。

傅绍良

2022 年 7 月 5 日

目　录

引　言

中国古典园林艺术和文学艺术一直有着密切的关系。园林的发展为文学提供了新的书写题材，而文学又为园林披上文华绮秀之美，为物质艺术空间填充文化景观，园以文传，并通过文字的记载将有限的园林生命无限延展。

园林与文学的紧密关系尽管由来已久，早已客观存在，但是学界对园林文学文献的整理和对园林文学的研究却相对较晚。二十世纪初是园林文学研究的发生期。陈诒绂所撰由翰文书店 1933 年出版的《金陵园墅志》，是较早整理园林文学文献的著作。吴世昌 1934 年于《学文》月刊第 2 期发表《魏晋风流与私家园林》一文，例举文史资料，探讨园林与文人、文学的关系，揭示魏晋士人雅好山水自然的意识是私家园林兴起的直接原因，而他们的思想和性格又是私家园林富有文化色彩、清雅格调的内在原因，从而拉开园林文学、园林文化研究的序幕。二十世纪后期至今是园林文学研究的发展期。国内在李浩教授的引领下，园林与文学研究自二十世纪八九十年代日渐升温，在二十一世纪初呈现快速发展的势头，逐渐迎来了新的发展期。这个时期涌现出了富有创获的学术成果，其中包括一些硕博论文。其研究范围更加宽泛，涉及园林文献整理与稽考方面的研究、园林建筑景素与文学的研究、园林的空间地域性与文学研究、不同文体的园林文学研究、具体作家的园林文学创作的个案研究等诸多方面。其中，园林文学文献整理与稽考方面的研究成果主要有：陈植与张公驰先生的《中国历代名园记选注》、陈从周先生的《园综》、顾一平先生的《扬州名园记》、衣学领先生的《苏州园林历代文钞》，收录了部分园林文学文献。李浩师的两部著作《唐代园林别业考论》《唐代园林别业考录》，较为全面地收集整理了唐代园林文学文献资料并进行考订。园林建筑景素与文学的研究成果有：张玲的《唐亭的文化透视》、王书艳的《唐代园林诗中的"窗"》、岳立松的《清代园林集景的文化书写》等。园林的空间地域性与文学研究成果有：姚旭峰的《明清江南园林演剧研究》、陈冠良的《唐代洛阳园林与文学》、马玉的《唐代长安园林与唐诗》、魏丹的《唐代江南地区园林与文学》等。不同文体的园林文学研究有：侯乃慧的《诗情与幽境——唐代文人的园林生活》、王书艳的《唐人构园与诗歌互动研究》、罗燕萍的《宋词与园林》、董雁的《明清戏曲与园林文化研究》，以及笔者的博士论文《唐宋园林散文研究》。具体作家的园林文学创作的个案研究有：曹淑娟的《流变中的书写——祁彪佳与寓山园林论述》、胡建升的《杨万里园林诗歌研究》、雷艳平的《苏轼园林文学研究》、何淑滨的《辛弃疾园林词研究》、杨晓丽的《二晏园林词研究》等。园林与文学的学科交叉研究已经为学界所认可，园林文学的学科理念也逐渐树立。

海外的园林文学研究也取得了丰硕的成果。文献考证方面，日本学者冈大路的著作《中国宫苑园林史考》侧重考察皇家园林，也兼及士大夫私家园林；田中淡等的《中国古代造园史料集成：增补〈哲匠录叠山篇〉秦汉—六朝》，涉及园林文学文献资料。美国学者杨晓山著《私人领域的变形——唐宋诗歌中的园林与玩好》，从私人领域的独特视角研究唐宋诗歌中的园林书写，呈现出唐宋文人的园林生活方式和面貌。

当下，园林文学研究又赶上了好时代，中共中央办公厅、国务院办公厅印发《关于实施中华优秀传统文化传承发展工程的意见》强调要保护传承文化遗产，要"规划建设一批国家文化公园，成为中华文化重要标识"；要"深入挖掘城市历史文化价值，提炼精选一批凸显文化特色的经典性元素和标志性符号，纳入城镇化建设、城市规划设计，合理应用于城市雕塑、广场园林等公共空间，避免千篇一律、千城一面"；要"挖掘整理传统建筑文化，鼓励建筑设计继承创新，推进城市修补、生态修复工作，延续城市文脉"；要"支持中华医药、中华烹饪、中华武术、中华典籍、中国文物、中国园林、中国节日等中华传统文化代表性项目走出去"。园林文学文献的整理和研究正是助力弘扬传承优秀传统文化的事业，在这样的时代、学术背景下，园林文学研究正走向更深更广的领域。

唐、宋两朝是中国古典园林发展的重要阶段，也是园林艺术走向成熟的历史时期。可惜的是由于历史久远，唐宋时期的园林实体鲜有遗存，幸而这一时期的文学作品为当时的园林保存了珍贵的资料，尤其是记园散文，因为其文字篇幅不受限制的优势，较之诗、词、曲等文学形式更能详尽地记述园林相关的丰富内容，呈现当时园林的审美艺术趣尚和水平。由于园林这种综合艺术折射出的是整个社会、文化、生活、心灵等诸多面向，园以文传，园林散文作为园林文化的载体必然蕴含着唐宋时期的文化富矿，含纳更多社会化的信息，同时也反映出园林主人的生活状态和内心世界。

鉴于此，园林散文研究的意义和价值则不言而喻。而检视园林文学的已有研究，还缺乏针对园林散文的专题研究，故而才有了本书的选题。

本书以唐宋园林散文为研究对象，研究的时间范围界定在唐、宋两朝。这里的唐、宋时期，不是以王朝的建立和消亡为界线，而是遵从了文学作品总集收录作品的传统惯例，将唐代末年五代十国分裂时期的作品纳入唐代文学总集中，将宋代金人统治下的大宋遗民的作品纳入宋代作品集中。本书将唐、宋两个历史时段放在一起研究，还考虑到园林发展的实际状况。初盛唐时期的园林特征一致，承袭魏晋南北朝园林造园艺术，是以模山范水的自然山水园为主。中唐时期是中国园林发展的转型期，园林在中唐时期趋向写意化，而宋代的园林艺术正是沿着中唐园林的艺术范式衍生并走向成熟，映现园林发展变化的园记散文也呈现出近乎一致的发展面向。由于研究对象的限定，不适宜将唐、宋两个时期截然分开，故将唐宋时期作为一个有机整体，进行整体把握。

本书研究唐宋时期的园林散文作品，"园林"是题材内容的限定。中国的园林从时间上可以区分为古典园林和现代园林，本书讨论的是古典园林。关于古典园林的概念历来表述不一，我国园林界关于"园林"的解释比较能得到认可的是周维权给出的定义："园林乃是为了补偿人们与大自然环境相对隔离而人为创设的'第二自然'"，是"在一定地段范围内，利用、改造天然山水地貌，或者人为地开辟山水地貌，结合植物栽培，建筑布置，辅以禽鸟养蓄，从而构成一个以追求视觉景观之美为主的赏心悦目、畅情舒怀的游憩、居住环境"。[①] 这个概念恰如其分地解释了中国古典园林构建的艺术特色和审美功能。由于园林相地不同，既有建在城市的完全属于人工营造的园林，又有建在山林、郊野，充分利用自然山水花木的优势经过人为艺术改造的园林。本书园林散文所涉及的园林包罗了建在城市、山林、郊野、村庄、江湖等不同地理区域内的园林，其人工艺术营建的比重会有不同，而判断是否为园林的标准统一，即园林是经过人工营建的，包含了山石、花木、泉池、建筑等组景、造景的主要元素，供人游赏、生活、休憩的场所。

中国古典园林的称谓丰富多元，不是以单一的"园""园林"来指称，而是有"林园""园亭""园池""别墅""别业""别庐""山庄""山斋""山第""林亭""林馆""溪亭""溪居""水阁""草堂"等，而以单字的"亭""台""楼""阁""斋""馆"来代称整座园林的则更多。据李

---

① 周维权：《中国古典园林史》，清华大学出版社，2008，第1、3页。

浩师在《唐代园林别业考论》一书中的统计，仅唐代就有四十多种园林称谓。^① 故园林散文的篇名就不仅仅局限于"××园记"，而是因园林称谓的不同而有多样的篇名。园林散文就是以园林为表现客体的散文作品，具有独特的园林属性。

"散文"是文体的限定。"散文"指的是古代散文的概念，尽管古代散文概念的内涵和外延问题一直是学界争议颇多的论题，但是还是存在一些共识之见，那就是古代散文是一个动态发展的过程，其内涵、外延在一定时期会有一些变化。在先秦时期，由于文史哲的浑融，散文的外延就宽一些，韵散相对，除诗歌外的文章都可以称之为散文；而唐宋古文运动有反对骈体文的明确目标，使得散文奇句单行、文从字顺的特性突出，此时散文有对立骈文的特指意，其外延有所收缩；明清时期散文则是与诗歌、小说、戏剧并列的文体，其外延又有所扩大。正因为此，如果将散文的概念范围定得过窄，反而不利于考察园林散文的产生、发展及演变的历史。故学界认同大散文概念者居多，如陈柱先生认为，钟鼎之文、先秦诸子、辞赋、骈文，包括碑传、序、对策、上疏等应用之文，均可列入古代散文的研究领域。^② 郭预衡先生的《中国散文史》一书也将诸子、史论、政论、赋、奏疏、书信、记、序等皆列入散文研究的范畴。^③ 此外，谭家健先生著《中国古代散文史稿》认为散文是除韵文之外的文章。^④ 陈飞先生主编的《中国古代散文研究》云："散文的涵义最为丰富。换言之，除了诗歌、戏剧、小说外，所有的文学作品都可以称之为散文。"他认为"学术界普遍的看法，认为凡是不押韵的文体都可以进入中国散文史家的研究视野，也就是说中国古代散文是与诗词、小说、戏剧并列的文体。因此除了一般的文章（包括文学散文）之外，散文还应包括历代的辞赋和骈文"。^⑤ 杨庆存先生的《宋代散文研究》对散文概念辨析时也"将中国古代除诗歌、戏剧、小说之外的一切可以独立成篇的文章（文章并非文字）都视为古典散文研究的对象"^⑥。上述诸家均主张广义散文的概念。

笔者沿用学界普遍认同的大散文观念，即除诗歌、小说、戏曲外的一切文章皆可称之为散文。故园林散文则指以园林为表现内容的除诗歌、小

① 参见李浩：《唐代园林别业考论》，西北大学出版社，1996，第29—34页。
② 参见陈柱：《中国散文史》，吉林人民出版社，2013。
③ 参见郭预衡：《中国散文史》，上海古籍出版社，1986。
④ 参见谭家健：《中国古代散文史稿》，重庆出版社，2006。
⑤ 陈飞主编：《中国古代散文研究》，福建人民出版社，2005，第4页。
⑥ 杨庆存：《宋代散文研究》，人民文学出版社，2002，第24页。

说、戏曲以外的文章，包括"序""赋""记""跋""咏""铭"等散文种类。本书研究的园林散文，其文体形式众多，以"记"体为主，兼有其他形式。采用大散文的观念、大散文视野更利于本书研究的开展，而不至于拘泥于文体的限制，更利于将记述园林的资料较为全面地纳入研究视野，更能够反映出园林散文与园林相伴发展的过程，全景式地展现园林散文在发展过程中多元文体选择、以记体为主流的态势，更利于研究园林和散文两种艺术形式间相互影响的关系。

　　尽管园林散文包括记载园林的多种不同文体形式，但是相对而言，"序""赋""铭"等形式数量较少。依据附录部分的统计结果看，"记"体记园的散文数量要远远大于其他形式，是构成园林散文的重要部分，记园的"序""赋"次之，"引""铭""疏"等文体形式则更少。所以，本书研究的文本对象是以"记"体为主的记园散文，故专门从文体学角度对园记进行研究，分析园记创体、立体的发展过程，凸显其文体学意义；还从微观上分析园林游记和山水游记的异同，从游记次文类角度细化游记文体研究，说明唐宋园林散文在文学发展史上的地位。对其他形式不作文体方面的考察，仅作出园林散文题材意义上的研究。

　　尽管园林散文是一个新兴概念，但是学界以题材内容加体裁的指称和说法由来已久，比如山水田园诗、边塞诗、闺怨诗、游仙诗、山水游记、厅壁记、书院记、诗集序、宴游序、送别序、公案小说、历史小说、才子佳人小说等，不一而足，故将记述园林的散文作品称为园林散文也顺理成章。李浩师曾在《微型自然、私人天地与唐代文学诠释的空间》一文中强调："笔者认为唐代文学研究应引入园林诗、园林散文的概念。对文学史上作为常识与固定模式接受的田园诗、山水诗、山水游记等范畴，有必要进一步循名责实，从中析分出园林诗、园林游记来。无论是从逻辑分类还是历史演变来看，山水、田园、园林都不是一回事。不能混为一谈。"① 故园林散文概念的提出和使用是对文学题材内容研究精细化的有益探索。

　　本书主要以《全唐文》和《全宋文》中所收录的文本为文献研究基础，从中筛检出以园林为表现客体的散文作品作为研究对象。由于《全唐文》和《全宋文》收录作品有所遗漏，也会用到在其他文献中发现的少量记园作品。园林散文的筛检遵从的标准为：该文是否是以园林为表现客体，即文中是否有明显的山水花木之属的园林要素的描述。尤其对亭、台、楼、阁等记文进行了认真地甄别辨析，单纯记述亭、台、楼、阁等建造修缮过

---

① 李浩：《微型自然、私人天地与唐代文学诠释的空间》，《文学评论》2007 年第 6 期。

程以备不忘的，不在讨论范围，而亭、台、楼、阁等建筑作为园林组成部分，以部分代整体记述园林的记文，则是本书研究的对象。由此选出的文本有如下几类：

第一类是"序"和"赋"体的园林散文，由于古人宴饮聚会或送别常常在园林中进行，故在宴饮送别序中就会表现活动的园林空间，其中包含了一定的园林资料。还有专门为园林雅集的诗作而写的序文，为建造园林而作的园序，都是园林散文研究的对象。园林也是赋家歌咏的对象，他们以赋作来表现闲适生活情调或隐逸情趣，其中包含着园林的内容。表现园林的"序"和"赋"都属于本书研究的范畴。

第二类，直接以"园记"或者"圃记"为题的散文作品，详细描述园中山、石、花木、泉池、建筑等构成园林的主要素，展现园林景观全貌，表现园主人的生活情趣、审美格调。如元结《菊圃记》、符载《襄阳张端公西园记》、尹洙《张氏会隐园记》、欧阳修《海陵许氏南园记》《真州东园记》《李秀才东园记》、苏轼《灵璧张氏园亭记》、郑侠《来喜园记》、杨万里《唤春园记》、曾丰《西园记》、袁燮《是亦园记》、冯多福《研山园记》、魏了翁《北园记》等。

第三类，是以"××亭记""××堂记""××楼记""××阁记""××轩记""××池记""××泉记"等为题的散文作品，题目中的"亭""堂""楼""阁"，实际上是以部分代整体，记文记述的是整个园林。如唐代柳识《草堂记》、韩愈《燕喜亭记》、樊宗师《绛守居园池记》，宋代刘跂《马氏园亭记》、晁补之《清美堂记》、袁默《介立亭记》、苏舜钦《沧浪亭记》、黄庭坚《松菊亭记》等，这些作品虽然在题名上不能显示出园的内涵，实际上记述的是当时非常有名的园林，观照的决不仅仅是一个亭子、一座楼阁，这是典型的以园林局部代整体的名园现象。所以笔者认真阅读《全唐文》和《全宋文》中的亭、台、楼、阁等"记"，仔细甄别，确定该文是否是以某亭、某堂、某池来代指整个园林的。另外，还有部分文本虽以亭、堂、楼、阁等"记"为题，以记述该建筑为主，并不关涉整个园林，但是文中明确点明该建筑是在某园、某圃之中，因为这类文本是将构成园林的主要因素之一的建筑作为表现中心，故也将之纳入园林资料收录的范围，在唐宋园林文献资料附录中列出，但是不作为重点研究分析的文本对象。

第四类，是以"山记"为题名或者以"斋居记""山居记"来名题的散文作品，它们记述的不是某山或者有普通居住功能的地方，而是山中园林居所。例如唐代张说的《东山记》，记述的是韦嗣立的山间别墅，规模巨大，连皇室都带领大臣亲临游赏。唐代李华《卢郎中斋居记》、苏师道《司空山记》、权德舆《司徒岐公杜城郊居记》，宋代曾致尧《春日至云庄记》、袁默《山居记》、黄裳《水云村记》、傅楫《厚坪中山记》、王当《王氏至乐山记》等，所记都是山中的居园。这类文本也是本书要研究的内容。

第五类，是以"××书院记""××祠院记""××寺观记"题名的作品。当时的书院、祠院、寺观往往建在自然山水优美、风景殊胜的区域，再加上人工营建，往往形成了书院、祠院、寺观园林，因而这一类文本也是本书的研究对象。在《全宋文》中的"书院记"和"祠院记"虽然非常多，但是有园林描述的篇目在总数中的占比还是有限的。由于书院、祠院的社会功能决定了"书院记"和"祠院记"的自身书写属性，园林化的建造不是其表现的主要方面，故大部分"书院记"和"祠院记"中的园林记载或少或无，园林描述详细的占比较小。故此类文本数量相对较少。

本书的附录也遵循这样的宗旨：文中明确体现山水、建筑、花木等园林构成要素的文本收录进附表，文中没有园林构成要素描写但是点明了某建筑是在某园某圃中的，作为园林文学文献收录入附表，不作为直接研究的文本对象。经过这样的甄别筛检，唐代散文中的文本有两百篇强，宋代散文中的文本有七百多篇。唐、宋时期这些在题材上以园林为表现对象的散文文本就成为本书研究的对象，本书对这些文本进行深入细致地考察和分析，来探究唐宋园记散文对当时园林建构、园林生活的反映，揭橥其在园林建构、园林文学史料、思想文化、散文发展等方面的价值意义。

基于唐宋园林散文全面梳理基础上的研究具有以下几个方面的价值。

其一，园林散文的园林文献价值。园林和文人的生活密切相关，是文人生活的一个重要场域，所以园林作为一个表现客体在文学作品中大量出现。从事中国古典园林研究的学者大多是从事园林建筑方面的专家，在园林史的研究方面也取得了丰硕的成果。但是他们采用的资料多为史书、笔记、丛谈、诗歌，较少采用散文中的资料。陈从周先生一生致力于园林文化的研究，非常注重搜集利用园林散文资料，并将自己与蒋启霆先生共同采撷的园林散文资料汇编成《园综》一书。他在《园综》序言中说："余从事园林建筑，垂五十余年矣。每见昔人有关名园记事，辄录存以备稽阅。……上括于西晋，终于清季，凡得二百十六家，共三百二十二篇，几经删复补漏，合为一书。"[1] 统计《园综》一书中的园林散文，大多是明、

---

[1]　陈从周、蒋启霆选编，赵厚均校订注释：《园综》小序，同济大学出版社，2004，第1页。

清两朝的，其中唐、宋时期的资料比较少，共四十九篇。其实唐、宋两代散文数量庞大，仅唐代散文中关涉到园林的散文作品就有两百篇之多，宋代园林散文中仅以"园记""圃记"名篇的单篇作品就有六十篇，以"亭记""堂记""楼记""阁记"名篇，实际记述园林的作品数量就更多了，据笔者粗略的统计就有约七百篇，更有《洛阳名园记》（包含十九篇园记）和《吴兴园林记》（包含三十六篇园记）这样的园录式的园记集。这就说明，散文中没有被发掘的园林文学资料还有很多。这些文学作品中蕴含着丰富而可贵的园林资料，涉及园林的类别、地理位置、空间地域分布、园林景观布局、园林题名、园林营建过程等，是研究唐宋时期园林文化的非常珍贵而重要的资源。如果忽视遗漏这部分资料将是非常可惜的事情，将会对园林史、园林审美艺术的研究造成损失。如果未能穷尽材料，那么研究成果的精准性、科学性、全面性都将大打折扣。作为一个古典文学的研究者，尤其是热爱园林文化的研究者，有责任来整理唐、宋散文中的园林文学资料，充分发掘这些资料的园林文献价值，以便和其他相关资料一起来全面呈现唐宋时期园林发展的风貌，展现园林文化的意义，回望唐宋时期园居生活的状态，对当下生态园林化城市建设、当代绿色栖居理念都会有一定的启示。

其二，园林文学研究的散文史价值。中国古代散文研究的现状是通史类研究成果卓著，分体分类研究尚待开发。王立群先生认为："中国古代散文品种繁多，数量庞大，仅有通史性的研究显然是不够的，更需要对其做分类、分体研究。况且，散文分类研究与散文通史二者可以互相补充，互相发明，从而推动整个散文研究的深入与发展。"[1] 园林散文与园林艺术复线发展，"园记"是中国古典散文中以园林为题材的记体文中的独立类别，但是在"记"体中并没有因文立体，其文体意义和价值尚未被彰显。本书梳理园记的文本、文献载录，回溯"园记"的文体源流，厘清其在中唐创体、宋代立体的过程，凸显园记独立的文体地位。园林游记是游记中的次文类，和山水游记双峰并峙，二水分流，园林游记自身有独特的园林属性，与山水游记有本质区别，不可混同。园记散文的研究是散文分类分体研究细化和深化的一次探索和尝试，对散文史研究或可有所推动。

其三，园林散文蕴含丰富的文化价值。唐、宋记园散文本身蕴含着丰富的文化价值。唐、宋是文化转型的时期，园林作为士大夫进退间一个重要的活动场域，无论是进退出处都带着士大夫的精神气质、生活情趣，必

---

[1]　王立群：《中国古代山水游记研究》，中国社会科学出版社，2008，第4页。

然反映着时代的风貌和文化氛围。园林散文是根据园林真实空间而架构起来的文学空间，它虽然不同于真实的园林空间，但是彼此却有着密不可分的关系，是园林空间的文学投射，也是我们今天通往唐宋时期那一座座失落园林的时光隧道。徜徉在园林文学空间，必然会发现那个时代的文化特色和生活状貌。唐宋时期士人隐逸观念的变化；官署园林中享有的园林雅趣，修身为政和宴乐间的焦虑和讨论；园林中的经济生活；园林迁化兴废的感喟和热议；园林草木书写蕴含的生命观等，无不打着时代的文化印记。研究唐宋时期的园记散文是研究当时社会文化的一个重要窗口。

本书在研究方法上注重文献的蒐集整理，力求全面搜罗唐宋园林散文文本，竭泽而渔，使得研究能够建立在扎实可靠的文献基础之上。研究过程中按照学术传统努力将文本材料分析与史料互证相结合，并进行理论概括，从现象中寻绎规律性认识。在成果吸纳方面不仅关注国内最新研究成果和研究动态，还留意海外汉学界的研究成果，学习借鉴他人的研究思路和方法，力求有所开拓。

园林建造者往往以诗画之意境来设计园林，"筑圃见文心"，物质园林总是体现着文人在精神与审美方面的双重追求，体现着卜筑者的"文心"；记述园林的文字体现着文人对园林的理解和体认，蕴含着园林居游者的"文心"；作为研究者需察见造园者和记园者的"文心"，并将自己的"文心"呈现出来。缘此，对唐宋园林散文的研究体现的是三重"文心"。笔者虽努力挖掘展现唐宋时期园林散文的多元价值和文化内涵，发覆三重"文心"，但由于学养有限，呈现出来的初步成果可能还有不尽人意之处，期待日后能有更加深入的研究。

第一章　园林散文概述

园林散文与园林自然结缘，伴随着园林的产生和发展成为中国古典散文中的一个重要类别，是园林文化的重要组成部分。散文体式不受篇幅限制，涵容量大，表达自由灵活，非常适合表现丰富复杂的园林生活的诸多面向，来叙述园林相地卜建的过程，描述园林景观的布置和清幽的环境，记述园林空间内的生活和活动，表现园林生活情趣、审美意识，寄托人格理想，体现志节追求，园林散文具有鲜明的园林文化特性。园林散文在史部、子部、集部文献中皆有收录，其中保存了大量园林散文文本。园林散文在文体上以"记"体为主，兼有"序""赋""咏""铭"等多元形式，在灵活变化中逐渐形成了稳定的文章模式和文体格局。

第一节　记园文本的文献考察

园林体现了人类亲近自然的渴望。园林伴随人类生活产生，有着悠远的历史。园林自产生之始就开启了以文字记录园林的历史，记录园林的文字散见于史书、笔记、文集等文献资料中。考察记录园林的文献，可见园林散文的历史源流。由于本书重在从文本收录的类从状况来探绎寻找古人的园记独立类分的文体意识和园记文体的生成轨迹，史部、子部和总集类著作有着鲜明的以类相从的收文传统，且大类之下的类目也较为细化，故下文分别从史部地理类，子部类书、杂家类和小说家类，集部的总集类等著作中考察梳理园林散文的文献收录情况。

一、史部地理类著作收录的记园作品

园林及园林作品在史部地理类著作中有所载录。北魏杨衒之的《洛阳伽蓝记》有许多寺院园林和宅园景观的记载，如卷一"瑶光寺"条载："千

秋门内道北有西游园，园中有凌云台……台上有八角井，高祖于井北造凉风观，登之远望，目极洛川，台下有碧海曲池，台东有宣慈观，去地十丈，观东有灵芝均台，累木为之，出于海中，去地二十丈，风生户牖，云起梁栋，丹楹刻桷，图为列仙，刻石为鲸鱼，背负钓台；既如从地踊出，又似空中飞下。钓台南有宣光殿，北有嘉福殿，西有九龙殿。殿前九龙吐水成一海……珍木香草，不可胜言。牛筋狗骨之木，鸡头鸭脚之草，亦悉备焉。"① 西游园规模之大、景观之众、景色之美带给读者的联想远在文字描述之外。其他如景乐寺、景林寺、司农寺、景明寺、宝光寺、青丘里的王子坊等，所描述的园林不论规模还是景观都令人叹为观止。

此外，李格非的《洛阳名园记》共十九篇园记，吴自牧《梦粱录》卷十九设有"园囿"类，孟元老《东京梦华录》、周密《武林旧事》、明刘侗《帝京景物略》、孙国敉《燕都游览志》，清代李斗《扬州画舫录》，分别记录了汴京、杭州、北京、扬州的园林。

园林在地志类文献中也有载录，如元代骆天骧的《类编长安志》卷三为"园囿池台"类。在《游志》《游志续编》等游记类著作中园林和名山大川的著录并行不悖，"园记"多归并到"山水游记"类中。宋人陈仁玉编《游志》，虽已失传，但是目录尚存，从现存的目录中可以看到，其中收录了一定数量的"园记"，如白居易《庐山草堂记》、韩愈《宴喜亭记》、柳宗元《潭州东池戴氏堂记》、苏舜钦《沧浪亭记》、司马光《独乐园记》、朱熹《云谷记》，这些记游园林的作品和山水游记混同载录。元代陶宗仪的《游志续编》在《游志》所收录的园记基础上又增加了新的园记篇目，如樊宗师的《绛守居园池记》、袁燮的《游韩平原故园》（据《癸辛杂识》所记即《游阅古泉记》）、黄庭坚的《东郭居士南园记》、陆游的《南园记》、李格非的《洛阳名园记》，共二十二条园记存目，占总数的27.5%。明代何镗辑《古今游名山记》十七卷，其中包括游历名山大泽和园林幽胜的文章，后王世贞又广为搜集，扩充为四十六卷，除山川外，仍然旁及园林。明代王世懋撰《名山游记》，共收入八篇游记，前七篇都是游览名山的记文，最后所附《游溧阳彭氏园记》则为园林游记。清人王锡祺《小方壶斋舆地丛钞》第四帙所收录的山水游记包括楼台、园林、寺庙记等，而其中有些楼台是园林建筑的组成部分，有的寺庙则是园林化的，也反映了山水游记和园林游记共同收录的情况。游记文献的编纂内容反映了自宋甫清，记园林和记名山大川的文章是混杂一起的，文人的园林意识和和山水意识没有明晰的分界。

---

① 〔北魏〕杨衒之撰，周祖谟校释：《洛阳伽蓝记校释》卷一，中华书局，1963，第38—39页。

二、子部类书收录的记园作品

早期记载园林的文字资料比较简略，只言片语，尚不成文章。如《拾遗记》所记周灵王二十三年（前549）起昆昭之台，也叫"宣昭"。"聚天下异木神工"，筑百丈高台，"升之以望云色"。[①] 宣昭高台的作用不仅仅在于观赏风景，更在于接引神灵。《述异记》载吴王夫差造姑苏台："吴王夫差筑姑苏之台，三年乃成。周旋诘屈，横亘五里……夫差作天池，池中造青龙舟……吴王于宫中做海灵馆、馆娃阁，铜沟玉槛，宫之楹槛，珠玉饰之。"[②] 园中姑苏之台周回曲折，天池内青龙泛舟，馆阁装饰华美，皇家园林的奢华可见一斑。另有"梧桐园"的记载："梧桐园在吴宫，本吴王夫差旧园也，一名鸣琴川。"[③] 从这些相对零星的资料亦可见春秋战国时期皇家园林的状况。

《述异记》中还有汉景帝刘启第六子长沙定王刘发的蓼园的记载："长沙定王故宫有蓼园，真定王故园也。"[④] 也有武帝之木园的记载："甘泉宫有木园，武帝时园也，今俗呼为仙草园。"[⑤]

以上记载皆十分简略，只能称之为文字，尚不具备记园文学作品的文体意义。真正具有文体意义的记园文学作品最早见于《艺文类聚》的收录，该书第六十五卷"产业部"上有"园""圃"的独立分类，并收录了记园的文学作品。这些作品体裁多样，有"诗"，如《诗经》《古诗十九首》中提到"园"的诗作，还有诸如谢庄《北宅秘园》诗、梁元帝《游后园》诗、沈约《宿东园》诗等。有"赋"，如枚乘《梁王兔园赋》、谢朓《游后园赋》、庾信《小园赋》等。有"颂"，如潘尼《后园颂》。有"引"，如谢庄《怀远引》。有"咏"，如湛方生《游园咏》。有"启"，如张缵《谢东宫赉园启》。有"铭"，如江总《玄圃石室铭》。[⑥]《初学记》第二十四卷"居处部"专门列有"园囿""园圃"两类，收录记载园林的早期文献。[⑦]《玉海》第一百七十一卷"宫室"门下专列了"苑囿""池沼"两个分支，搜罗史料和文学作品中出现的园林，胪列了自黄帝时期至宋代的园林五十多处，

① [晋] 王嘉撰，[梁] 萧绮录，齐治平校注：《拾遗记》卷三，中华书局，1981，第73页。
② [梁] 任昉撰：《述异记》卷上，中华书局，1980，第5页。
③ [梁] 任昉撰：《述异记》卷下，第24页。
④ [梁] 任昉撰：《述异记》卷下，第24页。
⑤ [梁] 任昉撰：《述异记》卷下，第24页。
⑥ 参见 [唐] 欧阳询等编撰：《艺文类聚》，汪绍楹校，中华书局，1965，第1159—1165页。
⑦ 参见 [唐] 徐坚等编撰：《初学记》卷二四，中华书局，1962，第585—588页。

从黄帝东囿、黄帝圃、汤圃、周灵囿等最原始的园林形态开始记录。① 祝穆《新编古今事文类聚续集》卷九为"居处部"，包括"堂宇"和"园池"。其"古今文集"下载录"杂著""古诗""律诗"三类作品，"园记"置于"杂著"之下，收录七篇堂记和三篇园记，园记分别是李德裕《平泉山居诫子孙记》、司马光《独乐园记》、叶适《北村记》。②《太平御览》卷一百九十六、一百九十七分别为"居处部"之"苑囿""园圃"。③ 清代蒋廷锡等编纂的类书《古今图书集成·经济汇编·考工典》第一百一十七至一百二十三卷为"园林部"，专立"园林"类，广泛收录中国古典园林，其"园林艺文"目专门收录历代记述园林之作。④ 虽然上述文献分类是基于建筑产业类别而非文体类别，但因园林的类分而收录园记这一情况是客观存在。此外，记园作品在子部杂家类和小说家类中也有著录，如周密《癸辛杂识》"吴兴园圃"条收录三十三条湖州园林记⑤，《齐东野语》也有园林记录。这种载录的客观现实说明了园林和园林文学作品相伴而生的文学现象。

三、总集收录的记园作品

总集载录作品时的分类情况最能够体现古人的文体观念，在大类下或有细目，体现文体认识的深入。记园作品在集部文献中多归入"记"类。"记"文在总集中具有整体特性，大多没有"记"文内部的细类划分。如姚铉编《唐文粹》卷七十一至七十七，吕祖谦编《宋文鉴》卷七十七到八十四，姚鼐《古文辞类纂》卷五十一至五十八选录记文，皆不分类，当然谈不上有园林记的单独门类。也有一些文献收录是有细类划分的。宋人编《文苑英华》有较为详细的分类，园林记归置"宴游"类。《文苑英华》第八百二十三至八百二十七卷"记"下设"宴游"的二级分类，"宴游"之下的三级分类有："宴游""溪""谷""丘""园圃""亭""居处""堂""池""竹""山（附石）"。"宴游"的分类层级显然存在着逻辑上的混乱，分类的母项和子项互相混杂，有违分类学的同一性原则。不

---

① 参见［宋］王应麟编撰：《玉海》卷一七一，中华再造善本，北京图书馆出版社，2006。
② 参见［宋］祝穆辑：《新编古今事文类聚续集》卷九，中华再造善本，北京图书馆出版社，2006。
③ 参见［宋］李昉等撰：《太平御览》卷一九六、一九七，中华书局，1960。
④ 参见［清］蒋廷锡等辑：《古今图书集成·经济汇编·考工典》卷一一七至卷一二三，中华书局，1986。
⑤ 参见［宋］周密撰：《癸辛杂识前集》"吴兴园圃"条，《癸辛杂识》，吴企明点校，中华书局，1988，第7—14页。

过这明显有些杂混的分类可以说明，宋初已经有了模糊的园记文类观念，《文苑英华》是最早将"园记（圃记）"作为独立散文文体类别著录的。其"园圃"门类中收录了元结的《菊圃记》和符载的《襄阳张端公西园记》。

明代贺复徵《文章辨体汇选》将古今记文按功能分为考工、叙事体、议论体、变体、寓体，共五体，其中叙事体又按内容分为学宫、佛宇、神庙、祠堂、遗爱、官署、古迹、亭阁、园墅、游览、兴复、图画、技艺、花石、杂记，共十五类。议论体按照内容分为学宫、佛宇、祠堂、官署、古迹、亭阁、园墅、游览、兴复、懿范、书翰、图画、花鸟、杂记，共十四类。《文章辨体汇选》是文体选集类著作中记体选文分类最为详细的，书中"园墅"单独成类，其下共收录十五篇园记，分别是司马光《独乐园记》、韩琦《定州众春园记》、范纯仁《薛氏安乐庄园亭记》、欧阳修《真州东园记》《李秀才东园亭记》、苏轼《灵璧张氏园亭记》、王安石《扬州新园亭记》、晁补之《金乡张氏重修园亭记》、范成大《湖州石林记》、何景明《沱西别业记》、王世贞《弇山园记》《小昆山读书处记》、冯梦祯《揭庐孤山记》、袁中道《东游记》《荷叶山房销夏记》。这种现象说明了至少在贺复徵的观念中园林记已经成为记体文中的一个重要类别。

无论是《文苑英华》，还是《文章辨体汇选》，都存在异类互同的现象。在古迹、亭阁、游览、兴复、花鸟类的选文中有园林记，尤其是亭阁山池记，虽以亭阁山池名篇，但事实上记述的却是整座园林，如苏舜钦《沧浪亭记》、柳宗元《柳州东亭记》、白居易《庐山草堂记》就是典型的范例。这是由于古人分类时注重后人查阅参考的便利而实用的目的造成的，在不同的分类标准之下会有不同类别间的交叉重叠现象。

综合不同文献的收录情况来看，记园林的散文作品独立类分的观念早已有之，但将"记"文细分、析出"园记"成为独立文类的观念显得有些淡弱而隐秘。不过在具体而微的考察中，仍可略窥其奥旨。从《艺文类聚》《文苑英华》中的"园圃"分类始，到贺复徵《文章辨体汇选》"园墅"单独成类，"园记"文体意识之发展脉络逐渐浮现。考察记园的散文文献载录可见从题材角度类分的园林散文的观念古已有之。

正如王立群先生所言，"散文分类研究、散文通史研究二者可以互相补充，互相发明，从而推动整个散文研究的深入与发展"①。园林散文以其独特的园林属性，表征出极强的题材门类性，的确应该做进一步的研究，发掘其学术价值。

---

① 王立群：《中国古代山水游记研究》，第4页。

第二节　园林散文的多元文体形式

最早进入文学视野的园林当是西周时期的灵台、灵囿、灵沼。这里不仅仅是周天子和贵族们狩猎的场所，也是一个可供欣赏自然美景、动物生活的富有情趣和审美意义的园囿。《诗经·大雅·灵台》曰："王在灵囿，麀鹿攸伏。麀鹿濯濯，白鸟翯翯。王在灵沼，于牣鱼跃。"[①] 灵囿中有肥美的麀鹿在奔跑，有羽毛洁白的水鸟在飞翔，有满池的鱼儿在游弋。这个苑囿畜养禽兽供观览，还有钟鼓之乐以助兴，显然是古代帝王游宴之所。《灵台》篇是用诗歌形式表现早期园林的文学书写。

诗歌由于其形式短小，容量有限，要较为全面、详实地记录一座园林的状貌，铺陈其景观布置，体现其发展变迁，还需要涵容量大、表现范围更为广泛的文来承担。

园以兴游，文以纪事。伴随着园林的发展，文人的写作视野中增加了一个崭新的内容。文以记园，文可以更为详实地记述园林卜建、园林景观、园林兴废历史、园林生活，表现园林审美观念、审美情趣等丰富的内容。从现存文献收录的作品来看，早期的园林记述多出现在"序""赋"中，唐代开始在"记"体散文中大量出现，于是产生了"园记"散文这一新兴的"记"体散文类别。

园林散文在产生、发展过程中呈现出文体形式选择多元化的态势。主流文体形式是"记"，次要的文体形式是"序""赋"，还有少量的"铭""咏""疏""引"等形式。园林散文的多元文体形式格局是其自身发展选择的结果，同时也受到园林发展的影响。

一、园赋

由于"赋"擅长铺排景物，发舒感情，扩大描述的容量，表现园林的空间更大一些，故成为表现园林的一种文学形式。杜牧的《阿房宫赋》是记述秦朝皇家宫苑的名篇。枚乘《梁王兔园赋》、司马相如《上林赋》，都是以"赋"体来记汉代宫园的作品。魏晋之后中国山水园迅速发展，园林活动更加丰富，从早期的狩猎转向了精神的娱乐，园林更能满足文人抒发隐逸情趣、高迈情调的精神寄托和情感需求，在尽情铺排中展现园林景

---

① ［汉］毛亨传，［汉］郑玄笺，［唐］孔颖达等正义：《毛诗正义》卷第一六，［清］阮元校刻《十三经注疏》，中华书局，1980，第525页。

观，表现园林闲适生活。如潘岳《闲居赋》、庾信《小园赋》、谢灵运《山居赋》、谢朓《游后园赋》、裴子野《游华林园赋》等。

潘岳《闲居赋》，用赋体文铺排渲染之笔法，表现潘岳园林居所的清幽画境，丰茂的绿植，丰硕的果蔬，悦目的花色，在眼前展现出一幅园林画卷。

> 爰定我居，筑室穿池，长杨映沼，芳枳树篱，游鳞瀺灂，菡萏敷披，竹木蓊蔼，灵果参差。张公大谷之梨，梁侯乌椑之柿，周文弱枝之枣，房陵朱仲之李，靡不毕殖。三桃表樱胡之别，二柰曜丹白之色，石榴蒲陶之珍，磊落蔓衍乎其侧。梅杏郁棣之属，繁荣丽藻之饰，华实照烂，言所不能极也。菜则葱韭蒜芋，青笋紫姜，堇荠甘旨，蓼蕺芬芳，襄荷依阴，时藿向阳，绿葵含露，白薤负霜。①

园林中的一处重要景区是池沼，池沼为人工穿凿而成，池畔垂柳长条抚水，嘉木芳树环绕；池中游鱼跳跃，荷花铺展。园景的描写很是细腻，令人产生无限的遐想。园中花树之多，所列有梨、柿、枣、李、桃、樱、二柰、石榴、蒲陶、梅、杏；蔬菜类则有葱、韭、蒜、芋、青笋、紫姜、堇荠、蓼蕺、襄荷、藿、绿葵、白薤，皆用赋体手法。园林的观赏性和经济性兼备，在这样的园林中生活，自然是十分闲适惬意的。

庾信《小园赋》中记述自己有"数亩弊庐"，园林虽小，但园中景观非常丰实。"榆柳三两行，梨桃百余树"，有"一寸二寸之鱼，三竿两竿之竹"。②亦有秋菊、枣酸梨酢、桃榝李薁等。纵观小园，也是竹树成荫，花草繁茂，水池鱼游，果木供食，菜蔬丰美，其园林描述给人如临其境、如入其园之感。

谢灵运的《山居赋》中对始宁别墅做了细致的描述和注解，交代了别墅由谢玄始建，谢灵运进一步修营的过程，详细介绍了别墅南北两居的景观。

以"赋"体表现园林也成为一种传统，尽管在后世园赋不是表现园林的主流文学样式，但是依然有园赋作品。如唐代吕令问《驾幸芙蓉园赋》、许敬宗《小池赋》、宋之问《太平公主山池赋》，宋代洪咨夔《老圃赋》、胡次焱《山园赋》《山园后赋》、晏殊《中园赋》，元明清时期则有刘因《山居赋》、唐寅《南园赋》、穆文熙《逍遥园赋》、俞允文《会芳园赋》、沈廉《悔园赋》、吴筠《岩楼赋》等。

---

① [清] 严可均校辑：《全晋文》卷九一，《全上古三代秦汉三国六朝文》，中华书局，1958，第 1987 页。

② [清] 严可均校辑：《全后周文》卷八，《全上古三代秦汉三国六朝文》，第 3921 页。

二、园序

"园序"就是以"序"的形式表现园林。"园序"有两种情况：其一，在诗集序或者宴游序、送别序中有表现园林的部分。但是由于此类序文承担着自身的文体功能，园林仅仅是雅集赋诗活动、举行宴会、送别亲友的一个物质空间，故园林景观往往要退居到背景的位置，而非主场，序中有关园林的用墨相对较少。

魏晋时期山水意识增强，影响着山水型园林的发展。中国古典园林从秦汉时期的狩猎功能园转向了怡情享乐园。模山范水、悦情养性是皇族和官僚地主阶层的共同追求，构建园林的社会风尚兴起，园林数量增加。当时著名的皇家园林有曹魏在洛阳建的芳林园、西晋时期的华林园、东晋时期的玄武湖、北齐时期的仙都苑等；著名的私家园林有石崇的金谷园，王羲之与友人修禊的兰亭，谢安、谢灵运营造的始宁别墅，齐文惠太子开拓的玄圃园，萧绎未称帝时所造湘东园等。仅从北魏时期记叙洛阳王子坊的文字就可窥见当时园林盛况："当时四海晏清，八荒率职……于是帝族王侯，外戚公主，擅山海之富，居川林之饶，争修园宅，互相夸竞。崇门丰室，洞户连房，飞馆生风，重楼起雾。高台芳榭，家家而筑；花林曲池，园园而有。莫不桃李夏绿，竹柏冬青。"①

优美的环境吸引着文人雅士和隐逸者汇集园林，园林雅集日益频繁，园林活动日益丰富。随着文人游赏雅集活动的大量进行，他们在游山玩水、游赏园林时要赋诗唱和，以"文"的形式来纪事，以此作为诗集的序言，此为"诗序"。如石崇《金谷诗序》：

> 有别庐在河南县界金谷涧中，去城十里，或高或下，有清泉茂林，众果、竹、柏、药草之属，金田十顷，羊二百口，鸡猪鹅鸭之类，莫不毕备。又有水碓、鱼池、土窟，其为娱目欢心之物备矣。时征西大将军祭酒王诩当还长安，余与众贤共送往涧中，昼夜游宴，屡迁其坐，或登高临下，或列坐水滨。时琴、瑟、笙、筑，合载车中，道路并作，及住，令与鼓吹递奏。遂各赋诗以叙中怀，或不能者，罚酒三斗。感性命之不永，惧凋落之无期……②

石崇的《金谷诗序》中交代了关于金谷园的位置在河南县界金谷涧中，

---

① ［北魏］杨衒之撰，周祖谟校释：《洛阳伽蓝记校释》卷四，第147—148页。
② ［清］严可均校辑：《全晋文》卷三三，《全上古三代秦汉三国六朝文》，第1651页。

面积十顷（一千亩），园内地势或高或下，富有变化。动植物种类繁多，莫不毕备。重要景观有水碓、鱼池、土窟，园林内常常举行宴游活动，丝竹奏乐，水滨流觞，赋诗叙怀，纪事详细。

永和九年（353）春上巳日，王羲之与名士四十余人同在兰亭曲水流觞，赋诗唱和，集为《兰亭诗》，王羲之为之作序，成为千古绝唱。其中有兰亭"崇山峻岭，茂林修竹，又有清流激湍，映带左右"的园林景观描写，有"引以为流觞曲水，列坐其次"的园林活动纪实，以及由此引发的"修短随化，终期于尽"的深沉感慨（王羲之《三月三日兰亭诗序》）。①

"膏腴贵游，咸以文学相尚"②是南朝的社会风尚。金谷遗绪、兰亭嗣响在后世依然绵绵不绝。初盛唐时期，也有不少序文记述园林宴游雅集的活动，既有诗序，也有送别序。和魏晋南北朝时期的"序"文一样，其中有的园林描绘的成分较少，园林只是雅集的背景，但也有较为详细直接的园林景观的描述。如杨炯的《李舍人山亭诗序》："永嘉有高阳公山亭者，今为李舍人别墅也。廊宇重复，楼台左右。烟霞栖梁栋之间，竹树在汀洲之外。龟山对出，背东武而飞来；鹤阜相临，向东吴而不进。青溪数曲，赤岩千丈。寥廓兮惚恍，似蓬岭之难行；深邃兮眇然，若桃源之失路。"③卢照邻的《宴梓州南亭诗序》写长史张公听讼之别所——梓州城池亭，南亭因借山水胜景，作者概括描绘登亭所见云："徒观其岩嶂重复，川流灌注。云窗绮阁，负绣堞之逶迤；涧户山楼，带金隍之缭绕，信巴蜀之奇制也。""圆潭泻镜，光浮落日之津；杂树开帏，彩缀飞烟之路。藤萝杳蔼，挂疏阴以送秋；凫雁参差，结流音而将夕。"④其描绘园林内潭、树、藤萝、凫雁之景富有园林画面感。王勃的《宇文德阳宅秋夜山亭宴序》描述德阳宇文峤的私家园林："琴亭酒榭，磊落乘烟。竹径松扉，参差向月。鱼鳞积磴，还升兰桂之峰；鸳翼分桥，即映芙蓉之水。亦有红蘋绿荇，亘渚连翘，玉带瑶华，分楹间植。池帘夕敞，香牵十步之风；岫幌宵褰，气袭三危之露。"⑤这些序文都较为详实地记述了园林景观的组合布局。

另外一种"序"，篇名即为"园序"，是为记述游赏园林而作的序文。如王勃《游冀州韩家园序》、宋之问《春游宴兵部韦员外韦曲庄序》、李白《春夜宴从弟桃花园序》、于邵《游李校书花药园序》等。尽管有的园林描

① ［清］严可均校辑：《全晋文》卷二六，《全上古三代秦汉三国六朝文》，第1609页。
② ［唐］李延寿撰：《南史》卷二二《王乘传》，中华书局，1975，第599页。
③ ［清］董诰等编：《全唐文》卷一九一，中华书局，1983，第2册，第1926页。
④ ［清］董诰等编：《全唐文》卷一六六，第2册，第1694页。
⑤ ［清］董诰等编：《全唐文》卷一八一，第2册，第1844页。

写较少且比较简略，但是这些序不是为园林宴集的诗文集和园林送别而作，而是为记述园林游赏而作。此类序文在后代依然存在，如宋徐铉《游卫氏林亭序》、明王思任《淇园序》《纪修苍浦园序》等，非常详细地叙写游览园林和园林修建的过程，描述园林景观。

三、园记

魏晋六朝时期在"记"文中也有园林的记述。以"记"为篇的有《邺中记》《洛阳伽蓝记》和慧远《庐山记》。《邺中记》记载后赵石虎的华林园、桑梓园；《洛阳伽蓝记》虽记寺院，但有大量园林记录；《庐山记》属名山记，不仅描绘了庐山七峰的壮观气势和不同天气呈现的神奇景象，还描绘了慧远所居住的东林寺的美景，有寺院园林景观的表现。

《洛阳伽蓝记》是唐前表现园林比较集中的著述。《洛阳伽蓝记》虽记寺院，但有大量园林记录，其中有一些伽蓝本身就是园林化的寺院，有的寺院是舍宅为寺的园林，记述寺院的同时兼记临近的园林。如城内的景乐寺，为太傅清河文献王怿所立，寺内"堂庑周环，曲房连接，轻条拂户，花蕊被庭"。还有城南景明寺、城西法雷寺、城北凝圆寺等都是寺院园林。景林寺"寺西有园，多饶奇果，春鸟秋蝉，鸣声相续。……蝉阁虚静，隐室凝邃。嘉树夹牖，芳杜匝阶。虽云朝市，想同岩谷"。[①] 记景林寺时兼记了翟泉和泉西的华林园。城西冲觉寺乃太傅清河王怿舍宅所立，原主人宅园高堂华屋，林园优美，"第宅丰大，踰于高阳。西北有楼，出凌云台，俯临朝市，目极京师……楼下有儒林馆、延宾堂，形制并如清暑殿，土山钓台，冠于当世。斜峰入牖，曲沼环堂，树响飞嘤，阶丛花药"。[②]《洛阳伽蓝记》当是较早的园记了，不过魏晋六朝时期的"记"就是记述之意，记园林的作品"园记"之文体意义尚不明确。

唐代接武六朝，园林构建风尚更盛，园林发展勃兴。唐代国运昌盛，皇室园林兴建甚隆，禁苑、翠微宫、骊山华清宫、万安山兴泰宫等，不遑备述。唐代私家园林数量激增，超过前代园林总和。据李浩师统计，唐代仅留有名称之私园就有一千多处，《唐代园林别业考录》所辑考者有七百多处。[③] 不仅京畿近郊私家园林遍布，东都洛阳构园风气亦炽盛。

记述园林的散文在继承中也悄然发生了新变，其转折点是在盛唐。一

---

① ［北魏］杨衒之撰，周祖谟校释：《洛阳伽蓝记校释》卷一，第42、48—49页。
② ［北魏］杨衒之撰，周祖谟校释：《洛阳伽蓝记校释》卷四，第127—128页。
③ 参见李浩：《唐代园林别业考录》，上海古籍出版社，2005，第2页。

变是记园之作数量增加；二变是以"记"体形式记述园林。前者与园林兴盛有关，后者与"记"体文自盛唐开始大量出现有关。明代徐师曾在《文体明辨序说》中说："记"体之文，"《文选》不列其类，刘勰不著其说，则知汉魏以前，作者尚少；其盛自唐始也"。① 清代孙梅也言："齐、梁以上，列记不多。……自唐以后，记始大鸣。"② 唐代"记"体文的迅速发展，与记述题材范围的广泛扩大关系密切，记述唐宋时期繁荣发展的园林就是其中一个方面。

记述园林的散文发生了转折性的变化，文人开始以"记"体形式记述自园或他园。盛唐时数量尚有限，有张说的《东山记》、颜真卿的《梁吴兴太守柳恽西亭记》、李华的《卢郎中斋居记》、贾至的《沔州秋兴亭记》。虽然数量不多，但园林成为"记"文真正的表现主体。张说的《东山记》所记韦嗣立的别业属于典型的自然山水园。该文先交代韦嗣立别业的位置"东山之曲"，继之描绘别业的美景："岚气入野，榛烟出俗，石潭竹岸，松斋药畹，虹泉电射，云木虚吟，恍惚疑梦，间关忘术，兹所谓丘壑夔龙，衣冠巢许。"③ 接之记述皇帝亲率百官来此游赏，宴饮池上，御赐名号，热闹隆重的盛况。园林成为记述的中心。颜真卿的《梁吴兴太守柳恽西亭记》主要记述西亭的原始创制及坏败后邑宰李清修建的事迹，重叙事，略写园林中广榭、云轩、水阁之景。这个时期的记园散文反映了早期记文以叙事为主的文体特征。

李华《卢郎中斋居记》云："不贻害于身，不假力于人，夷堆滞，填洼阱，寻尺无遗材，草木不移植，书堂斋亭成于指顾，高松茂篁森于门巷，宴然燕居，胜自我得。"④ 文中可见卢郎中斋居园构建的过程：凭借自己的力量，将高出的地方平整，将低洼的地方填平，充分利用已有的草木，使之与书堂斋亭之类的建筑相协，表现的是唐人崇尚自然的构园观念。李华《贺遂员外药园小山池记》中遂员外"梦寐以青山白云为念"，在庭园中筑山，"立而象之衡巫"；在堂下为池，"陂而象之江湖"。同时种植了花药一百多种。"其间有书堂琴轩，置酒娱宾"，"赋情遣辞，取兴兹境"。⑤ 遂员外之药园被当时文士视为诗园。这是文人写意小园建园理念的代表，也是唐人借园林满足林泉之情趣的表现。构园艺术观念的变化已见端倪。

---

① [明] 徐师曾：《文体明辨序说》，罗根泽校点，人民文学出版社，1962，第 145 页。
② [清] 孙梅：《四六丛话》卷二一，李金松校点，人民文学出版社，2010，第 418 页。
③ [清] 董诰等编：《全唐文》卷二二六，第 3 册，第 2277 页。
④ [清] 董诰等编：《全唐文》卷三一六，第 4 册，第 3211 页。
⑤ [清] 董诰等编：《全唐文》卷三一六，第 4 册，第 3211 页。

盛唐时期以"记"名篇的记园作品虽然不多，但已表征出选择"记"体记园的文体观念和主导倾向，中唐以后记园之文的数量就蔚为大观了。

元结是盛唐到中唐过渡时期的作家，和萧颖士、李华、独孤及一起被称为中唐古文运动的先驱。元结的"记"文在园记的发展过程中尤为值得关注。元结采用记体文表现园林内容的作品较多，如《殊亭记》《右溪记》《茅阁记》等。他打破骈体，采用散体形式，灵活自由地记述园林构建过程、园林景观，表现园林情趣。其《右溪记》云：

> 道州城西百余步有小溪，南流数十步合营溪。水抵两岸，悉皆怪石。欹嵌盘缺，不可名状。清流触石，回悬激注，佳木异竹，垂阴相荫。此溪若在山野，则宜逸民退士之所游处；在人间，则可为都邑之胜境，静者之林亭。而置州已来，无人赏爱，徘徊溪上，为之怅然。乃疏凿芜秽，俾为亭宇，植松与桂，兼之香草，以裨形胜。为溪在州右，遂命之曰右溪。刻铭石上，彰示来者。①

右溪乃天然胜景，无人赏爱，没有人发现它的妙处。元结独具慧眼，疏凿水流，清除芜秽之物，又栽植松树、桂树、香草之属增加景素，使之成为都邑佳处，静者林亭。这是相地山林，构建郊野园林的典范之作。元结用"记"的文体形式纪事写景，发现右溪得天独厚的自然资源、植树种草进行人工营造、题名刻石彰示来者，详细地记录下右溪成园的过程。

柳识作于大历二年（767）的《草堂记》，记述的是代宗永泰初检校左司郎中兰陵萧公所建的草堂。"（萧公）置草堂于陂上，偶然疏凿，从其易也。虚楹东向，清旷十里，傍有古树密竹，一如篱落。澄漪风篁，终日不厌。非出非处，优游中道，于兹三年矣。柴篝为门，蔬圃取给，怡愉色充，止足于斯。士君子皆仰其清达也。"②萧公在池岸边建造草堂，旁边种植古树密竹，有蔬圃自给，简朴清雅。"唐代士人别业的发展主潮既没有模仿当时贵族园林的奢侈，也没有接武魏晋私家园林的华丽，而是趋向简朴，回归自然。"③白居易的庐山草堂、卢泓一的嵩山草堂皆体现了唐代园林崇尚自然简朴的风尚，此为唐代文人园林发展的主潮。正是这些记园林之文，将唐代的园林审美风尚的特点呈现出来。

园林兴盛必然影响着文学对社会风尚的艺术表现，客观上要求一种独立的文体来充分自由地表现唐代园林的大量卜建、园林宴游的交际风尚。自中

---

① ［清］董诰等编：《全唐文》卷三八二，第4册，第3876页。
② ［清］董诰等编：《全唐文》卷三七七，第4册，第3826页。
③ 李浩：《唐代园林别业考论》，第108页。

唐始，以"序""赋"题名的篇章逐渐减少，以"记"名篇记述园林的散体文作品开始大量出现，如元结的《殊亭记》《广宴亭记》、柳宗元的《桂州裴中丞作訾家洲亭记》《柳州东亭记》、刘禹锡的《武陵北亭记》、穆员的《新安谷记》、权德舆的《许氏吴兴溪亭记》、皇甫湜的《枝江县南亭记》、韩愈《燕喜亭记》等。此时的记园作品以亭、堂记名篇者居多，以局部代整体，记述整个园林，说明文人更愿意舍弃受到原有文体功能束缚的"序""赋"文体形式，定向选择表达自由灵活的新兴"记"体文来记述园林。

中唐时期还出现个别以"园""圃"名篇的散文作品，如元结《菊圃记》、符载《襄阳张端公西园记》、樊宗师《绛守居园池记》。

唐代，园林散文定向选择了"记"体作为记园的主流文体形式，"记"体园林散文是园林散文的重要组成部分。宋代写意园林发展到新的高度，园林数量较唐代更多，据笔者统计，仅宋文中就有园林散文七百多篇，不仅有单篇的园林作品，更有《洛阳名园记》和《吴兴园林记》这样按照地域汇集园林的园录式园记集。到园林发展极盛的明清时期，以记体记园的散文作品更是不可计数。明清时代，尤其康乾盛世时期，园林之数量、类型、艺术手法都达到了空前的水平。园林文学著作和理论著作与前世相比取得了更大发展，如王世贞的《游金陵诸园记》、刘侗的《帝京景物略》、计成的《园冶》、李渔的《闲情偶记》等。还出现了享有盛誉的职业造园艺术家，如计成[①]、祁彪佳、张南垣、李渔、戈裕良等。记园散文数不胜数，记述园景布置也更加详尽。

通过以上园林散文文体形式的梳理可知，中唐之前，园林散文呈现多元文体、散漫众流的状况，中唐以后以"记"体为主，转折期在盛唐。唐降至宋，形成了以"记"为主，兼用"序""赋""铭"等文体来表现园林的主要格局，至明清时期，一直保持这种稳定的格局。

第三节　园林散文的园林文献价值

园林散文与园林的密切关系决定了其蕴含的园林文献价值。回望学界对园林的研究，经历了一个由明清园林向前代回溯，由皇家宫苑向私家园林、公共园林转向的过程。相对有实体遗存的明清园林而言，缺乏实体证

---

① 计成曾主持建造了三处当时著名的园林，常州吴玄的东帝园、仪征汪士衡的寤园（銮江西筑）和扬州郑元勋的影园。

据的唐宋园林的研究还比较薄弱，尚有更大的拓殖空间。唐宋记园散文是研究这一历史时期园林的文献富矿，对园林艺术研究具有重要意义。本节以唐宋园林散文为例来论述园林散文的园林文献价值。

一、为园林艺术研究提供丰富的文献材料

园林史、建筑史、园林文化研究著作中，唐宋时期园林研究部分所征引的文献资料，主要是《旧唐书》《新唐书》《长安志》《唐两京城坊考》《洛阳名园记》《东京梦华录》《梦粱录》《癸辛杂识》《武林旧事》《齐东野语》《宋史》等文献，园林文学文献征引相对较少，尤其是园林散文中的文献资料利用更少。就所征引的资料而言，也多为熟知的诗文篇翰，如唐代的王维辋川组诗、李德裕《平泉庄草木记》《平泉庄戒子孙记》、白居易《池上篇序》、李格非《洛阳名园记》、欧阳修《真州东园记》、朱长文《乐圃记》、司马光《独乐园记》等。事实上还有非常多鲜为人知的记园篇目可以为唐宋园林的研究提供材料支持，如唐代王勃《九成宫东台山池赋并序》《梓潼南江泛舟序》《游冀州韩家园序》《春日孙学士宅宴序》，张说《季春下旬诏宴薛王山池序》，顾况《江西观察宴度支张侍郎南亭花林序》《宴韦庶子宅序》等；宋代杨蟠《众乐园记》、郑侠《来喜园记》、王安中《河间旌麾园记》、俞向《乐圃记》、洪咨夔《东圃记》、吴渊《太平郡圃记》、孙虎臣《丽芳园记》等。

在园林的类型上，园林史、建筑史著述关注皇家宫苑多于私家园林、公共园林、寺观园林，留下的巨大研究空间多由文学研究者开拓。侯乃慧教授研究的是唐宋时期园林文学和文化，其研究侧重私家园林和公共园林，而征引的材料诗歌多于散文。日本学者妹尾达彦仅属意于白居易的个案研究。李浩师专攻唐园研究，所用材料范围广泛，包括历史笔记、诗歌、散文、敦煌遗书、考古发现（如墓志）等，但主要集中在私家园林，公共园林和寺观园林资料有待补充。罗燕萍著有《宋词与园林》，主要引用宋词中的园林资料。九百多篇唐宋园林散文作品是尚待开发利用的宝贵资源。

据本书附录的统计结果可见，在唐宋园林散文中有很多关于公共园林的记载，如白居易《白蘋州五亭记》所记湖州白蘋洲就是公共园林，韩琦《相州新修园池记》、司马光《兖州美章园记》、李良臣《铃辖厅东园记》、吴渊《太平郡圃记》、李流谦《绵州县圃清映亭记》等，所记园林都是当时游众非常多的公共园林胜境。

本书统计结果还表征出园林分布的地域特点。过去的园林史研究多集

中在京畿，唐代以长安和洛阳为主，宋代以开封、洛阳和杭州、苏州为主。而唐宋园林散文中有各地园林的记录。比如四川、江西、安徽、山西、山东等地都有不少园林，而且有不少园林地处偏远的小县。"骚翁逸人，品藻山水，平章风月，皆曰江南山水窟，江西风月窝。"（白玉蟾：《涌翠亭记》）① 江西不仅清风明月堪与江南灵山秀水相媲美，也有很多园林不逊于苏杭。唐代就有江西九江的卢郎中斋居、豫章的萧公草堂、庐山的白居易草堂留名后世，宋代更有洪州华山的胡氏书堂、南丰的云庄、西江的宜春台、袁州的公共园林东湖、金溪的小隐园、贵溪县的桂氏东园、临川的周紫芝私家园林和王书毅的山居园等许多优美怡人的园林佳构。

四川在唐宋时期也有不少园林，如彭州的望雪楼、四川李允甫之北园、成都的钤辖厅东园和合江园、合州的苏氏北园、泸州的北园、邛州的鹤山书院园林等。

其他如山东郓州的乐郊池亭、兖州的美章园、东平的赵季明乐圃，安徽滁州的怀嵩楼、池州的九华药圃、宣城的池轩，湖北襄阳的张端公西园、福建大庆居士的来喜园等，记载都非常详细。此外广东、河北、山西等地都有一定数量的园林在记园作品中得以保存。

园林不仅筑于名山大川或京畿城市，有的就建在某个偏远的小城乡镇，在远离城市繁华的地方也有精致的园林营建。如潘峕在浙江上虞县的月林堂居园、钱厚之建于天台县的双清堂、周仲祥建于新喻县临川乡里的唤春园、永丰县石井乡间的张希房山光楼、广东阳江县的西园等。

这些材料对于认识园林的地域分布，绘制不同时代不同地域园林分布图谱有重要意义。

唐宋时期的园林散文中蕴含着丰富的园林文献资料。唐宋散文的数量较大，目前被发现利用的园林文学文献资料仅为其冰山一角，再加上研究者多从历史、诗歌、词、戏曲、小说出发，发掘园林与文学的内在联系，而园林的研究多集中在有实体遗存的明清时期，故唐宋时期的园林文献资料，尤其是散文中的文献资料可待开发的空间更大。笔者在查阅唐宋散文过程中仔细筛检其中的园林散文，获得了出乎意料的收获。在唐代散文中有两百多篇，在宋代散文中有七百多篇，或详或简地记述了当时存在的园林（详见附录）。这些材料成为园林艺术研究的富矿，具有极大的开发利用价值。

---

① 曾枣庄、刘琳主编：《全宋文》卷六七五一，上海辞书出版社、安徽教育出版社，2006，第 296 册，第 228 页。按：本书所引《全宋文》，将繁体字、异体字转化为通用规范字，并修改了部分有误或有异议的标点，不作一一说明。

　　唐宋园林散文中的某些记载，可以为园林艺术研究提供新的材料，加深对当时园林艺术手法的认识。比如在宋代园记中有人为营造飞雪佳景的记录，园林艺术研究者却鲜有关注到这样的材料。

　　　　雪斋者，杭州法会院言师所居室之东轩也。始，言师开此轩，汲水以为池，累石以为小山，又洒粉于峰峦草木之上，以象飞雪之集。（秦观《雪斋记》）①

　　　　南北分为二园，其西种杏数百，中曰"静居"。内外重寝，妍华芳卉，交植于庭。疏竹萧萧，寿石雪顶，开轩对之，各以为名。（范纯仁《薛氏乐安庄园亭记》）②

　　在宋代园记散文中这样的记录并不多见，但是这两条记载值得引起关注。杭州法会院有累石而成的小山，山上种植草木，在峰峦草木之上洒上白色的粉末，看起来像是落上了一层白雪一般。杭州气候温湿，较难见到下雪，言师为了营造雪景而采用人工的技法构建了人造景观，来满足人们赏雪的愿望。他的这一做法意趣甚妙，故得到了当时士大夫的赞赏，凡过杭州者以不至雪斋为憾事。人造雪景，似乎并非仅用于江南，薛氏乐安庄园地处河东，这是可以见到冬雪的地方，但是还是可以见到这样的塑景手法，"疏竹萧萧，寿石雪顶"，静居庭院中置石，此石或顶部为天然白色，如同覆盖了白雪一般，或者人为覆以白色，开轩相对，如同下雪景致，不论何季都可以欣赏到雪景，许是满足对雪景的深好。如上的园林文学文献资料可见宋人在园林造景技法上的新创。

　　计成的《园冶》一书有专门的园林铺地介绍，说明在明代园林铺地已经形成了比较成熟的技艺。但是铺地的成熟技法不是在明代一下子完善的，一定是在前代铺地实践基础上总结出来的。然而明代之前园林铺地的情况却鲜有研究，也未有这方面资料的整理。其实在宋代已有关于铺地的记载，如宋代遗民徐大焯《烬余录》记载："章园药栏之西，筑旷观台，铺地皆五色石。"③明确指出五色石铺地的园林状貌。以下的文学文献材料也可以提供对宋代园林铺地艺术的认识：

　　　　余既辟一斋而名之，复面融堂，结亭池外，曰"岁寒"。循栏槛

---

　①　曾枣庄、刘琳主编：《全宋文》卷二五八五，第 120 册，第 126 页。
　②　曾枣庄、刘琳主编：《全宋文》卷一五五五，第 71 册，第 300 页。
　③　[元] 徐大焯撰：《烬余录》，清刻本。

西去，穿菊堤并荷岸，历甘棠嘉橘，曲折东南，两梅临水，夹立而亭。萧萧斑竹间，文石为径，方石为几，斋石为基，椽竹而复茅，甚朴也，余心乐焉。（钱时《岁寒亭记》）①

东冈西阜，北墅南麓，以青径款竹，以锦路行海棠，集山有楼，婆娑有堂，信步有亭，涤研有渚。（洪迈《稼轩记》）②

以上记载即为宋代注重园林铺地的显例。钱时在文中写到了竹林间小径的铺路方法，小路是用有花纹的石头铺成，有可能是计成所谈到的鹅子石，也可能是用不同颜色的石头组合成不同的图案。钱时还写过《筑岁寒亭》诗："曲径方池竹几竿，诛茅斋石要谁看。王侯第宅连云起，无此闲亭号岁寒。"③诗文中都提到了斋石，即小石头，方形的石几下是用小石头铺地为地基的。这是以石铺地在宋代的例证。洪迈《稼轩记》中的记载更为明确地交代了铺路的具体纹样。辛弃疾的稼轩园通往东冈西阜、北墅南麓的小路铺地有青竹纹样和海棠花纹样，青竹纹样小径两边种植竹子，竹影婆娑，与地面纹样摇曳生姿；铺设海棠纹样的小路两旁种植海棠，不论是否是海棠盛开的季节，游园时都行走在如锦之路上，获得海棠花开春满园的美感。而竹子纹、海棠纹铺地在明清园林遗存中非常常见，由此可见园林铺地实践早已有之。

《园冶》论铺地技巧如是："大凡砌地铺街，小异花园住宅。惟厅堂广厦中铺，一概磨砖，如路径盘蹊，长砌多般乱石，中庭或宜叠胜，近砌亦可回文。八角嵌方，选鹅子铺成蜀锦；层楼出步，就花梢琢拟秦台。锦线瓦条，台全石版，吟花席地，醉月铺毡。废瓦片也有行时，当湖石削铺，波纹汹涌；破方砖可留大用，绕梅花磨斗，冰裂纷纭。路径寻常，阶除脱俗。莲生袜底，步出个中来；翠拾林深，春从何处是。花环窄路偏宜石，堂迥空庭须用砖。各式方圆，随宜铺砌，磨归瓦作，杂用钩儿。"④计成认为园林中的小径弯路，多用乱石砌成；可以铺设成叠胜纹、回文纹、蜀锦纹、波涛纹、冰裂纹等。路径的铺砌看来是平常之工，铺砌得好，就使得园林中的庭阶、路径不落俗套。如此铺砌，漫步园林之中，不论是抬眼还是低头，感受到的都是艺术的美感。前文所举的"文石为径""以青径款

---

① 曾枣庄、刘琳主编：《全宋文》卷七○一八，第 307 册，第 375 页。
② 曾枣庄、刘琳主编：《全宋文》卷四九一九，第 222 册，第 88 页。
③ 北京大学古文献研究所编：《全宋诗》卷二八七五，北京大学出版社，1991，第 6 册，第 3481 页。
④ [明] 计成著，陈植注释：《园冶注释》卷三，中国建筑工业出版社，2009，第 93 页。

竹，以锦路行海棠"就是宋代"吟花席地，醉月铺毡"的范例，充分证明宋代园林铺路艺术的审美高度。由于宋代没有专门的造园理论著作，没有更多的资料将这些技法记录下来，故而园林文学作品中的记载弥足珍贵。

园林艺术研究多关注园林山水、建筑、花木等重要元素，而对作为点缀的园林小品研究尚少，尤其是年代较为久远的唐宋园林小品更是如此。园林小品是园林中的栏杆、桌凳、花石基座、盆景、池鱼、铺地、柱础、楹联、匾额等体量较小，在园林中起装点作用，但又必不可少的园林构成元素。明清园林遗存以鲜活的实体呈现出园林小品的艺术价值，而唐宋时期园林小品的种类、布置等诸多问题必然会引发探究的兴趣。因为缺乏实物，唐宋园林散文中的有关园林小品的文字信息就显得尤为宝贵，可为研究唐宋时期的园林小品提供重要的资料。宋代园林芥子纳须弥，以盆景缩微山水，注重以小见大。如：

> 野人有以岩松至梅溪者，异质丛生，根衔拳石，茂焉匪孤，森焉匪乔，柏叶桧身而松气象焉，藏参天覆地之意于盈握间，亦草木之英奇者。予颇爱之，植以瓦盆，置之小成室，稽古之暇，寓陶先生郑先生之趣焉。（王十朋《岩松记》）①

> 放翁告归之三年，辟舍东菊地，南北七十五尺，东西或十有八尺而赢，或十有三尺而缩，插竹为篱，如其地之数。埋五石瓮，潴泉为池，植千叶白芙蕖，又杂植木之品若干，草之品若干，名之曰东篱。（陆游《东篱记》）②

> 架青松以障日，植翠竹以来风，饰曲栏以为花卉之圃，埋小盆以为芰荷之池。（李纲《寓轩记》）③

王十朋的盆景虽小，但足以浓缩山水万物，寄托深刻寓意。一拳之石，可与泰山同体；一勺之水，堪与沧海同性。岩松盆景体量虽小，根衔拳石，茂然森然，古拙苍劲之态，参天覆地之意蕴含于盈握之间，置于书斋之中，其青青之色，凌霜傲雪之态，令人油然而生岁寒之敬畏之心，与园主人的高迈气度相映成趣，象征着园主人的精神追求。放翁于园中埋五个石瓮，潴泉水而为池，瓮内种植千叶白芙蕖，这是园林中的荷花盆景。梁溪居士

---

① 曾枣庄、刘琳主编：《全宋文》卷四六三五，第 209 册，第 115 页。
② 曾枣庄、刘琳主编：《全宋文》卷四九四四，第 223 册，第 129 页。
③ 曾枣庄、刘琳主编：《全宋文》卷三七六〇，第 172 册，第 202 页。

谪居沙阳之时，埋小盆注水营造芰荷之池。他们以盆景缩微无穷荷塘，同样具有临池观荷、风起闻香的雅趣。

宋代已经非常注重园林建筑内外的陈设，园林中坐凳、几案、玩石、书、砚、画、琴、棋、剑等众多器物的设置和摆放，体现了园林艺术的细致精微和巧妙构思。宋代园林散文中园林小品的记载很多，兹揭几例：

> 构致爽轩落成，傍植松杉百余株，梧桐竹蕉之属，莫不毕备。夏之日，绿阴纷纷，覆盖庭际，虽盛暑中，飒飒然有凉风来座间。与客对弈，或拈弄笔墨，清阴满室，皆思挟纩。所置有木榻一，便于午睡；石长几一，便于鼓琴；竹炉一，便于煮茶；有古坑砚二，便于磨墨，以供挥洒；有小盆池，养九节蒲，以通灵明。席间惟设玲珑玩石，随时抚摩。（米芾《致爽轩记》）[1]

> 胡床乌几，左右设张，黄卷赤轴，纷披卷舒。（何麒《映书轩记》）[2]

> 匣有琴，棚有鹤，架有书，壁有剑，屏有画，几有棋，樽有酒，门有佳客，人见胡君取乎人物之清者然也。（姚勉《胡氏双清堂记》）[3]

> 琴书雅玩，陈列于中。客至则阅古赏奇，试茗烹饮，必与之从容竟日，怡然自适，曾不少倦。（米友仁《茂苑堂记》）[4]

米芾致爽轩、何麒映书轩、胡氏双清堂、长洲令尹石㻦郡圃中的茂苑堂，都可见园林建筑内的景致陈设，包括书案、长几、木榻、盆景、玩石、琴、棋、书、画，笔、墨、纸、砚、剑、茶等，带有浓郁的书斋气息，内外的陈设集中体现了园林小品的实用与审美的双重价值。它们不仅仅为园林游居生活提供舒适便利，更能彰显园林清旷之乐、卓越高远之致。文震亨在苏州的艺圃是明代文人园林的典范，其陈设和悠闲舒放生活与宋代园林和宋代园主之神情何其相似。中华园林在历史发展中推挽因变，潜转暗换，但园林文化的书卷气脉却是贯注古今。

二、澄清园林艺术研究中陈陈相因的观点

唐宋园林研究者征引最为广泛的园林资料是宋代李格非《洛阳名园

---

[1] 曾枣庄、刘琳主编：《全宋文》卷二六〇三，第 121 册，第 42 页。
[2] 曾枣庄、刘琳主编：《全宋文》卷三八八五，第 177 册，第 337 页。
[3] 曾枣庄、刘琳主编：《全宋文》卷八一三九，第 352 册，第 86 页。
[4] ［宋］郑虎臣编：《吴都文粹》卷九，文渊阁四库全书本。

记》,《洛阳名园记》的史料价值洵为重要,但是毕竟只记述了十九座园林,之于宋代园林的代表性是有限的,仅依据这十九篇园记就得出的结论其科学性也是值得商榷的。

园林研究学者张家骥先生在《中国造园艺术史》中言:"总之,宋代私家园林已很兴盛,数量也很多,记载园林的资料虽不少,但多阔略而无征,散漫而难究。李格非《洛阳名园记》所记稍详,从中亦不难看出,宋代的私家园林,不仅形式较多,在内容上也有所丰富和发展。"① 宋代园林资料有"阔略而无征,散漫而难究"的情况,但是也有非常多的园记散文非常详实地记录下园林的情况,在文学空间中构筑起鲜明的园林空间。如《太平郡圃记》《西园记》《南园记》《双溪园记》等,对园林的记述非常详尽。园林的建造过程、园林景观的布局、园主人的生活状态等都容纳在园记中,甚至还对园林的变迁进行科学考察,可征可究。如吴师孟《剑州重阳亭记》言自己在治平二年(1065)夏四月二十五日,随从蜀帅南阳公驻扎剑州。当日,在东园的见溪亭聚会,郡将带领众宾客凭栏而语。远见东山有一亭,贰车太博扶风马君渊言此亭"乃唐刺史蒋侑所建重阳亭,商隐序而铭之者也。亭圮以来,不知几许年。予尝登访其址,西首俯瞰,一郡之境,蠹蠹高下,丛于目前。扪其碑辞,尚可省读"②。唐文中确有李商隐《剑州重阳亭铭并序》。从文中记述可知,马君渊是曾经考察过该亭的来历,读过商隐的序文和亭边的碑辞的。正是基于对该亭历史的了解和对先贤的敬意,吴师孟才将此亭重新修缮一新,所作记文很详尽地交代了剑州重阳亭的历史变迁。

又如舒亶《西湖记》记宁波的西湖,如同一篇科学考察报告一般,将西湖的游观之胜形成的历史过程交代得非常清楚。

西湖的位置在宁波府的西南方向,南边废久,只剩下西边,其南北长三百五十丈,东西四十丈,周围总七百三十丈有零,有两座桥可以越湖而过。是宋真宗天禧年间由直馆李侯夷庚所建。然而其处在偏僻之隅,无游观之胜。这是西湖公共园林的初创阶段。

宋仁宗嘉祐年间,钱侯君倚秉持以修旧如旧的理念,依据西湖开始兴作时的样子将其修葺一新。"总桥三十丈。桥之东西有廊,总二十丈;廊之中有亭,曰众乐,其深广几十丈。其前后有庑,其左右有室,而又环亭以为岛屿,植花木于是,遂为州人胜赏之地。"③ 至钱侯,宁波府之西湖方

---

① 张家骥:《中国造园艺术史》,山西人民出版社,2004,第186页。
② 曾枣庄、刘琳主编:《全宋文》卷一三六〇,第62册,第323页。
③ 曾枣庄、刘琳主编:《全宋文》卷二一八一,第100册,第77页。

始成为州人的胜赏之处。

钱侯离去后三十多年，西湖逐渐浸废不治。宋哲宗元祐年间，刘侯纯父做郡守，"适岁小旱，乃一切禁止而疏浚之。增卑培薄，环植松柳，复因其积土，广为十洲，而敞寿圣之阁，以其名名之，盖四时之景物具焉，湖遂大治"①。刘侯纯父做郡守期间，是宁波西湖作为游览胜地最为繁盛的时期。

记文详实记载了宁波西湖公共园林初创和变迁的过程，还记载了相关的风物和人事。如众乐亭的南面有小洲，那里有几间房屋是僧人安定守桥之所，房屋败坏后修为寿圣寺。西边还有四座佛祠，北边有红莲阁，是宋真宗大中祥符年间的章郇所创，还有记文为证。阁的北边是郡酒务所在。从前人们都从湖中汲水，西湖之治原本是为了防备旱灾，寿圣院中的石刻有相关记载。如此详实的资料传于后世，宁波西湖的始末本事清楚明了，有文献为征，有史实可究。此外，宋祁的《寿州西园重修诸亭录》详细记述了寿州西园复建的过程，也体现了园林的兴废变迁史，是实证性很强的材料。在宋代园林散文中记载某园或园中某建筑重建、修复的篇目还有很多，都为考察该园林的历史变迁提供了可资考证的资料。材料的掌握对于研究结论的重要性毋庸赘言，在充分占有材料的基础上就不会得出印象式的结论。

唐宋园林叠山论的争议也是一例。周密《癸辛杂识》云："前世叠石为山，未见显著者。至宣和，艮岳始兴大役，连舻辇致，不遗余力。"② 由此产生一种误解，认为叠石为山发展很晚，唐代尚无。李浩师举出唐代诗、散文、笔记、出土文献中的大量资料，力证唐代不仅有叠石为山的造园艺术，而且手法多样，改变了唐代无叠石为山的臆断。③

有关宋代叠石为山的论断也存在着陈陈相因的误断。明代王世贞在《游金陵诸园记序》中说："盖洛中有水，有竹，有花，有桧柏，而无石，文叔《记》中，不称有垒石为峰岭者，可推已。"④ 显然王世贞是根据《洛阳名园记》中的记载而推出洛阳园林无"垒石为峰岭者"的结论。

童寯先生根据《洛阳名园记》和王世贞的话得出了北宋无叠石为山的论断。他在《江南园林志》中说："吾国园林，无论大小，几莫不有石。李格非记洛阳名园，独未言石，似足为洛阳在北宋无叠山之证。"不过童寯对此也提出了自己的疑惑："然据《洛阳伽蓝记》所载，洛在北魏，早

---

① 曾枣庄、刘琳主编：《全宋文》卷二一八一，第100册，第78页。
② [宋]周密撰：《癸辛杂识前集》"假山"条，《癸辛杂识》，第14页。
③ 参见李浩：《唐代园林别业考论》，第36—41页。
④ [明]王世贞著：《弇州四部稿续稿》卷六四，文渊阁四库全书本。

已具叠山规模矣。"① 童寯先生也疑惑,何以到了宋代叠石为山反而不兴呢?可惜,他并未深究此问题。

张家骥先生根据李格非的《洛阳名园记》,注意到洛阳园林中无叠石为山的现象,又结合童寯先生的疑惑,提出叠石为山的造园手法到唐宋废而不兴的观点。他指出,"'构石为山',自唐至宋,仅在帝王苑园中采用并得到发展,私家园林自北魏张伦的景阳山以后,早已不兴",认为唐宋私家园林不兴叠石为山,宋代多筑台,"北宋私家园林,并非无石,只是'聚拳石为山',石作为独立的观赏对象;也并非无山,只是山为土筑,体量较小"。② 于是形成了宋代私家园林不兴叠石为山的观点。李浩师已经充分论证了唐代私家园林存在叠石为山的问题,兹不赘述。其实在宋代私家园林中叠石为山是大量存在的。在宋代园林散文书写中,园林筑台、独石成山、筑土为山等情形的确存在,但同样也有许多叠石为山的记述。例举如下:

> 王君定国为堂于其居室之西,前有山石瑰奇琬琰之观,后有竹林阴森冰雪之植,中置图史百物,而名之曰清虚。(苏辙《王氏清虚堂记》)③

> 雪斋者,杭州法会院言师所居室之东轩也。始,言师开此轩,汲水以为池,累石以为小山,又洒粉于峰峦草木之上,以象飞雪之集。(秦观《雪斋记》)④

> 堂最大者曰许闲,上为亲御翰墨以榜其颜。其射厅曰和容,其台曰寒碧,其门曰藏春,其关曰凌风。其积石为山,曰西湖洞天。其潴水艺稻,为围为场,为牧羊牛畜雁鹜之地,曰归耕之庄。(陆游《南园记》)⑤

> 苍藤碧萝结树杪,石出林中,嵌空奇怪。由石镈环行,婆姗而上,仅七十丈至绝顶,因其峻培而亭之,曰招隐。围以岩花,花自地而升,犹不及于栏楯。(何恪《西园记》)⑥

> 绍熙壬子九月十六日,予以废疾至自金陵,深念平生无它好,独好泉石,而故居乃土山,安所得石?忽乡友王信臣及其犹子子林,艘

---

① 童寯:《江南园林志》,中国建筑工业出版社,2014,第19页。
② 参见张家骥:《中国造园艺术史》,第238页。
③ 曾枣庄、刘琳主编:《全宋文》卷二〇九五,第96册,第183页。
④ 曾枣庄、刘琳主编:《全宋文》卷二五八五,第120册,第126页。
⑤ 曾枣庄、刘琳主编:《全宋文》卷四九四五,第223册,第144页。
⑥ 曾枣庄、刘琳主编:《全宋文》卷五四〇四,第242册,第44页。

永新怪石以遗予。予喜甚曰："子犯所谓天赐者。"亟召匠钉饪为假山。（杨万里《泉石膏肓记》）①

王定国清虚堂之前有"山石瑰奇琬琰之观"，说明在堂前构筑有叠石而成的假山，形态奇特玲珑。秦观所记杭州法会院言师所居之东轩前的假山即为累石而成。陆游《南园记》是在游览了韩侂胄的南园后作，明确记载园中有积石而为的假山。在西园中，山主要以石叠成，上山时是沿着石罅间的路径蹒跚而上，山高七十丈，因地势高峻，筑招隐亭远眺园景。亭子周围种植岩花，说明山上有土，显然是土石结合堆叠而成的假山，土石结合的山往往体量较大，不仅可观，还可游可居。杨万里好泉石，乡友王信臣及其侄子用船载永新怪石相赠，他就找来工匠将之堆叠成山。

此外，宋代叠石为山的记载还非常多。俞烈的《洪氏可庵记》曰："山有峭立石壁，而有形夙蹲负其下者曰'金鳌'。"②袁燮的《是亦楼记》曰："其前累石为山，高不过丈余。虽无怪奇伟特之观，是亦山尔。"③刘宰的《野堂记》曰："顾园之西南隅，背郁葱而面清旷，累石为山，草树丰茸。每风雨晦明之变，若嵌岩洞穴中实吞吐之。"④都是宋代叠石为山的记载。

可见宋代私家园林中叠石为山并非不复存在，而是普遍存在。故不能以《洛阳名园记》一书的记载来臆断其有无。

还有一例。童寯先生《江南园林志》云："自来文人为记，每详于山池楼阁，而略于花丛树荫，独《洛阳名园记》描写花木，不厌其繁。"⑤事实上，唐宋时期的园记作品中详于描述花丛树荫的作品在在不少，远不止《洛阳名园记》，详细程度也远超此记。如唐代李德裕的《平泉山居草木记》就是以园林中的草木为主，描写花木，不厌其繁。还有白居易《种竹记》、黄裳《秀橘记》、周紫芝《宝录院种木记》、吴芾《卧龙山草木记》等，不仅以草木名篇，而且详细描写所种植的花木。更有众多园林散文详细描绘草木四时之景。胪列几例如下：

春物之最华者为海棠洞，镠镥茂密，长八九十步，可容丈席，如锦帐而行其中。酴醾如亭，四柱覆香雪而休其下。溜乎其风者，松栢之作声；筛乎其日者，梅竹之斗清。茶先春而琼英，橘逢秋而金星。

---

① 曾枣庄、刘琳主编：《全宋文》卷五三五二，第239册，第312页。

② 曾枣庄、刘琳主编：《全宋文》卷六四一三，第283册，第5页。

③ 曾枣庄、刘琳主编：《全宋文》卷六三七七，第281册，第239页。

④ 曾枣庄、刘琳主编：《全宋文》卷六八四三，第300册，第113页。

⑤ 童寯：《江南园林志》，第20页。

甲乙品目，四时递秀，变化不同，六气晦明，态度亦因以异。（李石《合州苏氏北园记》）①

端平丙申七月既望，结茅此山。墙阴之田千，虚中为室，有朴野趣。后启小牖，前辟双扉。设白木橙台，具瓷瓶盏。左则居畦丁以当仆，右则立栅旁出以栖羊。后月中浣，复筑田为沼，滋水族焉。遶坞深林，泉声涓涓，甚不恶也。山故有茶，今荒矣，增植之；故有桑，今瘁矣，重栽之；故有梨李枣栗，今高大矣，益广之。环池四面宜桤宜橘，宜葡萄，宜来禽安石榴之类，亦无不种。花开果实，春暖秋凉，呼邻翁，赊村酒，出瓷瓶盏，相与乐之。绿野之荣，金谷之丽，主人与客皆不知也。规模既定，扁曰"牧庄"。（钱时《牧庄记》）②

背梅林，夹曲水，越竹阁，柑橘三聚，皆东嘉、太末、林汝、武陵所徙。又有营道、庐陵之金甘，上饶之秀橘，赤城之翠橙，厥亭"橘友"。禁苑、洛京、安、蕲、歙之花，广陵之勺药，白有梅桐、玉茗、素响、文官、大笑、末利、水栀、山樊、聚仙、安榴、宛绣之球。红有佛桑、杜鹃、赪桐、丹桂、木堇、山茶、看棠、月季，葩重者石榴、木槿，色浅者海仙、郁李，黄有木犀、棣棠、蔷薇、踯躅、儿莺、迎春、蜀葵、秋菊，紫有含笑、玫瑰、木兰、凤薇、瑞香为之魁。两两相比，芬馥鼎来。卉则丽春、翦金、山丹、水仙、银灯、玉簪、红蕉、幽兰，落地之锦，麝香之萱。既赤且白，石竹、鸡冠、涌地、幕天、荼蘼、金沙。生意如鹜、蝶影交加，厥亭"花信"。林深雾暗，花仙所集，厥亭"睡足"。栗得于宣，梨得于松阳，来禽得于赣于，果品皆前列，厥亭"林珍"。木瓜以爲径，桃李以为屏，厥亭"琼报"。西瓜有坡，木鳖有棚，葱薤姜芥，土无旷者，厥亭"灌园"。沃桑盈陌，封植以补之，厥亭"茧瓮"。启六枳关，度碧鲜里，傍柞林，尽桃李蹊，然后达于西郊，茭葑弥望，充牣四泽，烟树缘流，帆墙下上，类画手铺平远之景……（洪适《盘洲记》）③

李石《合州苏氏北园记》非常细致地描绘了海棠洞的茂密、宽敞，酴醾架如亭如盖，开花时如覆香雪的繁盛，风中松柏的奏鸣，丽日梅花的清秀，还非常详细地描述其他花木景观。钱时所记牧庄建筑仅一室，其余皆

---

① 曾枣庄、刘琳主编：《全宋文》卷四五六七，第206册，第43页。
② 曾枣庄、刘琳主编：《全宋文》卷七〇一八，第307册，第374—375页。
③ 曾枣庄、刘琳主编：《全宋文》卷四七四三，第213册，第380—381页。

为花草树木，种植有茶、桑、梨、李、枣、栗、柤、橘、葡萄、石榴，品类丰富。洪适《盘洲记》则非常详细地记述了园中的花木品类以及来源地，品类之众、之全，色彩之丰富，令人叹为观止。

此外，周必大《玉和堂记》按春夏秋冬四个季节来描绘园林中的花木，吴儆《竹洲记》详细描述了园林中的大量绿植，刘宰《野堂记》记载了竟春妍、适炎夏、称秋清、备岁寒的各种植物。其余类此者，不胜枚举。可见，"独《洛阳名园记》描写花木，不厌其繁"之说也是不符合园记散文描述花木不厌其繁的实际情况的，有以偏概全之嫌。

以唐宋园林散文为对象的研究足见园林散文的重要园林文献价值，充分挖掘园林散文的园林文献价值对于园林史、园林艺术、园林建筑等诸多领域的研究都具有不可忽视的作用。

小　结

伴随着园林的发展产生了园林散文，记园作品在史部地理类、子部小说类、历代文集中都有收录。园林散文的门类特征鲜明，是从题材角度划分出的散文类别，其文体价值值得关注和研究。园林散文以其容量大的优势成为全面记述园林的适宜形式。在中唐之前，园林散文呈现多元文体、散漫众流的状况，中唐以后选择以"记"体为主，转折期在盛唐。唐降至宋，形成了以"记"为主，兼用"序""赋""铭"等文体来表现园林的主要格局。降至明清时期，一直保持这种稳定的格局。园林散文蕴含着丰富的园林文献价值，通过对园林散文的研究可以为园林史、园林艺术研究提供丰富的甚至是全新的资料，既可以加深对园林的认识，还可以澄清一些陈陈相因的错误观点。

第二章　唐宋园林散文的文学史地位

　　唐宋时期的记园散文在整个散文发展史上具有重要地位，唐宋记园散文定向选择了记体的形式，中唐时园记创体，宋代时园记立体，形成了记体文中的新门类。园记文体在唐宋时发生了一定的流变，出现尊体和破体、变体的发展演变，并影响到后世园记书写。从唐宋记园散文看，园林游记和山水游记已经二水中分，双峰并峙，呈现出鲜明的园林特色。

第一节　"园记"的创体和立体

　　"园记"是园林散文中的重要组成部分，也是中国文学史中的一个重要文体，出现于魏晋时期，至唐代，经中唐作家改造而成为新兴的杂记文中的一种。"园记"在古典"记"体散文中一直存在，在今天的游记文学中仍然具有强大的生命活力。但是"园记"文体在古代的文体学著作中一直没有被正式提出。吴讷的《文章辨体序说》、徐师曾的《文体明辨序说》、姚鼐的《古文辞类纂》、孙梅的《四六丛话》、林纾的《春觉斋论文》，谈到"记"体文时都没有提到"园记"。也许是因为"园记"只是杂记中的一个次文类，也许是因为"园记"的文体价值和意义没有受到足够的重视，长期以来，"园记"虽然大量存在，其文体学意义却一直隐而未发，没有确立其在文体学上地位。因此需要回归原典，"原始以表末"，溯源以辨体，确立"园记"体类。

一、"园记"的创体与文体溯源

　　最早以"园记"名篇的作品是唐代符载作的《襄阳张端公西园记》，这是园记最为正统的名篇形式。经过后代园记作家的大量创作，"园记"成为杂记文体的一类。

《襄阳张端公西园记》是符载为张端公西园而作的"记"文。"记"文先交代了襄阳气爽地灵、山水环抱的地理环境，接着叙述侍御史张公在此地修建宅园之实。园林的具体位置在万山东五六里，檀溪西三百步，南对汉高庙。园林的周边环境优美，有逶迤的岑峦，苍翠的松桧。园内景色更加怡人，"前有名花上药，群敷簇秀，霞铺雪洒，潋滟清波。后有含桃朱杏，的皪荫霭，殊滋绝液，甲冠他囿"①。园林中有花木有池塘，园林景观布局超过当地其他园林。每到天晴云净的日子，园主人就会迎来山僧羽客、喜好林泉的达官贵人，一起在园林中开轩设簟、煮茶摘果，共享醺乐，此乃记园林活动。继记述园林景观和园林活动之后阐发作文者的议论。园林隔断了门外的人寰喧嚣，自得山林幽趣。张端公官薄气浩，栖心园林，拔俗遐旷，园林是他的营道之场。最后记下作文的时间为丁丑岁六月庚午，即贞元十三年（797）六月，以及作文者的姓名。

这篇"园记"以叙述事实为主，兼描述景物，结尾略作议论，符合"记"之正体的文体特征。此后的"园记"都是沿用这样的书写模式，长期以来一直比较稳固。所以这篇"园记"具有创体之功。

在符载的《襄阳张端公西园记》之前，有元结的《菊圃记》，"圃"即"园"，可看作直接以"园记"名篇之作。这篇记菊花主题园的文章，十分简短，由春陵一带不知种菊的风俗写起，叙述种植菊花的两番经历。第一次种植的菊花不被爱惜受到蹂践，第二次种植时重新开圃，远离吏人。然后由种植菊花的经历引发君子立身要慎择所处的议论。此文主要抒发自己的身世之感，多愤世之情，几乎没有具体的状写菊圃的文字，尚不能体现"园记"的表现功能。此后又有樊宗师的《绛守居园池记》，也以整座园林名篇。

《襄阳张端公西园记》并不是"园记"的源头。"园记"在问世之前已经存在复杂的前身，主要有两种情形。

其一是"园序"。有一种序文，不为诗集序、宴饮序、赠别序，而是为记述园林而序，这类序，其文体功能和"记"没有区别。名为"序"，实为"记"。如王勃的《游冀州韩家园序》、李白的《春夜宴从弟桃花园序》、于邵的《游李校书花药园序》等等。尽管有的"园序"园林描写较少且比较简略，但是这些序不是为园林宴集的诗文集或园林送别而作，而是为园林游赏纪实而作。此类序文在后代依然存在，如宋代徐铉的《游卫氏林亭序》、郭祥正的《逍遥园并序》，明代王思任的《淇园序》《纪修苍浦园序》等。

---

① [清] 董诰等编：《全唐文》卷六八九，第 7 册，第 7061 页。

姚鼐《古文辞类纂》就指出了以"序"为"记"的现象。《古文辞类纂》言："杂记类者，亦碑文之属。碑主于称颂功德，记则所纪大小事殊，取义各异，故有作序与铭诗全用碑文体者，又有为纪事而不以刻石者。柳子厚纪事小文，或谓之序，然实记之类也。"①姚鼐的话也说明了名"序"实"记"的情况。吴曾祺在《文体刍言》中论述"序跋"之"序"时云："序类凡三种，以之送人者，则入之赠序类；以之记事者，则入之杂记类；惟以弁诸诗文之首者，则入此类。"②也指出序中有专以记事一类。曾枣庄在《以序名篇，文非一体》一文中也指出了这种情形："三为记序之序，虽以序名篇，但实属杂记文……如王羲之《兰亭集序》、王勃《滕王阁序》、李白《春夜宴从弟桃花园序》等。宋初李昉等编的《文苑英华》卷七〇八至七一一《游宴》类所收序，从王勃的《春日孙学士宅宴序》至白居易的《三游洞序》都是序记之序，是杂记文。"③以上材料都说明了以"序"为"记"的文体通用现象。

此外，孙梅在《四六丛话》中还指出了名"书"实"记"的文学现象："若乃赵至《入关》之作，鲍照《大雷》之篇，叔庠擢秀于桐庐，士龙吐奇于鄞县：莫不摹山水，绘烟岚，列土毛，覃海错。跌宕以行吟，迤逦而命笔，实皆记体，曲被书称。"④由此可见，古人在文体的选择和使用上也有界限不那么清晰的情况，故而，今天的研究就要根据文本的具体内容而裁断了。

徐师曾《文体明辨序说》论"序"云："按《尔雅》云：'序，绪也。'字亦作'叙'，言其善叙事理次第有序若丝之有绪也。又谓之大序，则对小序而言也。其为体有二，一曰议论，二曰叙事。"⑤"序"，就是按照次序叙述事理之文。大序指全书之序，小序专指诗、文、词、曲的篇前之序。

吴讷《文章辨体序说》论"序"云："东莱云：'凡序文籍，当序作者之意；如赠送燕集等作，又当随事以序其实也。'"⑥

可见，"序"的文体功能是叙述事实，这种文体功能和"记"体叙述事实以备不忘的文体功能是相通的，所以就有将两种文体混同使用的情形了。"园序"和"园记"之间也出现了以"序"为"记"的文学现象，使

---

① ［清］姚鼐选纂：《古文辞类纂》目录，世界书局，1936，第 19 页。
② 吴曾祺著：《涵芬楼文谈》附录《文体刍言》，金城出版社，2011，第 99 页。
③ 曾枣庄：《以序名篇，文非一体》，《古典文学知识》2011 年第 4 期。
④ ［清］孙梅著：《四六丛话》卷二一，第 418 页。
⑤ ［明］徐师曾著：《文体明辨序说》，第 135 页。
⑥ ［明］吴讷著：《文章辨体序说》，于北山校点，人民文学出版社，1998，第 42 页。

得"园记"的源头有些复杂而模糊。

其二是亭台楼阁等记。中国古代的园林名称并非单一地称为"园"或者"园林"，而是有很多不同的别称。"园"可以称为园林、林园、园池、园亭，还可以称为圃、池、亭、山居等等。据李浩师《唐代园林别业考论》统计，唐代园林就有山池、山亭、林亭、溪亭、池亭、山居、亭子、草堂等四十种之多的别称。①这种篇名在宋、元、明、清时期一直沿用，在"园记"中占有相当的数量，这是后代对唐代园林称谓的继承。因此，考察"园记"的产生，就要甄别这类以亭、台、楼、阁、池等不同名称命名的记体作品，辨别其是否是以部分代整体来记述整个园林，如果是，就要将它们纳入"园记"的研究视野。在符载《襄阳张端公西园记》这篇"园记"出现之前，唐代已经有一定数量的山、宅（斋）、池记或亭堂记来记述园林了，如张说《东山记》、颜真卿《梁吴兴太守柳恽西亭记》、李华《卢郎中斋居记》《贺遂员外药园小山池记》、贾至《沔州秋兴亭记》、元结《菊圃记》（菊圃属于主题园）等。此后，中唐作家柳宗元、刘禹锡、权德舆、白居易等都创作了大量的亭记来记述园林。

从《菊圃记》《绛守居园池记》《襄阳张端公西园记》三篇以整体园林名篇的"园记"作者看，元结是盛唐至中唐过渡时期的作家，符载主要活动在德宗、顺宗、宪宗时期，属于中唐时期的作家。建中元年（780），与杨衡、李群等隐居庐山，号"山中四友"。樊宗师也是中唐时期的作家。由此传递出的信息是，经过前期"序"和亭台楼阁"记"的酝酿，中唐时期产生了"园记"体。这种文体对后世产生了深远的影响，宋代至明清出现了大量的园记创作。

中国古代文体命名有多种方式，其中一种是由初始的行为动作逐渐生成。胡大雷先生在论述中古时期文体命名与文体释名时指出："考察《尚书》'六体'等文体的命名方式，其'谟、训、诰、誓、命'，本来都是行为动作的'做什么'，'做什么'产生文词，于是以行为动作本身来命名这些文体。这是早期文体命名的一般性方法，也是后世文体命名的一般原则。"②魏晋时期《拾遗记》《述异记》等著作中虽有园林记载，但"记"仅为动词记述之意，尚不具备文体意义。唐代大量单篇"记"文的出现，尤其是符载的《襄阳张端公西园记》的诞生，标志着"记"由记述的行为方式正式生成为文体形态，"园记"也在这个时期完成了其"由行为方式向

---

① 李浩：《唐代园林别业考论》，第 29—34 页。
② 胡大雷：《论中古时期文体命名与文体释名》，《中山大学学报（社会科学版）》2011 年第 4 期。

文本方式的变迁"①。另一种文体命名方式是由单篇文章衍生出文体门类。中国古代文体以篇名成为体名的不乏其例。如"七体"之成立，源于枚乘的《七发》。傅玄《七谟序》云："昔枚乘作《七发》，而属文之士若傅毅、刘广世、崔骃、李尤、桓麟、崔琦、刘梁、桓彬之徒，乘其流而作之者，纷焉七激、七兴、七依、七款、七说、七蠲、七举、七设之篇。"②"画记"体的成立，源于韩愈的《画记》。宋代作画记者"均将韩愈《画记》视作文学典范而有意识地加以师法，多人在文中提及对《画记》的爱赏与主动模仿"③。七体和画记都是一人创体，后人效法，因大量的创作而立体。从"园记"的命名方式来看，兼有以上两种生成方式，由早期记述园林的行为方式转化文体形式；由符载《襄阳张端公西园记》单独的篇翰发展为"园记"这一新的文体门类。"园记"在中唐创体后，经后人的大量创作得以因文立体，逐渐完成了经典化的过程。

二、"园记"的立体与创作繁荣

中唐时期"园记"产生后，并没有引起同时代人以及晚唐五代文人记园的心摹手追，他们依然沿用以"亭堂记"记园的做法。

继《襄阳张端公西园记》之后，唐代传于后世的园记作品有樊宗师的《绛守居园池记》，是以园之别称名篇的。该文作于长庆三年五月十七日，即公元823年，比符载的园记晚了26年。这篇"园记"在记园模式上遵循《襄阳张端公西园记》的写法，但是语言求新奇，句读难辨，晦涩不通。韩愈是樊宗师的老友，赞扬他为文"必出于己，不袭蹈前人一言一句"（韩愈《南阳樊绍述墓志铭》）④。但这篇"园记"却因其文艰涩难懂，受到了后世作家的訾议。欧阳修在《集古录》中论及此文时感叹道："呜呼，元和之际，文章之盛极矣，其怪奇至于如此。"⑤不满之意显而易见。元代陶宗仪《南村辍耕录》云："唐南阳樊宗师，字绍述，所撰《绛守居园池记》，艰深奇涩，读之往往昧其句读，况义乎哉？"⑥也在批评这种为文之法。虽然此文有樊宗师自己的注释，但是其文仍不可解。正是因为这篇文章的晦涩，后世有很多人为之作注。据《四库全书总目》记载，为其

---

① 郭英德：《中国古代文体学论稿》，北京大学出版社，2005，第27页。
② [清] 严可均校辑：《全晋文》卷四六，《全上古三代秦汉三国六朝文》，第1723页。
③ 蔡德龙：《韩愈〈画记〉与画记文体源流》，《文学遗产》2015年第5期。
④ [清] 董诰等编：《全唐文》卷五六三，第6册，第5705页。
⑤ [宋] 欧阳修著：《集古录》卷九，文渊阁四库全书本。
⑥ [元] 陶宗仪撰：《南村辍耕录》卷一二，中华书局，1959，第143页。

作注的有元代赵仁举、吴师道、许谦。"据李肇《国史补》称，唐时有王晟、刘忱二家，今并不传。故赵仁举补为此注。皇庆癸丑，吴师道病其疏漏，为补二十二处，正六十处。延祐庚申，许谦仍以为未尽，又补正四十一条。至顺三年，师道因谦之本，又重加刊定，复为之跋。二十年屡经窜易，尚未得为定稿。盖其字句皆不师古，不可训诂考证。"①明代也有赵师尹注笺本、张子特注释本。《绛守居园池记》受到后世的关注，为其注疏的原因不单单是为了读懂它，更重要的是它保存了古老远久的园林文献，有着重要的历史价值。孙冲曾专门进行园林实地考察，与樊宗师所记进行对照，作《重刊绛守居园池记序》，为该园池在宋代的样貌保留了宝贵的资料。正如《四库全书总目》所说的那样，"以其相传既久，如古器铭识，虽不可音释，而不得不谓之旧物，赏鉴家亦存而不弃耳"②。它就如同一件古器，虽不可辨识，但因为它是历史的文化符号，故而鉴赏家存而不弃。这同时也说明了后人在一定程度上对"园记"及园林的重视。

《襄阳张端公西园记》为后世"园记"创作者所仿效，反而鲜被提及。《绛守居园池记》在继承中，因违背了"园记"叙事纪实以备留存的原始功能而屡遭诟病。这是后代文人尊体的反向例证。由此亦见中唐时期的"园记"在后世产生的影响。

大量"园记"是在宋代出现的。宋代"园记"名篇的文本数量激增，如尹洙《张氏会隐园记》、欧阳修《海陵许氏南园记》《真州东园记》《李秀才东园记》、苏轼《灵璧张氏园亭记》、朱长文《乐圃记》、郑侠《来喜园记》、杨万里《唤春园记》、曾丰《西园记》、袁燮《是亦园记》、冯多福《研山园记》、魏了翁《北园记》、洪咨夔《东圃记》《善圃记》等。据笔者粗略统计，宋代以"园记""圃记"名篇的单篇"园记"文多达六十篇，而《洛阳名园记》和《吴兴园林记》这样的园录集中也有五十多篇，合计一百多篇。除了这样的名篇形式，还有更多以亭台楼阁记名篇的"园记"。宋代"园记"数量多达七百多篇，在写法上多遵循《襄阳张端公西园记》的篇章结构和叙议结合的特点。"园记"因文立体是在宋代完成的，"园记"文体在宋代定型并走向成熟。"园记"体的生成是散文中"因文立体"的又一个典型，显示了唐代"园记"的创体地位和宋代的立体之功。

明清时期集古代造园思想之大成，将山水写意园林进一步升华，园林建造艺术达到了精微的程度。清代皇家园林在明代园林的基础上，经过进

---

① 〔清〕永瑢等撰：《四库全书总目》卷一五〇，中华书局，1965，第1293页。
② 〔清〕永瑢等撰：《四库全书总目》卷一五〇，第1294页。

一步的扩建，形成了北京三山五园的庞大格局，出现了圆明园这样的园林奇迹。私家园林不仅数量众多，而且名园辈出。如明代的勺园、拙政园、止园、弇山园、养余园、日涉园、且适园、影园，清代的十笏园、半亩园、个园、愚园、瞻园、怡园、网师园、可园、半园、曲园、留园、申园、退园等。

与明清园林的极盛态势相适应，以"园记"为代表的园林散文的发展也进入繁荣期。"园记"数量更大，既有一园一记，还有一园多记的情况。如为网师园作记的有钱大昕、褚廷璋、彭启丰，为岵园作记的有申涵光、申涵盼，为十笏园作记的有丁宝善、张昭潜。以祁彪佳为例，仅仅他一个人就为其寓山园作园记四十九篇，此外还有其亲朋好友的共同书写。其中既有寓山园林的真实访客，也有未曾到访，纯粹凭借文本卧游神游者，他们共同建构了寓山园林的文学空间。如王思任有《寓园记》，王业洵作《寓山评》《寓山后评》，陈遁、陈函辉、陈子龙三人都有《寓山赋》，董玄有《寓山涉》，等等。① 就现代园记选集而言，陈从周先生的《园综》所选的园记作品中共三百二十二条记录，明清之前各个时期加起来只有五十九条，明清时期的有二百六十三条。② 陈植、张公驰先生《中国历代名园记选注》中共选注五十七篇，其中唐宋时期共十四篇，明清时期共四十三篇，也是以明清时期的园记为主。③ 相关园林文献著录中的数据量呈共同态势，即明清"园记"作品最多，明清时期数量更多的"园记"散文正是沿用宋代"××园记"的名篇形式，写法沿袭的是《襄阳张端公西园记》的书写模式。园记散文的发展在明清时期达到繁荣的巅峰。

吴承学先生在《中国古代文体形态研究》一书中曾指出："艺术形式的变化，哪怕是外部形态局部的微小变化，也可能反映出人类审美意识的演化——有时还是相当重大的演化。"④ 通过对"园记"发展过程的考察，可见园林日益成为文学的审美客体，园林题材、园林主题、园记文类已渐形成。"园记"发展的历时线索明晰地呈现出来：唐代为产生期，宋代为定型成熟期，明清为繁荣期。在这个漫长的过程中，中唐至宋代是"园记"文体形成的重要阶段，园记在中唐创体，宋代立体。从文本角度看，"园记"自身完成了因文立体的经典化过程。

---

① 参见曹淑娟：《流变中的书写——祁彪佳与寓山园林论述》，里仁书局，2006。
② 参见陈从周、蒋启霆选编，赵厚均校订注释：《园综》，同济大学出版社，2004。
③ 参见陈植、张公驰选注，陈从周校阅：《中国历代名园记选注》，安徽科学技术出版社，1983。
④ 吴承学：《中国古代文体形态研究》，中山大学出版社，2000，第65页。

第二节 "园记"文体的流变

"园记"散文自唐代产生到宋代，也在不断发展变化，经历了从正体到别体、尊体与破体的变化。

《文章辨体序说·记》云："《金石例》云：'记者纪事之文也。'西山曰：'记以善叙事为主。《禹贡》《顾命》，乃记之祖。后人作记，未免杂以议论。'后山亦曰：'退之作记，记其事耳；今之记，乃论也。'……大抵记者，盖所以备不忘。如记营建，当记月日之久近，工费之多少，主佐之姓名，叙事之后，略作议论以结之，此为正体。"① 由此可知，纪事以备不忘是"记"的基本文体功能，叙事之后略作议论，此为"记"之正体。

《文章辨体序说·记》又言："窃尝考之：记之名，始于《戴记》《学记》等篇。记之文，《文选》弗载。后之作者，固以韩退之《画记》、柳子厚游山诸记为体之正。然观韩之燕喜亭记，亦微载议论于中。至柳之记新堂、铁炉步，则议论之辞多矣。迨至欧苏而后，始专有以议论为记者，宜乎后山诸老以是为言也。"② 吴讷的论述说明他认为议论是"记"的变体，纪事中兼有议论，而且议论成分逐渐增多，是"记"体文发展的动向。徐师曾《文体明辨序说·记》云："其（记）文以叙事为主，后人不知其体，顾以议论杂之。……然观《燕喜亭记》已涉议论，而欧苏以下，议论浸多，则记体之变，岂一朝一夕之故哉？"③ 徐师曾强调了议论成分的增多是一个渐进发展的过程，变体的发生经历了由微到显的变化。

"记"体文不仅有变体，还有别体。徐师曾指出了"记"的三种别体："又有托物以寓意者（如王绩《醉乡记》是也），有首之以序而以韵语为记者（如韩愈《汴州东西水门记》是也），有篇末系以诗歌者（如范仲淹《桐庐严先生祠堂记》之类是也），皆为别体。"④

"记"体文在发展过程中有正体、变体、别体。以正体形式书写的"记"体文可以看作是写作中的尊体，以变体、别体形式书写的"记"体文可以看作是破体。钱锺书先生也说过，"破体，即破'今体'，犹苑咸《酬王维》曰'为文已变当时体'"，"……名家名篇，往往破体，而文体亦

① ［明］吴讷著：《文章辨体序说》，第41—42页。
② ［明］吴讷著：《文章辨体序说》，第41—42页。
③ ［明］徐师曾著：《文体明辨序说》，第145页。
④ ［明］徐师曾著：《文体明辨序说》，第145页。

因以恢弘焉"。① 周振甫先生言："破体就是破坏旧的文体，创立新的文体，或借用旧名，创立一种新的表达法，或打破旧的表达法，另立新名。"② 吴承学先生认为尊体是遵守文体初始的功能和本色，可以保持一种文体的稳定性。"破体，往往是一种创造或者改造，不同文体的融合，时时给文体带来新的生命力。"③ 吴承学先生强调宋人破体的文学创造性，例举"记"体文，宋人以议论、骈体、赋体突破叙事体的限制，实现"记"体的破体，丰富"记"体文的表达。

考察园林散文的文本可以看到同样的情况。"园记"在中唐与"记"体文的发展合流，"园记"的尊体和破体与"记"体文的发展相一致。下文分别从尊体和破体两个角度来考察唐宋时期园林散文在文体方面发生的变化。

一、尊体

自唐至宋，"园记"叙议两体分途并行。以叙事为主，结尾略作议论的正体"园记"一直是重要一脉，此为尊体。

正如被视之为"记"之正体的韩愈的《画记》及柳宗元的游诸山记的书写模式，自中唐始，"园记"采用"记"体的形式虽较多，也是以叙事为主。园林"记"文，其结构大体为：发现胜景的缘由，改建扩建园林的经过和结果，纪述园主或建造者的事迹，兼以少许的议论。如柳宗元《零陵三亭记》先记述零陵县历任几十位官长无人发现东部山泉的情况，后记述河东薛存义为政零陵期间的喜人政绩，接着叙述他利用公务闲暇发掘零陵山泉之美，营建可供官民同游胜景的过人之举。"乃发墙藩，驱群畜，决疏沮洳，搜剔山麓，万石如林，积坳为池。爰有嘉木美卉，垂水丛峰，珑玲萧条，清风自生，翠烟自留，不植而遂。鱼乐广闲，鸟慕静深，别孕巢穴，沉浮啸萃，不蓄而富。伐木坠江，流于邑门；陶土以埴，亦在署侧；人无劳力，工得以利。乃作三亭，陟降晦明，高者冠山巅，下者俯清池。更衣膳饔，列置备具，宾以燕好，旅以馆舍。高明游息之道，具于是邑，由薛为首。"结尾议论，赞扬薛存义从容为政的能力。"在昔禆谌谋野而获，宓子弹琴而理。乱虑滞志，无所容入。则夫观游者，果为政之具欤？薛之志，其果出于是欤？及其弊也，则以玩替政，以荒去理。使继是

---

① 钱锺书：《管锥编》（三），生活·读书·新知三联书店，2001，第 67—68、67 页。
② 周振甫：《文章例话》，中国青年出版社，1983，第 213 页。
③ 吴承学：《中国古代文体形态研究》，第 353 页。

者咸有薛之志，则邑民之福，其可既乎？予爱其始而欲久其道，乃撰其事以书于石。薛拜手曰：'吾志也。'遂刻之。"① 这篇园林记即为典型的正体。再如柳宗元《柳州东亭记》《永州崔中丞万石亭记》和张友正《歙州披云亭记》等，皆如此。

中唐议论已微见，之后逐渐有所增益，但是仍以叙事为主。如欧阳修的《海陵许氏南园记》先叙事，记许子春孝悌之事，后以两个"呜呼"引出议论，第一个"呜呼"赞叹许子春之孝德的感染力量可由一家而推至无限，教化作用由人而及禽鸟："呜呼！事患不为与夫怠而止尔，惟力行而不怠以止，然后知予言之可信也。"② 第二个"呜呼"阐述道理，以许子春的经历说明不为、懈怠、停止才是一件事情成功的最大障碍，只要身体力行，不懈怠不停止，看起来再难的事情都可以做成功。比较而言，在整个文篇中，叙事较议论的篇幅占比更大一些。杨蟠《众乐园记》、范纯仁《薛氏乐安庄园亭记》、苏轼《灵壁张氏园亭记》、郑侠《来喜园记》等都以叙事为主，略有议论。"园记"叙事方式比较灵活，南宋吕祖谦认为作记有"叙其事于首者"，有"叙其事于尾者"。③ 以纪事为主的园记文也有如下几种行文模式：其一是先叙后议，其二是先议后叙，其三是叙议结合。

唐宋时期的"园记"散文，以叙事为主的尊体之文占绝大多数，故而保持着"记"这一文体的相对稳定性。

二、破体

从吴讷和徐师曾的论述中可知议论是"记"文的变体。"园记"发展的另一脉也是专注于议论说理，略简淡化建造园林的纪事成分和园林景观布置的描写成分，此为破体。破体同样经历了由微到显的过程。唐代中唐时期议论尚少，晚唐则益多。如司空图的《休休亭记》，休休亭是司空图王官谷别业中的一个亭子，此记借"休休"生发议论，表达自己在乱世万念俱灭，避世修身的意旨。但到了宋代议论体的"园记"蔚然而成堂堂之阵。如王当《王氏至乐山记》、刘跂《马氏园亭记》、黄震《林水会心记》、李纲《拙轩记》、喻汝砺《南南亭记》、周必大《张氏近思堂记》等，不遑备述。兹例举如下：

> 东平王苍，汉贤宗室也。纷华盛丽，举不足以适其欲，而其所乐

① [清] 董诰等编：《全唐文》卷五八一，第 6 册，第 5865 页。
② 曾枣庄、刘琳主编：《全宋文》卷七四〇，第 35 册，第 118 页。
③ 参见 [清] 孙梅著：《四六丛话》卷二一，第 419 页。

者善，宁不以好善则优于天下欤？赵君季明，吾宋之东平也。所居之
傍，筑小圃以为燕游之地，而扁之曰"乐"。季明所乐者圃，其与东
平所乐不亦异乎？君子曰否。一阴一阳之谓道，继之者善也。盈天地
之间区以别矣，而无往非具阴阳之粹也。一阳之动，生意萌焉；三阳
之泰，万殊通焉。发越华秀，无非善也。季明之圃，闲花野草，映带
篱落，苍松翠竹，薰馥庭榭，发越华秀，与我为一，则吾圃之所植皆
吾之天趣也。否则圃自圃耳，吾何乐焉？和风甘雨，草木之所乐也；
仁义礼智，吾心之和风甘雨也。潇洒花木之间，徜徉风月之地，其乐
何如！无点之趣，则春风沂水春风沂水耳，非点也；无回之趣，则箪
食瓢饮箪食瓢饮耳，非回也。季明之乐，宁圃圃哉？季明之圃，东平
之善也，见其相忘于花竹而已。（辛元龙《赵季明乐圃记》）[1]

　　此文论述赵季明乐圃之乐和汉代东平王苍所乐同样在于善[2]，赵氏所
乐不拘泥于园圃，在物我为一的园圃中所体现的仁义礼智，彰显的是园主
的园林精神追求。文篇不重叙事、写景，以议论发明奥旨。

　　　无为子闻之曰：噫！是乌足以尽大夫之所蕴欤！大夫之先内阁公
在祖宗朝，尝献苦口之忠言，上以医国，建去害之长策，外以安边，
人到于今赖之。大夫承义方之训，性治行修，平生怀济物之术，所至
必蠲民之瘼。读家藏儒、释、道诸书，愈久愈深。其学博而不自矜，
其善积而不自有。在老氏曰涤除玄览，能无疵矣。在圆觉曰于大乘中，
发清净心，远离诸病矣。乃知药圃之设，为恤物之一端，乌足以尽知
大夫之所蕴乎！（杨杰《九华药圃记》）[3]

　　在得知永静太守南阳滕大夫的药圃只种植九华之药，不为悦目杂花卉，
不为品味植蔬果，无为子为之感叹并生发议论，揭示园主设置药圃，实为
恤物的本意和真谛。

　　破体不仅指涉议论之法，还指在"记"中运用"赋"体铺排之法。宋
代的陈师道、王应麟与清代的孙梅都意识到这样的破体之法。孙梅引《玉
海·辞学指南》指出，"欧公《真州发运园记》中间一节，此记中间铺叙

---

① 曾枣庄、刘琳主编：《全宋文》卷六九三三，第 303 册，第 423—424 页。
② 刘苍，东汉光武帝刘秀之子。建武十五年（39），封东平公。少好经书，雅有智思。兄
　明帝甚爱重之，及即位，拜为骠骑将军，置长史掾，史员四八，位在三公之上。永平中，
　修礼乐，定制度，苍都主持其事。帝每巡狩，苍常留都。寻上疏辞归。帝尝问："处家何
　等最乐？"苍答言："为善最乐。"
③ 曾枣庄、刘琳主编：《全宋文》卷一六四三，第 75 册，第 235 页。

体制也"①。又引《后山诗话》云："退之作记，记其事耳。今之作记，乃论也。少游谓《醉翁亭记》亦用赋体。"② 在"园记"中，描写园林景观的部分多使用赋体之法。如：

> 剟土而台，菜翠芬芳，低昂倚伏，各有妍态，维扬、洛种花也。交木骈架，缭以藤柯，金沙玉醆，蔷薇丽奢，丛错盘纡。游其下者仰不见天，石家锦步障也。路转如螺，围以醉妃，行者迷其所之，坐者不知所出，蜀锦城也。夹径翠香，黄绿分明，种同而品异，江陵橘也。熏风自南，芳意未歇，葵榴之竞艳，莲荇之吹香，兰畹之凝馨，槐帷之迭秀，夏之花也。一叶飘然，玉露洒凉，丹桂之筛金，芙蓉之叠锦，菊坡之傲霜，蓼圩之摇风，秋之花也。朔令行权，万柯赤立，松竹梅三友，兴来物交，虽无红紫之惊目，而有清白之契心，冬亦未始无花也。（郑域《桂氏东园记》）③

> 适当仲春，试与客椅栏而观之，清漪绿涟，渺如一壑，轻波微澜，随风四起，密藻丛生，小荷簪抽，柳眼已舒，渐露黄金之色，梅花虽谢，尚飘白玉之香，鸥凫翩翩而来，龟鱼洋洋而游，恍然身在江湖之上。若夫炎夏纳风，高秋宾月，冬曦煦背，寒雪眩目，三时之景又可知，恨余之不及见而去也。（吴渊《太平郡圃记》）④

> 彼植物而为木则松栢梧槚，为竹则笋筜簩筿，为花则芝兰葵菠，为果则杏梅李柰。（周梦孙《大园记》）⑤

> 其草木之籍：松、梧、槐、柏、榆、柳、李、梅、梨、枣、楟、柿、安榴、来檎、木瓜、樱桃、葡萄，太山之竹，汶丘之篆，峄阳之桐，雍门之荻，蒲圃之檟，孔林之香草奇药，同族异名。洛之牡丹，吴之芍药、芙蓉、菱芰、亭兰、菊、荇、茆，可玩而食者甚众。（刘敞《东平乐郊池亭记》）⑥

郑域《桂氏东园记》，铺叙东园中的四时之景；吴渊《太平郡圃记》，

---

① ［清］孙梅著：《四六丛话》卷二一，第 420 页。另见 ［宋］王应麟撰：《辞学指南》卷四，中华再造善本，北京图书馆出版社，2006，第 8 页。

② ［清］孙梅著：《四六丛话》卷二一，第 421 页。

③ 曾枣庄、刘琳主编：《全宋文》卷六四六，第 285 册，第 12 页。

④ 曾枣庄、刘琳主编：《全宋文》卷七六八六，第 334 册，第 35 页。

⑤ 曾枣庄、刘琳主编：《全宋文》卷八二九〇，第 358 册，第 49 页。

⑥ 曾枣庄、刘琳主编：《全宋文》卷一二九四，第 59 册，第 357 页。

铺叙初夏郡圃之景；周梦孙《大园记》、刘敞《东平乐郊池亭记》列举园中种植的植物品种，皆运用了"赋"体的铺排手法。在"园记"写景时多运用此法，祖秀《华阳宫记》胪列园中四十一座山峰之名，赵佶《艮岳记》中列举十三种从外地移植的草木，极尽渲染之能事。此外如宋祁《凝碧堂记》、李彦弼《八桂堂记》、宋徽宗《延福宫记》、周必大《玉和堂记》、曾三聘《冈南郊居记》等，都不同程度地运用了"赋"体铺叙之手法，来表现园林景致的丰富变化。

　　"园记"破体的另一表现是骈体的运用。在散体行文过程中不断地插入骈体句式，使句式富有节奏的变化。如：

　　　　万竹苍然而森耸，老木离立而参天，位置亭馆，疏凿沼沚，花屏药畦，掩映蔽亏；寿藤怪蔓，罗络蒙密。布局可以奕，稻秫可以酿。又即其隈，创精舍一区，上以备弦诵，下以陈燕豆。幅巾杖屦，往来登眺于其中，而光气灵响接于昏晓者异矣。至于天地之升降，寒暑之代谢，杂花卉之芳妍，披红而骇绿，与夫美荫交而鸟兽嬉，野潦收而别渚出，霜露冰雪，刻厉顽顑，千变万化，随时而迁，虽有智者，亦莫能诘其端倪也。持颐而笑，倚户而歌，其得之于心与得之于耳目，虽所遇之不同，而各适其适也。（孙德之《山间四时园记》）①

　　　　嘉祐六年，某既为迁堂，明年，于署之西偏葺粪壤，除恶木，薙荆棘，辟园以植树，疏池以养莲，傍池之滣，又为斋以自居，明窗净扉，澄澈虚爽，波光日辉，影射檐角，嘉花美箓，下荫地碧，左右景物，皆有可爱。予终日来此，盘桓徜徉，洒然自得，不知身之穷矍困挫，而其心油油，以乐夫贫贱而自晦也。（蒲宗孟《晦斋记》）②

　　孙德之《山间四时园记》和蒲宗孟《晦斋记》文中的四字句较多，且多上下句相偶对，句式简短且富有韵律美。四六骈俪在文学史上几乎成为六朝文学的代表，也似乎和雕饰浮夸做作的印象划上了等号，在古文运动中受到了强烈的批判。事实上，不论是唐朝诸公还是宋代文人，乃至更后来的创作者，对六朝的文风和骈俪的色彩都有不同程度的继承。他们摒弃了其浮艳空洞的形式主义，但是也学习其骈俪的技巧，实现了骈散结合。唐宋散文各家文中不乏骈俪偶句，用典藻饰熔裁字句，将形式的美好和内容的质实相结合，表现出古文运动中古文家既重视文章内容，又喜用骈

---

　　① 曾枣庄、刘琳主编：《全宋文》卷七六九五，第334册，第191页。
　　② 曾枣庄、刘琳主编：《全宋文》卷一六三一，第75册，第31—32页。

散结合的手法。刘勰《文心雕龙·章句》说"四言密而不促，六字格而不缓"，显见作文行语也是以四言、六言为常例。

刘勰在《文心雕龙·序志》篇中，亦将"变乎骚"视为"文之枢纽"。[①] 古今文体的发展，莫不是在"守正"的基础上"出新"，文体的新变可谓是文学创作发展的关捩。记体园林散文的破体对于园林散文的发展具有重要意义。

三、"园记"中的别体

园记别体中托物寓意者较少，典型的是范成大《范村记》，记述了园林之名范村的由来：

> 范村者，杜光庭《神仙感遇传》云："唐乾符中，吴民胡六子与其徒泛海，迷失道，漂流数日，至一山下，即登岸谋食，居人皆以礼相接，甚有情义。问此何许？则曰范村也，当见山长。引行至山顶，可十里所。花木夹道，风景清穆，宫室宏丽，侍者森列。一叟坐堂上，命客升阶，与语曰：'吾越相也，得道长生，居此。岁久，山下皆吾子孙，相承已数十世。念汝远来，当以回飙相送。'"[②]

范成大以神仙传来表达自己的乐园理想。后在自己的房舍南边建成小圃，就以范村命名。圃中景观题额颇有仙家色彩，如其"海棠曰花仙，酴醾洞中曰方壶，众芳杂植曰云露，其后庵庐曰山长"，寄托着作者的神仙理想和乐园愿景。

园记中的别体较多的是篇末系以诗歌者。园记别体中有这样一种情形，前面以叙事为主，最后以诗歌结尾。这是叙事散文和韵文的有机结合。

柳宗元的《永州韦使君新堂记》记述永州"有石焉，翳于奥草；有泉焉，伏于土涂。蛇虺之所蟠，狸鼠之所游。茂树恶木，嘉葩毒卉，乱杂而争植，号为秽墟"的情形。永州有嘉石埋没于深草、灵泉隐藏于土堆之下，茂树恶木、嘉葩毒卉杂乱并存，蛇鼠出没，人无游赏之地的情形。接下来叙述韦使君整修环境，建造新堂，创造游赏佳境之功。最后或赞且贺曰："见公之作，知公之志。公之因土而得胜，岂不欲因俗以成化？公之择恶

---

① 刘勰云："盖《文心》之作也，本乎道，师乎圣，体乎经，酌乎纬，变乎骚：文之枢纽，亦云极矣。"见［南朝梁］刘勰著，范文澜注：《文心雕龙注》卷一〇，人民文学出版社，1958，第727页。

② 曾枣庄、刘琳主编：《全宋文》卷四九八四，第224册，第399页。

而取美，岂不欲除残而佑仁？公之蠲浊而流清，岂不欲废贪而立廉？公之居高以望远，岂不欲家抚而户晓？"① 以排比句式、赞美之歌辞作结。唐末的陆希声之《君阳遁叟山居记》，记述遁叟避乱筑室阳羡之南，地处君山之南，东溪之上，遁叟名其山曰"颐山"，溪曰"蒙溪"，详细记述与颐山、蒙溪之神的对话，叙中有议，阐明自己躲避乱世，"养吾志于道而不希于世，养吾行于德而不眩于俗，养吾浩然之气以合自然之英，养吾诚明之意以入清明之赜。又将决吾心于仁义使不违，决吾志于中正使不过，决吾身于天命使不忧，决吾迹于遁世使无闷"的人格追求。结尾处叙述和山溪之揖让，欢会而罢，最后"弁且歌曰：山乎溪乎，吾之心乎，醒乎醉乎，吾与汝参乎"。② 此文体之转化，是以诗歌抒发寄心山水的意趣。

宋代"园记"中这种别体相对前两种较多。如：

……乃歌曰：云山之苍苍兮，言采其荣。其下九曲兮，仿佛乎大隐之屏。吾端策而得遁兮，又慕夫嘉名。噫！孰知吾之乐兮，肆其外而中阅。纷众美此具备兮，大莫大乎吾身。吾将出王游衍兮，曰旦而明。藏之至密兮，拓之无垠。举堪舆其犹小兮，何况朝市之与山林！（牟巘《苍山小隐记》）③

……乃赓昌黎盘谷之歌以遗之，歌曰：长春之中，茹芝以为宫；长春之下，躬耕以纳稼。长春之泉，溪堂双清，可以洄湘。长春之所，横舟商各当其所。晚净之莲、咏陶之菊造为容，菰浦之蒲、竹坡之竹相回复。嗟长春之乐兮正未渠央，用之则行兮舍之则藏。遗子孙以进学，逸教兮止止吉祥。身与心兮俱泰康，彼外物兮不足望。吾方穷居兮野处，欲往从之而未遑兮，徒懔慌以徜徉。（吕午《李氏长春园记》）④

……治平二年二月之晦，工徒告休，公将劳成，于是属其参军事沈某考词于碑，而继之以诗曰：昔在建隆，天子有征。环扬有师，盗不敢膺。……（沈括《扬州九曲池新亭记》）⑤

此外，苏轼《喜雨亭记》《放鹤亭记》、苏辙《杭州龙井院讷斋记（有

---

① ［清］董诰等编：《全唐文》卷五八〇，第 6 册，第 5863—5864 页。
② ［清］董诰等编：《全唐文》卷八一三，第 9 册，第 8553—8554 页。
③ 曾枣庄、刘琳主编：《全宋文》卷八二三二，第 355 册，第 355—356 页。
④ 曾枣庄、刘琳主编：《全宋文》卷七二一六，第 315 册，第 121 页。
⑤ 曾枣庄、刘琳主编：《全宋文》卷一六九〇，第 77 册，第 331 页。

词)》、黄庭坚《河阳杨清亭记》、葛胜仲《钱氏遂初亭记》、胡寅《伊山向氏有裕堂记》等，都是前记后诗或歌的形式。记文篇末系以诗歌，以诗歌发舒情感，与记文的叙事议论相辅相成，相得益彰。

尊体与破体在文体发展中既是矛盾的对立面，又是发展的统一体。王若虚《滹南集》卷三十《文辨》有这样一段记载：

> 或问："文章有体乎？"曰："无。"又问："无体乎？"曰："有。""然则果何如？"曰："定体则无，大体须有。"[①]

吴承学先生认为这是一种辩证的观点，"大体须有"，故应辨体；"定体则无"，故可破体。如果没有"大体"，也就取消了各种文体的个性；文体之间没有区别，也就无文体可言。然而又没有绝对的一成不变的体制，故不可过分拘泥，不知通变。因此，承认文之大体，同样也应该允许别体与变体，允许在"大体"基础上的风格多样化。[②]

自唐至宋，园记在尊大体的基础上不断地在创作上破体、变体，突破原有定体的束缚，吸纳更多的文体因素，在发展过程中开拓自己的表现空间，增强自己的表现能力。

"园记"文体的产生是园林艺术繁荣和"记"体文发展的共同结果，园记在唐代创体，宋代立体，明清兴盛，是"记"体文中以表现园林为特色的次文类，其文体学的价值和意义值得深入探讨，以深化细化文学和文体研究。

第三节 "园林游记"与"山水游记"二水分流

根据是否有游踪线索，记述园林的散文内分为静态呈现的园林记和动态观赏的园林游记。园林游记指的是实地游览了一个园林之后，按照游踪顺序记述游览的过程和观感的园记。如果文中有明显的游踪记述，或者虽无明显游踪，但游踪隐含其中，抑或题目、文中明确写明了作者在某时游览某园而记的园林散文，都归入园林游记，如《双溪园记》《游归仁园记》《游韩平原故园》《冈南郊居记》《游爱莲亭记》等。

而园林记则是指不针对游赏而作，打破了当下游赏时空的限制，只是

---

① 〔金〕王若虚撰：《滹南集》卷三○，文渊阁四库全书本。
② 参见吴承学：《中国古代文体形态研究》，第356页。

客观地介绍：描述园林情况的园记。那些创作者曾亲历园林或者曾在园林生活很长时间，根据自己园中的所见所感来作园记，忽略游览主体的活动，重在静态呈现园林本身，作文时按照空间逻辑顺序客观记述园林的散文归入园林记，如《独乐园记》《薛氏乐安庄园亭记》《合州苏氏北园记》《西园记》等。这属于园记内部的细致分类。

园记作品的创作中还有一种比较特殊的情形，作者从未亲历其园，受园主人的盛情相邀作记，他们大多是根据园主人的书信和园图所示而记，甚至有根据别人的介绍而记的。如欧阳修据许子春的园图而作《真州东园记》；文同的朋友河南廖君"写书画图抵余，使名而记之"[1]，故而作《梓州中江县乐闲堂记》；袁默受邀为韩士新父亲小圃作《介立亭记》，因未曾亲游，故记园林景观皆引述韩士新书信之语；洪迈作《临湖阁记》，多引述其友向巨源书信内容；朱松根据建阳刘文伯书信为其园作《清轩记》；袁默受邀为陈方中山居园所作的《山居记》，以及熊本《安静阁记》、曾巩《归老桥记》，皆是据书信所作。甚至在明代还出现了纸上园林，最典型的例证是刘士龙的《乌有园记》、卢象升的《湄隐园记》，以及由明入清的黄周星的《将就园记》，皆超越园林的实体性，在纸上为自己建构了一座理想的园林。此类当下有学者称之为"精神游历""梦游"或"卧游"的园记[2]，则归于园林记而非园林游记。

园林游记的记游特性，决定了园林游记属于游记的一种。但是在游记分型研究中，园林游记一直没有应有的席位，而园林游记专记游赏园林的特性又决定它从属于"园记"，只是园林游记在传统认识上被山水游记所涵盖。园记和游记在内涵子项上出现部分交叉，但两者又有自己的独立题材特性和范围。游记概念的内核在于因游而记的动态性，园记概念的内核在于记述园林的题材限定性。因为内核的不同，两者有着各自的内涵和外延。因为两者之间有所交叉，故在认识上出现了一些混淆，主要表现在园林游记与山水游记类的文学作品在归属门类上有些模糊不清。

园林游记作为游记和园记的重要组成部分，在史部、子部、集部文献中一直有所著录，却未受到充分关注，甚至长期与山水游记混同。园林游记和山水游记互有联系，有同有异。同在两者都属于游记的次文类，异在两者游览的对象、记述内容、游赏体验和解悟方面都存在很大差异。

中国的游记文学充分传达人类与自然沟通互动的渴望，人类于自然中

---

① 曾枣庄、刘琳主编：《全宋文》卷一一〇五，第 51 册，第 129 页。

② 参见贾鸿雁：《游记小议》，《云南民族大学学报（哲学社会科学版）》2005 年第 1 期。

安顿身心的审美愿求。游记创作历经数千年而不衰，历代佳作层出不穷，已经成为一种富有特色的文学传统。游记在发展过程中题材、形式、风格都在不断地演进和分化，于是就出现了对游记次文类的关注和二度划分。

在古代以文体分类的集部著作中早就有游记内部的简单分型，比如《文苑英华》的"宴游"类记体文，其下就有按照宴游对象溪、谷、丘、园圃、亭、居处、堂、池、山、石作出的划分，这虽然算不上游记类型的专门分类，但是显示了游记内容的丰富性，也表明了分类收录和分型研究的必要性。史部地理类著作《小方壶舆地丛钞》的第四帙共十四卷收录大量的游记作品，从分卷情况看它也是按照游览的对象不同来分类的，如游山、洞、岩、崖、谷、峰、湖、池、潭等。但是，也有很多总集、类书在著录游记作品时并无明显的分类，如《宋文鉴》《古文类辞纂》《文章辨体汇选》《游志》《游志续编》皆如此，它们只是文体大类的汇聚，同一大类分卷时并无下属次类的区分。

总集和类书编撰内容庞杂，工程浩大，只能做到大类相从，很难精细划分，需要后世学人作出更深更细的分型研究。吴承学先生强调文体研究"不但要回到中国文体学的大语境，而且还要回到具体研究对象的小语境，才能真实准确地把握研究对象的精神特质"①。针对具体文类的细化研究可以更好地把握研究对象的本质。

考察目前学界关于散文或游记文学的研究，可以发现由于角度和标准的不同，游记内部的分类花样繁多，不断出现争衡的同时，也丰富着游记散文的分型讨论，推进游记次文类划分的深入。

梅新林、俞樟华先生主编的《中国游记文学史》是第一部游记通史。书中虽未专门讨论游记分类的问题，但其论述中，或是按照作者气质类型将游记划分为"诗人游记、哲人游记、才人游记、学人游记"，或是按照游记书写形式而将其划分为"笔记体游记、日记体游记"，甚至还依据游记风格而提出"人生派、艺术派"游记。②

王立群先生根据游记文学性的强弱作出分类："中国古代的游记可分为两大部类：一为诗人之游；二为学者之游。前者以描摹自然景色、表现作家审美情趣为主；后者以记载地理知识，有利于地理考证为主。这种区别导致了中国游记划分为文学游记与地学游记两大次文类。"③德国的汉学研究者梅绮雯试图通过对佛教游记、地方记录、旅行日记、公使报告、远

---

① 吴承学：《建设具有现代意义的中国文体学》，《文学评论》2015 年第 2 期。
② 参见梅新林、俞樟华主编：《中国游记文学史》，学林出版社，2004。
③ 王立群：《游记的文体要素与游记文体的形成》，《文学评论》2005 年第 3 期。

程游记的细分来勾画游记类别的早期、形成、巩固、潜在发展和复兴的历史过程，分类依据有些偏重于书写形式。① 新加坡学者孔新人对"游"的意义作出新的理解，认为"游"有四种类型，"一是追求生命体验的自由境界；一是借山水抒发幽情，遗世转生；一是记述人文地理；一是反击游记文学乌托邦色彩的游记小说"。②

对游记次文类的分型研究呈现出的是多视角多样态的状况，多关注游览主体，却较少聚焦游览客体，一直倍受关注的游览客体是自然山水。李文初先生就认为"游记散文主要指山水游记，即以山水作为散文艺术表现的对象，以审美眼光观察反映自然景物"③。山水游记因其数量多、文辞优美、情理兼胜为后世读者所喜爱，也是学术界游记研究的重点关注对象。

其实在游记文学中还有一个被忽略的重要门类——园林游记。不论从次文类的划分还是游记历史、文学阐释研究中都难以看到园林游记的身影。李浩师在《微型自然、私人天地与唐代文学阐释的空间》一文中指出，"园林诗及园林游记（习惯上称为园记）则是多写欣赏者、休闲者、旅游者、度假者的生活感受，涉及到园林卜筑营建亦是表现建筑设计者、劳动指挥者的感受"④。他首次提出了"园林游记"的命题，尽管这里的概念尚可进一步商榷，但是提出"园林游记"的游记类分概念的学术意义和发覆之功是不容忽视的。

在考察园林游记作品的收录流传过程中发现，园林游记和山水游记、地学记一样，数量多、文辞美、情理兼胜，可惜未能如山水游记、地学记一样得到足够的重视，甚至长期将园林游记与山水游记混同。事实上园林游记和山水游记同中有异，异中有同，彼此独立，和其他类型的游记共同组成了丰富多彩的游记文学。从游记的游览对象这一视角来提出园林游记的类分概念，既符合古代文体类分的传统，也符合游记的实际情况。

一、园林游记的文献载录

"时膏腴贵游，咸以文学相尚"⑤，游园是园林游记文学发生的基础。魏晋南北朝是游记文学的发生期。"在山水之游审美精神的驱动下，在山

---

① 参见［德］顾彬、梅绮雯、陶德文等：《中国古典散文——从中世纪到近代的散文、游记、笔记和书信》，周克骏、李双志译，华东师范大学出版社，2008，第95—160页。
② 参见［新加坡］孔新人：《游记的历史分型》，《中国文学研究》2007年第3期。
③ 李文初等：《中国山水文化》，广东人民出版社，1996，第323页。
④ 李浩：《微型自然、私人天地与唐代文学阐释的空间》，《文学评论》2007年第6期。
⑤ ［唐］李延寿撰：《南史》卷二二《王乘传》，第599页。

水之游实践活动的触发下，由单纯的游赏山水进而走向摹写山水，可以说游记文体的发生势在必然。"① 文人在山水放游、园林悠游中，景与意会，景触情生，自然形成翰墨文章。

现存文献中收录了相当数量的记述园林游览的散文作品，它们和寺观游记、山水游记、舆地记等共同存世。《艺文类聚》中收录晋代湛方生《游园咏》，是较早以游园为题的作品，另有南齐谢朓《游后园赋》、梁裴子野《游华林园赋》。杨衒之《洛阳伽蓝记》序言虽明确交代自己游览洛阳寺院，见昔日一千余寺，"今日寥廓，钟声罕闻，恐后世无传，故撰斯记"②，寄托历史兴废之叹是该书意旨所在，但客观上记载了作者游览的洛阳园林，《洛阳伽蓝记》是较早的园林游记。

唐宋时期有更多游园的记载。查检钩辑《文苑英华》《全唐文》《全宋文》，可见较多记述游园的文篇，有"序"有"记"。如宋之问《春游宴兵部韦员外韦曲庄序》，所记为春日游览长安城南韦嗣立园林并在园中宴会的事情；王勃游四川梓潼南江公共园林而有《梓潼南江泛舟序》，游河北冀州韩家园而作《游冀州韩家园序》；于邵《游李校书花药园序》、权德舆《暮春陪诸公游龙沙熊氏清风亭诗序》、柳宗元《陪永州崔使君游宴南池序》等，无不记载着文人游园雅集的活动。据欧阳修《李秀才东园亭记》所言，欧公年少时在好友李公佐东园居住过，后来再游东园，在今昔对比中为数年营建方成规模的东园纪事。李复《游归仁园记》是作者和友人一起游览了归仁园而记。元代刘因《游高氏园记》，明刘定之《游梁氏园记》、孙国光《游勺园记》、王世贞《游金陵诸园记》，清代陈维崧《依园游记》、谈文灯《游张氏涉园废址记》、王灼《游歙西徐氏园记》等，都是游览园林的文学产物。

园林游记除了单独篇翰的存在形式外，还有一定数量的园林游记的汇录值得关注。

宋代张礼的《游城南记》，记述了自己游城南的七天经历。他游经、游望、游览了城南唐时的旧园遗存和当时的园林，分别有：曲江、乐游原、杏园、芙蓉园、宦官仇士良的仇家庄别业、韩愈郊居园、邓谷郊居园、韦尧夫逍遥台、李之邵园亭、祁子虚之园、韦宗礼园（园中有会景堂）、侍御史范巽之御史庄即范公五居（唐时为杜佑城南郊居园）、澄禁院、延兴寺园、寺东驸马都尉王诜林泉、朝奉郎白序二庄林泉、塔院、牛僧孺郊居、

---

① 梅新林、崔小敬：《游记文体之辨》，《文学评论》2005 年第 6 期。
② ［北魏］杨衒之撰，周祖谟校释：《洛阳伽蓝记校释》序，第 25 页。

莲花洞（临晋公主驸马郑氏之业）、裴度郊居、幽州庄李氏林亭、安乐公主定昆池，共二十二处园林，还提到了闻其名失其地的永清公主庄、薛据南山别业、韩昌黎之韩店、岑参杜陵别业、终南别业、高冠谷、石鳖谷、郎士元吴村别业、段觉杜村檇居、元稹终南别业、萧氏兰陵里、梁升卿安定庄；具其名得其地然不得其所以的翠台庄、高望楼；见于近世而未著于前代的杨舍人庄、刘翔集之濛溪、刘子冀之樊溪。这些园林当时或成废址，或久不修葺治理，或为他人所有，园林兴废之思隐含其中。①《洛阳名园记》则是李格非游览了洛阳众多园林后的园录。宋代还有周密的《吴兴园林记》、倪思的《经鉏堂杂志》，后世有王世贞的《游金陵诸园记》、刘侗《帝京景物略》、孙国敉《燕都游览志》《娄东园林志》（作者有争议）等著作，是文人在金陵（今南京）、帝京、燕都（今北京）、娄东（今太仓）等不同地域游览园林后的园记结集。可以说只要迈出游行的脚步，就会在园林的土地上留下印记，记录游览园林者观感的园记也会如足下莲花步步盛开。这些传世文学作品说明了游记中园林这一游观对象的独立自足性。

园林游记的收录情况不仅表征出文人大量创作园林游记的文学现象，还传达出一个重要的信息，即园林游记和山水游记在收录时常常混同一处。这反映了古人对两者的认识存在着某种含混不清的误读。

园林游记因游园林而记，与山水游记同为游记的重要组成部分。但从游记文献载录可见其园林特性和文类独立性都没有受到足够重视，文献编撰者多将两者混而同一，共同载录。从宋人陈仁玉所编《游志》的存世目录、元代陶宗仪编撰《游志续编》、明代何镗辑录《古今游名山记》、王世贞《名山记广编》，皆可见园林游记和山水游记混录的情况。清代吴秋士不满这种文类划分不细的做法，删繁就简辑录而成《天下名山游记》，但还是将少量的园林游记置于其中，如《赐游西苑记》《游梁氏园记》。清人王锡祺《小方壶斋舆地丛钞》第四帙第十五卷至第二十八卷收录山水游记，尽管编者按照游览对象作出了较细的分类，但也将园林游记和山水游记置于同一类属。如《游狮子林记》《游秦园记》《行宫》，从篇目即知是记述

---

① 参见［宋］张礼撰，史念海、曹尔琴校注：《游城南记校注》，三秦出版社，2006。本文所统计的是游经和游览的园林数目。按：邓谷郊居园，史念海认为当是邓虔郊居园。张礼记"过瓜洲村"，注曰此地为淮南相公杜佑瓜州别业，但据史念海、曹尔琴考证，此地无瓜州别业。张礼引许浑诗《和淮南王相公与宾僚同游瓜州别业题旧书宅》："碧油红旆想青衿，积雪窗前尽日吟。巢鹤去时云树老，卧龙归处石潭深。道傍苦李犹垂实，城外甘棠已布阴。宾御莫辞岩下醉，武丁高枕待为霖。"这里的淮南王并非淮南相公杜佑，而且诗中所描绘之景也非瓜州村的景物。因"瓜州村近处无深水石潭，虽名为村庄，但无围城。唐代别有瓜州，也称瓜州渡"。故此条不作统计。

整个园林的篇翰。而有些亭台楼记，虽以建筑名篇，所记建筑乃是园林景观的组成部分，其实写的是整座园林。如第二十七卷《游姑苏台记》《游爱莲亭记》《游钓台记》《游喜雨亭记》都是园林游记，第二十六卷中山阳任瑗所著的《游万柳池记》记的乃是戴皋闻（鹤年）的私家宅园，第二十八卷的《游南池记》《游沧浪亭记》《游大明湖记》《游王姓湖记》《游惠州西湖记》也是记述园林的。寺庙记中则有不少寺院园林的描写，如《圣因寺》《游潭柘寺记》《游宝藏寺记》等。① 可见其也是将园林游记和山水游记置于同一类属之下的。最典型的是明代王世懋撰《名山游记》，共收游记八篇，"是编一曰《京口游山记》，分上下二篇，一曰《游匡庐山记》，一曰《东游记》，一曰《游二泉记》，一曰《游鼓山记》，一曰《游石竹山记》，一曰《游九鲤湖记》，而附以《游溧阳彭氏园记》"②。前七篇是游名山记，最后一篇《游溧阳彭氏园记》则为园林游记，显然也是把园林游记和山水游记混同了。

以上文献辑录的状态说明园林游记和山水游记的界线并没有细致区分。

不过，明代贺复徵《文章辨体汇选》专设了"园墅"门类，清代蒋廷锡等编纂的《古今图书集成·经济汇编·考工典》专立"园林"类目，其中"园林部艺文"收录园林游记，如苏轼《灵壁张氏园亭记》、刘因《游高氏园记》、王思任《游寓园记》等。这说明古人也注意到了记园文学的园林特性，有初步的园林文学类分意识。可惜这样的文学意识在后世没有引起足够的注意。在当代中国古代游记研究中，山水游记以其文学性、舆地记因其地理学价值备受关注，而园林游记尚未得到应有重视，无论是游记次文类的划分、游记史、文学阐释研究都鲜有提到园林游记。李浩师在《微型自然、私人天地与唐代文学阐释的空间》一文中所提出的"园林游记"命题，其游记类分观点和园林文学观念值得重视并得到学术回应。园林游记作为游记文学的一个重要组成部分，决定了学术研究应当提出它、明确它并聚焦它。园林游记研究无论对文学还是古典园林艺术都具有重要的学术意义，园林游记概念的引入，会极大地增强对游记文本的精细分辨。研究园林游记对于园林文学研究的深入和游记文体分类细化研究必有颇多助益。

---

① 参见 ［清］王锡祺辑：《小方壶斋舆地丛钞》，光绪十七年上海著易堂铅印本。

② ［清］永瑢等撰：《四库全书总目》卷七八，第 676 页。

二、园林游记与山水游记的异同

从客观上看，园林游记和山水游记同为游记中的重要次文类，它和山水游记有一定关联，存在着一定亲缘关系。园林游记和山水游记同属游记，在文学发生的动因、写作方法、篇章结构等诸多方面都有共性。两者都因游而记，记述游览景观，寄托思想感情，在写作方法上都以游踪为主线来结构文篇。文章结构也有相似的组成部分：叙述出游原因，描写游览过程中所见之景，插入叙述相关的人事，抒发游览所感，记下同游者的姓名。

此外，两者描写山水风景的内容也有交叉部分。园林游记和山水游记游览对象虽不同，但也有着千丝万缕的联系。园林是包含了山石、花木、泉池、建筑等组景、造景要素以供人们生活、休憩、游赏的场所，山水是园林景观的重要组成部分，除了通过人工堆土叠石而营造的假山，人工开凿灌注的泉池水景外，园林还会因势就势，因借自然山水构成景观。比如王维的辋川别业，华子岗就是终南山的一道山梁，在相地原则上属于利用山林地构园。计成《园冶·相地》说："园地惟山林最胜，有高有凹，有曲有深，有峻而悬，有平而坦，自成天然之趣，不烦人事之功。"[1] 讲的就是要因借自然之势，因借自然之景，因地制宜建造园林。符载《襄阳张端公西园记》云张公西园"在万山东五六里，檀溪西三百许步。南值汉高庙正相当，佛宫数四，与岑峦逦迤，苍苍松桧，尽为庭木"[2]，万山、檀溪、苍松这些天然存在的山水景物皆被因借成园景。

再如何恪《西园记》以游踪为序描述西园的园林景观布局，就写到了林堂"枕冈西湖，峻岭对峙，如列屏障，而乱峰叠巘，又出其背，倒影湖中，翠光浮动"的因借之景，以及与"横爽亭"对景的南岭，与"两峰亭"对景的两座山峰。清王灼的《游歙西徐氏园记》也写到了园外的景象："园之外，田塍相错，烟墟远树，历历如画。而环歙百余里中，天都、云门、灵、金、黄、罗诸峰，浮青散紫，皆在几席。"[3]

许多园林都有因借自然山水的成分，故在园林游记中就会有一定量的自然山水风景的描写。也许正是两者之间的这种联系，导致人们在认识层面将园林游记和山水游记相提并论。尽管山水游记和园林游记有相同的地方，但是两者也存在很大区别。

首先，游赏对象不同。以游览的对象作为区分标准，山水游记游览的

---

① ［明］计成著，陈植注释：《园冶注释》卷一，第 30 页。
② ［清］董诰等编：《全唐文》卷六八九，第 7 册，第 7061 页。
③ 陈从周、蒋启霆选编，赵厚均校订注释：《园综》，第 449 页。

是原生态的自然山水，而非人化的"第二自然"，未经人工开发改造，构成可游不可居的公共与开放的审美空间。如唐代柳宗元《小石潭记》，宋代柳开《游天平山记》、王安石《游褒禅山记》、曾巩《游山记》、苏轼《游石钟山记》、沈缭《三游山记》、张嵲《游玉华山记》、刘弇《游独狼山记》，明代袁宏道《满井游记》、谭元春《游南岳记》《三游乌龙潭记》，清代姚鼐《登泰山记》、钱谦益《游黄山记》（九篇）、袁枚《游黄山记》《游庐山记》等，皆为山水游记的典范之作。从晋宋至清代的地记游志类著述所引文篇来看，其自然山水的指向性都是非常明确的。兹举下文为例。

柳宗元《至小丘西小石潭记》云"伐竹取道，下见小潭"，"全石以为底，近岸，卷石底以出，为坻，为屿，为嵁，为岩"①。到小石潭，本无道路，小潭的石底，斗折蛇行的溪流，岩犬牙差互的岸势，都是大自然的鬼斧神工，没有人工的作用。此文属于山水游记。

苏轼《石钟山记》记自己元丰七年（1084）六月丁丑夜晚游石钟山，到达石壁看到"大石侧立千仞，如猛兽奇鬼，森然欲搏人。而山上栖鹘，闻人声亦惊起，磔磔云霄间。又有若老人咳且笑于山谷中者，或曰，此鹳鹤也。余方心动欲还，而大声发于水上，噌吰如钟鼓不绝。舟人大恐。徐而察之，则山下皆石穴罅，不知其浅深，微波入焉，涵澹澎湃而为此也"②。苏轼于石钟山所见如猛兽奇鬼般的大石，所闻山上栖鹘惊起、水击石穴罅隙之声，皆为原生态自然奇观。

景祐三年（1036）十二月，蔡襄游径山，"环山多杰木，丝杉翠桧，殆千千万万，若神官苍士，联幢植葆，骈邻倚徙，沉毅而有待者。……由西峰之北数百步，矹然钜石，屏张笏立，上下左右可再十尺，划而三之，若'川'字"（蔡襄《游径山记》）③。文中描绘的这些高大原始树林，如同屏风张开、笏板挺立的巨石，无不彰显着大自然的神奇魔力。

山水游记中的山、水、树木皆为自然，没有人为加工改造的印记，少有为观景而专修的道路（游观道路多是人们长期行走踩踏形成，也有少数为了行走方便以石砌出台阶的），人迹罕至的地方甚至需要边走边开辟道路；没有为便利观景休憩而修筑的亭台楼阁；没有人工栽植的花草树木；没有人工引水而成的池沼。山水游记一般著录在游记文献的名山记中，也体现了古人文学意识中山水游记所涉山水的纯自然指向性。

园林游记游览的对象是园林，园林弥补了人与自然环境的隔离，是为

---

① [清] 董诰等编：《全唐文》卷五八一，第6册，第5871页。
② 曾枣庄、刘琳主编：《全宋文》卷一九六八，第90册，第411页。
③ 曾枣庄、刘琳主编：《全宋文》卷一〇一七，第47册，第181页。

了亲近自然而建造的"第二自然"。园林往往要利用、改造天然山水面貌，注重花草树木的栽植，亭台楼榭的安设，假山池沼的配合，辅以禽鸟养蓄，从而构成一个以视觉景观之美为主的畅情舒怀的可游可居的环境。可见，游园的对象是不同于"第一自然"的"第二自然"，是人化的结果，是遵循造园原则精心卜筑而成的。如曾三聘《冈南郊居记》中记述自己的园林修建成功后在园林中游赏的情形：

> 余步自东，登梅台，入海棠洞，之云岑，玩东南诸峰，眺牧野，俯莲湾，还憩林屏，以会于西径；经杏园，登松皋，晞朝阳之温，仁夕月之辉，意得自适，非饥与寝，辄忘还也。叩扉呼家人启堂隅之户，可数十百步至于堂矣。自堂而出西径门之外，道由芙蓉池，上于桃川之石。度小桥，入钓鳖，泛野航于九曲之陂，沂水云乡，酌流泉，夷犹鸥社。舍舟而登月台，翱翔四顾，余庐依映竹树间，环以农家十数茅屋，有鸡鸣犬吠，无车马之喧。①

此园"地方一百六十亩，小涧经其间，为园者居五之一；废田以为屋，为园为池者又居其一"。园中人工栽培四时花草树木："松竹杉桂，相为茂密，其柯叶已可荫，桃、李、梅、杏、荼䕷、海棠欣欣向荣，其花实已可玩。"筑高台，凿洞壑，洞边架以海棠；引水为池，芙蓉满塘；开轩建堂，构亭筑台；曲径通幽，从容林水之间。文中也有因借自然的地方，如"之云岑，玩东南诸峰，眺牧野"，在园中高地，举目远眺远山牧野。不过，此文所记主要是园中之景。园中的山水花木，是人工精雕细琢创造出来的"自然"，和石钟山的石穴、满井的湖水、黄山的古松那种原始苍茫的自然在审美情调上有着很大的区别。

孙国光《游勺园记》描绘米万钟勺园的"缨云桥"、"松风水月"、"曲廊"、九曲"逶迤梁"、周遭皆为白莲花的"太乙叶"、玉竹环绕的"翠葆楼"等园林中的"自然"景致，它们经过人为的修饰，更增添了几分精巧、雅致和浓浓的画意。欧阳修游览李秀才东园，那是他孩童时代经常和李家诸儿玩耍嬉戏的园林。许多年后，他发现园林中的草木已经非常茂盛："……树之蘖者抱，昔之抱者枿，草之茁者丛，荄之甲者今果矣。"②园中草木皆为当年欧阳修亲见李氏——亲植的，园林草木还含茹着园主和作者浓重的感情。

① 曾枣庄、刘琳主编：《全宋文》卷六三六〇，第280册，第353页。
② 曾枣庄、刘琳主编：《全宋文》卷七四一，第35册，第135页。

园林中的景观都是经过审美观照后的匠心佳构，且与园林建筑相映成趣，浑然一体，形成特定景境。正如计成所言，它们"虽由人作，宛自天开"①，强调的是园林的自然性与设计感的完美统一。

游览者观赏"自然"的视角是不一样的。山水游记的作者游览时身处天然山水之中，站在自然中看自然，自然可触可感。他们可以闻到山花的香气，可以摘到霜打的红叶，可以捧起山泉濯洗……人与自然间是毫无隔离的直接接触。而园林游记的作者身处园林中，欣赏的是人化的"自然"，堆叠而成的山，精心栽植的花木。游览者可以站到园林中的亭台楼阁之上举目远眺，观天然之景，将园外的山水纳入观园的视野中，尽管他们与墙外的自然有些隔离，可望而不可即，但是却可以通过借景涵融自然于胸中。

其次，游赏的体验不同。园林游记和山水游记的异不仅在呈现的"自然"不同，还在于两者游赏的体验不同。两者游览的空间特性不同，在内容表现上也有很大的差异性。

园林游记书写丰富多样的园林生活体验。在公共园林主要为娱乐性游园体验，嘉令时节都人市民游赏园景，观看杂技、百戏、乐舞等。如符载《上巳日陪刘尚书宴集北池序》记载的就是游园观看盛大的赛龙舟活动的情景，欧阳修的《真州东园记》记载扬州东园"嘉时令节，州人士女啸歌而管弦"的游园盛况。在其他类型的园林主要表现为优雅安适的园居生活体验，既可游园尽享四时美景，又可抚琴、弈棋、吟诗、饮酒、品茗、赏曲、整理典籍、鉴赏金石、参禅论道、教课子孙等，具有浓厚的文化意蕴。如黄裳在《默室后圃记》中写其友人"乃之圃之中，讽遗编，鸣寒弦，衔素杯，战枯局，联诗篇，点花数，与忘形交，于此为谈笑，以寓道情之至乐"②，园居生活充满文人高雅的意趣。再如潘时《郑氏北野记》记述了作者游赏郑居仁（字义夫）北野园的审美之旅。入园由小径南行几十步，至悠然亭，"则旷如豁如，奇观竞出"，又游至"拟岘""绿雾"二亭，"其余小轩曲楹，松窗竹门，皆幽邃静深，清绝异甚。郑煮茗相延，徘徊竟日，井邑之声，渐绝于耳，使人心舒气爽，浩然有隐居之兴"③。北野园令人心舒气爽，浩然而起隐居之兴。幽然深邃的园林空间荡漾着诗情画韵，返虚入浑，让心灵陶然沉醉。清代陈维崧《依园游记》中园景简笔略过，重点记述康熙三年（1664）扬州知州毕载积在依园池亭宴请诸客的园林活动。"园不十亩，台榭六七处，先生与诸客分踞一胜，雀炉、茗碗、楸枰、丝

---

① ［明］计成著，陈植注释：《园冶注释》卷一，第26页。
② 曾枣庄、刘琳主编：《全宋文》卷二二六四，第103册，第333页。
③ 曾枣庄、刘琳主编：《全宋文》卷四九九三，第225册，第110页。

竹，任客各选一艺以自乐。少焉，众宾杂至，少长咸集。梨园弟子演剧，音声圆脆，曲调济楚，林莺为之罢啼，文鱼于焉出听矣。是日也，风日鲜新，池台幽靓，主宾脱去苛礼，每度一曲，坐上绝无人声。园门外青帘白舫，往来如织。凌晨而出，薄暮而还，可谓胜游也。"① 十七人游园雅集，众人选艺自乐，园中赏曲，尽显雅人深致。宋代张守《四老堂记》云绍兴十年（1140），张守回到了自己的家乡会稽，建造园林，结庐其中，颐养天年。"时曳杖步屧，徜徉其间。老兄弟间来问疾，则相与讲卫生之经，谈出世之法，醉贤人之酒，而饱腐儒之餐，有足乐者。"作者满足于自己曳杖徜徉林园的闲适，欣慰有老兄弟前来询问自己的病情。"且余四兄弟苍颜华发，颓然四翁，幸还里门，独季留浙东，方折简趣其归。"② 尤其是其四位兄弟都已是苍颜白发，都可以幸运地回归故里，能够兄弟相聚、相亲，尽享天伦之乐，这是最令张守感到暖心的事情。园林生活中的这种亲情告白，可以跨越时空触动后世读者的心灵。宋代李复《游归仁园记》、清代谈文江《游张氏涉园废址记》等以议论之笔发园林兴废之叹，这也正是自然山水畅游空间和山水游记作品中所没有的游赏体验。

山水游记书写的是畅游自然山水的居外体验，如曾巩《游山记》、钱谦益《游黄山记》（九篇）等，表现涉险历奇的自然之乐，相对单一，不同于园林多元生活的晏处之乐。

其三，游赏解悟不同。由于游览者置身其中的空间场域不同，所见所感也会有所区别。山水游记更多抒发的是对自然山水之美的赞叹和热爱，而园林游记则偏重于抒发园林隐逸情趣、高迈的林泉格调。

园林游记重在书写对园林景、人、事的解悟，抒发园林幽情，寄托精神追求，表达园林兴废迁化之思。黄庭坚的友人时运不济，仕进无门，退而卜筑南园隐逸，园中种竹，竹中作堂，名曰"青玉堂"。"岁寒木落而观其色，风行雪落而听其声。"（黄庭坚《东郭居士南园记》）东郭居士观竹色听竹声，以竹表达自己的精神追求。游园者观之解悟到的是竹子和园主高标孤傲的品性。兰、竹、梅、菊、桂、松、柏等植物都是园林重要景素，无不体现着文人趣尚和精神气质，是文化符号，亦有象征意义。王思任《游寓园记》写到园中"笛亭"乃削竹为亭，赏之而知"存中郎旧事"，言指蔡邕逸事。《后汉书·蔡邕传》"远迹吴会"处李贤注引晋张骘《文士传》曰："昔吾尝经会稽高迁亭，见屋椽竹东间第十六可以为笛，取用，果有

---

① 陈从周、蒋启霆选编，赵厚均校订注释：《园综》，第114页。
② 曾枣庄、刘琳主编：《全宋文》卷三七七九，第174册，第17、18页。

异声。"①"笛亭"不仅承载着悠远的文化内涵，也传递出园主雅好竹笛清音的志趣。

北魏杨衒之对洛阳园林的兴废之叹在宋代李格非那里得到了强烈的回应，"园圃之兴废，洛阳盛衰之候也"。此后，王禹偁在皇祐元年（1049）与紫薇郎毕公游李氏园林写下《李氏园亭记》，记述了李侯"不议物之贵贱，不计时之有无"，花费巨资建造园林，但园林几经磨难未能善保的事迹，悲叹"吾见乎为公侯广第宅，连坊断曲，日侵月占，死而不已。及乎坟土未干，则为子弟狱讼之具者，亦足悲也"。正如陈子龙游王世贞弇园所慨叹的那样，"风流摇落无人继，独立苍茫异代心"（《重游弇园》）②。

山水游记重在表达游赏自然奇观的解悟，如袁枚《游庐山记》、姚鼐《登泰山记》惊叹庐山、泰山的奇险景观；袁宏道的《满井游记》写早春出游"若脱笼之鹄"，感受置身自然的舒放之乐；方苞《游雁荡记》见山之"岩深壁峭"而生"严静恭敬"之心，解悟"成己成物"的"守身涉世"之道，阐发处事哲理。

中国古典园林造园崇尚自然，皇家园林、文人庭园相地多在城市和村庄，都以模拟自然、人工营建手法造园，比较容易和自然山水区别开。但是郊野园或山居园的相地则在山林和郊野，利用原有地形、树木、河流等本身所具备的诸多优势，"自成天然之趣，不烦人事之功"③。因借自然山水的成分较多，故游览郊野园和山居园的园记往往被误列入山水游记。即使是在因借了自然山水的情况下，依然可以依据以下两个标准来判断其是山水游记还是园林游记。

一是看园林产权是否为某一园主所有，二是看因借中是否有人为的艺术加工。如柳宗元的"永州八记"被看作山水游记，此种说法流传甚广，似成定论。④ 如果以园林的标准来衡量，其中部分篇目当归于园林游记。如《钴鉧潭西小丘记》是柳宗元"永州八记"中的名篇，也是许多山水游记选本入选篇目。记中柳宗元写自己游览钴鉧潭西小丘，以四百钱将之买

---

① ［南朝宋］范晔撰，［唐］李贤等注：《后汉书》卷六〇下《蔡邕传》，中华书局，1965，第 2004 页。

② ［明］陈子龙著：《陈子龙诗集》卷一四，施蛰存、马祖熙标校，上海古籍出版社，2006，第 475 页。

③ ［明］计成著，陈植注释：《园冶注释》卷一，第 30 页。

④ 王立群认为，"柳宗元创立的山水游记，主要指的是他所写的以《永州八记》为代表的系列游记"。见氏著：《中国古代山水游记研究》，第 124 页。葛晓音亦称"《永州八记》是柳宗元山水游记中最著名的代表作"。见氏著：《唐宋散文》，上海古籍出版社，2011，第 48 页。

下，和同游者"即更取器用，铲刈秽草，伐去恶木，烈火而焚之，嘉木立，美竹露，奇石显。由其中以望，则山之高，云之浮，溪之流，鸟兽之遨游，举熙熙然回巧献技以效兹丘之下。枕席而卧，则清泠之状与目谋，瀯瀯之声与耳谋，悠然而虚者与神谋，渊然而静者与心谋"①。经过人为的开辟，将原生态的小丘艺术加工，使之变为私人拥有产权的郊野园林。《钴鉧潭记》所记的钴鉧潭也是柳宗元出资购得的，且"崇其台，延其槛，行其泉于高者而坠之，潭有声潨然"，他对潭做了一些改造，引泉成溜，这样的小型瀑布虽由人为，宛自天开，更符合园林观景的审美。"尤与中秋观月为宜，于以见天之高，气之迥，孰使予乐居夷而忘故土者，非兹潭也欤？"②加之虚借中秋月景，天高气迥，对谪人柳宗元而言，真正达到乐而忘忧的疗伤效果。钴鉧潭是柳宗元私人所有的郊野园，其艺术加工的程度比钴鉧潭西小丘更高。

再如，朱熹的《云谷记》也是传统意义上被划归为山水游记的篇章。只要细细阅读就会发现，位于建阳县西北七十里庐山之巅的云谷，是朱熹在乾道六年（1170）所得，并在此营建园林。虽因借自然山水，但人工卜筑更多，建有草堂、楹、寮、庵、台、水上木梁。朱熹更有于胜景处建亭的打算，因未暇而尚未完成。还种植丛篁，池沼种莲，绕径植杉，圃中种药，还有椿桂兰蕙、桃蹊、竹坞、漆园、度北岭、有茶坡等景点，朱熹为不同的景区名之、榜之，如晦庵草堂、鸣玉小亭、怀仙石台，以及云庄、休庵、南涧、挥手、云社等。朱熹在记中还云："……其中路及始入南涧西崖小瀑之源，各有石田数亩，村民以远且瘠，弃不耕。皆以货获之，岁给守者，以其余奉增葺费，势若可以无求于外而足者。……自予家西南来，犹八十余里，以故它人绝不能来，而予亦岁不过一再至。独友人蔡季通家山北二十余里，得数往来其间。自始营葺迄今有成，皆其力也。……山楹所面双峰之下，昔有方士吕翁居之，死而不腐，其地亦孤绝殊胜。本属山北民家，今亦得之，名曰'休庵'。"③此语不仅说明云谷乃朱熹置办的私有财产，还提及朱熹十分用心地营葺这座山野园林，期望能够作为自己老退之所。除了朋友蔡季通之力，还有专人看守园林，耕种田地，以余资贴补营葺费用。朱熹自己为云谷园作"记"，写作时游踪和空间顺序相结合，此记显然不是普遍认同的山水游记，而是园林游记。

园林游记和山水游记彼此有一定的关联性，有一定的交叉关系，在文

---

① ［清］董诰等编：《全唐文》卷五八一，第6册，第5870—5871页。
② ［清］董诰等编：《全唐文》卷五八一，第6册，第5870页。
③ 曾枣庄、刘琳主编：《全宋文》卷五六五三，第252册，第57—58页。

学表现的层面，园林游记中描写因借园外山水的部分就是园林游记和山水游记交叉的部分。但是有某些共性不代表两者可以等同，依据游览时是处在园林空间还是身处自然就可以对二者作出甄别。可见，园林游记是独立存在的游记次文类，山水游记不能包含它，更不能代替它，它是山水游记的姐妹篇，需要以全新的视角去欣赏，去研究。

概言之，自然和园林是有联系而审美属性各异的两个空间。山水游记和园林游记是两个独立的游记次文类。两者被混同的原因，其一在于没有给山水游记科学明确的概念，长期以来经验和感觉在分类中起着主导作用。山水游记的研究更多采用的是文体演进和文学演化的视野，却没有关注到对山水——游览对象本身的内涵、外延的考察，而这样的忽略，会导致理性把握的错位和文类细分的混乱。另外一个原因是园林文学研究的薄弱，园林散文虽大量存在，但是未引起足够的关注，也缺乏对"园记""园林游记"的概念辨析和分类研究。

山水游记和园林游记同中有异，异中有同，二者尽管关系密切而复杂，本质的不同确是非常显豁的。两者游览对象不同，前者是造物主的鬼斧神工，天然形成，属第一自然，更显素朴，可游不可居；后者是造园者的审美匠心，人工而就，属第二自然，更见雅致，不仅可游，而且可居。园林空间比山水空间有更多诸如宴饮、聚会、读书、弹琴、赋诗等生活化的活动内容，园林游记所记述的内容因园林生活的丰富性而比山水游记更为广泛。游览者览物不同，所感有别，山水游记重在抒发对自然的享受和热爱，园林游记重在表现园居生活的闲适与舒放。

总之，园林游记伴随着园林和游园活动的兴盛而生成，与山水游记双峰并峙，二水分流，是游记中的不同次文类。园林游记以园林为书写对象，构筑起特定的文学空间，体现出园林文学的特性。

小　结

唐宋时期是记园散文发展的重要阶段，出现了园记文体，它在文学史上具有重要地位。"园记"是园林散文的一个重要文体形式和主要组成部分，却在文体学著作中"文体缺类"。"园记"以其大量的文本具有因文立体的自足性，它在中唐创体，宋代立体，在文体类聚的过程中完成了经典化的立体过程，成为富有园林文化特色的杂记次文类。"园记"自唐至宋在发展过程中经历了从正体到别体、尊体与破体的变化。"园记"的正体是以叙事为主，兼以议论。宋代以议论为主，还有托物寓意、篇末系以诗歌者两种别体。"园记"根据是否有游踪分为静态呈现的园林记和动态呈现的园林游记；根据篇翰形式可以分为单篇园记和多篇园录。"园林游记"既是"园记"的次文类，又属于游记的次文类。"园林游记"和"山水游记"在认识上和文献收录中常被混同。两者在游览对象、表现内容、游赏体验、游赏解悟等方面有着本质的区别，在唐宋时期已经出现了双峰并峙、二水分流的情形，应当区别研究。

第三章　唐宋园林兴造风尚与园林散文创作

　　唐代之前，园林经过了一个漫长的发展过程。先秦时期的苑囿虽有游赏功能，但以狩猎为主；秦汉时期的皇家园林规模宏大，包山纳水，游赏、狩猎与生产功能兼备；魏晋时期的园林模山范水，私家园林渐兴，园林的游赏功能凸显，庄园性园林兼有一定的生产能效。唐前园林的共通特点是多为自然山水园。唐宋时期是我国古典园林发展的重要时期，一方面园林营造进入了全面快速发展的阶段，不仅出现了大量的私家园林，同时官署园林、公共园林、寺观园林、祠园等新的园林形式都有新的发展，另一方面造园理念发生了变化，中唐时期园林开始从自然山水园向写意园发展，从而形成了宋代乃至后世园林的基本构园理念和卜居模式。唐宋时期园林的兴建活动多由文人参与，园林卜筑的过程、园林宴集以及读书、弹琴、弈棋、赋诗、论道、课读、节日游园、花木种植等生活就成为诗文书写的内容，散文以其篇幅优势和自由灵活的表达方式，详实记录了园林卜筑情况、园林生活、园林景观，丰富了散文的表现内容，生成了以园林属性为特质的园林类散文。园林散文记录了园林兴盛时期的多元而丰富的发展状貌，呈现出园林兴造和文学创作间的内在关系。

第一节　唐宋园林发展概况

　　唐宋时期是园林发展的重要阶段，园林构建成为社会时尚，它是古典园林发展的第一个繁盛期。

一、唐宋皇家园林的兴盛概况

　　唐宋时期的皇家园林规模宏大，以京城皇家御苑为中心向四围辐射，数量众多，将皇家园林的发展推向了新的高峰。

（一）唐代的皇家园林

唐代的皇家园林主要由三大内苑和离宫别苑组成。西内太极宫内有西内苑，据《长安志》卷六记载，西内苑自北入苑可看到众多园林建筑，"殿西有昭庆殿，殿西有凝香阁，阁西有鹤羽殿。延嘉西北有景福台，台西有望云亭。延嘉东有紫云阁，阁西有南、北千步廊舍，南至尚食院，西北尽宫城。阁南有山水池，次南即尚食内院。紫云阁之西有凝阴殿，殿南有凌烟阁，贞观十八年，太宗图画功臣之像二十四人于阁上……凝阴殿之北有球场亭子、弘文殿、观云殿、北海池、南海池、东海池、西海池。……"① 由此可见，西内苑由建筑联结花木、山池而形成宏大的园林规模。

东内大明宫内有东内苑，据《长安志》卷六记载，"蓬莱后有含凉殿，后有太液池。池内有太液亭子"②。《开元天宝遗事》卷下"解语花"条载："明皇秋八月，太液池有千叶白莲数枝盛开，帝与贵戚宴赏焉。左右皆叹羡。"③ 另卷下"竹义"条载："太液池岸有竹数十丛，牙笋未尝相离，密密如栽也。帝因与诸王闲步于竹间，谓诸王曰：人世父子兄弟，尚有离心离意，此竹宗本不相疏，人有怀贰心生离间之意，观此可以为鉴，诸勋王皆唯唯，帝呼为竹义。"④《开元天宝遗事》卷下"望月台"条载："玄宗八月十五日夜，与贵妃临太液池，凭栏望月，不尽帝意，不快。遂勅令左右：'于池西岸别筑百尺高台，与吾妃子来年望月。'后经禄山之乱，不复置焉，惟有基址而已。"⑤

据《关中胜迹图志》卷三可知，太液池水乃经龙首渠引水汇注而成。龙首渠在西安府城东南咸宁县界。"龙首渠，一名清水渠。隋开皇初，堰浐水自大兴城东南入城。唐分为二渠，一西入通北门至兴庆宫景龙池，又西入西内太极宫，一北入东苑至龙首殿，又注凝碧、积翠二池，又西北入大明宫后灌太液池，五季后涸。"⑥

唐代诗人李绅长庆三年（823）作《忆春日太液池亭候对》诗云："宫莺报晓瑞烟开，三岛灵禽拂水回。桥转彩虹当绮殿，舰浮花鹢近蓬莱。草

① ［宋］宋敏求撰：《长安志》卷六，辛德勇、郎洁点校，三秦出版社，2013，第234页。
② ［宋］宋敏求撰：《长安志》卷六，第240页。
③ ［五代］王仁裕撰：《开元天宝遗事》卷下，见丁如明辑校：《开元天宝遗事十种》，上海古籍出版社，1985，第69页。
④ ［五代］王仁裕撰：《开元天宝遗事》卷下，见丁如明辑校：《开元天宝遗事十种》，第107页。
⑤ ［五代］王仁裕撰：《开元天宝遗事》卷下，见丁如明辑校：《开元天宝遗事十种》，第107页。
⑥ ［清］毕沅撰：《关中胜迹图志》卷三，张沛校点，三秦出版社，2004，第78页。

承香辇王孙长，桃艳仙颜阿母栽。簪笔此时方侍从，却思金马笑邹枚。"①
令狐楚《宫中乐五首》云：

> 楚塞金陵靖（一作静），巴山玉垒空。万方无一事，端拱大明宫。
>
> 雪霁长杨苑，冰开太液池。宫中行乐日，天下盛明时。
>
> 柳色烟相似，梨花雪不如。春风真（一作空）有意，一一丽皇居。
>
> 月上宫花静，烟含苑树深。银台门已闭，仙漏夜沉沉。
>
> 九重青琐闼，百尺碧云楼。明月秋风起，珠帘上玉钩。②

依据以上史志、笔记资料和几首诗歌的描述，可以勾勒出太液池的大致情形。太液池以水景为主，太液池内有三岛，符合皇家园林一池三山的格局。池岸有竹数丛，池内植有千叶白莲，可行船赏荷。池上有亭，可凭栏望月。苑内还有桃树、梨树、柳树等其他树木花草，皇家御园的宏丽美景可以想见。

南内兴庆宫中有南内苑，《长安志》卷九记载，明皇以隆庆旧邸构建兴庆宫，于宫西南隅置勤政务本楼，其西置花萼相辉楼。"宁王宪、申王㧑、岐王范、薛王业邸第相望，环于宫侧。明皇因题花萼相辉之名，取诗人棠棣之义。帝时登楼，闻诸王音乐，咸召升楼，同榻宴谑。宫内正殿曰兴庆殿，其后曰文泰殿，前有瀛州门，内有南薰殿，北有龙池，池东有沉香亭。"③另据《松窗录》《太真外传》记载可知，开元中，禁中初种木芍药，得数本红紫浅红通白者，明皇命移于兴庆池东沉香亭前。适逢花开繁茂，明皇与贵妃同赏，李隆基命作新乐新词。李白的《清平调》三首即在兴庆宫沉香亭奉制所作。《清平调》其一"云想衣裳花想容，春风拂槛露华浓"，其二"一枝红艳露凝香，云雨巫山枉断肠"，其三"解释春风无限恨，沉香亭北倚栏杆"，④描绘了春天芍药带露盛开时浓艳美丽的姿态，表现了唐明皇和杨贵妃在沉香亭内凭栏欣赏芍药的欢愉情形。

唐玄宗李隆基有诗《游兴庆宫作》及序，诗题一作《暇日与兄弟同游兴庆宫作》。诗云："代邸青门右，离宫紫陌陲。庭如过沛日，水若渡江时。绮观连鸡岫，朱楼接雁池。从来敦棣萼，今此茂荆枝。万叶传余庆，千年

---

① ［清］彭定求等编：《全唐诗》卷四八〇，中华书局，1960，第5461页。
② ［清］彭定求等编：《全唐诗》卷三三四，第3748页。
③ ［宋］宋敏求撰：《长安志》卷九，第306—307页。
④ ［唐］李白著，［清］王琦注：《李太白全集》卷五，中华书局，1977，第304—306页。

志不移。凭轩聊属目，轻辇共追随。务本方崇训，相辉保羽仪。时康俗易渐，德薄政难施。鼓吹迎飞盖，弦歌送羽卮，所希覃率土，孝弟一同规。"①诗序交代玄宗暇日与兄弟同游兴庆宫，登上勤政务本及花萼相辉之楼。虽然玄宗作诗为言志，表达了"观风俗而劝人"的意图，但诗中还是简略描绘了兴庆宫华贵的建筑与兴庆池交相辉映的景色，体现了皇家园林的恢弘气象。

据以上材料可知南内苑以龙池为主，水域面积较大，主要的建筑有沉香亭、勤政务本楼、花萼相辉楼。今日依然可以遥想南内苑池水澄碧，荷花满池，泛舟箫鼓的情景。

唐代的禁苑即隋代的大兴苑，为隋文帝杨坚于开皇元年（581）建造，在唐代依然保存完好。《长安志》卷六记载唐代禁苑中的苑囿状况："苑中四面皆有监，南面大乐监、北面旧宅监、东监、西监，分掌宫中植种及修葺园囿等事，又置苑总监领之，皆隶司农寺。苑中宫亭凡二十四所。……苑内有南望春亭、北望春亭、坡头亭、柳园亭、月坡、球场亭子，有青城、龙鳞、栖云、凝碧、上阳五桥，广运潭。九曲宫，去宫城十二里，在左、右神策军后，宫中有殿舍山池。贞元十二年，诏浚鱼藻池，深一丈。至穆宗，又发神策六军二千人浚之。蚕坛亭、祯兴亭、玄沼宫、神皋亭、七架亭、青门亭，去宫城十三里，在长安故城之东。桃园亭，去宫城四里。临渭亭。咸宜宫、未央宫，二所皆汉之旧宫也，去宫城二十一里。唐置都邑之后，因其旧址，复增修之。"②《太平御览》"居处部"云："西京记曰：东宫有九殿，禁苑在宫城之北，苑中有四面监，分掌宫中种植及修缮。又置苑总监都统并属司农寺。又曰：东都苑，隋曰会通苑，又改为芳华。又曰：神都苑周回一百二十六里，东面七十里，南面三十九里，西面五十里，北面二十四里。"③从这段记载可见，唐代的禁苑是在汉代和隋代皇家园林的基础之上进一步增修完善而成的，宫苑规模宏大，景观丰富。

汉代遗园昆明池在唐代时依然是皇家幸游之地。唐高祖李渊曾在武德六年（623）"三月乙未，幸昆明池，宴百官"④。唐太宗李世民也曾于贞观五年（631）春正月"大蒐于昆明池，蕃夷君长咸从"⑤，还留下诗作《冬日临昆明池》。昆明池游赏之盛在武后和中宗时期，武后和中宗李显曾多

① [清] 彭定求等编：《全唐诗》卷三，第39页。
② [宋] 宋敏求撰：《长安志》卷六，第236—237页。
③ [宋] 李昉等撰：《太平御览》卷一九六，第947页。
④ [后晋] 刘昫等撰：《旧唐书》卷一《高祖本纪》，中华书局，1975，第13页。
⑤ [后晋] 刘昫等撰：《旧唐书》卷三《太宗本纪》，第41页。

次游幸昆明池，命臣子作诗以纪。沈佺期随从武后春日游赏昆明池时作有《春日昆明池侍宴应制》诗。《唐诗纪事》卷三"上官昭容"条记载了中宗景龙三年（709）正月晦日君臣游赏昆明池时竞诗的盛况："中宗正月晦日幸昆明池赋诗，群臣应制百余篇。帐殿前结彩楼，命昭容选一首为新翻御制曲。"① 宋之问作《奉和晦日幸昆明池应制》诗，诗的结句为"不愁明月尽，自有夜珠来"。上官昭容评价其"犹陟健举"，这首诗成为彩楼选诗中的获胜佳作。《文苑英华》卷一七六载录沈佺期、宋之问、李乂、苏颋的同题诗作。彩楼选诗既是竞诗佳话，也是当时昆明池皇家园林游宴繁盛的真实镜像。

此外，长安的芙蓉园也是著名的皇家御园，对公众开放的乐游原、曲江池、杏园也兼有御苑的性质。春秋时节，曲江池、芙蓉园、乐游原都是皇族游赏的去处，皇帝经常率领大臣、嫔妃临幸这些园林，在这里聚会宴饮。如玄宗时恩赐乐游原宴，唐中宗景龙三年（709）三月宴芙蓉园，德宗李适重阳日赐宴曲江亭。

除了长安城中皇家御园外，唐代还有建在郊坰胜地的离宫别馆，如终南山翠微宫、骊山华清宫、万安山兴泰宫、铜川玉华宫等。唐代著名的九成宫即建在离长安三百多公里的麟游县。隋文帝在县西一里置仁寿宫，"每岁避暑，春往冬还"。义宁元年（617）宫废。贞观五年（631），唐太宗李世民复修旧宫，"以为避暑之所，改名九成宫"。② 这里是当时皇家避暑胜地。九成宫的园林美景从魏征的《九成宫醴泉碑铭》中可见一斑："冠山抗殿，绝壑为池，跨水架楹，分岩耸阙，高阁周建，长廊四起，栋宇胶葛，台榭参差。仰视则迢递百寻，下临则峥嵘千仞，珠璧交映，金碧相晖，照灼云霞，蔽亏日月。"③ 唐代画家李思训《九成宫纨扇图》描绘了九成宫的自然环境和宫殿建筑群。画中可见山、水、植物，建筑有桥、台、复道、亭、榭、廊、楼阁等，为九成宫保存了宝贵的图像资料。九成宫的园林包山入园，山水殊胜，高阁长廊相属，栋宇台榭错落有致，建筑宏伟壮丽。诗人王维陪同岐王李范避暑九成宫时作《敕借岐王九成宫避暑应教》诗："帝子远辞丹凤阙，天书遥借翠微宫。隔窗云雾生衣上，卷幔山泉入镜中。林下水声喧语笑，岩间树色隐房栊。仙家未必能胜此，何处吹箫向碧空。"④ 描绘了九成宫的宏丽宫殿掩映于云霞山水之中的胜景，感叹九成

① ［宋］计有功撰：《唐诗纪事》卷三，上海古籍出版社，1965，第28页。
② 参见［唐］李吉甫撰：《元和郡县图志》卷二，贺次君点校，中华书局，1983，第42页。
③ ［清］董诰等编：《全唐文》卷一四一，第2册，第1433页。
④ ［唐］王维撰，陈铁民校注：《王维集校注》卷一，中华书局，1997，第25页。

宫胜比仙境。可惜自高宗李治和武则天之后就再无皇帝来此避暑，九成宫逐渐荒废。

　　铜川玉华宫建在铜川玉华山麓，贞观二十一年（647）七月，唐太宗以终南山翠微宫险隘不能容百官为由，诏令将作大匠阎立德负责设计营造。阎立德认为此地地形层岩峻谷，无览遐长，于是采取"疏泉抗殿，苞山通苑宏大的建筑布局手法"①，玉华宫最终由巍峨壮观的宫殿群和殊胜的自然风景共同建构而成。唐高宗李治留下了《玉华宫铭》，北宋张缙有《玉华山记》。

（二）宋代皇家园林兴盛的状况

　　古典园林研究学者王铎先生言："两宋皇家园林是中国造园史上园林文化既向艺术高峰攀登，又向具细的'壶中天地'、'芥子纳须弥'的深度中探微的时代。"② 著名历史学家陈寅恪先生说："华夏民族之文化，历数千载之演进，造极于赵宋之世。"③ 文化史学家柳诒徵先生也说："有宋一代，武功不竞，而学术特昌。上承汉、唐，下启明、清，绍述创造，靡所不备。"④ 宋代文化艺术的繁荣发展为皇家园林的兴建奠定了充足的文化基础。故而，宋代的皇家园林在规模和气魄上稍逊于隋唐宫苑，但设计的精微却是更为过之。宋代皇家园林吸取了文人写意园林的精髓，形成了独具文雅气质的宫苑，典型代表是宋徽宗时期建造的艮岳。艮岳的总设计者宋徽宗书画兼擅，在模山范水的辉煌宫苑中融进了诗意和画境，艮岳因而更具文人园林的特色，宏伟大气中不乏精巧文雅之致，模写与写意并存。艮岳的巨大规模由《宋史·地理志》记载可见一斑。万岁山"周十余里，其最高一峰九十步，上有亭曰介，分东西二岭，直接南山"⑤，仅园中的一座万岁山就周围十几里，说明园林规模宏大。徽宗在《艮岳记》中这样描述其连山带水的规模："岗连阜属，东西相望，前后相续。左山而右水，后溪而旁陇，连绵弥满，吞山怀谷"，由寿山向北，"峰峦崛起，千叠万复，不只其几千里，而方广无数十里"。⑥ 层峦叠嶂的东西岭在审美上产生出不

---

①　佟裕哲编著：《陕西古代景园建筑》，陕西科学技术出版社，1998，第 75 页。

②　王铎：《中国古代苑园与文化》，湖北教育出版社，2003，第 136 页。

③　陈寅恪：《邓广铭宋史职官志考证序》，见氏著：《金明馆丛稿二编》，生活·读书·新知三联书店，2001，第 277 页。

④　柳诒徵：《中国文化史》第二编，中华书局，2015，第 861 页。

⑤　［元］脱脱等撰：《宋史》卷八五《地理志》，中华书局，1985，第 2101 页。

⑥　曾枣庄、刘琳主编：《全宋文》卷三六三〇，第 166 册，第 384 页。

知几千里的无限空间感，既是艮岳造山大手笔的体现，也是造园以小见大、以少总多的写意体现。

金兵南下，徽钦二帝被掳，高宗赵构偏安江南，定都临安，皇家园林在南方发展。据鲍沁星《南宋园林史》研究，临安的宫城皇家园林以后苑为主，"以一条长达一百八十楹的'锦胭廊'与宫廷区分。除后苑之外，位于大内丽正门之内、南宫门外的太子东宫，也建有花园。大内北部的凤凰山、将台山也是南宋禁苑的一部分"①。景观布局以小西湖为中心，湖水面积有十余亩，湖旁仿照飞来峰叠石为山，取名万岁山，与开封艮岳万岁山相对应。小西湖柳堤环抱，六桥横枕，层峦奇岫。《武林旧事》记载："禁中及德寿宫皆有大龙池、万岁山，拟西湖冷泉、飞来峰，若亭榭之盛，御舟之华，则非外间可拟。春时竞渡及买卖诸色小舟，并如西湖，驾幸宣唤，赐赏巨万。"②亭台楼阁等园林建筑与奇石和四时花木相互映衬配合，景致十分优美。《梦粱录》记载，德寿宫原为秦桧受赐的宅第。绍兴年间，高宗倦于国事，别创宫廷，在此建别宫，宫苑园林景观备致。

> 其宫中有森然楼阁，扁曰"聚远"，屏风大书苏东坡诗"赖有高楼能聚远，一时收拾付闲人"之句。其宫籞四面游玩庭馆，皆有名扁。东有梅堂，扁曰"香远"。栽菊，间芙蕖、修竹处有榭，扁曰"梅坡""松菊三径"。酴醾亭扁曰"新妍"。木香堂扁曰"清新"。芙蕖冈南御宴大堂，扁曰"载忻"。荷花亭扁曰"射厅""临赋"。金林檎亭扁曰"灿锦"。池上扁曰"至乐"。郁李花亭扁曰"半绽红"。木樨堂扁曰"清旷"。金鱼池扁曰"泻碧"。西有古梅，扁曰"冷香"。牡丹馆扁曰"文杏"，又名"静乐"。海棠大楼子，扁曰"浣溪"。北有椤木亭，扁曰"绛叶"。清香亭前，栽春桃，扁曰"倚翠"。又有一亭，扁曰"盘松"。高庙雅爱湖山之胜，于宫中凿一池沼，引水注入，叠石为山，以像飞来峰之景，有堂扁曰"冷泉"。孝庙观其景，曾赋长篇咏曰："山中秀色何佳哉，一峰独立名飞来。参差翠麓俨如画，石骨苍润神所开。忽开彷像来宫闱，指顾已惊成列岫。规模绝似灵隐前，面势恍疑天竺后。孰云人力非自然，千岩万壑藏云烟。上有峥嵘倚空之翠壁，下有潺湲漱玉之飞泉。一堂虚敞临清沼，密荫交加森羽葆。山头草木四时春，阅尽岁寒人不老。圣心仁智情幽闲，壶中天地非人

---

① 鲍沁星：《南宋园林史》，上海古籍出版社，2016，第140页。
② [宋]周密著：《武林旧事》卷四《故都宫殿》，李小龙、赵锐评注，中华书局，2007，第105页。

间。蓬莱方丈渺空阔，岂若坐对三神山。日长雅趣超尘俗，散步逍遥快心目。山光水色无尽时，长将把向杯中渌。"①

文中记录详实地展现出德寿宫的园林景象，而宋孝宗的长篇赋咏极尽赞叹之意。《梦粱录》所记景灵宫在新庄桥，是韩世忠的原赐宅基，后韩世忠的儿子献于朝廷，改为宫。"咸淳年间，再命帅臣重修各殿……宫后有堂，自东斋殿西循庑而右，为大堂三，临池上，左右为明楼，旁有蟠桃亭，堂南为西斋殿，遇郊礼恭谢，设宴赐花于此；西有流杯堂、跨水堂、梅亭；北为四并堂，又有橘井修竹，四时花果亭宇，不能备载。宫南建崇礼馆，命道流以奉洒扫，晨香夕灯之职。"②经过重修后，这里成为宫殿园林。据《南村辍耕录》"记宋宫殿"记载，后苑"梅花千树，曰梅岗亭，曰冰花亭。枕小西湖，曰水月境界，曰澄碧。牡丹曰伊洛传芳，芍药曰冠芳，山茶曰鹤，丹桂曰天阙清香，堂曰本支百世，祐圣祠曰庆和，泗洲曰慈济，钟吕曰得真，橘曰洞庭佳味，茅亭曰昭俭，木香曰架雪，竹曰赏静，松亭曰天陵偃盖。以日本国松木为翠寒堂，不施丹腹，白如象齿，环以古松，碧琳堂近之。一山崔嵬，作观堂，为上焚香祝天之所。……"③其他各门各殿、亭台楼阁，百态千姿，精巧奇绝，湖光山色，交相辉映。

除大内及北内（德寿宫）的宫廷园苑外，皇家还营建了不少别馆园囿，如富景园、聚景园、延祥园、集芳园、玉津园、庆乐园等。此外，还有一些小型的御苑，如五柳园、樱桃园等。

汴京的艮岳、玉清和阳宫、延福宫、上清宝箓宫、宝真宫、金明池、玉津园，以及临安的德寿宫、聚景园、延祥园、集芳园、玉津园等宫苑别苑，共同成就了两宋辉煌的皇室造园艺术。

二、唐宋私家园林兴盛的状况

唐宋时期私家园林的建造蔚然成风，从王公贵族到普通士人纷纷营构宅园，私家园林得到了空前发展。

（一）唐代的私家园林

魏晋南朝名士，竞尚造园风流，始宁情结在唐宋文人那里绵绵不绝。

---

① [宋] 吴自牧撰：《梦粱录》卷八，古典文学出版社，1956，第193—194页。
② [宋] 吴自牧撰：《梦粱录》卷八，第195页。
③ [元] 陶宗仪撰：《南村辍耕录》卷一八，第224页。

自中唐至宋代，文人私家园林空前发展，拥有园林的人群更加广泛，园林写意化的倾向更趋明显。唐代私家园林的数量众多，主要集中在两京。尤其是官僚贵族，园林常常多达几处，不仅西京有园，东京也有园；不仅城内有园，城郊也有园。

唐代的长安城内遍布贵族官僚园林。宁王山池院"引兴庆池水西流，疏凿屈曲连环，为九曲池。筑土为基，叠石为山，上植松柏，有落猿岩、栖龙岫，奇石异木、珍禽怪兽毕有。又有鹤洲、凫渚，殿宇相连。前列二亭，左沧浪，右临漪。王与宫人宾客，宴饮、弋钓其中"①。在长安各坊，私家园林遍布，开化坊令狐楚宅遍植牡丹；道政坊安禄山宅院宇堂皇，类宫中小殿；升平坊柳公绰宅佳木成荫。《类编长安志》卷四"堂宅亭园"记载了前中书侍郎同中书门下平章事元载在安仁坊的宅园，引《谭宾录》云："城中开南北二甲第，又于近郊起亭榭，帷帐、什器皆如宿设，城南别墅凡数十所，婢仆曳罗绮三百余人。"又引《杜阳编》曰："载宅有芸辉堂，芸辉，香草名也。出于阗国。"②奉诚园原为司徒兼侍中马燧的宅园，在安邑坊，后马燧子马畅献宅第，为奉诚园。岐阳公主宅疏龙池为沼，碧波荡漾。大将军马璘在京师长安兴建宅邸园林，"尤为宏侈"。后马璘卒，"璘之家园，进属官司。自后公卿赐宴，多于璘之山池"。③太平坊王锷宅自雨亭檐上飞流如瀑，泻玉溅珠。此外，兴化坊有裴度池亭，又称南园，大安坊有李晟大安园，静安坊有韩愈宅园。长安一百零八坊中，分布在各坊中的王府和官僚的著名宅第有五百七十四处，《类编长安志》中关于长安亭园的记载不胜枚举。这些宅第大都与庭园结合，可谓名园汇集，星罗棋布。此类园林被称为"城市山林"。

长安城郊分布众多的私家园林。据《画墁录》记载，"唐京省入伏假，三日一开印，公卿近郭皆有园池，以至樊、杜数十里间，泉石占胜，布满川陆，至今基地尚在"④。唐长安南郊杜曲樊川到终南山之间几十里的地域，布满了公卿贵族的私家园林。据《唐长安城郊园林文化研究》一书的统计，"在少陵原樊川地区就有四十多个园林别业，形成了一片范围广大的贵族园林区"⑤。到宋代的时候，不少园池的地基还在。张礼的《游城南记》记

---

① ［元］骆天骧撰：《类编长安志》卷三，黄永年点校，中华书局，1990，第85页。
② ［元］骆天骧撰：《类编长安志》卷四，第109页。
③ 参见［后晋］刘昫等撰：《旧唐书》卷一五二，第4067页。
④ ［宋］张舜民撰：《画墁录》卷一，丁如明校点，上海古籍出版社编：《宋元笔记小说大观》，上海古籍出版社，2001，第2册，第1551页。
⑤ 李令福：《唐长安城郊园林文化研究》，科学出版社，2017，第220页。

述自己七天游长安城南的经历，一路行走，一路记园，游历了唐长安的旧园二十二处，还有闻其名失其地的园林十二处。虽然有的已成废迹，有的早已易主，有的难寻踪迹，但是却为唐代长安城南园林勾勒出一幅生动的园林空间位置图谱。除了长安南郊遍布园林外，东郊也集中了很多官僚贵族的园林。由于东郊临近大明宫和兴庆宫，有浐河、灞河水源可以利用，具有兴建园林的天然优势。"太平公主、长乐公主、安乐公主、薛王、宁王、驸马崔惠童、权相李林甫等人的山庄、别业均建在这一带。"①

京畿周边也有不少著名的贵族园林，比如唐初大将军李靖乃京兆三原人，在三原拥有池园三所，北园、南园、西园，三园相通。据佟裕哲先生1989 年实地考察，南园尚存，其他则已经成为民宅庄基。② 在凤翔有岐王李茂贞园，据《苏轼诗集校注》可知，此为李茂贞任凤翔节度使时为其妻刘氏修建的宅园，也称李氏园，民间呼为皇后园。苏轼任凤翔府判官时曾游此园并写下《李氏园》诗，自注"李茂贞园也，今为王氏所有"，诗云："朝游北城东，回首见修竹。下有朱门家，破墙围古屋。举鞭叩其户，幽响答空谷。入门所见夥，十步九移目。异花兼四方，野鸟喧百族。其西引溪水，活活转墙曲。东注入深林，林深窗户绿。水光兼竹净，时有独立鹄。林中百尺松，岁久苍鳞蹙。岂惟此地少，意恐关中独。小桥过南浦，夹道多乔木。隐如城百雉，挺若舟千斛。阴阴日光淡，黯黯秋气蓄。尽东为方池，野雁杂家鹜。红梨惊合抱，映岛孤云馥。春光水溶漾，雪阵风翻扑。其北临长溪，波声卷平陆。北山卧可见，苍翠间硗秃。我时来周览，问此谁所筑。云昔李将军，负险乘衰叔。抽钱算间口，但未榷羹粥。当时夺民田，失业安敢哭。谁家美园囿，籍没不容赎。此亭破千家，郁郁城之麓。将军竟何事，蚍蜉生刀镯。何尝载美酒，来此驻车毂。空使后世人，闻名颈犹缩。（俗犹呼皇后园，盖茂贞谓其妻也。）我今官正闲，屡至因休沐。人生营居止，竟为何人卜。何当办一身，永与清景逐。"③ 可见北宋时期李氏园保存完好。

河南以洛阳为中心也有大量的私家园林。李格非的《洛阳名园记》序言说洛阳的园林多达一千多处，到宋代时还有许多园林尚在。唐代许多在长安为官的官僚在洛阳兼有宅园，如裴度、白居易、李德裕、牛僧孺都在洛阳置有园林。据《旧唐书·萧俛传》记载，萧俛"既致仕于家，以洛都

---

① 周云庵：《陕西园林史》，三秦出版社，1997，第 155 页。
② 参见佟裕哲编著：《陕西古代景园建筑》，第 143—147 页。
③ ［清］王文诰辑注：《苏轼诗集》卷三，孔凡礼点校，中华书局，1982，第 115—118 页。

官属宾友，避岁时请谒之烦，乃归济源别墅，逍遥山野，啸咏穷年"①。

此外，《新唐书》与《古今事文类聚》"致仕部"都有相关的记载。裴度不仅在长安靖安坊、洛阳集贤里有宅园，还在午桥创别墅。《旧唐书》对午桥庄的园林景构有比较详细的记载："自是，中官用事，衣冠道丧。度以年及悬舆，王纲版荡，不复以出处为意。东都立第于集贤里，筑山穿池，竹木丛萃，有风亭水榭，梯桥架阁，岛屿回环，极都城之胜概。又于午桥创别墅，花木万株，中起凉台暑馆，名曰绿野堂。引甘水贯其中，酾引脉分，映带左右。度视事之隙，与诗人白居易、刘禹锡酣宴终日，高歌放言，以诗酒琴书自乐，当时名士，皆从之游。每有人士自都还京，文宗必先问之曰：'卿见裴度否？'"②《新唐书》也有类似的记载："时阉竖擅威，天子拥虚器，搢绅道丧，度不复有经济意，乃治第东都集贤里，沼石林丛，岑缭幽胜。午桥作别墅，具燠馆凉台，号绿野堂，激波其下。度野服萧散，与白居易、刘禹锡为文章、把酒，穷昼夜相欢，不问人间事。而帝知度年虽及，神明不衰，每大臣自洛来，必问度安否。"③

在唐代如裴度这样一人拥有数园的情形并非个例。比如白居易就拥有长安新昌坊宅园、庐山草堂、渭村闲居和洛阳履道里宅园四处园林。牛僧孺在长安新昌坊、洛阳东城和南郭都有园林。《新唐书·元载传》记载："城中开南北二第，室宇奢广，当时为冠。近郊作观榭，帐帟什器不徙而供。膏腴别墅，疆畛相望，且数十区。名姝异技，虽禁中不逮。"④元载的园林则多达十几处。

除了官僚贵族拥有私家宅园，普通布衣拥有园林者也不在少数，如卢鸿一的嵩山别业、遂员外的小山池、崔公山池、许氏溪亭等。从本书附录一可知见，除了两京遍布私家园林外，在河南道、河东道、剑南道、岭南道、江南道、淮南道等地也都有大量的私家园林。如河南道有洛阳的毕公宅园、新安谷、萧宅，河东道有司空图的休休亭、王官谷、东皋子园，剑南道有李长使宅园、望雪楼、李录事宅园、宇文德阳宅园，岭南道有王少府东阁、訾家洲亭、马退山茅亭，江南道有吴少府宅园、李舍人山亭、卢郎中宅居，淮南道郝司户宅园、怀嵩楼、乔公亭。相比而言，关内道的私家园林最多，江南道次之。

---

① [后晋] 刘昫等撰：《旧唐书》卷一七二《萧俛传》，第 4479 页。
② [后晋] 刘昫等撰：《旧唐书》卷一七〇《裴度传》，第 4432 页。
③ [宋] 欧阳修、宋祁撰：《新唐书》卷一七三《裴度传》，中华书局，1975，第 5218 页。
④ [宋] 欧阳修、宋祁撰：《新唐书》卷一四五《元载传》，第 4713 页。

（二）宋代私家园林

唐降至宋，私家园林建造更加繁多。北宋时期开封成为新的政治经济文化中心，自然有众多的园林。宋人袁褧《枫窗小牍》记载，汴京有非常多的私家园林。"……汴中园囿亦以名胜当时，聊记于此：州南则玉津园，西去一丈，佛园子、王太尉园、景初园。陈州门外园馆最多，著称者奉灵园、灵嬉园。州东宋门外麦家园、虹桥王家园。州北李驸马园。西郑门外下松园、王太宰园、蔡太师园。西水门外养种园。州西北有庶人园，城内有芳林园、同乐园、马季良园。其它不以名著约百十，不能悉记也。"①

长安、洛阳虽不再是政治经济和文化中心，但依然有很多园林。据《画墁录》记载，"长安启夏门里道东南亭子，今杨六郎园子，即退之所谓符读书城南处也。樊川花□所居，焦咏府竹园，皆韩公别业也。少东，白序都官樿金台军别业，老杜所咏处也"②。唐代长安城南的园林虽经易主，至宋代依然保留。张礼的《游城南记》就记载了很多长安城南园林在宋代的遗存，前文已有说明，此节不再赘述。据《类编长安志》记载，陕西武功县的张氏，是当地很有声望的大族，有园在县之西南隅，园内有"绿野亭"。"庆历中，自叔美君筑亭于其园，名曰绿野，以为游息之所。后横渠先生过而悦之，乃寓居以讲学，士大夫从之者甚众，由是亭名益重。"③这座园林因为横渠先生曾经在此讲学而闻名遐迩，后来因为年久失修，此亭废弃。族人感念横渠先生，不忍废之，于是重修，张闳中为之作记。明代时此亭再度重修，吴宽为之作《绿野亭记》。这座园林因为横渠先生而世代延续。宋代洛阳的园林，仅李格非《洛阳名园记》中就列出十九座。苏辙的《洛阳李氏园池诗记》明确交代了宋代洛阳园林兴盛的原因：

> 洛阳古帝都，其人习于汉唐衣冠之遗俗。居家治园池，筑台榭，植草木，以为岁时游观之好。其山川风气，清明盛丽，居之可乐。平川广衍，东西数百里。嵩高、少室、天坛、王屋，冈峦靡迤，四顾可挹。伊、洛、瀍、涧，流出平地。故其山林之胜，泉流之洁，虽其闾阎之人与其公侯共之。一亩之宫，上瞩青山，下听流水，奇花修竹，

---

① ［宋］袁褧撰、袁颐续：《枫窗小牍》卷下，尚成校点，见上海古籍出版社编：《宋元笔记小说大观》，第 5 册，第 4782 页。

② ［宋］张舜民撰：《画墁录》，见上海古籍出版社编：《宋元笔记小说大观》，第 2 册，第 1553 页。

③ ［元］骆天骧撰：《类编长安志》卷四，第 123 页。

布列左右。而其贵家巨室，园囿亭观之盛，实甲天下。①

洛阳乃古帝都，汉唐时期居家治园池以游观的风俗习惯一直沿袭下来，再加上洛阳有独到的山川自然优势，既有山峦可凭，又有河流可挹，气候宜人，故而洛阳适合建造园林，那些富家大族纷纷建造园林，园囿亭观之盛，天下闻名。苏辙此文还记述了洛阳数一数二的李侯之园的盛况：

> 若夫李侯之园，洛阳之所以一二数者也。李氏家世名将，大父济州，于太祖皇帝为布衣之旧。方用兵河东，百战百胜。烈考宁州，事章圣皇帝，守雄州十有四年，缮守备，抚士卒，精于用间，其功烈尤奇。李侯以将家子结发从仕，历践父祖旧职，勤劳慎密，老而不懈，实能世其家。既得谢，居洛阳，引水植竹，求山谷之乐。士大夫之在洛阳者，皆喜从之游，盖非独为其园也。凡将以讲闻济、宁之余烈，而究观祖宗用兵任将之遗意，其方略远矣。故自朝之公卿，皆因其园而赠之以诗，凡若干篇。仰以嘉其先人，而俯以善其子孙，则虽洛阳之多大家世族，盖未易以园囿相高也。熙宁甲寅，李侯之年既八十有三矣，而视听不衰，筋力益强，日增治其园而往游焉。将刻诗于石，其子遵度官于济南，实从予游，以侯命求文以记。予不得辞，遂为之书。熙宁七年十一月十七日记。②

李氏家族世代名将，李侯退老后在洛阳引水植竹，治园池以享林泉之乐。洛阳的士大夫多喜欢随从李侯游园。这座园林曾经闻名朝野，朝中公卿因其园而赠诗若干篇。李侯虽年过八旬，依然不断扩建园林，日日游赏。洛阳大家世族虽多，但是都不能和李侯家的园囿相比。可见此园是洛阳园林中的佳构。

南宋都城临安因天然山水之胜，私家园林更是星罗棋布。其中如云洞、水月、梅冈、真珠、湖曲、隐秀、养乐等园，都是精心卜筑的佳构，规模亦很可观。据吴自牧《梦粱录·园囿》所言，"杭州苑囿，俯瞰西湖，高揖两峰，亭馆台榭，藏歌贮舞，四时之景不同，而乐亦无穷矣"③。西湖是园林比较密集的地方。周密《武林旧事·湖山胜概》所记园林不下四十余座。

南宋私家园林中著名的有：平原郡王韩侂胄的南园；循王张浚的珍珠园，其孙张镃的桂隐林泉；赵翼王华津园；鄜王刘光世家族的秀野园、玉

---

① 曾枣庄、刘琳主编：《全宋文》卷二〇九六，第 96 册，第 189 页。
② 曾枣庄、刘琳主编：《全宋文》卷二〇九六，第 96 册，第 189—190 页。
③ ［宋］吴自牧撰：《梦粱录》卷一九，第 295 页。

壶园；杨和王杨存中家族的杨和王宅园、渔庄、水月园、瞰碧园、具美园、环碧园；吴太后弟弟吴琚园；杨太后家族的梅坡园、东园；谢太后家族的旧园、新园；林海郡开国公贾似道家族的后乐园、养乐园、水竹院落、南山水乐洞园；韩世忠梅岗园等，不胜枚举。据鲍沁星《南宋园林史》所记，临安、吴兴、平江、润州、绍兴、嘉兴、明州、台州、婺州、徽州、盘洲、福州、长沙、成都、广州、潮州、吉州、信州、惠州共有园林上百座。

　　笔者检阅《全宋文》中记园林之文，据附录二和附录三统计的结果可知，宋代的记园文达七百多篇，留下园记的私家园林有三百六十多座，这个统计结果还未包含史料、笔记中有记载而未留下传世园记之作的园林，可见宋代的私家园林数量巨大。宋代不仅有著名的园林，还有不可胜数的别院小筑，其私家园林的数量可谓蔚为大观。

三、唐宋公共园林的发展状况

　　自唐至宋，公共园林继续发展。公共园林往往建于城市郊坰的自然风景区，是由自然山水发展起来的，它们没有私家园林和皇家园林由园墙带来的封闭与隔离，由此带来的开放性和全民享用的公共性使其更受欢迎。随着时代的发展，规模宏大、豪华绮丽的皇家园林和精巧雅致的私家园林不再是当下园林发展的主流，而公共园林则有着蓬勃的发展前景。"现代城乡公园的发展和公共场所、居住小区的园林绿化、美化将继承中国古代园林艺术的精华，推陈出新，发扬光大。"① 唐宋时期公园文化的迅速发展，公共园林的大量增加，显示的就是公共园林的生命力。

　　公共园林多依托当地有利的山水资源，加上人工造景，开发成为当地可供民众游览休闲的场所。另外还有地方官所营建的官署园林，对民众全年开放，或在固定的节时开放，成为公共园林的一个组成部分。② 唐代是公共园林兴起的时代。唐代长安主要的公共园林有乐游园、杏园、曲江池。乐游园在长安城青龙坊，由于地势高敞，视野开阔，景色优美，加上青龙佛寺的人文景观，它成为当时重要的游赏地。许多诗人都登临乐游原留下了歌咏之作，如张九龄《登乐游原春望书怀》、白居易《登乐游原望》、钱起《乐游原晴望上中书李侍郎》、李商隐《乐游原》、刘德仁《乐游原春

---

① 耿刘同：《中国古代园林》，商务印书馆，1998，第10页。
② 侯乃慧在《唐宋时期的公园文化》一书中称之为"郡圃"，并将书院园林也纳入公共园林的体系中。参见侯乃慧：《唐宋时期的公园文化》，东大图书公司，1997，第139—141页。

望》、耿沣《登乐游原》、杜牧《登乐游原》等，可见唐代乐游原的公共园林性质。杏园在慈恩寺南，以遍植杏树而闻名。早春杏花开放的时节，杏园是游人踏青游春的好去处。曲江更是春天都人游赏的胜地。康骈《剧谈录·曲江》记载了曲江春日的美景和君民同游的欢乐景象："其南有紫云楼芙蓉苑，其南有杏园慈恩寺。花卉环周，烟水明媚。都人游玩，盛于中和上巳之节。彩幄翠帱，匝于堤岸；鲜车健马，比肩击毂。上巳即赐宴臣僚，京兆府大陈筵席，长安、万年两县以雄盛相较，锦绣珍玩无所不施，百辟会于山亭，恩赐太常及教坊声乐。池中备彩舟数只，唯宰相、三使、北省官与翰林学士登焉。每岁倾动皇州，以为盛观。入夏则菰蒲葱翠，柳阴四合，碧水红蕖，湛然可爱。好事者赏芳辰、玩清景，连骑携觞，亹亹不绝。"①《陕西通志》卷四十五也有记载："唐上巳日赐宴曲江，都人于江头禊饮，践踏青草，曰踏青。"② 唐代文人游览曲江池留下的诗作更是不胜枚举，如李泌《奉和圣制中和节曲江宴百僚》、王维《三月三日曲江侍宴应制》《奉和圣制赐史供奉曲江谯应制》、储光羲《同诸公秋霁曲江俯见南山》、刘禹锡《曲江春望》等，曲江是文人诗歌中反复歌咏的对象。

据附录一的统计表可知，唐代有记载的公共园林有七十五处，如河北沧州的南皮、四川绵州北亭、湖北武昌的殊亭、湖南衡阳的茅阁、江苏常州的东山、安徽歙州的披云亭、江西柳州的东亭等。唐代不少官署园林也对民众开放，如李德裕在四川新繁县任职时修筑的县署园林，四川梓州的南亭，四川开州刺史新宅，晋陵李衮于江苏常州修建的茅亭，广东韶州的王少府东阁等。还有一些寺观园林因为对香客开放也具有相对的公共性，如果将这些也计算在内的话，公共园林的数量当更多。

相对而言，宋代公共园林发展更为迅速，数量更多，覆盖面更广。笔者仅根据《全宋文》统计，除那些缺乏足够信息来判断其属性的园林外，宋代有名称的公共园林有八十多处，官署园林一百一十多处，加上具有公共园林性质的祠园、书院园林、寺观园林，其数量当非常可观（详见附录二）。西湖是宋代最为著名的公共园林，祝穆《方舆胜览》记载："西湖在州西，周回三十里，其涧出诸涧泉，山川秀发。四时画舫遨游，歌鼓之声不绝。"③ 经过宋人的造设，西湖的天然湖山景色融合了人工艺匠而达到公共园林发展的新高度，它是公共园林建设的典型。宋代的西湖已经形成了

---

① ［唐］康骈撰：《剧谈录》卷下，萧逸校点，见上海古籍出版社编：《唐五代笔记小说大观》，丁如明、李宗为、李颖等校点，上海出版社，2000，第1495页。

② （雍正）《陕西通志》卷四五，文渊阁四库全书本。

③ ［宋］祝穆撰，［宋］祝洙增订：《方舆胜览》卷一，施和金点校，中华书局，2003，第7页。

概括、评赏、标举其优美湖山风光的著名的十景，在宋代已成定论的"西湖十景"之名一直沿用至今。最早的十景记载出自《方舆胜览》："好事者尝命十题，有曰平湖秋月、苏堤春晓、断桥残雪、雷峰落照、南屏晚钟、曲院风荷、花港观鱼、柳浪闻莺、三潭印月、两峰插云。"①吴自牧的《梦粱录》也有十景的记载，只是顺序有别而已："近者画家称湖山四时景色最奇者有十，曰苏堤春晓……"②还专门说到了十景之名是由当时的画家所称。事实上除去著名的十景，宋代的西湖可谓处处皆景。苏轼为西湖写下了千古传唱的诗句："水光潋滟晴方好，山色空蒙雨亦奇。欲把西湖比西子，淡妆浓抹总相宜。"《西湖游览志馀》记载："前宋时，杭城西隅多空地，人迹不到，宝莲山、吴山、万松岭，林木茂密，阒无民居。城中僧寺甚多，楼殿相望。出涌金门，望九里松，更无障碍。自六蜚驻跸，日益繁艳，湖上屋宇连接，不减城中。有为诗云：'一色楼台三十里，不知何处觅孤山。'其盛可想矣。"③

西湖是百姓游览的赏心胜地，无论官宦、富家子弟、文人墨客、高僧道士、贩夫走卒，还是闺阁女子，各行各业、各色人等都赏游西湖。春天踏青赏花，夏天避暑纳凉，秋天赏月，冬日观雪，四时之景不同，四时游人不绝如缕。西湖十景中的苏堤春晓、柳浪闻莺是春景的典范，而曲院风荷则代表了西湖最美的夏景，十里荷花的景色美不胜收，不论是在抚堤烟柳下小坐，或在碧波荡漾的湖面上泛舟，都是很好的乘凉休闲的方式。《武林旧事》卷三记载都人避暑的情形："入夏则游船不复入里湖，多占蒲深柳密宽凉之地，披襟钓水，月上始还。或好事者则敞大舫、设薪簟，高枕取凉，栉发快浴，惟取适意。或留宿湖心，竟夕而归。"④秋天可赏三秋桂子、平湖秋月、三潭印月，故而秋天的西湖依然为士人所钟爱。《梦粱录》卷六载："如天降瑞雪，则开筵饮宴，塑雪狮，装雪山……或乘骑出湖边，看湖山雪景，瑶林琼树，翠峰似玉，画亦不如。"⑤西湖的冬景别有一番情趣。西湖还会有一些公共活动，如在每年的四月初八日，无数善男信女在西湖放生。这个习俗始自唐代，宋天禧年间故相王钦若奏以西湖为放生池，禁止捕猎鱼鸟，此后一直延续。苏轼在《杭州乞度牒开西湖状》

---

①　[宋] 祝穆撰，[宋] 祝洙增订：《方舆胜览》卷一，第 7 页。

②　[宋] 吴自牧撰：《梦粱录》卷一二，第 230 页。

③　[明] 田汝成著：《西湖游览志馀》卷二三《委巷丛谈》，陈志明校，东方出版社，2012，第 419—420 页。

④　[宋] 周密著：《武林旧事》卷三《都人避暑》，第 86 页。

⑤　[宋] 吴自牧撰：《梦粱录》卷六，第 181 页。

中说："自是以来，每岁四月八日，郡人数万会于湖上，所放羽毛鳞介以百万数……"[1]他胪列了西湖不可废的五个理由，向朝廷申明修浚西湖的必要性。这一奏状也充分体现了西湖的公共园林性质。

据附录二和三的统计结果可见，有宋一代公共园林遍布各地，数量较多，规模不一。如江苏仪征的东园、真州东园、高邮的众乐园、扬州的平山堂，广东阳江县的西园、潮州的湖山园，四川成都的合江园、泸州的北园、临邛的环湖园，河北定州的众春园，河南相州园池，山东兖州的美章园，江西抚州的金梔园、袁州东湖，湖南永州的后圃，安徽太平州的太平郡圃，浙江台州的霞起堂、杭州的乐圃，广西桂林的西湖，山西翼城的东圃，福建的越峰玩芳亭，湖北鄂州的白云阁、武昌的九曲亭等，形成了以北宋京都开封和南宋都城临安为中心向四周辐射的公共园林网格，各地百姓皆有公共的游园娱乐场所，公共园林在宋代得到了前所未有的发展。

四、唐宋寺观园林的状况

唐宋时期的寺观和唐前一样多建在秀美的山水之间，便于修炼，因而园林化的寺观也丰富着园林的品类。

寺院园林化的历史由来已久。佛教从印度传入中国，中国佛寺的园林化建造也来源于印度。《摩诃僧祇律》卷三十三记载：

> 塔园法者，佛住舍卫城，尔时波斯匿王往至佛所，头面礼足白佛言："世尊，我得为佛塔作园不？"佛言："得作。"过去世时，有王名吉利，迦叶佛般泥洹后，王为起塔，塔四面造种种园林。塔园林者，种庵婆罗树、阎浮树、颇那娑树、瞻婆树、阿提目多树，斯摩那树、龙华树、无忧树……一切时华，是中出华应供养塔。[2]

这是一个由佛殿、佛塔树林共同构建的寺院园林。魏晋时期的文献资料充分说明了佛寺园林化的特点。杨衒之的《洛阳伽蓝记》中记载了很多园林化的寺院。如城南的景明寺"虽外有四时，而内无寒暑。房檐之外，皆是山池，竹松兰芷，垂列阶墀。含风团露，流香吐馥。……寺有三池，萑蒲菱藕，水物生焉。或黄甲紫鳞，出没于繁藻；或青凫白雁，沉浮于绿

---

① [宋] 苏轼撰：《苏轼文集》卷三〇，孔凡礼点校，中华书局，1986，第 864 页。
② [日] 高楠顺次郎等编：《大正新修大藏经》，台北财团法人佛陀教育基金会出版部，1990，第 22 册，第 497—498 页。

水。碾硙舂簸，皆用水功。伽蓝之妙，最得称首"①。又如城西的大觉寺，"广平王怀舍宅也。在融觉寺西一里许。北瞻芒岭，南眺洛汭，东望宫阙，西顾旗亭。禅阜显敞，实为胜地。是以温子升碑云：'面水背山，左朝右市'是也。怀所居之堂，上置七佛。林池飞阁，比之景明。至于春风动树，则兰开紫叶；秋霜降草，则菊吐黄花。名僧大德，寂以遣烦。永熙年中，平阳王即位，造砖浮图一所，是土石之工，穷精极丽，诏中书舍人温子升以为文也"②。类似的园林化寺院非常多。

唐代以后，儒道释越来越融合，寺观园林更多地吸收了士大夫文人园林的特点，使得佛寺道观园林更加本土化，成为僧尼道士修身养性的宜居之所。唐代有著名的"佛门四绝"，指荆州玉泉寺、台州国清寺、润州栖霞寺、杭州灵隐寺。佛寺相地多选择灵山秀水，天然妙境是寺院园林化的重要外部因素，再加上内部园林景观的创设，寺院园林成为园林的重要组成部分。如长安西明寺，三藏法师回到长安后徙居此地，"其寺面三百五十步，周围数里。左右通衢，腹背廛落。青槐列其外，绿水亘其间，竈竈耽耽，都邑仁祠，此为最也。而廊殿楼台，飞京接汉，金铺藻栋，眩目晖霞"③，园林化的特色十分鲜明。

长安洛阳是寺观集中的地方，周维权先生《中国古典园林史》据《长安志》《酉阳杂俎·寺塔记》的记载统计，"唐长安城内的寺观共有 152 所，建置在 77 个坊里之内"④。开化坊的大荐福寺、长乐坊的光明寺、靖善坊的大兴善寺、崇业坊内的玄都观、安业坊中的唐昌观等，都是园林化的寺观，都具有公共性。京城外的园林化寺观也很多，如李白曾经游览过的开元寺水阁、汝州龙兴寺水阁，柳宗元笔下的永州龙兴寺、法华寺，白居易记载的杭州灵隐寺等，皆为园林化的寺院，都对公众开放。许多寺观因为种植着名贵的花卉成为寺观花园，每到花开时节就会吸引大量的民众前来赏花。比如唐昌观的玉蕊花、洞灵观的冬青、金仙观的竹子、玄都观的桃花，都享有盛誉。刘禹锡的诗《玄都观桃花》"紫陌红尘拂面来，无人不道看花回"描述的就是春天玄都观（位于长安城南崇业坊）民众争相观看桃花的情形。《剧谈录》记载："上都安业坊唐昌观旧有玉蕊花。其花

① ［北魏］杨衒之撰，周祖谟校释：《洛阳伽蓝记校释》卷三，第 98 页。
② ［北魏］杨衒之撰，周祖谟校释：《洛阳伽蓝记校释》卷四，第 157 页。
③ ［唐］慧立、彦悰撰：《大慈恩寺三藏法师传》卷一〇，孙毓棠、谢方点校，中华书局，2006，第 214 页。
④ 周维权：《中国古典园林史》，第 241 页。

每发，若瑶林琼树。元和中，春物方盛，车马寻玩者相继。"① 而大慈恩寺则以牡丹花著称。《唐语林》载："京师贵牡丹，佛宇、道观多游览者。慈恩浴室院有花两丛，每开及五六百朵。"还记述了老僧栽培二十年始成的深红牡丹："有殷红牡丹一丛，婆娑数百朵。初日照辉，朝露半晞。众共嗟赏，及暮而去。"朝士数人观看，赞叹不已。红牡丹太过稀缺，后竟被人掘去，留金三十两、蜀茶二斤为报。② 可见当时士人赏爱牡丹的程度。《南部新书》记载："长安三月十五日，两街看牡丹，奔走车马，慈恩寺元果院牡丹，先于诸牡丹半月开；太真院牡丹，后于诸牡丹半月开。故裴兵部潾《白牡丹诗》，自题于佛殿东颊唇壁之上。"③ 由上述史料可见春日花开时节，寺观园林中车马奔走，人来人往，赏花游春的盛况。唐代还有一些舍宅为寺的园林。如舍宅为寺的长宁公主宅，原本就是一座园林化宅园。《太平御览》记载："崇仁坊西隅，长宁公主宅。既承恩，盛加雕饰，朱楼绮阁，一时胜绝。又有山池别院，山谷亏蔽，势若自然。中宗及韦庶人数游于此第，留连弥日，赋诗饮宴，上官昭容操翰于亭子柱上写之。韦氏败，公主随夫为外官。初欲出卖，木石当二千万，山池别馆仍不为数。遂奏为观，请以中宗年号为名（景龙观，后改名玄真观），词人名士，竟入游赏。"④ 景龙观即为长宁公主舍宅为寺而成。诚如荣新江先生所言，从王宅的私密空间到寺观的公共空间，实现了空间属性的转变，这种转变使得园林审美空间可以为更多的人所享用，提供了大众文化活动的公共空间，在丰富民众娱乐生活的同时，也促进了城市文明的发展。⑤

北宋时期的相国寺、开宝寺、龙兴寺等都具有十分优美的园林化风景。建造在优美山水环境中的寺院，再加上寺院中花草树木相互掩映，俯仰生姿，生成了一个幽静的禅定空间，虚静的修习境界。自然、环境和禅思、禅理在意境上趋向归一。而南宋时期由于佛教更加兴盛，于是形成了禅院、教院的五山十刹的官府寺院格局。临安是当时佛教中心，大多寺院依西湖而建，也有的依南、北两山而建，因借山水美景，加上人工营筑，它们成为有名的寺观园林。如上、下天竺寺园都是当时的皇家寺院。《武林旧事》有载："自飞来峰转至寺后诸岩洞，皆嵌空玲珑，莹滑清润，如虬龙瑞凤，

① [唐]康骈撰：《剧谈录》卷下，见上海古籍出版社编：《唐五代笔记小说大观》，第 1483 页。
② 参见 [宋]王谠撰，周勋初校证：《唐语林校证》卷七，中华书局，1987，第 628 页。
③ [宋]钱易撰：《南部新书》丁，黄寿成点校，中华书局，2002，第 49 页。
④ [宋]李昉等撰：《太平御览》卷一八〇，第 879 页。
⑤ 参见荣新江：《从王宅到寺观：唐代长安公共空间的扩大与社会变迁》，见氏著：《隋唐长安：性别、记忆及其他》，复旦大学出版社，2010，第 77 页。

如层华吐萼，如皱縠叠浪，穿幽透深，不可名貌。林木皆自岩骨拔起，不土而生。传言兹岩韫玉，故腴润若此。石间波纹水迹，亦不知何时有之。其间唐宋游人题名，不可殚纪，览者顾景兴怀云。"①这段记载体现的正是寺院园林假山的风神妙韵。

此外，诸如宗阳宫园、四圣延祥观园、景灵宫园、集庆寺园、菩提院园、崇寿寺园等都是当时临安著名的寺园。建于江南其他地方的大小寺院和道观，大多具有园林化的特点。

唐宋园林在发展的过程中也有一些新变，园林的种类增多，出现了书院园林、祠园和商人园林。

第二节　唐宋园林散文的书写概况

陈从周先生说"文因景成，景因文传"。唐宋园林的发展为散文书写提供了新的题材，园林散文映现了园林发展的面向，但散文书写和园林实际情况亦有不尽一致之处。

一、唐宋园林的发展和园林散文书写间的一致性

从地域上看，京畿和近郊由于有着先天的地缘优势，成为皇室王公、贵胄官僚建造园林的最佳选择。所以，历史上历代历朝，园林的地理空间分布总是呈现自京畿向四周辐射的布局。唐代的园林主要集中在两京及其近郊，宋代主要集中在开封、洛阳及临安。园记散文的记载也与这种态势相一致。从构园的手法上看，唐代是自然山水大园向写意小园转型的阶段，宋代是写意型园林艺术发展成熟的阶段。园林散文不仅记录了园林的潜移暗转，而且还融进了对园林艺术的阐释，对园林审美的体验和评价。园林散文全部或者局部摄取园林景观，记录下园林空间来往的人和发生的事，传达出园林带给居游者的园林观感和审美体验。

（一）唐宋园林散文中的皇室园林

唐代国运昌盛，皇室园林兴建甚隆。皇家园林象天法地，弥山跨谷，皇家御园规模宏伟巨大，皇帝带领臣子共同游园宴饮，出现了很多应制之

---

① ［宋］周密著：《武林旧事》卷五《湖山胜概》，第152—153页。

作。如吕令问《驾幸芙蓉园赋》、陈鸿《华清汤池记》、宋之问《早秋上阳宫侍宴序》，分别记述芙蓉园、华清汤池、上阳宫皇室园林中的活动。宋之问《太平公主山池赋》《上巳泛舟昆明池宴宗主簿席序》、孙逖《宰相及百官定昆池旬宴序》表现昆明池与太平公主山池、安乐公主园林等皇亲园林举行盛大宴集的情形，表现出皇室园林的万千气象。

北宋时期宋徽宗在汴京建造了规模宏大的园林艮岳，赵佶亲自为之作《艮岳记》，张淏也有同名《艮岳记》来记载这一旷世园林。蜀僧祖秀《华阳宫记事》、李质《艮岳赋》都详细记述了艮岳宏大的规模，令人叹为观止的园池景观。它们是后世了解、研究艮岳的最可靠最详实的园林资料。此外，曹纪的《艮岳百咏》《宋史·地理志》和明人李濂《汴京遗迹志》也有相关的记载。

艮岳自政和七年（1117）年兴建，至宣和四年（1122）年始告成功，共耗时五年，耗资亿万，倾国力而经营。主持艮岳建造工程的宦官梁师成，"博雅忠荩，思精志巧，多才可属"。而宋徽宗更是亲自参与到园林的建设中。徽宗精于书画，是杰出的艺术家。二人才能的结合，创造了艮岳这座极具文人雅趣的艺术园林。为了筹备建造艮岳所需材物，专门成立了平江局。张淏《艮岳记》写道："政和间，遂即其地，大兴工役，筑山号寿山、艮岳，命宦者梁师成专董其事。时有朱勔者，取浙中珍异花木竹石以进，号曰'花石纲'，专置应奉局于平江，所费动以亿万计。调民搜岩剔薮，幽隐不置，一花一木，曾经黄封护视，稍不谨则加之以罪。斫山辇石，虽江湖不测之渊，力不可致者，百计以出之，至名曰'神运'，舟楫相继，日夜不绝。广济四指挥，尽以充挽士，犹不给。时东南监司郡守，二广市舶，率有应奉。"① 明代李濂《汴京遗迹志》卷四《山岳》亦有相同记载，可见艮岳的建造是在精心的筹划下进行的，艮岳的建造可谓是竭尽了府库的积聚，集萃天下之技艺，历经五年建造而成。建成后的艮岳"奇花美木，珍禽异兽，莫不毕集。飞楼杰观，雄伟瑰丽，极于此矣"。传世园记永久保留了艮岳精美绝伦的园林风姿。

艮岳有七大景区，分别为入口景区、南山景区、寿山景区、西岭景区、东岭区、大方沼池景区、曲江池景区。每个景区景观众多，许多小的景观组成丰富的景观序列。如万寿山景区就有主峰、雁池、萼绿华堂、西庄药寮四个小景观区。此外如极目亭、瀑布帐、绮翠楼、漱玉轩、乘岚亭等，都是著名的景观。

---

① 曾枣庄、刘琳主编：《全宋文》卷七〇三五，第308册，第231页。

宋徽宗和张淏的同名作品《艮岳记》以及蜀僧祖秀的《华阳宫记》都详细地记载了艮岳园。它们不仅详尽记载了众多的园林建筑，还记录了园中种植的多种植物。如赵佶《艮岳记》载："移枇杷、橙柚、橘柑、椰栝、荔枝之木，金蛾、玉羞、虎耳、凤尾、素馨、渠那、末利、含笑之草，不以土地之殊，风气之异，悉生成长养于雕栏曲槛，而穿石出罅。岗连阜属，东西相望，前后相续。"园中西庄种植了许多植物："其西则参术、杞菊、黄精、芎藭，被山弥坞，中号药寮；又禾麻、菽麦、黍豆、杭秫，筑室若农家，故名西庄。"①还有植梅万数的萼绿华堂，万杆翠竹的北岸，芙蕖菡萏，倚麋川湄。蒲菰荇藻，菱菱苇芦，沿岸沂流。除了北方的植物，艮岳中还移植了大量南方植物品类，陆生的、水生的、观赏的、药用的，如同一个庞大的植物园。艮岳中还养有大量的禽鸟兽类等动物，专门设立仪来局饲养。据《宋史·地理志》载：靖康元年（1126）冬，金兵围攻东京开封，"钦宗命取山禽水鸟十余万，尽投汴河，听其所之。拆屋为薪，凿石为炮，伐竹为笓篱，又取大鹿数百千头杀之，以啖卫士云"②。可惜的是，园中的建筑、花木、珍禽皆在兵燹中毁坏殆尽。

艮岳园中奇石林立，既有单独特置，又有叠石成山。据祖秀《华阳宫记》描述，"又得赪石，任其自然，增而成山……又得紫石，滑净如削，面径数仞，因而为山……其它轩榭庭径，各有巨石，棋列星布，并与赐名。唯神运峰前群石以金饰其字，余皆青黛而已，此所以第其甲乙者也。乃命群峰，其略曰'朝日升龙'、'望云坐龙'、'矫首玉龙'、'万寿老松'、'栖霞扪参'、'衔日吐月'、'排云冲斗'、'雷门月窟'、'蹲螭坐师'、'堆青凝碧'……"③文中仅列举群峰一处的置石，就多达四十四种不同的奇异形状，足见其叠石技术的高超。

王铎先生这样总结艮岳园的艺术成就："就造园空间艺术和山、水、石、花木、建筑和观赏禽兽等园林要素的整合来说，由唐至宋，艮岳园是一个划时代的飞跃。"④

（二）唐宋园林散文中的公共园林

唐代有名的公共园林有长安的曲江池、乐游原和四川的新樊东湖，而

①　曾枣庄、刘琳主编：《全宋文》卷三六三〇，第166册，第384页。
②　[元] 脱脱等撰：《宋史》卷八五《地理志》，第2102页。
③　曾枣庄、刘琳主编：《全宋文》卷三一四四，第146册，第87—88页。
④　王铎：《中国古代苑园与文化》，第144页。

四川、安徽、湖北、湖南、河南、江西、广西、山东、浙江、福建、广东、河北等地都有公共园林。欧阳詹《曲江池记》、樊宗师《绛守居园池记》、白居易《白蘋洲五亭记》、柳宗元《潭州杨中丞作东亭戴氏堂记》《贵州裴中丞作訾家洲亭记》《邕州柳中丞作马退山茅亭记》《零陵三亭记》《柳州东亭记》、刘禹锡《武陵北亭记》、李直方《白蘋亭记》、李绅《四望亭记》、李德裕《怀崧楼记》、皮日休《郢洲孟亭记》等，记述的都是公共园林或具有公共园林性质的官署园林。

宋代公共园林分布在当时的各个州县，尤其在北方的开封、洛阳和南方的杭州、苏州、扬州诸地分布更广。宋代园林散文为宋代的公共园林留下了宝贵的底片，可以通过这些园记了解当时非常有特色的公共园林。如杨蟠《众乐园记》记载了江苏高邮的众乐园，王安石《扬州新园亭记》记载扬州新园亭，刘敞《兖州美章园记》记载山东兖州的美章园，李良臣《钤辖厅东园记》记载四川成都的钤辖厅东园，俞向《乐圃记》记载浙江杭州的乐圃，丁彦师《东圃记》记载山西翼城的东圃，鲍同《西湖记》广西桂林的西湖园，李流谦《绵竹县圃清映亭记》记载的是四川绵竹的县圃，张榘《东园记》记载江苏仪征的东园。公共园林之多，不遑备述。

以丁彦师《东圃记》为例。记文详细记载了与园林相关的信息，具体分析如下。"开封向淙彦宗宣和六年秋来莅绛之翼城，疏豁明敏，兴滞补弊，处事皆有纪律，吏畏民爱，治声蔼然。当天子平北虏之后，一方守备咸仰县官，公独抚循劝诱，应有余裕，遂以无事。"开篇先交代园林建造者执政翼城的时间和政绩。"明年春一日，与僚友会于静乐轩，下瞰而得异处焉。虽为民田，率皆险瘠，居常苦于耕作，而利入微甚。倍其直而售之，了无难色。"叙述发现并买地的经过。"于是相高下，视广狭，辟以为游息之所。役不淹时，人弗告劳。易荆棘榛莽之墟，而为歌舞管弦之地。去城邑跬步之近，而有山林泉石之观。"此部分叙述了相地建园的过程。

> 亭宇焕然，光景一新，随物象而名之，其所得有不可穷者矣。且风和日永，群花竞芳，溪水清澈，辉映远近，如丽锦之濯长江，而尽得于倚槛徘徊之际，是以直南有亭曰锦江。天高气爽，万籁沉寂，白露凝空，明月千里，揖于长天之外，而延于樽俎之中，是以其北有台曰邀月。雨余烟敛，青山万叠，间见层出，翠色可挹，使人动丘壑之情而起云霞之兴，故又其少北曰叠翠亭。细柳环列，动摇春风，浓阴转日，时泛栏砌，咏《归去来》之什，友渊明于千载之上，故又其少北曰五柳亭。佳时令节，同宾客僚属赏花临水，望月玩山，憩五柳之

美荫，赋诗饮酒，投壶弈棋。①

此部分介绍了园林景观的布局，描述园林美景，十分详细。锦江亭中凭栏而望，群花竟芳，清澈的溪水在阳光下如同初洗过的锦缎一般明艳。邀月台上举目远眺，天高气爽，皓月当空，置樽俎，举杯邀月同醉。选翠亭中，可览青山万迭，雨后初霁，烟云迷蒙变幻。五柳亭内，细赏环列之弱柳，春风摇荡，鹅黄拂水，姿态婀娜。官长不仅可以在佳令时节与宾客僚属一起于园中赏花亲水、望月玩山、饮酒赋诗、投壶弈棋，还可以与百姓同乐。"纵邑人士女游戏乎其间，登涉往来。绮绣错杂，杯盘狼藉，乐而忘归，不知日之既夕，夜之将阑也。合是数者，榜之曰东圃。"表现了邑人士女游览园林的盛况和欢乐的情形。记文的最后又赞扬了园林设计者和建造者的卓越智慧，交代了作记者、书者、立石者、作记的时间。这篇园记细细道来，将园林信息一一介绍，无一遗漏。

更有一些园记，描述园林各个景观，空间方位交代十分清晰，读文如游园，读文如同面前有一幅园林实景图一般，完全可以穿越时空感受到园林规模之大，景致之丰富，设计之巧妙。如宋代何恪有《西园记》传世，非常详细地记述了自家园林的情况。西园在浙江杭州西湖边，是何恪的私家园林。何恪，字茂恭，号南湖，婺州义乌（今浙江义乌）人，恢弟。绍兴三十年（1160）进士及第，授吉州永新簿，迁徽州录事参军，未赴。撰《恢复二十策》诣阙进之，与诸公议不合而归，未几卒。园记对园林的记述非常详实，正文长近一千五百字，写到了园林中的二十七处富有特色的景观。

西园入门有"巨竹耸其巅，修杨沿其堤，短花细草夹径"。自园门行大约百步，有一座林堂，枕冈西湖。湖中浅处种植荷芰菰茨，望之不尽；深处白波际天，微风吹过，"怒涛奔放，惊鳞泼刺，助为奇壮，水鸟族居，飞鸣上下"。水域面积广阔，四时朝暮之景，变化无穷。林堂的东面是湖阴亭，因为湖水出其南而命名；西亭叫"横爽"，因南岭横其前而得名。左边的竹屋因周遭皆种竹，右边的兰坡因香草覆盖而名。复斋有屋四楹，为燕寝之地。居于杉亭、栢亭之上皆可下瞰苍波，渺茫渔舟，上下鸥鹭，去来于乔木修篁之外。读书堂中聚书数千卷，堂前开辟土地引山溜汇聚成池，有鱼数十尾。环池皆种植草木，幽邃阒寂，人迹罕至，唯见青树萃蔓，唯闻松声鸟语。"景陆亭"位于百树之中，别圃名壶中，"穴墉以出

① 曾枣庄、刘琳主编：《全宋文》卷三八一六，第 174 册，第 407—408 页。

其下，绝八十丈奇。海棠翼之，柯叶蒙络，如行寛洞"。"野堂"位于较为低坳的地方。堂后树以海棠数十百株，花时明艳，绮绅绣错。还有泉侧出石岸，泓澄盈咫，堕入湖中，渫然有声。栏边尽植芍药和杂花卉，湖岸多木芙蓉。野堂外有地几十亩，其平如掌，种植梅、杏、梨、奈、橘、柚等。西面有几丈高的坡垅，在其上筑台而屋其上。两峰亭地势较高，前有两峰屹立，可尽览西园之胜。湖堤上有二亭，西名"清华"，因其含水木之滋；东名"浸山"，因其从西园而望，山与水平，仿佛出于水中。有巨石从水中露出，可坐而钓。遵南转山腹而北至其麓，枯梅下有两怪石如卧虎。并梅临水，结茅三间，以观云气出入牖牗，白云巢蔽前楹。①

西园面积大，景观多，富有江南园林的特色。园林泉池游鱼，四季风景的变化令人神往。此外，李良臣《钤辖厅东园记》、俞向《乐圃记》、杨蟠《众乐园记》也是典型代表。

侯乃慧教授在其《唐宋时期的公园文化》一书中专论唐宋时期的公园，多引用了诗歌中的资料，虽对唐宋散文中的资料有所征引，然数量有限。上文所列举的著名公共园林在其文中多未被提及，大量记录详实的资料也未曾利用，这不能不说是唐宋公共园林研究的遗憾。

唐宋时期园林散文中为数众多的公共园林记文是当时公园文化兴盛的产物。宋代刘敞在《东平乐郊池亭记》一文中明确了公共园林的社会作用："古者，诸侯虽甚陋，必有苑囿车马钟鼓之好，池台鸟兽鱼鳖之乐，然后乃能为国，非以娱意崇不急也，以合士大夫、交宾客贤者而同吏民也。"②强调了州县营建公共园林的重要性，不仅仅在于娱乐自己，而在于合乎士大夫的精神追求，结交贤者，与吏民同乐。公共园林记文中多有表现与民同乐的内容，可谓是契合了公共园林的社会功能。

（三）唐宋园林散文中的私家园林

唐长安城南私家园林众多。唐代现存的园记文多有记载城南园林者。如张九龄《韦司马别业集序》载："杜城南曲，斯近郊之美者也。背原面川，前峙太一，清渠修竹，左并宜春。山霭下连，溪气中绝，此皆韦公之有也。"③说明韦司马别业规模很大。张说《东山记》记录玄宗亲游韦嗣立逍遥谷园林的盛况，王维《暮春太师左右丞相诸公于韦氏逍遥谷宴集序》

---

① 曾枣庄、刘琳主编：《全宋文》卷五四〇四，第242册，第44—45页。
② 曾枣庄、刘琳主编：《全宋文》卷一二九四，第59册，第356页。
③ ［清］董诰等编：《全唐文》卷二九〇，第3册，第2948页。

是其为游赏韦嗣立逍遥谷园林的诗集所作序。宋之问《春游宴兵部韦员外韦曲庄序》言"长安城南有韦曲庄，京郊之形胜也"①，记的是城南的韦曲庄。杜佑《杜城郊居王处士凿山引泉记》、权德舆《司徒岐公杜城郊居记》、武少仪《王处士凿山引瀑记》皆记城南杜佑园林，将几篇散文对照、互读，可以了解到杜佑郊居园林的详细情况：其具体的地理位置是出了启夏门往南十六里，在杜曲之右，朱陂之阳，终南峻岭青翠可掬，樊川之水清流如带；园林约建于德宗贞元年间；改造其园林的设计师是琅琊处士王易简，其字高德，是司徒岐公府上唯一的一位布褐之客。园林中有荷池、药圃、瀑布、茂林修竹、四时花卉。记文还叙述了园林旧日之况和今日新趣，充分体现园林建造中因地制宜的重要性。

　　唐代见于史籍的著名文人园林有宋之问的蓝田别业，王维的辋川别业，韦嗣立的东山别业、韦曲庄园林，岑参终南山双峰草堂、嵩山少室草堂，白居易的庐山草堂、洛阳履道里园，李德裕的平泉庄，裴度的湖园，牛僧孺的归仁园，司空图中条别业等，它们在文学书写中皆有体现。众多私家园林兴起，突破了魏晋时期园林追求模山范水的真实性，而是向写意化园林发展。从唐代所留存的园林资料可见，文人私家园林的园主多为各级官僚。亦有一些简朴的文人隐士园林，如王绩的东皋园、卢泓一草堂等。

　　宋代有大量园记存世，正是有宋一代园林兴盛的文学反映。文人造园成为风尚，或者自记，或者请人作记。如司马光的《独乐园记》，记载其在洛阳建造的独乐园，既有详细的园林景观，又有对其独乐思想的阐释，其中不乏对自身遭际的不满。此外，朱长文《乐圃记》、曾巩《南轩记》、苏舜钦《沧浪亭记》等，都是园主亲自为园林作记。而尹洙《张氏会隐园记》是其为张清臣园林所作记，郑侠《来喜园记》是其为大庆居士园林作记，晁补之《金乡张氏重修园亭记》是其为张氏园亭所作记，皆属于"请人作记"的园记作品。

　　宋代建造园林者不仅仅限于官宦之家，普通的小官吏或读书人也可以根据自己的经济能力建造起或大或小、或精致或素朴的园林，园林的普及性更强。在宋代园记文中有许多园林园主姓名不详，这些人并非世家大族或者官僚贵族，而是普通的读书人。秦观《闲轩记》中园林卜建者是隐居的徐君。王当《王氏至乐山记》云："邦人王子厚筑室于其间，轩阁台榭，虚明洞达，四时相与，友爱者无非风云雪月，其所得之志可谓清且远

---

① ［清］董诰等编：《全唐文》卷二四一，第 3 册，第 2437 页。

也。"① 文中的园主就是作者的同乡王子厚。华镇《杭州西湖李氏果育斋记》云："吾友季重家西湖之上，依山结庐，石崖如壁，屹当书馆。寒泉一脉，旁出其下，昔人命之曰蒙泉。"② 此乃记其友李季重于西湖所建小园。这些园林主人皆为普通读书人。宋代园记不仅记载了仕宦大家的豪华大园，也记下了普通民众的素朴小园，反映出当时园林建造的兴盛状况。如王炎的《双溪园记》，记载的双溪园在婺源县。婺源县是古徽州六县之一，双溪园是王晦叔的私家园林。《双溪园记》曰：

> 双溪汇为一潭，潭西北樊之以艺竹木，王氏叟晦叔游衍之地也，题其门曰"双溪之园"。入门有屋，前轩而后俯，松露滴沥，竹风萧爽，杖履徜徉，可以自适其适，命曰"识分之堂"。堂之左有庵，修广十有二肘，覆以棕榈，山行罢，于此少休，命曰"息肩之庵"。庵左败屋数椽，撤而新之，中设一榻，几有《周易》一卷，壁间挂一白拂、一古琴，燕坐无事，时玩三圣微言，倦则曲肱而卧，命曰"巢安之寮"。堂之背负山为亭，前种杂花数种，花开时白酒一杯，悠然自酌，山鸟啸歌，为我所喜，心境和畅，无忧可消，命曰"留春"。自此循麓委折而上，至山椒，双溪交流，千山竞秀，使人目不得瞬，命曰"画筍"。北行高岗，至绝顶，四顾豁然，命曰"一览"。下有松坡，有茗坞，有莲塘，可着亭榭三四，俸余已竭，未能鸠工。画筍南下俯寒潭，听鸣濑夜静，上下空阔，与月相宜，于是筑玩月之台。台之下以其隙地蒔杂药，种桑苎，于是结灌畦之庐。庐之外篁荡蔚然，潭水如玻璃盆，限以樵牧之径，乃跨径为桥入竹间，竹水生风，可以却暑，于是置枕流之石。双溪之境大略如此。③

由这篇园记的描述可知，双溪园地处一个偏远的小县城，园林主人既非贵胄也非富商，晦叔因为俸余已竭，有三四亭榭尚未能鸠工。园记记述十分详尽，除了园林建筑外，园林中的松、竹、棕榈、兰花等植物类别及所种植的位置都非常具体，可谓历历在目。

（四）唐宋园林散文中的寺观园林

印度佛教大约在东汉明帝永平年间传入中原。魏晋南北朝时期佛教繁

---

① 曾枣庄、刘琳主编：《全宋文》卷二五二九，第 117 册，第 276 页。
② 曾枣庄、刘琳主编：《全宋文》卷二六五七，第 123 册，第 137—138 页。
③ 曾枣庄、刘琳主编：《全宋文》卷六一一一，第 270 册，第 323 页。

荣发展，佛寺迅速增加。正如杜牧诗中所说，"南朝四百八十寺，多少楼台烟雨中"。敦煌莫高窟、龙门石窟的佛教造像就是有力的证明。唐王朝虽尊道教为国教，但实际崇佛，佛寺数量众多。宋代对佛教的政策比较宽松，寺院数量更多，在宋代的园记文中寺院园林的数量较多。

日益园林化的寺观在唐代散文中也得到了一定程度的映现。如法华寺的园林化景观在柳宗元的《法华寺西亭夜饮赋诗序》和《永州法华寺新作西亭记》中得到描述，柳宗元的记文《永州龙兴寺东丘记》《永州龙兴寺西轩记》则记述了龙兴寺的园林景致。宋代表现寺观园林的园记更多，有王禹偁《黄州齐安永兴禅院记》、陈襄《天台山习养瀑记》、余公弼《宝山院记》、文同《静难军灵峰寺新阁记》《邛州凤凰山新禅院记》《叩云亭记》、赵瞻《观空堂记》、鲜于侁《游灵严诗序记》、任伯传《茂州汶川县胜固院记》、苏颂《灵香阁记》、杨杰《延恩衍庆院记》、苏轼《黄州安国寺记》《遗爱亭记》、上官均庐《山栖贤寺新修僧堂记》《杭州龙井院讷斋记》等众多篇什。例举如下。

韩元吉《两贤堂记》所记寺院地处上饶，周边大环境优美，"灵山连延，秀拔森耸，与怀玉诸峰巉然相映带"。寺院小环境，"广教僧舍，在城西北三里而近，尤为幽清，小溪回环，松竹茂密。有茶丛生数亩……"此寺有二公曾于此居住，"绍兴中，故中书舍人吕公居仁尝寓于寺。……后数年，故礼部侍郎文清曾公吉甫复来居之。……寺之僮奴，指其庭之竹，则曰此文清公所植也。山有隙地，旧以为圃，指其花卉，则曰此文清公所艺也。一亭一轩，爱而不敢动……"① 文清公曾亲自经营寺中园圃，种竹艺花，建筑亭轩，营构成为寺院园林。

又如秦观《雪斋记》。"雪斋者，杭州法会院言师所居室之东轩也。始，言师开此轩，汲水以为池，累石以为小山，又洒粉于峰峦草木之上，以象飞雪之集。"② 言师在杭州法会院汲水为池，累石为山，峰峦之上草木丰茂，还洒粉造飞雪之景，构成了别有特色的寺院园林。

寺观是修习之所，需要清静的环境，故寺观多建在山清水秀的地方，相地依山傍水，有天然的茂树密林。寺院内部环境也要通过人工建造使之更加具有观赏的审美特性，故会引水为池，种植花草树木，寺观也因而成为园林化的寺观。

不过这些园林因为多了一层寺观的宗教色彩，因而在记述的时候园林

---

① 曾枣庄、刘琳主编：《全宋文》卷四七九七，第216册，第191—192页。
② 曾枣庄、刘琳主编：《全宋文》卷二五八五，第120册，第126页。

描写的成分有所减少，而宗教特色的建筑及活动占有重要的篇幅。园林景观的描绘只是为了显示寺观清幽的环境更利于修身习性。如苏辙《杭州龙井院讷斋记》载："天竺之南山，山深而木茂，泉甘而石峻……不期年而荒榛岩石之间，台观飞涌，丹垩炳焕，如天帝释宫。"① 其记述园林仅如上寥寥几笔，佛殿建造以及对法师辩才的讷言敏行的赞扬则是文章的主要内容。

二、唐宋园林发展的新变与散文书写

自唐至宋，皇家园林、文人园林、寺观园林、公共园林在原来的基础上沿袭发展，略有变化。两个历史时期的园林发展也有一些比较大的变化，园记映现着这种新变。

第一，宋代书院园林记较多。随着书院的迅速发展，宋代涌现了不少书院园林，出现了较多的书院园记。如周孚《樊氏读书堂记》、叶适《石洞书院记》、王克勤《峨峰书院记》、刘宰《杨氏宝经堂记》、陈宓《仙溪喻氏大飞堂记》、魏了翁《书鹤山书院始末》《靖州鹤山书院记》、李韶《南溪书院记》、毛基《富川县江东书院记》、包恢《旴山书院记》、姚勉《左氏书庄记》等。②

书院与园林一直有着密切的关系。侯乃慧教授认为"书院在整个起源与发展的过程中，一直就是以园林的形态进行的"③。从书院的起源上看，与唐代文人读书山林的风气有关。《书院与中国文化》一书中有这样的论述："唐代尤其是安史之乱后，士大夫的隐居读书乃至授徒讲业，成为书院产生的重要渊源之一。……北宋的四大书院闻名于世，考其源流，多与唐末私人隐居读书有关。"该书还指出，"除了在名山寺观内隐居读书之外，唐至五代时许多士子、大儒亦居于乡野茅庐或田庄别墅读书，并授徒讲业，或为家族子弟办学，称作书院、书堂、精舍不一。"④ 可见读书习业的书院空间多与园林空间相结合。据该书统计结果看，《全唐诗》中以书院为诗题的诗提到的书院有十一所，有关方志中注明唐代所建的书院有十七所，可见唐代书院还只是处于起步阶段。宋代书院蓬勃兴起，书院数量达四百所之多。

在唐代的园记散文中详细记载书院的文篇较少，而其中书写园林的部

---

① 曾枣庄、刘琳主编：《全宋文》卷二〇九五，第 96 册，第 180 页。
② 本书所举皆为具有园林景观的书院，无园林景观记述的书院记一律排除在外。
③ 侯乃慧：《唐宋时期的公园文化》，第 208 页。
④ 丁钢、刘琪：《书院与中国文化》，上海教育出版社，1992，第 15—17 页。

分更少。如舒元舆的《御史台新造书院记》："……御史台中书南院。院门北辟，以取其向朝廷也。其制，自中书南廊，架南北为轩。入院门分东西厢，为拜揖折旋之地。内外皆有庑，蟠回诘曲，瞩之盈盈然，梁栋甚宏，柱石甚伟。椽栾棳棳，丽而不华。门窗户牖，华而不侈。名木修篁，新姿如旧，若升绿云，若编青箫。"[1]该书院记记述的重点是书院建造的缘由、过程、意义，对其间点缀的竹树奇花只是简略提及，并未详述，但其园林特色可见一斑。但是宋代书院记仅就数量而言已有了很大变化，这与书院及书院园林的发展程度具有高度一致性。尽管宋代的书院记很多，但是我们的研究对象必须具备园林的特质，因此要以园林的基本要素去检视所有的书院记或者书堂记，除去那些只记书院历史，讲习授业情况，附以大量的说理的文篇。兼具园林属性的书院数量不在少数，根据园林化程度的高低，书院园林有两类。

第一类是园林化程度较低的书院。书院建在山清水秀的环境中，书院记中简略描述外部的优美环境，重在叙述书院建造过程以及书院讲授学习活动，或阐发道理。这类书院园林化程度较低，主要因借外部山水林木，很少有内部园林化的描写。举例如下：

永阳樊君德明于其所居之前得废地，幅员仅十亩，前对历阳诸山，后有坂可眺，大木十围，修竹森然，度而为堂，面山而背坂，坚完爽垲，悦可人意。（周孚《樊氏读书堂记》）[2]

北溪之上下，崔氏居焉，蕃衍炽昌，大族也。环绕其居前后如城者，皆山也。其山自盱母而来，原悠远而支悠长，乃奇秀所会之一胜处也。（包恢《盱山书院记》）[3]

衡州石鼓山据烝湘之会，江流环带，最为一郡佳处。（朱熹《衡州石鼓书院记》）[4]

爰相邑南，背负巍壁，面俯平川，清与目谋，旷与神会。筑宫百楹，既壮既安，士遐迩咸集。（袁甫《象山书院记》）[5]

五山辐辏，蜿蜒如龙。溪横其前，清澈可镜。前望灵峰怀玉，秀

① ［清］董诰等编：《全唐文》卷七二七，第 8 册，第 7491 页。
② 曾枣庄、刘琳主编：《全宋文》卷五八二二，第 259 册，第 58 页。
③ 曾枣庄、刘琳主编：《全宋文》卷七三三二，第 319 册，第 348 页。
④ 曾枣庄、刘琳主编：《全宋文》卷五六五七，第 252 册，第 115 页。
⑤ 曾枣庄、刘琳主编：《全宋文》卷七四三九，第 324 册，第 48 页。

峙天表。（真德秀《龙山书院记》）①

也许是基于书院记写作内容的侧重点，其写作时较少有内外部环境的描写，这些书院内部可能也有花草树木、假山池沼的美化，但是在书院记中并不体现，纵使写到环境也是一笔带过，十分节略。但是选择幽静之所作为书院地址是园林书院的起始，为书院园林的进一步发展奠定了相地基础。

第二类是园林化程度较高的书院园林。园林化程度较高的书院，不仅书院的外部环境优美，书院内部还有园林化的布置，是真正意义上的书院园林。兹例举如下：

> 又聘良工，伐山木，作一书院以度之，凡数万卷不翅也。中敞之以"文会"之堂，后附之以"怡然"之轩。临池有亭，名以"爱莲"；玩芳有榭，名以"春风"。扆以两斋，庭列四桂。奇崖峭峰，远岫遥岑，连者芝秀，孤者玉立，圆者盂覆，锐者笋逄，静者麟卧，躁者猊怒，左右后先皆环以山。下有回水，汇而为潭，绀洁冷冽，寒入人骨。（杨万里《廖氏龙潭书院记》）②

> 乃增广前后，各为一堂，堂内廊庑门墙以次毕具。旁为小室，曰立斋，永嘉叶公为之铭。介一堂曰书舫，舫之左右为南北窗，堂之后为阁。家故有书，某又得秘书之副而传录焉，与访寻于公私所板行者，凡得十万卷，以附益而尊阁之。取《六经阁记》中语榜以"尊经"，则阳安刘公为之记。阁之下又为一堂，堂内榜曰"事心"，取邵子语。阁之阴辟小圃，凿池筑室，艺卉木，为游息之所。圃之后凭高瞰虚，一川风物之秀皆在目中。又为亭其上，于以仰观日星风露之变，俯察鸟兽草木之宜，又若有以荡开灵襟、助发神观者。（魏了翁《书鹤山书院始末》）③

> 于是访寓馆之故址，而韦斋遗墨尚存，乃捐金赎之，作屋三楹，中设二先生祠位，翼以两斋，曰景行，曰传心，将延邑士相与读文公之书。敞前楹，跨池为梁，中植蒲荷，左右竹松，背山面溪，景物自胜。（李韶《南溪书院记》）④

---

① 曾枣庄、刘琳主编：《全宋文》卷七一八四，第 313 册，第 436 页。
② 曾枣庄、刘琳主编：《全宋文》卷五三五三，第 239 册，第 328 页。
③ 曾枣庄、刘琳主编：《全宋文》卷七〇九七，第 310 册，第 307 页。
④ 曾枣庄、刘琳主编：《全宋文》卷七三二四，第 319 册，第 202 页。

余所居湫隘，每读书，则机纺之声盈耳，绝不静。思得洒然空旷一宇，为寄适之地，除耳目俗哗，以自放于道德之场，以养吾心焉，乃度地于江之东。江东限以溪山，地势不广，且聚落店肆比比皆是。惟于灵山之侧四顾环视，乔木修竹，光风四泛，纤尘不惊，冬日之阳，夏日之阴，幅巾逍遥，挟册其间，颇为胜概，遂决意而筑室焉。经之营之，将周岁而始克就绪。堂之前治一小圃，畹蔬蹊果，花木杂植。中凿一池，其圆如月。复疏一沟于其右，以泄其水，委蛇以达于江而注之海。东篱之下有丛菊焉，西有隙地，种竹数枝，望之苍翠而森秀。又有梅数本，参立乎前后。四时之中，物之生意皆无尽藏，真读书乐地也。于是合而名之曰"江东书院"，区而别之，中曰"来薰"，涤尘襟也；西曰"拂云"，耸清操也；东曰"待月"，遣逸兴也；北曰"履斋"，即退而省其私之所也。（毛基《富川县江东书院记》）①

夜宴左氏庄，杜少陵诗目也。庄不知何所矣，独其名与少陵俱存。尝即其诗想象之，景物犹历然在目。有草堂，有花径，有暗流水，有风月林，境之胜也。检有书，烧有烛，看有剑，引有杯，张有琴，咏有诗，诗罢有舟，济胜之具也。济胜之具虽有七，而有书可检，乃庄中之第一事。尝谓何将军山林中架书建屋，左氏庄中烧烛检书，方与俗富贵家园池不类，人生有此差乐。高安左氏季起家晋仙人黄万石之乡，有庄焉，筑斋于斯，而教子于斯，子应琟亦颖然秀异。今左氏庄视昔左氏庄，未见其异也。檐有梅，庭有桂，园有茂松修竹，傍屋有溪斋视草堂，梅桂视花径，茂松修竹视落月，风林溪视花径流水，诗书琴剑、杯烛扁舟之乐，视昔皆具。（姚勉《左氏书庄记》）②

杨万里所记廖氏龙潭书院的园林特色十分突出，不仅有庋藏数万卷书籍的书院，还建造了以文会友的"文会堂"和"怡然轩"。园中有池塘，种植莲花，临池建"爱莲亭"以观赏荷花，花丛中置"春风榭"以玩赏芳华。读书有斋，院中植桂。假山奇石，各具形态。连绵者如芝兰灵秀，孤立者如玉挺立，圆者如盂覆盖，锐者似新笋初发，静者似麒麟闲卧，躁者似狻猊发怒。山石之间流水淙淙，汇集成潭，绀洁清冽。这是一座典型的园林书院。

魏了翁的鹤山书院除了为读书讲学而建造设置的必要建筑外，在"尊

①　曾枣庄、刘琳主编：《全宋文》卷七三二四，第 319 册，第 217 页。
②　曾枣庄、刘琳主编：《全宋文》卷八一三九，第 352 册，第 81—82 页。

经阁"之后开辟出一个小圃，凿池筑室，种植花卉草木，小圃之后有较高的地势，于其上建造亭子，可以凭高瞰虚，一览满川风物之秀，仰观日星风露之变，俯察鸟兽草木之宜。既赏园内之景，又借园外之秀，既观四季草木相宜之实景，又得日星风露变化之虚景，颇具园林之妙。

南溪书院有池沼，种植菖蒲、荷花，屋前屋后种植松竹，后背依山，前面溪水潺潺，园林风景自胜。富川县江东书院建于灵山之侧，四周乔木修竹，自成胜概。院内读书堂前又辟一小圃，果蔬花木杂植，中凿一池，形如圆月。园中还植有丛菊、翠竹、梅花。读书之余，游赏园林，可遣逸兴，助清操。左氏书庄中有草堂花径、茂林修竹、梅桂溪流，也是习练诗书琴剑的极佳场所。

从上述各例可见，书院既有优美的外部环境，又有内部园林的精心构建，为读书习业提供了良好的场所。徐铉《洪州华山胡氏书堂记》中强调了书院园林环境的精神作用："乃即别墅华林山阳玄秀峰下，构书堂焉。筑室百区，聚书五千卷。子弟及远方之士肄学者常数十人，岁时讨论，讲席无绝。又以为学者当存神闲旷之地，游目清虚之境，然后粹和内充，道德来应。于是列植松竹，间以葩华，涌泉清池环流于其间，虚亭菌阁鼎峙于其上。处者无教，游者忘归，兰亭石室，不能加也。"[1] 园林化的书院有利于荡开灵襟，有助于启发神观，这正是书院和园林结合的内在原因。

第二，祠园大量增加，祠园记有所增益。与唐代相比，宋代的祠园记数量上增加很多。祠园和书院一样，选址也注重外部环境，祠园的园林化是其发展的趋势。如宋代著名的晋祠就是园林化的祠园。从祠堂记的社会功能上看，主要是记述建造祠堂的缘由、过程，祠堂供奉者的事迹，祠堂的教化纪念意义等，故祠堂记中园林成分的描写和交代就成为可有可无的部分，所以大部分祠堂即便是园林，记文中也较少提及。因而从宋代大量的祠堂记中筛选出来的具有园林特色的祠园并不多，但是从这些祠园可以看出祠堂园林化的建造趋向。如龚鼎臣的《贾浪仙祠堂记》记述在四川蓬溪县为贾岛建造的祠堂："而尉有西圃者，在唐为主簿之廨址，诚将迁其旧构，更以绘像，无扰邑人，于义何有？既遂经画而就之，其屋不华而完固，其地不奥而清越，其两傍封植，筼柏郁然。"[2] 由记文可知，贾岛的祠堂是建在县尉衙署的园圃中，园圃景观未详细描述，只约略提到堂两旁有郁郁葱葱的竹子柏树之属。其园林化的环境在祠园记中退居为背景，抑或淡化

---

① 曾枣庄、刘琳主编：《全宋文》卷二五，第 2 册，第 235 页。
② 曾枣庄、刘琳主编：《全宋文》卷一〇九七，第 50 册，第 350 页。

到看不见的程度，但是其建造的位置充分说明了其园林化祠堂的性质。

文同《成都府学射山新修祠宇记》，记载的是为在成都射山得道成仙的张柏子建造的祠堂。文中用较多的笔墨描述春天都人士女游山的盛况，可见此处除了宗教的吸引力外，自然风景当是吸引游人来此踏青的重要因素，但文中仅仅以"而孤岭横出，夷陆景气殊旷绝"一笔略过。王遂《五贤堂》记载的是为谢朓、李白、颜真卿、白居易、韩愈所立祠堂，祠堂"外设二楹，内取一室，青山流水，四面环绕，珠河横流，浮图对峙"，也是描述祠堂所处的外部环境。

但也有祠园园林景观描写较为明显的祠园记。如魏了翁《湘乡县褚公洗笔池记》，叙述了洗笔亭的来历。唐永徽六年（655）褚遂良坐贬坦洲都尉，过湘乡县治北的感应寺，曾在池上涤笔。于是当地人在那里建造祠堂以纪念褚公。后祠堂岁久弗治，绍定二年（1229），邵君为宰，重为浚治。为亭，榜曰"凝烟"；为大门，榜曰"唐都督褚公洗笔池"，修筑堤坝环绕洗笔池。"灌木修蔓，蒙其蔽亏，涟水衡陈，凤山对峙，实为是邦胜处。"[①]还浇灌花木，修理藤蔓植物，波光粼粼的水面横陈眼前，因借对面的凤山，青山相望，祠堂的园林特色相对突出。

要之，祠堂园林化是祠堂发展的方向，但是相应散文中的园林记载却比较少。这种情况是由祠堂记的文体功能所决定的。

第三，商人园林进入文人视野，出现了少量的记述商人园林的记文。商人由于拥有雄厚的资财，住宅追求豪奢成为风气，住宅园林化逐渐成为富裕的商人家庭的共同追求。最早的商人园林的记载是在汉代，袁广汉的园林是当时商人园林的代表。唐代经济发展，商人阶层兴起，在史料中虽有商人园林的记载，但是在诗文中并没有发现为商人园林作记的情况。这说明在崇尚风雅的文人眼里，商人园林乃如石崇金谷园一样有太多夸饰，是追求耳目之娱的享乐地，不愿意或者不屑于为其园作记。

宋代对家庭住宅的规格是有明确限定的。《宋史》关于"臣庶室屋制度"有这样的记载："凡公宇，栋施瓦兽，门设桦栌。诸州正牙门及城门，并施鸱尾，不得施拒鹊。六品以上宅舍，许作乌头门。父祖舍宅有者，子孙许仍之。凡民庶家，不得施重栱、藻井及五色文采为饰，仍不得四铺飞檐。庶人舍屋，许五架，门一间两厦而已。"[②]但是，商人却可以凭借富甲一方的财力逾越住宅制度的限制，如下资料记载就说明了这种状况。"宋

---

① 曾枣庄、刘琳主编：《全宋文》卷七一〇五，第310册，第438页。

② ［元］脱脱等撰：《宋史》卷一五四《舆服六·臣庶室屋制度》，第3600页。

丞相崔与之，号菊坡，理宗朝入相。归蜀建造府第，极其壮丽。里有豪商姓李，亦从而仿之，就倩崔府造屋匠人，一依崔府，绳墨尺寸不差，造屋一所。"① 另有临安富商王彦太，"家甚富，有华屋，颐指如意"。富商外出作航海生意，经年未返，音书断绝。其妻子方氏廉静，在家独居。当春日，未曾出游湖山，而是"散步舍后小圃，舒豁幽闷"，在后园遇到了山精木魅，发生了神奇的故事。② 故事虽然荒诞，但是富商之家建造园林供消闲之情形并不虚妄。

宋代的外来商人还建有具有异域风情的园林建筑。广东的香料富商蒲家宅园亭台楼阁，奇花珍草，极富特色，盛极一时。如下文引述：

> 番禺有海獠杂居，其最豪者蒲姓，号白番人，本占城之贵人也。既浮海而遇风涛，惮于复反，乃请于其主，愿留中国，以通往来之货。主许焉，舶事实赖给其家。岁益久，定居城中，屋室稍侈靡逾禁。使者方务招徕，以阜国计，且以其非吾国人，不之问，故其宏丽奇伟，益张而大，富盛甲一时。绍熙壬子，先君帅广，余年甫十岁，尝游焉。今尚识其故处，层栖杰观，晃荡绵亘，不能悉举矣。然稍异而可纪者，亦不一，因录之以示传奇。獠性尚鬼而好洁，平居终日，相与膜拜祈福。有堂焉，以祀名，如中国之佛，而实无像设，称谓聱牙，亦莫能晓，竟不知何神也。堂中有碑，高袤数丈，上皆刻异书如篆籀，是为像主，拜者皆向之。旦辄会食，不置匕箸，用金银为巨槽，合鲑炙、粱米为一，洒以蔷露，散以冰脑。坐者皆置右手于褥下不用，曰此为触手，惟以涧而已，群以左手攫取，饱而涤之，复入于堂以谢。居无溲匽。有楼高百余尺，下瞰通流，谒者登之。以中金为版，施机蔽其下，奏厕铿然有声，楼上雕镂金碧，莫可名状。有池亭，池方广凡数丈，亦以中金通瓮，制为甲叶而鳞次，全类今州郡公宴燎箱之为而大之，凡用钲铤数万。中堂有四柱，皆沉水香，高贯于栋，曲房便榭不论也。③

宋代也有富商模仿文人官僚在湖山胜地另置别业。北宋牛姓富商宅在东京南九十里的朱家曲，别第在繁台寺西，牛氏常对秘演说很期待结交清

① [元] 无名氏撰：《湖海新闻夷坚续志前集》卷一，《湖海新闻夷坚续志》，金心点校，中华书局，1986，第 46 页。

② 参见 [宋] 洪迈撰：《夷坚支乙》卷第一《王彦太家》，《夷坚志》，何卓点校，中华书局，1981，第 796 页。

③ [宋] 岳珂撰：《桯史》卷一一，吴企明点校，中华书局，1981，第 125—126 页。

贵。官员石曼卿欲前往"虚爽可爱"的繁台寺阁登阁览胜，由于牛氏别业就在繁台寺之侧，秘演就邀请石曼卿造访牛氏别业，牛氏十分盛情地说"下处正与阁对，容具家蔬，在阁迎候"①。宋代富商和官宦之间有一定的交往，出现了文人为富商园林作记的情形。黄庭坚的两篇园记——《松菊亭记》《张仲吉绿荫堂记》，都是黄庭坚受邀为商人园林而作。松菊堂的主人为蜀人韩渐正。"蜀人韩渐正翁，有范蠡、计然之策，有白圭、猗顿之材，无所用于世，而用于其楮中，更三十年而富百倍……"韩氏是一位善于经营的商人。韩氏知"金玉不可守而有，收其余力以就闲者矣"，乃筑堂于山川之闲，自名"松菊"。他作为一个富商却将财富看淡，在山林间建造园林，以听居处之松风，饮渊明之菊露，可见此雅趣不独文人所有。商人就闲，体现了商业经济比较发达的宋代之社会风气的变化。

绿荫堂的主人也是位商人，"嘉阳张仲吉，寓舍于梜道，以酒垆为家产"。由此可知张氏是以卖酒为业的商人。他不仅仅满足于天天卖酒的盈利中，而是种花养竹，享受闲闲于林下之乐。由于张氏的儿子宽夫跟从黄庭坚求学，故黄氏多次到张氏家中，并游历其园，了解张氏悠闲的园林生活以及他豪爽的个性。"近市而有山林趣，花竹成阴，啼鸟鸣蛙，常与人意相值。或时把酒至夜，漏下二十刻，云阴雷风，与诸生冲雨踏泥而归，诸生从予，未尝有厌倦焉，则仲吉父子好士喜宾客可知也。"②

宋代园记中商人园虽然不多，但是这两篇由当时非常著名的文学家黄庭坚为商人园林而写的园记应当引起我们的注意。它们至少传达给我们一些信息：在商业发达的宋代，商人的地位有所提升，士商之间的界限不是那么严格，有文化层面的交往；商人在追求物质财富的同时，也在追求精神和文化方面的雅致生活。

商人财力雄厚，在园林建造成为风尚的唐宋时期，应当有不少的商人园林，但是商人园林在文学视野中却很少出现，究其原因可能是多方面的。明代的林文俊在《涌翠轩诗序》中的一段话道出了其中的一个因素："涵江阛阓之区，富人巨室多亭榭观游之胜，其雄杰壮丽岂有不倍于涌翠者，而大人君子罕所记述，遂以黯然而委弃，沉埋于凉烟弗草之间，不闻于世者多矣。所以然者，由主人不好文墨。"③富商园林不闻于世的原因在于主人不好文墨，对自己的园林罕所记述；正因为不好文墨，故而不便与文人，尤其是当世知名文人交结，难以请他们为自己的园林留下墨宝。所以富商

① ［宋］文莹撰：《湘山野录》卷下，郑世刚、杨立扬点校，中华书局，1984，第43页。
② 曾枣庄、刘琳主编：《全宋文》卷二三二五，第107册，第207页。
③ ［明］林文俊撰：《方斋存稿》卷四，文渊阁四库全书本。

园林尽管极具游观之胜，但是最终沉没在历史烟尘之中，罕为后人所知。另外的一个因素可能在于唐宋时代的商人尚无通过文字使自己的园林永久传世的意识，这也导致商人园林少见于园记记载。

三、唐宋园林发展与记园散文书写之间的不均衡性

唐宋时期园林和园记散文之间虽复线发展，但并非完全同步，而是存在一定程度的不均衡性。这种不平衡性主要体现在园林数量远远多于园记散文数量，现存园林散文只记录了部分园林。

相对而言，记园散文的发展稍滞后于园林的发展。在考察园林和园记散文的过程中发现，记园散文并没有完全记录当时的园林。除去作品遗失的因素，有太多当时非常有名的园林，史书中有记载，但是园记散文并没有记述，这种情况是非常多的。比如，唐代除了杜佑园，韦嗣立园，白居易履道里园、庐山草堂，李德裕平泉山庄有散文记载外，许多名园都没有园记留下，只是有一些诗歌以比较零散的方式记录了园林情况。《长安志》所记载的左仆射令狐楚开化坊宅园、剑南东川节度使冯宿宅园、汝州刺史昭行坊的昕园，都不曾在园记散文中出现。洛阳也是唐代高官权贵修造园林的重要地方，"方唐贞观开元之间，公卿贵戚开馆列第于东都者，号千有余邸"[①]。洛阳的私家宅园之多堪与长安媲美，而牛僧孺归仁里宅园，《旧唐书》记载的裴度集贤里的绿野堂等，都没有园记传世。看来在唐代为自己园林作记或者请人作记还没有形成普遍的共识。宋代则不同，为园林作记以传世已经成为社会的一种时尚追求，故留下的园记数量要比唐代更多，记述也更详细。但是宋代的园记虽多，依然存在著名园林无记的情况，如邵雍的安乐窝。《宋史·邵雍传》载："富弼、司马光、吕公著诸贤退居洛中，雅敬雍，恒相从游，为市园宅。雍岁时耕稼，仅给衣食。名其居曰'安乐窝'，因自号安乐先生。旦则焚香燕坐，晡时酌酒三四瓯，微醺即止，常不及醉也，兴至辄哦诗自咏。春秋时出游城中，风雨常不出，出则乘小车，一人挽之，惟意所适。士大夫家识其车音，争相迎候，童孺厮隶皆欢相谓曰：'吾家先生至也。'不复称其姓字。或留信宿乃去。好事者别作屋如雍所居，以候其至，名曰'行窝'。"[②]安乐窝是众多名士雅敬康节先生，共同出资为他置办的，宅园兼备。《邵雍评传》则更为详实地讲述了置办安乐窝的缘由和过程。洛阳地方长官王宣徽利用五代节度使安琦珂故宅的基地、郭

---

① ［宋］李格非撰：《洛阳名园记》，文学古籍刊行社，1955，第 13 页。
② ［元］脱脱等撰：《宋史》卷四二七《邵雍传》，第 12727 页。

崇韬废宅的余材，盖了三十间新房，请邵雍安度晚年。原任宰相富弼致意门客孟约在安乐窝的对面为邵雍买了一座花园，富弼的园契、司马光的地契、王拱辰的庄契，在邵雍住进去十年后，各种契券办理妥当，正式赠予邵雍，邵雍取得宅园的所有权。邵雍曾作诗《天津弊居蒙诸公共为成买作诗以谢》记述此事并表达谢忱："重谢诸公为买园，买园城里占林泉。七千来步平流水，二十余家争出钱。嘉祐卜居终始就，熙宁受券遂能专。"① 这座花园景色优美，"园中池水荡漾，竹影婆娑，奇花异木，交相辉映，甚是清幽"②。这座园林不仅是邵雍生活的地方，更是他体道、讲学、雅集的场所。邵雍曾写下许多诗歌记述安乐窝景观和生活，但是对安乐窝他自己无记，也无他记流传，后人只能从诗歌的碎片化书写中勾勒安乐窝园林的状貌。此外，不少在宋史中有记载的官员，其园林皆未留下园记。例举如下：

前后三求掌西京留司御史台，尤爱洛中风土，就构园池，号曰"静居"。好吟咏，每游山水多留题，自称岩夫民伯。(《宋史·李建中传》)③

所居第园池冠京城，嗜奇石，募人载送，有自千里至者。构堂引水，环以佳木，延一时名士大夫与宴乐。(《宋史·李导勋传》)④

即城南为园池，给八作兵庀役，疏惠民河水灌之，且将为筑三百楹第，固辞乃止。高丽献玉带，为秋芦白鹭纹，极精巧。诏后苑工以黄金仿其制，为带赐俏。生日，赉予如宰相、亲王，用教坊乐工服色衣侑酒，以示尊宠。(《宋史·曹俏传》)⑤

园池拟禁御，服饰器用上僭乘舆。(《宋史·朱勔传》)⑥

约家世簪缨，故所居颇有园池之胜。至约更葺为一园，曰藏春坞。坞西临流。为屋曰逸老堂。又西有山阜，植松其上，曰万松岗。凡当代名流皆有诗，从容里闬。(陆心源《宋史翼》)⑦

① [宋] 邵雍著：《伊川击壤集》卷一三，《邵雍全集》，郭彧、于天宝点校，上海古籍出版社，2016，第248页。
② 唐明邦：《邵雍评传》，南京大学出版社，2011，第46页。
③ [元] 脱脱等撰：《宋史》卷四四一《李建中传》，第13056页。
④ [元] 脱脱等撰：《宋史》卷四六四《李导勋传》，第13569页。
⑤ [元] 脱脱等撰：《宋史》卷四六四《曹俏传》，第13573页。
⑥ [元] 脱脱等撰：《宋史》卷四七〇《朱勔传》，第13685页。
⑦ [清] 陆心源撰：《宋史翼》卷一，清光绪刻潜园总集本。

上述在史书上有记载的著名园林并没有留下园记。此外，当时比较著名的郑樵的园林、蔡京的园林、苏轼的园林、欧阳修的园林等也都没有园记留存。

达官贵人与著名文人的园林尚且无园记传世，更不用说宦官之流的园林了。《宋史·蓝继宗传》载："（继宗）家有园池，退朝即亟归，同列或留之，继宗曰：'我欲归种花卉、弄游鱼为乐尔。'"[①] 宦官蓝继宗应当是一个嗜好园林之趣的人。《宋史·陈源传》载，宦官陈源"有园名小隐，其制视禁籞有加，高宗以赐王才人"。陈源的园林规制超过禁苑，可见其规模之大，规格之高，园林之精美。而宦官林忆年则"养娟女以别业"。[②] 这些宦官园林无论多么奢华精美，因为园主人刑余之人的特殊身份，都无缘走进文学的视野，顶多在历史上留下淡淡一笔。

以上分析说明，园记所记载的只是当时的部分园林，园林书写与园林发展复线推进，但是又不是完全重合的，总体而言，园林多而园记文少。

第三节　唐宋园林与记园散文之关系

园和文的关系，前辈学者早已提出了"园以文传"的真知灼见，陈从周先生提出"园之筑出于文思，园之存赖文以传，相辅相成，互为促进，园实文，文实园，两者无二致"的观点，揭示了文、园之间的相互关系。[③] 李浩师在《论唐代园林别业与文学的关系》一文以及《唐代园林别业考论》一书中都曾专门论述，指出虚静空灵的园林环境可以培养文思，激发灵感，更是文学吟咏之材，而诗文的题写对园林有点景创意的妙用，园借文传。[④]

唐宋园林兴造与记园散文发展的关系表现出更为复杂而紧密的关联性，可以概括为三个方面：园以文传，文以园名，园林散文是园林传意传事的载体。

---

① ［元］脱脱等撰：《宋史》卷四六七《蓝继宗传》，第 13634 页。

② ［元］脱脱等撰：《宋史》卷四六九《陈源传》，第 13672 页。

③ 参见陈从周：《中国诗文与中国园林艺术》，《扬州师院学报（社会科学版）》1985 年第 3 期。

④ 参见李浩：《论唐代园林别业与文学的关系》，《陕西师范大学学报（哲学社会科学版）》1996 年第 2 期。

一、园以文传

柳宗元在《邕州柳中丞作马退山茅亭记》中言："夫美不自美，因人而彰。兰亭也，不遭右军，则清湍修竹，芜没于空山矣。"[①] 为了不让人迹罕到之地的佳境盛迹郁埋，柳宗元为永州的许多胜景写下文章。柳宗元的观点后世亦多有赓续。正如宋代的汪藻在《永州柳先生祠堂记》中评价柳宗元所言，"零陵一泉石，一草木，经先生品题者，莫不为后世所慕，想见其风流"[②]。这体现的就是园借文传的文化思想。宋人蒋之奇《叠嶂楼记》亦言："夫以游观之胜称天下，而其名足以久传者，是必有殊尤绝异之赏，而又遇夫卓伟俊杰之才以振发之，然后足以有传于天下；不然者，将益泯没而无所见于世矣。"[③] 元代的刘仁本认为，"山水林泉之胜，必待夫骚人墨客之品题赋咏而后显闻，若匡庐见于太白之诗，天台见于兴公之赋，而武夷九曲，见于朱紫阳之棹歌也。盖其胜处，多在深僻遐旷寂寞之滨，非得好事者杖履之追游，觚翰之赏识，则夫仙踪佛迹，巨灵幽秘，亦何由而得传闻于世矣"[④]。庐山因李白的诗歌而扬名天下，天台山得益于孙绰的《天台山赋》，武夷山九曲溪则因朱熹的《武夷棹歌》而闻名于世，文人墨客的品题对山水形胜的传世有着重要作用。明代的钟惺亦言："一切高深可以为山水，而山水反不能自为胜。一切山水可以高深，而山水之胜反不能自为名。山水者，有待而名胜者也。曰事，曰诗，曰文。之三者，山水之眼也，而蜀为甚。"[⑤] 强调人是山水之胜的发现者、命名者和传扬者。文学之于山水名胜和园林的意义在于对其文化意义的提升，还在于对于其生命意义的无限延长。

唐宋时期距今史年遥遥，园林遗迹已经不得确考，但是因为有大量的园林散文传世，它们为我们记录了众多的园林实例，留下了宝贵的园林镜像。如白居易的《池上篇并序》，让后人可以静读他在洛阳所拥有的那座十七亩的园林佳构。园中有竹千竿，布置有太湖石，养着华亭鹤，园中有池一泓，中生白莲，桥通三岛。白居易亭堂中饮酒，弦歌之声犹在耳畔，其悠游燕息之态如在眼前。唐代符载《襄阳张端公西园记》、李华《贺遂

---

①　[清] 董诰等编：《全唐文》卷五八〇，第 6 册，第 5863 页。

②　[宋] 汪藻撰：《浮溪集》卷一九，文渊阁四库全书本。

③　曾枣庄、刘琳主编：《全宋文》卷一七〇六，第 78 册，第 233 页。

④　[明] 解缙等编：《永乐大典》卷二二六二《湖》，明钞本。

⑤　[明] 钟惺著：《隐秀轩集》卷一六《蜀中名胜记序》，李先耕、崔重庆标校，上海古籍出版社，1992，第 243 页。

员外药园小山池记》让张端公、遂员外这等难考确切姓名者的私家园林显于后世。苏州的沧浪亭始建于北宋，园主苏舜钦留下了一篇《沧浪亭记》，尽管后世不断地续修、改建沧浪亭园，并为之作记，如明代归有光也作过《沧浪亭记》，清代的宋荦、梁章钜、张树声都作过《重修沧浪亭记》，清代郭嵩焘、陈其元也作过《记沧浪亭》，今天所能见到的沧浪亭也早已经不是宋代的原貌，但是前往苏州观赏沧浪亭的人们，寻找的还是与苏舜钦在林水意趣间的那会心一笑，希望达到的依然是与宋人心灵间的山鸣谷应。

还有更多的园林因记园之文而得以留下历史的足迹，告诉后人它曾经存在。如唐代吕才《东皋子后序》记载有王绩园林，王勃《春日孙学士宅宴序》记有孙学士宅园，《夏日宴张二林亭序》中记及张二林亭，张九龄《韦司马别业集序》中陕西长安杜城南曲有韦司马别业，韩愈《郓州溪堂诗序》中记有山东郓州的公共园林，皇甫湜《枝江县南亭记》记有湖北枝江县的公共园林等，不胜枚举。

宋代刘宰《野堂记》载，练塘钟元达退官后，于居所之南相地，辟有几十亩园林，四时之景备具；度正《爱莲亭记》记自家的池园，幸元龙《松垣东西宇南北阜兰薰堂记》记自己的兰薰堂园；陈宓《仙溪喻氏大飞书堂记》记喻氏大飞山的书院园林，洪咨夔《老圃赋》记老圃，钱时《池阳冬窝记》记池阳冬窝……宋代园林以文传者，亦所在多有。

唐宋时期的众多园林散文作品建构起一个个文本园林空间，那是一座座静态陈列的园林，等待着后人发现、阅读、品鉴。"藉由书写真实园林的文字与图绘，穿越时空，召唤异时或他乡的读者经由阅读，进行园林参访。于是有别于真实园林的建构与颓败的发展历程，居游园林的主宾往往也同时建构起园林的文本空间，以文字或图绘的脉络取代了具体的路径引导，以图文打开的审美体验取代了真实时空的边界，阅读者可以卧游其间呈现的园林景象结构，可以追随书写者的审美体验，可以参访那主客唱和中往复叠叠的情谊交契，取得另一种游园乐趣。"① 地面上的园林早已化为历史的烟尘，但是纸面墨迹中的园林依然鲜活，是文字延续了园林的生命，与后世的参访者跨越时空静静对话。

二、文以园名

诗文是园林扬名于世的翅膀，诗文的传播可以让一座园林很快为世人

---

① 曹淑娟：《在劳绩中安居——晚明园林文学与文化》，台湾大学出版中心，2019，第303页。

所知晓，并留名于后世。反过来，诗文也会因园林的盛名而备受关注，得到更大范围的传播，文以园名是园林与文学间交互影响的结果。唐代山西的绛守居园池因为樊宗师的《绛守居园池记》得以流传，这座唐代著名的官署园林在后代不断得到修缮治理，与此园相关的文字自然也受到了同等程度的关注。宋代的孙冲考察绛守居园池，撰写《重刻绛守居园池记序》，记录了与唐代相比宋代的绛守居园池发生的变化。宋欧阳修的《守居园池》和范仲淹《居园池》，元代郭元履《绛州怀古》、偰玉立《居园池》诗也成为了解该园在宋元时代面貌的重要参照。明清时期《绛守嘉禾楼记事》记载绛守居园池内新建、重修嘉禾楼的事迹。不仅与此园相关的诗文因园留名，连相关的园记注解都备受关注，成为重要的研究资料。因唐代樊文僻涩难懂，部分句读难定，后人则为《绛守居园池记》作注。如明代赵师尹为《绛守居园池记》作注笺，后又有张子特为之注释，有《绛守居园池记句读》一卷。这些都成为研究、复原绛守居园池的可贵资料，是文以园名的典范。

唐代的牛僧孺在洛阳有广二百亩之归仁园，在泉甘土沃、园圃遍布的洛阳，"归仁园特高于洛"。宋代该园曾为参知政事丁度所有，后散归民家，其中一半又归中书侍郎李邦直经营。李复与友人同游归仁园，写下了《游归仁园记》，以抒发园林兴废之叹。李格非《洛阳名园记》中所记十九座园林都是当时的名园，如富郑公园，它与其他因隋唐之旧的园林不同，乃新开辟的园子，"而景物最胜"，可以想见它在当时的盛名。另外有宣徽南院使王拱辰的宅园环溪，园林盛景不可胜数，园中"凉榭锦厅，其下可坐数百人。宏大壮丽，洛中无逾者"。另据《文昌杂录》记载："北京留守王宣徽，洛中宅园尤胜。中堂七间，上起高楼，更为华侈。"[1]可见其宅园在洛阳名园中是首屈一指的。北宋驸马都尉王诜的西园也是盛极一时的名园，从北宋文坛画苑名流皆雅集于此可窥见西园在当时的名气。米芾曾据李公麟所绘《西园雅集图》而作《西园集图记》，流传至今。宋徽宗主持建造的北方皇家园林的典范艮岳在园林史上具有重要地位，徽宗据此园亲作《延福宫记》《艮岳记》，这些皆为因园而名的作品。园名和文名如同留播后世的双翅，互文互生，相得益彰。

---

[1]　[宋]庞元英撰：《文昌杂录》卷四，金圆整理，见朱易安、傅璇琮等主编：《全宋笔记》第二编，大象出版社，2006，第 4 册，第 155 页。

三、园林散文是园林传意传事的载体

我们在欣赏一座现实园林的时候，看不到它的前世和生成的过程，看不到园主在园林中的生活状态，看不到园林主人面对园林四时之景的变化所产生的心理感受，或许也不能很好地领会园林造景的意境和匠心，而记园的作品却可以将这些隐含的意和事传达出来。侯乃慧教授认为明代园林、园林图、园林诗文之间具有如下两组对应关系：图画／园林（传形），诗文／园主（传意）；图画／园林（传形），序记／园主（传事），说明园林图文对园林传世的重要作用。① 可以说她抓住了绘画艺术、建筑艺术和语言艺术形式的本质。园记不仅可以记录园林空间，真实呈现园林实体，使其流传后世，还可以为园林、园主传意、传事，将观赏园林实体艺术时看不到的"意"和因园林发生的"事"一并传递，故而可以超越园林本身，将静态凝固的建筑艺术转换成为具有自由涵虚空间的语言艺术，呈展出静止的园林所无法诉说的涵容。

例如，于邵《游李校书花药园序》实笔写崇文馆校书郎李公寝门之外的景象：门外有一座大亭，西面开敞；大亭的左边即西边，有一片药园，药园植物密叶层叠，花苞上的夕露在晨光中熠熠闪光。然后虚笔想象众花盛开的景象："而后花发五色，色带深浅，蕤生一香，香有近远，色若锦绣，酷如芝兰。动皆袭人，静则夺目。"② 作者不仅将游览花药园的现实体验表达出来，还将臆想到的审美感受也传达出来，更好地阐释园林意境。这是语言超越静态物象之处。

李翰《崔公山池后集序》一文有云："崔公吏于华，叶再黄矣。士之才也，天高其兴，益之以小山焉。山临清池，峭绝孤踊，岑无一仞，波无一勺，而洲屿萦带，峦崖盘郁，则巫庐衡霍，不出于庭间矣。若其琴幌朝开，书堂晚清，绿筱森疏，下见松雪，登蕙兰之径，讽琼瑶之章，则雍雍咏歌，尽在丹壁，又与一二文士，以吟以赋，谓之后集焉。"③ 崔公在园林中置石为山，山不过一仞；注水为池，波无一勺，但其洲屿萦带，峦崖盘郁之形，于闲庭间则见巫、庐、衡、霍诸山之势，园林以小见大的意境全出，此为传意。而崔公朝晚于松竹荫下、兰蕙之径吟咏啸歌，与一二文士赋诗的生活，以及为此诗集作序的背景的叙述，则为传事。

---

① 参见侯乃慧：《园林图文的超越性特质对幻化悲伤的疗养——以明人文集的呈现为主》，《政大中文学报》第四期，2005 年 12 月。
② ［清］董诰等编：《全唐文》卷四二六，第 5 册，第 4347 页。
③ ［清］董诰等编：《全唐文》卷四三〇，第 5 册，第 4379 页。

李良臣《钤辖厅东园记》在非常详尽地描述了东园的园景布置之后，以游览者的视角叙写游览的感受："于是来游者舍辔而入门，则尘容俗状如风卷去。俯清泉，弄明月，睇层峦之峨峨，悦鸣禽之嘲哳，风露浩然，烟云满衣，主宾相视，仰天大笑，初不知其身之在锦官城中也。"① 一入园林，就有尘容俗状如风卷去的超越尘世之感；满园游览，倍觉风烟沾衣入怀，主宾相聚甚欢，完全忘却了身在红尘人间，恍然如在天界。园记作者的文学阐释，传达了造园者所要达到的园林意境。

丁彦师《东圃记》记文先叙述东圃获得的经过。开封向淙在宣和六年（1124）秋天来到翼城任职，在政成俗阜后与僚属会于静乐轩，发现一处地方适合建造园林。这个地方虽为民田，但是土地贫瘠，农人苦于耕作，收利甚微，于是他依照土地收入加倍付款，非常容易就得到了这块土地。记文在叙述了得到土地的经过后，又详细描述了建成后的园林的优美景观，以议论之笔评论东圃"亦天造地设，得于公心画之间，他人思虑之所不到也"②，盛赞园林建造者独具慧眼，见识不凡。最后简笔交代作记者、书者、立石者。园记中的这些记述是园林实体观赏中所不能知晓的园林故事。

幸元龙在《赵季明乐圃记》中阐发赵季明乐圃之乐："发越华秀，无非善也。季明之圃，闲花野草，映带篱落，苍松翠竹，薰馥庭榭，发越华秀，与我为一，则吾圃之所植皆吾之天趣也。否则圃自圃耳，吾何乐焉？和风甘雨，草木之所乐也；仁义礼智，吾心之和风甘雨也。潇洒花木之间，徜徉风月之地，其乐何如！"③ 赵季明乐圃之乐在于阅览花木发芽开花的过程，在园圃中所有生命与自己合一，其乐无穷。园记的阐释能更直接地揭示园林主人的园林旨意、生活旨趣、生命境界，向后人传达蕴含更深的"意"。

袁燮有一座有山有水，有竹有花，稍稍成趣的小园子，但地仅二亩有奇，以"是亦"名之，"曰直不深阔尔，是亦园也"。有客质疑说这个园子太小了，没有什么乐趣可言，引发了袁燮关于乐的一番议论，传达了园林主人对乐的见解：

> 是非客所能知也。吾闻有世俗之乐，有君子之乐。耳目所接，一时欣然，无复余味者，世俗之乐也。内省不疚，油然而生，日新无穷者，此君子之乐也。世俗以外物为乐，君子以吾心为乐。乐在吾心，清明四达，无适而非道，则亦无适而非乐。彼池台苑囿，得之不得，

---

① 曾枣庄、刘琳主编：《全宋文》卷三一四二，第146册，第52页。
② 曾枣庄、刘琳主编：《全宋文》卷三八一六，第174册，第408页。
③ 曾枣庄、刘琳主编：《全宋文》卷六九三三，第303册，第423—424页。

我无加损，又何以歆美为哉。（袁燮《是亦园记》）①

由此可见，园记具有超越园林本身艺术效能的特质，它能将园林本身不能表达或者表达不够明确的园主的"意"给充分清晰地表达出来，还能将与园林相关的事讲述记录下来，园林主人的生活痕迹和精神气韵于文字中得以保存流传。这种传写是其他载体所无法承担的，园林散文的独特功能可见一斑。

小　结

园林散文和园林具有天然的联系，与园林发展关系密切。唐宋园林兴造与记园散文创作关系密切。唐宋园林散文较为真实地体现了唐宋时期京郊皇室贵族园林以及各地公共园林、私家园林、寺观园林的发展情况，同时也体现了自唐至宋园林发展的一些新的变化，诸如书院园林、祠园、商人园林的产生和发展。唐宋时期的园林散文与园林发展既有一致性，也有不均衡性，两者不是完全同步的，记园散文部分记录了当时的园林，但园林多而园林散文少。唐宋园林与园林散文之间具有互动互补性，园以文传，文以园名，园记是园林空间艺术传事和传意的载体。

---

① 曾枣庄、刘琳主编：《全宋文》卷六三七七，第 281 册，第 242 页。

第四章　唐宋园林卜筑与园林散文创作

唐宋时期主持参与造园活动的主要是文人。唐宋时期书法、绘画、诗歌、雕塑等艺术相互影响，使得唐宋文人的整体审美能力极大提高，在造园领域也形成了独具特色的美学思想。他们将自己的审美理想和审美理念通过造园实践运用到园林艺术中，卜筑园林既是他们生活内容的一部分，也是他们思想的一部分，也是其写作内容的一部分。他们用文笔将这样的思想和生活记录下来，产生了大量的园林散文。

第一节　唐宋造园美学思想与园林散文创作

中国古典园林是将自然元素浸润了人的主观审美后创造的艺术品。园林的艺术品质取决于造园者的审美理念、审美情趣、审美品位，因此，造园者的园林美学思想在整个造园过程中起决定作用，园林美学思想决定了如何叠山置石，如何布局建筑，如何栽植花木。治园如作诗画，妙在思致，雅在情趣，品在意境，它是三维立体空间中的造型艺术，艺术构思尤为重要。

园林的建构虽无固定成法，但亦有规律可循，"景到随机"就是达成"虽由人作，宛自天开"的终极造园目标的方法。① 唐宋时期虽然没有出现专门的造园理论著作，但是，在园记篇翰中包含了许多造园的审美理念，启示着后世及今天的造园理论家对造园理论的总结和实践。从记园散文看，唐宋时期的造园实践经验已经很丰富，在相地立意的艺术实践中包含着规律性的认识和造园美学思想。

---

① ［明］计成著，陈植注释：《园冶注释》卷一，第 26 页。

一、清浊辨质，美恶异位

就园林相地而言，有山林地、城市地、村庄地、郊野地、傍宅地、江湖地可资利用。明代计成所归结的六种相地形式，都是强调要利用不同地形的有利资源，自成天然之趣，减少人工之事。在唐宋的记园散文中有很多园林相地却体现了一种逆向相地思维，是计成所没有总结到的。其具体操作就是用较低的价格购买废弃的土地，有的是浊水和杂乱的草木，在看似没有园林因素的地方兴建起一座优美的园林。这就是柳宗元所总结的"清浊辨质，美恶异位"。这是唐宋时期园林营建的一种创新理念，也是园主非凡见识的体现。而改造废地为园林，全在园主胸中有丘壑。

唐宋时期的园林散文作品蕴含着"清浊辨质，美恶异位"的造园思想，例举如下。

> 太原王宏中在连州，与学佛人景常、元慧游。异日，从二人者行于其居之后丘荒之间，上高而望，得异处焉。斩茅而嘉树列，发石而清泉激。辇粪壤，燔椔翳，却立而视之：出者突然成丘，陷者呀然成谷，洼者为池，而阙者为洞，若有鬼神异物阴来相之。自是宏中与二人者，晨往而夕忘归焉。乃立屋，以避风雨寒暑。（韩愈《燕喜亭记》）[1]

太原王宏中在丘荒之间，辨清浊之质，斩除茅草使嘉树林列，掘发乱石使清泉激越，突出的山丘，低凹的山谷，为池为洞，将荒丘变成园林，仿佛有神异之力相助。

> 其始度土者，环山为城。有石焉，翳于奥草；有泉焉，伏于土涂。蛇虺之所蟠，狸鼠之所游，茂树恶木，嘉葩毒卉，乱杂而争植，号为秽墟。韦公之来，既逾月，理甚无事，望其地，且异之。始命芟其芜，行其涂，积之丘如，蠲之浏如。既焚既酾，奇势迭出。清浊辨质，美恶异位。视其植，则清秀敷舒；视其蓄，则溶漾纡余。怪石森然，周于四隅，或列或跪，或立或仆，窍穴逶邃，堆阜突怒。乃作栋宇，以为观游。凡其物类，无不合形辅势，效伎于堂庑之下。外之连山高原，林麓之崖，间厕隐显，迤延野绿，远混天碧，咸会于谯门之外。（柳宗元《永州韦使君新堂记》）[2]

---

① ［清］董诰等编：《全唐文》卷五五七，第6册，第5633页。
② ［清］董诰等编：《全唐文》卷五八〇，第6册，第5863页。

永州韦使君建造新堂的地方，可谓是"秽墟"：杂草覆盖石头，泉水壅塞泥土，蛇虺蟠居，狸鼠游荡，佳木异花杂处，恶木毒卉争植。韦使君在秽墟之地看到了建造园林的有利地形和景素，使清浊辨质，美恶异位。经过整治，使怪石森然，泉水潺湲，花木清秀敷舒。于是构建栋宇，以为观游。堂庑之下，尽览园景；堂庑之外，连山绿野，尽收眼底。

> 真为州，当东南之水会，故为江淮两浙荆湖发运使之治所。龙图阁直学士施君正臣、侍御史许君子春之为使也，得监察御史里行马君仲涂为其判官。三人者乐其相得之欢，而因其暇日，得州之监军废营以作东园，而日往游焉。（欧阳修《真州东园记》）[①]

地广百亩、风景如画的真州东园原来是一片废弃的营地，经过龙图阁直学士施君正臣、侍御史许君子春、监察御史马君仲涂三人的共同治理，真州东园流水潺潺，佳木列植，兰荷芬芳，清池绿波以泛画舫之舟，高台亭阁以赏含虚之景。此前的颓垣断堑荒墟之地成为嘉时令节州人士女啸歌管弦的娱乐之所。

> 予兄子上守袁之次年，政令既孚，日以无事，徜徉于后圃，得废地焉。高者为粪壤，下者为污潴，荆榛荒芜，过者不顾，而公堂酝酿，实居其中，乃徙置他所。锄理平治，作堂于其上七间，以其四楹为左右室。前立步檐，后设更衣之所。窗牖虚明，阶城峻整。潭潭殖殖，气象甚伟。又置二屋于堂下之东西隅，以供烹涤。缭以周墙，列长廊于其南，植怪石花竹于四傍。凡圃中之亭榭有九，而堂为冠。既成，合宾客以乐之，且名之曰尊德。（周必正《尊德堂记》）[②]

周必正的侄子在政成令行的闲暇，治理后圃的废地，将之改造成为可以和众宾客宴游的乐园。长廊连带堂屋，种植花竹，布置奇石，花间隐榭，水际安亭，真正使得美恶异位。著名的苏州沧浪亭、众乐园、柳州东亭等都是园主将废地改造成优美园林的范例。以上例举，造园者皆胸中有丘壑，能够辨清识浊，使美恶异位。

潜在的美需要发现美的识见，荒废之地变成园林需要艺术改造。这样的审美理念对于当代的园林化人居环境的建设也是具有借鉴意义的。

---

① 曾枣庄、刘琳主编：《全宋文》卷七四〇，第35册，第119—120页。
② 曾枣庄、刘琳主编：《全宋文》卷四九六一，第224册，第10页。

二、筑亭胜境，空廊万象

明代计成在《园冶》之"亭榭基"中说，"花间隐榭，水际安亭，斯园林而得致者"①。在花木掩映下建榭，在波光潋滟的水边安亭，都是可以增加园林风致的造园之法。但是亭榭的安置却不仅仅限于这样的环境。"惟榭只隐花间，亭胡据水际，通泉竹里，按景山巅，或翠筠茂密之阿，苍松蟠郁之麓，或借濠濮之上，入想观鱼，倘支沧浪之中，非歌濯足。亭安有式，基立无凭。"②也就是说亭的安置没有固定的样式，更没有绝对的准则，泉水边，山巅上，濠濮上，翠竹浓密的山阿，苍松郁郁的山麓，只要安亭可以观赏到胜景，不拘一格，不论庭园还是郊野，皆可以筑亭。计成所总结的筑亭审美理念在唐宋时期的造园实践中已经成为共识，并相当普遍地运用于造园实践中，而且收到了很好的造园效果。唐人已经非常重视利用大自然的美景、胜景筑亭，成就了众多的郊野园林。欧阳詹在《二公亭记》中谈到"亭"之建造时言："无重构再成之糜费，加版筑槛栏之可处，事约而用博，贤人君子多建之。其建之，皆选之于胜境。……作一亭而众美具。"③胜境筑亭，不仅可让游览者亭中休憩，还可以尽览众美，可谓一举两得。

这种筑亭的审美理念到宋代进一步发扬光大，成为立基的重要艺术原则。郊野园景多是自然山水树木景观的组合。其原为荒野丛翳，但是隐含着殊胜之境，尚未开发，经过富有审美眼光的人发现后，依借天然的地理形势和景观优势，攻补互投，奇正并用。去荒芟秽，疏浚伏流，修通观景的通道，在最佳观景位置修筑亭榭，并赐以佳名，供观景、供休息，由此，荒野成为公共游赏的胜地，胜概自成。郊野园林就是利用大自然的某一局部因借而成，有界而无界。所谓有界是目之所及、足之所至的边界，所谓无界是没有人工设置的园墙。

邕州柳中丞作马退山茅亭，就是山巅筑亭。"冬十月作新亭于马退山之阳。因高丘之阻以面势，无槠栌节棁之华。不斫椽，不翦茨，不列墙，以白云为藩篱，碧山为屏风，昭其俭也。是山崒然起于莽苍之中；驰奔云矗亘数十百里，尾蟠荒陬，首注大溪，诸山来朝，势若星拱。苍翠诡状，绮绾绣错，盖天钟秀于是，不限于遐裔也。"④柳宗元在《邕州柳中丞作马退山茅亭记》一文中所记的茅亭建于马退山的南面，亭的形制是四面开敞

---

① [明] 计成著，陈植注释：《园冶注释》卷一，第40页。
② [明] 计成著，陈植注释：《园冶注释》卷一，第40页。
③ [清] 董诰等编：《全唐文》卷五九七，第6册，第6036—6037页。
④ [清] 董诰等编：《全唐文》卷五八〇，第6册，第5863页。

通透的，立于亭中，便于观赏四面绵亘几百里的苍山翠峰，天然钟秀，可谓是一亭成而胜景尽览。

苏辙《武昌九曲亭记》中记载，九曲亭处在西山之上，游者到达此处必于此休息。"倚怪石，荫茂木，俯视大江，仰瞻陵阜，旁瞩溪谷。风云变化，林麓向背，皆效于左右。有废亭焉，其遗址甚狭，不足以席众客。其旁古木数十，其大皆百围千尺，不可加以斤斧。子瞻每至其下，辄睥睨终日。一旦，大风雷雨拔去其一，斥其所据，亭得以广。……遂相与营之。亭成而西山之胜始具，子瞻于是最乐。"① 依亭而望，西山之胜景尽收于目。张景修《尽美亭记》所记尽美亭同样是置一亭而纳全部胜景。"仙居，邑之美者也，而一山尽焉；福应，山之美者也，而一亭尽焉。尽美亭者，非尽一山之谓，尽一邑之谓也。"②

此外，如元结《寒亭记》、柳宗元《零陵三亭记》《永州万石亭记》《柳州东亭记》、黄裳《看山亭记》、欧阳修《醉翁亭》、陆佃《适南亭记》、刘敞《待月亭记》、李纲《凝翠阁记》等，文中所记之亭、阁皆为此造景之法的成功例证。可谓是江山无限景，都聚一亭中。

筑亭胜境的构园之法与中国绘画的画意和诗歌的意境都是相通的。倪云林每画山水，多置空亭。卞同为倪云林画作《题秋林图》诗云："云开见高山，木落知风劲。亭下不逢人，夕阳澹秋影。"③ 可见其画意韵致超绝，画意中一人独立亭下，满山秋景尽收眼底，气象开阔。张宣题画诗《题冷起敬山亭》云："石滑岩前雨，泉香树杪风。江山无限景，都聚一亭中。"④ 筑亭于胜境，空廊含万象，是造园的一种重要的审美理念，为后世造园学所继承。

三、因天之资，参地所宜

在相地立意的造园实践中，利用原有地理形势，来营造旷如奥如的适游之景，可谓是随形高下，搜妙创真。在造园兴盛的唐代，巧妙地利用地形地势来营构适游适居的园林已经成为造园家的共识。白居易在《裴侍中晋公以集贤林亭即事诗二十六韵见赠猥蒙征和才拙词繁辄广为五百言以伸酬献》诗中曾说"疏凿出人意，结构得地宜"⑤，传达的就是这个理念。柳

---

① 曾枣庄、刘琳主编：《全宋文》卷二〇九五，第 96 册，第 182 页。
② 曾枣庄、刘琳主编：《全宋文》卷二〇二九，第 93 册，第 220 页。
③ ［清］朱彝尊辑：《明诗综》卷一七，文渊阁四库全书本。
④ ［清］朱彝尊辑：《明诗综》卷七，文渊阁四库全书本。
⑤ 谢思炜撰：《白居易诗集校注》卷第二九，中华书局，2006，第 2283 页。

宗元《永州龙兴寺东丘记》也强调造园要根据地形地势，创造更好的适游之境。

> 游之适大率有二，旷如也，奥如也，如斯而已。其地之陵阻峭，出幽郁，寥廓悠长，则于旷宜。抵丘垤，伏灌莽，迫遽回合，则于奥宜。因其旷，虽增以崇台延阁，回环日星，临瞰风雨，不可病其敞也。因其奥，虽增以茂树丛石，穹若洞谷，蓊若林麓，不可病其邃也。①

地势高峻险阻开敞寥廓者，视线高远空阔，可造旷如之景；地势低凹幽僻曲折迂回者，可造奥如之景。旷即开阔，奥即幽深。柳宗元是最早提出"旷如奥如"的造园思想的，这成为后世造园实践中的一条重要法则。宋代造园也非常重视充分利用天然地形之便。列举如下：

> 长涧自演峰道广教院，出田坑始有。从父得之于西南山之麓，取其一支停之以为沼，走之以为渠，厨引之以酌，桥跨之以渡。异花奇果，垂华倚实，飘香堕影，在泉之上下。（黄裳《水云村记》）②

> 出萧峰西南二十里，有山远引，若虹霓之状，故俗谓之霓山。乐安孙君之居得霓山之胜，峰峦奇伟，林麓静深，有泉发于其下，可饮可灌。于是枕山而立栋宇，因流而蓄池沼，结轩向明，收拾景象。（王十朋《绿画轩记》）③

> 余凿池就其污，畚土筑其高……又东临涧水，并涧皆旷土牧野，筑堤绝之；缭涧而南，拓为外圃。（曾三聘《冈南郊居记》）④

> 因其地势洼而坎者为四小沼，种菊数百本周其上，深其一沼以畜鱼鳖之属，备不时之羞，其三以植荷花菱芡，取象江村之景，且登其实以佐籩豆。既又乘地之高，附竹之阴，为二小亭。（吴儆《竹洲记》）⑤

上文所引显见，宋代记园散文对景观布局的记述，多有造园技法的记载：就低坳的地方引水为池沼；就地势高一点的地方累土石为山冈，建筑亭阁以观园景、远景；有溪水河涧的地方就截水或引水成池，或筑堤拓圃。

① ［清］董诰等编：《全唐文》卷五八一，第6册，第5866—5867页。
② 曾枣庄、刘琳主编：《全宋文》卷二二六二，第103册，第303页。
③ 曾枣庄、刘琳主编：《全宋文》卷四六三五，第209册，第111页。
④ 曾枣庄、刘琳主编：《全宋文》卷六三六〇，第280册，第352—353页。
⑤ 曾枣庄、刘琳主编：《全宋文》卷四九六八，第224册，第121页。

总之就是要利用有利的地势地形，搜妙创真，为造园服务。亦如曾丰《东岩堂记》所总结的那样，"以则因天之资，参地所宜，宜花艺花，宜竹艺竹，宜木艺木，以为家园"①。只有因借天然地形地势，才能尽展高下之姿，俯仰皆景；方可彰显疏密之致，两相得宜。

四、删拨伐蔽，辟牖清旷

造园过程中去除那些阻碍视线的繁障之物，就可以看到一番新的天地和景象。舍与得的辩证法在园林兴造过程中完美地彰显其真理性。舍弃那些蒙杂拥蔽之物，不仅没有失掉风景，相反，得到的却是更好的景层和景面。例举如下：

> 法华寺居永州地最高，有僧曰觉照，照居寺西庑下，庑之外有大竹数万，又其外山形下绝。然而薪蒸篠簜，蒙杂拥蔽，吾意伐而除之，必将有见焉。……遂命仆人持刀斧，群而翦焉，丛莽下颓，万类皆出。旷焉茫焉，天为之益高，地为之加辟。丘陵山谷之峻，江湖池泽之大，咸若有增广之者。夫其地之奇，必以遗乎后，不可旷也。（柳宗元《永州法华寺新作西亭记》）②

> 然予所庇之屋，甚隐蔽。其户北向，居昧昧也。寺之居，于是州为高。西序之西，属当大江之流，江之外山谷林麓甚众。于是凿西墉以为户，户之外为轩，以临群木之杪，无所不瞩焉。不徙席，不运几，而得大观。（柳宗元《永州龙兴寺西轩记》）③

> 书馆当暑雨时，地气润湿。小室文字拥隘，窗壁周障，如坐甑釜。前日破窗纸三分之一，易以蓝纱，则有二好树，徘徊对檐，茂密可喜。树外小池，得雨弄涨。复有三四老柏树立其前，微风过之，新绿摇动，爽气虚徐而入，眼界豁然清快，始恨抉纸破窗之不早也。（郑刚中《小窗记》）④

> 已而循阁而西，得地盈亩，辟牖壁而即乎虚旷之望，别榛莽而易以篁菊之茂。轩楹明开，出纳云雾，心夷气舒，则咏先王之言，探太

---

① 曾枣庄、刘琳主编：《全宋文》卷六二九〇，第278册，第42页。
② ［清］董诰等编：《全唐文》卷五八一，第6册，第5867页。
③ ［清］董诰等编：《全唐文》卷五八一，第6册，第5867页。
④ 曾枣庄、刘琳主编：《全宋文》卷三九〇七，第178册，第301—302页。

古之音，有可乐者焉。（上官均《白云庵记》）①

柳宗元不论是在法华寺还是龙兴寺，为了营建"旷如"的园林审美效果，注重伐除雍蔽，开阔视野。郑刚中破窗得景，纳爽气，豁视野。郑刚中、上官均开辟窗牖，剔除榛莽，树艺篁菊。造园过程中伐蔽、辟牖，真正实现了"辟牖期清旷，开帘候风景"（谢朓《新治北窗和何从事诗》）②，"窗中列远岫，庭际俯乔林"（谢朓《郡内高斋闲望答吕法曹》）③的诗意景观，将诗境变成了园境。

五、胜景待人，尽之于今

大自然本身就是上天赐予人类的天然园林，许许多多令人惊叹的景色历经了沧海巨变静静地守候路过的行人，发现它、开发它，引来更多的观赏者。在地球这个迄今为止唯一适宜人居的星体上有众多自然之园，科罗拉多大峡谷的苍茫迷幻、斑斓诡秘，黄石公园神奇的峡谷、瀑布和森林，非洲大草原的寥廓和旖旎……聚焦中国，因气候和纬度的差异，胜景亦是美不胜收。五岳、秦岭的壮观，长江、黄河的波澜，洞庭、太湖的浩森，灵动秀丽的桂林山水，万练飞空的黄果树瀑布，白雪覆盖的白桦林，天上散落到西藏的蓝宝石羊卓雍措、纳木措……山、水、花草、树木、城市乡村建筑，园林要素皆备。整个地球就是一座天然之园，园林就是整个宇宙的列属。这个巨大的园林中有无数个小园林，不论是欧美风情还是亚非格调，都是大自然这个园林中的一个个主题园，可谓是园中有园。

道家哲学认为宇宙世界是从极微到极大的层级结构。著名园林建筑艺术家王铎先生根据道家"至大""至小"的空间观念来认识古代苑园，将古代园林的空间结构列出六个层次。人们可以从盆景的拳山、勺水、寸树、丝路中感悟生生不息的自然宇宙，这是园林的第一层次空间；第二层次是窗景；第三层次是庭园；第四个层次是宅园、庄园、田园；第五个层次是皇家苑林；第六个层次"是更大空间的名山大岳……这些自然空间属于全社会人民所有，任何士庶百姓都可朝山游圣，在朝山过程中领悟自然美之真谛"④。在这个序列中，有的园林乃大自然妙手天成，有的则需

① 曾枣庄、刘琳主编：《全宋文》卷二〇二六，第93册，第340页。
② [南朝齐] 谢朓著，曹融南校注：《谢宣城集校注》卷四，上海古籍出版社，1991，第359页。
③ [南朝齐] 谢朓著，曹融南校注：《谢宣城集校注》卷三，第282页。
④ 王铎：《中国古代苑园与文化》，第26页。

要人为发现，匠心开发。而人工园林的建造恰是对天然园林的增补。王安中在《河间旌麾园记》中记清河公建旌麾园，邦人称此举"增胜概于河山"①。

对于已有自然胜景的利用和开发，是人类最大限度地接受自然赋予的物质和精神的双重恩赐。白居易《白蘋洲五亭记》曾言"大凡地有胜境，得人而后发，人有心匠，得物而后开，境心相遇，固有时耶"②，表达的就是胜景待人的思想。在唐宋记园散文中这样的观点是被反复致意的，在当世应该也是一种共识，只是没有在后世的造园理论著作中被提出来罢了。

元结《右溪记》云："此溪若在山野，则宜逸民退士之所游；处在人间，则可为都邑之胜境，静者之林亭。而置州已来，无人赏爱，徘徊溪上，为之怅然。乃疏凿芜秽，俾为亭宇，植松与桂，兼之香草，以裨形胜。"③右溪胜景待人，元结利用而建造成园。柳宗元《桂州裴中丞作訾家洲亭记》一文记述了元和十二年（817），御史中丞裴公来到桂州，都督二十七州诸军州事。他用一年的时间就把这个地方治理得安定而富庶，在訾家洲建造园林以供燕息，与民同乐。事实上，其所治之园，紧邻城市，"车舆步骑，朝过夕视，讫千百年，莫或异顾"，人们司空见惯，习以为常，并没有人意识到其园林价值。"一旦得之，遂出于他邦。虽博物辩口，莫能举其上者。然则人之心目，其果有辽绝特殊而不可至者耶？盖非桂山之灵，不足以环观；非是洲之旷，不足以极视；非公之鉴，不能以独得。噫，造物者之设是久矣，而尽之于今。"④柳宗元感叹的是胜景待人之理，造物主早已经设下此景，只等着那个能够发现并欣赏、利用它的人。这样具有园林艺术眼光的人大概和识别千里马的伯乐一样，千里马常有而伯乐不常有。柳宗元被贬官永州，大概是借胜景待人来表达自己期望有贤者可以发现自己的才德，从而重用自己，将自己从这个荒远的地方召回朝廷，其中包含着怀才不遇的愤慨之情。

人在园林建造方面的发明之功，可以用冯宿在《兰溪县灵隐寺东峰新亭记》中的话来说明："崇山峻谷，佳境胜概，绵亘伏匿，一时发朗，又何能也。"⑤发现胜景并利用它，使之成为人们的宜游空间，这是需要足够的眼力和智慧的。

① 曾枣庄、刘琳主编：《全宋文》卷三一五九，第 146 册，第 356 页。
② ［清］董诰等编：《全唐文》卷六七六，第 7 册，第 6912 页。
③ ［清］董诰等编：《全唐文》卷三八二，第 4 册，第 3876 页。
④ ［清］董诰等编：《全唐文》卷五八〇，第 6 册，第 5863 页。
⑤ ［清］董诰等编：《全唐文》卷六二四，第 6 册，第 6301 页。

唐人利用自然创建园林的理念得到宋人的继承和发扬。如宗泽《贤乐堂记》云：

> 天下佳处，尝藏于众人不识之地，而臭腐化为神奇。且物有是理，则兹境也，未必不待我而后显，又乌知仆之意，不出于造化之所使耶！于是斩荆棘，锄蓬茅，易败坏，泄污潦，因高而基之，就下而凿之。首构一堂，独擅群胜，四山回环，如列屏嶂，争雄竞秀，来人目中。①

"天下佳处，尝藏于众人不识之地"，要想化腐朽为神奇，需要有识见的人。宗泽所致意的正是胜景待人的理论。宋代利用山水胜概建造的园林不胜枚举，兹不赘述。

六、景随心运，备仪不俗

在唐宋园林建造中都有破旧立新的举措，将旧园中坏毁的或者布局不够合理的地方彻底清除，重新设计和规划，创造出一番新的天地，景随心运，备仪不俗。兹举几则改造旧园的例子：

> ……且谓其徒曰：砺尔器用，端尔瞻视，谨尔操执，慎尔区分。有其质微而叶环苯葶者去之，从风而不能自正者去之，大而倚者去之，聚而曲者去之，窍而不能备笙簧之用者去之，挺而不能栖鸾凤者去之。其有群居不乱、独立自持，振风发屋不为之倾，大旱干物不为之瘁，坚可以配松柏，劲可以凌雪霜，密可以泊晴烟，疏可以漏宵月，婵娟可玩、劲挺不回者，尔其保之。既而芟剪成功，繁芜立尽，去者存者，邪正乃分，不浃旬，扶疏一林，历历可见。（刘宽夫《剥竹记》）②

> 于是撤故材以移用，相便地而居要，去凡木以显珍茂，汰污池以通沧涟。自天而胜者，列于骋望；由我而美者，生于颐指。箕张筵楹，股引房栊，斧斤息响，风物异态。大道出乎左藩，澄湖浸乎前垠，仙舟祖较，繇是区处。九月壬午，工告休。（刘禹锡《武陵北亭记》）③

> ……乃课僮隶，具斧斤钱镈，排萝蔓以植门，薙草莱以通径，芟夷其层枝剥棘而非嘉树者以百数，斩恶竹且万竿。既蔷翳尽除，日月

---

① 曾枣庄、刘琳主编：《全宋文》卷二七九七，第129册，第370页。
② ［清］董诰等编：《全唐文》卷七四〇，第8册，第7650页。
③ ［清］董诰等编：《全唐文》卷六〇六，第6册，第6125页。

下照，湖水山云，皆来献状。因相地而揯其宜，旷而台，幽而亭。引泉以为渠，跨渠以为梁，当渠之会而为池……（刘宰《野堂记》）①

庭户隘甚，恐不足以辱，乃撤去昔之屛伏蔽藏，以为今之疏明旷达。（李石《梅坞记》）②

刘宽夫斫竹的经历就是清除那些不符合审美要求的竹子，留下符合审美要求且有用的竹子，才成就了历历可见的扶疏一林。刘禹锡记载武陵北亭建造时利用旧有的材料，砍除凡木，显现珍贵的木种，清除池中的污泥，使池水清澈。白蘋洲五亭是在旧园沼堙台圮、草木荒芜的情况下，破旧立新，使得湖州公共园林重新焕发生机。湖州白蘋洲公共园林是大历十一年（776）颜真卿为刺史时，剪除荒秽，疏导水流，构建亭台，成就了当地园林。之后几十年逐渐荒废。开成三年（838）弘农杨君汉公为刺史，重修了园林。刘宰《野堂记》、李石《梅坞记》所记，均为破除旧有的屛蔽芜杂之物，重新设计布局，才有了园林的新气象。破旧立新是改造旧园的必由之法，需要勇气、魄力与识见。

在唐代的园林营建过程中，有王处士为司徒岐公杜佑改造园林的典型案例。杜佑在《杜城郊居王处士凿山引泉记》一文中记述了这件事，表达了对王处士（狼牙王易简）的无限敬仰之情，既敬仰他守道安贫的逸人良士之风仪，更佩服他精于园林山水布局的术数。故邀请再三，为自己的园林营构出谋划策。王处士果然看出园林布局方面的问题，提出了改造的方案。叹曰："懿兹佳景，未成具美。蒙泉可导，绝顶宜临。而面势小差，朝晡难审，庸费不广，日月非延。"对于王处士的意见也有人反对，但是杜佑坚持听从。"于是薙丛莽，呈修篁，级诘屈，步逦迤，竹径窈窕，藤阴玲珑，胜概益佳，应接不足。登陟忘倦，达于高隅。若处烟霄，顿觉神王。终南之峻岭，青翠可掬；樊川之清流，逶迤如带。蒇役春仲，成功秋暮。其烦匪病，不愆于素。开双洞于岩腹，当郁燠而生寒；交清泉于巇上，遭旱暵而淙注。止则澄澈，动则潺湲。宛如天然，莫辨所洩。悬布垂练，摇曳晴空。"③园林改造后的效果令杜佑十分满意。

另武少仪《王处士凿山引瀑记》云：司徒岐公好山水之游，坐上布褐之客唯有王处士。"岐公有林园亭沼，在国南朱陂之阳，地名樊川，乡接杜曲，却倚峻阜。旧多细泉，萦树石而散流，沥沙壤而潜耗，注未成瀑，

---

① 曾枣庄、刘琳主编：《全宋文》卷六八四三，第300册，第113页。
② 曾枣庄、刘琳主编：《全宋文》卷四五六六，第206册，第24页。
③ ［清］董诰等编：《全唐文》卷四七七，第5册，第4878页。

浮不胜杯。王生睨之，叹而言曰：天造斯境，人有遗功。若能疏凿控会，始可见其佳矣。"可见王处士确实洞见精微。"生于是周相地形，幽寻水脉，目指颐谕，浚微导壅。穿或数仞，通如一源，窦岩腹渠，惣引涓溜，集于澄潭。始旁决以淙泻，复涌流而环曲。觞筝徐泛，自符洛沕之饮；管弦乍举，若试舒姑之泉。映碧甃而夏寒，间苍苔而石净。懿夫，曩滴沥以珠堕，今潺湲而练垂，又何以助清澜于荷池，滋杂芳于药圃，不易旧所，别成新趣。岐公乘闲留玩，毕景忘疲，优游宴适，更异他日矣。"①经过王处士的改造，园林景象大变，佳境始呈。岐公更加赏爱其园林了。

权德舆也为司徒岐公之园作《司徒岐公杜城郊居记》，云："乃开洞穴，以通泉脉。其流泠泠，或决或淳，激而杯行，瀑为玉声。初蒙于山下，终汇于池际，白波沦涟，缭以方塘，轻舻缓棹，沿洄上下，见烟霞澄霁之状，鱼鸟飞沉之适。"②文中描绘了园林中叠石成山，洞壑幽深，泉流潺环，杯觞流行，飞瀑溅玉，汇入池塘，水上荡舟，赏烟霞澄霁，观鱼鸟飞沉的园林景象，这正是王处士改造杜公园林的结果。

李德裕的《怀嵩楼记》作于开成元年（836），时德裕在滁州刺史任上，怀嵩楼是官署园内的一处建筑。李德裕记载此园原先所存在的弊端："此地旧隐曲轩，傍施埤堄，竹树阴合，檐槛昼昏，喧雀所依，凉飙罕至。"园子靠着城墙而建，曲轩周围竹树环合，白天光线昏暗，加上城墙遮挡，凉风不至。正是在这种情况下，他启动了对园林的改造。"余尽去危堞，敞为虚楼，剪榛木而始见前山，除密筱而近对嘉树。厅事前有大辛夷树，方为草木所蔽，延清辉于月观，留爱景于寒荣，晨憩宵游，皆有殊致。周视原野，永怀嵩峰。"李德裕将高出的女墙全部除去，建成开敞的楼阁，剪除榛木以观前山，除去密实的细竹以对近旁的嘉树。衙署厅前有很大的辛夷树，被杂乱的草木所遮蔽，铲除杂草乱木后，月夜可以在这里欣赏清辉，寒暑四季，晨昏朝暮，景致不同。据楼之上可以环顾四野，对景怀嵩峰。经过一番改造，园林更具有观景的艺术巧思了。

宋代吴渊《太平郡圃记》记载了安徽太平州郡圃的改造历史。吴渊字道父，号退庵，密阁修撰吴柔胜第三子，宣州宁国（今属安徽）人。据《宋史·吴渊传》记载，吴渊曾经在嘉熙二年（1238）"以宝章阁直学士知太平州，寻兼江东转运使"。在知太平州的时候，两淮流民四十余万入境，吴渊加以抚慰并赈济灾民，他将流民编成"什伍"（古代户籍编制，十家

---

① [清] 董浩等编：《全唐文》卷六一三，第6册，第6187页。
② [清] 董浩等编：《全唐文》卷四九四，第5册，第5045页。

为什，五家为伍）予以赈济，令当地原居民众不要侵犯，使流民得以安定度日。当时临近的其他州县经常发生流民放火抢劫事件，唯独太平州境内安然无恙。吴渊因治理有功而得到嘉赏，后"兼知平江府、浙西提点刑狱，知太平州兼提领两淮茶盐所"。[1] 吴渊因为曾经知太平州，并亲自改造那里的郡圃，并为之作记，对情况应该非常了解，记文内容应属可靠。吴渊对旧园的改造体现在以下几处。

其一，改造旧池。"堂（原近民堂）旧对池之阳，修可二十丈，中有官梅亭，跨以桥，水面才七八尺，少晴辄涸，虽名为池而实沟浍之弗若也。乃凿而广之，灌以江水，作堂其上，扁曰'挥尘'，即刘丞相毕老诗中语也。"[2] 由此可知，原来园中的池塘面积很小，才七八尺，遇上少雨很容易干涸，名虽为池，实际就是一条水沟。这就说明原来理水存在没有活水来源的问题。于是他开凿旧池，扩大水域面积，灌以江水，解决了池小和无水源的问题，并作堂其上，以观水景。经过改造，其园林的水景之美感才得以充分体现。

其二，改造园林建筑布局。"堂之东十余步，即前所谓神祠。夫神主于静，贵于肃，乃宅于宴游之处，宾客骑从之喧填，优伶倡幻之亵狎，其为不静不肃毋乃甚乎！于是移于帑库之侧，以其地为亭，前种梅三十本，后种竹一百个，揭倪正父文昌所书官梅扁。官梅之后有隙地盈丈，亦作小亭，植红药二坛，扁曰'驻春'。"[3] 由此记载可知，原来神祠在堂之东十余步，将适于静肃的神主之祠置于宴游之处，显然有违敬穆，于是他将神祠移到帑库之侧，在原来的地方种植梅树、竹子、红药，建造两座亭子，一为官梅，一为驻春，使游宴之处有更多可赏的风景。

园林的设计建造难以完美，或多或少会存在一些缺憾，甚至由于设计者的理念或者能力的限制还会造成园林中的败笔。发现并改造其不合审美理念的地方，使之趋于完美，成为热衷于园林营建者的一项新的艺术创造。

在造园实践中，最具有能动性的因素是人，是"殊有识鉴"的"能主人"。"能主人"可以是亲自设计园林的主人，也可以是帮助设计的艺术家。造园者需要别具慧眼和匠心。为计成《园冶》题词的明代郑元勋有言："此又地有异宜，所当审者。是惟主人胸中有丘壑，则工丽可，简率亦可。"[4]

---

① 参见［元］脱脱等撰：《宋史》卷四一六《吴渊传》，第 12467 页。
② 曾枣庄、刘琳主编：《全宋文》卷七六八六，第 334 册，第 34—35 页。
③ 曾枣庄、刘琳主编：《全宋文》卷七六八六，第 334 册，第 35 页。
④ ［明］计成著，陈植注释：《园冶注释·题词》，第 18 页。

意思就是说地方环境不同，造园也应当随之适当改变，这是要审慎考虑的。只要园主人胸中有丘壑，那么园的构造既可以华丽，也可以简朴。计成在《园冶》卷一《兴造论》中讲道："世之兴造，专主鸠匠，独不闻三分匠、七分主人之谚语乎？非主人也，能主之人也。"① 也是强调主人眼光和匠心的重要性。凭着良好的艺术修养，雅逸脱俗的气质，其所设计的园林，无论叠山凿石，引水成瀑，栽植花木，无处不体现深远如画的意境，幽静似诗的韵致。

第二节　唐宋园林建造与文人境遇

唐宋时期园林建造之风十分盛行，园林建造者身份、地位、思想、生存状态对于园林风气和风格有重要的影响。唐宋时期的文人园林的发展与文人的境遇和心态有着密切的关系。文人建造园林，并书写建造园林的初心，揭示了文人园林发展的内在动因，折射的是士大夫的生活境遇。考察唐宋时期的记园散文可以大致了解到唐宋时期园林建造者的基本境况。

一、泉石膏肓者

"士大夫胸中丘壑，笃好林薮。泉石膏肓者，至唐更甚。"② 王维精心营构辋川别业，形成二十景的园林规模，与好友裴迪相携共游，并为之作诗画，笃爱园林的雅好可见一斑。白居易所到之处必建园林，在长安居住时有园，在江州任司马时营建了庐山草堂，分司东都时建造了履道里园，知杭州、忠州时都建有园林，可谓是对园林情有独钟。李德裕的平泉山庄更是他酷爱园林泉石的产物。从园记作品中可以看到有不少园林主人明言自己是泉石膏肓者。如：

> 予以废疾至自金陵，深念平生无它好，独好泉石，而故居乃土山，安所得石？忽乡友王信臣及其犹子子林，艘永新怪石以遗予。予喜甚曰："子犯所谓天赐者。"亟召匠钉鍧为假山。（杨万里《泉石膏肓记》）③

> 平生酷好泉石，为山而水环之，虽秀而野，不事华饰，达于西塾，

---

① ［明］计成著，陈植注释：《园冶注释》卷一，第24页。
② 童寯：《江南园林志》，第32页。
③ 曾枣庄、刘琳主编：《全宋文》卷五三五二，第239册，第312页。

厥广倍之，而圃不复加辟矣。（袁燮《秀野园记》）①

> 莫之为而为者，天也。境至于天，极矣。予性好泉石，遇奇辄终
> 日弗去。（姚勉《灵源天境记》）②

杨万里、袁燮、姚勉都自称是泉石膏肓者，对林泉有着天然的情结。陆游《乐郊记》记其好友李晋寿意气豪侠，才仪雍容。"然自少时，不喜媒声利，有官不仕，穷园林陂池之乐者，且三十年，每自谓泉石膏肓。"③李晋寿是一个有才干但是醉心泉石的人。俞烈《洪氏可庵记》记住在临安天目山之西麓的逸民洪载，字彦积，自号耐翁，"以力农起，衣食廑给，爱泉石若嗜欲"④。有的则是委婉地表达对泉石的热爱。如彭汝砺《爱山楼记》言："人情得所乐则喜，然皆累于物。狥名者劳，狥利者忧，驰骋田猎者危，乐酒者荒，溺色者亡。山水可以无累矣，而好之者鲜，知所以好之者尤鲜。"他的外舅公选择山林之地，诛茅为庵，凌空为桥，建造园林，可以"玩千里于一席，览胜概于樽俎，几尽之矣"。公自言于园林中所见曰："吾见其高明而有容，广大而无隅，登日出云，甘雨沾濡，草木润泽，遍覆昆虫。"⑤他明白外舅公是一个乐好山水者，而"我"则是那个鲜有的知所以好之者，借此含蓄地传达出自己就是一个真正的泉石膏肓者，是一个真正热爱山水的人。

黄裳《水云村记》记述友人公实购得水云村园，来京师告诉自己说"今为水云村主人矣，仆将益治之，养生于其间"。依据黄裳对朋友的了解，他"不为生而劳，不为名而伪。遇吟而忙，得酒而休。方东而俄西，未始有适莫。要其中，夷旷而惠直，是真水云翁者也"⑥。黄裳认为朋友与水云村互得，水云村需要像公实那样的真爱山水者。

谢伋《药园小画记》云："伋先世既无盈余，且漂流转徙，不能治生产。久为祠官，俸入至薄，居不敢近州县，食不敢饱粱肉。于穷僻处人弃我取，粗办一廛，冢舍之旁买石田，葺茅竹为园囿，辛勤十余年，根拨皆自封植。"⑦谢伋在俸禄微薄、财力微弱的的情况下依然于家舍边买置薄田，葺为园囿，足见其园林深心。

---

① 曾枣庄、刘琳主编：《全宋文》卷六三七七，第 281 册，第 243 页。
② 曾枣庄、刘琳主编：《全宋文》卷八一四〇，第 352 册，第 97 页。
③ 曾枣庄、刘琳主编：《全宋文》卷四九四一，第 223 册，第 91 页。
④ 曾枣庄、刘琳主编：《全宋文》卷六四一三，第 283 册，第 5 页。
⑤ 曾枣庄、刘琳主编：《全宋文》卷二二〇一，第 101 册，第 82 页。
⑥ 曾枣庄、刘琳主编：《全宋文》卷二二六二，第 103 册，第 304 页。
⑦ 曾枣庄、刘琳主编：《全宋文》卷四一九八，第 190 册，第 337 页。

史浩《真隐园铭》云："予生赋鱼鸟之性，虽服先训，出从宦游，而江湖山薮之思，未尝间断。故随所寓处，号曰真隐。"① 史浩天生林泉之好，他虽身处仕途，但是山林之志根植内心，将自己所居园取名"真隐"，隐而未发的山林之思通过园林的物质建构得以发抒。

林学蒙《梅花赋》言："余之为人也，山林习惯，世味心灰。即蜗居之东偏，种半亩之疏梅，相与盘桓，日不知几回。岁寒亲友，问心开怀。时夜将半，疏影横斜，牵牛饮河，忽相顾而兴悲，念岁月之几何。花为余而起舞，余为花而作歌……"② 作者是一位典型的林泉膏肓者，在梅花主题园中享受的是看花起舞、为花作歌的诗意生活。

正是这样一批天性热爱林泉的人，他们将建造园林作为自己一生中的重大事业来经营，在园林建造方面不惜花费，为了得到园林奇石、珍禽、异草不惜代价，从而建造起一座座人间花园。

二、肥遁居贞者

建造园林的族群中有一类人，他们为了园林生活而放弃为官。弃官有两层含义，一是有能力有机会为官却放弃为官。如唐代詹敦仁《清隐堂记》载："去邑西逾百余里，有山曰佛耳，峭绝高天，远跨三郡，有田可耕，有水可居，予卜而筑之，榜堂曰清隐。"据《全唐文》作者小传，敦仁，"字君泽，固始人，隐仙游植德山下。闽王昶强以袍笏，不受。清源节度使留从效再辟之，乃求监小溪场。既至，请升场为县，举王直道自代。隐居佛耳山，自号清隐，数年卒"③。可见，詹敦仁是一个有隐逸之志的人，故而建造园林作为自己安顿身心之所，也表明自己的志趣。苏辙《吴氏浩然堂记》所记"新喻吴君志学而工诗，家有山林之乐，隐居不仕，名其堂曰浩然"④。吴君就是一个不愿入仕而去建造园林、享受林泉之乐的人。郑域《桂氏东园记》中的桂氏也是如此："维贵溪县南十五里，桂氏最居甲族也。舜俞公希稷志不喜仕，老尚儒服，子弟环贵，缟绮以立，视之蔑如也。"⑤ 舒邦佐《双峰堂记》中记述自己悠游自在的隐居生活："余窃第归，厌举子业平生缠绕肺腑，欲以古书一浣之。家近市嚣，耳聒心荡。一日，窥后园古木环合，桑柘蒙密，平林高峰，如竦如揖，出没隐见，去城市不步武，而

① 曾枣庄、刘琳主编：《全宋文》卷四四一六，第200册，第62页。
② 曾枣庄、刘琳主编：《全宋文》卷六四五九，第284册，第362页。
③ [清] 董诰等编：《全唐文》卷九〇〇，第9册，第9389页。
④ 曾枣庄、刘琳主编：《全宋文》卷二〇九五，第96册，第184页。
⑤ 曾枣庄、刘琳主编：《全宋文》卷六四六三，第285册，第11页。

得幽人隐士之胜概。"① 如上文所举，饱读诗书、具备入仕能力却不走仕途的人是园林建造者群体的一个重要组成部分。他们超逾世网羁绊，弃绝人间俗务，建造园林，享受清净，对他们而言，园林是最好的归处。

弃官的第二层含义是为官后弃官。这类人虽已为官，但是厌倦官场的险恶、公务的繁杂、仕宦的劳顿，想要停下来安顿身心，因而放弃官位。如唐代的司空图弃官归荣，遁逸王官谷建中条别业，筑休休亭，表达自己的退隐之意。陆希声作《君阳遁叟山居记》云："遁叟以斯世方乱，遗荣于朝，筑室阳羡之南而遁迹焉。地当君山之阳，东溪之上，古谓之湖洑渚。遁叟既以名自命，又名其山曰颐山，溪曰蒙溪，将以颐养蒙昧也。"② 遁叟因为世事混乱，从朝中退隐，到阳羡之南卜筑园林。再如下文所举数例：

> 曾君将之杭官，旅于苏，尝登于沧浪之亭，览景四顾，慨然有弃绂冕相从之意，予始未以其言为信也。君遂周访城中物境之嘉者，又得阊南之圃焉。橐囊中所有，日夜自营缉，筑堂其间，取孟子养浩然之气以命名。（苏舜钦《浩然堂记》）③

> 河南张子京结茅为庵于其所居会隐之园。……自其先君弃官隐居，园池之美，为洛之冠。（范祖禹《和乐庵记》）④

> 无逸得此，因忘仕宦意。（晁补之《金乡张氏重修园亭记》）⑤

> 吾（欧阳绍之）亦曰"吾年五十当隐"。于是上书北阙，愿致为臣，挂其冠。即日自驾柴车归安福东门外秀峰之西麓，开三径，垦九畹，垣一圃，罫千畦，昼尔于行，宵尔于营。（杨万里《醉乐堂记》）⑥

> 余客汝州，识治狱掾陈德润，与之语，肺肝无溪壑也。奔走百僚之底，未尝一日有怠容。后官太学，而其弟道醇肄业焉。宜学万里，贫不振，天子幸学，官之，澹然不色喜。余以是愧其兄弟。道醇间语曰："我又有隐居不仕之兄，庐西山之下，其燕居所榜之曰'颐轩'。……"（陈与义《颐轩记》）⑦

---

① 曾枣庄、刘琳主编：《全宋文》卷六〇八二，第 269 册，第 239 页。
② ［清］董诰等编：《全唐文》卷八一三，第 9 册，第 8553 页。
③ 曾枣庄、刘琳主编：《全宋文》卷八七八，第 41 册，第 88 页。
④ 曾枣庄、刘琳主编：《全宋文》卷二一四七，第 98 册，第 286 页。
⑤ 曾枣庄、刘琳主编：《全宋文》卷二七三九，第 127 册，第 23 页。
⑥ 曾枣庄、刘琳主编：《全宋文》卷五三五四，第 239 册，第 348 页。
⑦ 曾枣庄、刘琳主编：《全宋文》卷三九八五，第 182 册，第 62 页。

这些行走在仕途的人，他们都是身在官场，情游江海；形入紫闼，而意在青山。苏舜钦贬谪苏州营建了沧浪亭，其朋友曾君登览沧浪之亭，慨然有归隐之意，后果然倾其所有，建造园林。河南张子京之先君弃官隐居，其所建园池之美，为洛阳之冠。金乡张氏得到园林之后，消除了仕宦之意。欧阳绍之的人生规划为五十归隐，所以上书北阙，挂冠筑圃。当年奔走于百僚底层而无倦怠之容的狱掾陈德润，也厌倦了官场而弃官归隐，营建了颐轩园。他的弟弟道醇为官没有喜色，弃官归隐当是迟早的事情了。与官场的烦务和累心相比，更多人愿意过逸行放心的园林生活，享受着世事功名无法相比的林泉之乐。于是有一部分人从官场退隐，回归园林，加入了建造园林者的族群。

三、贬谪放逐者

尚永亮先生指出，"贬谪与贬谪文学是中国历史上的一个独特的文化现象"①，贬谪按照性质分有两种类型，一类是坏人被贬，属于罪有应得的正向贬谪；一类是好人被贬，是是非颠倒的负向贬谪。他认为中唐时期柳宗元、刘禹锡主要凭靠佛教哲学来消解他们的执着意识，山林不是有效的消解手段，对他们来说，山林不只是供人消闷解愁的优游之地，而且是限制自由类似桎梏的囚所；他们的心灵在田园也难以得到长久的宁静。尽管山林和田园的消解作用是有限的，但是贬谪者还是会选择自然这个人类永恒的襁褓，置身其中，以慢慢抚平贬谪之辱带来的痛苦。于是就有了山水纵游和建造园林以纳自然山水的行为引发的文学艺术。

贬谪的政治现象孕育出了饱含悲剧精神的贬谪文学，贬谪文学中有一个部分是不应当被忽略的，就是贬谪者和园林建造、园林生活间的关联性。佛道哲学或许是贬谪者消解痛苦的一条途径，在贬所建造园林则是另外一个渠道。贬谪者于园林中安顿自我，以发舒自己内心的抑郁不平之气，获得内心的宁静和平和。唐代的柳宗元在永州写下的多篇记文就是贬谪者园林生活的写照。柳宗元《愚溪诗序》《永州法华寺新作西亭记》、韩愈《燕喜亭记》、苏舜钦《沧浪亭记》记载的都是著名的贬谪者的园林。

尚永亮先生统计了唐代不同时期的贬谪人次，初唐598人次，盛唐542人次，中晚唐最多，中唐为750人次，晚唐为711人次。以贬官频率而言，初唐95年，年均6.3人次；盛唐53年，年均10.2人次；中唐61年，

① 尚永亮：《元和五大诗人与贬谪文学考论》，文津出版社，1993，第1页。

年均 12.3 人次；晚唐 80 年，年均 8.9 人次。中唐是贬官的最盛时期，南方是唐王朝流贬官员的主要地区。①影响贬谪的政治因素很多，其中朋党之争是一个重要因素。中晚唐时期杨炎、卢杞朋党失序，牛、李党争增剧，造成的政治风浪波及朝野，是造成贬官的一个很重要的原因。宋代新旧党争贯穿整个王朝始终，贬官人数更多，南方也是流贬官员的主要地区，如苏轼、苏辙、黄庭坚、秦观、苏舜钦、曾巩等元祐旧党的贬所多在南方。据附录统计结果，中晚唐到宋代贬谪者所建造或者修缮的官署园林或公共园林增多，且多分布在南方。

　　许多园记中作者明确点明了在贬居之所建造园林的情形。如元和四年（809），柳宗元在永州贬所作《始得西山宴游记》云："自予为僇人，居是州，恒惴慄。其隟也，则施施而行，漫漫而游，日与其徒上高山，入深林，穷回溪，幽泉怪石，无远不到。"②柳宗元被贬柳州，为发舒心中的郁闷，寄情山水。在天天的漫游中，柳宗元发现了西山的胜景，做了一定的人工营造，建成令他喜爱的郊野园林。柳宗元在发现西山胜景后，随即又发现了钴鉧潭和钴鉧潭西小丘，他出资将两个地方买下来，施以人工，将无人光顾的人间胜景变为可游可赏的郊野园林。置身于这样的环境之中，柳宗元的确可以忘却现世的烦忧，获得片刻内心的宁静。他看到西山"悠悠乎与灏气俱，而莫得其涯，洋洋乎与造物者游，而不知其所穷"，他在西山"引觞满酌，颓然就醉，不知日之入，苍然暮色自远而至，至无所见，而犹不欲归"。这个不愿归去的地方，必定是最令他心安的地方。而刘禹锡《武陵北亭记》《洗心亭记》、韩愈《燕喜亭记》等篇所记也都是他们在贬谪之所所居所游的园林。

　　苏舜钦《照水堂记》记述景祐年间"孙公元规以言事南迁，移守此郡，考政之始，众务毕举，乃历访雄胜之地，以图燕休"。孙元规所建园林也是贬谪者的园林。

　　曾巩《尹公亭记》言："庆历之间，起居舍人、直龙图阁河南尹公洙以不为在势者所容谪是州，居于城东五里开元佛寺之金灯院。"尹公名震天下，不因为贫富、贵贱、死生或忧或喜。所以，虽然贬谪于此，他每日以考证图书、学知古今为事，而不把贬谪当成耻辱而郁愤不平。尹公"尝于其居之北阜，竹柏之间，结茅为亭，以芰而嬉，岁余乃去。既去而人不忍废坏，辄理之，因名之曰尹公之亭，州从事谢景平刻石记其事"。到了

---

①　统计结果见尚永亮：《唐五代逐臣与贬谪文学研究》，武汉大学出版社，2007，第 23—93 页。
②　[清] 董诰等编：《全唐文》卷五八一，第 6 册，第 5870 页。

治平四年（1067），司农少卿赞皇李公禹卿镇守是州，"始因其故基，增庳益狭，斩材以易之，陶瓦以覆之。既成，而宽深亢爽，环随之山皆在几席。又以其旧亭峙之于北，于是随人皆喜，慰其思而又获游观之美"①。尹公园亭在庆历时期还很简朴，经过后世的改扩建逐渐增大规模，成为当地有名的公共园林。

沈起《志省堂记》说："予以言斥官，自监察里使除通判会稽郡事。"②言及自己嘉祐五年（1060）夏四月，因为言事而触怒当权者，被贬官会稽。官署之北，原有园池，池中植有菱芰。池之左，累土石为高山，山上有怪石松杉。山之北又有岿然大亭，乃吴越钱氏所建，迄今已经绵绵百余年祀，木质建筑有腐朽蠹坏的，墙壁也有剥坏的情形，沈起不忍任其坏毁，将官署园林修缮一新。

上官均元丰元年（1078）作《白云庵记》说"予自御史得罪，窃官乡邑，循汴沂江，迄今乃祗职事"③，在贬谪期间建造白云庵。苏辙《东轩记》记述自己营建公署园的情形："余既以罪谪监筠州盐酒税，未至，大雨，筠水泛溢，蔓南市，登北岸，败刺史府门。盐酒税治舍俯江之湑，水患尤甚。既至，弊不可处，乃告于郡，假部使者府以居。郡怜其无归也，许之。岁十二月，乃克支其欹斜，补其圮缺，辟听事堂之东为轩，种杉二本、竹百个，以为宴休之所。"④苏辙贬谪筠州建东轩，种杉竹，营建园林。曾三聘《冈南郊居记》记述"绍熙甲寅，予自中秘黜官，沂大江而归"⑤，他被罢官后在冈南买地筑园。

彭俊民《南州记》言"崇宁丙戌之冬，余筮仕于谢生，卦得南州，盖不利之祥也。越明年，自蜀赴京兆幕。又明年秋八月，会安抚使王襄来守是邦，余方年少气盛，好以正忤物，不能因时致曲，以触小人之忌，竟为王所陷，非意失官"。彭俊民因年少气盛，触怒小人，被贬南州。"于是即廨舍之后，除地作丈室，植果木之实者，花卉之秀者，篁筱之劲者，以为四时朝夕食息之所，而榜之曰南州。"⑥彭俊民文中交代了自己在贬所建造官署园林以供燕休之事，虽无宾友樽酒之欢，而有穷愁自得之趣，盖可借此翛然而忘忧。

① 曾枣庄、刘琳主编：《全宋文》卷一二六二，第58册，第161页。
② 曾枣庄、刘琳主编：《全宋文》卷一六三七，第75册，第149页。
③ 曾枣庄、刘琳主编：《全宋文》卷二〇二六，第93册，第340页。
④ 曾枣庄、刘琳主编：《全宋文》卷二〇九五，第96册，第180—181页。
⑤ 曾枣庄、刘琳主编：《全宋文》卷六三六〇，第280册，第352页。
⑥ 曾枣庄、刘琳主编：《全宋文》卷三一二四，第145册，第176页。

孙览在元祐四年（1089）四月作《秀楚堂记》云："元祐二年七月，余自尚书左司出守河中；明年七月，移守南都；十月，又移彭门。年少材下，蒙被朝廷记识，两岁之间，三易大府。既无德善之政，上副天子更化求治之意，独平易不桡，庶几近民。"①孙览自元祐二年（1087）几经贬谪，最终来到彭门这个地左事鲜、土风淳陋之地。在处理完日常公务之后他就和宾僚游于州治之园，发现园中不少建筑年久败坏，于是着手整修，建成秀楚堂以观纳周围风景，并在园中饮酒赏乐。

从唐宋园记记载来看，宋代贬谪园林的记录相对更多，除了上述举例外，还有李纲宣和二年（1120）四月为谪居沙阳的梁溪居士作《寓轩记》，梁溪居士建造园林，于寓轩中或读佛经，或阅读参订经史百家，或焚香默坐，或省思自我，或从宾客歌咏欢会，纵一时之乐。梁溪居士之所以这样做，也是为了将自己的生活填满，以抵挡贬谪之苦乘隙而入。

洪适《爽堂记》记述自绍兴二十三年（1153），洪适的父亲在真阳已谪居七年，洪适再次来到这里也已四度春秋。他就在沙阳这样的蛮荒之地，建造起一座属于自己的园林，依山就势，繁木护卫，居之，一则，可使枕疾已久的父亲能够心开目明，疾病减轻；二则，可以使自己在处理烦务之后放身其中，享受丘壑之趣。

园林是贬谪者超越苦难的"他方"。宦途失意中，园林成为迁客家居之外安顿身心的"他方"，贬谪者的园林是退避社会政治风波的文人对政治悲剧的表层淡化和深层沉潜。每一个贬谪者被迫离开政治经济中心，并且担负着某种"罪名"来到蛮荒之地，胸中必定交织着宦海漂泊、政治失意、人事错连等郁闷困厄之情。宦海仕途风云变幻，有太多不可掌控的不确定因素，人世现实与内在理想间蹉跌相失，贬谪幽人内心的茫然和惶惑在园林生活中逐渐淡化，个人对于生命、生活、世事的认知得到深层的省思。在园林中生活的适意和生命的真实都是可以把握的，这份随遇而安冲淡抑或涤荡由政治失意、身处逆境带来的痛苦、焦灼、失落、苦闷，是对过往所有执念的超越。贬谪者在园林中的生活情形多为饮酒、听乐、读书、弹琴、赋诗、考订图籍，这种清心寡欲的生活和闲适的情调是贬谪者忘却现实苦闷的一剂良药。故而处在贬谪之所的地方官在完成自己的职分工作之外，大部分时间都在悠游山林，将钟鼎带给自己的压力化解在林泉之中。所以中唐到宋代，官署和公共园林的兴盛与文人贬谪不无关系。

① 曾枣庄、刘琳主编：《全宋文》卷二二三七，第102册，第300页。

园林是贬谪者的心灵据点，他们藉此找到与自然对话的契机和窗口。不论是如柳宗元那样开发当地山水风景的郊野园林，还是城市中的幽致庭园，抑或是改造旧有官署园林，在山水花木创造的幽深僻静环境中，满怀悒郁的迁客逐渐产生安处即为乡的感想，并在与自然美景的和谐交流中体悟个体生命在浩瀚宇宙中的位置，从而消除因执念带来的内心滞碍。柳宗元在永州的西山上获得新的观察高度，打开了辽阔的视野。"悠悠乎、洋洋乎既写西山之特立雄伟，更是柳宗元自惴慄之情中解放而出的浩瀚感，在无限永恒面前，世间个别的事件纷扰都成过眼云烟，而有'心凝神释，与万化冥合'的体验，泯除物我分界，突破时空限制，而独与天地精神相往来。"① 白居易的庐山草堂、梁溪居士的寓轩、孙览的秀楚堂……皆为置身于尘世之外的"他方"，他们在自然中将自己平稳地并置于浩瀚无垠的世界，与天地时空进行纯粹的对话。

四、菟裘归计者

《左传·隐公十一年》："羽父请杀桓公，将以求大宰。公曰：'为其少故也，吾将授之矣。使营菟裘，吾将老焉。'"② 鲁隐公要把政权交给桓公，决定在菟裘经营退隐的居处，为告老还乡做打算。"菟裘归计"的做法在后世广为效仿。为了给自己年老后创造一个舒适安稳的栖身之所，很多人在为官的同时会在故乡或者喜欢的地方为自己建造宅园，以安度余生，作菟裘归计。

许多园主都是为了避免告老还乡之后，无居所以安身，无田园给粥膳而建造园林。白居易《池上篇并序》中说洛阳履道里园"即白氏乐天退老之地"。朱熹在福建建阳建云谷园，刘宰建野堂，幸元龙建造松垣东西兰薰堂等，其建园目的相同。《旧唐书·柳浑传》记载，柳浑"性节俭，不治产业，官至丞相，假宅而居"③。柳浑虽官至宰相，但因为平时未治产业，以至于需要租房屋居住。范纯仁为薛侏的退老之园"乐安庄"作记时就曾经说到这种情况："今士大夫或身老食贫，而退无以居；或高门大第，而势不得归。"（《薛氏乐安庄园亭记》）④ 赵鼎臣《尉迟氏园亭记》中也谈到了不少仕宦之人年老归家而无田园以给粥膳的情形："中世士大夫去乡里，辞丘墓，

---

① 曹淑娟：《白居易的江州体验与庐山草堂的空间建构》，《中华文史论丛》2009 年第 2 期。
② 杨伯峻编著：《春秋左传注·隐公十一年》，中华书局，1990，第 79 页。
③ [后晋] 刘昫等撰：《旧唐书》卷一二五《柳浑传》，第 3555 页。
④ 曾枣庄、刘琳主编：《全宋文》卷一五五五，第 71 册，第 300 页。

携其挈累以从仕于四方，相与目之曰游宦。游宦之士，逮少而已出，投老而未归，顾视其家，反若传舍然。至于惫不任事，思有所休息其躬，然无室庐以庇风雨，无田园以给饘粥，盖多有也。名之曰士，而身之所飨，其微如此，此诚何理邪？"①正因如此，有不少仕宦者都会尽力为自己营造一个舒适的告老退处。如曾巩《归老桥记》是应邀为柳侯在武陵的青陵之居园作的记文，武陵柳侯以书曰："武陵之西北，有湖属于梁山者，白马湖也。梁山之西南，有田属于湖上者，吾之先人青陵之田也。吾筑庐于是而将老焉。"②柳侯在武陵筑屋庐，营建园林作为自己的归老之所。韩元吉的朋友茂安，以数年经营东皋园作归老之计，求韩元吉为之作《东皋记》。

为了菟裘归计而建造的园林，在园主人挂冠归老之前的利用率往往比较低，常常会出现园林闲置的现象。比如，蔡襄皇祐四年（1052）二月为葛氏所作《葛氏草堂记》云："葛君公绰即其居之东园植竹桧果花几万本，又因其高下以为丘池，疏渠行水于其间，冠丘以亭，跨池以梁，作堂其中，可以安处而游息焉。"③当葛君自得地说自己可以享有这个兼具岩壑和都城双重优势的园林时，蔡襄提出了一个很现实的问题："子之兄子雅君而下，皆以文艺中科，走官四方。子之词业日益新，又将仕矣。然则所谓东园者，殆与仕而老归者为谋，子安能专有之而且不负也？"也就是说他的这个园林是为告老而建造的，难免会负了园林的美景。而这类园林的共通特点都是如此，建园者忙于仕宦迁转各地，未必有时间来享受自己精心建造的园林。如同唐代的李德裕那样，他精心建造了平泉山庄，其中放置了他所有珍爱的奇花异石、稀世珍品，但是他一年到头也难得有闲暇到平泉山庄去住一住，每当想念自己的园林，就用诗歌来与园林神会。美国学者杨晓山也关注到这种园林空置的现象，专门谈到了李德裕和他的平泉山庄："李德裕现存的诗歌里有一半以上是写这座园林的。这些诗都是他离开平泉山庄之后写的。无法回到平泉享受自己的园林，成为一种深切的遗憾。"④白居易也在诗歌中反复陈说过这种建园不居的情形，并为自己能居住履道里园中暗自得意。其实他长庆四年（824）买到这座宅园，太和三年（829）才回到洛阳，在那里度过了人生的最后十七年，园林也闲置了五年。白居易的《履道居三首》其一"莫嫌地窄林亭小，莫厌贫家活计微。大有高门

---

① 曾枣庄、刘琳主编：《全宋文》卷二九八三，第138册，第244页。
② 曾枣庄、刘琳主编：《全宋文》卷一二六二，第58册，第159页。
③ 曾枣庄、刘琳主编：《全宋文》卷一〇一八，第47册，第192—193页。
④ ［美］杨晓山：《私人领域的变形——唐宋诗歌中的园林与玩好》，文韬译，江苏人民出版社，2009，第15页。

锁宽宅，主人到老不曾归"①，以及《题王侍御池亭》"朱门深锁春池满，岸落蔷薇水浸莎。毕竟林塘谁是主？主人来少客来多"②，表现的都是这种园林空置的现象。

张守《四老堂记》、孔仲武《萧贯之挂冠亭记》、苏辙《遗老斋记》、秦观《闲轩记》、洪迈《稼轩记》、吴儆《尚书宋公山居三十韵序》、潘時《月林堂记》等，所记皆为菟裘归计者的园林。菟裘归计者的园林可能都存在园林闲置的情况，尽管如此，他们仍会为了告老还乡作出长远打算。

五、命运不济者

在众多的园林建造者中有一类人是最为失意的，他们汲汲于功名，发奋读书，渴望能够走上仕途，一展宏图，可惜命运不济，仕途不顺，在谋求功名的道路上铩羽而归。带着失败的无奈，他们归于园林，在放情林泉中释放自己空有的抱负，在忘情山水中麻痹英雄末路的悲愤。

谢逸《小隐园记》先详细描述了仙翁的园林，继之交代了仙翁修建园林的原因："仙翁年壮气锐时，挟弓佩剑，跃骏马游乎大梁之墟，慨然以功名自任者也。命不偶，仕不遇，退而自肆于丘林。"仙翁求取功名未果，只得退隐山林。"仙翁幅巾杖履，日与宾客逍遥其间。或饮而笑歌，或醉而起舞，或弹琴以平志，或习射以观威仪，或倚树而吟，或枕石而卧，盖将乐之终身而不厌者也。"③仙翁虽然表面上很是逍遥，或饮或歌或舞，或弹琴或吟啸，但是在仙翁酒醉狂舞的乱步间，依树而吟的声音中，枕石而卧的醅态上，始终会有一丝抹不去的失落，总有一层暗淡的阴影映在内心的湖面上。没有实现理想的挫败感不是园林的水可以冲洗得了的，也不是园林中的山可以遮挡的，更不是花草的芬芳所能替代的。那份挫败感需要理想实现的满足感来抵消。他们也许步入官场后还会因为厌弃官场的倾轧而退回园林，也许会因为贬谪而营建园林，也许会因为官秩满期而回归园林，每一种人生带来的体验都是不同的，不同情形下建造的园林，对于他们的意义也是殊异的。

袁默《山居记》记陈方中在离县城郭东四十里的安贤埠营建园林。陈氏给袁默寄书信说："吾非不愿仕，挟所有，游场屋，连斥不利，比遭忧患，谩不知外物之可求也。今将静吾心，持吾身，洒然自得于徜徉，宽与

---

① 谢思炜撰：《白居易诗集校注》卷第二八，第 2241 页。
② 谢思炜撰：《白居易诗集校注》卷第一五，第 1195 页。
③ 曾枣庄、刘琳主编：《全宋文》卷二八七六，第 133 册，第 243 页。

田翁渔父相从以终焉。"①非常明确地说出了士不遇者的心痛，不是不愿仕，而是连游科场，屡遭不顺。陈方中心中的那份失意之痛是显而易见的，其归隐园林显然是失意后的选择，暗含着无奈和失望。也许时间可以慢慢抚平其内心的压抑，使其在园林生活中增添一份看透世事的轻松和通达。

黄裳《潜轩记》中的友人黄公镇在经历了一段时间的痛苦后有所感悟，自适林水，有了山林处士之态："公镇少时求举于乡里，卒不获用，晚节感悟，乃能远引而去。水边林下，开轩自适，有山林处士之态，亦可书者。"②再如：

> 东郭居士尝学于东西南北，所与居游，半世公卿，而东郭终不偶。驾而折轴，不能无闷；往而道塞，不能无愠。退而伏于田里，与野老并锄，灌园乘屋，不以有涯之生，而逐无涯之欲。久乃蘧然独觉，释然自笑。问学之泽虽不加于民，而孝友移于子弟；文章之报虽不华于身，而辉光发于草木。于是白首肆志，而无弹冠之心。所居类市隐也，总其地曰南园。（黄庭坚《东郭居士南园记》）③

黄庭坚文中的东郭居士终于在园林耕读中渐渐彻悟，彻底摒弃了出仕之念，而将学问之泽移于子弟，文章之辉发于草木，找回了生活的真意。

苏辙《王氏清虚堂记》、刘弇《愚堂记》、许景衡《飘然斋记》、彭俊民《南州记》、李纲《毗陵张氏重修素养亭记》、朱松《清轩记》、陆游《桥南书院记》、吴儆《竹洲记》、家铉翁《秀野亭记》等，记述的都是士不遇者的园林。

园林，是士大夫生活境遇的折射。翳然林水，不只是洒脱超逸，悠然自得，还有隐隐的伤痛和无奈的顺应。日本学者吉川幸次郎认为宋人因为总是可以用哲理的眼光来审视人生，从而采取了达观的人生态度。宋人认为人生不一定是完全悲哀的，从而采取了扬弃悲哀的态度。在吉川先生看来，宋代"新的人生观的最大特色是悲哀的扬弃"④。而园林是扬弃悲哀的最佳之所。无论士大夫在何种境遇下建造园林，有一点是共通的，那就是园林是他们选择的共同精神家园和心灵归宿。

---

① 曾枣庄、刘琳主编：《全宋文》卷一七四九，第80册，第190页。
② 曾枣庄、刘琳主编：《全宋文》卷二二六三，第103册，第307页。
③ 曾枣庄、刘琳主编：《全宋文》卷二三二三，第107册，第179页。
④ ［日］吉川幸次郎：《宋诗概说》，郑清茂译，联经出版事业公司，2012，第32页。

第三节　唐宋园林布景与园林散文书写

构建园林有四大要素：山石、水体、建筑、花木。园林的构成要素只是建造园林的物质基础，园林的精神核心在于园林立意，而园林立意是通过形成一定逻辑序列的景观布局来实现的。山、水、建筑、花木不是任意设置的，它们之间的组合和配置需要符合一定的审美原则，从而形成不同的景境，而这些景境共同为园林立意服务。唐宋时期园林构筑非常讲究立意，表现园主人的精神世界和人格追求。记园散文则通过文字来呈现园林空间的景观布局，阐释园林的整体立意。

一、园林建筑景观与自然景观融为一体

宗白华先生说过，"建筑和园林的艺术处理，是空间处理的艺术"①。建筑景观不是孤立的，往往与其他景观相互联系，映衬生辉，共同构成完整和谐的园林景观体。在整个园林景观序列中，建筑总是处在景区观景的最佳位置，或是处在景观转换与衔接的关键之地，是引导游园者观景的最宜路线和明确视觉标志。园林中的自然都是艺术化的自然，欣赏自然的景观需要设置一个观景点，园林建筑总是设置在最适合观景的位置。故而园林中的建筑景观总是与自然景观融为一体，成为不可分割的整体。

如唐代公共园林白蘋洲，开成三年（838），弘农杨君在此地做刺史，修园建五亭。白居易为之作《白蘋洲五亭记》云："观其架大溪，跨长汀者，谓之白蘋亭。介二园、阅百卉者，谓之集芳亭。面广池、目列岫者，谓之山光亭。玩晨曦者，谓之朝霞亭。狎清涟者，谓之碧波亭。"②白蘋亭是远眺大溪、长汀的最佳观景点，集芳亭适宜赏阅百卉，山光亭适合观赏云岫，朝霞亭便于赏玩晨曦，碧波亭利于狎玩清涟，每一个亭的建造都和周边景致相融合。白居易在洛阳的履道里十七亩园林，整体布局为"屋室三之一，水五之一，竹九之一，而岛树桥道间之"。园林中建筑所占比重较小，但非常注重建筑与自然的融合。如园中有池，池北有书堂用以教课子弟，可以面池而读书；池西有琴亭，可以面池而弹琴。

又如，司马光的《独乐园记》记述其独乐园的景观布局非常富有空

---

① 宗白华：《美学散步》，上海人民出版社，1998，第 63 页。
② ［唐］白居易著，谢思炜校注：《白居易文集校注》卷第三四，中华书局，2011，第 2004 页。

间感："堂（读书堂）南有屋一区，引水北流，贯宇下。中央为沼，方深各三尺，疏水为五，派注沼中若虎爪。自沼北伏流出北阶，悬注庭下，若象鼻。自是分为二渠，绕庭四隅，会于西北而出，命之曰'弄水轩'。堂北为沼，中央有岛，岛上植竹。圆若玉玦，围三丈，揽结其杪，如渔人之庐，命之曰'钓鱼庵'。沼北横屋六楹，厚其墉茨，以御烈日，开户东出，南北列轩牖以延凉飔，前后多植美竹，为清暑之所，命之曰'种竹斋'。"独乐园的"读书堂""弄水轩""种竹斋"三处建筑都围绕中央水景而设。"读书堂"在池沼的南面，临水而读书可以吸收水之灵秀之气。五水派注若虎爪，水流悬注庭下若象鼻，二渠绕庭四隅而会，此处建轩正有弄水之妙。水流曲折，为轩而潺湲，为弄水而设轩。这种设计是园林审美艺术达到一定高度才有的杰作。"弄水轩"是欣赏该区水景的最佳视位，处在这个位置，可以俯瞰注入池沼仿佛虎爪的水脉，赏玩如若象鼻的悬瀑，欣赏水庭相依、手牵目送的缠绵情致。"弄水"一词最能体现对亭前水景的尽情赏玩之意。该题名取意于唐代杜牧《题池州弄水亭》诗中"弄水亭前溪，飐滟翠绡舞"的名句。[1] 池沼中央有圆形小岛，上面种植竹子，宛若一块碧玉清莹可爱，把竹杪揽结如同渔人的草庐，"钓鱼庵"其实是赏水的绝佳之处，加之竹子的清凉之荫，当是夏季纳凉避暑、弹琴长啸的妙处。"种竹斋"在池沼的北面，与"读书堂"形成对景，房屋前后修竹掩映，既为清暑，又能体现园主人的青玉之节。独乐园的园林建筑与自然景观完美融合，这样的景观布局集中指向的是园主人悠然林水的志趣、林泉读书的隐逸之意、超凡脱俗的人格追求。

再如，宋代石尧夫在苏州的官署旧园内扩建的绮霞阁，"窗迎初旭而晨霞绚烂，檐溯夕魄而澄晖皎洁。红葉吐芳于前槛，玉树交荫于后牖"（章岷《绮霞阁记》）[2]。从文中可知，绮霞阁面朝东而建，阁前是一片水塘，视野开敞。池内栽植荷花，阁前凭栏即可观赏到红葉吐芳的美景。望之"巍巍焉""凛凛焉"的绮霞阁倒影水中，别有意趣。绮霞阁后掩绿树，有苍翠的乔木遮荫窗户，不仅可带来清凉，而且绿树与建筑相拥相依，景观彼此相互依存而不孤立。这体现的就是建筑景观与自然景观融为一体的构园原则。

睦州寺院园林中的建筑灵香阁也是建筑景观与自然景观融为一体的范例，"升其堂则闻芝术之芬氲，游其庭则见竹树之荫翳"（苏颂《灵香

---

① [唐] 杜牧著：《杜牧全集》卷一，陈允吉校点，上海古籍出版社，1997，第 12 页。

② 曾枣庄、刘琳主编：《全宋文》卷四七八，第 23 册，第 18 页。

阁记》)①。可见灵香阁是环绕在竹树花木中的。张子京会隐园中有一庵名曰"和乐庵"，庵建在"流水修竹之间，入乎幽深，出乎荫翳"，周围还有"美木嘉卉"（范祖禹《和乐庵记》)②，以观四时景色之变化。出入此庵，有幽深之致，有阴凉之爽。草庵与竹树花木、淙淙流水浑然一体，不可或缺。

园林建筑正是有了花木水景的映衬与点缀才有了精神和灵气，否则建筑将成为空设，毫无生趣。园林中的亭因秀木而幽，榭因水波而静，楼因见山而隐，轩因花香而韵……唐宋时期园林建筑与花木山水和谐相融的造园艺术已经非常成熟，园林艺匠体现的正是古人与自然和谐共处的内心需求。

二、园内园外景观相得益彰

园林隔离了外界的喧嚣和污浊，园主人可以在园林中享受独有的幽境和雅致。但是园内的自然景观毕竟是有限的，尤其是小园，不可能具备大山大水的气魄，建园者只能通过拳山勺水的写意来实现寄身林泉、融合自然的愿望。不过聪慧的古人通过因借之法来沟通园内园外的自然，在园中高敞之地建筑亭台楼阁，即可远眺青山，俯瞰长河。这样就会形成"案墩"（现代园林学术语称之为"2.5D"地形）折叠地形的视觉效果，在园内亭台楼阁间能看到远处的山峦、河流和树林的林梢，仿佛园内园外的自然是连成一片的，中间低凹的部分是看不到的，也正是需要视觉上删除的部分。园内园外打通仅限于自然的连接，而摒弃了世俗和嘈杂，这种手法明代的计成将之总结为"因借"。

事实上，计成的理论总结在唐宋时期早有实践，唐宋园林中这样的布景手法已经非常普遍，从园林散文的记载就可以发现唐宋时期因借手法已经运用得非常娴熟。例举如下：

> 湖州乌程县南水亭，即梁吴兴太守柳恽之西亭也。缭以远峰，浮于清流，包括气象之妙，实资游宴之美。（颜真卿《梁吴兴太守柳恽西亭记》)③

湖州乌程县南的水亭，建于水上，四面开敞，不仅可以欣赏清流，还

---

① 曾枣庄、刘琳主编：《全宋文》卷一三三九，第 61 册，第 380 页。
② 曾枣庄、刘琳主编：《全宋文》卷二一四七，第 98 册，第 286 页。
③ ［清］董诰等编：《全唐文》卷三三八，第 4 册，第 3429 页。

可以眺望远处连绵起伏的山峰，水亭是园内园外自然景观的连接点，有了这个连接点，园内空间得到了一定程度的扩展。

> 迨乎倚层阁，凭华轩，川泽清明，上悬秋景；岑岭回合，下带溪流。联草树而心摇，际烟氛而目尽。（张九龄《陪王司马宴王少府东阁序》）①

何格恩《张九龄诗文事迹系年考》认为此序作于开元五年（717），疑为张九龄在韶州曲江家中闲居时所作，从序言中"川泽清明，上悬秋景"可知作于此年秋天。王司马，名不祥，时为韶州司马；王少府，即曲江县尉王履震，张九龄与他交好，多有唱和之作。从文中可知王氏园林中的东阁所处地势比较高敞，凭窗而望，"岑岭回合，下带溪流"，远山河流尽收眼底，目联草树，视接烟云，心摇而情逸。东阁将园内园外的世界连接起来，突破了园林的局限，扩大了园内居游者的视界，私人领域也可以跨越步履不能达到的物理空间，实现精神的畅游。

> 遂构广厦，且以"照水"题之。廒谹虚明，坐视千里，虽甚盛暑，洒然如秋。有长溪者，源自闽来，趋过槛下，前向南明山，盖王方平之旧隐也，苍峰古刹，阴晴隐见。（苏舜钦《处州照水堂记》）②

孙元规因上书言事而南迁，移守处州，利用当地形胜为百姓建造燕息之所。园中主建筑"照水堂"十分高敞，坐在堂中即可目极千里，可见源自闽江的长河从脚下缓缓流过，可以远眺南明山，苍翠的山峰，古老的名刹，阴晴晦明之时都隐隐可见。

> 夫亭以池迁，尽能事也；月以水鉴，取善类也。予今是亭，西南去天，空旷千尺，不植草木，为月之地。若秋之夕，夏之夜，素魄初上，纳于清池，婵娟沧涟，相与为一。如金在镕，如圭在磨。忽忆湘江之流，若洞庭之波。（刘敞《待月亭记》）③

刘春卿在山东任职，发现官署西园，旧亭坏毁，园池埋塞，池光不盈。于是着手改造旧园，疏浚池水，植树建亭。亭子的西南方向十分空阔，不植草木，专为待月之地。秋之夕，夏之夜，一轮明月悬挂在皎洁澄明的夜

---

① ［清］董诰等编：《全唐文》卷二九〇，第 3 册，第 2946 页。
② 曾枣庄、刘琳主编：《全宋文》卷八七八，第 41 册，第 87 页。
③ 曾枣庄、刘琳主编：《全宋文》卷一二九三，第 59 册，第 355 页。

空，月辉洒在清澈的池水中，水月交融，波光潋滟，如融化的金子，如磨洗的白玉。临亭赏月，湘江之流、洞庭之波共同映照一轮千古明月，月映万川，万川映月，一池水、一轮月激起无限的江河湖海之思。园内园外之自然景观的沟通，还可以沟通古今之想，沟通天地之思。

李浩师在《唐代园林别业考论》一书中谈到"内心与外境的三种关系：以心求境，取境赴心，心境相得"①，园内因借园外自然景观就是"以心求境"的园林布景设计，即在园内设置一景求得园外多景。求得的园外之景与园内观赏者的内心契合，从而实现了心境相得。

三、园林景境与园室陈设彼此融合

文人园林不仅可游可赏，还可居，园林是一个适合家居的场所。园林中艺术化的自然加上艺术化的生活，构成了文化园林，形成了园林文化。园林艺术化的生活方式有读书、课读、弹琴、品茗、弈棋、谈经论道、题咏赋诗等。满足这样的生活要求需要相配套的设施，比如书堂（或曰书斋、书房、书屋）一类的建筑，室内陈设一定数量的书籍、书画，安置琴、棋、茶等物。而这些园室的陈设总是和室外的园景和园境彼此融合。

唐代李华《贺遂员外药园小山池记》云："其间有书堂琴轩，置酒娱宾。"②在遂员外的药园小山池中有书堂、琴轩，可以在园中读书弹琴，还放置有酒，可以饮酒娱乐。权德舆《暮春陪诸公游龙沙熊氏清风亭诗序》记述园内陈设，"初入环堵，中有琴书"③，可见园林不仅是娱目适意的地方，也是读书弹琴修养身心的地方。

白居易在《池上篇并序》中说："虽有宾朋，无琴酒不能娱也。乃作池西琴亭，加石樽焉。"于是他在池沼的西边建造一座琴亭，可以与宾朋在亭内临水抚琴，在亭内放置石樽也是为了与三五好友共同抚琴、听琴、谈琴而特意设置的。"每至池风春，池月秋，水香莲开之旦，露清鹤唳之夕，拂杨石，举陈酒，援崔琴，弹姜《秋思》，颓然自适，不知其他。酒酣琴罢，又命乐童登中岛亭，合奏《霓裳散序》，声随风飘，或凝或散，悠扬于竹烟波月之际者久之。曲未竟而乐天陶然已醉睡于石上矣。"④白居易的琴乃博陵崔晦叔所赠，琴曲《秋思》乃蜀客姜发所授。白居易非常喜

---

① 李浩：《唐代园林别业考论》，第 67 页。
② ［清］董诰等编：《全唐文》卷三一六，第 4 册，第 3211 页。
③ ［清］董诰等编：《全唐文》卷四九〇，第 5 册，第 5005 页。
④ ［唐］白居易著，谢思炜校注：《白居易文集校注》卷第三二，第 1887 页。

爱这首琴曲，在诗中多次写到弹奏《秋思》。他曾在《冬日早起闲咏》一诗中写道："晨起对炉香，道经寻两卷。晚坐拂琴尘，《秋思》弹一遍。"[①]他还在《醉吟先生传》中言自己"性嗜酒，耽琴，淫诗。凡酒徒、琴侣、诗客，多与之游。……每良辰美景，或雪朝月夕，好事者相过，必为之先拂酒罍，次开篋诗。酒既酣，乃自援琴操宫声，弄《秋思》一遍"[②]。李浩师曾这样阐发园林与音乐间的关系："在山水之间，亭台之中欣赏音乐，能使音乐与园林互相生发，互相强化，趋向一个缥缈而又美妙的境界。"[③]白居易在池边琴亭弹奏《秋思》，与清风、明月、莲香、鹤鸣共同构成了极其唯美的诗情画意。又命乐童登中岛亭，合奏《霓裳散序》，演奏现场与视听现场拉开一定的距离，悠扬的乐声随风飘扬而来，飘渺于烟竹波月之际，或聚或散。自然之声和丝竹之声相互融合，构成了一个独特的声音空间，赋予园林以高雅的文化内涵。

在崇尚精致优雅生活的宋代，园林室内常备书、琴、棋等文人生活用品，这些书斋化的陈设已经成为园林陈设的标配。宋代的朱长文就是一个爱书爱琴的文人。张景修在《朱长文墓志铭》中写道："先生之乐，非金非玉。室则有书，几则有琴。"朱长文过的是左琴右书的生活。朱长文《乐圃记》也说："圃中有堂三楹，堂旁有庑，所以宅亲党也。堂之南又为堂三楹，命之曰'邃经'，所以讲论六艺也。邃经之东又有米廪，所以容岁储也。有鹤室，所以畜鹤也。有蒙斋，所以教童蒙也。邃经之西北隅有高冈，命之曰'见山冈'。冈上有琴台。琴台之西隅有咏斋，此余尝抚琴赋诗于此，所以名云。见山冈下有池水入于坤维，跨流为门，水由门萦纡曲引至于冈侧。东为溪，薄于巽隅，池中有亭曰'墨池'，余尝集百氏妙迹于此而展玩也。池岸有亭曰'笔溪'，其清可以濯笔。"[④]从朱长文的记载可以想象乐圃主景区的布局。水景是中心，理水原则符合《周易》的传统思想，水从西南方引入，向北萦纡曲折，引到见山冈旁边，再向东治为溪流，最后汇聚在东南方向成为池沼。用以读书的"邃经堂"在水之南，弹琴的"见山冈"在水之北，赋诗的"咏斋"在见山岗的西边，养鹤的"鹤室"和教课童蒙的"蒙斋"在水之东北面。这些园林建筑都是围绕清流池沼而建，"墨池亭"建于水上，"笔溪亭"傍池岸而筑。作者平日讲论诗、书、礼、易、乐、春秋六艺的"邃经堂"滨水而设，与水周其他建筑形成对景。

①　谢思炜撰：《白居易诗集校注》卷第二九，第 2266 页。
②　[唐] 白居易著，谢思炜校注：《白居易文集校注》卷第三三，第 1981—1982 页。
③　李浩：《唐代园林别业考论》，第 71 页。
④　曾枣庄、刘琳主编：《全宋文》卷二〇二五，第 93 册，第 161 页。

园主的生活内容是读书、作诗、弹琴、展玩名家书画、听鹤、教课蒙童，这样的生活富有文人气息和书卷色彩，在清幽的园林空间回荡着书声，回响着琴韵，应和着流水鹤鸣，它们共同凝聚成文化园林的精神气质。

> 改创小阁，俯阚方沼，左曰东宇，右曰西宇。储经史子集、图画楮墨具，四壁敷金石名石刻。……天性嗜琴，操二十有二张，徽弦整整。初任郓，随授指法于一羽士，能抚十数曲。音既入指，旋厌其囿于调，不复衍。每遇风清月白，时取一张，弹其无调之音，高下抑扬，随意所适。风响音古，襟韵弘广，不值腹之雷，不知此身之未免烟火食也。（幸元龙《松垣东西宇南北阜兰薰堂记》）[1]

幸元龙号松垣，字震甫，江西筠州人。他宦游十年归老故里，改创松垣居园。东宇、西宇储藏经史子集各类图书，图画楮墨具备，墙壁上布置镶嵌的是金石名刻。松垣先生天性好琴，蓄琴二十二张，在楚地从一个道士那里学到琴法，能弹十几支琴曲，但不拘于曲调。常常在风清月白之时，取琴一张，弹无调之音，任情发挥，音响高古，气韵恢宏宽广。幸元龙推崇晋代陶渊明，园中题名"东宇""西宇""北阜""南阜"皆效陶渊明，"兰薰"取自陶诗。爱读书，性嗜琴，喜欢幅巾登临，舒啸赋诗，和陶渊明同声相应，同气相求。松垣居园是典型的文人园，隐逸的主题立意也很鲜明，元龙可谓是陶渊明的千古知音。

> 构致爽轩落成，傍植松杉百余株，梧桐竹蕉之属，莫不毕备。夏之日，绿阴纷纷，覆盖庭际，虽盛暑中，飒飒然有凉风来座间。与客对奕，或拈弄笔墨，清阴满室，皆思挟纩。所置有木榻一，便于午睡；石长几一，便于鼓琴；竹罏一，便于煮茶；有古坑砚二，便于磨墨，以供挥洒；有小盆池，养九节蒲，以通灵明。席间惟设玲珑玩石，随时抚摩。此则予之嗜癖，不能去也。（米芾《致爽轩记》）[2]

米芾是北宋时期的著名收藏家，酷爱书法，嗜石成僻。在他的园林中有棋可与客对奕，有木榻可午睡，有长石几便于鼓琴，有竹罏便于煮茶，有古坑砚便于磨墨，有养九节蒲的小盆池，设有玲珑玩石，文人雅好一应俱全。

园林室内陈设书籍是最不可少的，书赋予园林浓重的书卷气息，超脱

---

① 曾枣庄、刘琳主编：《全宋文》卷六九三三，第303册，第422—423页。
② 曾枣庄、刘琳主编：《全宋文》卷二六〇三，第121册，第42页。

凡俗。而琴也是园林室内陈设的必备之器。"琴者，禁也。所以禁止淫邪，正人心也。"① 琴是士大夫修身正心的乐器，故《礼记·曲礼》中说"君无故玉不去身，大夫无故不撤悬，士无故不撤琴瑟"②。古人强调弹琴时要做到坐必正、视必端、听必专、意必敬、气必肃。中正平和的古琴清音可以澡雪精神、润泽性情，最能体现文人的艺术修养和精神追求。在园林景观中，古琴妙音可以和园林中的高山流水之景互为生发而共同生成高山流水得遇知音的意境。

园林陈设不仅仅是为了追求闲适生活，书琴诸器物还承载着文人对道的追求。《易经·系辞》曰："是故形而上者谓之道，形而下者谓之器。"③《老子》亦言"朴散则为器"④，也就是说朴素的道蕴于器，器，即万物。园林陈设讲究器对道的体现。园林自然景观和文人书、画、琴、纸墨、金石、碑刻等陈设就是蕴含道的器，这些器物共同丰富了园林空间的文化内涵。

第四节　园林营建与作文刻石纪事

园林卜筑是土木兴造的大事，应当有文字记载以传至后世。唐宋时期的记园散文中有大量的记载，古人造园不仅著文，甚至还刻石纪事。由此可见园林兴建和文学创作之间的内在关系，也反映了唐宋时期园林主人园林传世的自觉意识。

一、建园作文以记之

营建园林作记纪事以备不忘，是唐宋时期记园散文生成的根本原因。唐宋园林散文从其成因来考察，可见三种基本情况：一种是园林落成后自记，即园主自己作记以志之，如白居易《草堂记》、元结《菊圃记》、朱长文《乐圃记》、王十朋《思贤阁记》；第二种情况是游园而记，即某人游览了朋友、僚属的园林而记，如李复《游归仁园记》、苏轼《灵壁张氏园池记》；第三种情况是园林营建完成后请人作记，即"求文记之"，从可识见

① ［汉］班固撰：《白虎通义》卷三，中国书店，2018，第 59 页。
② ［汉］郑玄注，［唐］孔颖达等正义：《礼记正义》卷四《曲礼下》，上海古籍出版社，1990，第 76 页。
③ ［魏］王弼、韩康伯注，［唐］孔颖达等正义：《周易正义》卷七《系辞上》，上海古籍出版社，1990，第 160 页。
④ 陈鼓应：《老子注译及评介》，第 178 页。

的文本看，这种情况在唐代相对较少而宋代更加普遍，说明宋人更加注重作文纪实。

李白乾元元年（758）流放夜郎，在沔州遇到故人尚书郎张谓出使夏口，同与沔州牧杜公、汉阳宰王公在江城的南湖泛舟饮酒，张公面对胜景"乃顾白曰：'此湖，古来贤豪游者非一，而枉践佳景，寂寥无闻。夫子可为我标之嘉名，以传不朽。'白因举酒酹水，号之曰郎官湖，亦由郑圃之有仆射陂也。席上文士辅翼、岑静以为知言，乃命赋诗纪事，刻石湖侧，将与大别山共相磨灭焉"①。李白为湖命名，雅集贤士赋诗纪事，文与事都刻于石上，与江山共存。这种刻石纪事的方式是将人世之一瞬与天地之永恒相交接的最好办法。

白居易曾两次受邀为园林作记，一次是受邀作《沃州山禅院记》。白居易在大和六年（832）作《沃州山禅院记》，有云："六年夏，寂然遣门徒僧常赞自剡抵洛，持书与图，诣从叔乐天，乞为禅院记云。"② 由此可知，剡县沃州山禅院僧人寂然派门徒常赞带着书信和山禅院的图绘前来洛阳，请求白居易作记。另一次是受邀作《白蘋洲五亭记》。唐文宗开成三年（838），杨汉公（杨虞卿弟）知湖州为刺史，建白蘋洲五亭，白居易为之作《白蘋洲五亭记》。白居易在文中说道："时予守官在洛阳，杨君缄书赍图，请予为记。予按图握笔，心存目想，觑缕梗概，十不得其二三。"③ 当时白居易为太子少傅分司东都洛阳，杨汉公缄书赍图，请求白居易作文记之。

宋代受邀作记的情况非常普遍，可谓比比皆是。据记文可知，部分园主要不辞路途之遥或者反复祈请方可得到园记。如邓肃所作《丹霞清沚轩记》道："邵武丹霞僧明赜作轩于其院之西，中植菖蒲数种，郁然几案间，不远数百里，来乞名于枅桐邓某。"④ 僧人明赜于园中建轩，不远几百里前来求题名，邓肃为之命名为"清沚轩"，并为之作记。据杨万里《廖氏龙潭书院记》可见，廖氏龙潭书院园林营建成功，派人前来请求杨万里作记，但是杨万里因臂痛未能成文，次年又来请，杨万里作此文以记之。

更有甚者，还有园主为一篇记文等上很多年，要几次三番，反复邀请。如黄鉴《鲁浦亭记》云："落成之始，监郡集仙李君照诣书状实，丐文刊纪，勤请之辱，叙让弗遑，聊摭梗概，以附于民谣之末。"⑤ 从文中"勤请

① ［唐］李白著，［清］王琦注：《李太白全集注》卷二〇，第 950 页。
② ［唐］白居易著，谢思炜校注：《白居易文集校注》卷第三一，第 1864 页。
③ ［唐］白居易著，谢思炜校注：《白居易文集校注》卷第三四，第 2004—2005 页。
④ 曾枣庄、刘琳主编：《全宋文》卷四〇一八，第 183 册，第 183 页。
⑤ 曾枣庄、刘琳主编：《全宋文》卷四〇二，第 19 册，第 328 页。

之辱"，可知是反复祈请才得到记文的。

> 嘉祐六年，尚书虞部员外郎梅君为徐之萧县，改作其治所之东亭，以为燕息之所，而名之曰清心之亭。是岁秋冬，来请记于京师，属余有亡妹殇女之悲，不果为。明年春又来请，属余有悼亡之悲，又不果为。而其请犹不止。至冬乃为之记……（曾巩《清心亭记》）①

曾巩在嘉祐七年（1062）十一月作《清心亭记》，表明梅君多次邀请之后，曾巩方写就此记文。

苏轼《醉白堂记》乃为韩琦园林中的醉白堂作记，记中言道："昔公尝告其子忠彦，将求文于轼以为记而未果。公薨既葬，忠彦以告，轼以为义不得辞也，乃泣而书之。"②可见这篇记文是经过韩家两代人的邀请方才写成，真可谓是一记难求。

黄裳《潜轩记》中记述自己在游访间到故人公镇家园林游赏，"坐于潜轩之上，观修竹，折幽花，看《闽中录》，采杞菊决明而食之。……公镇坐间索予潜轩之文，予谓待言而后谕焉，非相知之至者。文可忘也，故不及书。今年春，尘劳之中缅怀轩上之笑语，恨无以寓其意者。公镇再追所索，适此而书之"③。从黄裳这篇记文可知，园主经过自去年秋天至今年春天将近一年的时间两次邀索，方才得到园记。第一次拒绝受邀是因为黄裳认为自己和主人间的交往尚浅，后来尘劳之中常常回忆起园中同赏的欢乐和美好，于是在主人再次邀约的情况下就写下了这篇记文。

最为典型的当属元祐六年（1091）七月刘弇为庐陵欧阳通文叟作的《愚堂记》。"是堂成七年矣，凡八求其执刘弇之记而弗获……"④园主人八次祈请无果，第九次终于得到了心仪的园记，可谓是执着一念，精诚所至。

还有既求文又求字的情况，如沙阳陈了翁将"隐圃"中小堂修葺一新，"堂成，裁长笺叙其所以，来谒予，求大字榜楹间，且乞文以记其事。予不得已，而为之言曰：……"（李纲《丛桂堂记》）⑤堂建成后，陈了翁带着长长的书笺来拜访李纲，一求大字为其题于楹柱之上，二请为之作记。李纲不得已，为之作下了这篇《丛桂堂记》。

受邀为园林作记，在唐宋时期、尤其宋代是十分普遍的现象。园林建

---

① 曾枣庄、刘琳主编：《全宋文》卷一二六二，第 58 册，第 157 页。
② 曾枣庄、刘琳主编：《全宋文》卷一九六七，第 90 册，第 381 页。
③ 曾枣庄、刘琳主编：《全宋文》卷二二六三，第 103 册，第 307 页。
④ 曾枣庄、刘琳主编：《全宋文》卷二五五九，第 119 册，第 47 页。
⑤ 曾枣庄、刘琳主编：《全宋文》卷三七六〇，第 172 册，第 206 页。

造成功之后，请人为之作记刻石，似乎带有一定的仪式性，记文的撰写意味着园林的名分正式确立，所以园主非常注重这个环节，总是会郑重地邀请某人为园林作记。

由于受邀作记者大多并未亲自到过园林，对园林建造情况及景观布局并不了解，所以邀请者往往会附上书信介绍园林营建的缘由、过程以及自己的园林生活情形，并且大多还会带来园林图绘让作记者对园林情况有更直观的了解，故而宋代园记作品中有很多依据园林图绘作记的记载。如：

> 武陵柳侯，图其青陵之居，属予而叙，以书曰：……（曾巩《归老桥记》）①

> 钱塘钱厚之字德载，罢邑暨阳，筑室天台山大隐峰下。芟刈蓬蒿，列植松桧，室宇华致，宜冬而协夏，凡前日造化所秘，一朝自我而得。遇兴超然，景与意会，取杜少陵诗"心迹双清"之句，以名其堂。画图携以相示，求文记其成。（王铚《双清堂记》）②

> 绘图畀予曰："吾甚爱吾轩，为我记。"（洪迈《稼轩记》）③

> 一日，然明书来，求予文其事。予慨然东望，神爽坐驰，恨不能剧饮酣歌，俯仰周览于其上；又不能具道其营建之勤，山水之胜，徒胸中耿耿，终日有所思。然明或能图以为贶，使予对而销忧，尚可更发咏歌，以足其未至者矣。（苏舜钦《处州照水堂记》）④

> 其孙牧之惧先德之或坠，傭工鸠材，因其规模而增广之。凡土木瓦甓之朽腐破阙者，园池花竹之埋废荒芜者，葺理培植，焕然一新。既落成矣，以书抵长乐，求余文记其事。（李纲《毗陵张氏重修养素亭记》）⑤

曾巩为武陵柳侯作《归老桥记》的依据是青陵居园图和一封书信。钱塘钱厚之在天台山大隐峰下筑室建园，携画图请王铚为之作记。辛弃疾送来稼轩园居图绘请洪迈作记。孙元规移守处州郡，寻访雄胜之地，精心营建，化出异境。后奉诏移宦他郡，李然明替守处州，在元规营建的基础

---

① 曾枣庄、刘琳主编：《全宋文》卷一二六二，第58册，第159页。
② 曾枣庄、刘琳主编：《全宋文》卷三九九二，第182册，第181页。
③ 曾枣庄、刘琳主编：《全宋文》卷四九一九，第222册，第88页。
④ 曾枣庄、刘琳主编：《全宋文》卷八七八，第41册，第87页。
⑤ 曾枣庄、刘琳主编：《全宋文》卷三七六一，第172册，第221页。

上，构建广厦，题名"照水"，又于东南创月轩，又建燕阁、夕霏轩、风亭，园林之景更加完备。李然明送来书信，求苏舜钦为文记其事。但是因为苏舜钦并未能亲自到园林一游，故对园林景观的描述未能详尽，只能慨然东望，耿耿于胸，期待若能有园林图相赠，则可对园图销忧，还可发为吟咏，弥补不足了。毗陵张氏修葺园林，重修养素亭，落成后寄书信邀请李纲作文记其事。

宋代受邀作记的例子还有很多，如曾君园林中的浩然堂落成，苏舜钦受邀为之作记；太原王君在池州营建官署园林，建思政堂，曾巩受邀为之作记；袁默受韩士新所邀作《介立亭记》，受陈方中所邀作《山居记》；尉迟君邀请赵鼎臣为之作《尉迟氏园亭记》；陆游受韩侂胄之邀作《南园记》等，不胜枚举。

自唐至宋，受邀作园林记的情况愈加繁多，这一文学现象不仅体现了园林繁荣发展的社会现实，也反映了时人园林传世意识愈渐增强。

二、建园作文刻石以志之

凡是有形之物难免坏毁之运，苏轼在《墨妙亭记》中即曾言"凡有物必归于尽，而恃形以为固者，尤不可长"[1]。朱长文在《阅古丛编序》中也曾言："古之圣贤有三立：上曰德，次曰功，次曰言。得其一，可以名天下。犹谓其传之不远也，于是托之于物。物之久者莫若金石，故可以寓焉。"[2]对于苦心经营园林的园主而言，唯其将园林记文刻于坚石之上，才算是为营建园林之事业划上圆满的句号，方可以放心、安心地享受林泉之乐。唐宋时期的文人已经认识到撰文纪事还不能百分百地保证园林及其生命痕迹的传世性，因为纸质的文献在流传过程中有可能因为水火、战争等灾难而毁于一旦，故而会在诗文保证之外再增加一层保险，即将序记刻石书壁以流传于世。故在唐宋园记文的结尾会出现很多这样类同的表述：某人何年何月作记，某人书，刻石于何处。

唐代园林多以亭为名，建造完成后园主或自记，或请人作记，刻于石，以备不忘，以为久远传世。这种情形在唐代序记文中比较常见，例举如下：

> 则曷由纂懿流光，若斯之盛者哉！师道幸承余烈，敢刻金石而志之。时则十四年冬十月也。（苏师道《司空山记》）[3]

---

[1] 曾枣庄、刘琳主编：《全宋文》卷一九六七，第90册，第392页。

[2] 曾枣庄、刘琳主编：《全宋文》卷二○二四，第93册，第152页。

[3] [清]董浩等编：《全唐文》卷三七一，第4册，第3768页。

今大暑登之，疑天时将寒，炎蒸之地，清凉可安，合命之曰寒亭。乃为寒亭作记，刻之亭背。（元结《寒亭记》）①

以众美之不可以不纪也，承命遽书，刻于岩石云。（权德舆《司徒岐公杜城郊居记》）②

予爱其始而欲久其道，乃撰其事，以书于石。薛拜手曰："吾志也。"遂刻之。（柳宗元《零陵三亭记》）③

惜以尺刀效小割，异日赋政千里，總戎疆场，吾知其办终也。亦若是而已矣。乃为作记，刻于兹石，以图永久。（皇甫湜《枝江县南亭记》）④

元结构建寒亭，为之作记，刻于亭背以纪之。杜佑在长安城南的郊居园因众美不可不纪，于是权德舆受命作《司徒岐公杜城郊居记》，此文还刻于岩石之上。柳宗元贬守零陵，感慨此地无游观之所，寻访到零陵县东南有胜景，于是建造三亭而成郊野园林，作《零陵三亭记》记其事，并书于石。京兆韦庇以殿中侍御史河南府司录移治枝江，一月而政事处理完毕，于是翻新了南亭，作为游观胜地。当地百姓每日到来，忻游成群。皇甫湜受命作《枝江县南亭记》，并刻石纪事。园林建造或者园林中某一建筑建造完成后作文刻石纪事，其目的是非常明确的，即为传世不忘。故而记园林的文章具有很强的实用性。

至宋代，园林营建刻石纪事的习尚依然延续。例举如下。

（尹洙）尝于其居之北阜，竹柏之间，结茅为亭，以芰而嬉，岁余乃去。既去而人不忍废坏，辄理之，因名之曰尹公之亭，州从事谢景平刻石记其事。至治平四年，司农少卿赞皇李公禹卿为是州，始因其故基，增庳益狭，斩材以易之，陶瓦以覆之。既成，而宽深亢爽，环随之山皆在几席。又以其旧亭峙之于北，于是随人皆喜，慰其思而又获游观之美。其冬，李公以图走京师，属予记之。（曾巩《尹公亭记》）⑤

---

① [清] 董诰等编：《全唐文》卷三八二，第 4 册，第 3876—3877 页。
② [清] 董诰等编：《全唐文》卷四九四，第 5 册，第 5045 页。
③ [清] 董诰等编：《全唐文》卷五八一，第 6 册，第 5865 页
④ [清] 董诰等编：《全唐文》卷六八六，第 7 册，第 7027 页。
⑤ 曾枣庄、刘琳主编：《全宋文》卷一二六二，第 58 册，第 161 页。

尹洙在庆历年间贬谪至随州，在其居所北冈松柏之间结茅为亭，每天读书考究古今之事，不以贬谪为意。他的行义、文学为世人敬仰，在秩满后，随州从事谢景平刻石记其事。治平四年（1067），司农少卿赞皇李禹卿治随州，在故址扩建，增游观之美。他嘱托曾巩为文记此事，曾巩在熙宁元年（1068）正月作此文。

> 海陵郡城西偏多乔木，大者六七寻，杂花、桃、李、山樱、丁香、椒、棣数十种，萱、菊、薜荔、莎、芦、芭蕉丛植稚生。负城地尤良，朱氏居之，益种修竹、梅、杏、山茶、橙、梨，异方奇卉，往往而在。清池潆洄，多菱莲蘋藻。于是筑室城隅，下临众卉，名曰玩芳。于是乎乔木森耸，百岁之积也；众卉行列，十岁之植也；杂英粉糅，终岁之力也。俄而索之，不易得也。天施地生，非为己设也，能者取玩焉，能主客也。惠而不费，莫相德也，非《易》所叹漠而不食为心恻也。于是刻石亭右，以记岁月云。（刘敞《泰州玩芳亭记》）①

朱氏园中花木繁多，各地的奇异花卉都在园内，园主人于其间构筑玩芳亭以观赏众多花卉，并在亭子旁立石，撰文刻字来记述筑亭的事情。

> 予以暇日行后圃，得败屋数椽于草树荒墟之间，盖洛阳张君宗著元祐间为郡时所建静胜轩也，刻石故在，弃为犬豕之牢久矣。为理其栋宇轩槛挠折不圭者，伐去恶木，花竹俨立，金泉诸山宛若相就。列图史笔研其间，意欣然乐之。（邵博《静胜轩记》）②

邵博守果州，闲暇时行至官署后圃，看到草树废墟间有石刻，文字记载了元祐年间洛阳张君为郡守时建造静胜轩之事。他有感于物之成败，于是复建静胜轩，作《静胜轩记》。由文可见当年张君营建官署园林，构筑静胜轩撰文刻石的事实，旧园荒败，但是刻石故在，让后来者见石而知过往。刻石确实起到了纪事传世的作用。

> 阳安郡壤燥不宜竹。元符中，景德寺僧师范即其庐作小轩，种竹数个，翛然有远韵。时南荣杨公梦觊守是邦，字其轩曰"也足"，特为赋诗，山谷老人和之，又作《竹颂》，并以寄范，刻石轩中，遂为胜处，士大夫不一到者以为恨。予至官，首访焉，惜其轩隘屋老，地秽席尘，此君亦病瘁有可怜之态。遂营其旁，架屋十楹，□竹与诗刻

---

① 曾枣庄、刘琳主编：《全宋文》卷一五〇四，第69册，第189页。
② 曾枣庄、刘琳主编：《全宋文》卷四〇五六，第184册，第411页。

于其中，仍揭旧榜颜间，绘三老像龛护之，俾来游者对青士，咏骚句，瞻遗像，抖去埃浊而来清风，不亦休哉！乌虖！简以此轩胜，轩以竹胜，而竹又以人胜。悼昔贤之永已，怅陈迹之空陈。后人念之，无蠲周棠、伐宋木则幸耳。乾道二年五月十五日，郡守□绵孙观国记。（孙观国《也足轩记》）①

孙观国所作《也足轩记》，记述了园林建筑的相关事迹，宋神宗元符年间景德寺僧师范创小轩，种竹数竿，杨梦觊为之命名曰"也足轩"，赋诗，黄庭坚唱和，并作《竹颂》，僧师范刻石记载了这件事情。孙观国在宋高宗乾道二年（1166）造访此地，正是看到石刻才了解了"也足轩"的前身，惜其轩隘屋老，于是加以改建，构屋十楹，刻诗其中，让后人知晓也足轩前世之事。

> 小隐山园在郡城西南镜湖中，四面皆水。旧名侯山，晋孔愉尝居焉。皇祐中，太守杨纮始与宾从往游而惬焉。问其主王氏："山何名？"对曰："有之，匪佳名也。""亭有名否？"则谢不敢。乃使以其图来，悉与之名。山曰小隐之山，堂曰小隐之堂，池曰瑟瑟之池。命其亭曰胜弈亭，曰志归亭，曰湖光亭，曰翠麓亭。又有探幽径、撷芳径、扪萝磴、百华顶。山之外有鉴中亭、倒影亭，皆杨公所自命名，而通判军州事钱公辅又为刻石记之。后且百年，浸废勿理。（沈作宾《小隐山题记》）②

沈作宾《小隐山题记》记述了小隐山园中的景观之名皆为太守杨纮所题，通判军州事钱公辅又为刻石记之。

刘攽《兖州美章园记》历述"李丞相凿池为济川撷芳亭，孔中丞名岳云亭，傅侍郎新柏悦堂，李右司作蒙、观、绿野三亭"的营建园林的经过，然后提出问题："然古人有言，目前之事，或存或废，千不识一，况此数十年之久，其能勿忘乎？自予从宦四方，阅州郡园圃，如此府者盖鲜，而无令名以显之，亦可惜也。座客闻吾言而请之，为其多乔木焉，因目之曰美章。……乃命除道南出，辟大门，揭榜书之。既又刻石，广其说以示后……"强调为了后人不至于在数十年后忘记此园以及建造此园的人，为之命名、作记、刻石，"广其说以示后"③，其史载的意图是非常明确的。

---

① 曾枣庄、刘琳主编：《全宋文》卷四八六五，第219册，第260页。
② 曾枣庄、刘琳主编：《全宋文》卷六六四四，第292册，第128页。
③ 曾枣庄、刘琳主编：《全宋文》卷一五〇四，第69册，第190页。

丁彦师《东圃记》的结尾言："乡贡进士丁彦师撰，前进士田汝钦书。通直郎、知绛州翼城县事、赐绯鱼袋向淙立石。"[1]亦有作记者、书者、立石者。

综上所述，园记的史载性是非常明显的，是人们面对园林无法长久而采取的一种补救。这样的补救虽不是万无一失，但是至少可以为园林的长传后世提供一定的保障。园林的生命在时间洪流的冲汰之下会幻化泯灭，但是园记传写园主造园游园的心意、生命境界与活动历程，使园主的精神与园林的生命同传后世。

记录园林或园林建筑的营建始末的记园散文，不论是为了昭示后世子孙，还是告示世人，在客观上都会成为史料保存下来。正是存有这种观念和意识，古人在不同时期都留下了一定数量的记园作品。正是通过这些唐宋记园散文，我们今天才可以了解唐宋时期的园林样态、园林设计、园林分布，以及园主人的生活情趣、思想境界。园记的史载功能是园记的重要价值体现。

概言之，宋代建园撰文刻石纪事是比较普遍的现象。不论是自撰园记、"求文记之"，还是刻石纪事，都是园林建造者期待所建造的园林和建园的事迹能够永久传世这一观念的体现。

小　结

唐宋时期园林卜筑与散文书写之间关系密切，两者互相影响。园林散文反映了唐宋时期的造园美学：清浊辨质，美恶异位；筑亭胜境，空廊万象；随形高下，旷如奥如；删拨伐蔽，辟牖清旷；胜景待人，尽之于今；景随心运，备仪不俗。唐宋时期园林构建与文人境遇关系密切，不论是泉石膏肓、隐逸、退老、贬谪还是时运不济，文人在各种境遇下都会将园林作为自己安顿身心的归所，营建园林并书写建园的情形成为他们生活内容的一部分。

唐宋时期记园散文体现了园林布景的原则和理念：园林建筑景观与自然景观融为一体；园内园外景观相得益彰；园林景境与园室陈设彼此融合。唐宋时期世人在传世观念的影响下注重撰文、刻石来记述建造园林的事情，"受邀作记"的情况非常普遍。

---

[1]　曾枣庄、刘琳主编：《全宋文》卷三八一六，第174册，第408页。

第五章　唐宋园林活动与园林散文创作

唐宋时期，伴随园林兴盛而兴起的是日益丰富的园林活动，主要有园林宴集、节日游园、园林花木种植等。园林宴集的内容多为谈诗论道、弹琴弈棋、饮酒品茗、读书鉴古之类。嘉令时节，都人市民的游园活动多为欣赏自然美景、观看杂技百戏、欣赏乐舞等。园林花木种植活动，主要是园主亲自参与到园林经营中，栽种、灌溉、修剪、采药、种菜等。这些园林活动为园林散文创作提供了丰富的素材，催生了大量的赋、序、记、铭等记园篇翰。这一方面体现了园林活动对当时散文创作的影响，另一方面也反映了园林散文的园林特色。

第一节　园林雅集与园林散文创作

环境优美、设施齐备的园林适合高朋宴集，兰亭雅集的遗绪绵延不绝，唐宋时园林游宴仍为一时之风尚。

一、唐代的园林雅集与园林散文创作

园林集会有以皇帝为中心的君臣宴集，宴集的地点多在皇家御苑或者王公贵族的私家宅园。据王书艳在《唐代园林与文学之关系研究》一书中的统计可知，唐太宗时期的君臣宴集有六次；中宗时期较多，有十七次；玄宗参与园林宴集活动共七次。唐代中后期，德宗参与的君臣宴集活动共有二十一次，宪宗八次，穆宗三次，敬宗一次，文宗四次。[①] 皇家宴集或者大臣宴集产生的文学作品多为应制诗，文较少，如宋之问《早秋上阳宫侍宴序》《太平公主山池赋》《奉敕从太平公主游九龙潭寻安平王宴别有序》

---

① 统计结果见王书艳：《唐代园林与文学之关系研究》，中国社会科学出版社，2018，第121—145页。

《春游宴兵部韦员外韦曲庄序》、吕令问《驾幸芙蓉园赋》、孙狄《宰相及百官定昆明池句宴序》《奉陪武驸马唐卿山亭序》、张说《季春下旬诏宴薛王山池序》《南省就窦尚书山亭寻花柳宴序》《邺公园池饯韦侍郎神都留守序》、王维《暮春太师左右丞相诸公于韦氏逍遥谷宴集序》、于邵《春宴萧侍郎林亭序》等。其内容以歌功颂德、粉饰太平为主，也有园林景致的描写和园林宴集的欢愉之情的抒写。

与皇家宴集比较而言，唐代以文人为中心的文士宴集更为普遍。初唐时期文人自发组织的园林宴集活动规模较大的有三次：贞观十八年（644），在杨师道园林宴集；高宗调露二年（680），在高正臣的洛阳林亭宴集；调露二年，在王明府的洛阳山亭宴集，宴集的地点皆在公卿权贵的宅园。《全唐诗》中记录盛唐时期的文人宴集有十八次。中唐时期比较著名的文人雅集有白居易在洛阳的"九老会"，裴度在绿野堂日与白居易、刘禹锡舫咏其间，说明在裴公园林中是经常举行宴集的。表 5-1 为笔者依据《全唐文》记载所作统计。

表5-1　《全唐文》载唐代文人园林游宴统计表

作　者	篇　目	园林所在地	园　主	园林类型	文献出处[①]	
					册	页
卢照邻	宴梓州南亭诗序	四川梓州（剑南道）	长史张公	官署园林	2	1694
王　勃	梓潼南江泛舟序	四川梓潼（剑南道）	/	公共园林	2	1834
	游冀州韩家园序	河北冀州（河北道）	韩　氏	私家园林	2	1835
	春日孙学士宅宴序	/	孙学士	私家园林	2	1840
	春日桑泉别王少府序	山西临晋（河东道）	/	公共园林	2	1840
	夏日宴张二林亭序	/	张　二	私家园林	2	1841
	越州秋日宴山亭序	浙江越州（江南道）	/	公共园林	2	1842
	秋日宴季处士宅序	/	季处士	私家园林	2	1843
	秋日游莲池序	/	/	公共园林	2	1843

---

① 《全唐文》所用版本为中华书局 1960 年版。"文献出处"栏注明相应篇目所在的具体册数和页码。

作者	篇名	地点	园主	类型	数	页码
王　勃	绵州北亭群公宴序	四川绵州（剑南道）	/	公共园林	2	1844
	宇文德阳宅秋夜山亭宴序	四川德阳（剑南道）	宇文峤	私家园林	2	1844
	秋日登洪府滕王阁饯别序	江西洪州（江南道）	/	公共园林	2	1846
	秋日楚州郝司户宅饯崔使君序	江苏楚州（淮南道）	郝司户	私家园林	2	1847
	江宁吴少府宅饯宴序	江苏江宁（江南道）	吴少府	私家园林	2	1850
杨　炯	李舍人山亭诗序	浙江丽水（江南道）	李舍人	私家园林	2	1926
骆宾王	秋日于益州李长史宅宴序	四川成都（剑南道）	李长史	私家园林	2	2014
陈子昂	薛大夫山亭宴序	陕西长安（关内道）	薛大夫	公共园林	3	2163
	梁王池亭宴序	陕西长安（关内道）	武三思	私家园林	3	2163
	冬夜宴临邛李录事宅序	四　川（剑南道）	李录事	私家园林	3	2164
张九龄	陪王司马宴王少府东阁序	广东韶州（岭南道）	王少府	官署园林	3	2946
	岁除陪王司马登薛公逍遥台序	广东曲江（岭南道）	薛道衡	公共园林（今）	3	2947
	韦司马别业集序	陕西长安（关内道）	韦司马	私家园林	3	2948
萧颖士	清明日南皮泛舟序	河北沧州（河北道）	/	公共园林	4	3280
王　维	洛阳郑少府与两省遗补宴南亭序	陕西长安（关内道）	韦司户	私家园林	4	3295
陶　翰	仲春群公游田司直城东别业序	陕西长安（关内道）	田司直	私家园林	4	3382
李　白	春夜宴从弟桃花园序	/	李白从弟	私家园林	4	3536
	夏日陪司马武公与群贤宴姑熟亭序	安徽当涂（江南道）	司马武公	公共园林	4	3537
	夏日诸从弟登汝州龙兴阁序	河南汝州（河南道）	/	公共园林	4	3537

续表

独孤及	仲春裴胄先宅宴集联句赋诗序	/	裴胄先	私家园林	4	3931
	清明日司封员外宅登台设宴集序	/	司封员外	私家园林	4	3935
	崔中丞城南池送徐侍郎还京序	河　南（河南道）	/	公共园林	4	3939
于　邵	春宴萧侍郎林亭序	/	萧侍郎	私家园林	5	4346
潘　炎	萧尚书拜命路尚书就林亭宴集序	陕西长安（关内道）	路尚书	私家园林	5	4511
权德舆	韦宾客宅宴集诗序	/	韦宾客	私家园林	5	5002
	暮春陪诸公游龙沙熊氏清风亭诗序	江西新建（江南道）	熊　氏	私家园林	5	5004
梁　肃	晚春崔中丞林亭会集诗序	/	/	/	6	5262
顾　况	江西观察宴度支张侍郎南亭花林序	江　西（江南道）	张侍郎	私家园林	6	5369
柳宗元	陪永州崔使君游宴南池序	湖南永州（江南道）	/	公共园林	6	5845
	法华寺西亭夜饮赋诗序	湖南永州（江南道）	/	寺院园林	6	5846
韩　愈	郓州溪堂诗序	山东郓州（河南道）	/	官署园林	6	5631
欧阳詹	泉州刺史席公宴邑中赴举秀才于东湖亭序	福建泉州（江南道）	/	公共园林	6	6026
	泉州泛东湖饯裴参和南游序	福建泉州（江南道）	/	公共园林	6	6033
	江陵陆侍御宅宴集观张员外画松石图	湖　北（山南道）	陆侍御	私家园林	7	7065
符　载	上巳日陪刘尚书宴集北池序	四　川（剑南道）	/	公共园林	7	7066
	襄阳北楼记	湖北襄阳（山南道）	/	公共园林	7	7057
	九日陪刘中丞贾常侍宴合江亭序	四　川（剑南道）	刘中丞贾常侍	官署园林	7	7067
	中和节陪何大夫会宴序	湖北鄂州（山南道）	何大夫	私家园林	7	7067

符　载	鄂州何大夫创制夏亭诗序	湖北鄂州（山南道）	何大夫	私家园林	7	7068
李徵古	庐山宴集记	江西庐山（江南道）	李徵古	私家园林	9	9125

从表 5-1 可以看出，文人游宴的地点多在文人私家园林或者于形胜之地建造的公共园林。文人游宴集流传下来的序、记文较多，共有四十多篇。唐代游宴的地点虽然是在园林，但是园林游宴序、记文对园林景观的描述往往较为简略，甚至只有寥寥几笔，记述的中心则主要是游宴的生活，或者因游宴生发的人生感慨。如于邵所作的《春宴萧侍郎林亭序》：

> 监察御史萧公，以初献戎捷，塞庭无事，从板舆之暇日，邀幕宾而揖我。必选名胜，况临清江，始乘安流，终践樊圃。嘉客以入，华亭豁开，桴浮往来，上下皆见。竹树引外郊云物，凫鹥为夫子家禽。岂曰驻花间，天铺潭底，自为胜概。而萧公于是咨密戚，荷宾荣。惜此交欢，爱此迟景，飞觞举白，亦云醉止。顾我以客，时无闲焉。拜升堂之嘉庆，饱庆寿之余沥。殿中侍御史郑公，文宗也，退而喜曰：今日之会，允为良辰，不有斯文，无以终乐。遂历赋诸韵，凡二十余篇。命为序引，让之不可。①

于邵应邀参与了在萧侍郎林亭举行的宴集，进入园林看到的是亭子的华美、轩敞，在亭子中可以欣赏到水面上浮舟往来、竹树环绕、凫鹥掠水、春花悠闲、池水清澈的景象。在优美的环境中众宾飞觞举白，开怀畅饮，大醉而止。良辰佳会，不可无诗无文，于是众人作诗赋二十余篇，于邵受命作序。序文交代了作序的缘由，简略描述园林景观和园林宴饮的活动。

再如柳宗元《陪永州崔使君游谯南池序》，永州南池为公共园林。柳序先描述南池的环境。零陵城南群山环抱，林壑葱茏，崖谷之水在此汇聚为池，池水湾然流出而成溪，池畔种植竹木，池中芡、芰、蒲、藁等水生植物繁茂，禽鸟上下翻飞，是游观之胜地。次写崔公治守廉政宽和的政绩，于暮春闲暇与诸贤同游宴集的情形。最后感叹崔公与席间贤者皆将会平步青云，离开零陵，而自己将长久与山水为伍，痛惜盛乐难常，兹会不再，故作文记之。

---

① ［清］董诰等编：《全唐文》卷四二六，第 5 册，第 4346 页。

从以上例举可见，唐代宴集序、记文重点在于作文以备不忘，叙事性较强，园林只是作为宴集的环境而出现，对园林的设计、布局以及园林的景物等缺乏细致的描绘。此时园林还不是宴集序、记文写作的中心。

二、宋代的园林雅集和园林散文创作

宋代的园林游宴更是兴盛，君臣雅集当很频繁。从园林散文记载来看，著名的有宋仁宗时期的群玉殿曲宴。嘉祐七年（1062）十二月二十七日，仁宗驾幸天章阁，召集辅臣近侍，把太宗的《游艺集》和真宗的文集给大臣们看，还拿出十三种瑞物展示。后移幸宝文阁，御笔亲题飞白四十余字赏赐给大臣，之后宴于群玉殿，众臣感激际会，自仁宗临御天下四十一年，群玉殿宴会是最盛大的一次，所以与会者都作诗以进，蔡襄作文《群玉殿曲宴记》以记载此事。宋徽宗赵佶在艮岳的聚会也很有名，其《听琴图》所表现的就是君臣园林弹琴、听琴的雅事。成为历史佳话的文人雅集也很多，比如，文彦博的"洛阳耆英会"，其与唐代白居易举办的洛阳"九老会"同气相应。《宋史·文彦博传》云："彦博虽穷贵极富，而平居接物谦下，尊德乐善，如恐不及。其在洛也，洛人邵雍、程颢兄弟皆以道自重，宾接之如布衣交。与富弼、司马光等十三人，用白居易九老会故事，置酒赋诗相乐，序齿不序官，为堂，绘像其中，谓之'洛阳耆英会'，好事者莫不慕之。"[①]据《宋史·邵雍传》记载："富弼、司马光、吕公著诸贤退居洛中，雅敬雍，恒相从游，为市园宅。"[②]由此可知邵雍经常参与洛阳文彦博、司马光、吕蒙等人的园林聚会。《宋史·吕蒙正传》亦有记载："蒙正至洛，有园亭花木，日与亲旧宴会，子孙环列，迭奉寿觞，怡然自得。"[③]

宋代最著名的文人雅集当属西园雅集。米芾的《西园雅集图记》详细记载了这次盛会。

> 李伯时效唐小李将军为着色泉石云物、草木花竹，皆绝妙动人；而人物秀发，各肖其形，自有林下风味，无一点尘埃气，不为凡笔也。其乌帽、黄道服，捉笔而书者为东坡先生；仙桃巾、紫裘而坐观者为王晋卿；幅巾青衣、据方机而凝竚者为丹阳蔡天启；捉椅而视者为李端叔。后有女奴，云鬟翠饰倚立，自然富贵风韵，乃晋卿之家姬也。孤松盘郁，上有凌霄缠络，红绿相间。下有大石案，陈设古器瑶

① ［元］脱脱等撰：《宋史》卷三一三《文彦博传》，第 10263 页。
② ［元］脱脱等撰：《宋史》卷四二七《邵雍传》，第 12727 页。
③ ［元］脱脱等撰：《宋史》卷二六五《吕蒙正传》，第 9148 页

琴，芭蕉围绕。坐于石盘旁，道帽紫衣，右手倚石，左手执卷而观书者为苏子由；团巾茧衣，手秉蕉箑而熟视者为黄鲁直；幅巾野褐，据横卷画渊明《归去来》者为李伯时；披巾青服，抚肩而立者为晁无咎；跪而捉石观画者为张文潜；道巾素衣，按膝而俯视者为郑靖老。后有童子执灵寿杖而立二人。坐于盘根古桧下，幅巾青衣，袖手侧听者为秦少游；琴尾冠、紫道服，摘阮者为陈碧虚；唐巾深衣，昂首而题石者为米元章；幅巾袖手而仰观者为王仲至。前有鬌头顽童捧古砚而立，后有锦石桥竹径，缭绕于清溪深处。翠阴茂密中，有袈裟坐蒲团而说《无生论》者，为圆通大师；旁有幅巾褐衣而谛听者，为刘巨济。二人并坐于怪石之上，下有激湍潆流于大溪之中。水石潺湲，风竹相吞，炉烟方袅，草木自馨。人间清旷之乐，不过于此。嗟乎！汹涌于名利之域而不知退者，岂易得此耶？自东坡而下凡十有六人，以文章议论、博学辨识、英辞妙墨、好古多闻、雄豪绝俗之资，高僧羽流之杰，卓然高致，名动四夷。后之揽者，不独图画之可观，亦足仿佛其人耳。（米芾《西园雅集图记》）[①]

这次雅集是历史上著名的三大雅集之一，地点在驸马都尉王诜的西园，参与者共十六人，其中有著名文人苏轼、黄庭坚、秦观、晁补之、张耒，画家李公麟、米芾、蔡天启，藏书家王钦臣、郑嘉会，高僧圆通大师，道士陈景元等。有人在书写，有人在读书，有人在观画，有人在讲经，有人在聆听，有人在观看，有人在弹琴……园林景致有泉水怪石，草木花竹，盘根古树，郁郁孤松。园中设有大石案，陈设古器瑶琴。这次雅集名流汇集，博学辨识、雄豪绝俗、卓然高致，名动四夷。著名画家李公麟作《西园雅集图》，书法家、收藏家米芾作记，为世人留下了西园雅集的风流雅韵。

赵佶所绘《文会图》描绘的也是宋代文人雅士品茗雅集的一个场景。图中庭园，曲池栏杆，垂柳修竹，树影婆娑。树下设一大案，案上摆设有果盘、酒樽、杯盏等。九位文士围坐案旁，形态各异，意态闲雅。竹边树下有两位文士正在拱手行礼交谈，神情蔼然。垂柳后设一石几，几上横仲尼式瑶琴一张，香炉一尊，琴谱数页。琴囊已解，似乎刚刚弹过。大案前设小桌、茶床，小桌上放置酒樽、菜肴等物，一童子正在桌边忙碌，装点食盘。文士身旁有侍女正在端茶换盏。这次雅集的真实情况虽然无从考证，但它却是宋代雅集风尚的一个生动写照。

---

① 曾枣庄、刘琳主编：《全宋文》卷二六〇三，第 121 册，第 41—42 页。

宋人园林雅集规模有大有小，规格有高有低，参与者身份地位有别，有皇室贵族的雅集，有达官显贵的雅集，有官僚胥吏的雅集，也有普通文士的雅集。

三、唐宋园林雅集书写的共性与嬗变

唐宋时期文人园林雅集继承了兰亭遗韵，园林宴集的内容多为弹琴弈棋、饮酒品茗、读书论道等。故而在唐宋园林散文中，园林雅集书写具有共性。例举如下：

百年之欢不再，千里之会何常。下客凄惶，暂停归辔，高人赏玩，岂辍斯文。咸请赋诗，以纪盛集。（卢照邻《宴梓州南亭诗序》）[1]

芳酒满而绿水春，朗月闲而素琴荐。（王勃《游冀州韩家园序》）[2]

尔其嘉宾爰集，胜赏斯备。召丝竹于伶官，借池亭于贵里。雕俎在席，金羁驻门。远山片云，隔层城而助兴；繁莺芳树，绕高台而共乐。旨酒未缺，芳塘半阴。盍陈既醉之诗，以永太平之日。（张说《南省就寰尚书山亭寻花柳宴序》）[3]

其间有书堂琴轩，置酒娱宾。（李华《贺遂员外药园小山池记》）[4]

或霁色澄明，开轩极望；或落花满径，曳杖行吟；或解榻留宾，壶觞其醉；或焚香启闼，图书自娱。逍遥遂性，不觉岁月之改，而年寿之长也。（范纯仁《薛氏乐安庄园亭记》）[5]

佳时令节，同宾客僚属赏花临水，望月玩山，憩五柳之美荫，赋诗饮酒，投壶弈棋。（丁彦师《东圃记》）[6]

仙翁幅巾杖履，日与宾客逍遥其间。或饮而笑歌，或醉而起舞，或弹琴以平心志，或习射以观威仪，或倚树而吟，或枕石而卧，盖将乐之终身而不厌者也。（谢逸《小隐园记》）[7]

---

[1] ［清］董诰等编：《全唐文》卷一六六，第 2 册，第 1694 页。
[2] ［清］董诰等编：《全唐文》卷一八〇，第 2 册，第 1835 页。
[3] ［清］董诰等编：《全唐文》卷二二五，第 3 册，第 2272 页。
[4] ［清］董诰等编：《全唐文》卷三一六，第 4 册，第 3211 页。
[5] 曾枣庄、刘琳主编：《全宋文》卷一五五五，第 71 册，第 300 页。
[6] 曾枣庄、刘琳主编：《全宋文》卷三八一六，第 174 册，第 408 页。
[7] 曾枣庄、刘琳主编：《全宋文》卷二八七六，第 133 册，第 243 页。

　　而月林堂、静止斋乃余修藏之所，各一大厨，贮《孝经》《论
语》《孟子》、四书，《易》《春秋》《礼记》、大字《通鉴》，三史，
范纯夫《唐鉴》，陶渊明、韦苏州、元道州、杜子美诗，《本草》《千
金》诸方，遇欲观览，信手抽取，随意翻阅，有所会悟。(潘時《月
林堂记》)①

　　以上例举体现了唐宋园林雅集书写的共性，游园赏景、读书、饮酒、
赋诗、抚琴、弈棋、投壶等是唐宋时期园林雅集的共同活动内容。由于文人
雅士的文化修养都比较高，追求超凡脱俗的生活方式，注重精神享受，故而
宴集活动富有鲜明的文人色彩和书卷特色，体现了"雅"的形式和内涵。

　　唐宋宴集与文学的创作有共性也有变化。从雅集活动上看，宋代雅集
与唐代相比，品古鉴古明显增多，是宋代园林生活和雅集的一项重要内容。
北宋时期雅尚古器已成风尚。如前文所举米芾《西园雅集图记》中"下有
大石案，陈设古器瑶琴""前有鬏头顽童捧古砚而立"的描写，案头陈设
古器，童子手捧古砚，说明此次园林雅集有品古鉴古的活动。苏轼不仅是
收藏家，还是鉴古家，他曾经作《北海十二石记》，也为不同的砚台作过
很多篇铭，如《玉堂砚铭》《龙尾石月砚铭》《鼎砚铭》等，《鼎砚铭》中
的鼎砚就是一个仿古器的砚台。他还作过数篇鼎铭文，如《汉鼎铭》《石
鼎铭》《大觉鼎铭》等。

　　米芾是收藏、品鉴古器的行家，他在《致爽轩记》中说，园中致爽轩
陈设"有古坑砚二，便于磨墨，以供挥洒……席间惟设玲珑玩石，随时抚
摩"②。"古坑砚""玲珑玩石"也是园林尚古的体现。他还在《研山记》中
提到"此南唐宝石，久为吾斋研山，今被道祖易去"③，表达失去心爱的
奇石后心中无限遗憾和怅惘之情。再如《西园雅集图》的始创画家李公
麟，"好古博学，长于诗，多识奇字，自夏、商以来，钟、鼎、尊、彝，
皆能考定世次，辨测款识，闻一妙品，虽捐千金不惜"④。李公麟十分尊尚
文玩古器，并著《考古图》。后来吕大临在李公麟《考古图》等著作基础
上更著有《考古图》，全书共十卷，成书于元祐七年（1092），系统地著录
当时内廷与私家收藏的古代铜器、玉器等，共两百多件，成为后世古器物
学（尤其是器型学）的经典。再如南宋薛尚功的《历代钟鼎彝器款识法帖》

①　曾枣庄、刘琳主编：《全宋文》卷四九九三，第 225 册，第 111—112 页。
②　曾枣庄、刘琳主编：《全宋文》卷二六〇三，第 121 册，第 42 页。
③　曾枣庄、刘琳主编：《全宋文》卷二六〇三，第 121 册，第 43 页。
④　[元] 脱脱等撰：《宋史》卷四四四《李公麟传》，第 13125—13126 页。

二十卷，是专门发掘研究所谓"夏器"以来金文书法的经典著作。

北宋的这种风气一直延续，南宋时期依然兴盛。赵明诚、李清照夫妇倾财力、竭心血收集金石古器，完成三十卷巨著《金石录》，著录上古三代以后的钟鼎彝器的铭文款识、碑铭墓志。幸元龙《松垣东西宇南北皁兰薰堂记》记述园中小阁，"四壁敷金石名石刻"[①]，品古鉴古是他的生活常态。这一点在园林绘画中也可找到非常多的例证。如刘松年描绘园林的经典作品《四景山水图》之二《夏景》描绘有文房设置，其中就有鼎彝陈设的细节。[②] 又如刘松年的另一名作《秋窗读易图》，室内的文案上也陈设鼎类物品。[③] 再如台北故宫博物院藏传为刘松年创作的《摹周文矩十八学士》，台北故宫博物院藏宋代佚名的《梧阴清暇图》，宋元之间佚名作者的《消夏图》，图中均有对园林中主人文案上所放置的爵、罍等青铜器和书画等古玩的细节描摹。以上材料足以说明宋代园林雅居和雅集风气引发的内容方面的变化，品古鉴古也成为宋代园林文化的一种美学范式。

古器物在文房中陈设、把玩、研究等，接续宋代以来的传统而愈加成为后世园林文化与园林生活中的重要内容。因明清时期园林品古鉴古不在本书讨论之列，故暂不展开论述。

与园林生活密切相关的文学创作也体现出这种明显的变化。在宋代的园林散文作品中书写品鉴古玩的内容有所增加。如米芾在《致爽轩记》中说："有古坑砚二，便于磨墨，以供挥洒；有小盆池，养九节蒲，以通灵明。席间惟设玲珑玩石，随时抚摩。此则予之嗜癖，不能去也。"[④]

在文学表现形式上，唐宋相比也有所变化。宋代宴集文学不再以"宴集序"的文体形式出现，而是以记体文的形式表现游园宴集的活动。与唐代记述宴集的序文相比，宋代记园散文描写园林建造缘起及过程更加详细，描述景观布置和自然景致的内容大大增加，对宴集所在之亭、台、轩、阁的描述也更具细。如：

> 前后诸公，构亭环其上者甚夥。钓台射埠，左右栖映，随所面势，咸极佳趣，其规摹宏大者，有若湖中之堂，曰清暑，钱思公之所作也。桥跨一面，树环四际，青苍俯映，潺湲可弄。湖阴之亭曰会景，吕文靖之所构也。正据北岸，临瞰泉水，禽鱼卉木，形无遁者。会景之北，

---

① 曾枣庄、刘琳主编：《全宋文》卷六九三三，第303册，第422页。

② [宋] 刘松年绘：《四景山水图》，长卷，绢本设色，41.3厘米×69厘米，北京故宫博物馆藏。

③ [宋] 刘松年绘：《秋窗读易图》，绢本设色，25.7厘米×26厘米，辽宁博物馆藏。

④ 曾枣庄、刘琳主编：《全宋文》卷二六〇三，第121册，第42页。

有梅梨桃杏之园，履中十亩，中有堂曰净居。净居之北，有池曰迷鱼，清泉碧树，幽邃闲静，有山间林下之思。庆历丙戌，植直李公给事之治许也，年获丰茂，日多暇豫。间引参佐，觞于湖上，踌躇四顾，超然独得。曰湖居之丽，前人系作，究奇选胜，殆穷目巧。然上巳修禊，胜集也，念此独阙。溧水在侧而弗知用，岂未之思耶？乃立亭于迷鱼之后，西北置阏砻石作渠，析溧上流，曲折凡二百步许，弯环转激，注于亭中，为浮觞乐饮之所。东西植杂果，前后树众卉，与清暑、会景，参然互映，为深远无穷之景焉。亭成，榜之曰流杯，落之以钟鼓。车骑凤驾，冠盖大集。贤侯莅止，嘉宾就序，朱鲔登俎，渌醹在樽，流波不停，来觞无算。人具醉止，莫不华藻篇章间作，足以续永和之韵矣。（胡宿《流杯亭记》）①

胡宿《流杯亭记》记述许昌之右有西湖，就其水利，前后有很多人在这里筑亭建园。钱思公曾于湖中建造规摹宏大的清暑堂。架桥横跨湖上，四周绿树环绕，倒映水中。湖北岸的会景亭为吕文靖所构，临亭观水，禽鱼卉木尽收眼底。会景亭的北面，有十亩梅梨桃杏之园，园中建有净居堂。净居堂的北面，有迷鱼池，清泉碧树，有闲静幽邃之致。庆历六年（1046），给事李植直治理许昌，在迷鱼池的后边建流杯亭，从西北方向引水做渠，蜿蜒曲折二百余步注水入亭为流水浮觞，周边种植杂果、树木、花卉，与清暑堂、会景亭参然互映。流杯亭落成，举行了规模较大的流水曲觞的雅集活动，流波不停，浮觞无数，嘉宾皆醉，留下许多华藻篇章，此可谓是永和之韵的赓续。

何恪时常在他的西园宴集，其《西园记》云："客至，具果蔬于山，取鱼鳖于湖，去者不留，留者径醉。"以简略的笔墨记述宴集活动，却用上千字的篇幅记述园林的营建、布局、景观，十分详实。这种书写的变化反映了宋代园居者更加注重自己身处的园林环境，更加注重人与自然的关系，更加关注如何安顿身心这一终极问题。

---

① 曾枣庄、刘琳主编：《全宋文》卷四六六，第 22 册，第 202 页。

第二节　节日游园风尚与园林散文书写

　　唐宋时期节日游园成为风尚，园林散文生动呈现出当时百姓节日游园的欢乐而祥和的生活场景，为后人开启了一个了解唐宋时期民众日常生活的窗口。

一、唐宋节日游园风尚

　　自隋唐至宋代都实行休沐制度，每十日为一休，称为旬休或旬假。加上各种传统节日，诸如元日、寒食、上巳、三元节（上元、中元、下元）、端午、重阳、冬至等，一年的休假时日很多。宋代庞元英自元丰二年（1079）至八年（1085）一直在礼部供职，对礼部的节假制度非常熟悉，"每有所闻见，私用编录"，因成《文昌杂录》一书。据此书记载："祠部休假，岁凡七十有六日，元日、寒食、冬至各七日，天庆节、上元节、同天圣节、夏至、先天节、中元节、下元节、降圣节、腊，各三日；立春、人日、中和节、春分、社（春社）、清明、上巳、天祺节、立夏、端午、天贶节、初伏、中伏、立秋、七夕、末伏、社（秋社）、秋分、授衣、重阳、立冬，各一日；上中下旬各一日。大忌十五，小忌四。而天庆、夏至、先天、中元、下元、降圣、腊，皆前后一日后殿视事，其日不坐。立春、春分、立夏、夏至、立秋、七夕、秋分、授衣、立冬、大忌前一日亦后殿坐。余假皆不坐，百司休务焉。"① 宋代节假日沿袭唐代，而比唐代更多，一年中有两个月零十六天的假日。节假日游园成为自唐至宋的共同社会风尚。康骈《剧谈录》记载："曲江池，本秦世隑洲。开元中疏凿，遂为胜境。其南有紫云楼、芙蓉苑，其南有杏园、慈恩寺。花卉环周，烟水明媚，都人游玩，盛于中和、上巳之节。彩幄翠帱，匝于堤岸；鲜车健马，比肩击毂。"② 曲江就是节假日都人游赏的公共园林。不仅仅是节日，整个春日曲江游园都极盛。《开元天宝遗事》记载："长安贵家子弟，每至春时，游宴供账于园圃中，随行载以油幕，或遇阴雨，以幕覆之，尽欢而归。"③
　　唐代诗歌中表现节日游园内容的特别多，如王勃《春日宴乐游园赋韵

①　[宋] 庞元英撰：《文昌杂录》卷一，见朱易安、傅璇琮等主编：《全宋笔记》第二编，第4册，第117页。
②　[唐] 康骈撰：《剧谈录》卷下，见上海古籍出版社编：《唐五代笔记小说大观》，第1495页。
③　[五代] 王仁裕撰：《开元天宝遗事》卷下，见丁如明辑校：《开元天宝遗事十种》，第96—97页。

得接字》、苏颋《春日芙蓉园侍宴应制》、张说《恩赐乐游园宴》、白居易《和钱员外后卢员外早春独游曲江见寄长句》、李端《晦日同苗员外游曲江》、薛能《寒食日曲江》等，可见当时节日游园的风尚。

宋代节日游园的风尚亦盛。《东京梦华录》卷六记载，春天汴京市民争先出城探春，许多寺观园林、贵族园林对市民开放，任人赏春，直到清明节。"大抵都城左近，皆是园圃，百里之内，并无闲地。次第春容满野，暖律暄晴，万花争出。粉墙细柳斜笼，绮陌香轮暖辗。芳草如茵，骏骑骄嘶，香花如绣，莺啼芳树，燕舞晴空。红妆按乐于宝榭层楼，白面行歌近画桥流水。举目则秋千巧笑，触处则蹴踘疏狂。寻芳选胜，花絮时坠金樽；折翠簪红，蜂蝶暗随归骑。于是相继清明节矣。"① 可见当时春日游园之盛。春日游园时皇家园林也会对公众开放。据《石林燕语》记载，开封的皇家园林琼林苑、金明池皆允许普通百姓游观。"岁以二月开，命士庶纵观，谓之'开池'。至上巳，车驾临幸毕，即闭。"② 可见，皇家园林琼林苑、金明池从二月初到上巳节一直都对百姓开放。《清波别志》卷中有记："岁自元宵后，都人即办上池遨游之盛，唯恐负于春色。当二月末，宜秋门下揭皇榜曰：'三月一日，三省同奉圣旨，开金明池，许士庶游行，御史台不得弹奏。'"③ 由此可见，节日游园是由朝廷支持的，体现了君民同乐的德治观念。其实许多官署园林也会在节日期间对民众开放，据《维扬志》记载，每当初春花木竞发之时，游观者不禁，春尽乃止。自朝廷到地方官府都是支持春日游园的，有的私家园林也对士庶开放。《邵氏闻见录》卷十七记录了洛阳士庶在春天赏花的盛况："岁正月梅已花，二月桃李杂花盛开，三月牡丹开，于花盛处作园圃，四方伎艺举集，都人士女载酒争出，择园亭胜地，上下池台间引满歌呼，不复问其主人。"④ 王观《扬州芍药谱》亦有记载："今则有朱氏之园，最为冠绝，南北二圃所种，几于五六万株，意其自古种花之盛，未之有也。朱氏当其花之盛开，饰亭宇以待来游者，逾月不绝，而朱氏未尝厌也。"⑤ 讲的是扬州朱氏种植的芍药最为著名，其园分南北二圃，共种植芍药五六万株。芍药开放时，朱氏装饰园中的亭子、

---

① ［宋］孟元老撰，邓之诚注，《东京梦华录注》卷六，中华书局，1982，第176页。
② ［宋］叶梦得撰，［宋］宇文绍奕考异：《石林燕语》卷一，侯忠义点校，中华书局，1984，第4页。
③ ［宋］周煇撰：《清波别志》卷中，刘永翔、许丹整理，见上海师范大学古籍整理研究所编：《全宋笔记》第五编，大象出版社，2012，第9册，第159页。
④ ［宋］邵伯温撰：《邵氏闻见录》卷一七，李剑雄、刘德权点校，中华书局，1983，第186页。
⑤ ［宋］王观撰：《扬州芍药谱》，文渊阁四库全书本。

楼宇，对外开放，让游览者可以获得更好的游览体验。园中游人络绎不绝一月有余，但朱氏未曾厌烦。可见，有的私家园林不再拘囿私人空间，而是敞开园门，共享春色。

二月十五日为"花朝节"，每年花朝节来临，公私园林皆对外开放，都人竞相参与到这场游春盛会。"仲春十五日为花朝节，浙间风俗，以为春序正中，百花争放之时，最堪游赏，都人皆往钱塘门外玉壶、古柳林、杨府、云洞，钱湖门外庆乐、小湖等园，嘉会门外包家山王保生、张太尉等园，玩赏奇花异木。最是包家山桃开浑如锦障，极为可爱。"① 这则记载也反映了节日游园的盛况，以及官方、私家园林纷纷对外开放的情形。

清明节也是春天游园的重要节时。《东京梦华录》卷七记载清明节时，都城人出郊外祭扫踏青，十分热闹："四野如市，往往就芳树之下，或园囿之间。罗列杯盘，互相劝酬。都城之歌儿舞女，遍满园亭，抵暮而归。各携枣𫗴、炊饼、黄胖、掉刀、名花、异果、山亭、戏具、鸭卵、鸡雏，谓之门外土仪。轿子即以杨柳杂花装簇顶上，四垂遮映。"②

夏日游园风气也很盛。《东京梦华录》卷八记载："都人最重三伏，盖六月中别无时节，往往风亭水榭，峻宇高楼，雪槛冰盘，浮瓜沉李，流杯曲沼，苞鲊新荷，远迩笙歌，通夕而罢。"③ 亦有记载中秋节游园宴饮的情景："中秋夜，贵家结饰台榭，民间争占酒楼玩月。丝篁鼎沸，近内庭居民，夜深遥闻笙竽之声，宛若云外。闾里儿童，连宵嬉戏。夜市骈阗，至于通宵。"④ 从《东京梦华录》可见宋人四季游园的状况，以春季游园为多，夏秋记载相对少一些。

南宋时期，都人游园的主要地点是在西湖。西湖作为一个庞大的公共园林，其周回三十里，分布了很多私家园林和寺观园林，"岸岸园亭傍水滨"，构成园中有园的独特格局。南方温润的气候，使得西湖成为一年四季皆宜的游赏之地。

二月初一日是传统的中和节，都人都到西湖游玩，州府还会为庆祝节日特意派专人进行修饰，营造更好的节日气氛。《梦粱录》卷一有载：自正月十五上元节灯展过后，为了迎接中和节，"州府自收灯后，例于点检酒所开支关会二十万贯，委官属差吏倅雇唤工作，修葺西湖南北二山，堤上亭馆、园圃、桥道，油饰装画一新，栽种百花，映掩湖光景色，以便都

---

① [宋]吴自牧撰：《梦粱录》卷一，第145页。
② [宋]孟元老撰，邓之诚注：《东京梦华录注》卷七，第178页。
③ [宋]孟元老撰，邓之诚注：《东京梦华录注》卷八，第207页。
④ [宋]孟元老撰，邓之诚注：《东京梦华录注》卷八，第215页。

人游玩"①。侯乃慧教授认为，"如此可谓官府对于西湖游赏的活动是抱持鼓励提倡的态度的，并在实际的行动上大力资助游赏活动的进行。那么，宋人游赏西湖的活动实有官方力量在推动。由此不难想见其西湖游赏风尚之鼎盛与场面之热闹非凡"②。宋代中和节时，在民间和官方的双重推动下，西湖公共园林的游赏可谓是盛况空前。

《梦粱录》有载："（二月）初八日，西湖画舫尽开，苏堤游人，来往如蚁。……湖山游人，至暮不绝。大抵杭州胜景，全在西湖，他郡无此，更兼仲春景色明媚，花事方殷，正是公子王孙，五陵年少，赏心乐事之时，讵宜虚度？至如贫者，亦解质借兑，带妻挟子，竟日嬉游，不醉不归。此邦风俗，从古而然，至今亦不改也。"③

杭州清明节游赏更是侈靡相尚。《梦粱录》记载，清明节时，"宴于郊者，则就名园芳圃，奇花异木之处；宴于湖者，则彩舟画舫，款款撑驾，随处行乐。此日又有龙舟可观，都人不论贫富，倾城而出，笙歌鼎沸，鼓吹喧天，虽东京金明池未必如此之佳"④。《武林旧事》卷三载："都人士女，两堤骈集，几于无置足地；水面画楫，栉比如鱼鳞，亦无行舟之路。歌欢箫鼓之声，振动远近，其盛可以想见。"⑤

不仅是春夏两季，秋冬季节都人士女也不减游赏热情。《武林梵志》卷三载，满觉院"八月桂花盛开时，游人甚盛"⑥。据史料记载，满觉院为五代后晋天福四年（939）所建，旧额圆兴，北宋英宗治平二年（1065）改为满觉院，一直沿袭到明代，后重修。此寺在满觉陇上，水乐洞旁，山石奇秀，有法华泉、金莲池，是一座园林化的寺院。《梦粱录》卷六则载："如天降瑞雪，则开筵饮宴，塑雪狮，装雪山，以会亲朋，浅斟低唱，倚玉偎香，或乘骑出湖边，看湖山雪景，瑶林琼树，翠峰似玉，画亦不如。"⑦

宋人为我们留下不同时节游赏西湖的诗歌。如参廖子《清明日湖上呈秦少章主簿》、苏轼《次韵刘景文寒食同游西湖》《次韵曹子方运判雪中同游西湖》、杨万里《寒食雨中同舍约游天竺十二绝呈陆务观》、武衍《正元二日与菊庄汤伯起归隐陈鸿甫泛舟湖上》、林逋《秋日湖西晚归舟中书事》等，这些宋诗描绘了西湖的四时美景。

---

① ［宋］吴自牧撰：《梦粱录》卷一，第143—144页。
② 侯乃慧：《唐宋时期的公园文化》，第119页。
③ ［宋］吴自牧撰：《梦粱录》卷一，第144—145页。
④ ［宋］吴自牧撰：《梦粱录》卷二，第148页。
⑤ ［宋］周密著：《武林旧事》卷三《西湖游幸》，第72页。
⑥ ［明］吴之鲸撰：《武林梵志》卷三，魏得良标点，顾志兴审订，杭州出版社，2006，第57页。
⑦ ［宋］吴自牧撰：《梦粱录》卷六，第181页。

唐宋时期的节日游园是民众普遍接受园林艺术的审美活动，也成为文学表现的重要内容，在不同的文学体裁中都得到了呈现。

二、唐宋节日游园的散文书写

从表 5-1 可见，唐代春日园林游宴的文学书写比较丰富，孙狄《宰相及百官定昆明池旬宴序》是旬假的园林宴游，独孤及《清明日司封员外宅登台设宴集序》是清明节的宴游，符载《上巳日陪刘尚书宴集北池序》则是上巳日的园林游宴。

唐代曲江池是公共游览的胜地，每逢嘉令时节，长安城游人多到曲江池游赏。如欧阳詹《曲江池记》云：

> 遇佳辰于令月，就妙赏乎胜趣。九重绣毂，翼六龙而毕降；千门锦帐，同五侯而偕至。泛菊则因高乎断岸，祓禊则就洁乎芳沚。戏舟载酒，或在中流；清芬入襟，沉昏以涤。寒光炫目，贞白以生。丝竹骈罗，缇绮交错。五色结章于下地，八音成文于上空。砯辒沸渭，神仙奏钧天于赤水；黯蔼敷俞，天人曳云霓于玄都。其洗虑延欢，伴人怡怿，有如此者。至若嬉游以节，宴赏有经，则纤埃不动，微波以宁，荧荧淳淳，瑞见祥形。①

本文详细记述了都人在佳辰令月游览曲江的盛况。车马锦帐络绎不绝，春天上巳节水边祓禊，秋天重阳节可登高赏菊，可中流泛舟，可载酒赏乐，令人怡怿。

另有王棨《曲江池赋》同样表现了曲江池春季游春场面："只如二月初晨，沿堤草新。莺啭而残风袅雾，鱼跃而圆波荡春。是何玉勒金策，雕轩绣轮。合合沓沓，殷殷辚辚。翠亘千家之幄，香凝数里之尘。公子王孙，不羡兰亭之会；蛾眉蝉鬓，遥疑洛浦之人。是日也，天子降銮舆，停彩仗。呈丸剑之杂伎，间咸韶之妙唱。帝泽旁流，皇风曲畅。"春天在曲江池不仅可踏青赏春，还可以观看杂技表演。此赋也描写了曲江池秋季赏秋的场面："复若九月新晴，西风满城。于时嫩菊金色，深泉镜清。浮北阙以光定，写南山而翠横。有日影云影，有凫声雁声。怀碧海以欲垂钓，望金门而思濯缨。或策蹇以长愁，临川自叹；或扬鞭而半醉，绕岸闲行。是日也，樽俎罗星，簪裾比栉。云重阳之赐宴，顾多士以咸秩。上延良辅，如临风沼之时；旁立群公，

---

① [清] 董诰等编：《全唐文》卷五九七，第 6 册，第 6034 页。

异在龙山之日。"①由此可见当时上至皇亲贵族下至普通百姓春秋游赏的景象。

先期旬日也，严经术，洗涯岸，洞筐篓，炽台榭。有事之辰也，拥幢盖，揖宾客，寅及于近郊，卯及于北池。其降车也，鼙鼓发；登舟也，丝桐揭；解缆也，百戏作。览水府，摧江薆，叱天吴，拉冯夷，跃龟鱼，腾蛟螭，召琴高，啸宓妃，引蓬壶以回泊，若云蔚而霞帔，一何壮也。及乎耳烦目剧，绵趣静境，稍自引去于空阔，水波不动，四罗郡山，簪裾坐于天上，思虑游于象表，又何旷也。观夫水嬉之伦，储精蓄锐，天高日晏，思奋余勇，实有赤县，两为朋曹，献奇较艺，钩索胜负。于是划万人之浩扰，豁一路之清泚，南北稳彻，中无飞鸟，爰挂锦彩，从风为标，烂然长虹，横拖空碧。乃计才力，量远迩，一号令，雷鼓而飞，千桡动，万夫呼，闪电流于目眦，羽翼生于肘下。观者山立，阴助斗志，肺肠为之沸渭，草树为之偃悴。揭竿取胜，扬旌而旋。观其猛厉之气，腾陵之势，崇山可破也，青天可登也。若使移于摧坚陷阵之地，宁有对宇宙乎？（符载《上巳日陪刘尚书宴集北池序》）②

文中所记载的这次宴集不是文人雅士的诗酒之会，而是要观看一次盛大的水上娱乐项目赛龙舟。观看需要赶早，寅时达到近郊，卯时就要到达北池。刚停下车马，鼙鼓齐发；登上船，丝竹之乐奏响；解下缆绳，百戏开始演出，十分精彩壮观。百戏结束，水面空阔，观者短暂休息后，龙舟出动，一场惊心动魄的比赛拉开序幕，一声号令，雷鼓声动，千桡速划，万人呼喊。龙船快如闪电，仿佛肘生羽翼。观者如山，呐喊以助斗志。所有观看的人无不热血沸腾，花草树木都为之偃悴。得胜的一方扬旌而旋，他们的壮伟气势，可破高山，可登青天。以这样的气势冲锋陷阵，必摧枯拉朽，无可抵挡。

宋代记园散文作品多有记载节日游园的盛况。如《真州东园记》记载，东园位于江苏扬州，扬州是天下之要冲，园池修缮后，"池台日益以新，草树日益以茂，四方之士无日而不来"，"四方之宾客往来者，吾与之共乐于此"；"嘉时令节，州人士女啸歌而管弦"，③游园活动十分兴盛。吴渊修缮扩建太平州郡圃，复原了"窈深堂"，堂之东是前任郡守留下的神祠。吴渊认为："夫神主于静，贵于肃，乃宅于宴游之处，宾客骑从之喧填，

---

① ［清］董诰等编：《全唐文》卷七七〇，第8册，第8027页。
② ［清］董诰等编：《全唐文》卷六九〇，第7册，第7066页。
③ 曾枣庄、刘琳主编：《全宋文》卷七四〇，第35册，第120页。

优伶倡幻之袭狎，其为不静不肃毋乃甚乎！"①神灵所处应该肃静，而郡圃宾客宴游过于喧闹，于是将神祠移于帑库之侧，在原地建亭，"前种梅三十本，后种竹一百个"，题"官梅"扁额。从园记可知，太平郡圃在嘉辰令节游人众多，车骑喧闹，且有优伶歌舞助兴的活动。再举如下数端：

> 于此辟射圃，使四方名人闻士，或至即舍此。相与朝夕讲肄评议，将赡给之无厌。或异日渠能挟艺业，取科级归，以会郡官乡人，嘉辰令节，于是为一日之娱，以荣其私，此区区也，予心尚之。（文同《武信杜氏南园记》）②

> 佳时令节，同宾客僚属赏花临水，望月玩山，憩五柳之美荫，赋诗饮酒，投壶弈棋。纵邑人士女游戏乎其间，登涉往来。绮绣错杂，杯盘狼藉，乐而忘归，不知日之既夕，夜之将阑也。（丁彦师《东圃记》）③

> 始是，太守邵公于后园池旁作亭，春日使州民游遨，予命之曰共乐。（梅尧臣《览翠亭记》）④

> 于是亭阁其上，浮以画航，可燕可游。亭北跨壕而梁，以通新道。既而州人士女不绝，遂为胜概。（程师孟《欧冶亭序》）⑤

> 若其邀宾侣，举觞豆，赛百娇之妬矢，争半先之奕道，轻飙至而浮埃昼息，冻雨飞而方塘晚涨。（章岷《绮霞阁记》）⑥

武信杜氏南园是私家园林，在嘉辰令节对外开放，让郡官乡人前来游赏娱乐。丁彦师所记东圃，在山西翼城，属于公共园林，在佳时令节纵邑人士女园中游赏游戏，游者如织，乐而忘归。《览翠亭记》所记为官署园林，春日州民遨游其间，与民同乐。程师孟在福建为官，在欧冶池上建造亭阁，画舫浮水，可以游赏、燕坐。又在亭子北面搭建桥梁，方便通行，于是前来游赏的州人士女络绎不绝。章岷《绮霞阁记》记述了石尧夫守扬州郡，扩建官署园林，建造新阁，邀请宾朋园中饮酒、投壶、弈棋，和众人同乐。

---

① 曾枣庄、刘琳主编：《全宋文》卷七六八六，第334册，第35页。
② 曾枣庄、刘琳主编：《全宋文》卷一一〇六，第51册，第137—138页。
③ 曾枣庄、刘琳主编：《全宋文》卷三八一六，第174册，第408页。
④ 曾枣庄、刘琳主编：《全宋文》卷五九三，第28册，第165页。
⑤ 曾枣庄、刘琳主编：《全宋文》卷九三〇，第43册，第227页。
⑥ 曾枣庄、刘琳主编：《全宋文》卷四七八，第23册，第18页。

概而言之，唐宋时期的节日游园，除了欣赏园林风景、饮酒赏乐、投壶弈棋等活动外，还有杂技百戏、水上娱乐项目等可供游人观赏，内容丰富多彩。节日游园所表现的是热闹、喜庆、世俗的游园生活，和文人雅士的园林雅集在格调上有很大不同。

第三节　园林种植与散文书写

园林优美、静雅的环境需要巧妙独特的构园匠心，精心布置园林植物。园林中山石是凝固的，而花木是最富于变化的，也是园林景致的重要营建要素。园林花草树木的种植是一件耗时耗工的事情，除了需要园丁种植养护外，园主也会亲自参与花草树木的种植，并将园林种植的经历和感悟写到园记中，这是园主园林生活的另外一面，说明园林营建之不易，也更能体现出园主对园林的深厚感情。园林不仅仅是文人雅士宴集的场所，文人交游创作的沙龙，其中还有园主辛勤劳作的身影。园主为了丰富园林花木，往往四处搜寻，栽种之后精心护理，闲暇时用心观赏，对园林草木情感深厚。

一、寻求花木

园林中的花木往往品类丰富，这样才能在不同的时节看到不同的花开花落，让整个园林保持四季有花开的美景。大多数园主都会多方寻找求购，以获得自己想要的花木。白居易的履道里园中的白莲、折腰菱是他罢苏州刺史时带回洛阳的，这两种水生植物产自南方，北方少有种植，移植到北方的园林中，自然成为稀有品种。据其《池上篇并序》"灵鹤、怪石、紫菱、白莲皆吾所好"的记述可知，他从苏州带回来的折腰菱是紫色的。可以想见白居易在自己的园池中看到白莲、紫菱盛开，风送清香，扑鼻而来，何其赏心悦目。元结《菊圃记》说："舂陵俗不种菊，前时自远致之，植于前庭墙下。"舂陵这个地方没有种菊花的习俗，元结来到这里后，就从远方移植菊花到这里，"于是更为之圃，重畦植之"，并为之作记，录入药经，以让后人了解这种植物。

唐人中耽爱花木的当首推李德裕，他的平泉山庄汇集了天下名植。李德裕在《平泉山居草木记》中说："余二十年间，三守吴门，一莅淮府，嘉树芳草，性之所耽，或致自同人，或得于樵客，始则盈尺，今已丰寻。"

他的园林花木或是自己在各地任职期间搜集而得，或是从同乡人那里寻得，或是从樵夫那里获得。事实上，李德裕身居宰相，其所获名贵花木多为各地同僚进献。《剧谈录》中"陇右诸侯供鸟语，日南太守送名花"之语，正说明当时僚属投其所好为李德裕送名贵花木的情形。李德裕经过多年的经营，园林花木繁多且名贵。其《平泉山居草木记》不仅详细记载了园中花木种类之丰富、品种之名贵，还交代了这些花木的来源：

> 木之奇者，有天台之金松、琪树，嵇山之海棠、榧、桧，剡溪之红桂、厚朴，海峤之香柽、木兰，天目之青神、凤集，钟山之月桂、青飔、杨梅，曲房之山桂、温树，金陵之珠柏、栾荆、杜鹃，茆山之山桃、侧柏、南烛，宜春之柳柏、红豆、山樱，蓝田之栗梨、龙柏。其水物之美者，荷有苹洲之重台莲，芙蓉湖之白莲，茅山东溪之芳荪。复有日观、震泽、巫岭、罗浮、桂水、严湍、庐阜、漏泽之石在焉。其伊、洛名园所有，今并不载。岂若潘赋《闲居》，称郁棣之藻丽；陶归衡宇，喜松菊之犹存。爰列嘉名，书之于石。己未岁，又得番禺之山茶，宛陵之紫丁香，会稽之百叶木芙蓉、百叶蔷薇，永嘉之紫桂、蕨蝶，天台之海石楠，桂林之俱郁卫，台岭、八公之怪石，巫山、严湍、琅邪台之水石，布于清渠之侧，仙人迹、鹿迹之石，列于佛榻之前。是岁又得钟陵之同心木芙蓉，剡中之真红桂，嵇山之四时杜鹃、相思、紫苑、贞桐、山茗、重台蔷薇、黄槿，东阳之牡桂、紫石楠，九华山药树、天蓼、青栎、黄心桃子、朱杉、龙骨。（阙二字）庚申岁，复得宜春之笔树、楠稚子、金荆、红笔、密蒙、勾栗木，其草药又得山姜、碧百合。①

从李德裕的《平泉山居草木记》可见，平泉山庄可谓是天下珍稀花木备集于一园，这些花木非中原所有，而是从各地搜求而来。文中提到的天台之金松即是如此得来的。李德裕开成年间任淮南节度使时作《金松赋并序》云："广陵东南，有颜太师犹子旧宅，其地即孔北海故台。予因晚春夕景，命驾游眺，忽睹奇木，植于庭际，枝似桧松，叶如瞿麦。迫而察之，则翠叶金贯，粲然有光。访其名，曰金松。询其所来，得于台岭。乃就主人，求得一本，列于平泉。"②李德裕文中记载了自己暮春傍晚到广陵东南游赏，这里曾是颜师古侄子的旧宅，孔融故台，在这里见到了一株奇

①　[唐] 李德裕撰，傅璇琮、周建国校笺：《李德裕文集校笺》别集卷第九，中华书局，2018，第 684 页。

②　[唐] 李德裕撰，傅璇琮、周建国校笺：《李德裕文集校笺》别集卷第九，第 686 页。

木，树枝和桎松相像，叶子像瞿麦。就近观察它，发现其青翠的叶子泛着金黄，光泽粲然。经过询问得知其名曰金松，得自台岭。于是找到主人，求得一棵，移栽到平泉山庄。金松的原产地在台岭，也就是今大庾岭，在今江西大余、广东南雄县之间。金松被移植到广陵，李德裕见而奇之，又移植到洛阳。一种植物被不断移植他乡，缘于主人对它的喜爱。植物辗转迁植的现象背后隐藏着一个个草木情深的故事。李德裕常年游宦，不能常居平泉山庄，念念不忘自己园中移植的花木，曾作《春暮思平泉杂咏二十首》，其《金松》诗曰："台岭生奇树，佳名世未知。纤纤疑大菊，落落是松枝。照日含金晰，笼烟漾翠滋。勿言人去晚，犹有岁寒期。"[1] 诗注交代，金松"出天台山，叶带金色"，可知金松来自天台，翠叶带有金黄之色，其稀有特性令李德裕爱赏尤加。

李德裕搜求珍稀花木用心之勤之深还体现在移植重台芙蓉花上。他在地方任职时曾移植此花木到官署园林。李德裕《重台芙蓉赋并序》云："吴兴郡南白蘋亭有重台芙蓉，本生于长城章后旧居之侧，移植蘋洲，至今滋茂。余顷岁徙根于金陵桂亭，奇秀芬芳，非世间之物。"[2] 本来生于长城章后旧居之侧的重台芙蓉被移植到吴兴郡南的蘋洲的白蘋亭畔，长得非常茂盛。李德裕去年将它的根成功移植到金陵的桂亭，如今已经开花，奇秀芬芳，非世间之物可以相比。据李德裕《思平泉树石杂咏一十首》中的第五首《重台芙蓉》可知，事实上，他还把这种奇秀的重台芙蓉移植到了洛阳的平泉山庄。开成五年（840），李德裕五十岁，由淮南节度使任被召入朝，升为宰相。在未应召前李德裕于扬州作下这首诗："芙蓉含露时，秀色波中溢。玉女袭朱裳，重重映皓质。晨霞耀丹景（一作紫），片片明秋日。兰泽多众芳，妍姿不相匹。"[3] 诗中极尽对重台芙蓉的赞美之情。李德裕游宦到哪里就把花移植到哪里，可见对重台芙蓉的赏爱及其耽爱花木的深深癖好。

唐代园林主人广求花木移栽种植的情形是非常普遍的，这一点可以在唐代诗歌书写中得到印证。白居易为江州司马时，曾于元和十一年（816）从山上移栽山石榴，作《山石榴寄元九》诗："山石榴，一名山踯躅，一名杜鹃花，杜鹃啼时花扑扑。九江三月杜鹃来，一声催得一枝开。江城上佐闲无事，山下劚得厅前栽。"可见山石榴是从山脚下挖来栽到庭院中的。白居易对山石榴花非常赏爱，其诗赞道："烂熳一栏十八树，根株有数花

---

[1] ［唐］李德裕撰，傅璇琮、周建国校笺：《李德裕文集校笺》别集卷第一〇，第 720 页。

[2] ［唐］李德裕撰，傅璇琮、周建国校笺：《李德裕文集校笺》别集卷第一，第 492 页。

[3] ［唐］李德裕撰，傅璇琮、周建国校笺：《李德裕文集校笺》别集卷第一〇，第 729 页。

无数。千房万叶一时新，嫩紫殷红鲜麹尘。"① 山石榴红得热烈奔放，颜色娇艳而多样。可能正是出于对山石榴花的偏爱，白居易在洛阳时再次移植山石榴。白居易在大和年间于洛阳作《山石榴花十二韵》："晔晔复煌煌，花中无比方。艳夭宜小院，条短称低廊。本是山头物，今为砌下芳。千丛相向背，万朵互低昂。照灼连朱槛，玲珑映粉墙。……"② 其履道里园内的山石榴树就是从山上移栽而来的，白居易在诗中再次盛赞山石榴花的繁盛浓艳，花中无可比拟，栽种在园中，与低廊、石阶、朱槛、粉墙相互映衬，最为相宜。王建在漳溪山居常常亲自到山间采取花木，他在《别药栏》诗中写道："芍药丁香手里栽，临行一日绕千回。外人应怪难辞别，总是山中自取来。"③ 王建园中的花木是自己亲自到山中寻访得到的，因此临行之时会格外舍不得。韦应物喜爱杉树，将之从西山寺移植到郡斋，他在《郡斋移杉》诗中写到自己的移栽经历："擢干方数尺，幽姿已苍然。结根西山寺，来植郡斋前。新含野露气，稍静高窗眠。虽为赏心遇，岂有岩中缘。"④ 从诗中可知，这棵杉树是从西山寺移植而来。建中四年（783）韦应物曾游西山，西山即滁州琅琊山，当是在此山见到了这棵"擢干方数尺，幽姿已苍然"的杉树，心生喜爱，于是移植到所在的郡圃。与此诗作于同时的另外一首诗《移海榴》，表明韦应物移栽了另一种植物海榴。诗曰："叶有苦寒色，山中霜霰多。虽此蒙阳景，移根意如何。"⑤ 海榴是石榴的一种，韦应物看到它经受山中霜霰苦寒，爱之惜之，遂移植郡斋。

　　宋人为营建园林而寻求、种植花木不遗余力。欧阳修的好朋友李公佐家有东园。欧阳修还是孩童时，与李家儿童在其家嬉戏，看到李氏刚开始营建东园，"征求美草，一一手植"（《李秀才东园亭记》）⑥。李氏四处搜寻花草树木，亲手种植。洪咨夔爱梅，经营东圃时"买梅数十本，手自扶植，少长有序"（《东圃记》）⑦。尉迟氏营建园林时"披榛莽，出瓦砾，求佳花美木，杂植于其中。日课僮奴，具绠缶，治灌溉，初若儿戏然，已而萌者发，生者遂，朱白青绿，争妍而竞秀，君欣然乐之，稍饰垣墉，端径路，筑亭于中央，以为燕游嬉憩之所"（赵鼎臣《尉迟氏园亭记》）⑧。他四处寻求佳

　　① 谢思炜撰：《白居易诗集校注》卷第一二，第923—924页。
　　② 谢思炜撰：《白居易诗集校注》卷第二五，第2018页。
　　③ ［清］彭定求等编：《全唐诗》卷三〇一，第3428页。
　　④ ［唐］韦应物撰，孙望校笺：《韦应物诗集系年校笺》卷六，中华书局，2002，第293页。
　　⑤ ［唐］韦应物撰，孙望校笺：《韦应物诗集系年校笺》卷六，第294页。
　　⑥ 曾枣庄、刘琳主编：《全宋文》卷七四一，第35册，第135页。
　　⑦ 曾枣庄、刘琳主编：《全宋文》卷七〇一一，第307册，第222页。
　　⑧ 曾枣庄、刘琳主编：《全宋文》卷二九八三，第138册，第244页。

花美木，种植在园子中，每天指导家中奴仆准备绳子瓦罐来浇灌花木，颇为用心。北宋郑刚中作《偶成》诗云"乱寻花木傍山栽，虽有此门未必开"①，可知其到处寻找花木依山而栽，用心用力颇为勤恳。南宋著名学者陈傅良止斋园中曲廊初成，其好友沈俭夫前来寻求花木，有诗，止斋先生次韵和之，作《次沈俭夫求花木韵》，可见园主之间亦互相寻求花木。

陆游作于乾道七年（1171）六月的《乐郊记》，记载其好友李晋寿在荆州乐郊园中种植草木的情况。李晋寿园中"文竹、奇石、蒲萄、来禽、芍药、兰、苴、菱、芡、菡萏之富，为一州冠。其尤异者，往往累千里致之"②。为了得到尤异的花木，园主不惜千里之遥，也要将它们移植在自己的园林中。范成大嗜好种菊，在《菊谱》序中说："淳熙丙午，范村所植，止得三十六种，悉为谱之。明年，将益访求它品为后谱云。"③范成大遗憾自己园中的菊花品种不够多不够全，计划明年继续访求新的品种种植以增益《菊谱》。

从以上材料可见，每一个建造园林的人都希望自己的园林花草树木丰富繁茂，富有变化，因而会想方设法寻求不同品类的花木，将其栽种在自己的园林中。

二、种养花木

园主的园林生活不仅仅是读书、弹琴、弈棋、品茗，鉴古，他们还参与到园林种植的劳动中，以此来调适身心。

前文所举元结从远处寻得菊花，在菊圃分畦种植，蔚然可观。李华《贺遂员外药园小山池记》中遂员外在园中"种竹艺药，以佐正性，华实相蔽，百有余品"④。其所栽种竹子，栽植药物，有一百多种。李德裕"于龙门之西得乔处士故居。天宝末，避地远游，鞠为荒榛，首阳翠岑，尚有薇蕨，山阳旧径，唯余竹木。吾乃剪荆棘，驱狐狸，始立班生之宅，渐成应叟之地。又得江南珍木奇石，列于庭际"⑤。李德裕在洛阳龙门西面得乔处士故居，乔处士因天宝末年的安史之乱而避难远游，此居荒芜。李德裕初始营建时，亲自参与治理，铲除荆棘荒榛，驱赶狐狸野兽，栽种江南珍

---

① 北京大学古文献研究所编：《全宋诗》卷一六九四，第 30 册，第 19078 页。
② 曾枣庄、刘琳主编：《全宋文》卷四九四一，第 223 册，第 91 页。
③ ［宋］范成大撰：《菊谱·序》，《范成大笔记六种》，孔凡礼点校，中华书局，2002，第269 页。
④ ［清］董诰等编：《全唐文》卷三一六，第 4 册，第 3211 页。
⑤ ［唐］李德裕撰，傅璇琮、周建国校笺：《李德裕文集校笺》别集卷第九，第 681 页。

稀花木，陈列珍奇怪石，逐渐形成了园林规模。

与唐代相比，宋代的文学书写更加生活化，关于园林种植的记录越来越多，而且描写也越来越具体细致。如：

> 余既结楼廊西偏，以受两湖之胜，东偏有隙地数百步，畦蔬灌荟争长，遂规以为圃。买梅数十本，手自扶植，少长有序。……水仙芍药，必火于秋，分培其根使丰硕，乃能多华。金沙酴醾，上荫恶木，援昌条而升之……（洪咨夔《东圃记》）①

洪咨夔《东圃记》记述了自己营建东圃时亲自栽植花草树木的情形。他亲手种植买来的梅花；水仙芍药要分培其根，这样才能生长得更好，开出更多的花朵；为金沙酴醾搭好攀缘生长的藤架，它们才可以攀缘枝条往上生长。他不仅种植花木，还会好好养护："久不雨则躬抱瓮之劳。坛有新安牡丹，方苞，须笼护以防鹊啄，有庶蘖则搔去，毋使分正气。"天旱了，洪咨夔要抱着水瓮为园中花木浇水。牡丹正在孕育花苞，不能让鸟雀啄食，要为它们做好防护的笼子。有多余的分枝要修剪掉，这样才能保证花开得又大又好。园主简直就是一个园艺师，养护花木极其用心。

周必大在自己的园林中种植了非常多的花木，养护打理十分殷勤。他说："至如佛桑、踯躅、山丹、素馨、茉莉之属，或盆或槛，荣则列之，悴则撤之，而种植未歇也。"（《玉和堂记》）②佛桑、踯躅、山丹之类的花，有的盆栽，有的种在栏杆旁边。正当花季的时候将它们搬出来摆放陈列，等到花期过后就将它们撤走，换上其他当季的花，这就需要在不同季节种植不同的花，种植活动一直没有停止过。

曾三聘《冈南郊居记》说："舍之东不可以田，稍夷其畦塍，樊以为内圃，躬自荷锄，艺种封殖。三年，水幸不至，土脉弗波，地垫而沃，松竹杉桂，相为茂密，其柯叶已可荫，桃、李、梅、杏、荼蘼、海棠欣欣向荣，其花实已可玩。"③房舍以东的土地不能种庄稼，曾三聘便平整好这片土地，四周竖立篱笆建成园圃。他亲自拿起农具种植，经过三年的辛勤耕耘，园中土地越来越肥沃，园中松树、竹子、杉树、桂花树都长得非常茂盛，已可在树下乘凉了。而桃、李、梅、杏、荼蘼、海棠等开花植物也已欣欣向荣长势喜人，它们的花可以欣赏，果实可以享用了。辛勤劳作的成果令曾氏非常欣喜。

---

① 曾枣庄、刘琳主编：《全宋文》卷七〇一一，第 307 册，第 222 页。
② 曾枣庄、刘琳主编：《全宋文》卷五一五〇，第 231 册，第 251 页。
③ 曾枣庄、刘琳主编：《全宋文》卷六三六〇，第 280 册，第 352—353 页。

潘畤《月林堂记》云："余初手植梅、桂五十余本，友端补之，益成佳胜。复构小亭二十余所于花木之间。"① 作者亲自种植梅树、桂树五十余株，好友又补了一些，形成了绝佳的风景；又于花木间安亭二十余所，用以欣赏休憩。

文同《武信杜氏南园记》云："始也披制荆莽，辇朽削秽，以裁筑基级，今已见其巍轩夏宇，华庑而明焕矣。始也折本而种，择枝而附，今已见华晔晔而实累累矣。始也瘗萌于町，扶蘖于径，今已见萧然为长林，而竦然为高株矣。"② 武信杜氏南园中的花木多为园主亲手栽植。起初先铲除园中的荒草杂物，建筑广宇轩堂，择木而种，在田间的空地上种上植物的嫩芽，在小径上种上小苗，现在都已经鲜花盛开，果实累累，小树长成大树，萧然成林了。

司马光《独乐园记》说："志倦体疲，则投竿取鱼，执衽采药，决渠灌花，操斧剖竹，濯热盥手，临高纵目，逍遥相羊，唯意所适。"③ 司马光在读书困乏的时候，通过参与园林种植来调适身体，投竿钓鱼，拎起衣襟到药圃采药，用渠水浇灌花草，拿起斧头剖开竹子（用竹篾制作竹器），可见园林栽植浇灌是他所适意的事情。

朱长文《乐圃记》中记录自己的园林生活："余于此圃，朝则诵羲、文之《易》，孔氏之《春秋》，索《诗》、《书》之精微，明《礼》、《乐》之度数；夕则泛览群史，历观百氏，考古人是非，正前史得失。当其暇也，曳杖逍遥，陟高临深。飞翰不惊，皓鹤前引。揭厉于浅流，踌躇于平皋。种木灌园，寒耕暑耘。虽三事之位，万钟之禄，不足以易吾乐也。"④ 朱长文朝夕诵读诗书，闲暇之时也会种植浇灌园林花木，不论寒暑在园林中耕耘，从中体会到的乐趣是高官厚禄无法比拟的。陆游也说自己在东篱园中"植千叶白芙蓉，又杂植木之品若干，草之品若干……朝而灌，暮而锄。……凡一甲坼，一敷荣，童子皆来报惟谨"（《东篱记》）⑤。陆放翁在园林中种植、浇灌、锄草，观花木成长，自得其乐。

从以上所引唐宋园林散文中的记述可见，园主在园林花木栽植、养护方面颇费心思，而且付出了相当多的劳动，故而对自己的园林生发出更深的情感。园林花草树木的栽植和养护是古代文人耕读生活的一个方面。

---

① 曾枣庄、刘琳主编：《全宋文》卷四九九三，第 225 册，第 111 页。
② 曾枣庄、刘琳主编：《全宋文》卷一一〇六，第 51 册，第 138 页。
③ 曾枣庄、刘琳主编：《全宋文》卷一二二四，第 56 册，第 237 页。
④ 曾枣庄、刘琳主编：《全宋文》卷二〇二五，第 93 册，第 162 页。
⑤ 曾枣庄、刘琳主编：《全宋文》卷四九四四，第 223 册，第 129 页。

　　耕读传家是中国士子在长期农耕社会背景下形成的修身齐家的典型范式。陶渊明《读山海经十三首》其一云"既耕亦已种，时还读我书"，耕种与读书是他生活中不可或缺的两个方面。因为耕种，所以才可以"欢然酌春酒，摘我园中蔬"；因为读书，得以"泛览《周王传》，流观《山海图》"。故而陶氏才可以达到"俯仰终宇宙，不乐复何如"的境界。①事实上，耕读的日常生活情态中含蕴着他对宇宙人生终极性、超越性境界的神往和思考。他在《与子俨等疏》中言："少学琴书，偶爱闲静。开卷有得，便欣然忘食。见树木交荫，时鸟变声，亦复欢然有喜。常言五六月中，北窗下卧，遇凉风暂至，自谓是羲皇上人。"②陶渊明抒写诗意的人生状态，而这种人生状态源自读书带来的精神超越。陶渊明开创了亦耕亦读的理想生活范式，田园所构成的物质空间和书籍所建构的精神空间是历代知识分子身心最为舒放的场域。孟浩然《西山寻辛谔诗》云："竹屿见垂钓，茅斋闻读书。"③《冬至后过吴张二子檀溪别业》云："曾是歌三乐，仍闻咏五篇。草堂时偃曝，兰枻日周旋。外事情都远，中流性所便。闲垂太公钓，兴发子猷船。"④孟浩然的好友辛谔在其西山之园、另外两位朋友在檀溪的别业垂钓读书，晏如自适。

　　薛能《老圃堂》亦云："邵平瓜地接吾庐，谷雨干时偶（一作手）自锄。昨日春风欺不在，就床吹落读残书。"⑤耕读是文人生活中不可或缺的两个重要方面。田园生活不仅仅是文人在入仕前的生活状态，更是其退隐后安抚心灵的一剂良药。故韩偓历经丧乱，天复四年（904）隐居长沙岳麓山林，作《小隐》诗云"借得茅斋岳麓西，拟将身世老锄犁"⑥，他要在此过农家耕种生活，终老不仕。耕读是读书与劳动相结合的一种生活方式，而园林栽植是耕种的一个方面。唐宋时期的园林主人常常说到在暇时或者志倦体疲的时候进行园林耕种、花木养护的劳动，可见在园林侍弄花木是文人读书、做学问之余的一种生活调节。唐宋时期的园林散文呈显了园林生活的多样面向，园林不仅仅有殊胜风景和诗情画意，还有园主人辛勤耕种的汗水和辛劳，以及劳动后的欣慰与满足。《鹤林玉露》中所推崇的"农圃家风，渔

①　[晋] 陶渊明著，逯钦立校注：《陶渊明集》卷四，中华书局，1979，第133页。
②　[晋] 陶渊明著，逯钦立校注：《陶渊明集》卷七，第188页。
③　徐鹏校：《孟浩然集校注》卷二，人民文学出版社，2014，第90页。
④　徐鹏校：《孟浩然集校注》卷二，第91页。
⑤　[清] 彭定求等编：《全唐诗》卷五六一，第6511页。此诗一作曹邺诗。
⑥　[唐] 韩偓著，吴在庆校注：《韩偓集系年校注》卷一，中华书局，2015，第118页。

樵乐事"①，历代文人反复摹写，津津乐道，说明园林种植的意义不仅仅是调节生活那么简单，更含蕴着深层的文化内涵，承载着古代文人的人生态度，是陶渊明树立的文人士大夫生活和精神范式的代代赓续。田园耕读生活的诗歌书写和散文书写，彼此应和，共同呈现出古代文人的生活样态。

第四节　园林散文与绘画空间中的园林生活呈现

园林是写在大地上的诗文，是作在大地上的绘画。园林之美成为园林诗文和绘画表现的重要素材。园林、文学、绘画异形同构，形成了园林艺术的多重审美空间。文学空间中的园林生活和绘画空间呈现的园林生活各有特点。

一、园林散文文学空间与绘画空间中的高士园林生活

对比而言，文学空间与绘画空间共同呈现园林琴书生活，表现园林雅趣。白居易在洛阳履道里园中，"每至池风春，池月秋，水香莲开之旦，露清鹤唳之夕，拂杨石，举陈酒，援崔琴，弹《秋思》，颓然自适，不知其他"②。徐铉《乔公亭记》云，前史部郎中钟君在同安城北，"审曲面势，经之营之"。园内建造乔公亭，钟君每至园内"壶觞毕陈，吟啸发其和，琴棋助其适"③，在郡人眼中，飘若神仙。郑侠《豫顺堂记》中真石先生园中豫顺堂"聚书环左右，先生燕休其间。……有斋焉，名曰益斋，先生所与朋友讲论道艺，必于此者也"④。园林往往是园主静心读书，与好友论道谈艺的场所。李纲的好友毗陵张氏"治园池，艺花竹，日与宾客相乐，饮酒围棋，鼓琴啸咏，翛然忘老"（《毗陵张氏重修养素亭记》）⑤。

园林燕休的闲适优雅生活情调在园林绘画中也多有表现，如唐代王维《辋川图》、卢鸿一《草堂十志图》，北宋赵大亨《荔院闲眠图》、赵佶《文会图》《听琴图》，南宋马麟《深堂琴趣图页》、刘松年《秋窗读易图》、李唐《雪窗读书图》等。南宋佚名的《高士临眺图》（图 5-1）表现的是园林优美

---

① [宋] 罗大经撰：《鹤林玉露》卷二甲编《农圃渔樵》，王瑞来点校，中华书局，1983，第25 页。

② [唐] 白居易撰，谢思炜校注：《白居易文集校注》卷三二，第 1887 页。

③ 曾枣庄、刘琳主编：《全宋文》卷二四，第 2 册，第 229—230 页。

④ 曾枣庄、刘琳主编：《全宋文》卷二一七七，第 100 册，第 27 页。

⑤ 曾枣庄、刘琳主编：《全宋文》卷三七六一，第 172 册，第 220—221 页。

的景致，山水花木、亭轩曲桥构成优美的居园环境。画中四面开敞的轩室内有专门的琴室，并置古琴一张，园主可临水抚琴，画中他正在临水远眺。

相传为北宋赵令穰所作的《荷亭纳凉图》（图5-2），描绘的是夏日荷亭纳凉的生活情景。图中远景为连绵起伏的山峦，中景为碧波荡漾的池塘，近景为树木掩映中的临水建筑。岸上绿柳如丝，大树繁茂，欹斜湖面。水中荷叶田田，荷花盛开。亭中有一位文士，正在面水观荷，神态悠然。这幅图正表现出园林生活的闲情雅趣。宋代李嵩所绘《听阮图》，现藏于台北故宫博物院。画面园中绿荫下，一高士盘膝坐于榻上，一边听阮一边鉴赏古玩字画，对坐女子正在弹阮，旁边美姬侍奉，古树、芭蕉、奇石、名花环绕一旁。

图5-1　[宋]佚名《高士临眺图》　　图5-2　[宋]赵令穰《荷亭纳凉图》

这些园林图绘以园林高士生活为创作题材，与园林散文共同表现园林生活中的高雅情趣。

二、园林散文文学空间和绘画空间中的园林娱乐

园林是可游可居之地，是一个舒心适意的休闲空间，其中的娱乐、玩耍等世俗生活成分应当是普遍存在的，而且随着园林的普及，园林娱乐应当是公共园林和私家园林的发展趋向。

自唐至宋代，皇家园林、公共园林空间中不乏戏曲、俗讲、水戏等娱乐活动，甚至商业活动，唐宋史书、笔记的记载可见一斑。如《资治通鉴》载，敬宗宝历二年（826）六月甲子，"上御三殿，令左右军、教坊、内园为击毬、手搏、杂戏。戏酣，有断臂、碎首者，夜漏数刻乃罢"。六月己

卯，"上幸兴福寺，观沙门文溆俗讲"①。敬宗在宝历二年于内园观看的娱乐表演十分丰富，有击毬、手搏、杂戏，表演持续到深夜。又据《入唐求法巡礼行记》记载，长安佛寺俗讲非常普遍，如"左街令敕新从剑南道召太清宫内供奉矩令费于玄真观（在崇仁坊）讲《南华》等经"②。另《资治通鉴》卷二百四十八载，万寿公主因在慈恩寺看戏而没有看望丈夫病危的弟弟郑颢，受到皇帝责罚。关于唐代公共园林、寺观园林中的游春活动的文献记载有很多，前文已经有所征引，在此不再赘述。

宋代园林活动更加丰富。《东京梦华录》卷七"驾登宝津楼诸军呈百戏"条记载："驾登宝津楼，诸军百戏呈于楼下。先列鼓子十数辈，一人摇双鼓子，近前进致语。多唱青春三月莺山溪也。唱讫，鼓笛举，一红巾者弄大旗，次狮豹入场，坐作进退，奋迅举止毕，次一红巾者手执两白旗子，跳跃旋风而舞，谓之扑旗子。……"③另"驾幸临水殿观争标赐宴"条也有生动描写："……水戏呈毕，百戏乐船并各鸣锣鼓，动乐舞旗，与水傀儡船分两壁退去。有小龙船二十只，上有绯衣军士各五十余人，各设旗鼓铜锣。船头有一军校，舞旗招引，乃虎翼指挥兵级也。又有虎头船十只，上有一锦衣人，执小旗立船头上，余皆著青短衣长顶头巾，齐舞棹，乃百姓卸在行人也。又有飞鱼船二只，彩画间金，最为精巧，上有杂彩戏衫五十余人，间列杂色小旗绯伞，左右招舞，鸣小锣鼓铙铎之类。又有鳅鱼船二只，止容一人撑划，乃独木为之也。……"④另有"池苑内纵人关扑游戏"的记载："池苑内，除酒家艺人占外，多以彩幕缴络，铺设珍玉、奇玩、匹帛、动使、茶酒器物关扑。有以一笏扑三十笏者。以至车马、地宅、歌姬、舞女，皆约以价而扑之。"⑤

尽管宋代园林的娱乐生活比较丰富，但是在园林散文中却鲜有记载。比较而言，园林散文主要表现园林文人、高士的精神生活，较少表现世俗享乐的生活，即使写节日园林游园活动，也往往简笔带过，主要是为了体现地方官吏修治园林与民同乐的政德。园林游戏享乐的内容在园记散文中也很少表现，与之相比，园林娱乐在绘画中则多有体现。如宋代佚名的《蕉荫击球图》，呈现的就是儿童在园林中玩耍的场景。《蕉荫击球图》绢本设色，画幅纵 25 厘米，横 24.5 厘米，藏于北京故宫博物院，此图原载

①　[宋] 司马光编著，[元] 胡三省音注：《资治通鉴》卷二四三，中华书局，1956，第 972 页。
②　[日] 圆仁著，小野胜年校注，白化文等修订校注：《入唐求法巡礼行记校注》卷三，花山文艺出版社，1992，第 369 页。
③　[宋] 孟元老撰，邓之诚注：《东京梦华录注》卷七，第 193—194 页。
④　[宋] 孟元老撰，邓之诚注：《东京梦华录注》卷七，第 184—185 页。
⑤　[宋] 孟元老撰，邓之诚注：《东京梦华录注》卷七，第 198 页。

《宋人名流集藻册》。从图 5-3 可见庭院内奇巧的湖石突兀挺立，与一丛茂盛的芭蕉相互掩映，这是园林一角的小景观。几案前的少妇正与身旁的女子专注地观看二童子玩击球游戏，一个小童手持木拍正欲击球，另一童子张嘴的样子好像是在呐喊助威。图中四人的目光同时落于童子所欲击打的小球之上。整幅画传递出园林居园生活的安逸和富足。

图 5-3　[宋]佚名《蕉荫击球图》

相传为张择端所绘的《金明池争标图》则描绘了北宋京城汴京金明池水戏争标的场面。图 5-4 中苑墙围绕，池中筑十字平台，台上筑有圆形殿宇，有拱桥通达左岸，岸上建有彩楼、水殿，池岸四周桃红柳绿，间有凉亭、船坞、殿阁。水中龙船两侧各有小龙舟五艘，每艘约有十人并排划桨，船头一人持旗。图中微小如蚁的人物众多，表现出争标水戏的激烈与热闹。

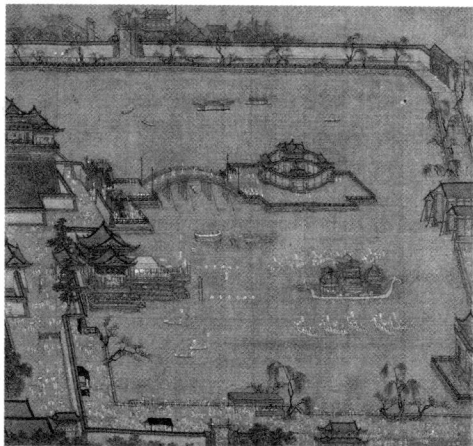

图 5-4　[宋]张择端《金明池争标图》(局部)

三、园林散文文学空间和绘画空间中妇孺的园林生活

园林是家居生活的场所，是最适合妇女儿童生活的地方。唐宋时期以妇孺园林生活为题材的园林绘画作品较多。

园林当是儿童玩耍的最佳游乐场，假山石洞是捉迷藏的最好创设，春天可在花丛中扑蝶，夏天则可在树荫下嬉戏。园林儿童嬉戏玩耍是园林绘画的一个重要题材。自宋代至明代宣德以前的婴戏图，多为"庭园婴戏"，表现孩子们在庭园内的活动。

在园林画比较成熟的宋代，有苏汉臣的《戏婴图》《秋庭戏婴图》、佚名的《小庭婴戏图》《冬日婴戏图》等以儿童园林嬉戏为题材的绘画作品。这些图画中的孩童，着色鲜润，体度如生，非常传神。如《秋庭戏婴图》（图 5-5），绢本设色，纵 197.5 厘米，横 108.7 厘米，藏于台北故宫博物院。从画中可见，庭院中，姐弟二人围着小圆凳，聚精会神地玩游戏。不远处的圆凳上、草地上，还散置着转盘、小佛塔、铙钹等精致的玩具。构图选取庭院园林一处，笋状的太湖石高高耸立，造型坚实挺拔，周围则簇拥着盛开的芙蓉花与雏菊，是典型的园林绘画。

佚名的《小庭婴戏图》册页（图 5-6），绢本设色，纵 26 厘米，横 25 厘米，台北故宫博物院藏。

图 5-5 ［宋］苏汉臣《秋庭戏婴图》

此图描绘四个活泼可爱的儿童在竹栏环绕的庭院中游戏的场景，玩具散落地上，四个小孩儿姿态各异，快乐地玩耍。图的右上方湖石点缀、翠竹丛生、小草如茵，画面具有园林的清雅之趣。《冬日婴戏图》选取的也是堆置的湖石和花树，庭园假山旁蜀葵与山茶盛开，地上青草如茵，两个满脸稚气的孩童舞动手中旗杆，与顽皮的小猫嬉戏。它表现的也是儿童园林玩耍的生活。

与宋代园林图绘相比，儿童
园林嬉戏的生活在园记散文作
品中却少有描绘，有的也只是老幼
相携的简略描述，或者是园林课
读的记载。

　　私家园林也是闺阁女子活动
的场所，清静幽美的园林是她们
消磨时光的极佳选择。唐代画家
周昉的《簪花仕女图》，描绘的
是贵族妇女游园赏花的情景。清
代冷枚的《十宫词图·唐宫·沉
香亭》描绘数名妇人在唐兴庆宫
沉香亭赏花的生活瞬间。宋代李
嵩的《高阁焚香图》描绘宫苑中
几位女子在华美的露台上虔诚地

图 5-6　［宋］佚名《小庭婴戏图》

焚香祷告的情形（图 5-7）。宋赵伯驹的《汉宫图》描绘的是宫中妃嫔七夕
登上高台乞巧的场景。五代佚名的《乞巧图》，描绘的也是唐宫中众多女
子在一处亭台楼阁错落的庭院乞巧的场面。五代周文矩所绘的《水榭看凫
图》，描绘几位女子临水榭倚栏杆观看野鸭浮水的场景。宋代苏汉臣的《妆
靓仕女图》、王诜的《绣栊晓镜图》，表现的都是女子在园林中对镜梳妆的
情形。

　　以宋代佚名的画作《桐荫玩月图》为例，此画绢本设色，纵 24.0 厘
米，横 17.8 厘米，藏于故宫博物院。画面上庭院深深，亭台楼阁绵延相
连，庭园内外佳木葱茏。在一座厅堂内，一个女子双手执扇，婉然而立，
身态优雅，似在欣赏天空明月。台阶下一小童正在玩耍，憨态可爱。另有
一幅《莲塘泛艇图》，传为王诜所作，绢本设色，纵 24.3 厘米，横 25.9 厘
米，故宫博物院藏。图中古松苍郁繁茂，掩映着建在丛石之上的楼阁。阁
中女子凭栏而立，似在欣赏荷塘月色，享受带有荷香的凉风。阁外莲池上
有女子端坐华艇，前后各有一仕女在轻划船桨。宋代李嵩所绘的《画阑游
赏图》（图 5-8），描绘庭园中女子闲处的悠然自得。画中古松掩映着精美
的厅堂建筑，一个女子倚栏而坐，神态悠闲，另外两位女子坐于榻上交谈，
侍女立于堂外随侍。诸多宋代的园林绘画，尽管表现内容有所不同，但都
展现出贵族女子在园林中的悠闲生活状态。

图 5-7 ［宋］李嵩《高阁焚香图》 图 5-8 ［宋］李嵩《画阑游赏图》

　　园林散文中鲜有涉及的闺中女子的园林生活，在宋代园林题材绘画作品中得到了补充呈现。这种情形说明了园林散文在创作上的选择性和自主性。究其原因，盖因为散文作为正统文体，文以载道是其要承担的最重要的社会责任，道、节、理是其表现的中心，要保持散文的正统、中正的文体特色。故而宋代园林散文过滤了那些世俗化的内容，它们由笔记小说和宋词这样的休闲文学作品来呈现。

小　结

　　唐宋时期的园林活动丰富，主要有文人雅士的园林宴集活动、都人市民在嘉令时节的游园活动、园主亲自参与的园林花木种植活动，它们为园林散文书写提供了丰富的素材。

　　唐宋时期的园林活动说明园林不仅仅是文人雅士的精神止泊之地，也是都人市民的消遣乐园。唐宋时期的园林种植活动说明精致的园林不仅仅只有诗情画意，还有辛勤的汗水和劳动，蕴含着园林主人对花草树木的深厚感情。

　　唐宋园林散文所构建的文学空间与绘画空间中的园林生活有相同的一面，也有差异的一面。文学与绘画都表现文人高士的高雅园林生活情调，但文学较少表现园林游戏享乐和女子、儿童的园林日常生活，园林绘画却多以此为创作题材。盖因为散文作为正统文体，承担着文以载道的重要教化功能。

第六章　唐宋园林散文书写嬗变

唐宋时期园林散文书写的嬗变体现在形式和表现内容两大方面。

唐宋园林散文的篇目形式有所不同。对照唐宋时期的园林散文篇目，发现唐代的篇目多纪实形式，有如下几种：

第一种，地名＋方位＋园中主要建筑名，如《宴梓州南亭诗序》《绵州北亭群公宴序》《永州法华寺新作西亭记》《零陵三亭记》等。

第二种，时间＋人名（或官职）＋园中主要建筑名，如《春日孙学士宅宴序》《秋日宴季处士宅序》《夏日宴张二林亭序》《岁除陪王司马登辥公逍遥台序》等。

第三种，地名＋人名（或官职）＋园中主要建筑名，如《永州崔中丞万石亭记》《君阳遁叟山居记》《唐符阳郡王张孝忠再葺池亭记》《襄阳张端公西园记》。

第四种，人名（或官职）＋园中主要建筑名，如《太平公主山池赋》《李舍人山亭诗序》《梁王池亭宴序》《薛大夫山亭宴序》《卢郎中斋居记》《尉迟长史草堂记》。

第五种，以园中的主要建筑名篇，如《草堂记》《茅阁记》《寒亭记》《燕喜亭记》。

第六种，地名＋园中主要建筑名，如《歙州披云亭记》《郓州溪堂诗序》《长沙东池记》《襄阳北楼记》《闽城开新池记》等。

第七种，以园林所在的地命名，如《东山记》《王官谷记》《司空山记》《新安谷记》等。

从以上篇名分类和例举可见，唐代园林散文篇名具备叙事要素，题目交代何时何地何人在何园有何活动，或宴饮或游赏，其写实特征十分突出。篇目中以整个园林名篇的很少，以园中亭、堂等主要建筑名篇是其主要的形式。园林中亭、堂建筑的取名也简单写实，多以方位和数量命名。亭在南则为"南亭"，在北则为"北亭"，在山则为"山亭"，在水则为"池亭"。

亭有二则称"二亭"，如《二公亭记》；有五则称"五亭"，如《白蘋洲五亭记》；堂有三则称"三堂"，如《虢州三堂记》。还有以构筑材料命名建筑的，如《茅阁记》《草堂记》。园林或以种植的主要作物为名，如《李校书花药园记》《菊圃记》《春夜宴从弟桃花园序》。这样的命名方式具有鲜明的写实特色。

宋代园林散文名篇形式沿袭唐代但又有很大的变化。如《洪州华山胡氏书堂记》《春日至云庄记》《春日宴李氏林亭记》是对唐代篇目形式的继承。不过前三种名篇形式已经很少见，后几种形式比较多见。

（1）人名（或官职）＋园中主要建筑名或园名，如《李氏园亭记》《张氏会隐园记》《李秀才东园记》《薛氏安乐庄园亭记》《强衍之愚庵记》。

（2）地名＋园中主要建筑名或园名，如《兖州美章园记》《扬州新园亭记》《武信杜氏南园记》《定州众春园记》《扬州九曲池新亭记》《灵壁张氏园亭记》《合州苏氏北园记》。

（3）直接以园中主要建筑名或园林名称来名篇，如《东轩记》《来喜园记》《水云村记》《乐圃记》《小隐园记》《独乐园记》《松风堂记》《稼轩记》《尊德堂记》《乐郊记》《是亦园记》《秀野园记》。

从篇目上看，宋代园林散文的篇名简化了何时、何地、何人、何园、何种活动等多种叙事要素，简化的篇名中纪实性大大减弱。宋代园林散文的题名既有以园中主要建筑命名的，也有不少以整个园林命名的，宋代文人记园时园林整体观念更强。宋代园林总名的命名有两种情况：一种以方位或园主姓氏命名，如东圃（园）、西园、北园、南园，是以方位命名，以园主姓氏命名者见上文，这种命名方式比较简单；另一种园林题名则富有深刻内涵，体现园主的精神取向或情感寄托，如"小隐园"寄托了园主的归隐之意，"众乐园"表达与民同乐的君子胸怀，"逍遥园"传达的是追求自在洒脱的超然之趣，"乐圃"表达追求快乐的生活理想，"唤春园"寄托对春天的热爱，"秀野园""丽芳园"体现园林的秀美。从宋代园林整体命名的情况看，宋代部分园林取名尚素朴，部分园林取名已很注重彰显园林特色，或者凸显园林主人的精神特质，宋代园林篇名的抒情表意成分增多。

园林散文的篇幅从唐代到宋代表征出由短到长的变化趋势。唐代园林散文短篇居多，长篇相对较少。笔者作了统计，唐代园林散文以100至500字的篇幅者居多，以较为典型的篇目为例，元结《殊亭记》《右溪记》《菊圃记》《茅阁记》、詹敦仁《清隐堂记》等皆为100多字，卢照邻《宴梓州南亭诗序》、王勃《游冀州韩家园序》、宋之问《奉陪武驸马宴唐卿山亭序》皆为200多字，李翰《尉迟长史草堂记》、李华《卢郎中斋居记》

都为 300 多字，李德裕《平泉山居诫子孙记》《平泉山居草木记》、穆员《新安谷记》、司空图《休休亭记》皆为 400 多字，白居易《白蘋洲五亭记》《池上篇并序》有 500 多字。唐代园林散文中 600 字以上篇幅的相对较少，皮日休《通玄子栖宾亭记》超过了 600 字，符载《长沙东池记》有 892 字，樊宗师《绛守居园池记》有 946 字，欧阳詹《曲江池记》共 1286 字。其总体状态是短篇居多，发展趋势为篇幅逐渐加长。

宋代亦有短篇百十字者，如高定子《秀春园记》130 字，俞向《乐圃记》230 字，尹洙《张氏会隐园记》253 字。比较而言，600 字以上的中长篇数量很多，如欧阳修《李秀才东园亭记》653 字，丁彦师《东圃记》736 字、《太平郡圃记》800 字、《独乐园记》888 字，杨蟠的《众乐园记》998 字。长篇者正文达千字以上，如李石的《合州苏氏北园记》正文 1136 字，朱长文的《乐圃记》1297 字，何恪《西园记》达 1471 字，周梦孙的《大园记》共 1896 字，朱熹的《云谷记》更是长达 2157 字。

篇幅的增长更有利于记园者自由表达。围绕一个园林，作者不仅限于叙述园林建造时间、缘由、过程，描述园林景观布局，表现园林居游生活，还可以"思接千载，视通万里"，论历史兴废，纵横驰骋；也可以叙说家长里短、人情世态，无拘无束。

在语体形式上，园林散文经历了逐步散体化的过程，最终采用散体形式，句子长短变化，自由灵活地展开以园林为中心的书写。选择散文化的语言形式也是园林散文长期自我选择的结果，初、盛唐时期，宋之问、王勃等作家的"园序"，多华丽的骈句。中、晚唐时期，元结、柳宗元、韩愈、白居易、司空图等作家的园林"记""序"之作，多骈散结合，以散体为主。到了宋代，园林"记"文则完全散体化。散体化的语言形式更宜于表达丰富复杂的园林内容，园林散文选择散体化的语言，但依然重视炼字、造句、裁章，往往用词精当而意蕴丰富。

自唐到宋，园林散文除了形式上的变化外，更突出的变化体现在其书写内容上。本章重点聚焦园林散文书写内容的嬗变，以勾勒园林散文在唐宋这一历史横断面上的面貌。

第一节　园林景观题名由实入虚

从唐宋园林散文的记述可见，自唐代到宋代园林景观题名经历了"纪实性—诗意化—理学色彩鲜明"的变化过程。

一、景观题名从纪实性到诗意化的转变

唐代景观题名多以纪实为主，如元结《右溪记》所记"右溪"题名来由就是因为溪在州之右；柳宗元的《永州崔中丞万石亭记》所记"万石亭"则因奇石众多而得名，写实性特色极其鲜明。再如白居易的《白蘋州五亭记》中五亭题名："白蘋亭"因州名而得名，"集芳亭"因可阅花卉而得名，"山光亭"因面山而得名，"朝霞亭"因处于园林东边可迎接朝霞而得名，"碧波亭"因面临清流而得名，其名都有明显的纪实特点。但唐代园林景观题名也有取义景区意境的，具有写意性。如《暮春太师左右丞相诸公于韦氏逍遥谷宴集序》《沔州秋兴亭记》《夏日诸从弟登汝州龙兴阁序》《暮春陪诸公游龙沙熊氏清风亭诗序》《愚溪诗序》《望雪楼记》《休休亭记》《清隐堂记》等，题目中的"逍遥谷""秋兴亭""龙兴阁""清风亭""愚溪""清隐堂""休休亭""望雪楼"的题名或能体现园林景观的意匠，或能体现园主人的情志寄托。

韩愈《燕喜亭记》中景观的命名皆有寓托："其石谷曰谦受之谷，瀑曰振鹭之瀑，谷言德，瀑言容也。其土谷曰黄金之谷，瀑曰秩秩之瀑，谷言容，瀑言德也。洞曰寒居之洞，志其入时也。池曰君子之池，虚以钟其美，盈以出其恶也。"[1] 园林中的燕喜亭乃时任连州司户的王宏中所建。王宏中，即王仲舒（762—823），字宏中，太原人，行十，并州祁人，即山西祁县人，德宗贞元十九年（803）被贬连州司户，两《唐书》有传，有文名，长于制造。贞元十九年冬，韩愈因《上论天旱人饥状》为民请命，十二月，贬阳山县令，是年九月王仲舒贬连州司户，阳山为连州属县。贞元二十年修亭成，韩愈与之同游作记。记文表现了王仲舒爱山水、喜自然的本性，景观题名昭示着他乐山乐水的仁智者心胸。

唐代这种有所寄托的写意性的题名在宋代广为发扬，成为景观题名的主流，真正体现了宋代写意化园林的特征。宋代园林景观的题名超越了唐代园林景观纪实、寄托的特性，更加注重意境、美感，而且题名多有出处来源，最多的是诗意化的题名。宋代园林中的诗化景观非常多，有来自魏晋诗歌的题名，更多的是来自唐诗的题名，形成了宋园特有的诗化景观题名。宋代园林散文作品艺术解读了众多来自唐诗的题名，呈现其包蕴的诗意化内涵，主要体现在以下几个方面。

---

① ［清］董诰等编：《全唐文》卷五五七，第 6 册，第 5633 页。

（一）诗意题名点出园林意境

由记园作者点明园林诗意题名，是对园林审美艺术和园主文化修养的双重解读，可以帮助阅园者更好地静读园林，领悟筑圃文心。吴儆《竹洲记》记载园有一亭名为"静香"，"以其前有竹，后有荷花，用杜子美'风摇翠筱娟娟静，雨浥红蕖冉冉香'之句为名"①。记园者交代了静香亭得名的杜甫诗句，是为明用。此句乃出自杜甫《狂夫》诗。竹洲园的静香亭，前修竹，后香荷，与杜诗写景相合。记文点出杜诗可能引发的联想，风摇翠竹的静好、雨润红莲的清香会调动赏园者和阅文者的视觉和嗅觉机能，让园林静止的景观鲜活起来，打开自由想象的空间，不同天气、不同时令所能见到的姿态情致全部浮现在其眼前，园林借助诗歌无穷的文化张力来绽放自身蕴含的内在美。再如刁约《望海亭记》云："昔元微之罢相领浙东观察，尝有《酬郑从事宴望海亭》诗，请复亭名曰'望海'，乃然之，仍以诗附于左方。"②元稹诗作描绘秋天登上望海亭所见：四面湖山，树木葱茏，舟船争渡，稻田满野，景色秀美。据文中所记，刁约大中祥符年间来越地时，常游于此，"时州将高公绅植五桂于亭之前，易其名曰'五桂亭'"。四五十年后，刁约守此郡，寻访旧迹，亭与桂树俱废，只有荒墟一片。于是重新修复扩建，恢复"望海亭"的旧名，刻元稹诗于旁。"望海"的题名，最切合"亭之胜，诸景丛集"的现地性，也是对前世文化遗存的回应。元稹诗作提示着此处美景可赏，为"望海亭"涂铺上一层明丽的文化底色，引发后人的无限追忆。

（二）诗意题名披显园主寄托

唐诗题名寄托着园主生活理想。苏轼《醉白堂记》云："故魏国忠献韩公作堂于私第之池上，名之曰'醉白'。取乐天《池上》之诗，以为醉白堂之歌。意若有羡于乐天而不及者。"③白居易所作的池上诗歌共二十五首，表现山水园池之乐。其《池上》诗云："袅袅凉风动，凄凄寒露零。兰衰花始白，荷破叶犹青。独立栖沙鹤，双飞照水萤。若为寥落境，仍值酒初醒？"④韩琦在其南园中作堂名为"醉白"，可见园主对白居易逍遥洛下、

---

① 曾枣庄、刘琳主编：《全宋文》卷四九六八，第 224 册，第 121 页。
② 曾枣庄、刘琳主编：《全宋文》卷四一一，第 20 册，第 66 页。
③ 曾枣庄、刘琳主编：《全宋文》卷一九六七，第 90 册，第 380 页。
④ 谢思炜：《白居易诗集校注》卷第二五，第 2022 页。

园林赋诗生活的向往和践行。

张守《四老堂记》记述数亩小园的景观后，以韩愈《示儿》诗中"辛勤三十年，以有此屋庐。此屋岂为华，于我自有余"[①]表达对自己能够拥有这样一个园林的满足。袁燮《是亦园记》中记述了自己在开禧至嘉定年间卜筑两亩多的"是亦"小园，为新筑之楼取名"愿丰"，"乃取杜子美'忧国愿年丰'之句"[②]，题名寄托了他祈愿丰收的愿望。

唐诗题名寄托着园主的政治理想。园林是文人士大夫的精神场，园主的政治理想往往借唐诗题名得以寄托。王安中《河间旌麾园记》记述清河公在园中凿池跨桥、筑堂卜亭，为"来贤堂""存景台""繁华亭""惠风亭"等景观一一命名。又取杜甫"十年出幕府，自可持旌麾"诗语，为整座园林合而名之曰"旌麾园"。[③]杜甫在《送高三十五书记十五韵》中以"十年出幕府，自可持旌麾。此行既特述，足以慰所思"[④]之语，希冀高适在哥舒翰幕府中有所建树。而山西清河公以"旌麾"名园也寄托着他渴望建立功业的愿望。

再如周梅叟《新建后圃亭院记》：

> 载稽图籍，元次山于郡治后为菊圃，今之圃是也。我朝宣和间，王侯次翁于圃中创四亭：取杜子美《舂陵行》"粲粲元道州"，而名其亭曰"粲粲"；取白乐天歌行"老者幼者何欣欣"，而名其亭曰"欣欣"……[⑤]

此园是道州郡圃，四亭之名皆表达郡守才能卓越、政成俗阜、百姓和乐的政治理想。"粲粲"出自杜甫《同元使君舂陵行》中"粲粲元道州，前圣畏后生。观乎舂陵作，欻见俊哲情"[⑥]。《旧唐书·元结传》载，代宗立，元结授著作郎，后拜道州刺史。此诗是杜甫送别元结所作，赞扬元结才俊英杰，必在道州建立卓荦政绩。道州先经西原蛮寇侵掠，元结为守，稍得安戢。"粲粲"的取名深意在诗歌原始内涵的基础上又增添了园主人对自己和未来道州郡守的政治期许。"欣欣"取自白居易《道州民》："道州民，老者幼者何欣欣。父兄子弟始相保，从此得作良人身。道州民，民到于今

---

① [唐] 韩愈撰，[清] 方世举笺注：《韩昌黎诗集编年笺注》卷九，郝润华、丁俊丽整理，中华书局，2012，第499页。
② 曾枣庄、刘琳主编：《全宋文》卷六三七七，第281册，第241页。
③ 曾枣庄、刘琳主编：《全宋文》卷三一五九，第146册，第356页。
④ [唐] 杜甫著，[清] 仇兆鳌注：《杜诗详注》卷二，中华书局，2004，第128页。
⑤ 曾枣庄、刘琳主编：《全宋文》卷七八七三，第341册，第195页。
⑥ [唐] 杜甫著，[清] 仇兆鳌注：《杜诗详注》卷一九，第1692页。

受其赐，欲说使君先下泪。仍恐儿孙忘使君，生男多以阳为字。"①道州老幼欣欣的原因是道州刺史阳城上书取消了惨无人道的"矮奴贡"，阳城为民行道的功德名垂史册。亭的取名皆与有作为的道州刺史有关，寄托着现任刺史造福百姓的政治理想。

高定子所作《绣春园记》云，该园名取自杜少陵《入奏行赠西山检察使窦侍御》"绣衣春当霄汉立，彩服日向庭闱趋"②。虽然绣春园不复存在，连其遗址也不知何所，但记园者依然喜爱它来自杜诗的题名。杜甫在诗中祝愿窦侍御入朝觐见、奏请抵御西山吐蕃进犯能得到恩准，从而建立功业，增秩要职。该园之所以采杜甫诗句中的"绣春"为园名，也是取杜甫诗意，寄寓着园主人的政治理想。

唐诗题名寄托着园主的人格理想。园林对士大夫而言还具有人格完善的意义，宋代园林中不少取自唐诗的题名寄寓着园主的人格理想和道德操守。

> 余尝访常禅师于山中，与之论唐人诗为一笑。禅师欣然取牧之"风玉"之句以名其亭，更欲仆记所以名亭之意。（周紫芝《风玉亭记》）③

> 青青之色，凌傲霜雪，诸友岁寒之心也。郁密轮囷，若偃若伸，爪距奋而鳞鬣生，诸友变化之象也。今日之观，岂曰玩物而已哉！唐人之诗曰"勖君青松心"，予于诸友亦云。（王十朋《岩松记》）④

> 钱塘钱厚之，字德载，罢邑暨阳，筑室天台山大隐峰下。芟刈蓬蒿，列植松桧，室宇华致，宜冬而协夏，凡前日造化所秘，一朝自我而得。遇兴超然，景与意会，取杜少陵诗"心迹双清"之句，以名其堂。（王铚《双清堂记》）⑤

"风玉亭"之名取自杜牧《斫竹》"寺废竹色死，宦家宁尔留。霜根渐随斧，风玉尚敲秋"⑥。"风玉"名亭，是以竹子所具常绿、劲直、有节、虚心等风骨精神来寄寓常禅师的品格理想。王十朋《岩松记》所记盆植松

---

①　谢思炜撰：《白居易诗集校注》卷第三，第 333 页。

②　[唐] 杜甫著，[清] 仇兆鳌注：《杜诗详注》卷一〇，第 869 页。

③　曾枣庄、刘琳主编：《全宋文》卷三五二九，第 162 册，第 277 页。

④　曾枣庄、刘琳主编：《全宋文》卷四六三五，第 209 册，第 115 页。

⑤　曾枣庄、刘琳主编：《全宋文》卷三九九二，第 182 册，第 181 页。

⑥　[清] 彭定求等编：《全唐诗》卷五二二，第 5974 页。

树，取意李白《古风》其二十"勖君青松心，努力保霜雪"[1]，寄托了园主人怀有青松之志节，拒斥世俗，保持高洁坚贞操守的定念。"双清堂"则出自杜甫诗《屏迹三首》其二，诗云："用拙存吾道，幽居近物情。桑麻深雨露，燕雀半生成。村鼓时时急，渔舟个个轻。杖藜从白首，心迹喜双清。"[2]堂名取意杜甫之诗句，寄托园主抛却尘俗之念，保持心迹双清的人格理想。

（三）诗意题名揭示造园匠心

园林是人化的自然，物化的心性。园林造景手法多种多样，任何一种设计匠心都是为了使园居者或者游园者能最好地欣赏园林美景，在园林中获得与天地之理、万物之性的内在交融和沟通，于物我合一处体悟中国古典园林所追求的"天人之际"的哲学境界。"夫借景，林园之最要者也。如远借、邻借、仰借、俯借、应时而借。"[3]明代计成认为造园最重要的技法就是借景，借景的手法多种多样。后世的理论总是在总结前代的经验的基础上形成的，宋代园林的卜建过程中已经在成功运用这些造园的技法。从宋代的园记散文看，唐诗启示了诸多借景造园的匠心，成为造园审美理念的诗化载体。

员兴宗作《汉嘉李氏林亭记》，记述李氏私园：

> 亭之阴望乎原邑，曰延搜之亭，取少陵所谓"广原延冥搜"，思之寓也。楼曰湛晖之楼，取仪曹所谓"星汉湛光晖"，目之寓也。楼之右水天相永，弗可纪极，故榜之曰纳纳之轩，取少陵所谓"纳纳乾坤大"，量之寓也。[4]

在李氏林亭中，唐诗不仅仅是题名的来源，更是园林布景审美理念的一种体现。亭、楼是园林景观的组成部分，也是园林观景的驻足所在。居高临远，目之所及，天地广阔，众景尽收眼底，令人思绪绵远，心旷神怡。亦如计成《园冶》中所说："轩楹高爽，窗户虚邻，纳千顷之汪洋，收四时之烂漫。"[5]杜甫诗《奉同郭给事汤东灵湫作》"阆风入辙迹，旷（一作

---

① [唐]李白著，[清]王琦注：《李太白全集》卷二，第115页。
② [唐]杜甫著，[清]仇兆鳌注：《杜诗详注》卷一〇，第883页。
③ [明]计成著，陈植注释：《园冶注释》卷三，第122页。
④ 曾枣庄、刘琳主编：《全宋文》卷四八四七，第218册，第301页。
⑤ [明]计成著，陈植注释：《园冶注释》卷一，第26页。

广）原延冥搜"①，描写的是皇帝驾幸骊山，车马到达山顶，举目远眺，遥视辽阔天地的情形。园林"延搜"之亭的命名体现的乃是造景中的远借之法，将园林之外的原邑纳入园中登临视野，将园内园外景象融为一体，通过景观平远视线的延伸表现出宇宙的无限广大。而"湛晖之楼"取自柳宗元的《夏夜苦热登西楼》"苦热中夜起，登楼独褰衣。山泽凝暑气，星汉湛光辉"②。柳诗描写诗人在炎热的夏夜难以入眠，独自披衣登楼乘凉，仰望天空，看到星汉灿烂，清辉如同湛卢宝剑发出的寒光。"湛晖之楼"的取名从借景角度上看是仰借，从借景对象上看为虚借之法，登楼所见夜空星月，是特定时间、天气下才有的景象，非园林实景，非园林中景，因高楼的地位优势而易得易赏，也就是计成在《园冶》中所讲的"应时而借"③。而"纳纳之轩"出自杜甫《野望》"纳纳乾坤大，行行郡国遥"④，取其纳景之意，俯借楼右水景，园中收纳园外水天浑融凑泊之意境。"能否通过园林与更广大自然景观的融合而表现出宇宙的无穷境界，始终是衡量造园艺术高下的标准。"⑤园中亭、楼、轩的诗化命名体现了造园的审美理念和艺术法则。

> 上为重阶广堂以御宾燕，其前可以席工步珩佩之节。环堂为画疏绮察，可以来沓递之景，而尽啸歌俯仰之适。李白尝有诗，以谓"九江秀色可揽结，吾将此地巢云松"。使九江之秀可揽而无所遗者，非此无以当之。（沈括《江州揽秀亭记》）⑥

江州太守蔡履中修缮园林中庳陋倾废的台观，欲使之焕然一新，与民同游同乐。园中正建一亭，取意李白诗歌，名为"揽秀亭"。李白有《望庐山五老峰》诗，云："庐山东南五老峰，青天削出金芙蓉。九江秀色可揽结，吾将此地巢云松。"⑦其诗歌气势豪迈，表现九江秀色尽收眼底的庐山五老峰的高峻气魄，江州揽秀亭造景法与之相合，观者不论置身重阶广堂，还是依亭凭栏，都可以尽情观赏到群山大江、茂林篁竹、荷芰清池，俯仰啸歌之间，寄身林泉以歇心适意。"揽秀"体现的是借景中的俯借和远借之法，以之可突破园林实际空间范围的限制，实现园林景观与大宇宙的融合。

---

① ［唐］杜甫著，［清］仇兆鳌注：《杜诗详注》卷四，第 280 页。
② ［清］彭定求等编：《全唐诗》卷三五二，第 3943 页。
③ ［明］计成著，陈植注释：《园冶注释》卷三，第 122 页。
④ ［唐］杜甫著，［清］仇兆鳌注：《杜诗详注》卷二二，第 1973 页。
⑤ 王毅：《中国园林文化史》，上海人民出版社，2014，第 287 页。
⑥ 曾枣庄、刘琳主编：《全宋文》卷一六九一，第 77 册，第 342 页。
⑦ ［唐］李白著，［清］王琦注：《李太白全集》卷二一，第 990 页。

借景是园林造景的惯用之技法，在宋代园记中触目皆是。再如韩元吉《云风台记》，其所记乃永嘉黄使君坚叟的数亩小园：

> 面山者为堂，面竹者为亭，作室于花间，置槛于溪涘，则既有名佳之矣。而昭武之南山，最为奇秀，联属如屏障。其西则君山，远在百里之外，耸直倚天。城之中有山号登高，熊踞而虎卧，林木苍然，大溪络其下，东北诸峰，合遝四出。坚叟筑台而望之，其崇仅寻丈也，凡一郡之山无逃焉。书来请予名，予少尝寓昭武，与坚叟游其山川，胜概历历可想。则以告之曰：韩文公诗，有云"东堂坐见山，云风相吹嘘"。子之为是台也，以山故耶，山之状不可以名，盍试以"云风"命之，何如？①

宋代郭熙《林泉高致》言："山以水为血脉，以草木为毛发，以烟云为神采。故山得水而活，得草木而华，得烟云而秀媚。"②韩愈《示儿》诗句体验到的定是山中烟云变幻、不可名状的无穷韵致。"云风台"正是要因借昭武之南山、西面君山、城中登高山之景。黄使君坚叟建造云风台，借收一郡之山于眼底，欣赏苍山秀木、远岫环屏、动静流转之美。

除了借景外，还有映景、对景之造园技法。如李流谦《绵竹县圃清映亭记》云：

> 乃凿池筑亭，以当水月之会。长林屏其前，迥阔超旷，日入云破，暝色徐展，推璇魄而贮之，涵液沉渍，神与形融，殆不可以声偶。有会于予之说，于是令君取退之《月池》诗二字，题其颜曰"清映"。③

绵竹县圃"清映亭"取意于韩愈《月池》"寒池月下明，新月池边曲。若不妒清妍，却成相映烛"④。池水澄澈，平静如镜，一轮明月涵映水中，光影氤氲，虚实相生。在绵竹县圃于宁静的夜晚伫立池边，必然会"境心相遇"，水月辉映带给赏园者的审美体验必然是超凡出尘的，个人情怀自然会融入无限宇宙空间。"顿开尘外想，拟入画中行"⑤的园林美正是月、池之间因映景（也可称为镜借）的造园技法而产生的效果。来自韩愈诗歌的"清映"题名，体现了园林造景巧妙地利用空间，组织空间景物形成诗

---

① 曾枣庄、刘琳主编：《全宋文》卷四七九七，第 216 册，第 195 页。

② ［宋］郭熙著，梁燕注译：《林泉高致》，中州古籍出版社，2013，第 102 页。

③ 曾枣庄、刘琳主编：《全宋文》卷四九〇五，第 221 册，第 254 页。

④ ［唐］韩愈撰，［清］方世举笺注：《韩昌黎诗集编年笺注》卷八，第 463 页。

⑤ ［明］计成著，陈植注释：《园冶注释》卷三，第 119 页。

境、画境的艺术匠心。

刘宰《野堂记》体现的则是对景之法：

> 顾园之西南隅，背郁葱而面清旷，累石为山，草树丰茸。每风雨晦明之变，若嵌岩洞穴中实吞吐之。中俯澄潭，凡水花之动摇，鱼虾之来往，皆布影砌上，园之景于是为最。乃筑堂与山相直，取杜老"披襟野堂豁"之句命名。①

"野堂"的题名出自杜甫诗《晚登瀼上堂》："故跻瀼岸高，颇免崖石拥。开襟野堂豁，系马林花动。"②园林中山、堂、潭相对，在任何一个角度观景都没有视觉的障碍，更没有视觉上的空白和寂寥。居野堂之中，远观山上草木丰荣，晦明变幻，中移视线则可见潭水清澄，碧波粼粼，近移视线更可赏阶边水花摇曳，鱼虾游弋，景致深度和层次富有变化，观景过程中视觉感受就会多姿多彩。改变所处的位置，登山上、临潭边同样会因景深的变化而触目皆景。同时，三处景观的相对处理，不仅是人与自然、建筑的对话，还是自然之间、自然与建筑间的对话。空间处置的艺术总会引发无尽的联想，此乃对景技法的体现。

宋代园林景观的诗意化题名，是文人写意园的典型特征。

二、宋代园林题名的理学色彩

宋代理学兴盛，文人士大夫在儒学复兴的文化氛围中研读、注解、阐释、发展儒家经典学说，理学思想投射到园林艺术，使得园林营建带有浓重的理学色彩。

理学色彩首先体现在园林建筑匾额或者景观题名取自儒家经典。文同《彭州永昌县治己堂记》云："既至未几，乃构堂于其所居之西北隅。辟二室，敞一轩：曰蒙，曰晦，曰默。总而名之，曰'治己'。修筠珍干，罗立环拥；寒溜衮衮，渠行沼潴；茂樾清向，旦夕满坐。子忠公事既休，即来其间。其所以题之曰'治己'者有旨。夫扬雄曰：'治己以仲尼。'曾参曰：'夫子之道，忠恕而已矣。'"③文同所记乃彭州永昌县令子忠之事，园林中的主要建筑名为"治己"堂，取意是以扬雄《法言·修身》中的言论强调要以仲尼为准则来修为己身，用曾参的话来申明修为己身要以忠厚宽恕

---

① 曾枣庄、刘琳主编：《全宋文》卷六八四三，第 300 册，第 113 页。
② ［唐］杜甫著，［清］仇兆鳌注：《杜诗详注》卷一八，第 1619 页。
③ 曾枣庄、刘琳主编：《全宋文》卷一一〇六，第 51 册，第 136—137 页。

作为具体践行的路径。园林建筑题名取自儒家经典的例子不胜枚举，例举如下：

> 登其阁思人，遂名之曰"思贤"。予不才，至郡且期矣，日坐平政堂，瘝精神于案牍间，不能使吏之不吾欺。惧政之不平而有愧于斯堂也，则登是阁而寓目焉，思贤也。讼理政平，庶民安于田里而亡叹息愁恨之心，是将何术以致之？此予之所以思，亦后人之所宜思也。《语》曰："见贤思齐焉。"群贤不复见矣，悠悠我思，于是乎书。（王十朋《思贤阁记》）①

> 嘉定十有四年，始辟西塾，作小亭于丛竹之间，名之曰"直清"，此君子之德也，而竹实似之。……《书》曰："直哉惟清。"直，天德也。（袁燮《直清亭记》）②

> 宪使陈侯结堂于第之南，面真峰峦，翠拔参天。其下鑿为凹池，导后山之泉注其中，清泚寒冽。取夫子所谓乐山水之意，而扁之曰"仁智"。噫，有旨哉！夫仁者天地生物之心，而人生所得以为心者纯是天理，绝无一毫人欲之私以间之；智则此心之虚灵知觉，而所以是是非非之理也。（陈淳《仁智堂记》）③

> 堂以仁智名，虽取选诗"卜此仁智居"之语，而究其本始，则有自孔氏"智者乐水，仁者乐山"之训发之。夫动而无穷者，水也。智之达于事理，周流无滞者实似之。静而有常者，山也。仁之安于义理，厚重不迁者实似之。（姚勉《仁智堂记》）④

以上所举"思贤""直清""仁智"的建筑题名来自《论语》《尚书》等儒家经典著作，无不带有浓厚的理学色彩，体现着儒家的思想和文化。

理学色彩还体现在记园作者通过题名来阐释儒家思想。宋代的诸多记园作品中，作者常常借园林建筑或者景观题名来阐发儒家思想。如钱时《牧庄记》中关于园林题名为"牧庄"的一段论述：

> 规模既定，扁曰"牧庄"。未几有疑予者曰："牧因羊而已，今圉乎其中者，若动若植，杂乎其甚众，牧之扁奚以为？"予笑曰："苟得

---

① 曾枣庄、刘琳主编：《全宋文》卷四六三六，第 209 册，第 128 页。
② 曾枣庄、刘琳主编：《全宋文》卷六三七七，第 281 册，第 238 页。
③ 曾枣庄、刘琳主编：《全宋文》卷六七四一，第 296 册，第 65 页。
④ 曾枣庄、刘琳主编：《全宋文》卷八一一四一，第 352 册，第 108 页。

其养，无物不长；苟失其养，无物不消。子未之闻乎：凡与我并生天地，而不失其所以生，皆牧也。且吾因是而得养生之理矣，不特养生而得养性之方矣，独羊之云乎？朝乎营营，夕乎营营，泪乎其清明，梏乎其真醇，醉生梦死而不醒。《易》曰'卑以自牧'，君子事也，吾何尤乎是人？"客闻之，蘧然起曰："子之言，可以宰天下。"①

钱时阐述"牧庄"匾额题名的缘由，其实也是在精辟阐释为人为政之道。《周易正义·谦》有言："谦谦君子，卑以自牧也。"② 王弼注：牧，养也。谦谦君子修养己身就是要谦卑自守。为人即是自牧，为政即为牧人，每个人都做到了自牧，天下必然清明真醇。"牧"的含义在于管理好自己。这是儒家修身原则的另一种学理阐发。

又如，苏辙《吴氏浩然堂记》中对"浩然"意义的阐发：

新喻吴君志学而工诗，家有山林之乐，隐居不仕，名其堂曰浩然。曰："孟子，吾师也。其称曰：'我善养吾浩然之气。'吾窃喜焉而不知其说，请为我言其故。"余应之曰："子居于江，亦尝观于江乎？秋雨时至，沟浍盈满，众水既发，合而为一，汪秽淫溢，充塞坑谷。然后滂洋东流，蔑洲渚，乘丘陵，肆行而前，遇木而木折，触石而石陨，浩然物莫能支。子尝试考之，彼何以若此浩然也哉？今夫水无求于深，无意于行，得高而淳，得下而流，忘己而因物，不为易勇，不为险怯，故其发也，浩然放乎四海。古之君子，平居以养其心，足乎内无待乎外，其中潢漾，与天地相终始。止则物莫之测，行则物莫之御。富贵不能淫，贫贱不能忧。行乎夷狄患难而不屈，临乎死生得失而不惧，盖亦未有不浩然者也。故曰：'其为气也，至大至刚，以直养而无害，则塞乎天地。'今余将登子之堂，举酒相属，击槁木而歌，徜徉乎万物之外。子信以为能浩然矣乎？"③

苏辙文中阐释了对孟子"浩然之气"的深刻理解。他认为为人需如江海一般包容乃大，平居养心志，内心自足才不会被外界左右，才能与天地相始终。内心充满了浩然之气，富贵贫贱、死生得失都可以淡然处之。

再如，韦骧在《内乐亭记》中用大量的篇幅来阐述亭子题名"内乐"的含义：

① 曾枣庄、刘琳主编：《全宋文》卷七〇一八，第 307 册，第 374—375 页。
② [魏] 王弼、韩康伯注，[唐] 孔颖达等正义，黄侃经文句读：《周易正义》卷二，上海古籍出版社，1990，第 50 页。
③ 曾枣庄、刘琳主编：《全宋文》卷二〇九五，第 96 册，第 184—185 页。

鱼乐巨川，兽乐茂野，禽鸟乐长林，龙蛇乐深山广泽。物固各有一乐，然钧于乐生而已。人之乐生虽同于物，而其所以为乐，贤不肖各适其情，而趣况千百，不可以概。惟流连荒湎，害性之大，招败之函，固不待论而可以知其乐之非乐，与其乐无益之作，或贤乎己者能计是，则不乐也。至其乐贵富之心，则人皆有之。贵富之乐，岂若仁义忠信之乐？乐贵富者，贵富违则乐忘矣。乐仁义忠信，则终身乐而无穷，于患难困阨乎何有！故曰纡朱怀金之乐，不如颜氏子之乐。纡朱怀金之乐，其乐也外；颜氏子之乐，其乐也内。夫颜氏子，器箪瓢、室陋巷、中心恬然无所教。岂箪瓢陋巷足以为之乐邪？盖充固于中，出不耦世，而虽箪瓢陋巷不能改其乐耳。是则纡朱怀金，亦不害为颜氏子之乐也。贵富求之有道，得之有命，若仁义忠信则操舍在己，岂必如颜之穷，而后可以晞颜之乐乎？得颜之乐，则加卿相如固有耳。且颜氏子之心，其絜己独行哉？长万室、秩六百，虽不足为贵富，而亦愈于箪瓢陋巷远矣。不颜之德而过颜之享，虽幸于遇时，然则能无愧乎？徒知谋所以进而不知求于中，是为不知类。求于中，舍颜氏子之乐何以哉？武川治所有亭旧完，予视事闲隙，朝夕游息于其上。乐其乐，非愿乎外而忘其内者，揭名于榜，庶几自视而无歉，且俾来者感焉而不之异也。若其清池后前，秀嶂婴绕，群葩告休，红蕖而翠芦；冰霜逞威，修竹而长松，此气概之胜，亦足资耳目之夷旷，而助予之所乐也。[①]

韦骧的内外乐之辨事实上是对儒家修身之道的阐发，也是对汉代扬雄《法言·学行》中观点的再度诠释。杨雄《法言·学行》言："或曰：'使我纡朱怀金，其乐可量也。'曰：'纡朱怀金者之乐不如颜氏子之乐。颜氏子之乐也，内；纡朱怀金者乐也，外。'"[②]扬子强调的是内乐至足，不待于外，内乐不足方待于外，内乐胜于外乐，鄙弃外在之富贵之乐。韦骧园中池沼清澈，秀嶂环绕，春花凋谢后有红蕖、翠芦寓目，冰霜逞威时有修竹长松怡情，园中胜概足以资耳目夷旷之乐。他求于中，既享受外在之乐，不忘内在之乐。文中将纡朱怀金的贵富之乐与仁义忠信之乐对照，推崇儒家先贤颜渊，居陋巷、器箪瓢、食蔬饮水，却操守仁义忠信，此乃内在之乐，以此表达自己对儒家精神追求的理解和认同，带有鲜明的理学特色。

再如范祖禹《和乐庵记》对"和乐"的阐述，丁竦《希宓堂记》中对

---

① 曾枣庄、刘琳主编：《全宋文》卷一七七八，第 82 册，第 41—42 页。
② 汪荣宝撰：《法言义疏》二《学行卷第一》，陈仲夫点校，中华书局，1987，第 41 页。

宓之为治的领悟，韩元吉《深省斋记》对"吾日三省吾身"的体道等，宋代的园林散文谈理论道非常普遍。这种文化现象是宋代兴盛的理学思潮的映射，成为宋代园林文化的时代特征。

唐宋园林散文的书写清晰地记录着园林题名的种种暗转流变，既有纪实性的题名，又有诗意化的景观表达，还有深刻的理学内涵。

第二节　园林景观描绘由简至繁

揆诸唐宋时期的园林散文，另外一个显著的变化在于园林景观描绘的详略，唐代园林散文简略，宋代园林散文详实。

一、唐代园林散文园景描述相对简略

唐代园林散文描述园林景观多用概括性的语言，比较简略。如韦嗣立的逍遥谷是当时的著名园林，王维《暮春太师左右丞相诸公于韦氏逍遥谷燕集序》中这样描述众公到达园林所见：

> 神皋藉其绿草，骊山启于朱户。渭之美竹，鲁之嘉树，云出于栋，水环其室，灞陵下连乎菜地，新丰半入于冢林。馆层巅，槛侧径，师古节俭，惟新丹垩。岩谷先曙，羲和不能信其时；芳卉后春，勾芒不能一其令。桃径窈窕，薜皋涟漪。[1]

序文对于园林中的嘉树、美竹、芳卉以及建筑虽一一记述，但都很概括，并没有细致具体的描绘。再如，张说《东山记》也是记韦嗣立的园林，其描述如下：

> 兵部尚书同中书门下三品修文馆大学士韦公，体含真静，思协幽旷，虽翊亮廊庙，而缅怀林薮，东山之曲，有别业焉。岚气入野，榛烟出俗。石潭竹岸，松斋药畹，虹泉电射，云木虚吟。恍惚疑梦，间关忘术。兹所谓丘壑夔龙，衣冠巢许。[2]

综合两篇记文可知，韦嗣立的逍遥谷的地理位置在长安城东南的骊山山麓，园内有美竹嘉树、四时花卉，花径曲折通幽，有池沼环绕园林，有

---

① ［清］董诰等编：《全唐文》卷三二五，第 4 册，第 3295 页。

② ［清］董诰等编：《全唐文》卷二二六，第 3 册，第 2277 页。

馆阁楼台。文章并没有具体交代园林景观的布置、园林建筑的方位，只是记录下这个园林的存在和曾经有过的景素。因为没有图绘，没有更为具体的文字说明，园林的景观只能靠后人的想象去畅望，每个人想象中的逍遥谷都不会相同，因为没有一个信息是完全确定的。

杜佑的园林也是唐代长安城南有名的园林，现存有三篇园记记录了这个园林。相对于韦嗣立的逍遥谷，其园林景观的记载稍稍清晰准确一点。杜佑的自记是《杜城郊居王处士凿山引泉记》，记文先概括地写其园林的地理位置、园林风貌："佑此庄贞元中置。杜曲之右，朱陂之阳。路无崎岖，地复密迩。开池水，积川流，其草树蒙茸，冈阜拥抱，在形胜信美。"下文描述园林的景观："于是薙丛莽，呈修篁，级诘屈，步逦迤，竹径窈窕，藤阴玲珑，胜概益佳，应接不足，登陟忘倦，达于高隅，若处烟霄，顿觉神王。终南之峻岭，青翠可掬；樊川之清流，逶迤如带。葳役春仲，成功秋暮。其烦匪病，不愆于素。开双洞于岩腹，当郁燠而生寒；交清泉于巇上，遭旱暵而淙注。止则澄澈，动则潺湲。宛如天然，莫辨所泄。悬布垂练，摇曳晴空。"①

从杜佑的记述中可知，入园后有一片修竹，在曲折的竹径中，沿着蜿蜒的台阶可以到达一个地势较高的地方，终南之峻岭、樊川之清流皆可触目而见。在岩石上开有两个洞室，夏季可以避暑，岩石上有清泉流过，还有瀑布垂练。

权德舆《司徒岐公杜城郊居记》的园林景观描写如下：

> 司徒岐国公，以盛德相三朝，以大中敷五教。帝载协龢，泰阶跻平。既致用于方内，亦宅心于事外。神京善地，启夏南出，凡十有六里而仁智之居在焉。萦回岩巘，左右胜势。径术逶迤于木杪，亭台嵯峨于山腹。下崇冈，冒青苍，步履平夷，以至于堂皇。四敞宾榻，中容宴豆，孤斋闲馆，幽概随之。乃开洞穴，以通泉脉。其流泠泠，或决或渟，激而杯行，瀑为玉声。初蒙于山下，终汇于池际，白波沧涟，缭以方塘，轻舻缓棹，沿洄上下，见烟霞澄霁之状，鱼鸟飞沉之适。濯于潺湲，风于碧鲜，红葩火然，素英雪翻。芊眠葱倩，香蕤回合，含虚籁以四达，邀清辉而交映。②

权德舆的记述可见如下园林景观：山势回环处有茂密的树林，林间有

---

① ［清］董诰等编：《全唐文》卷四七七，第5册，第4878页。
② ［清］董诰等编：《全唐文》卷四九四，第5册，第5045页。

迂回的小径，山间建有迂回曲折的亭台。从高岗上下来，有开阔的平地，建有厅堂，四周开敞，设置宾榻宴豆等招待宾客的用具。开凿洞穴，引泉水而流水曲觞，形成瀑布，又汇聚成池，池中鱼鸟飞沉。

武少仪《王处士凿山引瀑记》言岐公园林的理水存在不足，描述王处士加以改造后的园林水景：

> 窦岩腹渠，惣引涓溜，集于澄潭。始旁决以淙泻，复涌流而环曲。觞筝徐泛，自符洛汭之饮；管弦乍举，若试舒姑之泉。映碧瓮而夏寒，间苍苔而石净。懿夫，囊滴沥以珠堕，今潺湲而练垂，又何以助清澜于荷池，滋杂芳于药圃。不易旧所，别成新趣。[①]

由武少仪的记述可以知道，改造后的园林开凿岩石以渠引水，汇聚澄潭。池塘旁边又引水泄流，园林中水流回环往复，用以流水曲觞，注活水入荷池，浇灌滋润药圃中的各种花草。

三篇园记的互读互补，方始能了解杜佑城南郊居园的概貌。杜佑郊居园的园景有可以确定的要素，但仍有许多是无法具体定位的。总体而言，它和韦嗣立的逍遥谷相比要更明晰一些，对于杜佑园林的想象有一些实景的基础，而逍遥谷则要完全任凭想象了。

唐代"园记"中记述相对详实的园林、建筑要数白居易的洛阳履道里园、庐山草堂和他的《白蘋洲五亭记》中所记五亭，白居易对园林景观的方位和布局介绍得都比较具体、准确、详实，故而后人可以通过他的记文绘制园林想象图。每个人的想象图可能会有细微的区别，但大体是一致的。在园林史著作中庐山草堂、洛阳履道里园的平面图和想象复原图都是根据园序和园记绘制而成，有文字记录为基础，也就有了图画的依据。白氏《白蘋洲五亭记》记载，湖州白蘋洲五亭为弘农杨君所建。弘农杨君杨汉公，杨虞卿的兄弟。《新唐书·杨汉公传》记其"坐虞卿，下除舒州刺史，徙湖、亳、苏三州"[②]，杨虞卿曾任湖州刺史。唐文宗开成三年（838），杨汉公知湖州，白居易为太子少傅分司东都洛阳，杨汉公缄书赉图，白居易为之作记。白蘋洲五亭和杨公图绘早已不复存在，但白居易的记文较为详细地记录了园林的概貌："乃疏四渠，浚二池，树三园，构五亭，卉木荷竹，舟桥廊室，泊游宴息宿之具，靡不备焉。观其架大溪跨长汀者，谓之白蘋亭；介三园阅百卉者，谓之集芳亭；面广池目列岫者，谓之山光亭；玩

---

① [清] 董诰等编：《全唐文》卷六一三，第6册，第6187页。
② [宋] 欧阳修、宋祁撰：《新唐书》卷一七五《杨汉公传》，第5249页。

晨曦者，谓之朝霞亭；狎清涟者，谓之碧波亭。五亭间开，万象迭入，向背俯仰，胜无遁形。每至汀风春，溪月秋，花繁鸟啼之旦，莲开水香之夕，宾友集，歌吹作，舟棹徐动，觞咏半酣，飘然怡然，游者相顾，咸曰：此不知方外也？人间也？又不知蓬、瀛、昆、阆复何如哉？"①白居易告诉后人置身这个人间园林，会让游人感到如同走进了方外之境。五亭的方位都非常清楚，每个亭所在景区的特色也很鲜明，或跨长汀，或阅百卉，或悦山光，或玩晨曦，或狎清涟。在文字描述比较详细的情况下，纵使园林实体消逝，仍可以使人在文字的辅助下，在大脑中还原园林，更可以制作想象复原图绘，再现昔日园林的美景。

二、宋代园林散文园景描述相对详细

宋代的园记在描述园林景观方面比唐代园记要详实细致很多。虽然也有部分园林景观记述得比较简略，但大部分都较为详实，园记的描述完全可以助人再现当时园林的现实景象。比如，李良臣《钤辖厅东园记》非常详实地记载了四川的一座公共园林。钤辖厅东园在四川成都，是官署园林，为益州路兵马钤辖种侯所建。记曰：

> 益州路兵马钤辖种侯治其后圃为池亭台榭，植佳华，艺美木，馆宇星陈，槛栏翼翼于阛阓鼎沸之中，而有清流翠荫、萧寥傲睨之适，易喧而寂，变剧而简，易其所难而致其所不可致，兹不亦异乎！惟旧有池泉，窦堙塞涸为枯泥，偶新泉破地而出，从而导之，则故泉继发，觱沸衍溢，汇为澄澜，因筑堂其北，命之曰"双泉"。挟以二轩：曰"锦亭"，以海棠名；曰"武陵"，以桃溪名。梁池而南为亭曰"寒香"，以梅名；后为茅亭曰"幽芳"，以兰蕙名；池东为大亭曰"三雨"，以桃杏梨名。池南两亭，东西对峙，曰"绿净"、曰"连碧"。双泉之北有老柏数十株，巨干屹立，为亭其中，曰"翠阴"；复楼其东曰"朝爽"。西因垣而山曰"五峰"，下曰"五峰洞"，前为山馆，水绕环之，宛如山间也。于是来游者舍辔而入门，则尘容俗状如风卷去。俯清泉，弄明月，睇层峦之峨峨，悦鸣禽之嘲哳，风露浩然，烟云满衣，主宾相视，仰天大笑，初不知其身之在锦官城中也。②

此篇园记共描述了园中十二处景观，并详细交代了园林景观的布局和

① ［清］董诰等编：《全唐文》卷六七六，第 7 册，第 6912 页。
② 曾枣庄、刘琳主编：《全宋文》卷一四二三，第 146 册，第 51 页。

具体方位。园记点明了园中每处景点所包含的观赏景素，如"锦亭"可赏海棠，"武陵"可赏夹溪桃花，置身"三雨"亭，可赏桃、杏、梨花落如雨、缤纷烂漫的春光，每一处景观的描绘都给读者身临其境之感。园林景观序列之间隔而相通，彼此呼应，曲折深邃，园林游赏的妙趣尽在文字之中。根据园林景观的详实描述还可以绘制出园林图绘，再现钤辖厅东园的殊胜景致（见图6-1）。再如司马光建在洛阳的独乐园。熙宁六年（1073），因王安石变法而退隐洛阳的司马光在洛阳尊贤坊建造了一座约十五亩的独乐园。李格非《洛阳名园记》中的记载非常简略："园卑小不可与它园班。其曰读书堂者，数十椽屋。浇花亭者，益小。弄水、种竹轩者，尤小。曰见山台者，高不过寻丈。曰钓鱼庵，曰采药圃者，又特结竹杪落蕃蔓草为之尔。温公自为之序，诸亭台诗颇行于世，所以为人欣慕者，不在于园耳。"① 李格非强调独乐园的卑小，简单素朴，意在推崇司马温公在园林歌咏赋诗的文人雅兴。事实上，从司马光自己所作的《独乐园记》观之，这座园林全无卑小之感，通过司马光非常详实的记录，丰富的园林景观布局可想可绘。详实的文字记载为绘画再创作提供了依据，故明代的仇英根据司马光的《独乐园记》和七景诗绘制了《独乐园图》（绢本设色，现藏于美国克利夫兰美术馆，见图6-2、6-3、6-4），再现独乐园的园景以及司马光于园林中读书、浇花、垂钓、采药的生活情趣。

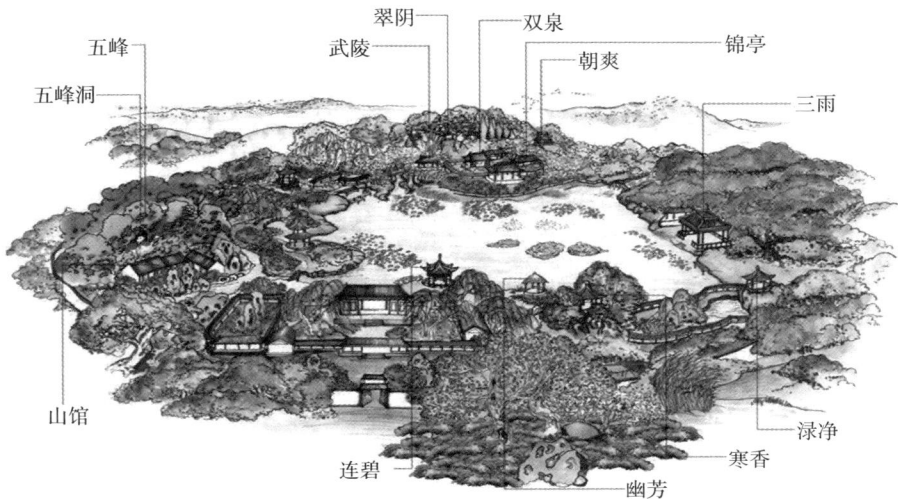

图6-1 钤辖厅东园想象鸟瞰图（西安建筑科技大学刘雅妮手绘）

① ［宋］李格非撰：《洛阳名园记》，第11页。

图 6-2 ［明］仇英《独乐园图》(局部一)

图 6-3 ［明］仇英《独乐园图》(局部二)

图 6-4 ［明］仇英《独乐园图》(局部三)

　　再如，吴儆的《竹洲记》对园林的描绘也十分详细。记文先交代了作者仕途磋磴、归乡侍亲的缘由，继之详细记述园林增治的过程、景观的布局和园林的生活。

　　　乃即旧居，稍稍葺治。居之前有洲，广可数亩，旧有竹千余个。因其地势洼而坎者为四小沼，种菊数百本周其上，深其一沼以畜鱼鳖之属，备不时之羞，其三以植荷花菱芡，取象江村之景，且登其实以佐俎豆。既又乘地之高，附竹之阴，为二小亭。其一面溪，溪之上有山，山多松、杉、槠、樟之属，葱蔚蒨茂，贯四时而不变，尤老人之所乐而数休焉，乃以"流憩"名之。其一名"静香"，以其前有竹，后有荷花，用杜子美"风摇翠筱娟娟静，雨泹红蕖冉冉香"之句为名。亭之南为堂三间，环以岩桂、万年枝及诸后凋难老之木。东西二室为洞牖，使子弟之未胜耕者读书其中。堂之北视上序炉亭之制，为小斋堂名"仁寿"，谓其幸生尧舜之时，得奉吾亲长见太平如击壤之民也。斋名"静观"，取明道先生诗"万物静观皆自得，四时佳兴与人同"之意。是中大有佳处，惟天下之静者能见之。"静香"之东有杉，甚直而秀，其枝下垂如倚盖，可数人容膝其下，因名之曰"直节庵"。盖木之类至众而至直者莫如杉，苏少翁直节堂以杉名也。庵之西有梅，旧为灌木所蔽，枝干拳曲，苔莓附之，与会稽之古梅无异。盖梅之隐者，老而甚癯，山泽之儒也。其下平夷，可罗胡床十余。然胡床于意行适至非便，乃断木如鼓之状可踞而坐者十辈，列于其下。冬仰其华，夏休其阴，渴想其味，不施栋宇而梅之美具得于俛仰之间，因名之曰"梅隐庵"。庵之前种桃李卢橘杨梅之属，迟之数年，可以馈宾客及邻里。桃溪之外，借地于邻，复得一亩许，杂种戎葵、枸杞、四时之蔬、地黄、荆芥、闲居适用之物。庵之西开小径，旁贯竹间。夹径植兰蕙数百本周其上，与地相宜，颇茂。循径而南，有堤如荒城，高出氛埃。旁临旷野，溪流其下，潺潺然与风疾徐，登之令人心目俱豁。复踞堤为二亭，曰"遐观"、曰"风雩"，于以见天空地大、万物并育之趣。柳子厚谓凡游观之美，奥如也，豁如也。是洲蕞尔之地，而高下曲折，幽旷隐见，殆具体而微者。时具壶觞奉老人，及致老人所素狎者，徜徉其中，遇夜或风雨乃归。老人虽不饮酒，然见人痛饮，则为之抵掌笑乐佐其酣适。间为小词道其闲适之意，与景物之过乎前者，使童稚辈歌之以侑酒。噫！能使予忘贫贱、安农圃而无复四方之志者，匪斯

洲之乐也欤！ ①

从园林详细记述可知竹洲园充分利用了原有的景观元素重新进行修葺整治，形成可游可居的私家园林空间。园中有四个小池沼，一个以养殖鱼鳖为主，其余三个种植荷花菱芡以供观赏。竹林旁边的高地上建造"流憩""静香"两座小亭。"流憩"亭面对溪水青山，"静香"亭前竹后荷，置身两亭可赏风景、闻清香，清境宜人。亭子的南面筑堂三间，四周种植的是岩桂、万年枝及常青之木。东西二室为洞牖，是家中子弟未能耕种劳作之时读书的地方。堂之北有炉亭，建造小斋"静观"，其堂名"仁寿"。"静香"亭的东面有杉树，挺拔高大，树枝下垂，仿佛是一个华盖，树下可以容下多人休息，取名曰"直节庵"。庵的西面有一株梅树，枝干拳曲，苔藓如花，树下平夷，用断木做成鼓状的凳子十个，列于梅树之下，冬仰其华，夏休其阴，渴想其味，名之曰"梅隐庵"。"梅隐庵"的前面种植桃李卢橘杨梅之属。桃溪之外，借得邻居土地一亩许，杂种戎葵、枸杞、四时之蔬、地黄、荆芥、闲居适用之物。"梅隐庵"的西面开辟小径，通往竹林。沿着小径种植数百本兰蕙，长得十分茂盛。沿着小径向南，有一堤如荒城，地势高敞。旁临旷野，溪水潺潺然流其下，于是在堤上筑二座亭子，一曰"遐观"，一曰"风雩"。从园林记述可以非常清晰而准确地了解园林的布局，每一座亭堂建筑的具体方位，每一处景观的特色。在记文的后面，吴儆又记述了自己在竹洲园中侍亲养老的天伦之乐，其乐融融的园居生活隔着文字依然鲜活生动。

宋代园记中，《真州东园记》《众乐园记》《薛氏安乐庄园亭记》《乐圃记》《来喜园记》《杭州西湖李氏果育斋记》《河间旌麾园记》《南园记》《云谷记》《冈南郊居记》《池阳冬窝记》等诸多作品记述园林景观都非常详实。除了当时的名园、大园外，即使一些其名不扬的小园，园林景观的记述也相当详实。兹举例陈述之。

> 余之友有强子衍之乐乎此，乃即先庐之旧而新之。藩篱萦回，窗户简素，奇花大树，植立就列，相方视址，不改其故，而幽情野态，如在世外。强子日逍遥乎其间，种蔬于园，题曰"抱瓮"，开轩南荣，名以"照膝"。直居室之后，越回塘，为北渚，筑台其末，以领溪山之奇。燕坐堂上，隐几而两忘，引觞而径醉，兀然颓然，万虑俱尽，

---

① 曾枣庄、刘琳主编：《全宋文》卷四九六八，第224册，第121—122页。

虽千钟三旌不汝易也。（曾协《强衍之愚庵记》）①

曾协的朋友强衍之，也是他的内兄弟，两人交情深厚。强子之园虽小，但是园景交代得比较清楚。园林中有一个蔬菜园子，题名为"抱瓮"，蔬园旁有一座南向的轩，名为"照膝"，可以在这里沐浴阳光。在强子居室的后面，有一片池塘，越过池塘，到达北边水中的一小块陆地上，陆地上筑有一个高台，高台之上可以尽览山溪之胜。还有一座厅堂，燕坐堂上，引觞而醉，物我两忘。堂的位置虽然没有明确标出，根据园林建筑为观景服务的原则，堂应当建在回塘旁边，北边有台，堂当在塘西面朝东的位置，这样便于欣赏朝阳初升时水面浮光跃金的美景，也便于居于堂内沐浴阳光。可以说整个园林的布局非常清楚。

> 听事之东故有池，延袤且十亩，满中白芙蕖，千叶而实。池心突然，亭亡而址存，不知几年数。豫章王稚川至，颇有意复之。得废寺弃材，西向作屋，周以栏，廓然四澈，榜曰"种玉亭"，直北堤贯中，架梁以往。又南向作屋，罗群山于雉堞之外，榜曰"挹翠亭"。池亭距黄堂不费步武，脱阛阓嚣尘，而山薮林壑之胜具。（洪迈《南雍州池亭记》）②

由文中所记可知，此为南雍州的一座官署园林。在官署听事的东边有一个广延十亩的大池，其中种植着白荷，池心有一块突出的小岛屿。在池边西向建"种玉亭"，四面开敞，周围饰以栏杆。向北池中筑堤，堤上架桥相通。朝南又建一亭，榜曰"挹翠亭"，居于亭内可以一览四周群山和城墙。从官署厅堂到池边亭子路程很近，但可以摒弃城市的喧嚣，享受山薮林壑之胜景。

> 堂深四丈，广倍之。左曰藏修、学优而游息也，其后为六君子室；右曰耕养、带经而蒉畬也，其后为三益友寮。室与寮，所以上论古而端取友也。外列二室，东曰转燠，西曰濯清，以须寒暑之至也。结亭于东南隅，曰对青，以供四时之瞩也。堂下有泉，夏冬不枯，清可鉴，甘可饱也。少右为坡，上可平田数亩，迂百余步，飞瀑鸣于两山之间，委折数四，平处可环坐而飞觞。鱼虾往来戏，客酌取不获者，浮之大白以资戏剧。朝晴暮霭，月出风行，奇姿异态，率以诗发之。（陈宓

---

① 曾枣庄、刘琳主编：《全宋文》卷四八五三，第 219 册，第 54 页。
② 曾枣庄、刘琳主编：《全宋文》卷四九一九，第 222 册，第 94 页。

《仙溪喻氏大飞书堂记》)①

这是喻氏在山林中建造的一座园林，其利用山林溪涧的优势，建造一些建筑，构成了山野园林。堂、室、寮、亭的空间位置和相对位置都十分清晰，堂之右有坡，上面平坦，有几亩的面积，迂回走上百余步，可见飞瀑奔泻于两山之间，自上委折跌宕四次而下，在平缓处可以环坐飞觞畅饮，鱼虾在水中往来嬉戏，客人酌酒时没有舀到的，大家举杯饮酒以取乐助兴。读此园记文，园林景观建筑和园林生活情形历历在目。

这些小园，也可以根据园记记述绘制出园林图绘，更能直观地辅助后人理解、研究宋代的园林。如幸元龙《松垣东西宇南北皋兰薰堂记》：

> 予宦游汉湖十年而归，松垣屋庐多圮坏，鸠工葺理，止容堂之营，改创小阁，俯阚方沼，左曰东宇，右曰西宇。储经史子集、图画楮墨具，四壁敷金石名石刻。窗外见松竹葱翠，老干到天不屈。沼中植红荷，幽花细草间错，风润雨涵，香溢窗几。东宇拟渊明之北窗，虚闲高枕，逍遥羲皇之上。西宇拟渊明之南窗，寄傲容膝，栖迟柴门。左右筑小埠，种梧竹扶疏，傍有一小溪焉。北皋拟渊明之西皋，时曳短筇，友浮鸥，听流水，一顷平田，浅水润沃。南皋拟渊明之东皋，天气清爽，幅巾飘然，登临舒啸，赋诗雪岫。阁之北架一堂，前檐栽兰四十斛，摘渊明"幽兰生前庭，含薰待清风"之句，扁曰"兰薰"。西南东北，随遇有佳趣。当此之时，兴寄飞逸，恍然阆风泂盘于紫烟之表。②

记文对松垣园居的园林景观布局交代得十分详尽，每一处建筑的方位也清楚。根据园记，不仅可以绘出松垣园居的园林图（图6-5），还可以随着园主悠游园林，和他一起读经史子集四部之书，赏玩金石图画，临池抚琴。

要之，宋代园林散文中园林景观的记述比唐代要详实细致很多，园林成为园林散文表现的主体。这是园林散文成熟的标志。

---

① 曾枣庄、刘琳主编：《全宋文》卷六九六五，第305册，第207页。
② 曾枣庄、刘琳主编：《全宋文》卷六九三三，第303册，第422—423页。

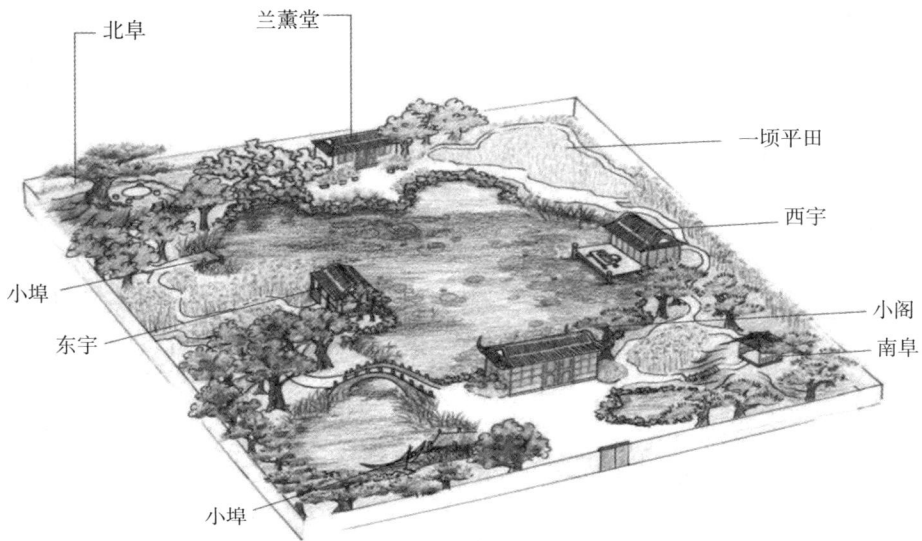

图 6-5　松垣园想象鸟瞰图（西北大学艺术学院宋秋实手绘）

第三节　园居生活记述由雅入俗

自唐至宋，林泉高会是园林生活中不变的基本格调，有所变化的是园林中的世俗活动增加，园林更加日常化，园林散文描写园林日常生活的内容也有所增加。

一、闲雅适意：园林生活的基本格调

聚会、赋诗、宴饮是唐代园林中的主要活动，朋友、同僚之间的雅集是园林的主场活动，在唐代的园林散文中可见非常多的某时、某地、于某宅或某亭、某池宴集送别的篇目。宴集饮酒、丝竹遣兴、分韵赋诗是雅集的常态，欢愉放意的高涨情绪是聚会的主旋律。如：

> 神龙起伏，俱调鼎镬之滋；鸣凤雌雄，并入笙竽之奏。高情壮思，有抑扬天地之心；雄笔奇才，有鼓怒风云之气。……王羲之之兰亭五百余年，直至今人之赏；石季伦之梓泽二十四友，始得吾徒之游。陶

陶然，落落然。（王勃《游冀州韩家园序》）①

阳光稍晚，高兴未阑。（杨炯《晦日药园诗序》）②

于是乘兴，自此而游，安得不放意留欢，遗老忘死。（杨炯《冬夜宴临圹李录事宅序》）③

纵目遐览，识皇代之承平；得意同归，有吾侪之行乐。高明一座，桂树丛生；君子肆筵，玉山交映。（宋之问《上巳泛舟昆明池宴宗主簿席序》）④

会桃李之芳园，序天伦之乐事。群季俊秀，皆为惠连；吾人咏歌，独惭康乐。幽赏未已，高谈转清。开琼筵以坐花，飞羽觞而醉月。（李白《春夜宴从弟桃花园序》）⑤

而萧公于是咨密戚，荷宾荣，惜此交欢，爱此迟景，飞觞举白，亦云醉止。（于邵《春宴萧侍郎林亭序》）⑥

穷土木之幽荒，寻柏亭之奇构。宾主有礼，旨酒以柔之，清言以发之。庖盈而不侈，筵肆而不杂。狎而不黩，酣而不流。有太平君子之光，见可久贤人之德。风调日暖，烟霭无阴。松茂草滋，泉石通气，莺出幽而初啭，花含愁而将归。外物献美，中怀有融，高兴格于丹霄，余思垂乎清昼。（潘炎《萧尚书拜命路尚书就林亭宴集序》）⑦

从以上例举可见唐代园林宴集的欢快、热闹。尽管唐人在聚会时也会深感人生之空幻无常，但是他们往往以及时行乐的心态、纵酒畅欢的行为来冲汰由此带来的悲伤，以安慰舒泰内心深处的无奈。这是唐代之时代精神在唐人内心的投射和外化反映。

园林中除了良友嘉宾共同聚会的闲雅适意，还有个人独处的悠然自得。园主在园林中独享园林幽境，在其中读书弹琴，自得其乐。如李华《贺遂

---

① [清] 董诰等编：《全唐文》卷一八〇，第 2 册，第 1835 页。
② [清] 董诰等编：《全唐文》卷一九一，第 2 册，第 1928 页。
③ [清] 董诰等编：《全唐文》卷二一四，第 3 册，第 2165 页。
④ [清] 董诰等编：《全唐文》卷二四一，第 3 册，第 2436 页。
⑤ [清] 董诰等编：《全唐文》卷三四九，第 4 册，第 3536 页。
⑥ [清] 董诰等编：《全唐文》卷四二六，第 5 册，第 4346 页。
⑦ [清] 董诰等编：《全唐文》卷四四二，第 5 册，第 4511—4512 页。

员外药园小山池记》云"其间有书堂琴轩"①，主人在园中书堂读书，琴轩弹琴，必有自适之趣。贾至《沔州秋兴亭记》云："图书在左，翰墨在右，鸣琴洋洋，亦有旨酒，性得情适，耳虚目开。"②权德舆《暮春陪诸公游龙沙熊氏清风亭诗序》云："初入环堵，中有琴书。"读书、抚琴，文人在园林中的悠闲而雅致的生活充满了诗意。

至宋代，园林生活的主调依然是以园林雅集、琴棋书画、考订经籍为主流的闲雅自适。如黄裳写其友人，"乃之圃之中，讽遗编，鸣寒弦，衔素杯，战枯局，联诗篇，点花数，与忘形交，于此为谈笑，以寓道情之至乐"（黄裳《默室后圃记》）③，园居生活充满文人高雅的意趣。幸元龙《松垣东西宇南北皁兰薰堂记》云："予宦游汉湖十年而归，松垣屋庐多圮坏，鸠工葺理，止容堂之营，改创小阁，俯阚方沼，左曰东宇，右曰西宇。储经史子集、图画楮墨具，四壁敷金石名石刻。……天性嗜琴，操二十有二张，徽弦整整。初任郓，随授指法于一羽士，能抚十数曲。音既入指，旋厌其囿于调，不复衍。每遇风清月白，时取一张，弹其无调之音，高下抑扬，随意所适。"④幸元龙园林的西宇储藏经史子集四部图书以供阅览，图画楮墨样样具备，四面墙壁上收藏金石名刻。其读书、鉴赏金石之余，每遇风清月白的清朗夜晚，就取琴一张，任意而弹，可谓十分适意。

二、世俗人情书写的增加

从园林散文可见，唐代的园林生活多热闹的宴集，少有家庭生活、天伦之乐的表现。白居易的《池上篇序》偶有提及自己在履道里园中的家庭生活，"妻孥熙熙，鸡犬闲闲。优哉游哉，吾将终老乎其间"，只是一笔带过。穆员的《新安谷记》中有家庭老少在园林聚会的记述："凡四时暇日，公与大夫从甥侄子孙，携琴樽翰墨，游于斯，燕于斯。慈颜怡，天和熙，一觞举，万福随。"⑤具有穆穆雍雍的人伦之乐。唐代园林散文其他篇目中并未见园林居家生活的具体表现，除了朋友雅集外，其时之园居生活似乎只有清雅的琴棋书画为伴。

> 阶上何有，有群书万卷；阶下何有，有空林一瓢。非道统名儒不

---

① [清] 董诰等编：《全唐文》卷三一六，第4册，第3211页。
② [清] 董诰等编：《全唐文》卷三六八，第4册，第3738页。
③ 曾枣庄、刘琳主编：《全宋文》卷二二六四，第103册，第333页。
④ 曾枣庄、刘琳主编：《全宋文》卷六九三三，第303册，第422—423页。
⑤ [清] 董诰等编：《全唐文》卷七八三，第8册，第8186页。

登此堂，非素琴香茗不入兹室，是知草堂之贵，夫子之静。（李翰《尉迟长史草堂记》）①

筵罘区陈，宾寮有位，琴棋间作，箫管时闻，从我之游者，咸遇其胜也。（韦夏卿《东山记》）②

公在中流，右诗左书，无我斁遗，此邦是庥。（韩愈《郓州溪堂诗序》）③

举陈酒，援崔琴，弹姜《秋思》，颓然自适，不知其他。（白居易《池上篇序》）④

堂中设木榻四，素屏二，漆琴一张，儒、道、佛书各三两卷。（白居易《庐山草堂记》）⑤

唐人园林散文作品表现的生活内容具有外向性，是唐型文化的投射；宋代园林散文中宋人在园林中宴集、读书、弹琴、赋诗的优雅生活旋律依然延续，同时汇入了新的乐章，融入了更多琐细的日常生活，让我们看到了多姿多彩的园林生活样态，这是宋型文化在园林散文中的表现。

园林不啻是雅致生活的领地，也是家居生活的地方，宋代园林散文增加了世俗人情的记述，更具有生活的气息。如晁补之《金乡张氏重修园亭记》云："游客晨夜相面背于门，庖无熄烟，然不倦。又好为园圃游乐事以相尚，而非为利。"⑥文中所说的园林主人张氏，庖厨昼夜不倦，为游客提供饭食。太宗时侍御史肃，字穆之，御史子畎，字无逸。无逸得地为园，因而忘仕宦之意。"而故张公安道、石公曼卿，皆与往来良厚。园有亭曰先春，张公客游爱之，石公为宰，每醉而忘返也，皆有诗留亭上。"晁补之此记反映了张氏以园圃游乐为尚，园圃游乐昼夜不息，还讲述了张氏与朋友园林同醉的欢乐生活。

张守《四老堂记》云：绍兴十年，张守回到了家乡会稽，"乃于舍西得荒瘠之地，诛茅筑垣，结庐其中，以养吾疾、寄吾怀而娱吾老也。屋才五楹，轩牖四辟，饰以青黝，不侈不陋，随我力之所及也。中敞三楹以度

① ［清］董诰等编：《全唐文》卷四三〇，第 5 册，第 4380 页。
② ［清］董诰等编：《全唐文》卷四三八，第 5 册，第 4473 页。
③ ［清］董诰等编：《全唐文》卷五五六，第 6 册，第 5632 页。
④ ［唐］白居易著，谢思炜校注：《白居易文集校注》卷第三二，第 1887 页。
⑤ ［唐］白居易著，谢思炜校注：《白居易文集校注》卷第六，第 254 页。
⑥ 曾枣庄、刘琳主编：《全宋文》卷二七三九，第 127 册，第 23 页。

暑，东西北各为室以御冬。南有故池，增植莲芰，鱼游而龟曳。堂之前后杂莳花竹，鹤唳而鹿呦。余既以病谢客，时曳杖步屟，徜徉其间。老兄弟间来问疾，则相与讲卫生之经，谈出世之法，醉贤人之酒，而饱腐儒之餐，有足乐者"。作者满足于自己曳杖徜徉林园的闲适，欣慰有老兄老弟前来询问自己的病情的普通人的生活。"……四兄弟苍颜华发，颓然四翁，幸还里门，独季留浙东，方折简趣其归。"① 四位兄弟苍颜白发，故里相聚相亲，尽享天伦之乐，实乃人生大幸。这种常民百姓的普通生活成为宋代园林书写的重要内容。

曾三聘退老后，在新淦之郊卜筑园林，作《冈南郊居记》，其中有充满人情味的叙写："又幸有此屋庐，尽谢宾客，屏书疏，与老妻稚子从事于是间，盖亦不知岁月之度也。人生堕宦海中，其不为木偶人蜉蝣者几希。老归故园，得以寻其儿时游嬉渔钓之所，岂非大幸。"② 这看似平常的感慨是一个历经生活磨砺的老人对人生的彻悟。人生最为美好最值得珍惜的是什么？在儿时游嬉渔钓之所，与老妻稚子在自家园林共同生活，此可谓是对生活真义的最好诠释。

再如吴儆《竹洲记》中描述园林中的奉亲养老之乐："时具壶觞奉老人，及致老人所素狎者，徜徉其中，遇夜或风雨乃归。老人虽不饮酒，然见人痛饮，则为之抵掌笑乐佐其酣适。间为小词道其闲适之意，与景物之过乎前者，使童稚辈歌之以侑酒。噫！能使予忘贫贱、安农圃而无复四方之志者，匪斯洲之乐也欤！"③ 文中写到吴氏时常在园林中置备壶觞奉老人，陪伴他们在园中徜徉，到晚上或者遇到风雨才回到房中。老人虽然不饮酒，但是看到晚辈痛饮，就会鼓掌笑乐；间或作词抒写闲适之意，席间也会让童稚演唱助兴佐欢。一家长幼同欢，其乐融融。袁默的《山居记》也写到了十分和谐惬意的生活日常："榜蓬艇，乘篮舆。昆弟之谐嬉，宾朋之笑语，老者杖扶，幼者手携，随其万物之自然，得其意趣之所寓。"④

在园林书斋课授下一代也是宋代园林生活中极富亲情温度的乐章。如：

> 而又藏书有楼，读书有堂，日课二孙于斯。（吕午《李氏长春园记》）⑤

---

① 曾枣庄、刘琳主编：《全宋文》卷三七九三，第 174 册，第 17—18 页。
② 曾枣庄、刘琳主编：《全宋文》卷六三六〇，第 280 册，第 353 页。
③ 曾枣庄、刘琳主编：《全宋文》卷四九六八，第 224 册，第 122 页。
④ 曾枣庄、刘琳主编：《全宋文》卷一七四九，第 80 册，第 190 页。
⑤ 曾枣庄、刘琳主编：《全宋文》卷七二一六，第 315 册，第 121 页。

夜坐窗下，听诸郎读书，辄踊跃。（洪迈《松风阁记》）①

又思先君无恙时，空乏甚矣，而舍旁犹有三亩之园，植花及竹，日与其子若孙周旋其间，考德问业，忘其为贫。（袁燮《秀野园记》）②

他们每天在园林的读书堂教课子孙，听他们朗朗的读书之声，看着下一代的成长，心中充盈的是莫大的快乐和慰藉，这也是天伦之乐的享受。

园林中还有邻里间的融洽关系，如钱时的《牧庄记》写道："环池四面宜柑宜橘，宜葡萄，宜来禽安石榴之类，亦无不种。花开果实，春暖秋凉，呼邻翁，赊村酒，出瓷瓶盏，相与乐之。"③园林环绕池沼种植了很多果树，春可赏花，秋可食果。随时随性叫上邻居老翁，赊来一壶村酒，带上酒盏，园中相聚。邻里相亲，谈笑甚欢，充满了和谐快乐。

唐宋文化转型，自中唐开始，整个社会转向对世俗人生的高度关注。宋代文人士大夫多来自社会底层的庶族，他们更注重本我的切身感受。在园林生活中，他们从高雅的圣坛走下来，融入世俗生活中，让园林成为一个真正可以宽放身心的宜居之地。风雅聚会与享受天伦之乐并不矛盾，高风绝尘的人格追求和人间亲情可以并存。他们在人间烟火中洞见了人情人性中的美好，人伦与情感在超尘拔俗的精神追求中丰盈自己的心性，个体生命才可以实现真正的超越，心灵世界才可以更加清澄无垠。自雅到俗的园林生活书写，实际上还原了园林生活更为全真的面目。要言之，与唐代相比，宋代园林书写中增添了更多家庭和日常生活的内容，园林真正成为文人士大夫的居游空间，兼有着物质和精神的双重价值。

小　结

自唐至宋，在唐宋文化转型的背景之下，园林散文从形式到内容都逐步发生了一些变化。园林散文在书写形式方面的变化体现为：篇名形式的变化，篇幅由短到长，语体由骈体转为散体。园林散文书写内容方面的变化体现为：景观题名呈现从纪实性到诗意化的转变，继之理学色彩浓郁而鲜明。唐代景观题名从真实出发，纪实性强，同时又逐渐向写意化发展。而宋代则注重意境和情感的寄托，其诗意化、写意性更强，且理学色彩强

---

① 曾枣庄、刘琳主编：《全宋文》卷四九二〇，第 222 册，第 106 页。
② 曾枣庄、刘琳主编：《全宋文》卷六三七七，第 281 册，第 243 页。
③ 曾枣庄、刘琳主编：《全宋文》卷七〇一八，第 307 册，第 374 页。

烈。唐宋园林散文在描述园林景观方面经历了从简略到详实的变化。唐代的园景记述简略，宋代的记述则更为详实，如同一幅园林实景图，历历在目。唐宋园林散文在记述园林生活方面也有很大的变化。唐代园林散文较多表现园林中的雅集高会、书斋生活；宋代园林散文除此之外还注重表现园林生活中的世俗人情，对园林生活的书写更加日常化、生活化。

第七章　唐宋园林散文的文化阐释

　　唐宋时期的园林散文与园林建构、园林活动、园林审美有密切的关系，它以文学的形式映现当时的园林艺术，成为我们认知唐宋园林的镜像。园林散文不仅与文学尤其是散文自身的发展有着直接关联，可以从园林散文见知记体文的发展及其文体功能，更重要的是，园林的建构、发展与当时的政治制度、经济状况、社会观念之间存在千丝万缕的联系，故而从园林散文的文学书写中，可以窥见当时的社会政治经济和观念等方面的文化内涵。要之，唐宋园林散文是唐宋时期的社会镜像，其文化阐释的路径是多向度的。

第一节　唐宋园林隐逸观念的承袭与演变

　　隐逸是中国文学乃至中国文化的一个重要面向。隐逸的方式多种多样，一种是在山间洞穴中的隐逸，皇甫谧《高士传》中记载的隐士多以这样的方式隐居。尧时隐者巢父"以树为巢，而寝其上"[①]。楚人老莱子"当时世乱逃世，耕于蒙山之阳。莞葭为墙，蓬蒿为室，枝木为床，蓍艾为席，饮水食菽，垦山播种"[②]。楚人渔父"楚乱乃匿名，隐钓于江滨"，后见到被放逐的屈原，"遂去深山自闭匿，人莫知焉"[③]。四皓不满秦之暴政，退隐商山以紫芝疗饥。襄阳庞公，隐居鹿门山，因采药不返。平陵人张仲尉隐而不仕，"常居穷素，所处蓬蒿没人，闭门养性，不治荣名"[④]。魏郡的台佟则"隐武安山中峰，凿穴而居，采药自业"[⑤]。汉阳上邽人姜岐自母亲丧礼毕便

---

① ［晋］皇甫谧撰：《高士传》卷上，商务印书馆，1937，第11页。
② ［晋］皇甫谧撰：《高士传》卷上，第28页。
③ ［晋］皇甫谧撰：《高士传》卷中，第59—60页。
④ ［晋］皇甫谧撰：《高士传》卷中，第77页。
⑤ ［晋］皇甫谧撰：《高士传》卷下，第96页。

开始隐居，"以畜蜂、豕为事"①。焦先"常结草为庐于河之滨，独止其中。冬夏袒不着衣，卧不设席，又无蓐，以身亲土，其体垢汗皆如泥滓，不行人间，或数日一食，行不由斜径，目不与女子连视"②。《高士传》中的古代隐士在山间洞穴中的隐逸生活太过清苦，总有违背文人雅士风范之遗憾，唯有汉末颍川人胡昭"乃隐陆浑山中，躬耕乐道，以经籍自娱。至嘉平初，年八十九，卒于家"③，过的是农隐生活，还算符合高士的格调。

　　自汉代末年到魏晋时期，隐逸方式所承载的隐逸观念就发生了变化，园林隐逸成为最佳选择。《后汉书·仲长统传》载："（统）欲卜居清旷，以乐其志，论之曰：'使居有良田广宅，背山临流，沟池环匝，竹木周布，场圃筑前，果园树后。舟车足以代步涉之艰，使令足以息四体之役。养亲有兼珍之膳，妻孥无苦身之劳。良朋萃止，则陈酒肴以娱之；嘉时吉日，则亨羔豚以奉之。蹰躇畦苑，游戏平林，濯清水，追凉风，钓游鲤，弋高鸿。讽于舞雩之下，咏归高堂之上。……'"④仲长统认为要隐居必得有山水林泉之景，还得有果蔬佳肴辅以美酒，奉亲养子、招待亲朋需得非常富足才好，其隐逸生活的物质标准就相当高。《世说新语》载："康僧渊在豫章，去郭数十里，立精舍。旁连岭，带长川，芳林列于轩庭，清流激于堂宇。乃闲居研讲，希心理味。"⑤园林隐居的生活格调确有魏晋风流的意味。郗超听闻有高尚隐退者就为之置办百万巨资的隐居之所，如"在剡为戴公起宅，甚精整。戴始往旧居，与所亲书曰：'近至剡，如官舍。'郗为傅约亦办百万资，傅隐事差互，故不果遗。"⑥戴安道隐居，郗超为之修建宅园，豪华如官舍。也为傅琼置办百万之资，可惜傅琼在隐与不隐之间犹豫不决，故郗超最终未能将百万之资相赠。因为郗超的慷慨资助，隐居再不会有饥饿冻馁之苦。《宋书·戴颙传》记载，戴颙在吴下的隐居之所乃吴下士人共为筑室而成，"吴下士人共为筑室，聚石引水，植林开涧，少时繁密，有若自然。乃述庄周大旨，著《消摇论》，注《礼记》《中庸》篇"⑦。戴颙隐居之所的园林特色已经非常突出，读书著述的隐居生活也是后世园林活

---

① ［晋］皇甫谧撰：《高士传》卷下，第 120 页。
② ［晋］皇甫谧撰：《高士传》卷下，第 122—123 页。
③ ［晋］皇甫谧撰：《高士传》卷下，第 122 页。
④ ［南朝宋］范晔撰，［唐］李贤等注：《后汉书》卷四九《仲长统传》，第 1644 页。
⑤ ［南朝宋］刘义庆撰，［南朝梁］刘孝标注，余嘉锡笺疏：《世说新语笺疏》卷下，中华书局，2016，第 728 页。
⑥ ［南朝宋］刘义庆撰，［南朝梁］刘孝标注，余嘉锡笺疏：《世说新语笺疏》卷下，第 730 页。
⑦ ［梁］沈约撰：《宋书》卷九三《戴颙传》，中华书局，1974，第 2277 页。

动的重要内容。宗炳于"江陵三湖立宅，闲居无事"①，退居之所临湖而设，翳然林水，有园林之致。《晋书·谢安传》则记载谢安"又于土山营墅，楼馆林竹甚盛，每携中外子侄往来游集，肴馔亦屡费百金"②。可见谢安的园林生活相当丰裕。晋代高僧慧远在刺史桓伊赞助下，在庐山营建了东林寺，在此修行。据《高僧传》卷六《慧远传》记载："远创造精舍，洞尽山美。却负香炉之峰，傍带瀑布之壑。仍石垒基，即松栽构。清泉环阶，白云满室。复于寺内别置禅林，森树烟凝，石筵苔合。凡在瞻履，皆神清而气肃焉。"③可见当时的东林寺是园林化的寺院。《魏书·冯亮传》云："亮既雅爱山水，又兼巧思，结架岩林，甚得栖游之适，颇以此闻。世宗给其工力，令与沙门统僧暹、河南尹甄琛等，周视嵩高形胜之处，遂造闲居佛寺。林泉既奇，营制又美，曲尽山居之妙。"④逸士冯亮具有营构园林的巧思，后来在世宗资助下建造精美的寺院园林。由以上材料可见，魏晋时期园林隐逸已经成为众多士人的追求和共识。

一、仙隐园林的理想追求

李浩师有一段话揭示园林和隐逸间的关系："园林别业消解的是人的恩怨憎爱之情、名利是非之念，拯救的是人被社会扭曲、污染、堕落的心，激活的是长期麻木的纤细复杂的自然感性，疏通的是人类与生俱有的与自然亲和、与宇宙对话的神秘通道。别业园林就这样自然而然地变成了滋生和繁殖隐者的温床。"⑤从心理和文化层面揭示了园林对隐逸者的疗养作用。魏晋时期隐逸园林的士人通过回归自然的方式追求精神的独立，彰显人格的高洁，表达对黑暗现实的不满与对抗。如果说竹林七贤的高蹈遁世是迫于时局的压力，那么陶渊明的隐居则更多的是遵从自己的内心召唤。他"静念园林好，人间良可辞"（《庚子岁五月中从都还阻风于规林二首》其二）⑥，以耕种为生，以诗书为伴，见山采菊，饮酒会友，恬淡闲适，怡然自乐。园林是陶渊明退隐的归所，也是他的审美选择。唐宋士人接受陶渊明开创的生活美学，依然将园林作为他们隐逸的最佳归处。在园林中隐者

---

① [梁] 沈约撰：《宋书》卷九三《宗炳传》，第 2278 页。
② [唐] 房玄龄等撰：《晋书》卷七九《谢安传》，中华书局，1974，第 2075 页。
③ [南朝梁] 慧皎撰，汤用彤校注：《高僧传》卷六《慧远传》，汤一玄整理，中华书局，1992，第 212 页。
④ [北齐] 魏收撰：《魏书》卷九〇《冯亮传》，中华书局，1974，第 1931 页。
⑤ 李浩：《唐代园林别业考论》，第 105 页。
⑥ [晋] 陶渊明著，逯钦立校注：《陶渊明集》卷三，第 74 页。

们可以如神仙般悠闲地生活，故而园林依然是唐宋隐者的理想追求。

晚唐的司空图遭逢乱世，隐居山西中条山王官谷别墅，曾作《休休亭记》《山居记》表达自己"士志于道"的高蹈姿态，其高士逸风直到宋代依然为世人敬仰。宋代的乐沆作《司空先生隐居记》，对司空先生隐居守道的志节仍然充满着敬意。

> 距虞乡东十里乃王官谷，唐司空先生隐居在焉。先生讳图，字表圣，登进士第，学问文章取重当世，历官兵部侍郎。龙纪乾宁间，衣冠道丧，先生绝意仕宦。中条山下有先人别墅，擅林泉丘壑之秀，堂室亭宇，环列左右。弃官辞荣，遁逸其间。尝为《休休亭山居记》，备载一时之盛。[①]

司空图看到唐昭宗时礼乐坏毁，道义沦丧，对世事感到非常绝望，于是绝意仕途，选择归隐中条山上的山林园。此处有其先人建造的别墅，拥有山林泉水之秀美，园中建造有堂室亭宇，环列左右。司空图放弃官职，辞去荣华，隐遁山林之园。

詹敦仁和司空图有相同之志。詹敦仁隐居在仙游植德山下，闽王昶以袍笏相聘，敦仁辞谢不受。后清源军节度使留从劾又诚意任用，敦仁仍然力辞不受，在佛耳山卜筑隐居，自号清隐，数年卒。所作《清隐堂记》表达了隐逸之志。

> 去邑西逾百余里，有山曰佛耳。峭绝高天，远跨三郡。有田可耕，有水可居。予卜而筑之，榜堂曰"清隐"。若夫烟收雨霁，云卷天高，山耸髻以轩腾，风梳木而微动。寒泉聒耳，戛玉鸣琴，非宫非商，不调自协；非丝非桐，不抚自鸣。春而耕一犁雨足，秋而敛万顷云黄。饥餐饱适，遇酒狂歌，或咏月以嘲风，或眠云而漱石。（詹敦仁《清隐堂记》）[②]

詹敦仁的隐居之所亦为园林，他在城邑之西百余里的佛山中卜筑园林，建造了"清隐堂"，于此欣赏烟雾收敛、雨后初霁的景象，享受天高气爽、云卷云舒的悠闲自得。在他的耳目之中，山头耸立如同发髻，又有骏马飞腾之势，微风轻柔地为树木梳头，泉水石上流过发出鸣玉抚琴般的天籁之响。春天趁充足的雨水而耕种，秋天收获大片金黄的庄稼。置身其中，饥

---

① 曾枣庄、刘琳主编：《全宋文》卷一○四六，第48册，第260页。

② ［清］董诰等编：《全唐文》卷九○○，第9册，第9389页。

则食，饱则适性而游，饮酒狂歌，歌咏风月，伴云而眠，依石而漱。园林隐居逍遥自在，故而成为隐者的理想选择。

刘翔飞《唐代士人隐逸事迹表》中录有 192 名隐士[①]，大部分的隐者都有林园、别墅、别业等较好的隐居条件，也有部分隐者只有简朴的山居园，可能也会有一些隐者拥有园林但不见文字记载。

就笔者目力所及，尚未见到统计宋代隐逸者的专门研究。不过仅宋代园林散文中隐逸于园林的隐士就已经很多了，故宋代的隐士数量应当更多。据宋代园林散文可见大量隐者拥有园林，他们将园林作为自己的隐居之所。

王埜《始得山桥隐居记》言其自建安归，过金华看到山桥一涧，看中了此处的山林之地，于是买下此地，计划"明年春始往度其地，将结庐筑亭为游息之所。大抵游之旷而敞者无窈窕之趣，奥而邃者乏轩豁之观，兼而有之，惟兹山为然，顾不为吾郡之甲欤"[②]。王埜为自己找到了既有窈窕之趣又有轩豁之观的山水胜景，要在这里结庐筑亭，将它经营成适合居游的场所。这表明王埜虽要隐居，但不会像早期的隐士那样巢穴而居。

王炎作《东园记》，记伯传年少时壮志凌云，"意将饮马瀚海，挂弓天山，取封侯万里之外"，然而弃文从武却非专长。"因读潘安仁《闲居赋》，至'凛秋暑退，熙春寒往，奉太夫人行乐'之句，喟然叹曰：'人生贵适意尔。其中诚有所适，得志当驰骛于功名，不得宁混迹渔樵。微官缚人，下不足为己荣，上不足为亲娱，吾其归哉！'乃侍鱼轩，归里中，寻幽择胜，以为招摇游衍之所，以悦慈颜，而东园卜筑权舆于此。"[③]伯传的归隐和季鹰归乡颇有共同之处，他们都意识到人生贵在适意，不愿意卑微的官职束缚了自己的身心。而追求适意最好的途径莫过于林泉，故园林自然成为隐者的首选。

众多的园林散文资料表明园林在唐宋时期依然是理想的归隐之所。选择园林作为理想的隐逸之所，与传统的仙居文化有着内在而深刻的思想渊源。《山海经·海内西经》就有昆仑神话之说："昆仑之虚，方八百里，高万仞。上有木禾，长五寻，大五围。面有九井，以玉为槛。面有九门，门有开明兽守之，百神之所在。"[④]神仙聚居的昆仑山有高山大木，九井玉栏。

---

① 参见刘翔飞：《唐人隐逸风气及其影响》，台湾大学硕士学位论文，1978。
② 曾枣庄、刘琳主编：《全宋文》卷七六六四，第 333 册，第 56 页。
③ 曾枣庄、刘琳主编：《全宋文》卷六一一一，第 270 册，第 321 页。
④ 袁珂校注：《海经新释》卷六《海内西经》，《山海经校注》，北京联合出版公司，2014，第 258 页。

在《淮南子·地形训》中神仙聚居的昆仑山则有了宫殿和园池，环境更加令尘世向往："禹乃以息土填洪水，以为名山，掘昆仑虚以为下地（或作池），中有增城九重，其高万一千里百一十四步二尺六寸。上有木禾，其修五寻。珠树、玉树、璇树、不死树在其西，沙棠、琅玕在其东，绛树在其南，碧树、瑶树在其北。旁有四百四十门，门间四里，里间九纯，纯丈五尺，旁有九井，玉横维其西北之隅，北门开以内不周之风。倾宫、旋室、县圃、凉风、樊桐在昆仑阊阖之中，是其疏圃，疏圃之池，浸之黄水，黄水三周复其源，是谓丹水，饮之不死。"[①] 神仙居住的昆仑山俨然是一座巨大的园林，高山耸立，树木茂盛，宫殿林立，池水浩渺。

在中国古老的神仙传说中，神仙还居住在蓬莱、瀛洲、方丈这样的神山之上，而这三山皆在海中，四周碧水环绕，烟水迷蒙。《史记·封禅书》中记载："自威、宣、燕昭使人入海求蓬莱、方丈、瀛洲。此三神山者，其传在勃海中，去人不远。患且至，则船风引而去。盖尝有至者，诸仙人及不死之药皆在焉。其物禽兽尽白，而黄金银为宫阙。未至，望之如云；及到，三神山反居水下；临之，风辄引去，终莫能至云。"[②] 期望将一统大业传之万世的秦始皇，有着更加强烈的长生不老愿望。他在咸阳的宫殿中建造了仙居般的生活环境。《史记·秦始皇本纪》《集解》注"兰池"言，"渭城县有兰池宫"，"兰池陂即古之兰池，在咸阳县界"。又引《秦记》，云"始皇都长安，引渭水为池，筑为蓬、瀛，刻石为鲸，长二百丈"。[③] 可见秦始皇引渭水为池，修筑蓬莱、瀛洲二山，开创了皇家园林模拟海上仙山的建造格局，这是皇帝仙居园林思想的物质实践。秦始皇还派徐福海外求仙："齐人徐市等上书，言海中有三神山，名曰蓬莱、方丈、瀛州，仙人居之。请得斋戒，与童男女求之。于是遣徐市发童男女数千人，入海求仙人。"[④] 秦始皇寻仙始终未果，他将自己的居所打造成仙居空间正是对内心的一种补偿和满足。

到了汉武帝时期，好大喜功的汉武帝开创了辉煌功业，同样希望长生不老，故而和秦始皇一样，一方面求仙服丹，一方面建造园林，好让自己如同仙人一般生活在仙境。《汉书·郊祀志》卷下记载，汉武帝太初元年

---

① 何宁撰：《淮南子集释》卷四《坠形训》，中华书局，1998，第322—325页。

② ［汉］司马迁撰，［宋］裴骃集解，［唐］司马贞索隐，［唐］张守节正义：《史记》卷二八《封禅书第六》，中华书局，2014，第1647—1648页。

③ ［汉］司马迁撰，［宋］裴骃集解，［唐］司马贞索隐，［唐］张守节正义：《史记》卷六《秦始皇本纪第六》，第321—322页。

④ ［汉］司马迁撰，［宋］裴骃集解，［唐］司马贞索隐，［唐］张守节正义：《史记》卷六《秦始皇本纪第六》，第317页。

（前 104），柏梁台失火被焚毁，事后有南粤巫师进言说："粤俗，有火灾，复起屋，必以大，用胜服之。"意思是依照南方习俗，如果房屋失火后要建一座规模更宏大的房子，胜过以往的建筑，来折服炎魔，以保平安。汉武帝"于是作建章宫，度为千门万户。前殿度高未央。其东则凤阙，高二十余丈。其西则商中，数十里虎圈。其北治大池，渐台高二十余丈，名曰泰液，池中有蓬莱、方丈、瀛洲、壶梁，象海中神山龟鱼之属。其南有玉堂璧门大鸟之属。立神明台、井干楼，高五十丈，辇道相属焉"。① 汉武帝建造太液池，环以三山，将仙境搬到人间，从此确立了皇家园林一池三山的仙居格局和审美典范。正如园林学者金学智先生所言，"海上三神山那种可望不可即的、漂浮在浪漫文学天空并诉诸想象的传说，终于在现实的物质世界沉积下来，在宫苑里取得造型的直观形态，或者说，变为可望、可即、可游、可居的一系列如同仙山胜境的具体景观"②。自此，后世的皇家园林便遵循此种定制，仙居理想代代相传。南朝宋文帝元嘉二十二年（445）建造玄武湖，"上欲于湖中立方丈、蓬莱、瀛洲三神山，尚之固谏乃止"③。大业元年（605），隋炀帝建造规模宏大的西苑，"五月筑西苑，周二百里。其内为海，周十余里，为蓬莱、方丈、瀛洲诸山，高出水百余尺，台观殿阁，罗络山上，向背如神"④。另有《大业杂记》记载："元年夏五月，筑西苑，周二百里。其内造十六院，屈曲周绕龙鳞渠。……苑内造山为海，周十余里，水深数丈，其中有方丈、蓬莱、瀛洲诸山，相去各三百步，山高出水百余尺。"⑤ 可见西苑中也有一池三山的园林格局。唐代大明宫的太液池中也有蓬莱山，山上有太液亭。据考古成果资料可知，太液池分东池和西池两部分，西池为主池，其平面呈椭圆形，面积约有 140000 平方米；东池平面略呈圆形，面积约 33000 平方米，水域面积非常大。⑥ 宋代的皇家园林艮岳也沿袭这样的园林格局，元代、明代、清代的皇家园囿亦是如此。

① ［汉］班固撰，［唐］颜师古注：《汉书》卷二五下《郊祀志第五下》，中华书局，1962，第 1245 页。
② 金学智：《中国园林美学》，中国建筑工业出版社，2005，第 360 页。
③ ［梁］沈约撰：《宋书》卷六六《何尚之传》，第 1734 页。
④ ［宋］司马光编著，［元］胡三省音注：《资治通鉴》卷一八〇，第 5726 页。
⑤ ［唐］杜宝撰：《大业杂记》，见［唐］韦述、杜宝撰，辛德勇辑校：《两京新记辑校·大业杂记辑校》，三秦出版社，2006，第 14 页。
⑥ 详见龚国、何岁利：《唐长安城大明宫太液池遗址发掘简报》，《考古》2003 年第 11 期；安家瑶、龚国强、何岁利、李春林：《西安唐长安城大明宫太液池遗址的新发现》，《考古》2005 年第 12 期。

神仙居所总是在远离喧嚣、山清水秀的自然环境中，如唐牛僧孺所撰《玄怪录》记载：隋大业中，好道的裴谌与王敬伯、梁芳入鹿山修道，后梁芳死，敬伯贞观初归而为官。裴谌坚持山中修道，王敬伯后与裴谌在广陵相遇。裴谌告诉他说自己与山中好友有时到广陵市药，在此地有自己的息肩之地。"青园桥东，有数里樱桃园，园北车门，即吾宅也。"王敬伯到广陵十余日后前来拜访，见其宅园"楼阁重复，花木鲜秀，似非人境，烟翠葱茏，景色妍媚，不可形状"。裴谌其实早已得道成仙，所居园林乃方术所致。后五日，敬伯再访辞别，"其门不复有宅，乃荒凉之地，烟草极目，惆怅而返"。①带有神异色彩的笔记小说虚构得道仙人的园林居所，其实也是仙居思想的文学投射。

羡慕神仙生活的思想影响深远，在渴望生活在仙境中并长生不老的美好愿望的驱动下，人间凡众不断兴建仙居般的园林。皇室由于财力雄厚可以建造一池三山的庞大园林，而文人高士的隐逸园林虽不能做到一池三山的宏大格局，但是拳山勺水一样可以寄托仙居思想，隐含着他们对神仙生活的向往。仙隐的理想追求不分身份、地位和财力，只要有这种美好的愿望，都可以把它变成现实的景观。

范成大晚年归隐苏州，在苏州宅舍之南建造园林，取名"范村"。"范村"的得名源自唐代杜光庭《神仙感遇传》，传云："唐乾符中，吴民胡六子与其徒泛海，迷失道，漂流数日，至一山下，即登岸谋食，居人皆以礼相接，甚有情义。问此何许？则曰范村也，当见山长。引行至山顶，可十里所。花木夹道，风景清穆，宫室宏丽，侍者森列。一叟坐堂上，命客升阶，与语曰：'吾越相也，得道长生，居此。岁久，山下皆吾子孙，相承已数十世。念汝远来，当以回飙相送。'"吴民胡六子与其徒所之之处就是人间仙境，所见长者即为得道仙人。仙人居住的地方是海中之山，山上花木夹道，风景清穆，宫室宏丽，这种仙居环境成为园林建造的范本。"圃中作重奎之堂，敬奉至尊寿皇圣帝、皇帝所赐神翰，勒之琬琰，藏焉。四傍各以数椽为便坐，梅曰陵寒，海棠曰花仙，酴醾洞中曰方壶，众芳杂植曰云露，其后庵庐曰山长。盖瓦不足，参以蓬茅，虽不能如昔村之华，于云来家事，不啻侈矣。"②范成大将自己的园林取名为"范村"，园圃中有"花仙""方壶""山长"的题名，这些事实上都是他仙隐思想的体现。

① ［唐］牛僧孺撰：《玄怪录》卷一，穆公校点，见上海古籍出版社编：《唐五代笔记小说大观》，第351—352页。
② 曾枣庄、刘琳主编：《全宋文》卷四九八四，第224册，第399页。

二、中隐范式的确立和影响

唐代之前隐逸观念有大隐和小隐两极，而两者都有弊端，正如白居易所言，"大隐住朝市，小隐入丘樊。丘樊太冷落，朝市太嚣喧"。如何来调节两者间的矛盾？"不如作中隐，隐在留司官。"聪明的士大夫找到了一条无可挑剔的中庸之道，那就是中隐，也就是吏隐。

其实早在白居易明确提出中隐范式之前，选择隐逸的士人已经在思考、在寻找更好的隐居方式。他们不愿意像早期的隐士那样巢宿穴居，水饮草食，在近乎自虐的物质生存条件下守志守道。"魏晋以降，隐逸的地点已开始由蒙昧地区移向都邑郊区或名山胜水，隐者的居住条件、饮食、服饰亦开始变化。"[1] 据前文所引《世说新语》中郗超在剡为戴公起宅、为傅约亦办百万资之事，足见世人对于隐居之所不仅仅要求其要满足居游生活的基本需求，还有更高的要求。前文所引《宋书·戴颙传》中吴下士人可以说是为戴颙建造了一个园林化的清幽的隐居环境，山水花木兼具，虽为人工建造，却宛若自然神工，这样的隐居条件不仅舒适，而且有点豪奢了。

唐人接武六朝，隐居条件日益向好。卢照邻"乃去具茨山下，买园数十亩，疏颍水周舍"[2]。唐玄宗为隐士卢鸿一提供了非常优厚的隐居待遇："宜以谏议大夫放还山，岁给米百石，绢五十匹，充其药物。仍令府县送隐居之所，若知朝廷得失，具以状闻。将还山，又赐隐居之服，并其草堂一所，恩礼甚厚。"[3] 正因为有如同朝官一样的物质待遇，卢鸿一才有条件经营他的嵩山林泉，通过其《嵩山十志》十首及诗前的小序，可知他为自己的园林营建了草堂、倒景台、樾馆、枕烟庭、云锦淙、期仙磴、涤烦矶、幂翠庭、洞元堂、金碧潭十处景观。渥盱隐者的唐代获得优厚待遇的隐士颇多，如田游岩隐居嵩山，"帝后将营奉天宫于嵩山，游岩旧宅先居宫侧，特令不毁，仍亲书题额悬其门曰'隐士田游岩宅'。文明中，进授朝散大夫，拜太子洗马。垂拱初，坐与裴炎交结，特放还山"[4]。高宗将要在嵩山建造奉天宫，游岩的旧宅在宫殿旁边，便特别下令不能拆毁，还亲赐匾额，对隐士可谓十分尊崇。

不仅隐士会建造园林安顿身心，为官者也这样做。为官的士大夫也一直在思考寻找调和仕与隐的最佳途径。

---

① 李浩：《唐代园林别业考论》，第 101 页。
② [宋] 欧阳修、宋祁撰：《新唐书》卷二〇一《卢照邻传》，第 5742 页。
③ [后晋] 刘昫等撰：《旧唐书》卷一九二《卢鸿一传》，第 5120—5121 页。
④ [后晋] 刘昫等撰：《旧唐书》卷一九二《田游岩传》，第 5117 页。

　　杨炯《李舍人山亭诗序》中写到李舍人的生活："三冬事隙，五日归休，奏金石而满堂，召琳琅而触目。心焉而醉，德焉而饱。大隐朝市，本无车马之喧；不出户庭，坐得云霄之致。"①李舍人显然是仕隐出处等同，出入朝市同享烟霞之乐。骆宾王《秋日于益州李长史宅宴序》言："得丧双遣，巢由与许史同归；宠辱两存，廊庙与山林齐致。乘展骥之余暇，俯沉犀以开筵。曲浦澄漪，似对任棠之水；芳亭兴洽，如归山简之池。"②李长史的生活也是兼顾了出仕带来的华贵和隐逸带来的闲逸。

　　王维一边在朝中做官，一边在蓝田的辋川别业逍遥自在，过起了闲云野鹤般的生活。而白居易不论是居家还是宿衙，一直都在为自己营建吏隐的园林之所，在陕西下邽、江西庐山、忠州东坡、洛阳履道里都有他的园林。在杭州任刺史间，白居易疏浚西湖，修筑白堤，使西湖成为公共游赏的风景区。白居易所提倡的中隐观念在大隐和小隐之间找到了最佳的平衡点。他在《中隐》诗中这样写道："不如作中隐，隐在留司官。似出复似处，非忙亦非闲。不劳心与力，又免饥与寒。终岁无公事，随月有俸钱。君若好登临，城南有秋山。君若爱游荡，城东有春园。君若欲一醉，时出赴宾筵。洛中多君子，可以恣欢言。君若欲高卧，但自深掩关。亦无车马客，造次到门前。人生处一世，其道难两全。贱即苦冻馁，贵则多忧患。唯此中隐士，致身吉且安。穷通与丰约，正在四者间。"③白居易此言一出，正中渴望中隐者的下怀，立即引来一片赞和之声，也吸引了后世更为众多的追随者。其实唐代的许多士大夫，诸如建造平泉山庄的李德裕、建造午桥别墅的裴度、建造洛阳归仁园的牛僧孺、建造骊山别业的韦嗣立、建造东山别业的韦恒、建造杜城郊居的杜佑、建造阳羡别业的刘长卿等，他们或在城市或在近郊建造园林，内心都有一个中隐的情结，只是没有点破而已，直到白居易捅破了这层窗户纸，正式提出了士大夫早已经践行的中隐范式。白居易是吏隐的典型代表，吏隐观念从萌生到实践，再到吏隐范式的确立，有其自身发展的过程，白居易恰处转变的节点。所以田耕宇先生在其《中唐至北宋文学转型研究》一书中说道："白居易作为一个文化转型时期的代表，其仕隐思想是整个古代知识分子立身原则发生剧烈变化的一个缩影。"④

　　唐代确立的中隐范式有着划时代的意义，在宋代的影响依然很大，为更多的士大夫所采纳，而且也被众多的士大夫所重复阐释。

---

①　[清] 董诰等编：《全唐文》卷一九一，第 2 册，第 1926 页。
②　[清] 董诰等编：《全唐文》卷一九九，第 2 册，第 2014 页。
③　谢思炜撰：《白居易诗集校注》卷第二二，第 1765 页。
④　田耕宇：《中唐至北宋文学转型研究》，中国社会科学出版社，2009，第 136 页。

蔡襄曾游葛君公绰的东园，其根据地势高下，丘陵之上冠亭，疏渠理水，跨池为桥，建堂其中，安处游息。公绰指着园林对蔡襄说："宅于山，虽有岩壑靓深之趣，然与人远，欲从贤豪游，不可得也。至于都城，虽与人近，然俗尘时溷人意，欲自清迈，不可得也。吾不晦于山，不迫于城。"（蔡襄《葛氏草堂记》）① 葛君的园林兼有山林和城市的优势，又避免了它们的不足，是士大夫理想的游居之所。葛君的思想和中唐时期白居易提出的中隐（吏隐）观一脉相承，是中唐以来中隐观念的继续。

苏轼受邀为河南灵璧张氏之园作记，谈及仕与不仕之间的矛盾："古之君子，不必仕，不必不仕。必仕则忘其身，必不仕则忘其君。譬之饮食，适于饥饱而已。然士罕能蹈其义、赴其节。处者安于故而难出，出者狃于利而忘返。于是有违亲绝俗之讥，怀禄苟安之弊。今张氏之先君，所以为其子孙之计虑者远且周，是故筑室艺园于汴、泗之间，舟车冠盖之冲，凡朝夕之奉，燕游之乐，不求而足。使其子孙开门而出仕，则跬步市朝之上；闭门而归隐，则俯仰山林之下。于以养生治性，行义求志，无适而不可。故其子孙仕者皆有循吏良能之称，处者皆有节士廉退之行。盖其先君子之泽也。"（苏轼《灵璧张氏园亭记》）② 张氏家族奉行的也是中隐之道，近城的园林成为吏隐的最佳选择。

姚勉《盘隐记》中为高安尹童仲光之盘隐园作记，这样评价童君的中隐行为方式，同时也表达了自己的隐逸观点："位廊庙而趣山林，何害其为仕？身江湖而心魏阙，何害其为隐？君之志盖如此。"③ 姚勉也赞同中隐的生活方式，认为仕与隐、庙堂和山林是不矛盾的，可以同时兼顾。

宋代士人已较为广泛地接受了唐代确立的中隐范式，许多士大夫一边为官，一边享受林泉雅闲，在私人领域追求更加舒适宜人的生存方式。中隐的官吏生活已经完全脱离了隐的纯粹本质，他们的清虚高洁不过是华贵生活的点缀和调节。他们在仕隐、进退之间建构起了圆融灵活的吏隐生活模式。

三、隐逸观的论争及农隐观的演变

唐宋时期有关园林隐逸的讨论其实一直都没有停止，隐与不隐，尤其是隐的本质是形隐还是心隐的争辩之声不断。如王维《暮春太师左右丞相

---

① 曾枣庄、刘琳主编：《全宋文》卷一〇一八，第 47 册，第 193 页。
② 曾枣庄、刘琳主编：《全宋文》卷一九六八，第 90 册，第 409 页。
③ 曾枣庄、刘琳主编：《全宋文》卷八一四〇，第 352 册，第 102 页。

诸公于韦氏逍遥谷宴集序》中说:"逍遥谷天都近者,王官有之,不废大伦,存乎小隐。"① 王维显然是不赞同归隐的,他认同韦嗣立仕隐等同的中庸之道,自己也过上了亦官亦隐的生活。宋人对此有着不同的看法。如:

> 吾友赵君日新,得地十亩,园而轩之。美花嘉卉,碧松茂木,娟嫣荫映,因旧增之。左右后前,风烟奇秀,离迤间篷,可观可乐,知者劝游,游者忘归。……道,公物也,且私之;才,天所赋,靳不为世用,洁己而孤物,徇人而拂天,古之人咸若是,苍生其鱼久矣。不惟是,与世间之乐,必同其忧。设终老东山,不足为谢安石。安意肆志,不为秦帝一出,仲连其何称? 士不胶所守,其必有见。子安此,几隐者之归,吾惜也。寓焉其可,幡然之志,未宜中泯。圣主侧席逮下,中外贤杰林立,而世方艰棘,顾何时而果于隐欤? (陈造《寓隐轩记》)②

据上文所引,陈造对朋友建园隐逸的做法并不赞同,他认为上天赋予了一个人才能,如果不为世用是辜负其才。如果天下的贤才都这样的话,那么苍生将成为网中之鱼任人食用。对于当世而言,明主在侧,世事多艰,才能之士更应该担负起自己的责任,即"士不可以不弘毅,任重而道远"。

秦观也有类似的看法。他为东海徐大正燕居之闲轩作记,认为如徐君这样的天下奇男子不应当幽隐:

> 士累于进退久矣。弁冕端委于庙堂之上者,倦而不知归;据荐苍而佃,横清泠而渔者,闲距而不肯试。二者皆有累焉。君虽少举进士,而便马善射,慷慨有气略,天下奇男子也。夫以精悍之姿,遇休明之时,齿发未衰,足以任事,而欲就闲旷,处幽隐,分猿狖之居,厕麋鹿之游,窃为君不取也。(秦观《闲轩记》)③

袁燮《隐求堂记》也发表了关于隐逸的见解。他分析了"隐"和"不隐"两种历史情况。君子不贵隐,因为"素隐行怪","欲洁其身而乱大伦,古人之所不与也"。君子贵隐,因为"不降其志,不辱其身,古人之所深取也"。"当隐而隐,义也;素隐乱伦,非义也。协于义,无愧于心"。那么到底何时隐何时不隐呢? 袁燮根据自己的情况得出这样的结论:"老病而归休,以是自命可也。继吾之后者,齿发未衰,筋力犹壮,固宜捐躯

---

① [清] 董浩等编:《全唐文》卷三二五,第4册,第3294页。
② 曾枣庄、刘琳主编:《全宋文》卷五七六四,第256册,第358—359页。
③ 曾枣庄、刘琳主编:《全宋文》卷二五八六,第120册,第130页。

以殉国，排难以救时，又何隐之云乎？"① 也就是说像自己这样年衰且病的情况是可以开辟园林以佚老的，但是年轻力壮者应当捐躯殉国，排难以救时，不应该隐逸。

王炎也持有类似的观点："夫壮则宜出，老则宜退处，理然也。出不劳无以立事，处不逸无以存身，亦理然也。"② 王炎认为人在年轻力壮的时候就应该出而立事，否则日后退隐时就会无以存身。

隐逸但不脱离现世生活不失为一种矛盾的平衡。陈耆卿《松山林壑记》中说自己的朋友丁君少云幽栖松山林壑，丁园本来就很著名，又因为到这个园子的多当世伟人，于是丁园更加名显。丁君虽隐居，而交结社会名流，这种隐逸就是所谓的"通隐"。

通隐者，谓通达之隐士。如《梁书·何点传》记载："点虽不入城府，而遨游人世，不簪不带，或驾柴车，蹑草屦，恣心所适，致醉而归，士大夫多慕从之，时人号为'通隐'。"③

《南史》载，雁门周续之"通五经、五纬，号十经。名冠同门，称为颜子。既而闲居，读《老》《易》，入庐山事沙门释慧远。时彭城刘遗人遁迹庐山，陶渊明亦不应征命，谓之'寻阳三隐'。刘毅镇姑熟，命为抚军参军，征太学博士，并不就。江州刺史每相招请，续之不尚峻节，颇从之游。……高祖之北讨，世子居守，迎续之，馆于安乐寺，延入讲礼，月余复还山。江州刺史刘柳荐之武帝，俄辟太尉掾，不就。武帝北伐，还镇彭城，遣使迎之，礼赐甚厚。每曰'真高士也'。寻复南还。武帝践阼，复召之。上为开馆东郭外，招集生徒，乘舆降幸，并见诸生，问续之《礼记》'傲不可长'、'与我九龄'、'射于瞿圃'之义，辩析精奥，称为名通"④。周续之隐而不入仕途，但并不自命清高、寡而不群，而是与君主、官僚有着很密切的往来，为之讲授经义，这样的隐士，不拘泥于形迹，以"心隐"为追求。

陈耆卿《松山林壑记》虽没有提到通隐的隐逸范式，但其所讨论的却是隐逸者的本质。他认为幽栖之景有助于幽栖之心的坚定，关键还在于幽栖之心。"心具，无景不清；否则，无景不俗。……景随心生，而心不随景以逝，是真幽栖者也，非锢焉者也。夫出处之义亦大矣！幽栖者，处而不出者也。"⑤ 丁君的后代子植并没有接受通隐，而是遵循了中隐范式。子

---

① 曾枣庄、刘琳主编：《全宋文》卷六三七七，第 281 册，第 249—250 页。
② 曾枣庄、刘琳主编：《全宋文》卷六一一一，第 270 册，第 324 页。
③ [唐] 姚思廉撰：《梁书》卷五一《何点传》，中华书局，1973，第 732 页。
④ [唐] 李延寿撰：《南史》卷七五《周续之传》，第 1865 页。
⑤ 曾枣庄、刘琳主编：《全宋文》卷七三二〇，第 319 册，第 137 页。

植出世为官，出而暂处林园之中，"其心少云之心也，非锢于幽栖者也"①。子植既有着祖辈的归隐之心，但是又不被幽栖所束缚。陈耆卿在文中似乎同时赞同两代人的两种做法，态度很中立，和明代对像陈继儒（号眉公）那样的通隐式人物的激烈反对态度反差很大。

在宋代关于隐逸的讨论中，不论是推崇晋宋时期的通隐，还是效法唐人的中隐，都体现了当世人对于隐逸的认识和态度。隐逸观念在宋代还悄悄发生了变化，一些中隐者逐渐接受了农隐的范式。正式提出农隐观念的是李正民，他在《农隐记》中提出了这一新的隐逸观。

李正民认为，在传统的观念中"农"和"隐"是不同的。"秉耒耜，衣被褐，勤劳畎亩之中者，是农非隐；处山林，乐闲旷，逍遥尘垢之外者，是隐非农。农皆民也，劳力者也，食人者也；隐则有士君子焉。孔子所谓'举逸民，天下之民归心者'是也，其智愚、贤不肖、劳逸、高下固不相侔，则农与隐异久矣。"② 也就是说，农者的身份为"民"，隐者的身份是"士"。《论语·尧曰》有言："兴灭国，继绝世，举逸民，天下之民归心焉。"③孔子所谓的逸民指的就是隐居的士君子。农人和隐者相比较而言，他们的智慧与愚钝、贤明与不肖、劳苦与安逸、地位的高与低，本来就不相等，农与隐的区别由来已久。农和隐是不可等量齐观的两个阶层，两者有着本质的区别。李正民以剑川吴伯承为典型，说明士君子也可以实现农隐的完美统一。

吴伯承将农和隐统一调和起来，在农即隐、隐即农的生活观念支配下，过着舒心的农隐生活。吴伯承家世代为大族，崇宁以来，将家搬到了湖秀之境。"仕宦之余，父子戮力治生，于今三十年。田畴益广，乃筑堂于场圃之上，榜以'农隐'。开辟窗牖，栽莳松菊，南荣治耕稼之务，北池有鱼钓之适，萧然真隐者居也。"仕宦之间，吴伯承同时经营农庄，求田问舍，建造园林，亦农亦隐，农和隐得到了很好的统一。

他之所以这样做的原因，在于退出仕途归隐时，要像颜渊那样可以自给衣食。颜渊虽然住在陋巷，过着一箪食、一瓢饮的清贫生活，尚有郭外之田五十亩，足以给饘粥；郭内之田十亩，足以供丝麻，不至于忍饥受冻。也就是说，即使不愿出仕为官，没有俸禄，也可以有终身之乐，而不至于像陶渊明之类那样，愤世嫉邪，弃官而去，又菽粟不足以自给，以至冻馁

①　曾枣庄、刘琳主编：《全宋文》卷七三二〇，第 319 册，第 138 页。
②　曾枣庄、刘琳主编：《全宋文》卷三五四二，第 163 册，第 137 页。
③　［魏］何晏集解，［宋］邢昺疏：《论语注疏》卷二〇《尧曰》，见［清］阮元校刻：《十三经注疏》，中华书局，1980，第 2535 页。

而死。这样的隐就失去了意义。更不会像有的人，因为迫于贫穷而出仕，以至于出现"秦汉以还，士大夫汲汲于利禄，丧其所守者十常七八"的社会现实。这说明没有足够的可以为生存提供保障的物质基础，精神的追求只能是空谈。

也就是说，吴君认识到了经济基础对于隐居者体面而有尊严地生存下去的重要性，故戮力治生三十年，为退隐打下坚实的物质基础。"今仆幸饶于田，东皋南亩，尽在吾堂之左右，四顾芒芒，无复舟楫阛阓之扰，又得意于酒，遇饮辄醉。春到则耕者效其力，秋成则获者献其功。余方独酌引满，陶然自得，安知农之非隐，隐之非农耶？"大隐居士李正民很是赞同吴君的观点和做法，希望能够效法他，以余力买田数十亩，以安度晚年。

宋代农隐观念是秦汉时期的农隐和魏晋以来的吏隐观念的发展和演变。中国是一个农耕社会，农耕是早期隐士隐居的基础。但宋代的农隐已不是单纯的农耕，而是官、农的结合，农隐是亦官、亦农、亦隐。吏隐是亦官、亦隐，此类隐者不愿意过山林隐士的苦行生活，又想拥有自由独立的精神世界，所以走中庸之道，官隐统一。中隐者，"隐"的经济基础是官俸，利用官俸为自己营造一个脱离世俗喧嚣的园林，获取精神上的满足。为了达到精神上的"隐"，故不愿放弃物质来源的"官"，那么"官"就成为"隐"的一种有形而无法摆脱的羁绊。

农隐在吏隐的基础上融合了农的因素。农隐的主要经济基础不单是官俸，还有农庄收益，而且主要是农庄收益。隐者通过扩大田产，获取利益，为自己建造园林满足燕息游乐的精神需求。此时官就不再是牵累，出可官退可隐，做官与不做官皆是来去自由的事情，随时可以隐退，而不用担心精神家园是否可以世代保存。应该说农隐比吏隐更加自由，士大夫在追求精神自由和独立的过程中又迈进了一步。

吴儆家在故新安之南六十里，有田百亩，有宅一区，自祖父而上七代，都安于耕稼，没有乘危涉险、折腰忍耻、匍匐趋走出仕为官的。吴儆和他的兄长益章放弃祖父之农业，游走于场屋之间，但是兄弟两人为官皆不顺利。其兄不幸早逝，而自己又仕途磋跎，"儆凡三仕州县，皆不偶。不惟不偶，且重得罪，以为亲忧，用是思欲自屏于无人之境，藏其身于庸陋寡过之地"。此后改畀祠禄，回到故里安徽新安，复操祖父之业，以安侍亲之心。吴儆将竹洲居园稍加修葺，清幽的园林"使予忘贫贱、安农圃而无复四方之志"，过起了农隐的生活（《竹洲记》）。[1] 吴儆仕途不达，而且仅

---

[1] 曾枣庄、刘琳主编：《全宋文》卷四九六八，第 224 册，第 121—122 页。

做三任州县长官，新安故里营建有相当大规模的园林，巨大的花费当来源于新安拥有的百亩之田产，凭吴儆每月俸钱三万（三十贯）、米五斛的收入去建造园林显然有些局促。吴儆的隐，其经济基础显然在农，而不在官。

农隐的观念在宋代已经有了一定的思想基础和影响力。吕午在《李氏长春园记》中说："人生天壤间，有屋可居，有田可耕，有园池台榭可以日涉，有贤子孙诵诗读书，可以不坠失家声，此乐也，而纡朱怀金不与焉。"文中的李公就是一个享受农隐乐趣的人。他曾经官中都，厌弃红尘，于是浩然而归，建造园林，藏书有楼，读书有堂，日课子孙于园林之中，与其子愚谷朝暮吟哦其间。"愚谷琢句余暇，俯从事举子业亦于斯，所谓无适而不自得者。"李氏悠游园林，利用闲暇时间写文章，斟字酌句，十分闲适自得。李氏之所以可以做到这一点，吕午认为"盖其蓄畜之入，足办所需，而无求于外，故优哉游哉，而乐亦无穷也"。[①] 是亦农亦隐的生活模式为李公争取到了更大的活动空间，是否出仕完全可适性选择。

俞烈《洪氏可庵记》记载住在临安天目山之西麓的逸民洪载（字彦积，自号耐翁），"以力农起，衣食廪给，爱泉石若嗜欲"[②]。辛弃疾"辜负胸中十万兵"，壮志难酬，只好退隐园林，作"稼轩"释位而归，洪迈为其作《稼轩记》。洪载和辛弃疾都是典型的农隐者。

宋代在农隐观念支配下建造的农庄式园林反映了当时士人价值观念的新变，是唐宋文化转型的一个显例。唐宋文化转型的根本特征是由外向内的转变，由外在的于天地宇宙中实现政治化的价值追求转向于内在的精神世界提升个体生命的自我生存状态，更加注重自我生命的体验、心灵的充盈丰满与多彩。宋代农隐观念及其生活方式是士大夫内在个性自由追求的外在表现。

四、唐宋隐逸观念发展演变的文化解读

园林隐逸反映的是生活状态和文化心态。隐逸是一种生活状态，更是一种文化心态。子曰："笃信好学，守死善道，危邦不入，乱邦不居。天下有道则见，无道则隐。邦有道，贫且贱焉，耻也；邦无道，富且贵焉，耻也。"[③]

① 曾枣庄、刘琳主编：《全宋文》卷七一二六，第 315 册，第 120—121 页。
② 曾枣庄、刘琳主编：《全宋文》卷六四一三，第 283 册，第 5 页。
③ [魏]何晏集解，[宋]邢昺疏：《论语注疏》卷八《泰伯》，见[清]阮元校刻：《十三经注疏》，第 2487 页。

优越的中隐生活暗含的是士大夫遭遇现实困厄后精神人格的突围和不变，士大夫一方面通过建造园林追求自我精神享受和人格独立，另一方面又在封建体制内追求功名利禄，向权势靠拢，其独立的思想和人格逐渐在消损。中隐者不再有自我放逐、归隐山林的勇气，在看似圆融完善的人格追求中慢慢丢掉了人性中最为闪光的精神品性，也逐渐丢失了自己所奉行的道义，最终使得"道"在王权的挟制下沦丧。

农隐观念体现了士大夫人格精神自由度的提升。他们逐渐地和权势、功名疏离，通过农产的经营使自己获得财富，他们不摒弃财富，但是不必为财富低头。正是有了自己创造的财富，他们才敢于挺直腰杆直面权力。当仕途顺意时，不妨出仕；当仕途不偶时，及时隐退。这样可以为守"道"、行"道"摆脱枷锁。虽然农隐者依然没有为了心中奉行的"道"或者信仰而自我放逐、归隐山林的勇气，但是，他们还是为自己的精神自由挣得了些许空间，部分找回了人性中最为闪光的精神品性。

中隐处世哲学盛行潜藏着社会隐患。当园林吸引越来越多的心隐者时，尤其是担负着社会责任的士大夫阶层越来越倾向于园林隐逸时，社会的危机就悄悄地埋下了。因为个人之外的世界被忽略了，他们甚至不愿意看看园林之外正在发生什么。园林之外，也许谋反者正蓄势待时，异族正虎视眈眈。他们沉浸在园林所建构的温柔和顺之中，恩怨爱憎之情、是非名利之念被消解殆净的同时，内心防御戒备的大堤也随之坍塌。处在无菌环境中的机体，一旦有一个病菌侵入，整个免疫系统将溃不成军。与此同理，当外部武力进攻一个毫无防备的王朝时，灾难性的结果就在所难免了。

由唐至宋，从皇族到士大夫阶层兴建园林之风日盛，尤其是盛唐"齐仕隐"的观念萌生到中唐正式确立，吏隐的观念极大地影响着中古时期文人的社会生活。中唐之后的士大夫阶层，在吏隐观念的支配之下，寻找到了自我生存的平衡点，过着优厚安逸的物质生活，拥有清闲雅致的精神家园，士大夫日益将个人的欲求置于至高无上的地位，他们内心最大的追求就是仕隐的双重优越，而真正的隐者或者仕者该秉承的"道"却被物质和精神的双重享受淡化到林水泉石之间、清风明月之中。优裕的官宦生活被矫情地抱怨成身心的牵缠，园林被心安理得地当作仕宦生活的合理弥补，而不是转化为"得君行道"或者"引君行道"的责任和动力。

时人对于吏隐哲学暗藏的危机并非没有清醒的理性洞见。《东轩笔录》卷十一有一条值得深思的"欧公讥晏相"的记载："庆历中，西师未解。晏元献公殊为枢密使，会大雪，欧阳文忠公与陆学士经同往候之，遂置酒于西园。欧阳公即席赋《晏太尉西园贺雪歌》，其断章曰：'主人与国共休戚，不惟喜悦将丰登。须怜铁甲冷彻骨，四十余万屯边兵。'晏深不平之，尝语人曰：'昔日韩愈亦能作诗词，每赴裴度会，但云"园林穷胜事，钟鼓乐清时"，却不曾如此作闹。'"①冬雪纷飞，园林宴饮的诗意、惬意、适意与边地作战的寒冷、艰苦、流血、牺牲之间的巨大反差蕴含着太多的深意。两者间的辩证关系显而易见，养尊处优的官宦生活是边地几十万士兵用生命保障的；而沉溺家园享乐的终极结果一定是来自边疆的忧患以不可抵挡之势将精致的园林和精致的生活完全摧毁。欧公的话显然带有讥讽的意味，与一团和乐的气氛相抵牾，不合时宜，故而引来宰相宴殊的不满。但他的话终究是给生活在安逸之中的人们敲响了警钟。当宋徽宗赵佶和蔡京在艮岳欢歌宴饮通宵达旦的时候，太学士邓肃以诗讽谏，陈述花石纲给民间百姓带来的疾苦，给国家带来的负担，提醒赵佶"但愿君王安万姓，圃中何日不东风"。国泰民安，百姓的安居乐业才是君王得以在皇家御园华贵享乐的基石和前提。

　　李格非在游览了洛阳的著名园林之后，有感于历史兴废之无常而著《洛阳名园记》，他在后论中叹息曰："呜呼！公卿大夫方进于朝，放乎以一己之私自为，而忘天下之治忽，欲退享此乐，得乎？唐之末路是已！"②从其"论曰"看，李格非写《洛阳名园记》的旨意不在于记述洛阳园囿亭观之盛，而在于透视园林美的凋零、毁灭所进行的深刻省思。他明确指出，公卿士大夫的职责使命在于立朝堂、佐君主治理好天下，而非放任自己的一己之私，退于园林追求享乐。这是一个有责任意识的文人对朝堂卿相退享园林之乐，淡漠国事，不顾危机四伏的国家忧患的忧虑和痛心。王朝灭亡的原因当然是多方面的，但李格非总结唐朝之所以败亡的原因就在于士大夫醉心园林，弃志弃道，不能不说是对中唐以后日益膨胀的中隐生活方式的批判，与宋代众多反对隐逸的声音山鸣谷应，可惜的是批判的声音在园林享乐的风尚中显得有些单薄和微弱。

　　当一个王朝的主体力量，尤其是庙堂势力放弃国家或者社会责任，退守到自我小世界中的时候，那些坚守信仰和责任的少数人，不论是居庙堂之高，还是处江湖之远，其力量都显得势单力薄，难以力挽狂澜。就拿宋代而言，决不乏诸如韩琦、陆游、辛弃疾、李纲、岳飞、文天祥等节勇之士，不乏对形势有清醒认识的有识之士，只是他们的力量相对薄弱，不足以掌舵王朝航向，难以主导历史发展的大潮。来自外界的强大势力乘虚而

---

① [宋] 魏泰辑：《东轩笔录》卷一一，李裕民点校，中华书局，1983，第126—127页。
② [宋] 李格非撰：《洛阳名园记》，第13—14页。

入的时候，他们必然随着战乱和自己的王朝一起被淹没在历史的洪流中，精致的园林和园林生活也随之湮灭。

第二节　唐宋官署园林和公共园林的政治意蕴

自唐至宋，官署园林和公共园林日益增多。地方官在任职期间，多建有官署园林或地方公共园林以供游赏燕息。从这两个时期留下的园林散文作品中可以看出，在当时的舆论场中地方官兴建园林是备受争议的事情。园林散文中反复致意的话语有：建造园林是在政成俗阜之后，不劳民，不耗财；建造园林是为了与民同乐，可以修习德行，有效提高为政效率。这样的反复陈说有刻意为之的倾向，表露出那些建造园林者的顾虑以及有意的辩解，反映了地方官在林泉之致和勤政为公之间的矛盾处境。他们需要谨慎而巧妙地调停享受园林幽趣和留下勤廉清名间的平衡。

一、社会、文化舆论场中的燕息和为政

地方官在任所兴造园林首先会面临老百姓的舆论评判。百姓会以自己的评价标准关心建园是否可造福百姓、是否增加百姓徭役负担、是否搜刮百姓钱财增加赋税。其次是来自官方或者朝廷的考评，在朝廷的评价体系内，主司考量的是兴建园林是否役平民、耗公财，建园游园是否荒政。最后是继任者对前任者在任期建造园林的评说。也就是说，地方官在建造、修复、扩建园林时总是面临着一定的舆论压力。

柳宗元《零陵三亭记》将游观和为政的矛盾推到前台，正面来讨论这个敏感的问题。地方官在一个城邑建设游观之所，会被认为是不务民政。柳宗元认为"大不然"。他给出了心理学意义或者精神层面的理由："夫气烦则虑乱，视壅则志滞。君子必有游息之物，高明之具，使之清宁平夷，恒若有余，然后理达而事成。"① 河东薛存义吏能殊异，在零陵为政绩效显著。他在当地开辟游息之园，游观可使人的内心没有乱虑滞志。柳宗元认为游观对为政是有其促进作用的。但是柳宗元也提出问题的另一面："则夫观游者果为政之具软？薛之志其果出于是软？及其弊也，则以玩替政，以荒去理，使继是者咸有薛之志，则邑民之福其可既乎？"是不是所有的地方官都能像薛存义这样成为能为百姓带来福祉的良吏呢？会不会出现以游

①　［清］董诰等编：《全唐文》卷五八一，第6册，第5865页。

观乃为政之具为借口，以游替政、以荒去理的情况呢？柳宗元所讨论的正是百姓的担忧和疑虑。游观和为政之间本来就没有截然的界线，游观之所往往会成为地方官进行教化的重要场域，为当地百姓建造可供节日、闲暇时休闲的场地更是政绩的一种体现。但是借为民之名行享乐之实的情况总是会有的，不仅百姓会有这样的质疑，每一个为政者也担心自己会落下这样的名声，所以许多地方官都会在建造公共园林或者官署园林后写下园记，文中会反复申辩自己建园的目的、勤政的行为，来给自己留下清名。如果是请人作记，作记者也会在文中特意申明，赞扬园林主持建造者的为政功绩，甚至还要强调建园没有动用民力，没有耗费官财和民财，以免世人或者后人产生误解。

柳宗元的记文是社会舆论的艺术反映。民众对地方官兴建台池苑囿，享受燕息之乐不无负面声音，部分百姓可能会认为一邑之长建造园林，是拿着百民之财力来谋一己之享乐，以致引发物议。有这种担心和顾虑的不在少数。祖无择在《袁州东湖记》中有这样一段耐人寻味的话：

> 越二年，新太守在道，予行有日矣，因置酒为会。同僚举觞，属予曰："湖亭虽旧而增广之，以至大备者，非君而谁？不可以不闻于后，盍文而刻诸金石乎？"予曰：池馆之作，耳目之娱，非政之急，何足道哉！ ①

祖无择以自谦之词，表达了大众的观点，他的话其实是当时大众的普遍认识，当然非自己的真实之意，只是借众人的观点做出谦让的姿态。

蔡迨《合江园记》记述合江园乃唐尹韦皋任四川节度使时所建，为当时四川园林之胜，宋代时依然为登临名胜，但年岁日侵，逐渐荒疏。其原因为"然园可娱官，官之人未必皆材，又属公府尚简重，燕游阔疏，因弗以冶"②。淳熙二年（1175）春天，"李唐来为是官，入其寺，伤焉，欲缮其隤圮，而病其訾"。李唐虽有修缮之意，但是顾虑遗人话柄，没有行动。适逢提点刑狱晋原李公兼漕"领府事，唐白其故。公亟出缗钱材甓，畀以庀事。址之墟者屋之，宇之仆者起之，楹桷牖户上覆旁障之，腐而缺者易而新之，弗废其旧而加壮焉。而又补艺花竹，丛条畅茂，咸复其故"③。在晋原李公的支持之下，合江园才得以修复。也许正是源于舆论的压力，地方官兴建地方官署园林或者地方公共园林，虽然不是为一己之私，但是也

---

① 曾枣庄、刘琳主编：《全宋文》卷九三六，第43册，第328页。
② 曾枣庄、刘琳主编：《全宋文》卷五八二五，第259册，第125页。
③ 曾枣庄、刘琳主编：《全宋文》卷五八二五，第259册，第125—126页。

要自己作记或者请人作记，以作出明确的说明，并刻石以纪，利用石刻传播的公开性和长久性，消除民众对自己的误解。

祖无择认为园林的建造是必要的。"政成民和，能无燕嬉之事欤？"政事之余，燕嬉之乐是自然的；如果继任者像自己一样是待罪而来，"又宜有登览之美，庶几忘迁谪之累焉"（《袁州东湖记》）①，可以因登览而忘却贬谪之苦，可见他对湖亭园林建造的肯定。但他也很在意继任者的评说。祖无择官于齐地，其在任十九个月，在郡政之闲暇，筑园做堂，取名"申申堂"。将离开的前一个月，他撰文以记："恐后来君子未之知我，以兹为过，故以其说附诸。"祖无择在此地建造的官署园林的确十分舒适。在寝居之后，树其墙垣与政庭相区隔，园中筑堂，"俯砌凿二方池，导回泉水以灌其中。匝岸植杂花果树，间以怪石，植藕于池。池之东，旧有竹数本，又徙数十本益之成丛"。但是他担心后来的郡守不了解自己，误认为自己享乐过度，于是阐述燕息之堂曰"申申"，乃取孔子燕居之义。《论语·述而》云："子之燕居，申申如也，夭夭如也。"孔子燕居，安详舒适，面容和悦。《书》亦云"惟狂克念作圣"，也就是要克制内心的愚念，从而成为一个圣贤的人。祖无择从儒家经典中为自己在游观燕息和勤政之间寻找着支撑点。他能够如孔子先圣那样安闲地享受生活，同时又可抵克自己心中享乐的妄念，在申申堂与宾客"著古今之治乱，评人物之是非。有不学古而能通时事者亦见之，以咨询其利病焉。或公退客去，惟看书赋诗，以为燕息之事"。② 在这篇短文中，祖无择想要开脱掉园林享乐的嫌疑，过滤掉荒政的误解，在为后来者留下燕息之园的同时，也为自己留下清名。可见，世俗观念和地方官的为政指向间是有一定的距离的。

建造官署园林和公共园林之事被置于社会和文化双重舆论场中，为政者调停燕息与为政间平衡的一个重要方法就是制造正面的舆论。承担正向舆论导引作用的正是为园林而作的大量记文，文中会反复致意游观对为政的积极精神作用，申明园林建造的工役用费情况，强调园林官民同享的公益性质。

其一，园林记文作者强调游观的精神作用以及对为政的积极影响。许多文人的园林记或者请他人所作的园林记中多有强调游观精神作用的论述。例举唐宋时期园林散文作品如下：

> 邑之有观游，或者以为非政，是大不然。夫气烦则虑乱，视壅则

---

① 曾枣庄、刘琳主编：《全宋文》卷九三六，第 43 册，第 328 页。
② 曾枣庄、刘琳主编：《全宋文》卷九三五，第 43 册，第 320—321 页。

志滞。君子必有游息之物，高明之具，使之清宁平夷，恒若有余，然后理达而事成。(柳宗元《零陵三亭记》)①

楼观台榭，宣人之滞也。天气郁则两曜不明，地气塞则万物不生，人气壅则百神不灵。(符载《钟陵东湖亭记》)②

人之气刚而直，灵而无方，欲其全也，唯其所养。故处卑陋则病恙惨怛，而邪僻滛庚生焉；居高明则遐旷博大，而和平康乐生焉。(符载《五福楼记》)③

天时有晦明，人情有舒惨。或感痒交构，郁凝不发，非登高远眺望，则无以疏达其气，导冲和之性焉。(符载《襄阳北楼记》)④

槃高孕虚，万景坌来，词人处之，思出常格；禅子处之，遇境而寂；忧人处之，百虑冰息。(刘禹锡《洗心亭记》)⑤

古人之所以即高明、远眺视者，非特为游观之美，所以宣底滞而明意虑也。(上官均《白云庵记》)⑥

以上例举都强调了登高临远对发舒人的郁闷心情所起的作用。天气有阴晦明朗的变化，人的心情也有时舒畅有时惨淡。当人的悲伤负面的情绪交构郁凝的时候，就需要登高远眺，方可调适。将郁闷宣泄，人的思虑就会开解，就不会气烦虑乱，视壅志滞，而是心胸为之遐旷博大，内心和平康乐，性和气顺。

园林散文作者还会反复强调，游观有助于宣舒精神，园囿之乐对为政有着或直接或间接的精神作用。如：

太守古诸侯，听事之偏，率为堂为亭，为台池苑囿之乐，所以安吾贤者而佚夫民事之劳，使之清心定虑，湛然于事物纷至之中而无淆乱愤懑之病，非厉民之力以为己之奉也。(吴儆《爱民堂记》)⑦

行道必假于权，我则操钧轴而无避；养神必务乎静，我则营林壑

---

① [清] 董诰等编：《全唐文》卷五八一，第6册，第5865页。
② [清] 董诰等编：《全唐文》卷六八九，第7册，第7061页。
③ [清] 董诰等编：《全唐文》卷六八九，第7册，第7058页。
④ [清] 董诰等编：《全唐文》卷六八九，第7册，第7057页。
⑤ [清] 董诰等编：《全唐文》卷六〇六，第6册，第6126页。
⑥ 曾枣庄、刘琳主编：《全宋文》卷二〇三六，第93册，第340页。
⑦ 曾枣庄、刘琳主编：《全宋文》卷四九六八，第224册，第124页。

以潜游。（王禹偁《野兴亭记》）①

　　台池苑囿，燕射田渔，虽非政之所先，亦非其所不为也。今夫失其先后之序，与不勤其事而受其养者，则有愧矣。虽然，吏之所以能有此者，岂非世之承平、岁之丰穰而政之暇豫也耶？则居其职者可不知乎？（陈师道《披云楼记》）②

　　邑有游息之所，君子谓足以观政。凡人之情，怵迫则少欢愉，暇豫则多款适。平居里巷，一游一燕，往往夺以烦冗，况邑令乎？（张牧《连江惠悦堂记》）③

　　对于地方官而言，建造台池园林虽不是首要处理的政务，但也是必须要做的，建造园林和为政有先后之分，先政务后园林。园林燕息对处理政务有积极的调适作用。为政是劳神费心的一件事情，要想治理好一方，必须清心定虑，若要清心定虑，必得有林泉这样的安静清心之处去除淆乱愤懑。邑城有游息之所，足以观君子之政。百民安闲，是一方生民逸豫、民风淳厚的体现。故在唐宋园林散文中多有百姓和乐、百废俱兴、政通人和的文字记载。

　　其二，强调园林建造在政成俗阜之后，不劳民力，不耗民财，形制合宜，用时很短。唐宋园林散文多载地方官游赏燕乐以及官署园林、公共园林的建造是在政成俗阜之后。胪列数例以说明之：

　　咸亨二年六月癸巳，梓潼县令韦君，以清湛幽凝，镇流靖俗，境内无事。舣舟于江潭，纵观于丘壑，渺然有山林陂泽之思。（王勃《梓潼南江泛舟序》）④

　　元和十二年，御史中丞裴公来莅兹邦，都督二十七州诸军州事。盗遁奸革，德惠敷施，期年政成，而富且庶。当天子平淮夷，定河朔，告于诸侯，公既施庆于下，乃合僚吏，登兹以嬉。观望悠长，悼前之遗。于是厚货居氓，移于闲壤，伐恶木，刜奥草，前指后画，心舒目行。忽然若飘浮上腾，以临云气……（柳宗元《桂州裴中丞作訾家洲亭记》）⑤

① 曾枣庄、刘琳主编：《全宋文》卷一五七，第 8 册，第 73 页。
② 曾枣庄、刘琳主编：《全宋文》卷二六六九，第 123 册，第 375 页。
③ 曾枣庄、刘琳主编：《全宋文》卷六七〇三，第 294 册，第 283 页。
④ ［清］董诰等编：《全唐文》卷一八〇，第 2 册，第 1834 页。
⑤ ［清］董诰等编：《全唐文》卷五八〇，第 6 册，第 5862 页。

及余之莅是邦也，承数贤之余，庶务修举，曹无巧诋之吏，下无失职之民，清心处之，期月而治。适离暵热，殆将委顿，因创飞阁于东北隅。运覽累土以成基，斩木陶瓦而备用，仅及旬浃，层构岿然。（杨亿《处州郡斋凝霜阁记》）①

景祐二年，丞相陇西公以大司寇殿徐方，瑞节兵璋，东雄诸侯。公既来庪……于是阖境闻风，薰然交吁。吏肃于局，师和于屯。政成事辑，西驿腾报。（宋祁《重修彭祖燕子二楼记》）②

康定二年夏六月，太守慎公作新亭于军门之南。越孟秋，工告成事。郡人李觏请为记曰：惟兹军筑于闰唐，额于吾宋，同之列郡，数十年矣，然规摹俭固，未始斥大。虽视事有厅，罢休有堂，而僚属之所会，宾客之所交，以宴以游，举无其地。公临郡数月，政既已成，事既已省，因谋别馆，以为宾荣。（李觏《建昌军集宾亭记》）③

如上文所引，在记述园林构建之前所叙多为地方官的政绩，而且这样的记述非常之多，可谓触目皆是。这种书写已经成为公共园林、官署园林记文的一个固定模式。

唐宋园林散文记载官署园林、公共园林之营建，往往不仅强调建造园林并不耽误政务，还会强调其不劳民力，不耗民财，形制合宜，用时很短。

洪君曾是挈俸钱二万，经斯营斯，因地于山，因材于林，因工于子来，因时于农隙。（冯宿《兰溪县灵隐寺东峰新亭记》）④

乃卜于亭，是咨是谋，遂古创今，佥曰惟允。不越月，他工具，洎六旬有六日，新亭就。楹不荓荓，昭其俭也；薨不仡仡，示无僭也……（李渎《荇溪新亭记》）⑤

因衷材瓦之美，调兵干之使，搴芜秽，养华薄，开径自下，立斋其上。（胡宿《高斋记》）⑥

天圣丙寅，伍君佑由佐著局为县大夫，且嘉其陆衽之风，爱泽陂

---

① 曾枣庄、刘琳主编：《全宋文》卷二九六，第 14 册，第 402 页。
② 曾枣庄、刘琳主编：《全宋文》卷五一九，第 24 册，第 377 页。
③ 曾枣庄、刘琳主编：《全宋文》卷九一四，第 42 册，第 306 页。
④ ［清］董诰等编：《全唐文》卷六二四，第 7 册，第 6301 页。
⑤ ［清］董诰等编：《全唐文》卷七六一，第 8 册，第 7913 页。
⑥ 曾枣庄、刘琳主编：《全宋文》卷四六六，第 22 册，第 198 页。

之饶衍，乘敏政之暇，鸠僝工之材，作为新亭于浦之上。因地而名，识其事也。(黄鉴《鲁浦亭记》)①

后四十五年，予假守至郡，爰访旧迹，亭与桂俱废矣，止余荒墟，人迹罕及。因而衰遗材，鸠美工，裁峻填坎，以广故基，纵横凡增四丈余，而亭宇始葺。(刁约《望海亭记》)②

由是呼卒夫，具畚揭，辇粪秽，鉏蒿茅。一之日培竹与松，育美材也。二之日浚池及泉，养清德也。三之日因池土以封其基，四之日即亭材而广其构。不役于民，不扰于公，以溃于厥成。(刘敞《待月亭记》)③

署之北，凿方以为池。池有清泉菱芰生其中。池之左，累高以为山。山有怪石松杉植其上。山之北，又有大亭岿然，即吴越钱氏所建也。讫今绵百余祀，而木之漏者朽而蠹，墙之彻者剥而坏。予因取废寺之余材，役卒之隙工，治而完之，不踰月而告成。(沈起《志省堂记》)④

乃办材鸠功，因而新之，不赋于民，不耗于公，未踰月而事具。(吕陶《重修成都西楼记》)⑤

以上例举均为为公共园林建造而作的记文，建造者多为地方官吏，或自己作记，或是请人作记，记文无不强调不废农时、不劳民力、不敛民财、不耗于公、不逾于制。宣和二年（1120）五月，李纲待罪溪山，在不废公务的情况下，修复被火焚烧的旧阁，作《凝翠阁记》。文中特别强调了所建之阁不奢侈，不简陋，颇得中制。"于是僝工鸠材，不踰月而告成，楹栋窗槛，完洁显敞，不侈不陋，饰以黝白。"⑥此外，在章岷《延射亭记》、宋祁《重修彭祖燕子二楼记》、文同《梓州中江县乐闲堂记》等非常多的篇目中都有类似的表达。这样的表达成为公共园林记和官署园林记鲜明的书写特色。

其三，强调园林燕息非为耳目之娱。唐宋园林散文反复强调的还有园

① 曾枣庄、刘琳主编：《全宋文》卷四〇二，第 19 册，第 328 页。
② 曾枣庄、刘琳主编：《全宋文》卷四一一，第 20 册，第 65—66 页。
③ 曾枣庄、刘琳主编：《全宋文》卷一二九三，第 59 册，第 354 页。
④ 曾枣庄、刘琳主编：《全宋文》卷一六三七，第 75 册，第 149 页。
⑤ 曾枣庄、刘琳主编：《全宋文》卷一六一〇，第 74 册，第 47 页。
⑥ 曾枣庄、刘琳主编：《全宋文》卷三七六〇，第 172 册，第 205 页。

林建造不是为了满足耳目之娱。

如上文所引，吴儆在《爱民堂记》一文中特别强调，公署园林的建造，在于使为官者在民事之劳之余，通过园池之乐，来清心定虑，不至于因纷繁的事务而内心混乱，心生愤懑，这样可以更好地去民之害，兴利施惠。

尤袤《霞起堂记》记述自己在浙江台州赤城改造旧园，改创旧屋为霞起堂，"其外绕以回廊，上连参云，以为风雨游观之备。爰植美竹，以经纬之。于是堂成而胜益奇，前所未睹，披豁呈露，天若开而明，地若广而敞，景物若增益而富。晨烟夕霏，万化千变，近峰远岭，闲见层出，皆可不出檐庑而尽得之"。堂与回廊美植共同构成园林胜景，晨烟夕霏，四时变化中景观尽得。"是亦足以广心志，荡尘垢，而非苟以为娱也。"园林之景不仅在娱乐，还在于可以"广心志，荡尘垢"，让人胸襟广阔，将尘虑垢念涤荡一空。更何况尤袤做此不急之务，"取材于旧，课工于卒，不市一木，不役一民"①，不劳民，不伤财，与政无害。

庆历二年（1042）四月胡宿作《高斋记》，记述的是康定二年（1041）夏，龙阁南阳公自三司受命来到金陵，为政崇尚凝简，所以得以拥有比较多的休暇之日，寄意琴酒之适，留好风泉之赏。他在后圃建造高斋，自言君子"不役志以营己，常虚心以待物"。所以胡宿言："人之登是斋者，当领会公意，不止邀乐壶觞，取悦于林岫而已。足使轧者忘其名，夸者辞其权，长留清风，以遗永年。"② 这才是林泉之乐的真正精神内涵。

二、社会政治体系内的园林兴造和为政业绩

与民同乐是儒家传统的仁政思想，也是公共园林兴修的文化基石。孟子曾说："乐民之乐者，民亦乐其乐；忧民之忧者，民亦忧其忧。乐以天下，忧以天下，然而不王者，未之有也。"③ 孟子劝谏梁惠王对于鸿雁麋鹿、台池鸟兽、园囿田猎、钟鼓管籥之类的娱乐玩赏都要想着百姓。孟子曰："贤者而后乐此，不贤者虽有此，不乐也。"④ 这种与民同乐的仁者思想对后世的道统思想产生了深刻的影响，也被后世的儒者不断发扬光大。范仲淹"先天下之忧而忧，后天下之乐而乐"的思想就是与民同乐的仁政观的升

---

① 曾枣庄、刘琳主编：《全宋文》卷五〇〇〇，第 225 册，第 231—232 页。
② 曾枣庄、刘琳主编：《全宋文》卷四六六，第 22 册，第 198 页。
③ ［汉］赵岐注，［宋］孙奭疏：《孟子注疏》卷二《梁惠王下》，见［清］阮元校刻：《十三经注疏》，第 2675 页。
④ ［汉］赵岐注，［宋］孙奭疏：《孟子注疏》卷二《梁惠王下》，见［清］阮元校刻：《十三经注疏》，第 2665 页。

华。在勤政的基础上，建造公共园林与民同乐是仁政的一种表现，会得到百姓和朝廷的支持。元结《广宴亭记》曾言"古人将修废遗尤异之事为君子之道"，修建园林也是君子之为，故也会得到朝廷的支持。杨蟠《众乐园记》也说道："高邮当东南冲会，名之为军，而邑居繁盛。加之鱼稻之富，人足于衣食，其情闲暇，则思有所适，以寓一日之乐焉。方岁时相与提携，乃无园榭之游，既又中废而为邑者十四年，民重思其所乐，而自谓终莫之得也。元祐之初，诏复旧额，且赐金以葺之。"① 此文说明朝廷是支持地方公共游乐场所建设的。

在官方评价体系内建造公共设施是地方官员的职责，做得好就是"公勤廉干"，如果不作为也会受到"漫公不治"的非议。如祖无择《袁州东湖记》中对此前治理袁州的官吏的批评："袁城之东有湖焉，上有四亭，兴自近岁。厥后为州者，耄昏不事事，湖亭用不治以荒。"② 而过分享乐也是犯罪。故地方官要很好地拿捏这个尺度。

在政治和律法框架内，园林兴造是地方官的基本职责。从唐宋时期考课制度来考察，官署园林和公共园林的建造当属考核官吏的一个指标。

唐期实行考课制度来考核地方官的政绩，宋代沿袭唐、五代的考课令式。据《资治通鉴》卷一百九十四的记载，唐太宗说过："吾为官择人，唯才是与，苟或不才，虽亲不用。"③ 唐代，所有官员不论职位高低，每年都需经过一定的考课，称为小考。每隔三年（有时也有四年或五年），举行一次大考。小考评定被考者的等第，大考则综合三年（或四年、五年）中的等第以决定升降赏罚。这项严肃而繁重的工作是由尚书省的吏部主管。吏部属下有考功司，专门负责考课官吏。考功司设有郎中、员外郎各一人，考功郎中品秩从五品上，负责京官考课；考功员外郎从六品上，负责外官考课。

唐代对官吏的考课，有一定的标准和具体的内容。《新唐书》说："流内之官，叙以四善：一曰德义有闻，二曰清慎明著，三曰公平可称，四曰恪勤匪懈。善状之外有二十七最……"④ 这是针对各个部门的具体工作而规定的不同要求，主要是对各类官吏才能方面的考察。在进行考课时，考官便根据"四善二十七最"的标准，把被考人的考绩优劣和所得的善最多少，区别为九等。其具体分等办法，据《新唐书·百官志一》所载："一最

① 曾枣庄、刘琳主编：《全宋文》卷一〇四五，第 48 册，第 243 页。
② 曾枣庄、刘琳主编：《全宋文》卷九三六，第 43 册，第 327 页。
③ ［宋］司马光编著，［元］胡三省音注：《资治通鉴》卷一九四，第 6103 页。
④ ［宋］欧阳修、宋祁撰：《新唐书》卷四六《百官一·尚书省·吏部》，第 1190 页。

四善为上上；一最三善为上中；一最二善为上下；无最而有二善为中上；无最而有一善为中中；职事粗理，善最不闻，为中下；爱憎任情，处断乖理，为下上；背公向私，职务废阙，为下中；居官谄诈，贪浊有状，为下下。"① 这九等配置办法（《大唐六典》《通典》《册府元龟》等书的文字略有差异）把各类官员的功过好坏区别得十分清楚。流外官，以行能功过分四等：清谨勤公为上，执事无私为中，不勤其职为下，贪浊有状为下下。

官职的升降要根据考核的结果来决定。《唐六典·尚书吏部》"考功郎中"有明确说明："诸食禄之官，考在中上已上，每进一等，加禄一季；中下已下，每退一等，夺禄一季；若私罪下中已下，公罪下下，并解见任，夺当年禄，追告身，周年，听依本品叙。"②《新唐书·百官志一》亦记载："中品以下，四考皆中中者，进一阶；一中上考，复进一阶；一上下考，进二阶；计当进而参有下考者，以一中上覆一中下，以一上下覆二中下。上中以上，虽有下考，从上第。有下下考者，解任。凡制敕不便，有执奏者，进其考。"③ 从上文可以看出对百官的政绩评定等第与升降赏罚有密切的关系。

州县官吏日常工作，都算职分内应做的事，不在计课之内。所谓"职分"事，据《唐会要》载，大中六年（852）七月考功司的奏文说：至于赋税毕集、判断不滞、户口无逃散、田亩守常额、差科均平、廨宇修饰、馆驿如法、道路开通，如此之类，皆是寻常职分，不合计课。如果以上处理政务不犯差错，便一律以"准职分无失"处理。否则就是"职务废阙"，那就是下中了。也就是说，考课所分的较高等级都是在完成职分工作的前提下划分的。如果职分内的工作没有做好，当然就会在考课时被确定为较低较差的等级。

考核的内容唐宋时期的记载都比较笼统，不够具体，但是可以说明官署衙门廨宇修饰属于职分之内的公务。宋代吴渊《太平郡圃记》中一段话就是例证：

> 昔者艺祖皇帝之开国，立考课之制，凡州县廨宇之修废成毁皆书之，以行殿最赏罚，今课历犹有存者。则莅官临政之余，退休之所亦在不废，固圣祖神宗之属望，而金科玉条之所许也。④

① [宋] 欧阳修、宋祁撰：《新唐书》卷四六《百官一·尚书省·吏部》，第 1191 页。
② [唐] 李林甫等撰：《唐六典》卷二，陈仲夫点校，中华书局，2014，第 44 页。
③ [宋] 欧阳修、宋祁撰：《新唐书》卷四六《百官一·尚书省·吏部》，第 1192 页。
④ 曾枣庄、刘琳主编：《全宋文》卷七六八六，第 334 册，第 35 页。

文中的"退休之所"就是指处理完政务之后休息燕息的场所，既可以是官署园林，也可以是公共园林这样的游赏之地。这些本职工作都要书写上报，以决定赏罚。上文所举杨蟠在《众乐园记》中所言"诏复旧额，且赐金以茸之"的话也侧面说明公共园林的修建属于地方官的一项基本政务。韩琦在《相州新修园池记》中讲他来到相州看到州之武备不严、五兵不设、库散处于厅事之廊庑之间败坏堆积的情形、郡圃荒废的状况，说"予之来，虽以病不事，然犹不敢偷安自放而忘治之所急"。于是，将相州衙署园池重修一新，"既成而遇寒食节，州之士女无老幼，皆摩肩蹑武来游吾园，或遇乐而留，或择胜而饮，叹赏歌呼至徘徊忘归，而知天子圣仁致时之康"。韩琦来到相州，不敢以有疾病而置政务之急于不顾，说明"廨宇修饰"、衙署园池的修建是地方官的职责。

正是因为考课的缘故，地方官才要将自己修建、修缮官署园林和公共园林的事迹记述下来，这样做不仅是为了表明他们完成了一项考核的硬性指标，还可以使自己留名于世。

兴建园林不仅要放在政治考评体系内，还要置于律法体系内考量。唐代制定了我国封建社会较为完备的律法制度体系，宋代的律法《宋刑统》就是在《唐律疏议》的基础上编撰的。二者在园林兴造方面都有比较明确的规定。

《唐律疏议》卷第十六第二四〇条规定："诸有所兴造，应言上而不言上，应待报而不待报，各计庸，坐赃论减一等。即料请财物及人功多少违实者，笞五十；若事已损费，各并计所违赃庸重者，坐赃论减一等。本料不实，料者坐；请者不实，请者坐。"①《宋刑统》之《擅兴律》的"兴造料请"条规定相同，兹不赘引。据疏议解释，不论是修城郭还是筑堤防，只要有所营造，兴起人功，都要上报尚书省，得到批准才可以动工使役，否则是要以坐赃罪减一等论处的。兴造时所用物料的多少也是要如实上报的，如果所报不属实，就要给予笞五十的惩罚。

> 疏议曰：若事已损费，或已损财物，或已费人功，各并计所费功、庸，准赃重者，坐赃论减一等。重者，谓重于笞五十，即五足一尺以上，坐赃论减一等，合杖六十者为赃重。本料不实，止坐元料之人。若由请人不实，即请者合坐。失者，各减三等。依《名例律》："以赃致罪，频犯者，各倍论。"此既因赃获罪，功、庸出众人之上，并通

---

① [唐] 长孙无忌等撰：《唐律疏议》卷第一六，刘俊文点校，中华书局，1983，第312—313页。

官物，即合累而倍论。若直费官财物，不损庸直，止据所费财科，不在倍限。虽费人功，倍并不重于官物，止从官物科断，即是"累并不加重者，止从重"论。①

律法规定说明兴造用料和人功的数量都是有具体规定的，超出了规定是要以坐赃罪处罚的。《宋刑统》之《擅兴律》的"兴造料请"条也有相同的规定。《唐律疏议》卷第十六第二四一条规定：

> 诸非法兴造及杂徭役，十庸以上，坐赃论。《疏议》曰："非法兴造"，谓法令无文；虽则有文，非时兴造亦是，若作池、亭、宾馆之属。"及杂徭役"，谓非时科唤丁夫。驱使十庸以上，坐赃论。既准众人为庸，亦须累而倍折。故注云"谓为公事役使而非法令所听者"。因而率敛财物者，亦并计坐赃论，仍亦倍折。以其非法赃敛，不自入己，得罪故轻。②

唐宋律甚至对兴造的样式也作出了规定："诸工作不如法者，笞四十……《疏议》曰：'工作'，谓在官司造作。辄违样式，有不如法者，笞四十。"③唐宋律的规定明确了兴造园林池馆必须有批准文书，虽有文书，不合时令也是不允许的。比如在农忙时间兴修园林贻误农时，非时役使百姓超过十人的，就要以坐赃论处。即便是为了公事在允许范围内以百姓为佣工，也要以倍数折算其人功。借机聚敛财富的要一并以坐赃论处。如果地方官非法赃敛，不为自己所用，而是用于池亭宾馆建设的，其罪减轻处理。

基于以上的政治和律法层面的分析可知，唐宋时期地方官有职责修建园林，但是在用料、用工、用时，以及园林的形制规格方面也是有要求的，在宴游和为政之间，要以为政为正务，宴游只是一种适当的调节。地方官兴建园林后或者自己以文纪事，或者请他人作记，反复强调不废农时，就是为了说明是合时兴建。园记文中强调自己出资，用料或移用旧材，或就地取材，就是为了说明用料是不耗民财，符合规定的。强调不鸠羡工、不役于民，就是为了说明无非法庸工。强调所建园林建筑或官署建筑不奢侈、不简陋，就是为了突出建造没有超标支出，符合律法规定。众多园林散文中的这些固定内容和书写模式在唐宋律那里找到了合理的解释。

正是由于公共园林和官署园林的兴造被社会舆论广泛关注，受到政治、

---

① ［唐］长孙无忌等撰：《唐律疏议》卷第一六，第 313 页。
② ［唐］长孙无忌等撰：《唐律疏议》卷第一六，第 313—314 页。
③ ［唐］长孙无忌等撰：《唐律疏议》卷第一六，第 314 页。

律法体制的约束，故而其被置于文化舆论场中。众多的园林记作品更注重阐发园林的审美层面和精神高度的意义，而避开园林作为居游物质空间的实用属性，淡化其舒放身心、满足视听等基本功能。

王安国《池轩记》中说他路过宣城，通判杜君懿在叠嶂楼设宴相邀。文中特别提到园林游乐不只是满足视听享受："吾所以乐于耳目之玩者，岂独快须臾行役哉，盖俯仰间有见万物之理而乐也。"①通判杜君懿向受邀作记者表明心迹，园林所带给人的不仅是物质层面的享受，更多的是在游观中得到万物生长变化所蕴含的自然规律。王安国赞扬杜君懿"未熟虑于治，而使吾民衎衎于下，然后得宴休于上，而无愧孟子所谓'贤者而后乐'者欤，则君懿不有志是哉"，强调杜君懿是一个为民勤政在先、宴休取乐在后的贤者，也是如范仲淹所说的"先天下之忧而忧，后天下之乐而乐"的仁者。

苏轼《放鹤亭记》云："人以比贤人君子隐德之士。狎而玩之，宜若有益而无损者。然卫懿公好鹤则亡其国。周公作《酒诰》，卫武公作《抑戒》，以为荒惑败乱无若酒者，而刘伶、阮籍之徒以此全其真而名后世。嗟夫，南面之君，虽清远闲放如鹤者犹不得好，好之则亡其国。而山林遁世之士，虽荒惑败乱如酒者犹不能为害，而况于鹤乎？由此观之，其为乐未可以同日而语也。"②苏轼的议论意在说明，所谓的乐，其或益或损并没有一定的界线，关键在于所处的地位不同，因为时位不同担负的责任不同，生活性情的选择不同。同样好鹤，在卫懿公是玩物丧志，同样嗜酒，在刘伶是名士风流。其限度就在于嗜物者是否承担着重大的社会责任。

上官均《白云庵记》记述自己在官署园林中建造白云庵之前的心思。他遭遇贬谪，"莅事之初，目疲乎期会之文，耳厌乎嚣讼之音，昼听夕观，寝膳不宁。如是累月，乃获少休"。于是暗自思忖，"凡治气养心，虚则明，逸则思。古人之所以即高明、远眺视者，非特为游观之美，所以宣底滞而明意虑也"。于是就和一二僚友登阁引觞赋诗，后又在阁的西面得到一亩多的空地，经营起一个小小的园子，在其中生活，觉得"心夷气舒，则咏先王之言，探太古之音，有可乐者焉"。相反，"若夫乐无所待，安所择，此予之所愿学而病其未能者也"。③他俨然是在探讨劳逸结合之道。

太守古诸侯，听事之偏，率为堂为亭，为台池苑囿之乐，所以安

---

① 曾枣庄、刘琳主编：《全宋文》卷一五八七，第 73 册，第 57 页。
② 曾枣庄、刘琳主编：《全宋文》卷一九六八，第 90 册，第 399 页。
③ 曾枣庄、刘琳主编：《全宋文》卷二三六，第 93 册，第 340 页。

吾贤者而佚夫民事之劳，使之清心定虑，湛然于事物纷至之中而无淆乱愦瞀之病，非厉民之力以为己之奉也。颍昌周侯历守钦、万、宾三郡，退食之堂皆以"爱民"名之，且书而揭之坐右，朝夕省观焉以自警，故其所至称治。（吴儆《爱民堂记》）①

　　文中强调台池苑囿之乐可以解除贤者的民事之劳，使人清心定虑，在纷繁的事务面前可以保持清醒理智而不烦乱，园林修建决不是苛赋百姓以奉一己之私。周侯以"爱民"名堂，朝夕观摩用以自省，时刻不忘自己的职责。这篇记文其实就是一场自我表白，要将所有可能的非议与罪责一律开脱掉，只将清名、功绩流传于世。

　　地方官既是园林的建造者，又是园林的享用者。不论是新辟园林还是修复、改造旧园，他们都会自己作记或者请人作记，刻石传世，以告知时人和来者。在当时的社会舆论、政治评价体系和律法约束下，他们必须找到一个平衡，方可让自己既享受园林之趣，又留下清名。园林散文或为地方官员自记，或请好友等作记，具有非常重要的话语权。表白、辩解、颂功、美饰的意图和色彩是许多公共园林和官署园林记文的共同特色，因而在公共园林和官署园林记文中有些雷同的书写模式就有了合理的解释。园林记文在一定意义上承担着颂德扬名的美饰功能。

第三节　园林散文书写中的园林经济生活

　　谈到园林，不仅要关注园林幽境的诗情画意、园林建构的审美原则、园林物象背后的文化内涵，也要关注园林经济。因为园林是一个经济实体，从相地到卜筑，从构园到维护修缮，每一个环节都和经济密切关联，离开了金钱，园林就失去了存在的物质根基，故而园林经济是一个值得探讨的话题。房本文的《唐代园林经济与文人生活》一文从文人私家园林产权的获得、日常经营和收入与支出三个方面入手，探讨唐代园林经济与文人生活之间的关系，并由此生发出一些关于唐代文人心态及文学创作的思考。②此为学界在进行园林文学研究时首次关注园林经济问题，但此后这方面的研究十分沉寂。笔者在研读唐宋园林散文的过程中发现了一些材料，并试图通过这些材料对园林经济问题做进一步探讨。

---

① 曾枣庄、刘琳主编：《全宋文》卷四九六八，第 224 册，第 124 页。
② 参见房本文：《唐代园林经济与文人生活》，西北大学硕士学位论文，2010。

一、园林基地购买

园林卜筑首先要有基地，购买基地是营建园林的重要支出。但是由于所处的地理位置不同，土地价格必然有差异，两京的土地价格必定高于地方。据《中国历代物价问题考述》一书的统计图表及分析，魏晋至隋唐五代时期的土地价格每亩多在 3000 文以上，更有高达 10000 文、近 20000 文、55000 文的。而两宋的地价和隋唐五代不相上下，两宋时期的田价都是每亩铜钱 6 贯至 6.5 贯，即 6000—6500 文。①据《唐代土地买卖研究》一书的统计分析可知，安史之乱后土地价格有所降低，中晚唐时，农田每亩平均价格 524.7 文；园林地唐初武德时期为 1080 文每亩，到中唐武宗时期涨到了 100000 文；宅地在唐初期、后期、末期价格变化很大，每亩分别是 1536 文、489180 文、33750 文，呈曲线变化，唐后期地价达到峰值。不同类型的土地价格差别很大，墓地价格最高，其次是园地，农田价格最低。②

唐代记园散文中直接涉及园林基地购买的资料并不多，可见到的有柳宗元《钴鉧潭西小丘记》中的记述："丘之小不能一亩，可以笼而有之。问其主，曰唐氏之弃地，货而不售。问其价，曰止四百。予怜而售之。以兹丘之胜，致之丰、镐、鄠、杜，则贵游之士争买者，日增千金而愈不可得。今弃是州也，农夫渔父过而陋之，价四百，连岁不能售。而我与深源、克己独喜得之，是其果有遭乎！"钴鉧潭西小丘的面积不到一亩，在偏远的永州仅需四百钱，若放置在京城长安近郊必日增千金而愈不可得，可见在京畿地区园林基地购买的花费是一个很大的数目。而唐代在京城长安和东都洛阳遍布园林，这些园林除皇家园林、官署园林、寺观园林外，大多是私家园林，园林的拥有者又多为朝中贵族、官僚。从唐代两京精美的园林可以窥见其背后的经济推手。

宋代园林散文关于园林基地购买的记载较唐代为多。如：

> 予以罪废无所归，扁舟南游，旅于吴中，始僦舍以处。时盛夏蒸燠，土居皆褊狭，不能出气，思得高爽虚辟之地，以舒所怀，不可得也。一日过郡学，东顾草树郁然，崇阜广水，不类乎城中。并水得微径于杂花修竹之间，东趋数百步，有弃地，纵广合五六十寻，三向皆水也。杠之南，其地益阔，旁无民居，左右皆林木相亏蔽。访诸旧老，云钱氏有国，近戚孙承佑之池馆也。坳隆胜势，遗意尚存。予爱而徘

---

① 参见黄冕编著：《中国历代物价问题考述》，齐鲁书社，2008，第 129—135 页。
② 参见云旗：《唐代土地买卖研究》，中国财政经济出版社，2002，第 212—213 页。

徊，遂以钱四万得之。(苏舜钦《沧浪亭记》)①

苏舜钦《沧浪亭记》记述了自己贬谪苏州时得到一块废地，广合五六十寻，于是花费四万钱得到这片园林基地。

> 余以岁戊寅来东林，此地方为菰田，沈氏兄弟竭智力营之。自其先君睁睆十余年，至是捐金钱数十万，乃得集市之间，民竞辇土石实之，役工数千始平，稍徙花竹藩饰其处。后四年过之，所规为略就，位置行列皆应绳墨……又三年过之，芙蓉木犀梅杏桃李皆成林，杨柳冬青皆成荫，修竹满径，菱荷满池，隐然一堂，宏丽靖深，挟以蔽轩，引以修廊，是为胜栖。(王质《沈氏胜栖堂记》)②

沈氏先君用几十万金钱买得处于集市间的园林基地，由于这块地处在城市，其价格要比郊区的土地贵了很多。

赵善括在《漳州张氏池记》一文中记载了长沙城近郊买地的价格。淳熙十四年(1187)，寓居长沙的曲阳张氏"一见而乐之，出钱五十万，尽得其蔽屋故址。于是毁拆平治，芟荟蘙，涤萝蔓。山负古甓，不增而高；水浮新岸，不辟而广。却立环顾，奇显秀露，发于天然"③。张氏出钱五十万买到的这块地面积到底有多大，每亩价格几何，文中并未详细交代，但是这个地方"有唐戴氏作堂于东池"，柳宗元曾经为此作过《潭州杨中丞作东池戴氏堂记》，文中交代了园林的大致面积："宏农公刺潭三年，因东泉为池，环之九里。丘陵林麓距其涯，坻岛渚洲交其中。其岸之突而出者，水萦之若玦焉。池之胜，于是为最。公曰：'是非离世乐道者不宜有此。'卒授宾客之选者谯国戴氏曰简，为堂而居之。堂成而胜益奇，望之若连舻縻舰，与波上下。就之颠倒万物，辽廓眇忽。树之松柏杉槠，被之菱芡芙渠，郁然而阴，粲然而荣。凡观望浮游之美，专于戴氏矣。"④环池沼九里，说明这个园林面积比较大。数百年后，到了宋代这座园林早已败绩淹沦，成为民居。张氏看到这个破败的旧园遗址，一见钟情，花费五十万钱购得，尽得破败的房屋和故址，说明张氏买到了原来园子的全址。这样大概可以了解淳熙年间在长沙近郊购买基地的花费。

---

① 曾枣庄、刘琳主编：《全宋文》卷八七八，第41册，第83页。
② 曾枣庄、刘琳主编：《全宋文》卷五八一二，第258册，第310—311页。
③ 曾枣庄、刘琳主编：《全宋文》卷五三九九，第241册，第405页。
④ [清] 董诰等编：《全唐文》卷五八〇，第6册，第5861—5862页。

从以上资料可知不同地理位置购买园地的价格是不等的。此类园记虽然写到了购买土地的花费，但是并没有具体写到土地的面积，故很难推算出每亩地的价格，只能作出约略的估计。尽管如此，它们还是为我们全面了解当时园林建构的花费提供了一些参考数据。

二、园林花木、山石、建筑的花费

得到园林基地仅仅是卜筑园林的第一步，园林内的花木、山石、建筑等众多构件同样需要大量的花费。

首先看园林花木的购置。以园林普遍种植的牡丹为例。白居易在《秦中吟十首·买花》诗中写道："贵贱无常价，酬值看花数。灼灼百朵红，戋戋五束素。……一丛深色花，十户中人赋。"[①] 牡丹花的价格并非固定的，应当根据花朵的数目而定，百朵鲜艳的红花牡丹，价值二十五匹帛。而当时一丛牡丹花的价格就相当于十户中等人家一年的赋税。另据李肇《唐国史补》卷中记载："京城贵游，尚牡丹三十余年矣。每春暮车马若狂，以不耽玩为耻。执金吾铺官围外寺观种以求利，一本有值数万者。"[②] 品种名贵的牡丹花价值几万钱，可见牡丹花的昂贵价格。而园林营建需要大量精美花卉，这方面的花费应当是非常惊人的。柳浑《牡丹》诗"近来无奈牡丹何，数十千钱买一窠"，也写到了中唐时期牡丹的价格非常高。

宋代牡丹广泛种植，培植技艺提高，出现了姚黄魏紫这样的名贵品种。欧阳修在《洛阳牡丹记》中记录了不同种类、花色的牡丹："魏家花者，千叶肉红花，出于魏相仁溥家。姓樵者于寿安山中见之，斫以卖魏氏。"后魏氏园林破败，"花传民家甚多，人有数其叶者，云至七百叶"[③]。花叶如此繁密，花朵富有特色，想必当年樵者卖于魏家时当价格不菲。

宋代牡丹花价格没有唐代那么高。欧阳修曾说："姚黄一接头直钱五千，秋时立契买之，至春见花乃归其直。洛人甚惜此花，不欲传。有权贵求其接头者，或以汤中蘸杀与之。魏花初出时，接头亦直钱五千，今尚直一千。"[④] 说明嫁接的姚黄一株值五千钱，也就是五贯，需立秋时立券预购，到春天花开后再付清余款。名贵的魏紫刚培育出来时，物以稀为贵，嫁接的接头尚且价值五千钱，母株的价值应当更高。到了欧阳修生活的时代，

① 谢思炜撰：《白居易诗集校注》卷第二，第 181 页。
② ［唐］李肇撰：《唐国史补》卷中，上海古籍出版社，1979，第 45 页。
③ ［宋］欧阳修著：《欧阳修全集》卷七五，李逸安点校，中华书局，2001，第 1099 页。
④ ［宋］欧阳修著：《欧阳修全集》卷七五，第 1102 页。

魏紫虽然已普遍种植，但一个接头也要一千钱。

欧阳修在《风俗记》中记载洛阳民众种植、观赏牡丹的热情："洛阳之俗，大抵好花。春时，城中无贵贱皆插花，虽负担者亦然。花开时，士庶竞为游遨，往往于古寺废宅有池台处为市井，张幄帟，笙歌之声相闻。最盛于月坡堤、张家园、棠棣坊、长寿寺东街与郭令宅，至花落乃罢。"①

竹子也是园林中常见的观赏植物，可以说是园园有竹。唐代竹子的价格可以从《太平广记》的一段记载中约略有所认识。夏侯彪之精于投资经营，先通过买鸡蛋孵小鸡的方式赚得钱财，又想投资种竹，"又问：'竹笋一钱几茎。'曰：'五茎。'又取十千钱付之，买得五万茎。谓里正曰：'吾未须笋，且林中养之。至秋竹成，一茎十钱，积成五十万。'"②长成的竹子一竿是十文钱。这个价格是当时竹子的市值。据洪迈《夷坚志》记载，乾道元年（1165），婺源县感恩院的寺僧因为贪财受到神力惩处，寺后有巨大的竹子几百棵，"常时非三二百钱不能售一竿，悉中断之"③，可知当时一竿大竹子的价格是两三百文钱。这个价格应该比唐代要高。

尽管购买花木花费颇高，但是园林营建者还是会不惜代价想法购得。白居易在忠州做刺史时经营东坡官署园，写下了《东坡种花二首》，诗云："持钱买花树，城东坡上栽。但购有花者，不限桃杏梅。百果参杂种，千枝次第开。"④白居易持钱购买能够开花的树木，不限桃、杏、梅，就是为了能够欣赏到千树万树次第花开时"红者霞艳艳，白者雪皑皑。游蜂遂不去，好鸟亦栖来"的美景，享受"花枝荫我头，花蕊落我怀"的那份惬意。

《新唐书·诸帝公主列传》记载，长宁公主园林"取西京高士廉第、左金吾卫故营合为宅，右属都城，左颣大道，作三重楼以冯观，筑山浚池。帝及后数临幸，置酒赋诗。又并坊西隙地广鞠场。……韦氏败，斥慎交绛州别驾，主偕往，乃请以东都第为景云祠，而西京鬻第，评木石直，为钱二十亿万"⑤。另据《唐两京城坊考·崇仁坊》记载："西南隅，玄真观。半以东，本尚书左仆射、申国公高士廉宅。西北隅，本左金吾卫。神龙元年，并为长宁公主第。东有山池别院，即旧东阳公主亭子，韦庶人败，公主随夫为外官，遂奏请为景龙观，仍以中宗年号为名，初欲出卖，官估木

---

① [宋] 欧阳修著：《欧阳修全集》卷七五，第1101页。
② [宋] 李昉等编：《太平广记》卷二四三《夏侯彪之》，第1880页。
③ [宋] 洪迈撰：《夷坚丙志》卷第一九《感恩院主》，《夷坚志》，第525页。
④ 谢思炜撰：《白居易诗集校注》卷第一一，第869页。
⑤ [宋] 欧阳修、宋祁撰：《新唐书》卷八三《中宗八女传》，第3653页。

石当二千万，山池仍不为数。"① 在两则资料中，长宁公主园林中花木、石头的价值在数字上有差异，但可以传达出共同的信息，即园林花木、石头的花费数额巨大。可见园林内部构建的花费要远远大于购买基地的费用。在《太平广记》中可以见到购买整座园林花费的记载。《太平广记·孙泰》云："中和中，将家于义兴，置一别墅，用缗钱二百千。"② 《太平广记·李敏求》云："其兄宰，方货城南一庄，得钱一千贯，悉将分给五妹为资装。"③ 《太平广记·卢从事》云："贞元十二年，使通儿往海陵卖一别墅，得钱一百贯。"④ 由于园林大小不同，构园用料差异，从以上材料虽不能准确得知园林构建的花费和用料的具体价格，但是却可以为我们提供一个约略的认知，那就是园林中的花木花费是非常巨大的。

其次看园林建筑的花费。园林中亭子是比较常见的建筑，因体量较小，花费相对较少，故从亭子的花费大体可以了解到园林建筑的费用。唐代冯宿《兰溪县灵隐寺东峰新亭记》明确记载了贞元年间建造一座亭子的费用是二万钱。记曰："洪君曾是挈俸钱二万，经斯营斯，因地于山，因材于林，因工于子来，因时于农隙。"⑤ 洪君建造这座亭子花费俸钱二万，因为基地在山，取材于林，故地价和材料费用相对较低，建造亭子的工人是当地百姓在农闲时节自愿而来，相对而言人工花费也会较低，故才只花费二万钱。由此可以推测在唐代建造一座亭子的费用当高于二万钱，即二十贯。

据《宋代物价研究》一书的引述、分析结果，宋代一块砖的价格约是二十文，一片瓦的价格为五文，梁、柱的价格从二十贯到上百贯，规格不等，价格也有区别。⑥

宋代园记中关于建园花费的记载比唐代多一些，有的记载更为直观。建亭花费可从独乐园窥见一斑。司马光的独乐园有一园丁名叫吕直，积攒游客游园钱，"自建一井亭。公问之，直以十千为对"⑦，说明北宋中期建造一座井亭需要十贯的花费。

据余禹绩《江州重建烟水亭记》所载，绍兴四年（1134），江州湖畔

---

① ［清］徐松撰，［清］张穆校补：《唐两京城坊考》卷三，方严点校，中华书局，1985，第54页。

② ［宋］李昉等编：《太平广记》卷一一七《孙泰》，中华书局，1961，第820页。

③ ［宋］李昉等编：《太平广记》卷一五七《李敏求》，第1128页。

④ ［宋］李昉等编：《太平广记》卷四三六《卢从事》，第3541页。

⑤ ［清］董诰等编：《全唐文》卷六二四，第7册，第6301页。

⑥ 程民生：《宋代物价研究》，人民出版社，2008，第118—119页。

⑦ ［宋］马永卿编，［明］王崇庆解：《元城语录解》卷中，文渊阁四库全书本。

重建烟水亭，"飞檐列牖，隆栋巨楹，朱扉华表，连甍接高，深广俱十六步，亭左益附其四楹"，"计费钱六十万"，^①即六百贯。从文中记载可知这座亭的形制属于飞檐，所用栋梁、楹柱木料上乘，门漆红色，建筑华美，所以费用自然要高一些。

曾三聘《冈南郊居记》云："或当筑而为台，或当覆以为屋，力皆未及而位置具在，略疏其名可也。予欲岁办一二，初结小亭三间，为费已三万。去年又立四楹于桃川，费亦如之而工未毕。噫，亦难矣！"^②曾三聘建造冈南郊居，资费不足，未能按计划完成园林规划。这则材料是宋代建造小亭花费的最直接记载，具有重要的价值。建小亭三间要耗资三万，即三十贯，每间合十贯，立屋四楹的话，三万钱不足完工。

宋孝宗时期，奉化人舒璘在给巩仲至写的书信《再答巩仲志书》中说："学后小坡，溪流映带，群山缭绕，平林旷野，景物万状，欲置亭其上，为诸生游息地。召匠计之，直百缗。"^③工匠的预算是一百贯。这座亭子也该是用料、用工都很精良的，故造价也很高。

从以上资料可知，建造单间亭子的花费从十贯到二十贯不等，若建造多楹的亭子造价则多达几百贯。由此推算园林中建造厅、堂、楼阁的花费会更大。规模稍大一些的园林，园中往往分布多座建筑，更有甚者，园林达几百亩，其中亭台轩榭相望、廊庑相连，花费可想而知。

再次看园林山石的花费。园林中用以堆叠假山的山石一直都是比较昂贵的，尤其是被造园家推崇的以皱、瘦、透、漏为美学特征的太湖石，由于采集石头的艰难，再加上运输成本，以及资源有限，故而价格更高。白居易在《池上篇序》中说："乐天罢杭州刺史时，得天竺石一、华亭鹤二以归，始作西平桥，开环池路。罢苏州刺史时，得太湖石、白莲、折腰菱、青板舫以归，又作中高桥，通三岛径。"^④太湖石的价格乐天此处并未言说，其杭州刺史秩满后将两块天竺石带回到洛阳，并在《三年为刺史二首》其二中自言其价值："三年为刺史，饮冰复食蘗。唯向天竺山，取得两片石。此抵有千金，无乃伤清白。"^⑤诗中天竺石为"两片"，文中天竺石"一"，在数量上有出入，到底多少不得而知，但他明确说两块天竺石价值千金。唐代诗人无可《题崔驸马林亭》云："宫花野药半相和，藤蔓参差

---

① 曾枣庄、刘琳主编：《全宋文》卷六五九七，第 290 册，第 211 页。
② 曾枣庄、刘琳主编：《全宋文》卷六三六〇，第 280 册，第 354 页。
③ 曾枣庄、刘琳主编：《全宋文》卷五八四八，第 260 册，第 116 页。
④ [唐] 白居易著，谢思炜校注：《白居易文集校注》卷第三二，第 1887 页。
⑤ 谢思炜撰：《白居易诗集校注》卷第八，第 701 页。

惜不科。纤草连门留径细，高楼出树见山多。洞中避暑青苔满，池上吟诗白鸟过。更买太湖千片石，叠成云顶绿嵾峨。"诗中写到崔驸马买得千片太湖石放置园林中，这里的数字虽非确指，也是形容园中太湖石很多，其购置石头的花费难以确算，但必定是花费巨资的。另有唐代诗人黄滔《陈侍御新居》诗云："幕客开新第，词人遍有诗。山怜九仙近，石买太湖奇。树势想高日，地形夸得时。自然成避俗，休与白云期。"也写到了园林中购置奇异的太湖石的情况。

从《宋史》益王传记中可知，宋太宗第五子益王赵元杰当时"建楼贮书二万卷，及为亭榭游息之所。尝作假山"①，但并未言及建造假山的花费。《宋史·姚坦传》中交代了在开封益王王府中建造假山的费用高达数千贯，记载如下：益王元杰"尝于邸中为假山，费数百万，既成，召宾僚乐饮，置酒共观之。坦独俯首，王强使视之，曰：'但见血山耳，安得假山！'王惊问故，坦曰：'在田舍时，见州县催阻，捕人父子兄弟，送县鞭笞，流血被体。此假山皆民租税所为，非血山而何？'是时太宗亦为假山，闻而毁之"②。姚坦当时为益王元杰府中的翊善，其职责就是辅佐益王，使之品行端善。姚坦直言不讳益王所造假山乃是征收百姓租税所得钱财建造起来的，实为劝诫益王元杰。这次劝诫是事后而发，对于阻止元杰营建园林没有实际意义，但是却对太宗皇帝起到了劝谏作用。据《宋史全文》记载："时上亦为假山未成，有以坦言告于上者，上曰：'伤民如此，何用山为！'命亟毁之。"③当时太宗赵光义正在建造假山，因为听闻姚坦之言意识到建造假山太过劳民伤财，因而废止。益王府一座假山的费用就高达数千贯，宋徽宗时期建造艮岳，从南方大量购买、运输太湖石，磊磊成山，其花费更是难以估算了。由上述材料可见假山建造费用要比亭子昂贵很多。

园林中花费较大的当属用于赏玩的石头了，据《四库全书总目·云林石谱》可知，园林用于赏玩的石头到宋代已有一百一十多种，而园林所置奇石的价格更是因物而别，一块奇石可能价值几千贯。据《萍州可谈》记载："近年拳石之贵，其直不可数计。太平人郭祥正旧蓄一石，广尺余，宛然生九峰，下有如岩谷者，东坡目为'壶中九华'，因此价重。闻今已在御前。"④如此奇石一定价格不菲。《云林石谱》记载产于广东英州

---

① ［元］脱脱等撰：《宋史》卷二四五《越文惠王元杰传》，第8701页。
② ［元］脱脱等撰：《宋史》卷二七七《姚坦传》，第9418页。
③ 汪圣铎点校：《宋史全文》卷四，中华书局，2016，第166页。
④ ［宋］朱彧撰：《萍州可谈》卷二，李伟国整理，见朱易安、傅璇琮等主编：《全宋笔记》第二编，第6册，第160页。

的英石："产溪水中，有数种。一微青色，间有白脉笼络；一微灰黑；一浅绿，各有峰峦，嵌空穿眼，宛转相通。其质稍润，扣之微有声。又一种色白，四面峰峦耸拔，多棱角，稍莹彻，面面有光，可鉴物，扣之有（或作无）声，采人就水中度奇巧处錾取之。此石处海外度辽，贾人罕知之，然山谷以谓象江太守，费万金载归，古亦能耳。"[1] 在英石的玩石商业价值尚未被商贾发现的时候，黄庭坚认识到了其艺术玩赏方面不可估量的价值，花费万金载归，其后升值则可想而知了。另有"临安石"条记载："钱塘千顷院有石一块，高数尺，旧有小承天法善堂徒弟折衣钵得此石，直五百余千。"[2] 这块奇石的价值是五百余贯。在宋代笔记中关于购买奇石的记载很多，奇石价格不等，但都因石之奇特的造型和质地而价格昂贵。宋代的米芾以收集收藏奇石为癖好，他的园林中有致爽轩，"席间惟设玲珑玩石，随时抚摩。此则余之嗜癖，不能去也"[3]。他在《研山记》中提到其研山石乃南唐宝石。在《书异石》中，米芾提到一块奇异的石头："西山书院，丹徒私居也。上皇樵人以异石来告余。凡八十一穴，状类泗、淮山一品石，加秀润焉。余因题为'洞天一品石'，以丽其八十一数，令百夫辇致宝晋斋。又七日，甘露下其石，梧桐柳竹、椿杉蕉菊，无不沾也。自五月望至廿六日，犹未已。"[4] 这些奇石必然需重金方可购得。米芾收集的奇石多样，其花费可想而知。在园林居室中安置玩石，是唐宋文人的共同生活方式，而园林置石的物象背后则潜藏着非常多的经济话题。

由园林单一物品的价格和费用可以推知建造一座小规模的园林花费已经很大，更何况中等规模、大型规模的园林兴造，其花费也许是令人难以想象的。在唐宋园记中有不少文章述及建园要花费所有积蓄，体现了构园之不易。

白居易在江州时曾经营建草堂别业，草堂虽然简朴，但是其建设依然需要足够的资金的支持，白居易营建草堂的资金当主要来源于江州司马任上所得的俸禄。白居易曾于元和十三年（818）作《江州司马厅记》，言及自己的俸禄：

> 案《唐典》，上州司马，秩五品，岁廪数百石，月俸六七万。官足以庇身，食足以给家。州民康，非司马功；郡政坏，非司马罪。无言责，

---

① ［宋］杜绾撰：《云林石谱》上卷，商务印书馆，1936，第6页。
② ［宋］杜绾撰：《云林石谱》上卷，第3页。
③ 曾枣庄、刘琳主编：《全宋文》卷二六〇三，第121册，第42页。
④ 曾枣庄、刘琳主编：《全宋文》卷二六〇三，第121册，第45页。

无事忧。噫！为国谋，则尸素之尤蠹者；为身谋，则禄仕之优稳者。予佐是郡，行四年矣，其心休休如一日二日，何哉？识时知命而已。①

白居易明确写到自己的俸禄是"月俸六七万"，这样他的年收入就是七十到八十万钱，应该说经济条件是比较宽裕的了。白居易在江州为司马四年，当时有可以享用的官署园林，"由是郡南楼、山北楼、水溢亭、百花亭、风篁、石岩、瀑布、庐宫、源潭洞、东西二林寺、泉石松雪，司马尽有之矣"。园中景观已经非常丰富，但是官署园林为官署人员共有，非个人私有，于是白居易在俸禄优厚足以满足家用的情况下，还是用自己的积蓄在风景秀美的庐山为自己营建了草堂，为自己的身心找到了理想的安顿之所。而白居易在洛阳履道里的十七亩园林应当是花费了他一生的大部分积蓄建造而成的。据他在《洛下卜居》中所说"未请中庶禄，且脱双骖易"可知，当时白居易杭州刺史三年秩满，除太子左庶子分司东都，卜筑洛阳履道里园居，左庶子分司东都的俸禄尚未到手，所用花费主要是以往的官俸。他在诗中注道："买履道宅价不足，因以两马偿之。"② 可见白居易治园经费不足，不得不卖掉二匹马来贴补费用。据《中国历代物价问题考述》一书中关于唐代马价的资料可知，唐代马价不等，贞观年间最低，在二万五千文，在元和年间出现过一匹马七万文的最高价格。③《太平广记》中卢传素所卖黑驹的价格也是七万文。白居易的两匹马卖得银钱几何不得确考，但是由此也可推测白居易应该是把除去家庭正常开支外的钱财都投入履道里园的构建中了。

唐代杜佑的樊川别墅，是唐代长安私家名园，杜牧少时曾习业于此。杜牧的外甥裴延翰作《樊川文集后序》中的一段话很耐人寻味：

> 长安南下杜樊乡，郦元长注《水经》，实樊川也，延翰外曾祖司徒歧公之别墅在焉。上五年冬，仲舅自吴兴守拜考功郎中知制诰，尽吴兴俸钱，创治其墅。出中书直，亟召昵密，往游其地。一旦，谈啁酒酣，顾延翰曰：司马迁云：自古富贵其名磨灭者，不可胜纪。我适稚走于此，得官受俸，再治完具，俄及老为樊上翁。既不自期富贵，要有数百首文章，异日尔为我序，号《樊川集》。如此则顾樊川一禽鱼、一草木无恨矣，庶千百年未随此磨灭矣。④

---

① ［唐］白居易著，谢思炜校注：《白居易文集校注》卷第六，第 250 页。
② 谢思炜撰：《白居易诗集校注》卷第八，第 705 页。
③ 参见黄冕堂编著：《中国历代物价问题考述》，第 210 页。
④ ［清］董诰等编：《全唐文》卷七五九，第 8 册，第 7881 页。

从这段记载可知，在杜佑樊川别墅的基础之上，杜牧将自己于吴兴任职的俸钱投入治园中，对自己的园林非常中意，每从中书省值守回来就召集亲朋密友游于其中。有一天，杜牧尽兴饮酒，言谈调笑间深情回忆起自己年少时在此居游的往事，表达了终老园林的愿望，期望日后得了高官，有了更高的俸禄，可以把这个园林治理得更加完备，以后就在园林终老。可见，杜牧是将自己俸禄的大部分都投入园林构建之中。杜牧给外甥的殷殷嘱托中，既有对自己所作的数百首文章的重视，又有对樊川别墅中一禽鱼、一草木的深厚感情。在杜牧看来，只有文章方可不辜负园林中的一草一木。杜氏之樊川别墅经由杜佑、杜牧的接力营建，尚觉不够完备，其投入的财力可谓大矣！

宋代园记中这方面的记载更多，例举如下：

> 河间府之东郭，尉迟君居之。尉迟君者，余同县，且姻家也。其上世有葬于瀛者，君乐其风土，遂去卫而归瀛，隐于市廛，取什一之美以给朝夕资用；稍饶，则又罄其赢余，买闲田于东郭之外。披榛莽，出瓦砾，求佳花美木，杂植其中。日课僮奴，具绠缶，治灌溉，初若儿戏然，已而萌者发，生者遂，朱白青绿，争妍而竞秀，君欣然乐之，稍饰垣墉，端径路，筑亭于中央，以为燕游嬉憩之所。（赵鼎臣《尉迟氏园亭记》）①

> 人知君之庐此山为甚乐，而不知君之有此山为甚难。奉甘旨外，私淑诸其徒铢眇所入以赡斯役，冒众人之所姗笑而为之。经始于丙寅岁六月之晦，迨己巳岁八月而后成。（陈宓《仙溪喻氏大飞书堂记》）②

> 右《药园小画》一卷，作云林、室庐、人物、草木、鸟兽。仅先世既无盈余，且漂流转徙，不能治生产。久为祠官，俸入至薄，居不敢近州县，食不敢饱粱肉。于穷僻处人弃我取，粗办一廛，冢舍之旁买石田，葺茅竹为园圃，辛勤十余年，根拨皆自封植。下泽款段，其来无时，板舆轻轩，或因分胙而至。以为草木诸果物皆药也，总而名之曰药园。（谢伋《药园小画记》）③

> 一年而荷生，二年而鱼肥，三年而柳成，四年而沤鸟驯，五年而

---

① 曾枣庄、刘琳主编：《全宋文》卷二九八三，第138册，第244页。
② 曾枣庄、刘琳主编：《全宋文》卷六九六五，第305册，第207—208页。
③ 曾枣庄、刘琳主编：《全宋文》卷四一九八，第190册，第337页。

堤上之竹秀。(胡融《南塘记》)①

园林的建造要花费时日，上述南塘园建造花费五年，沈氏园的建造花费七年，谢伋药园辛勤耕耘十几年的时间方成，园林建造是一个需要长期经营的工程。园林兴建还需要大量的花费，经济实力雄厚的可以轻松建造，但是对于那些普通人而言就是一笔不小的开销。有的人要省吃俭用，倾其所有，甚至由于经济的原因而暂停建造某些园林建筑。如上文所举的谢伋，祖上没有留下什么财产，自己只做了小官，俸禄微薄，加上常年仕宦奔波，没有经营什么产业，所以并没有足够的积蓄在城市中买地建园，不敢在城市居住，不敢饱食精美的食物，只好在城市郊区置办一处被人弃置的土地，经过十多年的亲自经营方成园林。仙溪喻氏建造园林显然存在资金不足的问题。除了奉养父母外，他所有的财力都用于建造园林，连授教弟子的微薄所得都用于这项事业，曾引来众人的嘲笑。王炎为婺源王晦叔的双溪园作《双溪园记》中说"下有松坡，有茗坞，有莲塘，可着亭榭三四，俸余已竭，未能鸠工"②，因为资金不足只好暂时留下位置，建亭更待来日。

洪迈对于园林建造的巨大花费有着非常深入的了解。洪迈有一篇写于乾道五年（1169）的《临湖阁记》，文中说自己的朋友向巨源寄来一封书信，说他在南昌卜居，营建了一个十亩之园，池台竹花，输幽呈茂，邀请洪迈为其园作记。洪迈收到这封信非常诧异，甚至有点怀疑，以为朋友跟他开玩笑。他私下思忖："巨源诗人也，其词夸。是其子子来南，仅得边一障，财为郎亟去之，酸寒却扫，于是四年矣，未闻有朽贯腐粟可以汰。予从土木之事久，颇解商工费，斯阁也，度不满百万不可止，巨源安有是哉！彼特文其滑稽，饷我一笑耳。"于是，洪迈决定不给巨源作记。适逢有客从南昌来，就谈起这件事，客人笑曰："巨源再为人诔墓，郑重答谢，通得百万钱，妻子睥睨咨晓，规作求田计。巨源左遮右给，如护头目，举以付工师，不留一钱，故其就斯阁也勇之甚。书生定可笑，君无庸疑。"③

洪迈的记文说明如向巨源这样的一介书生，不擅治生，很难建起一座园林。而巨源偶然诔墓获利，尽管妻子规划用这笔钱买田，但是向巨源将这笔钱全部用到了构建园林上，可见在文人心中对园林的渴求度极高，也可见建造园林需要足够厚实的经济基础。

从宋代园记中的这些记载可以看出普通的园林爱好者建造园林的不

① 曾枣庄、刘琳主编：《全宋文》卷六三六一，第280册，第380页。
② 曾枣庄、刘琳主编：《全宋文》卷六一一一，第270册，第323页。
③ 曾枣庄、刘琳主编：《全宋文》卷四九一八，第222册，第72—73页。

易，这也从另一个侧面说明达官贵族园林建造的背后潜藏着的经济黑洞。宋人对此已有真见。李复与友人同游归仁园，就表达了对园林建造巨大经济投入问题的省思。

李复《游归仁园记》记述同游者对牛僧孺园林及园林奇石归处的讨论和思考。洛阳是一个泉甘土沃的地方，青山出于屋上，流水周于舍下，自昔至今，人都乐于在此居住。牛僧孺筑宅第于洛之东城，营别墅于南城归仁里，园广二百亩之大，后人以旧里"归仁里"名其园林。据《旧唐书·牛僧孺传》记载："洛都筑第于归仁里。任淮南时，佳木怪石，置之阶廷，馆宇清华，竹木幽邃，常与诗人白居易吟咏其间，无复进取之怀。"①《旧唐书》载，牛僧孺在大和六年（832）十二月，检校左仆射、兼平章事、扬州大都督府长史、淮南节度副大使、知节度事，官高权重。僧孺喜奇石，他担任宰相的时候，下属多以奇石媚之；出守维扬六年，所得佳木奇石不可胜数，都放置在他的园林中。其园林在当时就非常出名。黄巢之乱时，他的儿子蔚和蘩避乱山南，园林自此荒废。后经五代之乱，整个洛阳城都几乎化为灰烬，归仁园在劫难逃。宋代的时候，归仁园尝为参知政事丁度所有，后散归民家，今中书侍郎李邦直经营这座园林，只得到了归仁园的一半。面对一个地广二百亩，其中又放置那么多的奇花怪石的园林，李复十分感喟道："旧传思黯清尚，今观园囿犹如此之大，况于甚者乎？"②他关注到了园林背后经济投入的现实。牛僧孺是一个在当时有着清尚声誉的政治家。《旧唐书》载："初韩弘入朝，以宣武旧事，人多流言，其子公武以家财厚赂权幸及多言者，班列之中，悉受其遗。俄而父子俱卒，孤孙幼小，穆宗恐为厮养窃盗，乃命中使至其家，阅其宅簿，以付家老。而簿上具有纳赂之所，唯于僧孺官侧朱书曰：'某月日，送牛侍郎物若干，不受，却付讫。'穆宗按簿甚悦。居无何，议命相，帝首可僧孺之名。"③一个清名得到皇上嘉赏被载于史册的人，却在拒收其他财物的同时接受了大量的他所嗜好痴迷的园林花石，建造如此广大、清华幽邃的园林以供养息。除了经济的巨大谜团外，似乎还有更多问题潜藏在权力和地位背后，引人深思。

园林不只是一个安顿身心的精神空间，它首先是一个由物质材料建构起来的物质空间，这个物质空间的建造比单纯的宅院房舍的建造需要更强大的经济基础。构成园林的一些景素如花木、石头都需要难以估量的资费。故而，宋代自京城至各州县出现的大量园林营造，其实就是一次又一次的

---

① ［后晋］刘昫等撰：《旧唐书》卷一七二《牛僧孺传》，第 4472 页。
② 曾枣庄、刘琳主编：《全宋文》卷二六二九，第 122 册，第 95 页。
③ ［后晋］刘昫等撰：《旧唐书》卷一七二《牛僧孺传》，第 4470 页。

巨大经济投入，其背后也许隐含着更多社会经济方面的信息。从精神追求到经济行为，园林书写的变化，也是宋人关注生活真实的一种体现。

三、园林经济收益

园林内花草树木、池塘不仅具有审美价值，也会产生一定的经济效益。园林经济收益体现在两个方面，其一是园林产出的物品带来的经济收益。园林可以产出果蔬、粮食、鱼类供食用，还可产出药材，它们都可以产生经济收益。

《资治通鉴》载，垂拱三年（687），"时尚方监裴匪躬检校京苑，将鬻苑中蔬果以收其利"[①]，可见皇家园林中的蔬菜水果是可以拿到市场上售卖的。私家园林中的蔬果除了自给自足外，多余的部分自然也可以售卖。王维在暮春时节游宴韦嗣立的骊山别业，写下《暮春太师左右丞相诸公于韦氏逍遥谷宴集序》，云"渭之美竹，鲁之嘉树……灞陵下连乎菜地，新丰半入于冢林。……芳卉后春，勾芒不能一其令。桃迳窈窕，蘅皋涟漪"[②]。园林中有竹子、菜地、花卉，还有嘉树成林，它显然不仅仅具有审美观赏性，还带有庄园的经济特性。宋之问游宴韦员外韦曲庄写下《春游宴兵部韦员外韦曲庄序》，云园中"万株果树，色杂云霞；千亩竹林，气含烟雾"[③]，描绘了果树、竹子成林的情形。他们虽然没有直接写到园林果蔬的经济收益，但是大体可以推测较大庄园中的蔬果除了自给自足外，应该还能够获得一定收益。笔记资料中也有种植果树收益的相关记载。如：

> 唐荆南有富人崔导者，家贫乏。偶种橘约千余株，每岁大获其利。[④]

> 李衡江陵种桔千树，岁收其利，谓其子曰："吾有木奴千头，可为汝业，当终身衣食也。"[⑤]

崔导种橘获利，虽被置于欠债必偿的因果报应的故事之中，但是种植果树获得收益则有客观的现实基础。李衡种桔千株，年年结果，岁岁获利，可以作为传世家业，让后世子孙衣食无忧。

---

① ［宋］司马光编著，［元］胡三省音注：《资治通鉴》卷二〇四，第 6443—6444 页。
② ［清］董诰等编：《全唐文》卷三二五，第 3 册，第 3295 页。
③ ［清］董诰等编：《全唐文》卷二四一，第 3 册，第 2437 页。
④ ［宋］李昉等编：《太平广记》卷四一五《崔导》，第 3382 页。
⑤ ［唐］李冗撰：《独异志》卷下，萧逸校点，见上海古籍出版社编：《唐五代笔记小说大观》，第 945 页。

在唐代散文作品中也有这样的记载。王维《荐福寺光师房花药诗序》中写到了荐福寺种植的众多花药，不仅有观赏价值，更有使用和经济价值。"天上海外，异卉奇药，《齐谐》未识，伯益未知者，地始载于兹，人始闻于我。琼蕤滋蔓，侵回阶而欲上；宝庭尽芜，当露井而不合。群艳耀日，众香同风。开敷次第，连九冬之月；种类若干，多四天所雨。"①卢藏用《陈子昂别传》云："及军罢，以父老表乞罢职归侍，天子优之，听带官取急而归。遂于射洪西山构茅宇数十间，种树采药以为养。"②陈子昂罢官归乡后在南山家园中种树采药聊以自养，过上了耕读生活，树和药的经济收益成了陈子昂的颐养之资。宋之问《上巳泛舟昆明池宴宗主簿席序》中云"中流之萍藻忽开，龟鱼潜动"，记述了昆明池丰富的水产。汉代皇家御园昆明池到了唐代不仅是皇家游宴的场所，也是重要的渔业资源产地。《资治通鉴》载："安乐公主请昆明池，上以百姓蒲鱼所资，不许。公主不悦，乃更夺民田作定昆池，延袤数里，累石象华山，引水象天津，欲以胜昆明，故名定昆。"③安乐公主恃宠请昆明池，中宗李显不予，其原因即为百姓赖昆明池捕鱼生存，不可夺民之利。

宋代园记中这方面的记载则更多，例举如下：

> 果蔬可以饱邻里，鱼鳖笋茹可以馈四方之宾客。（苏轼《灵璧张氏园亭记》）④

> ……而有桑千株，竹栢花果，其数又倍。是为数洞以架红薇、金沙、史君、木鳖、栝蒌、木瓜之类，旁近又植枸杞、甘菊、五加、百合之属。蔬有畦，药有陇，芰有沼，藕有渠。（郑侠《来喜园记》）⑤

> 其潴水艺稻，为囷为场，为牧羊牛畜雁鹜之地，曰归耕之庄。（陆游《南园记》）⑥

> 客至，具果蔬于山，取鱼鳖于湖，去者不留，留者径醉，亦何必仕哉。（何恪《西园记》）⑦

---

① ［清］董诰等编：《全唐文》卷三二五，第 4 册，第 3298 页。
② ［清］董诰等编：《全唐文》卷二三八，第 3 册，第 2413 页。
③ ［宋］司马光编著，［元］胡三省音注：《资治通鉴》卷二〇九，第 6623—6624 页。
④ 曾枣庄、刘琳主编：《全宋文》卷一九六八，第 90 册，第 408 页。
⑤ 曾枣庄、刘琳主编：《全宋文》卷二一七六，第 100 册，第 4 页。
⑥ 曾枣庄、刘琳主编：《全宋文》卷四九四五，第 223 册，第 144 页。
⑦ 曾枣庄、刘琳主编：《全宋文》卷五四〇四，第 242 册，第 46 页。

若夫花飞而草长，竹阴而泉鸣，蟹鱼果蔬，俯仰掇拾，登临据倚，醉欢笑歌，此吾所以从宾游也。（蔡襄《葛氏草堂记》）①

爰开小园，荆棘自除。前有瓜田，后有芋区。早韭晚菘，可鬻可菹。……杀鸡无赢，客至饭疏。（谢邁《何之忧抱瓮园铭》）②

张氏园中的果蔬不仅可以满足自家食用，还可以供给邻里享用，池沼中的鱼鳖、竹林中的嫩笋足以招待四方宾客，完全可以自给自足。郑侠的来喜园中则有桑竹果木之属的经济作物，还有枸杞、甘菊、五加、百合之属的药材，田内有蔬，池中有芰、藕，园林的经济收益可观。韩侂胄的南园很大，具有庄园性质，有田地、牧场，庄园的收益当更大。何恪所记私家西园，有客至，取果蔬于山，取鱼鳖于湖，十分便利，根本不用到街市购买。吴儆在《竹洲记》中也作过类似的记述，四个池沼中专门有一个用来畜养鱼鳖，以备不时之馈。而种植的大量桃李卢橘杨梅之类的树木，经过数年的成长，就可以将其果实馈赠宾客以及邻里了。蔡襄所记葛氏园中蟹鱼果蔬任由所取。而谢邁所记何之忧抱瓮园中瓜果蔬菜也非常丰富，有瓜果，有芋头，有韭菜，有白菜，既可以卖，又可以做酸菜、腌菜。

园记中关于园林收益的记载还有很多，比如园林中大多种植有桃李之类的果树，它们既可供人观赏，又可生长果子，不言售卖，但满足家庭需求本身无需购买就是经济收益了。

其二，园林经济收益还体现在收取入园观赏的费用。宋代私家园林也有在春日节令对公众有偿开放的，如司马光在洛阳的独乐园就如此。据《元成先生语录》记载："独乐园在洛中诸园，最为简素，人以公故，春时必游。洛中例，看园子所得茶汤钱，闭园日，与主人平分之。一日园子吕直得钱十千，肩来纳公。问其故，以众例对。曰：'此自汝钱，可持去。'再三欲留，公怒，遂持去。回顾曰：'只端明不爱钱者。'后十许日，公见园中新创一井亭，问之，乃前日不受十千所创也，公颇多之。"③独乐园因为司马光的名声而在洛阳诸园中负有盛名，每年春天，都人必要游览，看园子的就收取茶汤钱，一季即可得十千。茶汤钱是按照洛中惯例收取的，可见在宋代的洛阳观赏私家园林收取费用已经是通行的做法了。按照通例，收取的茶汤钱还要给主人平分，因司马光未收，所以门子吕直就用这部分钱建造了一个亭子。

---

① 曾枣庄、刘琳主编：《全宋文》卷一〇一八，第 47 册，第 193 页。
② 曾枣庄、刘琳主编：《全宋文》卷二九四五，第 136 册，第 365 页。
③ ［宋］马永卿编，［明］王崇庆解：《元城语录解》卷中，文渊阁四库全书本。

洛阳私家园林对外开放收取观赏费用的典型还有魏氏园圃。洛阳牡丹甲天下，其中姚黄、魏紫是最为著名的品种。欧阳修在《洛阳牡丹记》中这样记述："魏氏池馆甚大，传者云：此花初出时，人有欲阅者，人税十数钱，乃得登舟渡池，至花所，魏氏日收十数缗。"① "魏花出五代魏仁浦枢密园池中岛上。初出时，园吏得钱，以小舟载游人往观，他处未有也。"② 由此可知，魏花乃五代后周时期枢密院承旨魏仁浦园池中所种植，在当时享有盛誉。要观赏牡丹花后魏花，游人需付费登舟渡池到达园圃方可。"人税十数钱"是游人赏花的消费，"魏氏日收十数缗"是魏氏每日的收益。这个收益是非常可观的。故当花王姚黄开放时，"其人若狂而走观，彼余花纵盛，勿视也。于是姚黄苑圃主人，是岁为之一富"③。

另据徐大焯《烬余录》记载可知，在苏州亦有收取入园观赏费的情况。官宦朱勔营造渌水园，"朱勔家本虎丘，用事后构屋盘门内，名渌水园。中有双节堂、御容殿、御赐阁、迷香楼、九曲桥、十八曲水、八宝亭。又毁阊门内北仓为养植园，栽种盆花，每一花事必供设数千本。游人给司阍钱二十文，任入游观，妇稚不费分文。"④ 从这段记载可知，渌水园内亭台楼阁环列，流水曲桥，花木繁多，每到花事时就会展陈几千本花卉，吸引了众多游人前来观赏。园门口有"司阍"收费，每人二十文，可以不限时游观。妇女和儿童则分文不收，免费观赏。

以上分析说明，唐宋时期的园林不仅具有重要的审美价值，其经济价值也不容忽视。

第四节　园林草木书写蕴含的生命观

唐宋时期园林花草树木的栽培技术日渐提高，花木品种也日益繁多。唐宋文人对园林花木十分关注，唐代李德裕的《平泉山居草木记》就记载了园林中种植的大量珍稀花木。据《通志》著录可知，唐代关于花草树木的专著有王方庆撰《树萱录》一卷、《园庭草木疏》二十一卷，诸葛颖撰《四时栽接记》一卷、《种植法》七十七卷。宋代专门记载花木的著作日益增多，有越僧仲林撰《牡丹花品》一卷，张峋撰《洛阳花谱》三卷，僧赞

---

① ［宋］欧阳修著：《欧阳修全集》卷七五，第 1099 页。
② ［宋］邵伯温撰：《邵氏闻见录》卷一七，第 186 页。
③ ［宋］蔡絛撰：《铁围山丛谈》卷六，冯惠民、沈锡麟点校，中华书局，1983，第 117 页。
④ ［元］徐大焯撰：《烬余录》，清刻本。

宁撰《竹记》一卷、《笋谱》一卷，欧阳修撰《洛阳牡丹记》，蔡襄撰《荔枝新谱》一卷，范成大著《梅谱》《菊谱》等。其中，周师厚的《洛阳花木记》就记载了近六百个品种的观赏花木，还介绍了许多具体的栽培方法。《太平御览》卷九百五十三到卷九百七十六共录果、树、草、花近三百种，卷九百九十四至卷一千共录花卉一百一十种之多。宋代还出现了多部菊谱、梅谱、兰谱著作，可见宋代园林植物种植的发展状况。

园林中的山水建筑在一定时期内是恒定不变的，与之相比，花草树木更具有生命色彩。草木荣枯，花开花谢，四时变化中，花草树木生命轮回的轨迹清晰地呈现，这条轨迹展现了它们不同的生命阶段，不同的生命色彩，无数样态的美丽，传递着园主的生命观，也蕴含着书写者的生态意识和草木情怀。

一、园林草木书写

花草树木是构建园林的重要元素，欣赏花木美景是园林生活不可或缺的内容，园林草木更是园林散文作者钟爱的书写对象。欣赏并书写园林草木就是体验自然生命、体验自我生命的过程。草木书写在园林书写中是极富情感温度的华章，体现了园林散文作者深厚的草木情怀和生命观。

耿刘同曾言"花木能够离开园林，园林却离不开花木"[1]，特别强调园林花木的作用。他认为，"园林的林字，包括树木花草，园林中的植物，绝不可少，可以说，没有这些植物在园中进行着不间断的新陈代谢，只能是一座死园，或者就不成其为园。但虽有花草树木，如果配置不当，没有章法，又不施以修剪汰除，那便成了一座荒园"[2]。

唐宋园林散文中的园林景观描述中，草木占据了相当大的比重。每篇园记中都有一定的篇幅描写园中所栽植的花草树木的种类，它们与其他园林景素配合所形成的景观，表现园主人对花草树木的喜爱和彼此情感的交流，在浓墨重彩中透露出唐宋人深沉的草木情怀。而这种情怀当是人类共通的情感，也是园记文饱含生命热度的部分。明代计成在《园冶》卷一《园说》中用墨最多的便是草木。他以自己的治园经验总结草木栽植的技巧："景到随机，在涧共修兰芷，径缘三益……竹坞寻幽……梧桐匝地，槐荫当庭，插柳沿堤，载梅绕屋，结茅竹里"[3]，凡此等等。

---

① 耿刘同：《中国古代园林》，第88页。
② 耿刘同：《中国古代园林》，第80页。
③ ［明］计成著，陈植注释：《园冶注释》卷一，第26页。

在《园说》这篇总论中，计成不仅是在总结造景的技法、原则，也传达了自己的草木情怀，说明植物在造景中的不可或缺性。形制再美的建筑，形状再好的假山，技法再巧妙的理水，如果离开了草木的点缀、映衬、呼应、配合，园林将不成其为园林。后人的理论总是对前人经验智慧的总结，《园冶》中的理论在唐宋时期的造园实践中已经是时人遵循的规律，可见在唐宋时期，园林草木栽植的艺术已经很成熟。

（一）草木分布于园林大部分空间

园林的建造源于人类对自然的依恋，人来自自然，必要归于自然。人即使生活在城市，但依然渴望山林，所以建造园林形成了悠久的历史传统，中国古典园林已经自成独立的艺术体系。花草树木的多少体现着自然化程度的高低，花木葱茏的园林更具幽静的氛围。园林主人都喜欢遍植植物的环境，通过亲近自然以安顿自己的身心。园林中除了廊亭楼阁这些观景的建筑设施外，大部分园林空间都留给了花草树木。如白居易洛阳的履道里园，是前宅后园的格局，占地共十七亩，其布局为屋室占据三分之一，水占五分之一，竹占九分之一，岛屿、树木、桥梁、道路相间。园中三分之二的面积为园林，除去池水、连通景观的桥和路、观景的亭堂外，其他空间都留给了花草树木。范成大在《梅谱·序》中说，其石湖玉雪坡，已经种有梅数百本，"比年又于舍南买王氏僦舍七十楹，尽拆除之，治为范村，以其地三分之一与梅"[①]范成大将三分之一的地方都留以种梅，与梅妻鹤子的林和靖一样嗜好梅花。吴下盛行种植梅花，品种多样，范成大想方设法得到所有的品种，作了《梅谱》。范成大亦爱菊，他看到"东阳人家菊圃，多至七十种。淳熙丙午，范村所植，止得三十六种，悉为谱之。明年，将益访求它品为后谱云"[②]对比东阳人家菊圃与自家范村园圃所植菊花数量，范成大颇有遗憾之意，故而决定次年访求其他品种栽植，其雅好草木之情可见一斑。园林主人和园林设计者都有一个共识，在园林中，草木赋予山石泉水以灵性，是构建园林的真正主角。

唐宋园记文中有不少篇幅都较为详尽地记述了园林中的花草树木的栽植。柳识《草堂记》有言，在海昏县东北一二里，有水名"澄陂"，永泰初，检校左司郎中兰陵萧公在陂上构置草堂，"偶然疏凿，从其易也。虚

---

① ［宋］范成大撰：《梅谱·序》，《范成大笔记六种》，第 253 页。
② ［宋］范成大撰：《菊谱·序》，《范成大笔记六种》，第 269 页。

楹东向，清旷十里。傍有古树密竹，一如篱落，澄漪风篁，终日不厌"①。草堂周围有古树密竹，与澄陂清澈的水波相映成趣，令人百看不厌。再如：

> 卉木罗其庭除，柔嘉充于圆方。……台下有南山倚庭，碧草芊芊，沟塍圃畦，如龙鳞龟甲，芳树绣布，白花雪下。（独孤及《清明日司封元员外宅登台设宴集序》）②

> 大亭南敞，大亭之左，胜地东豁。环岸种药，不知斯地几十步。但观其缥缈霞错，葱茏烟布，密叶层映，虚根不摇，珠点夕露，金燃晓光。而后花发五色，色带深浅；蘽生一香，香有近远。色若锦绣，酷如芝兰，动皆袭人，静则夺目。（于邵《游李校书花药园序》）③

无论是封元员外宅还是李校书花药园，园林植物带给游赏者的体验都更具生命的灵动性。宋代园记中的植物描写更加丰富和详实。郑侠《来喜园记》中的来喜园是大庆居士的家园，居士卜筑大庆山之居园，在宅之左右前后，是面积较大的空地，经过累年的经营，成为颇有规模和特色的居园。园内"有桑千株，竹栢花果，其数又倍。是为数洞以架红薇、金沙、史君、木鳖、栝蒌、木瓜之类，旁近又植枸杞、甘菊、五加、百合之属。蔬有畦，药有陇，芰有沼，藕有渠"④。园内植物十分丰富，大庆居士热爱草木的情怀可见一斑。

黄裳《默室后圃记》云："友人即默室后为小圃，垒拳石为山，钟勺水为池，植四时花环圃之左右。其花十余品，而春居多也。"⑤

周必大《玉和堂记》记载他的平园玉和堂景区四季景物配置："散植红梅、辛夷、桃、李、梨、杏、海棠、荼蘼、紫荆、丁香，冠以牡丹、芍药，此春景也。前后两沼，碧莲丛生，东则红芰弥望，榴花、萱草杂寘其间，此夏景也。岩桂拒霜，橘、柚、兰、菊盛于秋，江梅、瑞香、山茶、水仙盛于冬，时花略备矣。至如佛桑、踯躅、山丹、素馨、茉莉之属，或盆或槛，荣则列之，悴则彻之，而种植未歇也。"⑥周必大的园子中种植的植物品种繁多，且种植活动从来没有停止过。他是因爱草木而种植，因种植而更加热爱草木。

---

① ［清］董诰等编：《全唐文》卷三七七，第 4 册，第 3826 页。
② ［清］董诰等编：《全唐文》卷三八七，第 4 册，第 3935 页。
③ ［清］董诰等编：《全唐文》卷四二六，第 5 册，第 4347 页。
④ 曾枣庄、刘琳主编：《全宋文》卷二一七六，第 100 册，第 4 页。
⑤ 曾枣庄、刘琳主编：《全宋文》卷二二六四，第 103 册，第 333 页。
⑥ 曾枣庄、刘琳主编：《全宋文》卷五一五〇，第 231 册，第 251 页。

园林中植物的栽植说明人们喜欢生活环境中有各种各样的植物相伴，喜欢每个季节都有鲜花盛开。园林栽植往往将不同时令的花木交相种植，以造成不同的韵律变化，给居园者带来流动的韵律美和节奏美。现代园林艺术理论将之总结为季相韵律、交替韵律、形状韵律。季节交替时植物发生色彩的变化就形成了季相韵律；两种或者两种以上的花木交替种植，乔木和灌木相间，常绿与落叶错落，花时不同的花木同植，就会呈现出交替的韵律变化；不同形状的植物的交错种植也会带来丰富的形状韵律变化和节奏感。高矮、大小、曲直、方圆等等多样态的形状会带给欣赏者不同的视觉体验，亦如一曲交响乐，韵律感十分丰富。

（二）花木栽植与景观搭配

花木的栽植总是和建筑、山、水配合，以成功造景。比如栏杆边种植芍药，依栏赏花，凭槛闻香；水岸种柳，长条拂水；园中种竹，碧玉摇空；窗外栽芭蕉，蕉影玲珑；池中种荷，清香醉人；绕屋种梅，风姿临窗；蹊边种桃，灼灼其华；蔷薇蒙茸一架而送香；种松成林而听涛；小山植木樨而成丛桂……如此皆为经典。

园林中的建筑总是位于竹木掩映中，在花木间安置亭榭，是绿植与建筑的绝妙搭配。如：

> 修治西谷，益植花卉，因其老木修竹筑为亭榭，以眺望沧海而相蓬莱，非其有余力而暇及此哉！（刘敞《象山县西谷记》）[1]

> 君懿既得其欲于闲旷之乡，遂图可以为宴闲适者。辟府东为便厅，厅后作轩池上，以彻乎绮霞。酒半与予憩其间，修竹嘉树植于檐楹之后前，而鱼游鸟舞杂乎冠履之下上。（王安国《池轩记》）[2]

明代计成在《园冶》中就总结了这样的设置规律："花间隐榭，水际安亭，斯园林而得致者。"[3]建筑在竹木花草的掩映之中，若隐若现，流露含虚之致；置身建筑之中触目皆绿，更加怡人。

园林中草木和禽鸟相谐，构成生动有趣的园林风景。候鸟、昆虫都会因时令来去显隐，如春天柳浪闻莺，夏季荷塘蛙鸣，秋季林端飞雁，冬天枝头数点寒鸦。花草林木为禽鸟提供适宜的栖息之地，禽鸟的自由嬉戏又

---

① 曾枣庄、刘琳主编：《全宋文》卷一五〇四，第69册，第191页。
② 曾枣庄、刘琳主编：《全宋文》卷一五八七，第73册，第57页。
③ [明] 计成著，陈植注释：《园冶注释》卷一，第40页。

为宁静的花木增添了几分热闹和生气。

于邵《春宴萧侍郎林亭序》记述的是其春天在监察御史萧公家的园林中参加宴会的情形："嘉客以人，华亭豁开，桴浮往来，上下皆见。竹树引外郊云物，凫鹥为夫子家禽。"① 在四周开敞的华亭中，可见水池竹树环合，水面轻桴飘荡，凫鹥戏水。竹树与水鸟组合成清幽的画面，人在园中如在画中。

> 每至池风春，池月秋，水香莲开之旦，露清鹤唳之夕，拂杨石，举陈酒，援崔琴，弹姜《秋思》，颓然自适，不知其他。（白居易《池上篇序》）②

> 梁溪寝室之侧有小轩焉，以为燕居食息之所。竹树葱笼，鸣禽上下，窗明几净，清风徐来。梁溪欣然悦之，因名之曰"拙轩"。（李纲《拙轩记》）③

上文所举履道里园林中的鹤唳、拙轩前的禽鸣让园林更显清幽。李石《合州苏氏北园记》云："堂后凿池种藕，龟鱼得以自荫，而寒蛙鸣声，自相鼓吹，可欢也。"④ 北园龟鱼隐于莲间，绿蛙鸣荷，此起彼伏，竞相唱晚，充满生机，又祥和安宁。身处池边，荷香幽幽丝不断，蛙声和月到山家。田园之适必如满塘绿水在心中荡漾开去。

杨万里《泉石膏肓记》言其在园中假山前十步之间，劈一小方池，深一尺，广五尺，"泥与泉其深各半，植以芙蕖，杂以薲荇"。园中的池水是用竹筒引泉水而入，种植荷花，杂以薲荇。他还在池中养鱼，"生致小鱼善游而喜浮者畜之池，二十许尾，先十后十。每浮而出也，后者不先夫先者，若徐行后长者之为者，余固异之。其始畏人不浮，人至则隐于荷盘荇带之下，去则显。其后渐与人习，圉圉洋洋，若与人为玩。既而复隐，若耻以身供人之玩者，予益异之。予间以食食之，每食至必出，久之若疑夫食之饵己者，复不出，予益异之"⑤。

这些在芙蕖、薲荇间时隐时现的游鱼，其可人之态给观赏者杨万里带来了无尽的联想和快乐。那不仅仅是鱼儿，而是有着和人一样丰富情感世界的生灵，它们似有长幼之序，有自尊之心，有戒备意识，仿佛是偷着用

---

① ［清］董诰等编：《全唐文》卷四二六，第 5 册，第 4346 页。
② ［唐］白居易著，谢思炜校注：《白居易文集校注》卷第三二，第 1886 页。
③ 曾枣庄、刘琳主编：《全宋文》卷三七六〇，第 172 册，第 203 页。
④ 曾枣庄、刘琳主编：《全宋文》卷四五六七，第 206 册，第 43 页。
⑤ 曾枣庄、刘琳主编：《全宋文》卷五三五二，第 239 册，第 313 页。

机灵的眼睛看世界一般，为园居生活平添了许多趣味。

朱长文的乐圃内所养之鹤在园中悠游（《乐圃记》），张守的园林故池中鱼游龟曳于莲芰之下，鹤唳鹿呦于花竹之间（《四老堂记》）。花草树木与禽鸟游鱼相谐共处，营造出天人合一的人间和谐园居。

园林中的花草树木与自然现象遇合形成了别具一格的园林景致。季节轮回，春天百花缤纷，夏天绿树浓荫，秋天枫叶如火，冬天踏雪寻梅。树叶随四季改变着它们的形色，花儿因时令的更迭应时而放，风霜雪雨、阴晴晦明的自然现象都会在同一景区产生不同的景致。在时间的推移中，园林变幻不同情调，而随着园林时间艺术的延展，园林空间艺术也得以延展。

草木与风霜雨雪、日月星辰以及四时的不约而遇、不会而合会产生无限妙境。

元结《茅阁记》写道："偶爱古木数株，垂覆城下，遂作茅阁，荫其清阴。长风寥寥，入我轩槛，扇和爽气，满于阁中。"[①] 寥寥长风吹过古木，带着树荫的清凉送入茅阁，凉爽温和。

独孤及《卢郎中浔阳竹亭记》说："亭前有香草怪石，杉松罗生，密篠翠竿，腊月碧鲜，风动雨下，声比箫籁。"[②] 卢郎中浔阳竹亭前的茂林翠竹，在寒冬腊月依然碧绿，风吹过、雨落下时发出的声音如同美妙的箫声，恍若天籁之音。竹林与风雨的遇合使本身静美的风致摇曳出笙箫的乐音，寓目入心，闻声动情。"物诱气随，外适内和"，在这个山水花木构建的无拘无束的空间里，可以完全地释心释怀。

权德舆《秋夜侍姑叔谯会序》云："稍间，则圆魄照坐，微风入林，残暑尽销，清光交映。歌诗类事，举节应觞，觉听视之内，无非和乐。"[③] 权德舆秋夜园中设家宴，从仲伯，次长幼，共四五十人陪宴路过此地的叔父，他抬头看到"圆魄照坐"，感受"微风入林"，吟咏歌诗，满园和乐。"林梢圆月"是挂在天际的巨幅水墨画，画面的背景如洗般洁净，微斜的树梢是风轻轻走过，从月宫捎来的话语。静谧和乐，就是天人合一的最好状态。

郑刚中的书馆暑天雨湿，室小拥隘，于是破窗纸三分之一，以蓝纱易之，"则有二好树，徘徊对檐，茂密可喜。树外小池，得雨弄涨。复有三四老柏树立其前，微风过之，新绿摇动，爽气虚徐而入，眼界豁然清快，

---

① ［清］董诰等编：《全唐文》卷三八二，第 4 册，第 3875 页。
② ［清］董诰等编：《全唐文》卷三八九，第 4 册，第 3953 页。
③ ［清］董诰等编：《全唐文》卷四九一，第 5 册，第 5008—5009 页。

始恨抉纸破窗之不早也"（《小窗记》）①。雨后老树新绿摇动,清风送爽,眼界为之豁然,心情也为之轻快。再如：

> 人之称斯楼者,徒知有山水之胜而已,而吾居此盖期年有余,所见者不止于山水也。若夫春花开而散锦,夏木茂而成幄,秋宵静而月明,冬晓温而雪霁,此四时之景不同,而乐亦无穷也。（蒋之奇《叠嶂楼记》）②

> 若夫四时之变化,一日之朝晴,风雨之惨舒,雪霜之凌厉,日照昼而熙和,月照夜而涵虚,草木之华实,虫鸟之呼吟,千态万状,靡有穷已。（袁默《山居记》）③

> 当其永昼倘佯,一尘不到,荷秀于前,鸥狎于外,送夕阳,溯明月,此景之宜于晴者也。而或雨至天暝,楼阁空蒙,树色浓淡,此又宜于阴者也。及夫雨收云敛,天定水明,则有不可以形容者,乃扁之曰"湖光"。（孙虎臣《丽芳园记》）④

园林草木与建筑、自然现象、四时变化等不同的元素相互组合,从而构成了千变万化的景观链条。园林建造者、设计者用自己的艺术智慧和勤劳双手在园林这个有限的空间中创造出丰富多彩的园林景致,他们浓缩自然,尽观物华,尽情享受园林的自然生息。唐宋时期的园记作者或工笔细致彩绘实景;或白描勾勒,晕墨虚景;或为赏玩留下想象的空间,省笔留白,草木在园林构景中的作用充分而淋漓尽致地发舒。

二、草木关情

在中国古典文学的传统中,草木一直是文学描写的重要物象。从《诗经》中的草木名物、《楚辞》中的香草恶木,到魏晋山水文学中的自然景物,再到唐诗、宋词、元曲中的草木意象,可以说草木已成为重要的文学物象,并承载了很多情感因素。蒹葭苍苍,寄寓追寻者内心的迷茫和凄清;杜衡兰芷,象征君子的德行;滚滚长江、无边落木构成的寥落萧瑟秋意里包含着诗人的无力、无奈和悲凉;落日楼头、烟柳画桥的意境里总是

---

① 曾枣庄、刘琳主编：《全宋文》卷三九〇七,第178册,第302页。
② 曾枣庄、刘琳主编：《全宋文》卷一七〇六,第78册,第233—234页。
③ 曾枣庄、刘琳主编：《全宋文》卷一七四九,第80册,第190页。
④ 曾枣庄、刘琳主编：《全宋文》卷八二一一,第355册,第17页。

蕴藏着或浓或淡的离恨情愁……文章本不关草木，性命深沉乃忧之。

　　中国古典诗、词、曲、赋、小说、戏剧中的草木，既包含自然界中的草木，也有园林草木。"野旷天低树""枯藤老树昏鸦"，树与藤均为自然草木。欧阳修《蝶恋花·庭院深深深几许》中的杨柳、乱花，晏殊《蝶恋花·槛菊愁烟》中的菊花兰草，皆为庭园植物。《牡丹亭·游园惊梦》中"姹紫嫣红开遍"的后花园，《红楼梦》中植物繁多的大观园，都是以草木为主构成的多情园林世界。

　　园林草木和园外草木的第一个不同是园里园外的区别，存在一个有形或无形的边界。有形的是园林的围墙，无形的是视力所及的观景范围。二者间还有一个不同，后者往往是抒情的借体，借景抒情，融情于景。而园林中的草木则是园林景观中的主体，独立存在。

　　在与人的关系上，园外草木与人的关系较为疏散，而园林空间的特性决定了园林草木与人的关系更紧密。园林空间的草木不是作者游览过程中偶遇的一面之交，而是长期相处十分熟悉如同故友的至交。园主熟悉它们，目睹它们的成长和四时变化，甚至朝夕与之相处，承其荫，赏其花，食其果，听其声，知其性，懂其德。它们和人的关系更加紧密，情感交流更多。园林草木更关情。

　　园林空间中的草木和园主间的密切关系可以概括为栽植之情、相伴之谊、识物比德和格物至理四个方面。

（一）栽植之情

　　园林中的草木多是园主人斥资购买，亲手所载，自然融入了更多的情感因素。

　　李德裕自云"嘉树芳草，性之所耽"，平泉山庄中的奇花异草来自各地，没有主人对花草的热爱是很难做到的。"木之奇者，有天台之金松、琪树，稽山之海棠、榧桧，剡溪之红桂、厚朴，海峤之香柽、木兰，天目之青神、凤集，钟山之月桂、青飕、杨梅，曲房之山桂、温树，金陵之珠柏、栾荆、杜鹃，茆山之山桃、侧柏、南烛，宜春之柳柏、红豆、山樱，蓝田之栗梨、龙柏。其水物之美者，荷有苹洲之重台莲，芙蓉湖之白莲……"（《平泉山居草木记》）[①] 这些来自不同地域的花草树木，都经历了一个与园主人从未曾谋面就开始的情感交往过程。园主要先知道一种花木

---

　　① ［唐］李德裕撰，傅璇琮、周建国校笺：《李德裕文集校笺》别集卷第九，第684页。

原生何地，长相、习性如何，奇特之处；然后筹资派人或托人寻获这种花木；再一路保护运回园中悉心栽植；后欣赏其芳姿丽态。其实不仅李德裕，大多数园主园中的珍稀花木的获得都要经过这样一个过程。从心生欢喜、致力获得到朝夕相处、赏爱不已，情感的投入日益增大，园主对花木的感情日渐深厚。难怪李德裕不能回到平泉山庄时会非常地想念他的园林，尤其想念他园林中的花草。他作了很多诗来抒发对平泉山庄的思念，如《思平泉树石杂咏十首》《思山居十一首》《山居六首》《春暮思平泉杂咏二十首》《忆平泉杂咏》等，数量之多足见其对平泉山庄的深厚感情。尤其是他在开成二年（837）冬天写的《怀山居邀松阳子同作》诗："我有爱山心，如饥复如渴。出谷一年余，常疑十年别。春思岩花烂，夏忆寒泉冽。秋忆泛兰卮，冬思玩松雪。晨思小山桂，暝忆深潭月。醉忆剖红梨，饭思食紫蕨。坐思藤萝密，步忆莓苔滑。昼夜百刻中，愁肠几回绝。"① 一年不见如隔十载，朝思暮想，愁肠寸断，这分明是把园林草木当成了自己心爱的人一般，牵肠挂肚。个中原因有一点是可以肯定的，那就是李德裕为这些花木付出了太多金钱，投入了太多的情感。

园林主人不仅仅是种植养护花木，心中还充满了美好的期待，更像是爱心满满的父母，将满园花木当作自己的孩子。

洪咨夔说"岩桂初移，更数年乃盛。小松高不能寻丈，又当期之百余年后"，他满含期待，盼着"孩子们"健康长大。几年之后岩石边的桂树就茂盛了；小松树虽然现在还不足寻丈，但是百余年后它就将会是参天大树。

周紫芝在山堂种植花木后云："余日倚杖，盼柯以冀其繁，他日清阴庇道，风雨满山，庶几不负予封殖之力也。"（《山堂花木记》）② 在实录院种木后言："虽其高不踰寻丈，儌资以雨露之濡，藉以封植之力，勿剪其柯而待以岁年，殆见其蔚然而几以兴也，晔然而华以芬也。"（《实录院种木记》）③ 园主期盼着种下的花木能够枝繁叶茂，苗壮成长，几年后能够枝叶蔚然，花朵晔然芬芳。正是因为对草木的爱意和期待，园主人才会天天到园中来看望它们。如欧阳修《李秀才东园亭记》中所言："予为童子，与李氏诸儿戏其家，见李氏方治东园，征求美草，一一手植，周视封树，日日去来园间甚勤。"④

园林主人不仅对新栽树木培护十分殷勤，对于老树更像是对待家中的

---

① [唐] 李德裕撰，傅璇琮、周建国校笺：《李德裕文集校笺》别集卷第九，第 701 页。
② 曾枣庄、刘琳主编：《全宋文》卷三五三〇，第 162 册，第 293 页。
③ 曾枣庄、刘琳主编：《全宋文》卷三五二九，第 162 册，第 287 页。
④ 曾枣庄、刘琳主编：《全宋文》卷七四一，第 35 册，第 135 页。

老人一般倍加呵护。如尤袤《节爱堂记》云："始欲跨池为桥，仍其旧池，上有老梅，惜不忍伐，遂不复作。"计成则于几百年后表达了同样的草木情怀，他在《相地》中说："多年树木，碍筑檐垣，让一步可以立根，斫数桠不妨封顶。斯谓雕栋飞楹构易，荫槐挺玉成难。"[1] 一棵大树的成长需要耗费很久时日，故有十年树木之说。如果在建园的时候，大树影响了建筑物立墙的位置，或者影响到了房檐的伸展，可以把建筑的地基往后退一步，这样就可以保留这棵大树让其继续生长。如果不影响建筑地基，可以酌情砍去几枝树桠，这样既不影响房屋顶部的建造，又不影响树的生长。之所以这样做就是因为飞檐轩楹这样的建筑是比较容易建成的，而可以带来浓荫的大树和成片的竹林是很难成长的，需要很长的年岁，要保护好这样的草木。

不论是宋人还是明代的计成，他们的这种草木情怀，今天读来依然令人动容。一个小小的行动，体现的是万物平等、尊重生命的意识。而这种平等的意识两千多年前庄子就已经有了精辟的论述。《庄子·齐物论》有言："天地与我并生，而万物与我为一。"[2] 他认为天地和人并存，万物与人合为一体，人和万物之间是没有差别的，既然没有差别，那么我们就要像尊重自己的生命一样去尊重万物的生命。后世的造园者们接受并用实际行动践行着这种万物平等的理念。

园外草木自然生长，园林草木为园主人亲手栽植。园林草木经由园主人的悉心栽培，与园主人之间建立起情感的联系。园林草木所承载的情感与园外草木是不同的，这份情怀更有生命的温度，更富人情的味道。

（二）相伴之谊

园林草木与园林主人朝夕相处，已成故友知己。郑刚中在《砌下两修竹》一诗中就对自己台阶下的两棵修竹饱含感情："砌下两修竹，翠色含烟新。尽日肯相对，萧然如可人。清风动遥虚，亦不厌我贫。时时一相过，吹拂席上尘。二物有嘉意，尉我穷悴身。"[3] 两棵修竹就是他的知己，无言地默默陪伴，不嫌弃他的贫穷，抚慰他困顿而疲乏的身心。例举宋代园记文中的书写如下。

> 然坐于一轩之中，萧然自放，野鸟容与而上下，山云卷舒而去来，

---

① [明] 计成著，陈植注释：《园冶注释》卷一，第29页。
② [清] 王先谦撰：《庄子集解》卷一，第19页。
③ 北京大学古文献研究所编：《全宋诗》卷一六九二，第30册，第19046页。

　　倚佳木而长吟，引清风而独啸，而吾之乐如此，与夫逍遥于自得之乡，而超出乎尘垢之表者，亦浩然庶几耳。（范铖《静轩记》）①

　　闲中日月长，静里天地大。园主人无数次坐于轩中，除了与清风、明月同坐之外，还有一个至交陪伴，那就是轩旁永远静静守候的佳木。树下是园主人无数次长吟之处，大树或许早已经熟悉了他的声音，记下了他吟诵的诗赋。

　　每岁之春，与眉阳子瞻游于安国寺，饮酒于竹间亭，撷亭下之茶，烹而饮之。（苏轼《遗爱亭记》）②

　　园林清幽，园林清兴，收入酒生涯，品进茶意境，拥归诗世界。苏轼与巢元修无数次穿过安国寺的竹林来到竹林间的亭子内饮酒，采摘亭子旁边茶树上的茶叶，一起煮茶、饮茶，有声和无声的朋友的陪伴让苏轼度过了乌台诗案之后在黄州贬所的艰难岁月。苏轼对于这里的竹林、茶树应当会多些不同的生命和情感体验。

　　予去年为顺兴游，故人公镇家在顺兴之南隅，乘间访之。公镇邀余坐于潜轩之上，观修竹，折幽花，看《闽中录》，采杞菊决明而食之。（黄裳《潜轩记》）③

　　园林植物中不仅有花竹可欣赏、清茶供品尝，还有可食之材。

　　屋檐之南有老梅，株如柱轴，一根别为三四股，可荫十许步……仍辟一角，作一窗，以即其荫。每每风日开阖，煜然之光，萩然之声，往来几砚书帙间，与静境相接。（李石《梅坞记》）④

　　李石所居掾舍有一老梅树，这棵梅树就在他的窗边，梅树的疏影在几案书页之上悄悄移动，梅花簌簌飘落的希声在凝神之间悄然传进耳鼓，梅花和李石就是心神相通的知己，彼此心灵层面细腻的感知是长久交通的结果。

　　舒邦佐建造园林，整日悠游，与园中花石林木朝游夕嬉。"起则烟霞吾朋徒，林泉吾啸傲，花石吾娱戏。盖未始一日不居。"（《双峰堂记》）⑤

　　由于园林主人与园林草木朝夕相处，园中的草木已经不仅仅是草木，

---

① 曾枣庄、刘琳主编：《全宋文》卷一八三一，第 84 册，第 206 页。
② 曾枣庄、刘琳主编：《全宋文》卷一九七〇，第 90 册，第 439 页。
③ 曾枣庄、刘琳主编：《全宋文》卷二二六三，第 103 册，第 307 页。
④ 曾枣庄、刘琳主编：《全宋文》卷四五六六，第 206 册，第 23—24 页。
⑤ 曾枣庄、刘琳主编：《全宋文》卷六〇八二，第 269 册，第 239 页。

而是园林主人的伙伴、朋友、亲人，和他同起同坐同卧，除了陪伴还是陪伴，没有指责、抱怨，没有要求、索取，没有争执、吵嚷，没有欺骗、算计，没有自私、利用，只有真情实意。园林草木年年岁岁奉献着自己的绿荫、清凉、花香、色彩和果实。它们无声地守候，还会和着风雨演奏美妙的和声，消解住在园林里的人们心头的烦忧，助长心中的欢愉。园林是人类的来处与归所。人类之所以世世代代倾尽心力去营造园林，旧的园林去了，新的园林又建起来，筑园的理想和行动生生不息，不仅在于园林建筑给人提供了栖身之所，更在于园林中众多草木所营造出的自然氛围和气场，在这里，园林将现实隔离，与自然连通，是安放心灵的家园。

（三）识物比德

园林栽植为识草木之名提供了一个便利的学习实践的园地，也是和学诗互参互验的便捷途径。《论语·阳货》有云："子曰：小子何莫学夫《诗》？《诗》可以兴，可以观，可以群，可以怨。迩之事父，远之事君，多识于鸟兽草木之名。"[①]

从园林栽植的植物可以识草木，获得生活常识，许多园主都强调园林草木种植的这一作用。李德裕自称嘉树芳草为性之所耽，他从不同的地方搜罗了丰富的集藏，因感于学诗者多识于草木之名，专门为自己的平泉山居园中的草木写下了《平泉山居草木记》，其识别草木名物之用是显而易见的。苏轼在秀野园中培植名花，或不过一二本，自言目的在于"吾记其种而已矣"。司马光《独乐园记》说自己"圃南为六栏，芍药、牡丹、杂花，各居其二，每种止植两本，识其名状而已，不求多也"[②]。

唐庚《李氏山园记》中辨析龙目出海南山谷间，味甘；益智出西域，味辛。益智非龙目。而《广雅》云"益智，龙目也见"，将二物当作一物。枇杷、卢橘是同一种植物，而《上林赋》曰"卢橘夏熟，黄甘橙楱。枇杷燃柿，亭奈厚朴"，则是把同一植物当作两种。他的这些知识，完全来自园林生活。"吾南迁惠州，寓居城南李氏之山园。园高下数十亩，草木华实，无所不有，而龙目、卢橘为特盛。吾兄弟甥舅，无日不往来逍遥于其下，而笑旧说之谬。"[③]确实如陆游所言"纸上得来终觉浅，须知此事要躬行"。

---

① ［魏］何晏集解，［宋］邢昺疏：《论语注疏》卷一七，见［清］阮元校刻：《十三经注疏》，第 2525 页。
② 曾枣庄、刘琳主编：《全宋文》卷一二二四，第 56 册，第 237 页。
③ 曾枣庄、刘琳主编：《全宋文》卷三〇一二，第 140 册，第 21 页。

《诗三百》产生于农耕社会背景之下，来自土地之上的自然万物带着先民的感性体认走进诗的精神世界，成为首选的歌咏兴象和形象喻体。诗之兴总是通过自然之物而兴发，故孔子认为学诗的过程不仅可以通过鸟兽草木之自然现象获得更多的知识，还可以感知自然界的草木与人的情感之间的象征性联系。

"关关雎鸠，在河之洲。窈窕淑女，君子好逑。"（《国风·关雎》）雌雄鸣和的雎鸠鸟是男欢女爱的象征。"桃之夭夭，灼灼其华。之子于归，宜其室家。"（《国风·桃夭》）那一树灿烂热烈的桃花比喻新婚嫁娘的青春活力和嫁娶时欢快的场面，寄托着对美好幸福生活的的希冀。"蒹葭苍苍，白露为霜。所谓伊人，在水一方。"（《秦风·蒹葭》）秋天苍茫的蒹葭烘托出追寻伊人而不得的那份凄凉伤感的情调。"月出皎兮。佼人僚兮。舒窈纠兮。劳心悄兮。"（《国风·月出》）皎洁如水的月光为望月怀人的女子披上了朦胧美丽的面纱，也为诗歌蒙上了一层伤感的情调。

《诗经》呈现给我们的世界首先是一个"鸟兽草木"的鲜活世界，其中的"鸟兽草木"都与人的生活、情感密切相关，不是纯客观的自然存在，而是直接或间接地和社会、人生以及人的生活、情感相联系的活生生的形象，是人的生活、情感的象征、暗示、烘托或比照。孔子观照自然事物不仅仅是识其名、知其兴，他还以自然物比拟君子的道德人格，这就是孔子的"比德"美学思想。如"知者乐水，仁者乐山"（《论语·雍也》），"君子之德风，小人之德草"（《论语·颜渊》），"岁寒，然后知松柏之后凋也"（《论语·子罕》）等言论都是以物比德思想的体现。

从识草木到草木比德，草木情感的厚度在增加。以物比德的美学思想的发生，首先缘于人们对大自然名物的认识，这是建立起人类与草木共生关系的第一步。只有先识名物，知其习性，才会建立起人与草木之间的好恶关系，最终就有了以物比德的文化联系。

《诗经·卫风·淇澳》描述绿竹猗猗、青青、如箦的外在形象，《毛诗序》云"《淇奥》，美武公之德也"，即以竹比德周平王卿相卫武公。其实诗中形象并非实指，可以理解为泛指品德高尚的贤者。魏晋时期的王子猷是爱竹的典范，其风流雅尚，超绝一时，曾言："何可一日无此君耶？"可以说将竹子看作是生活中不可缺少的挚友。

园林中总是或多或少种植修篁美竹，竹子已经成为构园的重要元素，几乎每个园子都有或大或小的一片竹林，或简单的一丛竹篁小景。竹子之所以被众多的园林主人选择，不啻在于竹子的外形美观，四季常绿，林荫清凉，还有一个非常重要的原因，就在于竹子的品性足以比德爱竹者的君子之风。唐代刘岩夫《植竹记》明确写到了"君子比德于竹焉"的思想。

> 秋八月，刘氏徙竹凡百余本，列于室之东西轩，泉之南北隅，克全其根，不伤其性，栽旧土而植新地，烟翠霭霭，寒声萧然。适有问曰："树椅桐可以代琴瑟，植栌梨可以代甘实。苟爱其坚贞，岂无松桂也，何不杂列其间也？"答曰："君子比德于竹焉。原夫劲本坚节，不受霜雪，刚也；绿叶萋萋，翠筠浮浮，柔也；虚心而直，无所隐蔽，忠也；不孤根以挺耸，必相依以林秀，义也；虽春阳气王，终不与众木斗荣，谦也；四时一贯，荣衰不殊，恒也；垂蓑实以迟凤，乐贤也；岁擢笋以成干，进德也。及乎将用，则裂为简牍，于是写诗书象之命，留示百代，微则圣哲之道，坠地而不闻矣，故后人又何所宗欤？至若簇而箭之，插羽而飞，可以征不庭，可以除民害，此文武之兼用也；又划而破之，为篾席，敷之于宗庙，可以展孝敬；截而穴之，为篪为箫，为笙为簧，吹之成虞韶，可以和人神，此礼乐之并行也。夫此数德，可以配君子，故岩夫列之于庭，不植他木，欲令独擅其美，且无以杂之乎？"窃惧来者之未谕，故书曰《刘氏植竹记》。（刘岩夫《植竹记》）①

刘岩夫眼中的竹子不仅可带来"烟翠霭霭，寒声萧然"的审美感受，还具备多重君子之德。他深度阐释了君子比德于竹的原因在于竹子具备刚、柔、忠、义、谦、恒、乐贤、进德八种内在精神意蕴，与君子德行相匹配。同时竹子还具有多种实际功用，它可以书写诗书象象之命以留示百代，可以做成箭镞插羽而飞以除民害，可以破之为篾席以展孝敬，可以截而穴之为篪、箫、笙、簧等乐器以和人神。作者植列竹子于庭园，不植他木，正是因其欣赏竹子的独特品性，以竹子自比，以竹子自励，做一个具有竹子品格的谦谦君子。

从园林散文中可见，以园林竹子比德主人的文篇非常多，如曾协《直节堂记》、孙观国《也足轩记》、李流谦《节斋记》、周紫芝《风玉亭记》等。

吕午《竹坡记》中说道："余爱竹如古人，寓居坐起处皆以竹名。后有小圃，圃有坡，坡有竹，仅千个，因结亭其间，榜曰'竹坡'。"② 竹坡就是一个竹子主题园，充分体现了园主的嗜竹之情趣。宋代陈子美，志趣高远，"于世味甚薄，凡世俗之好者，略不经意，而特蔽于竹，所至私居官

---

① ［清］董诰等编：《全唐文》卷七三九，第8册，第7638页。
② 曾枣庄、刘琳主编：《全宋文》卷七二一六，第315册，第112页。

舍，常养竹以自适。自谓性与竹会，不知其所以然。前日始到官，周视廨宇，而书室之外，竹轩森然，龙腾剑拔，得其所好，惊喜失声。葺之踰年，轩槛一新，而竹亦愈茂，时与宾客僚友饮酒笑乐于其间"（唐庚《陈子美竹轩记》）①。

> 会稽陈德应司台之工曹事厅之西为小堂，无他嗜好，唯植竹数百竿，青青然向成矣，因命之曰"青青堂"。盖德应虚缘以应物，薰然而致和，直节凛凛，有昂霄拂云之气，真知爱竹者。高标凌厉，久而不渝，其亦有意乎武公之功业哉？（石公孺《青青堂记》）②

陈德应爱竹、种竹，具有竹子的品性。竹子虚心以应物，薰然而致和，直节凛然而有昂霄拂云之气，苍翠而有氤氲铺地之意。德应种竹、爱竹而知人之性情。他司理台之工曹事，曹事典狱必鞫查实情，深受台地百姓之爱戴。后人不断封殖他所种下的竹子，不毁不伐。

袁燮《直清亭记》写道："嘉定十有四年，始辟西塾，作小亭于丛竹之间，名之曰直清，此君子之德也，而竹实似之。"此即以竹子自我比德。《书》曰"直哉惟清"，直，天德也。文中以竹子之笔直而且碧绿的特性来比德君子直清的良品。具体而言，竹子之德和君子之德具有对应关系："其中则虚，有似乎君子之虚其心；其节则劲，有似乎君子之守其节；体正而气肃，又有似乎君子。望之可尊，即之不厌，能使人襟怀洒落，俗氛不入，直清之名于是为不忝矣。"③

园林中栽植的草木也是与园主人情感密切相连。好竹者，种竹成园；好梅者，以梅为妻；好菊者，栽菊为圃。除了以竹子比德君子，还有以梅、菊、松柏、桂花、兰草比德者。李石在公署之侧得数席地，"屋檐之南有老梅，株如柱轴，一根别为三四股，可荫十许步，环以数小竹外，悉芟去之。……又植稚柏二百周墙之阴，与梅为佳伴"（《梅坞记》）④。园中的老梅、稚柏为佳伴，老梅、稚柏皆自己之好友。梅的傲世独立，柏的苍劲不屈，与种梅植柏者的品性必然有着某种内在的联系。在丰富的比德叙写中可见唐宋时期的园林建造者、园林欣赏者、园林记录者心中深深的草木情怀。

---

① 曾枣庄、刘琳主编：《全宋文》卷三〇一二，第 140 册，第 27 页。
② 曾枣庄、刘琳主编：《全宋文》卷四三四五，第 197 册，第 11—12 页。
③ 曾枣庄、刘琳主编：《全宋文》卷六三七七，第 281 册，第 238 页。
④ 曾枣庄、刘琳主编：《全宋文》卷四五六六，第 206 册，第 24 页。

（四）格物致理

草木荣枯消长的生命律动会在园主内心激起生命体验的波澜，并与其对自我生命的体认合流，使其从园林物象的变化体悟乾坤之道和天地之理。

黄裳《默室后圃记》云："花之气有幽香，花之色有淑质，彼株荣，此株枯，后者开，前者落，于此知物态之多变。"① 从园林内草木荣枯的物态变化，感观自然规律周而复始，以物观理，人的生命历程如草木荣枯一样生死相继，绵绵不息，不可逆转。

苏轼《灵壁张氏园亭记》云："始家灵壁，而为此园，作兰皋之亭以养其亲。其后出仕于朝，名闻一时，推其余力，日增治之，于今五十余年矣。其木皆十围，岸谷隐然。凡园之百物，无一不可人意者，信其用力之多且久也。"② 将园林经营到"凡园之百物，无一不可人意者"的地步，那是因为园主"用力之多且久"。凡事若想达到理想状态，必是要经过一番辛苦，付出很多心血的。这样的人生体悟正是从园林草木的生长年岁得来的。

> 岩花春盛，木叶秋落，于此可以鉴荣谢；岫云朝出，林翮暮归，于此可以喻出处。（宗泽《贤乐堂记》）③

草木的春荣秋落蕴含着事物荣谢之理，岫云朝出、林鸟暮归包含着出处之思。该如何面对荣辱、进退，将会是每个人面临的重要选择。宗泽从自然物象中悟出了人世出处的道理，启人深思。

> 吾之嗜花，独观其变。雷风之所震荡，日月之所照烛，雨露之所滋润，雪霜之所凌挫，或苗其芽，或敷其英，或归其根，或成其实，四时之变无穷，而花之变亦无穷也。方时未至，若闲若藏，不可强之使开。及时既至，若愤若怒，不可抑之使敛。开已而谢，则虽天香国色，飘零萎落，复为臭腐，莫可得而留也，况其余乎？吾尝以是观之，则生生化化之理，在吾目中矣。（李纲《种花说》）④

嗜好种花的李纲又从种花之道中悟出了养生之理。四时变化无穷，而花也随之变化无穷。花在未开时不可强使之开，到了开放时不可抑制使其

---

① 曾枣庄、刘琳主编：《全宋文》卷二二六四，第 103 册，第 333 页。
② 曾枣庄、刘琳主编：《全宋文》卷一九六八，第 90 册，第 408—409 页。
③ 曾枣庄、刘琳主编：《全宋文》卷二七九七，第 129 册，第 370 页。
④ 曾枣庄、刘琳主编：《全宋文》卷三七五八，第 172 册，第 168 页。

收敛，到了飘零凋谢时不可复留，李纲观物而知万物生生化化之理，人之生命亦如万物，故养生养性之道就在于要顺自然、顺天性、顺物理。

文天祥为朋友的梅园作《萧氏梅亭记》，格梅致理，从园中的梅花领悟到天地物理，体现了以物观理、天理流行的理学境界，颇具理趣。

> 天地闭塞而成冬，万物棣通而为春。方其闭塞也，阴风霾曀，寒气赑屃，众芳景灭，万木僵立，何其微也；及其棣通也，木石所压，霜露所濡，土膏坟起，芽甲怒长，何其盛也。天地生意，无间容息。当其已闭塞之后，未棣通之前，于是而梅出焉。天地生物之心，是之谓仁。①

天地棣通的春天，万物生机盎然；天地闭塞的冬天，万物萧条衰微，其自然之理不可抗拒。但是天地是有仁爱之心的，在闭塞之后、棣通之前，在万物枯寂的时间段中让梅花凌寒盛开，以仁爱之心为大地人间送来一抹亮丽的希望。文天祥从天地生意中看到了绝望中的转机，或许可以为处于生存绝境的他带来生的希望，可谓是颖悟绝伦，蕴含理趣。

花草树木是园林的精魂。园居者于园林莳花种草，亲近泥土，拥抱自然，以物比德，格物致理。岁月与光影在草木间流转，生命消长之间，园居者或园游者的体认和涵咏由此生发。虽然历经岁月的过滤，这份草木情怀依然带着情感与理性的双重光华穿过历史时空，让后世人们的心灵为之深深感动。

第五节　园林兴废迁化的省思

园林从建造的那天起，就面临着可能衰败、易主、损毁的命运。其中的原因很多，也许是因为战乱，可能是因为家道中落，或许是因为经管不善，不论什么原因导致了一座精美的园林走向生命的终结，万物无常带给人的总是心灵深处深切的悲伤和悸动。

希望美好事物长存的共同愿望总是落空，再美好的事物也遵循着自然规律，有繁盛就有凋零。园林也是如此，历史上无数座精美雅致、幽静深远的园林最终消失在浩瀚的时间长河，连一片树叶抑或一块砖石都不曾留下，其间巨大的兴衰落差不免强烈地冲击、震撼着文人的内心。他们用文

---

① 曾枣庄、刘琳主编：《全宋文》卷八三一九，第359册，第179页。

字表达着对逝去的美好的追忆和祭奠，抒发着园林兴废变易之叹，也记录下了园林曾有的盛年之华以及它走过的足迹。

一、园林兴废的书写

　　杨衒之对洛阳园林的兴废之叹在宋代李格非那里得到了强烈的回应。他在《洛阳名园记》中记述了十九个园林，讲述了部分园林的变迁。如中书侍郎李清臣的归仁园，原来是唐代丞相牛僧孺的园林。另据李复《游归仁园记》记载："兹园本朝尝为参知政事丁度所有，后散归民家，今中书侍郎李邦直近营之，方得其半。"①这个园是几易其主。宋朝丞相李文定的吴氏园，在唐乃为袁相先园；昔日白乐天履道里园，后张清臣得其半为会隐园，一半为大字寺园；宰相裴度的午桥庄园墅在唐代驰名一时，宋代时归张齐贤所有。据《宋史·张齐贤传》记载："归洛，得裴度午桥庄，有池榭松竹之盛，日与亲旧觞咏其间，意甚旷适。"②司马光独乐园、文彦博潞公的东园都是当时的洛阳名园，后来都不复存在了。宋代朱长文的名园"乐圃"初为钱氏所有，后为民居，更改数姓，庆历中，朱家祖母吴夫人将它买到手，它也是几易其主。园林易主的确切原因已经无从查考，但是这样的事实不能不令人感喟万分。一座园林的诞生需要一代甚至几代园主投入大量的财力，需要精心的设计，需要殷勤的维护，园林从建造之日起就有了生命和情感，在和园主朝夕相伴的时光里，园主和园林之间有着割舍不断的情感关系。园林中处处留下园主人的足迹，充盈着园主人的气息，园林的静美、包容、陪伴是园主最深的依恋。突如其来的变故有可能让一个园林瞬间消失，或者让原来的主人不得不离开这个园林，而园林要接纳新的园主，不论何种情形，对于园主和园林来说都是不堪和残酷的。《洛阳名园记》论曰：

　　　　方唐贞观、开元之间，公卿贵戚开馆列第于东都者，号千有余邸，及其乱离，继以五季之酷，其池塘竹树，兵车蹂践，废而为丘墟；高亭大榭，烟火焚燎，化而为灰烬，与唐共灭而俱亡者，无余处矣。予故尝曰：园圃之兴废，洛阳盛衰之候也。且天下之治乱，候于洛阳之盛衰而知；洛阳之盛衰，候于园圃之废兴而得。则《名园记》之作，予岂徒然哉？③

---

① 曾枣庄、刘琳主编：《全宋文》卷二六二九，第 122 册，第 95 页。
② ［元］脱脱等撰：《宋史》卷二六五《张齐贤传》，第 9158 页。
③ ［宋］李格非撰：《洛阳名园记》，第 13 页。

文中除了李格非对历史盛衰兴废的思考感叹外，还有他对园林的变迁、消逝、摧毁、易主等诸种命运的惋惜。园林不能常驻，人不能永久地拥有园林，当他游历洛阳看到昔日名园遭遇变故时，内心充满无限的痛惜。

从李格非的感叹中可以知道，唐代洛阳的一千多座园林废为丘墟、化为灰烬的原因是唐代的战乱以及五季之酷。战争是园林焚毁的一个很重要的原因，历史不断上演着这幕悲剧。秦末，上林苑阿房宫被付之一炬；汉末，上林苑被毁；南北朝分裂割据，洛阳园林焚毁；金兵南下北宋灭亡，艮岳被毁；清代末期，帝国主义强盗入侵，圆明园遭到英法联军的抢劫和焚毁。园林悲惨遭遇的背后是国家、民族的苦难和悲剧，也是人类的悲剧，这样的悲剧在不断上演。

改朝换代的战争，资源掠夺的侵略，使园林乃至文化成为牺牲品。烧与毁证明的是野蛮、暴力、愚昧，不烧不毁与政治的斗争并不相矛盾。事实上，历史上不乏反例。新的统治者完全可以接用原有的宫殿和园林，在原有基础上改扩建为更符合自己意愿的更加完备的居游环境。汉代在秦代上林苑基础上扩建成规模巨大的苑园，并建造了建章宫；唐代在隋朝大兴宫的基础上改建太极宫，又新建了大明宫和兴庆宫，形成了三大内三大禁苑的庞大格局；清代也是接用了明代的紫禁城并进行扩建，形成了北京三山五园的皇家园林群落。保存、保护、利用原有的文化遗产本是明智之举。与此相反，烧毁的印记同样铭刻史册，这不能不令人反思，应该谴责与深刻反省用火把和铁蹄毁灭园林、书籍、文物等的暴行。

除过战争，造成园林沦为尘烟的还有很多可能的原因。园林似乎是一叶漂泊在历史长河上的小舟，不能主宰自己的命运，不明确自己的方向，在时代的潮流的裹挟中建造，消逝，再建造，空留下无尽的悲叹。正如王羲之在《兰亭集序》中所言，"后之视今，亦犹今之视昔"。唐人感慨晋宋园林的不常，宋人感叹唐人园林的难久，后世感慨前世，绳绳相继，绵绵不绝。

侯乃慧教授注意到"在明代文人的园林书写中，便出现了大量的废园题材，这种现象的频繁远远超越了其前的唐宋时期"①。侯乃慧教授不仅强调明代文人大量书写废园的现象，还强调清代大量出现废园的事实以及游赏废园的经验，关注园林文学强烈地呈现荒废意识与时间悲剧意识。她认为这种废园现象和荒废意识在唐宋时期是不明显的。其实在唐宋文人、尤

---

① 侯乃慧：《园林图文的超越性特质对幻化悲伤的疗养——以明人文集的呈现为主》，《政大中文学报》第四期，2005 年 12 月。

其是宋人的园林书写中这种兴废意识一直明显地存在着，更不乏对废园现象的思考。

王勃《游冀州韩家花园序》云："王羲之之兰亭五百余年，直至今人之赏；石季伦之梓泽二十四友，始得吾徒之游。"① 兰亭、金谷早已易代易主，其遗绪绵绵，千古嗣响。

韩愈被贬官连州，作燕喜亭并为之作记，到晚唐的时候，亭已经倾废。他的外孙李觇自幼读昌黎文公《燕喜亭记》，后至连州，寻访燕喜亭，发现已经废弃，连当地耆老也十分嘘唏感叹。连州刺史武兴宗曰："不修则过及余矣。"于是指挥众人寻找到燕喜亭遗址。李觇在《连山燕喜亭后记》中记述当时的情形："级砖缺掷，栋榱垣瓦，寸折片碎，翁汗其甚，石记断僵，莓昧其字。"② 武公整而修之，征记于李觇，更换石头重新刻之，很快就完成了。如果不是重新修葺，燕喜亭实难保存了。

大概正是对于难以永久拥有园林的担忧，李德裕写下了《平泉山居诫子孙记》，告诫自己的后代不能卖掉自己的园林："留此林居，贻厥后代。鬻吾平泉者，非吾子孙也。以平泉一树一石与人者，非佳子弟也。吾百年后，为权势所夺，则以先人所命，泣而告之，此吾志也。"③ 李德裕在自己的事业、人生、园林都处在鼎盛期时，就已经预见到未来可能发生的人事变迁。这是他的隐忧，更是他的智慧。只是人事无常终归幻灭的生活体验在当时还潜埋在他深层的意识中，并没有点破。他更多关注的是园林现实的情境，满园的奇花异石带来的充实和满足感将内心隐隐的幻化意识、怆然悲怀之感覆盖，隐而不显。

由于唐代园林的兴盛，以京城长安、洛阳为中心，园林池馆不胜枚举，但到了宋代却多湮灭不闻，故宋人颇多感慨。宋代园林散文中有更多表达兴废之叹的文字，在不断地讨论这个说不完的话题。

从欧阳修《洛阳牡丹记》中可以见出他对于魏氏园池的盛衰的惋惜和遗憾之情。"魏家花者，千叶肉红花，出于魏相仁溥家。始樵者于寿安山中见之，斫以卖魏氏。魏氏池馆甚大，传者云此花实出时，人有欲阅者，人税十数钱，乃得登舟渡池至花所，魏氏日收十数缗。其后破亡，鬻其园。今普明寺后林池乃其地，寺僧耕之以植桑麦。花传民家甚多，人有数其叶者，云至七百叶。"④ 魏氏园池曾经何等兴盛，因为名贵独特的牡丹而吸引

---

① ［清］董诰等编：《全唐文》卷一八〇，第 2 册，第 1835 页。
② ［清］董诰等编：《全唐文》卷七六一，第 8 册，第 7912—7913 页。
③ ［清］董诰等编：《全唐文》卷七〇八，第 7 册，第 7267 页。
④ ［宋］欧阳修著：《欧阳修全集》卷七五，第 1099 页。

了无数的游人前来观赏，但是后来却免不了荒败的命运。魏氏家败，卖掉了园林。宋朝时普明寺后林池乃园林遗迹，寺僧还在园林中种植桑麦等农作物；名贵的魏花也传到寻常百姓之家，普遍种植了。昔日这个园林的繁盛和尊贵都不复存在，留给后人的唯有感叹。欧阳修将这座园林的前世今生记载下来，使得魏氏园林的盛景犹存，也将园林的身世之悲呈现在后世读者的面前。

王禹偁《李氏园亭记》满含沉痛地记述李侯花费巨资建造的园林的坎坷命运。京城开封尺地寸土与金同价，李侯在双阙之下开一园，构建两亭，种植花草树木。他以倍价获得土地，建造园林不惜花费，不议物之贵贱，不计时之有无。李侯为其中一个亭子命名为"克家"，寄托着李侯对子孙的殷殷期望。"克家"取象于《易》，"子克家，刚柔节也"，期望年幼的诸子能够长大成人，成家立业，继承父业，守护好园林。可惜，自李侯捐馆之后，"诸子尚幼，为季父纳质于富家，其取直四百万，将稔其利以夺之。上闻而骇其事，遽命出内府钱购而还焉"。抢夺园林家产的竟是李侯的弟弟，年幼孩子的叔父。虽然皇上惊闻此事，以内府钱购买归还给李侯幼子，但最终这份家业还是没能够幸免于难。己丑岁，王禹偁和紫微郎毕公游其园，息其亭，一则叹旧馆之丧，一则思李侯之甘棠之政。可知，园池最终还是不得善保。"李侯之好义忘利也既如彼，诸子之谨身节用也又如此，宜乎有是之光也。吾见乎为公侯广第宅，连坊断曲，日侵月占，死而不已。及乎坟土未干，则为子弟狱讼之具者，亦足悲也。"① 人们议论感叹着李侯如此好义忘利的好人，儿子们又能够谨身节用，为何家业会落得这般光景！还有一些公侯之家，在长者坟土未干之时，子孙为争夺财产就开始了诉讼，这般世事之无常，令人悲叹。另有钱氏家园，命运更为多舛。

> 吾邦之贤，有御史钱公安道，以劲节危言伏一世。其仲弟曰持道，以冲操自晦于文籍诗酒之间。尝作遂初亭于梁溪居第之东偏，日与宾客游居而乐之。无几何，族人取均输子钱，而居第若亭并籍于有司。会大姓有怙势者风县官虣法没入之，而以自售。持道叹曰："先人之庐，所以庇子孙者，不可自己而为势夺。"因三走京师，上章自诉，而复归焉。又二十有二年而火于金人，亭之不烬者十六。其子绅掇取遗材，改筑于漆塘之墅。（葛胜仲《钱氏遂初亭记》）②

---

① 曾枣庄、刘琳主编：《全宋文》卷一五六，第 8 册，第 69 页。
② 曾枣庄、刘琳主编：《全宋文》卷三〇七四，第 143 册，第 39 页。

钱氏园林受到过权势胁迫，遭到过战火兵燹，但是其子孙却极力保护，维持先祖留下来的园林基业。园林命运可叹，子孙骨气可嘉。

当园林的命运和利益争夺、财产分割发生关联，这与园林的美丽、优雅、超拔、仙逸显得那么不相称。在世人的眼里，园林就是超越了人世束缚与羁绊，跳脱了红尘的世俗与名利，令人逍遥自在的仙境乐园。而利益的血腥争夺，让园林一下子从仙界跌落到凡间，并沾染一身风尘。但这一切就在这个充满诗意的场域中一幕幕上演，不是一朝一代，而是世世代代。

子孙如果保护祖上基业的意识够强，且有一定的能力，那么园林就可以存世更久远。如晁补之在《金乡张氏重修园亭记》中就讲述了张氏子孙重修家园的事迹。宋太宗时侍御史张肃，字穆之，以敢言不苟合，四十谢事，为王黄州所畏，始起家而显者也。御史子畋，字无逸，高介有父风，亦早弃事。张氏父子营建园林，但是不知何时，园林荒废。元符中，"余南归，始自巨野迁此邑，并岭行沟上，秋稼离离，雉惊起马前，馆无遗址，桃李不复在。独两老桧离立谷垄间，风雨摧剥，苍皮白枝，龙虎躩挐而上数十尺，道衍隰而来未见也"[1]。晁补之看到这种景象，十分伤感遗憾。张氏孙大方与晁补之交好，也很难过，后来便重新修复先人的旧园，索文以记，晁补之欣然为之作记。

> 公即所居之西偏建亭，榜之曰"养素"，尽以诗刻石置之亭上。治园池，艺花竹，日与宾客相乐，饮酒围棋，鼓琴啸咏，翛然忘老。此真能不以富贵穷通累于胸次者，可谓知所养矣。迨今六十余年，经兵火乱离之后，亭宇颓弊，殆将弗支。其孙牧之惧先德之或坠，傭工鸠材，因其规模而增广之。凡土木瓦甓之朽腐破阙者，园池花竹之埋废荒芜者，葺理培植，焕然一新。（李纲《毗陵张氏重修养素亭记》）[2]

毗陵张氏子孙能够保持祖上先德，傭工鸠材，修复园林，而且能在原来的基础上扩大规模，凡是土木瓦甓朽腐破阙的，都修葺一新；园池花竹埋废荒芜的，都重新培植，使得旧有的园林重新焕发光彩。

二、园林兴废的省思

唐宋文人敏锐地捕捉到了园林兴废的现象。园林何以荒废，何以兴

---

① 曾枣庄、刘琳主编：《全宋文》卷二七三九，第127册，第23页。
② 曾枣庄、刘琳主编：《全宋文》卷三七六一，第172册，第220—221页。

盛，虽然诸多的兴叹都没有答案，但是却留下了思考。宋人一直没有停止对园林兴废问题的关注和讨论，他们在探讨园林兴废的时候大致有这样几种观点。

一种观点认为盛衰乃自然之理，不可抗拒。山川无涯而人身、事物有限，此乃天地之理。园林的个体生命，也只是长河之一瞬，其衰败是不可抗拒的。羊祜登岘山感叹曰："自有宇宙便有此山。由来贤达胜士，登此远望，如我与卿者多矣！皆湮没无闻，使人悲伤。"①岘山恒在，人事更迭。故孟浩然《与诸子登岘山》叹曰："人事有代谢，往来成古今。江山留胜迹，我辈复登临。"人间盛衰乃自然之理，不以人的意志为转移。

> 永丰石井张氏，秀民相望磊磊也。昔乾道间，文仲、武仲弟兄好义，喜宾客，治楼观，筑园圃，与往来士大夫行乐其中。文仲之楼命曰"霁月"，武仲之楼命曰"凭虚"，皆求名于予，而予命之也。今垂四十年矣。客有自石井来者，予必问二楼无恙否，为我寄声楼中风月。客曰："霁月故无恙，凭虚今为乌有先生矣。"予每叹息，岁月无几何，而物之废兴乃尔其速也。（杨万里《张希房山光楼记》）②

乾道年间，文仲、武仲弟兄建筑园圃，修治楼观，与士大夫往来行乐其中。杨万里为其楼观取名"霁月""凭虚"，含蕴着登楼凭栏，虚空晴月，心驰神游的园林享受。仅仅四十年，石井张氏园林中的凭虚楼已经化为乌有，因而杨万里感喟物之兴废何其迅速。好在武仲有贤子张希房，在"凭虚"旧址上新建一楼，楼前有屿，屿上有美花佳木，屿外有汭，汭中有红蕖，汭外田畴齐整，溪流如带，再次复兴了自家园林。杨万里深感不易，十分欣慰，为其楼题名"山光"。

在喟叹的声音中有豁达淡然者，将兴废看作是自然之理，是人力所不可抗拒的。刘跂《马氏园亭记》言："不然，休旺代谢，消息盈虚，天之有也；川竭谷虚，丘夷渊实，地之有也。而一兴一废，人岂逃之哉！且草木之将荣必悴，龙蛇之将伸必屈。温室洞房、吹台歌榭，宁独非昔之牢狱犴狴乎？火耕水耨，陆海之地，宁独非昔之荆棘丘墓乎？由此观之，贫不必不富，贱不必不贵，兴者未足恃，废者未易绝也。"③当人们都在感慨为何废者多而兴者少时，刘跂避席说了这番话。他认为消息盈虚、川竭谷虚、草木荣枯、龙蛇屈伸都是天地间自然之物理，一兴一废，人是无法逃脱的，

---

① ［唐］房玄龄等撰：《晋书》卷三四《羊祜传》，第 1020 页。
② 曾枣庄、刘琳主编：《全宋文》卷五三五四，第 239 册，第 343 页。
③ 曾枣庄、刘琳主编：《全宋文》卷二六六一，第 123 册，第 219—220 页。

因此没有长久的兴，自然会有不绝的废。所以人还是要泰然处之，不必伤感叹息。类似这样的讨论还有很多，如：

> 予以暇日行后圃，得败屋数椽于草树荒墟之间，盖洛阳张君宗著元祐间为郡时所建静胜轩也，刻石故在，弃为犬豕之牢久矣。为理其栋宇轩槛挠折不主者，伐去恶木，花竹俨立，金泉诸山宛若相就。列图史笔研其间，意欣然乐之。以公孙丞相东阁倾天下，其废为马厩才几何时，况张使君哉！自蜀之列为郡县可考也，此郡之废兴数矣。故时城邑化为丘墟，垄亩至不可辨，所谓静胜轩者，能保其不坏哉？盖物之成败，相寻于无穷，未有不与岁月俱往者。予有感焉，异时此文出于断垣废井之间，读者可以慨然长叹矣。（邵博《静胜轩记》）①

> 物之废兴成毁，不可得而知也。昔者荒草野田，霜露之所蒙翳，狐虺之所窜伏，方是时，岂知有凌虚台耶？废兴成毁相寻于无穷，则台之复为荒草野田，皆不可知也。尝试与公登台而望，其东则秦穆之祈年、橐泉也，其南则汉武之长杨、五柞，而其北则隋之仁寿、唐之九成也。计其一时之盛，宏杰诡丽，坚固而不可动者，岂特百倍于台而已哉！然而数世之后，欲求其仿佛，而破瓦颓垣无复存者，既已化为禾黍荆棘丘墟陇亩矣，而况于此台欤？夫台犹不足恃以长久，而况于人事之得丧，忽往而忽来者欤？而或者欲以夸世而自足，则过矣。（苏轼《凌虚台记》）②

邵博在园林的今昔变迁中看到了"盖物之成败，相寻于无穷，未有不与岁月俱往者"的自然之理，苏轼从昔日皇家宫室幻灭无存的历史预见到凤翔一个小小的凌虚台更不足以长久，由此又推及人事得丧，忽往忽来，若期望夸世而自足，实为过分之想的道理。

吴师孟《剑州重阳亭记》表达人功建造的园林与自然生成的溪山相比是无常的，而山河则是永恒的观点。"是知溪山景物，无情于人者也，含清蕴秀，如有道之士，充然内足，安其所守，无侍于外，何尝欲人之爱耶？古今之人，或爱或否，亭之兴废有时，而溪山之景自若也，乌能有毫发之损益于其清且秀邪！自古至唐，自唐迄今，仅偶得二真赏耳。"③类似这样的理性省思在宋人的笔下不胜枚举。在对自然之理的体认中，于声声

---

① 曾枣庄、刘琳主编：《全宋文》卷四〇五六，第184册，第411页。

② 曾枣庄、刘琳主编：《全宋文》卷一九六七，第90册，第387页。

③ 曾枣庄、刘琳主编：《全宋文》卷一三六〇，第62册，第323页。

的叹惋里，体现的既有对宇宙人生的领悟，又有对世事无常的无奈。当人类置身于渺渺宇宙，个体的微小磁波难以产生足够的辐射与回响，故而在哲理之思中包含着伤感的色彩。

另一种观点认为兴废系于人事，关键在于人为。维系传递园林遗产和园林文化的责任意识在兴废迁化的交替中起着十分关键的作用。持有这种认识的论述相对较多，如：

> 孰谓物之兴废其不系于人乎！（林一龙《刘公谷记》）①

> 以其治之非一人，积之非一日，而能终始如一，故赖以成就。（曾旼《天峰院记》）②

> 天地间无久而不敝之物。唐虞以前，邈哉邈乎，不可考矣。周、秦、汉、唐之世，迄今亦不获多见。其尚有存者，必其为人所注意，而人为存之也。非然，则历变故，经岁月，虽以金石之质，犹不能与天地以不敝，而况其为游观之所，亭台堂榭，风雨之所飘摇，鸟鼠之所剥啄，草木之所灌莽者乎！此周原鞠茂草，故宫离禾黍，铜驼在荆棘，昔人所悲，良有以也。善乎韩昌黎之言曰："莫为之前，虽美不彰；莫为之后，虽盛弗传。"凡废兴成毁之故，岂不以其人哉！（郑兴裔《平山堂记》）③

天地间没有能永久长存而不敝坏的物，那些能够留存后世的，一定是为人所注意，被人有意识地保护才存于世。园林之废乃自然之理，关键在于维护与保存，而这全在于人事，需要一代又一代人的共同努力才可以使历史、园林、文化传承下去。韩琦《定州众春园记》对此道理作了深刻剖析。

> 天下郡县，无远迩小大，位署之外，必有园池台榭观游之所，以通四时之乐。前人勤而兴之，后辄废焉者，盖私于其心，惟己之利者之所为也。彼私而利者，不过曰："吾之所治，传舍焉耳。满岁则委之而去。苟前之所为，尚足以容吾寝食饮笑于其间可矣，何必劳而葺之，以利后人，而使好事者以为勤人而务不急，徒取庾焉？吾不为也！"噫，彼专一人之私以自利，宜其所见者隘而弗为也。公于其心而达众

---

① 曾枣庄、刘琳主编：《全宋文》卷八三二六，第359册，第323页。
② 曾枣庄、刘琳主编：《全宋文》卷二二三六，第102册，第281页。
③ 曾枣庄、刘琳主编：《全宋文》卷四九九二，第225册，第100—101页。

之情者则不然。……不有时序观游之所，俾是四民间有一日之适，以乐太平之事，而知累圣仁育之深者，守臣之过也。非公于其心，而达众之情者，又安及此乎？①

韩琦尖锐地指出"后之人视园之废兴其知为政者之用心焉"。那些私于其心的人只考虑自身的利益，认为自己任期一满就要离去，眼前的园池尚足以满足自己的寝食燕息之需要，不愿意动用劳力、财物去修葺、改善以利后来者。如果都持有这样的私心，那么郡县的官署园林和当地的公共园林自然得不到后续的治理，就会随着岁月日渐倾圮，以致彻底坏毁。如有公心，则会尽力维护修缮，与后人共通四时之乐。可见人为的因素在园林兴废中起着关键的作用。所以郑兴裔在《平山堂记》文末论曰："太守之能顺民欲而新其堂，妥其灵也，所谓人所注意而人为存之者，其在斯乎！后之人嗣吾意而葺之，则可以久而不敝矣。"② 也是在强调人事的功用。

我国古代园林的兴废与人事有着密切的关系。在岁月的流迁中只有持续地新建、改建与修缮才可以将园林的生命维持下去。唐宋时期的谈论都在强调后人要有保护、维护、传承的意识和责任，如果有了这样的意识和责任，那么园林——人类梦想的花园就会永远存在。这样的启示对于今天依然具有现实意义。我们对于古老的园林遗存、新修建的城市公园和山林自然风景园林都要如此守护，才能让后世子孙享用到前代祖先的智慧和勤劳构建的文化园林。

唐宋士人对园林守护的真知灼见是他们留给今天的宝贵财富，但是在这场讨论中有一种声音是我们一直没有听到的，那就是对园林长久保存的材料选用问题。这个问题在当时人们似乎尚未意识到。我国古典园林容易损毁，除却人为的原因外，与材料本身也有一定的关系。园林建筑多采用木质材料，屋梁房椽、门窗槛柱都采用木材做成，"中国始终保持木材为主要建筑材料，故其形式为木造结构之直接表现。其在结构方面之努力，则尽木材应用之能事，以臻实际之需要，而同时完成其本身完美之形体"③。梁思成先生在略举中国建筑的特征时首先谈及的就是以木料为主要构材，他的这段话可谓是对中国传统建筑木质材料应用情况和艺术成就的精当概括。

但是木质材料也带来耐久性的问题。经过岁月风雨的侵蚀，木质建筑

① ［宋］韩琦撰，李之亮、徐正英笺注：《安阳集编年笺注》卷二一，巴蜀书社，2000，第693—695页。
② 曾枣庄、刘琳主编：《全宋文》卷四九九二，第225册，第101页。
③ 梁思成：《中国建筑史》，生活·读书·新知三联书店，2011，第2页。

的寿命往往长不过百年，再加上没有及时地维护修复，加剧了园林建筑坏败的进程。这个问题梁思成先生也曾经论述过。他认为"古者中原为产木之区，中国结构既以木材为主，宫室之寿命乃固限于木质结构之未能耐久，但更深究其故，实缘于不着意于原物长存之观念。盖中国自始即未有如古埃及刻意求永久不灭之工程，欲以人工与自然物体竟久存之实，且既安于新陈代谢之理，以自然生灭为定律；视建筑且如被服舆马，时得而更换之；未尝患原物之久暂，无使其永不残破之野心"①。正是基于这样的观念，梁先生认为中国的工匠不去深究砖石之代替及应用，修葺原物之风远不及重建之盛。不仅在宫室建筑领域是如此，在园林领域亦如此。初建的时候，求原物永世长久的观念并不强，但是还是意识到了后世修缮园林的重要性，修葺之风还是很盛行的。在唐宋时期修葺原来旧有园林建筑池沼的文字记载很多，也说明了这一事实。

不过，如果不采用木质的材料，中国园林中亭台楼阁等建筑就失去了鲜明的中国特色。花样繁多的窗棂、雕刻精美的挂落、灵巧飞动的屋檐、焕然溢彩的图绘都将无法实现，落在每一个中国人梦境中的亭台楼阁将失去太多的诗意、含蓄和婉转。这可能就是中国古代建筑的遗憾美，不求形的永久，但求美的永恒。

小　结

本章通过对园记散文的文化透视，呈现园林与园林文学无不与当时的社会政治、经济、律法、制度、社会生活发生千丝万缕的联系。园林和园林散文给后人提供了一个瞭望当时社会世态的窗口，也留下了关于园林的许多思考。

园林是士大夫的归隐之所，唐宋时期的隐逸观念在悄悄发生变化。从唐前的山林隐逸到中唐的吏隐再到宋代的农隐，隐逸观念的变化反映的是士大夫追求人格自由度的增强，也体现了士大夫担当家国责任的意识相对减弱，反映了园林建造者的思想和文化心态。

唐宋公共园林、官署园林的兴造过程中存在着游观与为政的矛盾，在民间舆论和官方评价体系面前，地方官非常小心谨慎地平衡着两者的关系。他们在朝廷考核制度和律法约束下，利用中庸之道拿捏分寸，在建造大量

---

① 梁思成：《中国建筑史》，第9页。

园林的同时，热烈讨论着责任和燕息之间的调和。

园记散文蕴含着园主对园林草木的深深情怀，体现了他们的生命观和生态意识。园林草木多为园主亲自购买、栽植、养护，故而彼此之间产生了更多的情感联系，与对待大自然草木有着不一样的情怀。

园林的荒废和衰败是王朝盛衰、家族变迁、人情世态的镜像，园林由盛变衰的生命历程，引发后人关于园林建造技术和文化遗产保存的思考。

结　语

　　唐代园林接武魏晋六朝，将模山范水的园林艺术推向了高潮，转而追求壶中天地，探索写意化园林艺术。宋代园林则将写意化园林艺术发展到新的境界，呈现出园林艺术的繁盛之势。园林兴造的社会风尚、构园的具体行为、园林居游生活等对文学产生多方面影响，园林的发展丰富了文学的表现域面，形成了特色鲜明的园林散文，出现了新的文体类别——园记。

　　梳理历代的园林散文文学文本和文献收录状况，可以清晰地看到园林散文与园林相伴并行的动态发展脉络。魏晋六朝园林初兴，园林散文随之产生，文体形式多元，园林散文数量尚少。唐代园林兴盛，园林散文随之发展，选择记体为主流文体形式，数量约两百篇，中唐时期"园记"创体。宋代园林繁荣，园林数量大增，园林类型更加丰富，尤其是公共园林、官署园林得到了很大发展。在园林繁荣发展的影响下，宋代园林散文数量激增，约有七百多篇。宋代园林散文形成了以"记"体为主、其他文体形式并存的稳定格局，园记因文立体，完成了经典化的过程。明清时期园林极度繁盛，园林和园林散文数量不可胜数，造园和园林散文艺术都达到了最高成就。在园林散文发展的过程中，唐、宋是非常重要的两个阶段。

　　唐宋时期园林兴造成为一种社会风尚，规模宏大的皇家园林、追求精神品位的私家园林、以静境修身养性的寺观园林、满足都人游赏的公共园林、用于读书习业的书院园林大量涌现。园林散文数量皇皇可观，园林状貌的记录愈发详实，不同类型的园林都在园林散文中得到呈现，于此可见园林兴造的风尚对园林散文的影响，亦可见文学对社会的客观映现。园林发展与园林散文之间复线推进，互动互补，两者间既有一致性，又有不平衡性。园林散文本身文以载道的社会功能使得其在书写园林的过程中有意过滤掉了一些世俗娱乐的内容，而将园林富有审美意义的景观布局和主人高迈的格调、高蹈的姿态、高雅的诗书生活、保节守道的志趣作为园林书写的重点。但是随着宋代世俗文化的发展，园林书写中还是比唐代多了诸如课读子孙、园林种植、园林娱乐等日常生活内容，体现了唐宋文化转型背景下园林生活和园林书写的变化。

唐宋时期园林构建与文人的园林审美理念和文人的遭遇有着密切的关系。园林散文阐释了当时已形成的比较成熟的审美原则和美学思想，唐宋文人将这种美学思想应用到园林构建实践中，提升了建筑美感，推动了整个社会审美程度的提高。园林构建的实际行动与士大夫的生活境遇也有着密不可分的关系。他们的经历、性情、思想都投射在翳然林水之间，其出处行止、社会交往无不留有时代和生活的印记。从园林散文可知当时构建园林的有泉石膏肓者、肥遁居贞者、菀裘归计者、贬谪放逐者、命运不济者，生活境遇的不同，园林在生活中扮演的角色、发挥的作用也各不相同。园林散文的产生不仅和园林构建行为有关，还和园主的传世观念有关，园以文传的认识促使园林构建成功后要作记纪事，以传后世，故而产生了大量受邀而作的园记。

园林生活是文人歌咏书写的重要内容，园林宴集、节日游园、园林种植在文人的笔下是生活，也是诗意，更是思考，唐宋园林散文是后世了解这个历史时期文人园林生活状态的窗口，为唐宋生活史研究提供了必要的文学文献资料，具有重要的价值和意义。

园林散文与园林的密切联系决定了园林散文的园林学价值。在唐宋园林散文中蕴含着大量的园林文献。唐宋园林实体早已消亡，时间的阻隔为研究唐宋园林文化带来了限制和困难。在已有园林史、建筑史、园林文化研究著作中，唐宋时期园林研究部分所征引的文献资料，主要是《长安志》《洛阳名园记》《东京梦华录》《梦粱录》《癸辛杂识》《武林旧事》《齐东野语》《宋史》和《旧唐书》《新唐书》等史乘、笔记文献，园林文学文献征引相对较少，尤其是园林散文，利用就更少了。就所征引的文学资料而言，也多为人所熟知的诗文篇翰，如唐代的王维辋川组诗、李德裕《平泉山居草木记》、白居易《池上篇序》、欧阳修《真州东园记》、朱长文《乐圃记》、司马光《独乐园记》等诸多名篇。唐宋园林散文保存了包含京畿在内的各州县甚至偏远地区的不同类型园林的资料，不仅有王公贵族的园林，还有许多普通老百姓的园林。这些材料对于研究唐宋时期园林史、认识唐宋园林的地域分布、绘制不同时代不同地域园林分布图谱都有重要的意义。有的资料还可以澄清一些关于唐宋园林的模糊认识，甚至是错误的观点，具有重要的文献价值。

唐宋两朝，园林散文自身在文学书写方面也发生了一些变化。自中唐至宋代，园林散文的篇名叙事成分弱化，篇幅逐渐增长，语体逐渐散体化，园林景观题名越发诗意化，注重寄情寓兴，富有象征意义，理学色彩鲜明。园林散文的文人书卷气更浓，园林的文化意蕴更突出。园林景观的记述由简略到详实，为当时的园林保存了更为清晰的镜像。在园林实体湮灭不闻的今天，依然可以通过文字建构的文学空间去探知遥远的园林空间艺术，感知当时世人诗意而闲雅的园林生活方式，了解那个时代的造园理念。自唐至宋园林散文揭示了一个重要变化，即园林生活从精神层面逐渐转向日常生活，这说明园林功能从唐代的重游赏转向了重居游。唐宋园林散文在承继中的嬗变是唐宋文化转型的一种呈现。

园林是综合艺术体，它还蕴含丰富的社会文化信息。虽然园林一直是隐者理想的归处，是仙居思想的寄托，但是隐逸观念却在不断发生变化，从早期的山林隐逸，到唐代确立了城市中隐的观念，宋代又发展为亦官亦农的农隐观，社会世态引发了文人士大夫心态的变化。唐宋时期公共园林和官署园林是地方官政务之余的燕息之所，他们既是建造者，也是享用者，在当时的政治评价体系和律法约束下，他们必须找到一个平衡，方可让自己既享受园林之趣，又留下清名。园林散文或为自记，或为好友作记，故"园记"就发挥了非常重要的话语阐释功能。许多记述公共园林和官署园林的散文作品具有明显的表白、辩解、颂功的意图，美饰色彩强烈。园林是经济实体，它幽静清雅的外在形式的背后有一双巨大的经济推手，园林建造、维护修缮都离不开经济，唐宋园林散文的记载可以让后人约略了解到当时的园林经济状况，为我们揭开园林经济问题的一角。

园林草木是园林中最具生命温度的景素，在特定的空间中的草木包含了园主更多的情感寄托，他们多方寻求、亲手栽植、养护花木，与花木经年相处，于四时轮换中领悟物态变化蕴含的天地哲理，草木之情不断深化、升华，形成了园林散文独特的草木书写，有着感人肺腑的情感力量。书写草木就是在书写生命，作者对于一草一木的情感正是他们生命观的体现。园林兴废的书写包含了更多理性思考，万事万物包括园林的兴废虽为自然规律，但是并非不可抗拒，兴废系于人事，重在人为。如果后代人有保护园林的意识，并不断地修缮它，园林就可以更长久地留存。但是宋人在园林兴废的省思中更重视理的阐发，并没有从技术层面提出永久留存园林的方法。

唐宋园林散文蕴含着园林、建筑、艺术、社会、政治、经济等层面的丰沛信息，需要进一步发掘其多元价值。

附录一 唐代园林散文统计表

作　者	篇　目	园林所在地①	园　主②	园林类型	文献出处③	
					册	页
许敬宗	小池赋	陕西长安（关内道）	许敬宗	私家园林	2	1536
	掖庭山赋	陕西长安（关内道）	/	皇家园林	2	1536
魏　征	九成宫醴泉碑铭	陕西麟游（关内道）	/	皇家园林	2	1433
吕　才	东皋子后序	山西河渚（河东道）	王　绩		2	1639
卢照邻	宴梓州南亭诗序	四川梓州（剑南道）	长史张公	官署园林	2	1694
王　勃	九成宫东台山池赋并序	陕西长安（关内道）	/	皇家园林	2	1798
	梓潼南江泛舟序	四川梓潼（剑南道）	/	公共园林	2	1834
	游冀州韩家园序	河北冀州（河北道）	韩　氏	私家园林	2	1835
	春日孙学士宅宴序	/	孙学士	私家园林	2	1840
	春日桑泉别王少府序	山西临晋（河东道）	/	公共园林	2	1840

---

① "园林所在地"栏按照原文地名标注，其所属行政区皆依唐制，不能确定者不作标注，无法确定地理位置者以"／"表示，留待以后进一步研究考证，再做完善。

② "园主"栏中，凡姓氏后标注"建造""修"字样的，表示此人非园主，只是建造者、修复者或享用者。地方官员所修建的官署园林或公共园林，其所有权并非如私家园林那样为个人所有，不能称他们为园主故作如是标注。未能确定园主或修建者以"／"表示。

③ "文献出处"栏所涉文献以《全唐文》为主，故凡出处为《全唐文》者，径在表格中列其册数、页数；非《全唐文》者，则列其文献名、卷次和页码。

续表

王 勃	夏日宴张二林亭序	/	张 二	私家园林	2	1841
	越州秋日宴山亭序	浙江越州（江南道）	/	公共园林	2	1842
	秋日宴季处士宅序	/	季处士	私家园林	2	1843
	秋日游莲池序	/	/	公共园林	2	1843
	绵州北亭群公宴序	四川绵州（剑南道）	/	公共园林	2	1844
	宇文德阳宅秋夜山亭宴序	四川德阳（剑南道）	宇文峤	私家园林	2	1844
	秋日登洪府滕王阁饯别序	江西洪州（江南道）	/	公共园林	2	1846
	秋日楚州郝司户宅饯崔使君序	江苏楚州（淮南道）	郝司户	私家园林	2	1847
	秋晚入洛于毕公宅别道王宴序	河南洛阳（河南道）	毕 公	私家园林	2	1848
	江宁吴少府宅饯宴序	江苏江宁（江南道）	吴少府	私家园林	2	1850
杨 炯	李舍人山亭诗序	浙江丽水（江南道）	李舍人	私家园林	2	1926
	晦日药园诗序	浙 江（江南道）	/	私家园林	2	1927
	宴皇甫兵曹宅诗序	/	皇甫兵曹	私家园林	2	1928
骆宾王	秋日于益州李长史宅宴序	四川成都（剑南道）	李长史	私家园林	2	2014
	晦日楚国寺宴序	/	/	寺观园林	2	2014
陈子昂	薛大夫山亭宴序	陕西长安（关内道）	薛大夫	公共园林	3	2163
	梁王池亭宴序	陕西长安（关内道）	武三思	私家园林	3	2163
	冬夜宴临邛李录事宅序	四川临邛（剑南道）	李录事	私家园林	3	2164
卢藏用	陈子昂别传	四川射洪（剑南道）	陈子昂	私家园林	3	243
张 说	季春下旬诏宴薛王山池序	陕西长安（关内道）	薛王李业	私家园林	3	2271

张说	南省就窦尚书山亭寻花柳宴序	陕西长安（关内道）	窦怀贞	私家园林	3	2272
	邺公园池饯韦侍郎神都留守序	陕西长安（关内道）	邺公	私家园林	3	2273
	东山记	陕西长安（关内道）	韦嗣立	私家园林	3	2277
宋之问	太平公主山池赋	陕西长安（关内道）	太平公主	私家园林	3	2427
	早秋上阳宫侍宴序	陕西长安（关内道）	/	皇家园林	3	2434
	奉敕从太平公主游九龙潭寻安平王宴别有序	河南嵩山（河南道）	安平王武攸绪	私家园林	3	2435
	奉陪武驸马宴唐卿山亭序	陕西长安（关内道）	唐卿	私家园林	3	2435
	上巳泛舟昆明池宴宗主簿席序	陕西长安（关内道）	/	皇家园林	3	2436
	春游宴兵部韦员外韦曲庄序	陕西长安（关内道）	韦嗣立	私家园林	3	2437
张九龄	陪王司马宴王少府东阁序	广东韶州（岭南道）	/	官署园林	3	2946
	岁除陪王司马登薛公逍遥台序	广东曲江（岭南道）	薛道衡	公共园林	3	2947
	韦司马别业集序	陕西长安（关内道）	韦司马	私家园林	3	2948
王泠然	汝州薛家竹亭赋	河南临汝（河南道）	薛氏	私家园林	3	2977
吕令问	驾幸芙蓉园赋	陕西长安（关内道）	/	公共园林	3	2994
孙逖	宰相及百官定昆明池旬宴序	陕西长安（关内道）	安乐公主	私家园林	4	3165
李华	卢郎中斋居记	江西九江（江南道）	尚书左司郎中卢振	私家园林	4	3211
	贺遂员外药园小山池记	/	遂员外	私家园林	4	3211
萧颖士	清明日南皮泛舟序	河北沧州（河北道）	/	公共园林	4	3280

续表

萧颖士	陪李采访泛舟蓬池宴李文部序	/	/	公共园林	4	3280
王　维	暮春太师左右丞相诸公于韦氏逍遥谷宴集序	陕西长安（关内道）	韦嗣立	私家园林	4	3294
	洛阳郑少府与两省遗补宴南亭序	陕西长安（关内道）	韦司户	私家园林	4	3295
	荐福寺光师房花药诗序	陕西长安（关内道）	/	寺观园林	4	3297
	辋川集并序	陕西蓝田（关内道）	王　维	私家园林	《王维集校注》卷5(页413)	
陶　翰	仲春群公游田司直城东别业序	陕西长安（关内道）	田司直	私家园林	4	3382
颜真卿	鲜于氏离堆记	四川阆州（剑南道）	鲜于氏	私家园林	4	3419
	梁吴兴太守柳恽西亭记	浙江吴兴（江南道）	柳　恽	私家园林	4	3429
李　白	赵公西侯新亭颂并序	安徽宣州（江南道）	宣城太守赵　悦	私家园林	4	3526
	春夜宴从弟桃花园序	一说在河南汝州，一说在湖北安陆①	李白从弟	私家园林	4	3536
	夏日陪司马武公与群贤宴姑熟亭序	安徽当涂（江南道）	司马武公	公共园林	4	3537
	夏日诸从弟登汝州龙兴阁序	河南汝州（河南道）	/	公共园林	4	3537
贾　至	沔州秋兴亭记	湖北沔州（江南道）	/	公共园林	4	3738
苏师道	司空山记	湖南寿山（山南道）	/	祠　园	4	3767
柳　识	草堂记	江西豫章（江南道）	兰陵萧公	私家园林	4	3826

---

① 郁贤浩《李太白选集》谓"桃花园指汝州春日桃园"，安旗主编的《李白全集编年注释》谓安陆西园似即桃花园，詹英主编《李白全集校注汇释集评》则谓"桃花园疑在安陆兆山桃花园"。

续表

元　结	茅阁记	湖南衡阳（山南道）	/	公共园林	4	3875
	右溪记	湖南道州（江南道）	/	公共园林	4	3876
	菊圃记	/	/		4	3876
	殊亭记	湖北武昌（江南道）	/	公共园林	4	3876
	寒亭记	湖南道州（江南道）	/	公共园林	4	3876
	广宴亭记	湖北武昌（江南道）	/	公共园林	4	3877
	七泉铭并序	湖南道州（江南道）	/	公共园林	4	3884
独孤及	仲春裴胄先宅宴集联句赋诗序	/	裴胄先	私家园林	4	3931
	清明日司封员外宅登台设宴集序	/	司封员外	私家园林	4	3935
	崔中丞城南池送徐侍郎还京序	河　南（河南道）	/	公共园林	4	3939
	晚秋陪卢御游石桥序	/	/	公共园林	4	3940
	卢郎中浔阳竹亭记	江西浔阳（江南道）	卢郎中	私家园林	4	3953
	琅琊溪述	安徽滁州（江南道）	/	公共园林	4	3961
于　邵	春宴萧侍郎林亭序	/	萧侍郎	私家园林	5	4346
	游李校书花药园序	/	李校书	私家园林	5	4346
李　翰	崔公山池后集序	/	崔　公	私家园林	5	4379
	尉迟长史草堂记	江苏常州（江南道）	尉迟长史	私家园林	5	4380
李　勉	厨院新池记	/	/	公共园林	5	4458
韦夏卿	东山记	江苏常州（江南道）	/	公共园林	5	4473
潘　炎	萧尚书拜命路尚书就林亭宴集序	陕西长安（关内道）	路尚书	私家园林	5	4511

杜 佑	杜城郊居王处士凿山引泉记	陕西长安（关内道）	杜 佑	私家园林	5	4878
裴 虬	怡亭铭	湖北武昌（江南道）	裴鹥（建）	公共园林	5	4930
权德舆	韦宾客宅宴集诗序	/	韦宾客	私家园林	5	5002
	暮春陪诸公游龙沙熊氏清风亭诗序	江西新建（江南道）	熊 氏	私家园林	5	5004
	秋夜侍姑叔宴会序	/	/	私家园林	5	5008
	开州刺史新宅记	四川开州（剑南道）	/	官署园林	5	5040
	宣州响山新亭新营记	安徽宣州（江南道）	/	公共园林	5	5041
	许氏吴兴溪亭记	浙江吴兴（江南道）	许 氏	私家园林	5	5043
	会稽虚上人石帆山灵泉北坞记	浙江会稽（江南道）	虚上人	私家园林	5	5044
	司徒岐公杜城郊居记	陕西长安（关内道）	杜 佑	私家园林	5	5045
梁 肃	过旧园赋并序	河南新安（河南道）	梁 肃	私家园林	6	5249
	晚春崔中丞林亭会集诗序	/	/	/	6	5262
	李晋陵茅亭记	江苏常州（江南道）	晋陵李衮（修）	官署园林	6	5275
顾 况	江西观察宴度支张侍郎南亭花林序	江 西（江南道）	张侍郎	私家园林	6	5369
	宴韦庶子宅序	/	韦庶子	私家园林	6	5369
张友正	歙州披云亭记	安徽歙州（江南道）	/	公共园林	6	5442
韩 愈	郓州溪堂诗序	山东郓州（河南道）	/	公共园林	6	5631
	燕喜亭记	广东连州（岭南道）	连州司户参军王弘中（建）	公共园林	6	5633
柳宗元	陪永州崔使君游宴南池序	湖南永州（江南道）		公共园林	6	5845

柳宗元	愚溪诗序	湖南永州（江南道）	柳宗元	私家园林	6	5846
	法华寺西亭夜饮赋诗序	湖南永州（江南道）		寺院园林	6	5846
	潭州杨中丞作东池戴氏堂记	湖南潭州（江南道）	杨中丞（建）	公共园林	6	5861
	桂州裴中丞作訾家洲亭记	广西桂林（岭南道）	裴中丞（建）	公共园林	6	5862
	邕州柳中丞作马退山茅亭记	广西南宁（岭南道）	柳中丞（建）	公共园林	6	5863
	永州韦使君新堂记	湖南永州（江南道）	韦使君（建）	公共园林	6	5863
	永州崔中丞万石亭记	湖南永州（江南道）	崔中丞（建）	公共园林	6	5864
	零陵三亭记	湖南永州（江南道）	/	公共园林	6	5865
	永州龙兴寺东丘记	湖南永州（江南道）	/	寺院园林	6	5866
	永州法华寺新作西亭记	湖南永州（江南道）	/	寺院园林	6	5867
	永州龙兴寺西轩记	湖南永州（江南道）	/	寺院园林	6	5867
	钻鉧潭记	湖南永州（江南道）	柳宗元	私家园林	6	5870
	钻鉧潭西小丘记	湖南永州（江南道）	柳宗元	私家园林	6	5870
	袁家渴记	湖南永州（江南道）	柳宗元	私家园林	6	5871
	石渠记	湖南永州（江南道）	柳宗元	私家园林	6	5871
	石涧记	湖南永州（江南道）	柳宗元	私家园林	6	5872
	柳州东亭记	广西柳州（岭南道）	/	公共园林	6	5872
欧阳詹	泉州刺史席公宴邑中赴举秀才于东湖亭序	福建泉州（江南道）	/	公共园林	6	6026

欧阳詹	泉州泛东湖饯裴参和南游序	福建泉州（江南道）	/	公共园林	6	6033
	曲江池记	陕西长安（关内道）	/	公共园林	6	6033
	泉州北楼记	福建泉州（江南道）	/	公共园林	6	6035
	二公亭记	/	/	公共园林	6	6036
	泉州六曹新都堂记	福建泉州（江南道）	/	公共园林	6	6037
刘禹锡	洗心亭记	/	/	/	6	6125
	武陵北亭记	湖南武陵（江南道）	/	公共园林	6	6125
陈鸿	华清汤池记	陕西长安（关内道）	/	皇家园林	6	6181
武少仪	王处士凿山引瀑记	陕西长安（关内道）	杜佑	私家园林	6	6186
李直方	白蘋亭记	浙江吴兴（江南道）	/	公共园林	6	6244
冯宿	兰溪县灵隐寺东峰新亭记	浙江兰溪（江南道）	洪少卿（建）	公共园林	7	6301
吕温	虢州三堂记	河南虢州（河南道）	刺史马君锡（修）	官署园林	7	6341
白居易	草堂记	江西庐山（江南道）	白居易	私家园林	7	6900
	养竹记	陕西长安（关内道）	白居易	私家园林	7	6901
	太湖石记	/	/	/	7	6909
	冷泉亭记	浙江杭州（江南道）	/	寺院园林	7	6910
	钱塘湖石记	/	/	/	7	6911
	白蘋洲五亭记	浙江湖州（江南道）	杨汉公（建）	公共园林	7	6912
	池上篇序	河南洛阳（河南道）	白居易	私家园林	《白居易文集校注》卷32（页1886）	

皇甫湜	朝阳楼记	/	/	/	7	7026
	枝江县南亭记	湖北枝江（山南道）	/	公共园林	7	7027
符 载	襄阳北楼记	湖北襄阳（山南道）	/	/	7	7057
	五福楼记	/	/	/	7	7058
	梵阁寺常准上人精院记	四 川（剑南道）	常准上人	寺院园林	7	7059
	襄阳张端公西园记	湖北襄阳（山南道）	张端公	私家园林	7	7060
	钟陵东湖亭记	江西洪州（江南道）	/	公共园林	7	7061
	长沙东池记	湖南长沙（江南道）	/	公共园林	7	7062
	江陵陆侍御宅宴集观张员外画松石图	湖 北（山南道）	陆侍御	私家园林	7	7065
	上巳日陪刘尚书宴集北池序	（江南道）	/	公共园林	7	7066
	鄂州何大夫创制夏亭诗序	湖北鄂州（江南道）	何大夫	私家园林	7	7068
李 绅	四望亭记	安徽濠州（河南道）	/	公共园林	7	7124
李德裕	白芙蓉赋并序	江苏金陵（江南道）	/	官署园林	7	7144
	重台芙蓉赋并序	江苏苏州（江南道）	/	官署园林	7	7145
	二芳丛赋并序	江西袁州（江南道）	/	寺院园林	7	7153
	金松赋并序	河南洛阳（河南道）	李德裕	私家园林	7	7157
	灵泉赋	河南洛阳（河南道）	李德裕	私家园林	7	7157
	怀松楼记	安徽滁州（淮南道）	/	官署园林	7	7266
	平泉山居戒子孙记	河南洛阳（河南道）	李德裕	私家园林	7	7267
	平泉山居草木记	河南洛阳（河南道）	李德裕	私家园林	7	7267

续表

樊宗师	绛守居园池记	山西绛州 （河东道）	/	公共园林	8	7523
沈亚之	闽城开新池记	福建闽城 （江南道）	/	公共园林	8	7606
刘严夫	植竹记	/	/	/	8	7638
刘宽夫	竹　记	/	/	/	8	7650
杜　牧	阿房宫赋	陕西咸阳 （关内道）	/	皇家园林	8	7744
	望故园赋	/	/	/	8	7745
	杭州新造南亭子记	浙江杭州 （江南道）	/	公共园林	8	7809
邓　裒	望雪楼记	四川彭州 （剑南道）	/	公共园林	8	7858
房千里	庐陵所居竹室记	江西吉水 （江南道）	/	/	8	7902
李　觊	连山燕喜亭后记	广东连州 （岭南道）	武　公 （修建）	公共园林	8	7912
李　潩	荇溪新亭记	安徽滁州 （淮南道）	/	/	8	7913
王　棨	曲江池赋	陕西长安 （关内道）	/	公共园林	8	8027
穆　员	新安谷记	河南洛阳 （河南道）	/	/	8	8186
李商隐	剑州重阳铭并序	四川剑阁 （剑南道）	/	公共园林	8	8137
陈　宽	颍亭记	河南禹县 （河南道）	/	官署园林	8	8317
陆龟蒙	白鸥诗序	江苏苏州 （江南道）	任　晦	私家园林	《全唐诗》卷 625（页7187）	
	幽居赋并序	江苏苏州 （江南道）	陆龟蒙	私家园林	9	8400
	甫里先生传	江苏苏州 （江南道）	陆龟蒙	私家园林	9	8420
皮日休	通元子楼宾亭记	江西彭泽 （江南道）	李中白	私家园林	9	8354— 8355

皮日休	鄂州孟亭记	湖北鄂州（山南道）	/	公共园林	9	8355
司空图	中条王官谷序	山西蒲州（河东道）	司空图	私家园林	9	8488
	休休亭记	山西蒲州（河东道）	司空图	私家园林	9	8489
	山居记	山西蒲州（河东道）	司空图	私家园林	9	8490
陆希声	君阳遁叟山居记	江苏宜兴（江南道）	遁　叟	私家园林	9	8553
刘　咏	堂阳亭子诗序	河北新河（河北道）	/	公共园林	9	8735
杨　夔	题望春亭诗序	/	/	/	9	9077
	乌程县修东亭记	浙江湖州（江南道）	汝南周某（修）	公共园林	9	9078
	小池记	/	弘农子	私家园林	9	9079
沈　颜	化洽亭记	安徽宁国（江南道）	汝南长君	私家园林	9	9088
薛文美	泾县小厅记	安徽泾县（江南道）	/	官署园林	9	9122
李徵古	庐山宴集记	江西庐山（江南道）	李徵古	私家园林	9	9125
徐　铉	游卫氏林亭序	江苏建康（江南道）	卫　氏	私家园林	9	9218
	重修徐孺亭记	江西南昌（江南道）	徐　孺	公共园林	9	9223
	乔公亭记	安徽同安（淮南道）	钟　君	私家园林	9	9224
	毗陵郡公南原亭馆记	江苏毗陵（江南道）	/	公共园林	9	9225
罗　隐	迷楼赋	/	/	/	9	9331
元　晦	叠彩山记	湖南临武（江南道）	/	公共园林	8	7423
	四望山记	湖南郴州（江南道）	/	公共园林	8	7423

续表

徐锴	陈氏书堂记	江西庐山（江南道）	陈衮	私家园林	9	9279
詹敦仁	清隐堂记	福建仙游（江南道）	詹敦仁	私家园林	9	9389
崔儒	严先生钓台记	浙江桐庐（江南道）	/	公共园林	《唐文拾遗》卷24（页10633）	
张宏靖	萧斋记	河南洛阳（河南道）	李君	私家园林	《唐文拾遗》卷25（页10652）	
李汭	高凉泉记	四川绵州（剑南道）	/	公共园林	《唐文拾遗》卷26（页10665）	
房涣	翠峰亭记	陕西略阳（关内道）	/	公共园林	《唐文续拾》卷4（页11212）	
王璩	唐符阳郡王张孝忠再葺池亭记	河北易县（河北道）	张孝忠	公共园林	《唐文续拾》卷4（页11215）	
蔡曙	新修南溪亭及九龙庙等记	陕西大荔（关内道）	/	公共园林	《唐文续拾》卷7（页11250）	
赵演	石亭记	四川中江（剑南道）	/	公共园林	《唐文拾遗》卷18（页10564）	
阙名	房使君翠峰亭题记	陕西略阳（关内道）	/	公共园林	10	10214
令狐楚	周先生住山记	江苏苏州（江南道）	周先生	私家园林	《苏州历代名园记》（页23）	
卢鸿一	嵩山十志·草堂诗序	河南嵩山（河南道）	卢鸿一	私家园林	《全唐诗》卷123（页1223）	

附录二　宋代园林散文统计表

作　者	篇　目	园林名称	园林所在地①	园　主②	园林类别	文献出处③	
						册	页
陈　抟	太乙宫记	太乙宫	陕　西终南山	/	道观园林	1	228
徐　铉	木兰赋	/	湖北江陵	/	官署园林	2	96
	北苑侍宴诗序	北　苑	河南开封	/	皇家园林	2	185
	游卫氏林亭序	卫氏林亭	江苏南京	卫　氏	私家园林	2	216
	复三茅禁山记	茅山道观	江苏常州	王君（贞素先生）	道观园林	2	221
	乔公亭记	乔公亭	安徽同安	钟　君	官署园林	2	229
	毗陵郡公南原亭馆记	南原亭馆	江苏毗陵	毗陵郡公	私家园林	2	230—231
	洪州华山胡氏书堂记	胡氏别墅	江西南昌	胡仲尧	私家园林	2	235
	华林书院记	华林书院	江西奉新	胡　氏	书院园林	2	236
钱　昱	甘棠院记	甘棠院	福　建	/	官署园林	5	355

---

① "园林所在地"栏按照原文地名标注，其所属行政区依宋制，不能确定者不作标注，无法确定地理位置者以"／"表示。由于宋代行政区划有多次变化，标注可能存在不够精确之处，笔者在今后的研究中还将做进一步的考证工作，力求厘清宋代园林的地理分布。

② "园主"栏中，凡姓氏后标注"建造"字样的，表示此人非园主，只是建造者、修复者或享用者。地方官员所修建的官署园林或公共园林，其所有权并非如私家园林那样为个人所有，故不能称他们为园主，故作如是标注。未能确定园主或修建者以"／"表示。

③ "文献出处"栏所涉文献以《全宋文》为主，故凡出处为《全宋文》者，径在表格中分列其所在册数、页码；非《全宋文》者，则列其文献名和卷次。

续表

张 咏	春日宴李氏林亭记	李氏林亭	/	李 氏	私家园林	6	134
曾致尧	春日至云庄记	云 庄	江西南丰	曾致尧	私家园林	7	14—15
王禹偁	李氏园亭记	李氏园亭	河南开封	李 氏	私家园林	8	67—68
	黄州齐安永兴禅院记	永兴禅院	湖北黄州	/	寺院园林	8	71
	野兴亭记	野兴亭	河南开封	参政尚书陇西公	私家园林	8	73
	黄州新建小竹楼记	竹 园	湖北黄州	/	/	8	79
孙 冲	重刊绛守园池记序	绛守园池	山西临汾	/	公共园林	14	58
杨 亿	处州郡斋凝霜阁记	处州郡圃	浙江处州	杨 亿（建造）	官署园林	14	401
	致政李殿丞豫章东湖所居涵虚阁记	李公湖居园	江西南昌	李 公	私家园林	14	405
	建安郡斋三亭记	建安郡圃	福建建安	渤海高君（建造）	官署园林	14	412
刘嗣隆	宜春台记	宜春台	江西袁州	/	公共园林	15	425
范仲淹	秋香亭赋并序	秋香亭	江西西江	提点屯田巨鹿公	私家园林	18	6
	岳阳楼记	岳阳楼	湖南岳阳	/	公共园林	18	420
	清白堂记	清白堂	浙江会稽	/	官署园林	18	419
晏 殊	中园赋	中 园	广 东	仲 子	私家园林	19	197
黄 鉴	鲁浦亭记	鲁浦亭	浙江杭州	参政鲁公	公共园林	19	327
刁 约	望海亭记	望海亭	浙 江	刁 约（修复）	公共园林	19	65
章 詧	逸心亭记	王氏宅园	山西太原	王 氏	私家园林	19	414
胡 宿	流杯亭记	西湖园	河南许昌	/	公共园林	22	201

胡 宿	高斋记	高 斋	江 苏	龙阁南阳公（修复）	公共园林	22	197
章 岷	延谢亭记	延谢亭	江苏苏州	冯 君（扩建）	官署园林	23	16
	绮霞阁记	绮霞阁	江苏扬州	石尧夫（扩建）	官署园林	23	18
宋 祁	凝碧堂记	凝碧堂	浙 江	谢炳宗（建造）	官署园林	24	376
	重修彭祖燕子二楼记	彭祖楼燕子楼	江苏徐州	丞相陇西公（修复）	公共园林	24	377
	西斋休偃记	西 斋	河南开封	宋 祁（修建）	私家宅园	24	385
	寿州西园重修诸亭录	西 园	安徽寿州	宋 祁（修建）	官署园林	24	391
张 俞	望岷亭记	西 园	四 川	胡 君	私家园林	26	160—161
余 靖	韶亭记	韶 亭	浙江绍兴	/	公共园林	27	46
尹 洙	张氏会隐园记	会隐园	河南洛阳	张清臣	私家宅园	28	34
梅尧臣	新秋普明院竹林小饮诗序	普明院	/	/	寺院园林	28	160
	览翠亭记	览翠亭	安徽宣城	李 君（建造）	官署园林	28	165
田 况	浣花亭记	浣花亭	四川成都	/	公共园林	30	52
文彦博	思风亭记	思风亭	山 西	文彦博（修建）	官署园林	31	57
欧阳修	画舫斋记	画舫斋	河南滑州	欧阳修	官署园林	35	107
	丰乐亭记	丰乐亭	安微滁州	欧阳修	公共园林	35	114—115
	醉翁亭记	醉翁亭	安微滁州	欧阳修	公共园林	35	115
	菱溪石记	/	安徽滁州	/	公共园林	35	117

续表

	海陵许氏南园记	许氏南园	江苏泰州	许 氏	私家宅院	35	118—119
欧阳修	真州东园记	真州东园	江苏真州（仪征）	施正臣许子春马仲途（共修）	公共园林	35	119—120
	有美堂记	有美堂	浙江杭州	梅 公	私家园林	35	122—123
	相州昼锦堂记	后 圃	河北相州	韩 琦	官署园林	35	124—125
	李秀才东园记	东 园	湖北随州	李公佐	私家园林	35	134
	东斋记	东 斋	河 南	张 谷（建造）	官署园林	35	137
	丛翠亭记	丛翠亭	河南洛阳	李 君（建造）	官署园林	35	132—133
	非非堂记	非非堂	河南洛阳	欧阳修（建造）	官署园林	35	133—134
	伐树记	东 园	河南洛阳	欧阳修（治理）	官署园林	35	138
	伐竹记	/	河南洛阳	欧阳修（治理）	官署园林	35	139
	养鱼记	/	河南洛阳	欧阳修（建造）	官署园林	35	140
	游鯈亭记	游鯈亭	湖北荆州	欧阳修	私家园林	35	140—141
	洛阳牡丹记	/	河南洛阳	/	/	35	167—170
韩 琦	定州众春园记	众春园	河北定州	李昭亮（始建）韩 琦（修复）	公共园林	40	37
	定州阅古堂记	阅古堂	河北定州	韩 琦（修复）	官署园林	40	38—39
	相州新修园池记	相州园池	河北相州	韩 琦（修建）	公共园林	《安阳集》卷21	
苏舜钦	沧浪亭记	沧浪亭	江苏苏州	苏舜钦	私家园林	41	82—83

续表

苏舜钦	处州照水堂记	照水堂	浙江处州	孙元规（建造）	官署园林	41	87
	浩然堂记	浩然堂	江苏苏州	曾君	/	41	88
李觏	建昌军集宾亭记	集宾亭	江西建昌	太守慎公	官署园林	42	306
	虔州柏林温氏书楼记	温氏书楼	江西虔州	温氏	书院园林	42	309
程师孟	欧冶亭序	欧冶亭	福建	程师孟	公共园林	43	227
祖无择	申申堂记	申申堂	山东济南	祖无择（建造）	官署园林	43	320
	袁州东湖记	东湖园	江西袁州	祖无择（建造）	公共园林	43	327
刘牧	待月亭记	待月亭	山东	/	官署园林	46	84—85
蔡襄	七石序	西轩	/	僧人	/	47	170—171
	群玉殿曲宴记	群玉殿	河南开封	/	皇家园林	48	178
	葛氏草堂记	葛氏草堂	江苏常州	葛氏	私家园林	47	192—193
	杭州清暑堂记	清暑堂	浙江杭州	蔡襄（建造）	官署园林	47	198—199
张纮	思亭记	思亭	广东雷州	张纮（建造）	官署园林	48	52
邵亢	众乐亭记	众乐亭	浙江宁波	钱君	公共园林	48	77—78
刘公仪	万州西亭记	西亭	四川万州	/	公共园林	48	201—202
杨蟠	众乐园记	众乐园	江苏高邮	朝散郎毛渐	公共园林	48	243—244
乐沆	司空先生隐居记	王官谷	山西永济	司空图	私家园林	48	260
熊本	安静阁记	安静阁	江西德兴	万氏	私家园林	48	284
尹仲舒	鼓堆泉记	鼓堆泉	山西绛州	/	祠堂园林	48	381

续表

张□□	文才寺记	文才寺	四川三台	/	寺院园林	49	313
陈襄	天台山习养瀑记	习养瀑	浙江台州	/	道观园林	50	224
余公弼	宝山院记	宝山院	/	/	寺院园林	50	348
龚鼎臣	贾浪仙祠堂记	祠园	四川	伯氏（建造）	祠堂园林	50	349
文同	赏梅唱和诗序	铃辖厅东园	四川成都	兵马黔辖种侯	官署园林	51	102
	梓州中江县乐闲堂记	乐闲堂	四川梓州	河南廖君	官署园林	51	128
	彭州永昌县治己堂记	治己堂	彭州永昌	李子忠	官署园林	51	136
	武信杜氏南园记	杜氏南园	四川	杜氏	私家园林	51	137
	静难军灵峰寺新阁记	新阁	灵峰寺	解公（建造）	寺院园林	51	140
	邛州凤凰山新禅院记	凤凰山新禅院	四川邛州	/	寺院园林	51	141
	茂州汶川县胜因院记	胜因院	四川汶川	/	寺院园林	51	142
	成都府学射山新修祠宇记	学射山祠园	四川成都	赵公（建造）	祠园	51	144
	怪石铭并序	/	四川	聂侯友仲	/	51	156
赵瞻	观空堂记	观空堂	陕西	/	寺院园林	51	309
鲜于侁	游灵严诗序记	/	/	/	寺院园林	51	326
任伯传	叩云亭记	/	/	/	寺院园林	51	375
司马光	独乐园记	独乐园	河南洛阳	司马光	私家园林	56	238
曾巩	南轩记	南轩	江西建昌	曾巩	私家园林	58	145
	思政堂	思政堂	太原池州	王君（建造）	官署园林	58	149

续表

曾　巩	拟岘台记	拟岘台	江西抚州	裴　君（建造）	公共园林	58	151
	清心亭记	清心亭	江苏萧县	梅　君（建造）	官署园林	58	157
	归老桥记	青陵居	湖南武陵	柳　侯	私家园林	58	159
	尹公亭记	尹公亭	湖北德安	李禹卿（复建）	官署园林	58	161
刘　敞	待月亭记	待月亭	山东兖州	刘　侯	官署园林	59	355
	东平乐郊池亭记	乐郊池亭	山东郓州	/	公共园林	59	356
苏　颂	润州州宅后亭记	官署后园	江苏润州	钱　侯	官署园林	61	373—374
	灵香阁记	灵香阁	浙江睦州	思允法师（建造）	寺院园林	61	379
吴师孟	剑州重阳亭记	重阳亭	四川剑州	马　君张　侯（重建）	官署园林	62	323
	重修西楼阁记	西　园	四川成都	/	官署园林	62	329
王安石	扬州新园亭记	新园亭	江苏扬州	刁　君（建造）	官署园林	65	61
刘　攽	泰州玩芳亭记	玩芳亭	江苏泰州	/	公共园林	69	189
	兖州美章园记	美章园	山东兖州	李丞相孔中丞傅侍郎（共建）	公共园林	69	190
	象山县西谷记	西　谷	浙江象山	/	公共园林	69	191
	寄老庵记	寄老庵	/	/	私家园林	69	192
周师厚	洛阳花木记	精蓝名圃	河南洛阳	/	公共园林	69	347
范纯仁	薛氏安乐庄园亭记	安乐庄	山西河东	薛　氏	私家园林	71	299

范纯仁	如诏亭记	如诏亭	四川汉州	周 君	私家园林	71	302
王安国	清溪亭记	清溪亭	安徽池州	/	官署园林	73	55—56
	池轩记	池 轩	安徽宣州	通判杜懿（建造）	官署园林	73	57
吕 陶	重修成都西楼记	成都西楼	四川成都	吕 陶（建造）	官署园林	74	47
浦宗孟	晦斋记	晦 斋	/	浦宗孟（建造）	官署园林	75	31—32
沈 起	志省堂记	志省堂	浙 江	沈 起（建造）	官署园林	75	149
杨 杰	九华药圃记	药 圃	安徽池州	滕润之	私家园林	75	234—235
	采衣堂记	胡氏园	安徽婺源	杨 杰	私家园林	75	236—237
	延恩衍庆院记	延 恩衍庆院	浙江杭州	辩 才（建造）	寺院园林	75	238
	二轩记	二 轩	江苏楚州	杨彦武	私家园林	75	233
丁 竦	希宓堂记	希宓堂	江西奉新	/	官署园林	76	183
柳 挚	杨氏乐养轩记	乐养轩	湖北巴陵	杨 氏	官署园林	77	99
沈 括	梦溪笔谈自序	梦溪园	江苏镇江	沈 括	私家园林	77	305
	梦溪自记	梦 溪	江苏镇江	沈 括	私家园林	（嘉定）《镇江志》卷11	
	江州揽秀亭记	揽秀亭	江西江州	/	公共园林	77	342
	扬州九曲池新亭记	九曲池新 亭	江苏扬州	刁 公（建造）	公共园林	77	331
	萧萧堂记	萧萧堂	江 苏	沈 括	私家园林	77	352—353

沈　括	（扬州重修）平山堂	平山堂	江苏扬州	欧阳修（建）刁　约（重建）	公共园林	《沈氏三先生文集·长兴集》卷21
郭祥正	逍遥园并序	逍遥园	筠州城西	几　圣	私家园林	80	24—25
蒋之奇	叠嶂楼记	叠嶂楼	安徽宣城	余　公（修建）	/	78	233—234
袁　默	介立亭记	介立亭	安徽歙州	韩士新	私家园林	80	188—189
	山居记	陈方中山居园	安徽繁昌	陈方中	私家园林	80	190
韦　骧	东园十咏序	东　园	四　川	/	私家园林	81	349
	滁州陈公泉记	陈公泉	安徽滁州	/	公共园林	82	45
董　钺	制胜楼记	制胜楼	四　川	董　钺（扩建）	公共园林	84	202
范　钺	静轩记	静　轩	山　西	范　钺（建造）	官署园林	84	206
苏　轼	醉白堂记	南　园	河　南	韩　琦	私家园林	90	380—381
	喜雨亭记	喜雨亭	陕西扶风	苏　轼（建造）	官署园林	90	385
	灵虚台记	灵虚台	陕西扶风	陈希亮（建造）	官署园林	90	386
	超然台记	超然台	山东密州	苏　轼（建造）	官署园林	90	389
	墨妙亭记	墨妙亭	浙江湖州	孙莘老	私家园林	90	391
	墨君堂记	墨君堂	四　川	文　同	私家园林	90	393
	放鹤亭记	放鹤亭	江苏徐州	张天翼	私家园林	90	399
	灵壁张氏园亭记	张氏园亭	河南灵壁	张　氏	私家园林	90	408

续表

苏轼	黄州安国寺记	安国寺	湖北黄州	/	寺院园林	90	432
	遗爱亭记	遗爱亭	湖北黄州	/	寺院园林	90	439
	北海十二石记	/	广东潮州	吴子野	私家园林	90	445
	雪堂记	雪堂	湖北黄州	苏轼	私家园林	90	451—453
	梦南轩	南轩	四川眉山	/	私家园林	91	95
	四达斋铭	东园	江苏高邮	赵晦之	私家园林	91	289
	雪浪斋铭并引	中山后圃	河北真定	/	私家园林	91	290
朱长文	乐圃记	乐圃	江苏吴县	朱长文	私家园林	93	160
	苏学十题	南园	江苏苏州	钱元璙	书院园林	《乐圃遗稿》卷2	
	贤行斋记	贤行斋	江苏	林德祖	私家园林	93	167
车好贤	清美轩记	清美轩	陕西乾州	杨景亮（建造）	官署园林	93	190
张景修	尽美亭记	尽美亭	浙江仙居	庞公（建造）	公共园林	93	220
上官均	白云庵记	白云庵	/	上官均（建造）	官署园林	93	340
苏辙	庐山栖贤寺新修僧堂记	僧堂	江西庐山	长老智迁（建造）	寺院园林	96	197
	杭州龙井院讷斋记	龙井院讷斋	浙江杭州	法师辩才（建造）	寺院园林	96	180
	东轩记	东轩	江西筠州	苏辙（建造）	官署园林	96	181
	武昌九曲亭记	九曲亭	湖北武昌	苏辙（建造）	公共园林	96	183
	王氏清虚堂记	清虚堂	/	王定国	私家园林	96	183

苏 辙	吴氏浩然堂记	浩然堂	湖北黄冈	吴 氏	私家园林	96	185
	黄州师中庵记	师中庵	湖北黄州	/	寺院园林	96	186
	黄州快哉亭记	快哉亭	湖北黄州	张梦德（建造）	公共园林	96	186
	南康直节堂记	直节堂	江西南康	/	官署园林	96	187
	洛阳李氏园池诗记	李氏园池	河南洛阳	李 氏	私家园林	96	189
	遗老斋记	遗老斋	河南颍川	苏 辙	私家园林	96	193
范祖禹	和乐庵记	会隐园	河南洛阳	张子京	私家园林	98	286
郑 侠	来喜园记	来喜园	福建福州	郑 侠	私家园林	100	4
	吴子野岁寒堂记	岁寒堂	/	吴子野	私家园林	100	21—22
	温陵陈彦远尚友斋记	尚友斋	福建泉州	陈彦远	私家园林	100	24—25
	李天与五经轩记	五经轩	/	李天与	私家园林	100	25—26
	豫顺堂记	豫顺堂	/	真石先生	私家园林	100	27—28
舒 亶	西湖记	西湖园	浙江杭州	/	公共园林	100	77
彭汝砺	爱山楼记	爱山楼	湖南鄱阳	宁 公	私家园林	100	101
孔武仲	萧贯之挂冠亭记	挂冠亭	江西新喻	萧贯之	私家园林	100	311
	养鱼记	/	/	孔武仲	私家园林	100	315
	信安公园亭题名记	信安公园亭	河南开封	信安公	私家园林	100	316—317
陆 佃	适南亭记	适南亭	浙江山阴	程公（建造）	公共园林	101	223
黄 潜	寒亭题记	寒 亭	湖南道州	僧契宗赵世卿	公共园林	101	279

续表

作者	篇名	园林名	地点	园主	类型		
曾旼	天峰院记	天峰院	江苏苏州	/	寺院园林	102	281
傅楫	厚坪中山记	厚坪中山居园	江西南城	傅楫	私家园林	101	291
黄叙	越峰玩芳亭记	越峰玩芳亭	福建	黄叙（建造）	公共园林	101	323
孙览	秀楚堂记	秀楚堂	江苏彭门（徐州）	孙览（建造）	官署园林	102	300
	五咏堂记	五咏堂	广西桂林	孙览（建造）	公共园林	102	301
邹极	审政堂记	审政堂	江西宜黄	宋君	官署园林	102	337
黄裳	水云村记	水云村	/	黄裳从父	私家园林	103	303
	鄂州白云阁记	白云阁	湖北鄂州	/	公共园林	103	305
	潜轩记	潜轩	顺兴	公镇	私家园林	103	307
	看山亭记	看山亭	/	黄裳（修建）	官署园林	103	308
	东湖三乐堂记	三乐堂	东湖	/	公共园林	103	311—313
	默室后圃记	默室后圃	/	黄裳友人	私家园林	103	333
	秀橘记	秀橘园	/	/	私家园林	103	302
黄庭坚	休亭赋并序	休亭	清江	萧公	私家园林	104	232
	河阳扬清亭记	扬清亭	河南河阳	高元敏（建造）	公共园林	107	178
	东郭居士南园记	南园	江西筠州	蔡曾	私家园林	107	179
	松菊亭记	松菊亭	四川	韩渐正	私家园林	107	181
	张仲吉绿荫堂记	绿荫堂	四川嘉阳	张仲吉	私家园林	107	207

黄庭坚	吴叔元亭壁记	吴叔元宅园	安徽当涂	吴叔元	/	107	209
张 礼	游城南记	/	陕西长安	/	/	109	86—88
吕南公	陈君宅观假山序	陈君宅园	/	陈 君	私家园林	109	291
	北池记	北 池	/	吕南公	私家园林	109	295
王 当	王氏至乐山记	至乐山宅园	四川嘉州	王 氏	私家园林	117	276
李彦弼	湘南楼记	湘南楼	广西桂林	程 节（重建）	官署园林	119	149
	八桂堂记	八桂堂	广西桂林	程 节（建造）	公共园林	119	155
刘 弇	愚堂记	愚 堂	江西庐陵	欧阳通	私家园林	119	47
	龙溪亭记	龙溪亭	禾 山	/	公共园林	119	50
秦 观	雪斋记	雪 斋	浙江杭州	法会院言师（建造）	寺院园林	120	126
	闲轩记	闲 轩	福 建	徐大正	私家园林	120	130—131
米 芾	西园雅集图记	西 园	河南开封	驸马都尉王 铣	私家园林	121	41
	致爽轩记	致爽轩	河 南	米 芾	私家园林	121	42
	研山记	研山园	江 苏	米 芾	私家园林	121	43
米友仁	茂苑堂记	茂苑堂	江苏苏州	石 珵（重建）	官署园林	《吴都文粹》卷9	
李 复	久翠堂辞并序	久翠堂	/	樊川先生	私家园林	121	371
	游归仁园记	归仁园	河南洛阳	中书侍郎李邦直	园林游记	122	94
史之才	凉飔阁记	凉飔阁	甘肃秦州	/	寺院园林	122	229

续表

刘跂	马氏园亭记	马氏园亭	/	马 氏	私家园林	123	219
	岁寒堂记	李氏宅园	山东汶阳	李 公	私家园林	123	223
	岁寒堂记	刘氏宅园	/	刘 偁	私家园林	123	226
华镇	杭州西湖李氏果育斋记	果育斋	浙江杭州	李 氏	私家园林	123	137
陈师道	二亭记	二 亭	浙江钱塘	关 氏	私家园林	123	364
	披云楼记	披云楼	河南曹州	朝请大夫郭 侯（建造）	官署园林	123	374
晁补之	照碧堂记	照碧堂	河 南	曾 公（修建）	公共园林	127	11—13
	拱翠堂记	拱翠堂	江苏徐州	陈明远	私家园林	127	13—15
	有竹堂记	有竹堂	山东历城	李文叔	/	127	15—17
	清美堂记	清美堂	河南须城	王景亮	私家园林	127	18
	金乡张氏重修园亭记	张氏园亭	河南济宁	张 氏	私家园林	127	23
	归来子名缗城所居记	缗城居园	河南缗城	归来子	私家园林	127	29—30
张耒	咸平县丞厅酴醾记	/	河南咸平	/	官署园林	128	89
	书小山	/	/	/	/	128	111—112
李格非	富郑公园	富郑公园	河南洛阳	富郑公	私家园林	《洛阳名园记》	
	董氏西园	董氏西园	河南洛阳	董 氏	私家园林	《洛阳名园记》	
	董氏东园	董氏东园	河南洛阳	董 氏	私家园林	《洛阳名园记》	
	环溪	环 溪	河南洛阳	王开府	私家园林	《洛阳名园记》	
	刘氏园	刘氏园	河南洛阳	刘 氏	私家园林	《洛阳名园记》	

续表

	丛春园	丛春园	河南洛阳	安　公	私家园林	《洛阳名园记》
	天王院花园子	天王院花园子	河南洛阳	/	私家园林	《洛阳名园记》
	归仁园	归仁园	河南洛阳	中书李侍郎	私家园林	《洛阳名园记》
	苗帅园	苗帅园	河南洛阳	节度使苗　侯	私家园林	《洛阳名园记》
	赵韩王园	赵韩王园	河南洛阳	赵韩王	私家园林	《洛阳名园记》
	李氏仁丰园	仁丰园	河南洛阳	李　氏	私家园林	《洛阳名园记》
	松　岛	/	河南洛阳	吴　氏	私家园林	《洛阳名园记》
李格非	东　园	东　园	河南洛阳	文彦博	私家园林	《洛阳名园记》
	紫金台张氏园	张氏园	河南洛阳	张　氏	私家园林	《洛阳名园记》
	水北胡氏二园	胡氏二园	河南洛阳	胡　氏	私家园林	《洛阳名园记》
	大字寺园	大字寺园	河南洛阳	/	寺院园林	《洛阳名园记》
	独乐园	独乐园	河南洛阳	司马光	私家园林	《洛阳名园记》
	湖　园	湖　园	河南洛阳	/	私家园林	《洛阳名园记》
	吕文穆园	吕文穆园	河南洛阳	吕文穆	私家园林	《洛阳名园记》
	书洛阳名园记后	/	河南洛阳	/	私家园林	129	283
宗　泽	贤乐堂记	贤乐堂	/	/	官署园林	129	370
谢　逸	小隐园记	小隐园	/	/	私家园林	133	242
谢　薖	何之忱抱瓮园铭	抱瓮园	/	何之忱	私家园林	136	365

续表

赵鼎臣	尉迟氏园亭记	尉迟氏园亭	河南河间	尉迟氏	私家园林	138	244
唐庚	李氏山园记	李氏山园	广东惠州	李氏	私家园林	140	21
	陈子美竹轩记	陈子美竹轩	/	陈子美	私家园林	140	27
葛胜仲	钱氏遂初亭记	遂初亭	江苏	钱安道	私家园林	143	39
曾纡	陈阅十八学士春宴图跋	/	/	/		143	210
许景衡	飘然斋记	许少明别墅	浙江横塘	许少明	私家园林	144	88
彭俊民	南州记	南州	福建南州	安抚史王襄	官署园林	145	176
郭印	独有堂记	云溪园	四川	郭印	私家园林	145	332
李良臣	钤辖厅东园记	钤辖厅东园	四川成都	兵马黔辖种侯	官署园林	146	51
释祖秀	华阳宫记	华阳宫	河南开封	/	皇家园林	146	86—89
王安石	河间旌麾园记	旌麾园	河北	清河公	私家园林	146	355—366
李弥大	无碍居士道隐园记	道隐园	江苏	李弥大	私家园林	153	43
梅执礼	东园序	东园	安徽	/	私家园林	156	57
俞向	乐圃记	乐圃	浙江杭州	宋公（兴建）	公共园林	156	160
周紫芝	双梅阁记	荆山小圃	荆山	荆山隐君	私家园林	162	275
	凤玉亭记	凤玉亭	文殊山	/	寺院园林	162	276
	木居士寮记	木居士寮	/	周紫芝（建造）	官署园林	162	282
	实录院种木记	实录院	/	/	寺院园林	162	287

续表

周紫芝	妙香寮记	妙香寮	江 西	周紫芝（建造）	官署园林	162	288
	山堂花木记	山堂园	/	周紫芝	私家园林	162	293
李正民	农隐记	农隐园	/	李正民	私家园林	163	137
宋徽宗	艮岳记	艮 岳	河南开封	宋徽宗	皇家园林	166	383
	延福宫记	延福宫	河南开封	宋徽宗	皇家园林	166	380
张 淏	艮岳记	艮 岳	河南开封	宋徽宗	皇家园林	308	231
娄寅亮	筑月泉亭记	月泉亭	四川浦江	孙时仲（建造）	公共园林	167	106
李 纲	种花说	花 园	/	乐全翁	私家园林	172	168
	愚轩记	梁溪园	福建沙阳	梁溪居士（建造）	私家园林	172	202
	拙轩记	梁溪园	福建梁溪	梁溪居士 李 纲	私家园林	172	204
	凝翠阁记	凝翠阁	福建沙阳	李 纲（建造）	官署园林	172	205
	丛桂堂记	丛桂堂	福建沙阳	陈了翁	私家园林	172	206—207
	松风堂记	天宁寺 松风堂	福建长乐	/	寺院园林	172	219—220
	毗陵张氏重修养素亭记	张氏园	江苏毗陵	张 守	私家园林	172	220
	梁溪四友赞并序	梁溪园	福建梁溪	李 纲	私家园林	172	227
	求仁堂八君子茗并序	/	/	李 纲	私家园林	172	245
邵 溥	平泉草木记跋	平泉山庄	河南洛阳	李德裕	私家园林	173	15
黄大舆	梅苑序	东 园	四 川	黄大舆	私家园林	173	19

续表

张 守	小黄杨赋	盆 景	/	张 守	私家园林	173	175
	植桂堂记	植桂堂	江苏常州	蔡子战	私家园林	174	16—17
	四老堂记	四老堂	江苏常州	张 守	私家园林	174	17—18
朱 弁	风月堂诗话序	风月堂	安徽婺源	朱 弁	私家园林	174	166
朱 慮	二李亭记	尉厅之后圃	江苏建康	朱 慮（修缮）	官署园林	174	205
丁彦师	东圃记	东 圃	山西翼城	向 淙（建造）	公共园林	174	407
吕稽中	灵宝惠民堂记	惠民堂	河南灵宝	/	公共园林	174	422
刘才邵	仁荣轩记	仁荣轩	河南开封	刘文仲	私家园林	176	61
何 麒	映书轩记	映书轩	四川合州	何 麒（建造）	官署园林	177	337
喻汝砺	南南亭记	南南亭	四川广安	陈 越	私家园林	178	20
	杜工部草堂记	杜甫草堂	四川成都	杜 甫	私家园林	178	22—25
郑刚中	圃中杂论序	郑子圃	浙江婺州	郑 子	私家园林	178	265
	可友亭记	郑子圃可友亭	浙江金华	郑 子	私家园林	178	300
	小窗记	书 馆	/	郑刚中	官署园林	178	301
	草亭记	山 斋	/	郑刚中	私家园林	178	324—325
楼 照	惊秋堂记	惊秋堂	浙江永康	/	私家园林	179	211
洪 皓	中和堂记	中和堂	广东博罗	郑元任	官署园林	179	248—249
张 琰	洛阳名园记序	洛阳名园	河南洛阳	/	私家园林	181	173

续表

黄彦平	梦山堂记	梦山堂	孟溇村	王中玉	私家园林	181	309
	紫芝庵记	紫芝庵	江西临川	/	私家园林	181	310
张元干	跋山居图	山居园	江西临川	王书毅	私家园林	182	412
陈与义	颐轩记	颐轩	/	陈德润之兄	私家园林	182	62
王铚	双清堂记	双清堂	浙江天台	钱厚之	私家园林	182	181
邓肃	进花石诗状	/	/	/	/	183	110
	丹霞清泚轩记	清泚轩	福建邵武	僧人明蹟	寺院园林	183	183
邵博	洛阳名园记跋	/	/	/	/	184	392
	书杜子美草堂后	/	/	/	/	184	393
	静胜轩记	静胜轩	四川	邵博（修复）	官署园林	184	410—411
	王氏乐岁亭记	乐岁亭	陕西长安	王佐道	私家园林	184	411—412
熊彦诗	耦耕堂记	耦耕堂	江西安仁	季和	私家园林	185	394—395
张嵲	崇山崖园亭记	崇山崖园亭	湖北	张彦远	私家园林	187	203—204
张浚	濯缨堂记	濯缨堂	广东	张浚	私家园林	188	133
朱松	清轩记	清轩	福建建阳	刘文伯	私家园林	188	324—325
胡寅	伊山向氏有裕堂记	有裕堂	湖南衡阳	向宣卿	私家园林	190	95—97
谢伋	药园小画记	药园	河南	谢伋	私家园林	190	337
曹勋	清隐庵记	清隐庵	浙江杭州	曹勋	私家园林	191	87
郑厚	金山亭记	金山亭	浙江	翁侯（建造）	公共园林	191	182

续表

卫 博	最胜斋记	最胜斋	/	则 之	私家园林	192	233
	双椿颂并序	王氏别墅	/	王 公	私家园林	192	235
刘子翚	友石台记	南 园	广东肇庆	吴 公	私家园林	193	204
胡 铨	二友堂记	二友堂	江西庐陵	李弥逊（建造）	官署园林	195	358
石公孺	青青堂记	青青堂	浙江嘉定	陈德应（建造）	官署园林	197	11
吴 芾	卧龙山草木记	卧龙山	浙江绍兴	/	官署园林	197	108
胡 宏	有本亭记	有本亭	湖 南	胡宏之父	私家园林	198	377
王之望	云山台记	云山台	四 川	/	官署园林	197	417
郑 樵	夹漈听泉记	夹 漈	福建莆田	郑 樵	私家园林	198	70
	题夹漈草堂	夹漈草堂	福建莆田	郑 樵	私家园林	198	71
史 浩	真隐园铭	真隐园	浙江杭州	史 浩	私家园林	200	62
	尊胜庵钟铭	尊胜庵	浙江杭州	史 浩	私家园林	200	65
	竹院上梁文	小 园	浙江四明山	史 浩	私家园林	200	196
鲍 同	西湖记	西 湖	广西桂林	/	公共园林	201	1—2
李 石	勾氏盘溪记	盘溪园	四 川	勾 氏	私家园林	206	33
	龙迹观记	龙迹观	四 川	杨素（舍宅为观）	道观园林	206	34
	梅坞记	梅 坞	/	李 石	官署园林	206	23—24
	合州苏氏北园记	苏氏北园	四 川	苏 氏	私家园林	206	42

陈长方	心逸堂记	心逸堂	于　湖	钱　某 （建造）	官署 园林	206	189—190
边惇德	筹思堂记	筹思堂	/	/	官署 园林	206	360—361
李　纶	题西园崖石	西　园	浙江杭州	/	公共 园林	207	122—123
王十朋	绿画轩记	绿画轩	浙　江	孙　君	私家 园林	209	111—112
	岩松记	岩　松	浙　江 梅溪村	王十朋	私家 园林	209	115
	细论堂记	细论堂	浙江剡溪	王十朋 之　友	私家 园林	209	119
	天香亭记	天香亭	山　东	周尧夫	私家 园林	209	125—126
	思贤阁记	思贤阁	江西饶州	王十朋	官署 园林	209	127—128
	潇洒斋记	潇洒斋	江西饶州	王十朋	官署 园林	209	128—129
	小小园觅花疏	小小园	/	王十朋	私家 园林	209	223
林光朝	金山草堂述事	金山草堂	金　山	四　兄	私家 园林	210	88
李　良	幽栖观记	幽栖观	江苏溧阳	/	道观 园林	211	47
钱师尹	美报亭记	美报亭	福建安溪	令尹李公 （建造）	官署 园林	211	65
洪　适	分绣阁记	分绣阁	浙　江	/	官署 园林	213	352—353
	师吴堂记	师吴堂	/	/	官署 园林	213	366
	爽堂记	爽　堂	真　阳	洪　适	私家 园林	213	369
	风月堂记	风月堂	安徽新安	宣城子章	官署 园林	213	372
	盘洲记	盘洲园	江　西	洪　适	私家 园林	213	378

续表

洪 适	楚望楼上梁文	楚望楼	江 西	洪 适	私家园林	214	124
	花信亭上梁文	盘洲园	江 西	洪 适	私家园林	214	124
韩元吉	东皋记	东 皋	浙江杭州	陶冒安	私家园林	216	187
	两贤堂记	两贤堂	江西上饶	/	寺院园林	216	191—192
	云风台记	云风台	浙 江	黄 坚	私家园林	216	194—195
	凤鹤楼记	凤鹤楼	安徽合肥	延侯玺	公共园林	216	196
	绝尘轩记	绝尘轩	江西贵溪	郑仁实（修建）	公署小园	216	209
	双莲堂记	双莲堂	浙 江	韩元吉（修造）	公署小园	216	216
	四老堂记	四老堂	江苏景定	韩元吉	私家园林	216	223
	武夷精舍记	武夷精舍	福 建	元 晦	寺院园林	216	226
员兴宗	汉嘉李氏林亭记	李氏林亭	/	李 沆	私家园林	218	300—301
曾 协	大愚堂记	大愚堂	/	子章子	私家园林	219	52—53
	强衍之愚庵记	愚 庵	浙 江	强衍之	私家园林	219	54—55
	直节堂记	直节堂	/	王 子	私家园林	219	57—58
	棣华堂记	棣华堂	浙江龟溪	曾 协	私家园林	219	58—59
孙观国	也足轩记	也足轩	四川阳安	景德僧师范（建造）	寺院园林	219	260
李 吕	澹轩记	澹 轩	/	李 吕	私家园林	220	285—286
游 桂	思洛亭记	思洛亭	安徽合州	李师杜	私家园林	221	119—120

续表

李流谦	绵竹县圃清映亭记	绵竹县圃	四川绵竹	钱太虚（建造）	官署园林	221	254—255
	节斋记	节　斋	/	杨　公（建造）	官署园林	221	255
洪　迈	临湖阁记	临湖阁	江西南昌	向巨源	私家园林	222	72—73
	稼轩记	稼　轩	江西广信	辛弃疾	私家园林	222	88—89
	南雍州池亭记	南雍州池　亭	南雍州	王稚川（修建）	官署园林	222	93—94
	松风阁记	松风阁	江西乐平	余仲庸	私家园林	222	106
	杨少师宅记	杨少师宅　园	洞庭西山	杨少师	私家园林	222	108
陆　游	乐郊记	乐郊园	湖北荆州	李晋寿	私家园林	223	91
	东篱记	东篱园	浙江山阴	陆　游	私家园林	223	129
	桥南书院记	桥南书院	浙江衢州	徐载叔	私家园林	223	140—141
	南园记	南　园	浙江杭州	韩世忠	私家园林	223	144
	阅古泉记	阅古泉	浙江杭州	韩世忠	私家园林	223	143
周必正	尊德堂记	尊德堂	江西袁州	周必正之侄（建造）	官署园林	224	10—11
吴　儆	尚书宋公山居三十韵序	宋公山居	安徽新安	宋　公	私家园林	224	106—107
	竹洲记	竹洲园	安徽新安	吴子儆	私家园林	224	120—122
	爱民堂记	爱民堂	/	周师道	官署园林	224	124
范成大	范村记	范　村	江苏石湖	范成大	私家园林	224	399—400
	双瑞堂记	双瑞堂	/	范成大	私家园林	224	400—401

范成大	湖州石林记	石 湖	浙江湖州	范成大	私家园林	《文章辨体汇选》卷 572	
蔡 确	北园记	北 园	安 徽	/	/	《古今图书集成·方舆汇编·职方典》卷 816	
郑兴裔	平山堂记	平山堂	江苏扬州	郑兴裔（修复）	公共园林	225	100—101
潘 時	郑氏北野记	北野园	/	郑 氏	私家园林	225	109—110
	月林堂记	月林堂	浙江上虞	潘 時	私家园林	225	111—112
尤 袤	霞起堂记	霞起堂	浙江台州	尤 袤（建造）	公共园林	225	231—232
	节爱堂	节爱堂	浙江台州	尤 袤（建造）	公共园林	225	233—234
	临海县重建县治记	临海县治	浙江临海	彭仲刚（建造）	官署园林	225	239
周必大	眉寿堂记	眉寿堂	/	/	/	231	220
	章氏近思堂记	近思堂	四川绵竹	章德茂	私家园林	231	230—231
	蜀锦堂记	蜀锦堂	四 川	周必大	私家园林	231	234—235
	玉和堂记	平 园	江 西	周必大	私家园林	231	251
杨万里	水月亭记	水月亭	江西雩都	刘彦纯	私家园林	239	278—279
	唤春园记	唤春园	江西临川	周仲祥	私家园林	239	332
	严州聚山堂记	聚山堂	浙江严州	曹 粔（建造）	公共园林	239	279—280
	真州重建壮观亭记	壮观亭	江苏真州	詹 度（建造）左昌时（重建）	公共园林	239	308
	吉州新建六一堂记	六一堂	江西庐陵	方崧卿（建造）	官署园林	239	309

杨万里	泉石膏肓记	杨万里宅园	江苏金陵	杨万里	私家园林	239	312—313
	廖氏龙潭书院记	龙潭书院	/	廖仲高廖文伯	书院园林	239	327—328
	张希房山光楼记	山光楼	江西永丰	张师良（重建）	私家园林	239	343—344
	醉乐堂记	醉乐堂	江西安福	欧阳绍之	私家园林	239	348—349
	山居记	山居	浙江归安	沈宾王	私家园林	239	353—354
赵善括	漳州张氏池记	张氏池园	福建漳州	张氏	私家园林	241	405
喻良能	菊赋并序	转园	/	喻良能	私家园林	241	438
何恪	西园记	西园	浙江	何恪	私家园林	242	44
王㴓	南湖记	南湖	浙江	郭氏	私家园林	242	436
李纶	西园记	西园	广东阳江	/	公共园林	242	453
朱熹	畏垒庵记	畏垒庵	福建泉州	/	私家园林	252	25
	云谷记	云谷	福建建阳	朱熹	私家园林	252	55—59
	卧龙庵记	卧龙庵	江西庐山	朱熹	私家园林	252	86—87
	衡州石鼓书院记	石鼓书院	湖南衡州	/	书院园林	252	115
	冰玉堂记	冰玉堂	江西赣州	曾致虚（修建）	官署园林	252	124—125
丁可	福田庄记	福田庄	浙江赤城	/	/	254	307
刘德秀	转运司绿云楼记	鹿园	四川成都	卢公（修建）	官署园林	254	321
张栻	南楼记	南楼	广西	詹体仁（修建）	官署园林	255	391—392
	尊美堂记	尊美堂	湖南	黄公（修建）	官署园林	255	407—408

陈造	殖轩记	殖轩	/	/	/	256	356
	孙宰轩亭记	孙宰轩亭	江苏高邮	孙宰	私家园林	256	356—357
	知乐亭记	知乐亭	江苏高邮	张侯（建造）	公共园林	256	357—358
	螽云亭记	螽云亭	江苏扬州	张侯（建造）	官署园林	256	358
	寓隐轩记	寓隐轩	/	赵日新	私家园林	256	358—359
	秀野堂记	秀野堂	江苏高邮	吴佩守（重建）	公共园林	256	370
薛季宣	未央宫记	未央宫	/	/	皇家园林	258	307
	松风阁记	松风阁	湖北武昌	/	官署园林	258	20
王质	沈氏胜栖堂记	胜栖堂	/	沈氏	私家园林	258	310—311
周孚	樊氏读书堂记	樊氏读书堂	安徽历阳	樊德明	书院园林	259	58—59
蔡迨	合江园记	合江园	四川成都	晋原李公（修复）	公共园林	259	125
罗愿	小蓬莱记	小蓬莱	江西南安	鄱阳胡君（修复）	官署园林	259	311
舒璘	再答巩仲志书	/	/	/	书院园林	260	116
吕祖谦	入越录	越中园林	浙江	/	私家园林 寺院园林	261	399—406
	入闽录	闽地园林	福建	/	/	261	406—409
楼钥	北行日录（上、中、下；述及园亭）	/	/	/	/	265	70—108
	范氏义宅记	范氏义宅	江苏苏州	范氏	私家园林		《苏州历代名记》
龚颐正	蟠翠亭记	蟠翠亭	江苏长州	吕宰	官署园林	268	353—354

舒邦佐	双峰堂记	双峰堂	江西洪州	舒邦佐	私家园林	269	239—240
王炎	逸老堂记	逸老堂	/	/	私家园林	270	320
	东园记	东园	安徽婺源	伯傅	私家园林	270	321
	双溪园记	双溪园	安徽婺源	王晦叔	私家园林	270	323
王谦	劳拙堂记	劳拙堂	/	/	官署园林	271	64
杨简	广居赋	广居园	浙江慈溪	杨简	私家园林	275	61—62
	南园赋	南园	浙江慈溪	杨简	私家园林	275	63
	永嘉郡治更堂亭名记	永嘉郡圃	/	/	官署园林	275	416—417
	连理瑞记	东圃	/	/	/	276	3
蔡戡	静观亭记	静观亭	/	/	/	276	313
曾丰	东岩堂记	东岩堂	浙江临海	陈广寿	私家园林	278	42—43
	西园记	西园	四川	陈鲁卿	私家园林	278	39
	博见亭记	博见亭	浙江罗浮	/	/	277	385—386
	遂情阁记	遂情阁	/	/	/	278	25—26
	归洁堂记	归洁堂湖居园	/	/	/	278	30—31
	李子权望仙楼记	望仙楼	/	李子权	私家园林	278	31
曾三聘	冈南郊居记	冈南郊居	/	/	私家园林	280	353—354
胡融	南塘记	南塘	浙江	胡氏	私家园林	280	379—380
毛宪	镇边楼记	镇边楼	/	/	官署园林	281	17—18
胡弼	注目亭记	注目亭	/	/	/	281	24—25

续表

袁燮	是亦园记	是亦园	浙 江	袁 燮	私家园林	281	241—242
	秀野园记	秀野园	浙 江	袁 燮	私家园林	281	232—233
	直清亭记	直清亭	浙江嘉定	袁 燮	私家园林	281	238—239
	是亦楼记	是亦楼	浙 江	袁 燮	私家园林	281	239
	愿丰楼记	愿丰楼	/	/	/	281	240
	隐求堂记	隐求堂	浙 江	袁 燮	私家园林	281	249—250
俞烈	洪氏可庵记	洪氏可庵	浙江临安	洪 载	私家园林	283	5—6
	环翠阁记	环翠阁	/	/	/	283	6—7
林学蒙	梅花赋	梅花园	福建永泰	林学蒙	私家园林	284	362
任逢	沉厚堂记	沉厚堂	四 川	任 逢（建造）	官署园林	284	430—432
郑域	桂氏东园记	桂氏东园	江西贵溪	/	私家园林	285	11
叶适	题张声之友于丛居记	于丛居园	/	张声之	私家园林	285	191—192
	烟霏楼记	烟霏楼	湖北蕲州	/	官署园林	286	70
	李氏中州记	李氏中州	湖北蕲州	李之翰	私家园林	286	70—71
	醉乐亭记	醉乐亭	浙江永嘉	孙 公	公共园林	286	76—77
	沈氏萱竹堂记	萱竹堂	浙江瑞安	沈体仁	私家园林	286	79—80
	石洞书院记	石洞书院	浙江东阳	郭钦止	书院园林	286	81
	时斋记	时 斋	四 川	李君亮	私家园林	286	82—83
	宿觉庵记	宿觉庵	/	/	/	286	84
	北村记	北 村	浙江吴兴	吴兴沈公	私家园林	286	98—99

叶　适	风雩堂记	风雩堂	江西南昌	李伯珍	私家园林	286	102—103
	湖州胜赏楼记	胜赏楼	浙江湖州	/	公共园林	286	126
陈　藻	昼偃庐序	花　圃	/	刘徽之	私家园林	287	94
黄　幹	曾氏乐斯庵记	草　堂	福建建阳	刘先生	私家园林	288	400—401
薛　绂	阜民堂记	阜民堂	/	/	官署园林	290	201—202
陈文蔚	先君竹林居士圹记	竹林居士园	/	陈邦献	私家园林	290	411—412
高似孙	小山丛桂	小山丛桂园	/	/	公共园林	292	182
沈作宾	小隐山题记	小隐山园	浙江绍兴	陆公宰	私家园林	292	128—129
	东屯少陵故居记	少陵故居园	四川东屯	/	公共园林	293	169
林宗放	敬斋记	敬　斋	/	/	官署园林	293	263
周　南	玩芳亭记	玩芳亭	/	周　南	私家园林	294	142
	齐云楼记	齐云楼	/	/	/	294	143
	简靖堂记	简靖堂	江西乐平	赵汝驭	官署园林	294	222
史弥坚	止戈亭记	止戈亭	/	/	官署园林	294	235
黄景祥	潮州湖山记	潮州湖山	广东潮州	林公嵊（修建）	公共园林	294	249—250
王　墍	先贤堂记	先贤堂	浙江钱塘	袁绍（建造）	祠园	294	256—257
方　裕	思古亭记	思古亭	/	/	/	294	342
王克勤	峨峰书院记	峨峰书院	江西临川	李公璧（建造）	书院园林	294	365—366
李　埴	云安橘管堂记	橘管堂	/	/	公署园临	294	388—389

李埴	中和堂记	中和堂	浙江临安	/	/	294	390—392
陈淳	仁智堂记	仁智堂	/	陈侯	私家园林	296	65—66
白玉蟾	涌翠亭记	涌翠亭	江西武宁	李亚夫（建造）	公共园林	296	229
	宝慈观记	宝慈观	湖南岳州	/	道观园林	296	245—246
	南康军成蹊庵记	成蹊庵	江西南康	/	/	296	262—263
	隆兴府壮洞道院记	壮洞道院	江西隆兴	/	道观园林	296	266—267
冯多福	研山园记	研山园	/	/	/	297	169
程珌	札溪书院记	札溪书院	/	/	书院园林	298	82—83
	静胜楼记	静胜楼	江苏溧阳	詹廷坚	私家园林	298	98—99
刘宰	醉愚堂记	醉愚堂	/	赵君	私家园林	300	86—87
	溧水尉治双玉亭记	双玉亭	/	/	官署园林	300	123—124
	杨氏宝经堂记	宝经堂	/	杨氏	私家园林	300	125—126
	白云精舍记	白云精舍	/	/	寺院山水园	300	156—157
	野堂记	野堂	/	钟元达	私家园林	300	113—114
	芸庄记	芸庄	/	/	私家园林	300	80
	燕居堂记	燕居堂	/	刘氏	私家园林	300	98—99
度正	爱莲亭记	爱莲亭	四川合州	度正	私家园林	301	158—159
	仁智堂记	仁智堂	/	/	公共园林	301	155—156
金盈之	戊辰新恩游御园录	御园	浙江杭州	/	皇家园林	301	45—46

续表

王日益	白云庵记	白云庵	/	/	私家园林	301	323
幸元龙	郢州倅厅荆汉楼记	倅厅荆汉楼	湖北郢州	/	公署园	303	422
	赵季朋乐圃记	乐　圃	/	赵季朋	私家园林	303	423—424
	毛同可淡轩记	淡　轩	/	毛同可	私家园林	303	424—425
	超果寺水石记	超果寺园	/	/	寺院园林	303	432—433
	松垣东西宇南北阜兰薰堂记	松垣居园	江西筠州	幸元龙	私家园林	303	422—423
	余叔达寄傲斋记	寄傲斋	双　溪	余叔达	私家园林	303	424—425
	南昌后城台袁道士爱山亭记	爱山亭	江西南昌	袁道士	道观园林	303	436
	邵武军云锦山真武祠记	真武祠	福建邵武	/	祠园	303	440—441
	高安荷山楼霞观记	楼霞观	江西高安	/	道观园林	303	438
陈　垓	泰堂记	泰　堂	江苏泰州	/	公共园林	304	6—8
叶　奭	辟西湖记	西湖园	福建漳浦	赵师缙（建造）	公共园林	304	62—63
张　侃	秀野记	秀野园	/	司马迁叟	私家园林	304	168—169
	四并亭记	四并亭	/	朱叔椵	私家园林	304	172—173
	清旷轩记	清旷轩	/	/	/	304	220
	王贤堂记	王贤堂	/	/	祠园	304	326
陈　宓	仙溪喻氏大飞书堂记	喻氏大飞书堂	福建仙游	喻景山	私家园林	305	207—208
洪咨夔	老圃赋	老　圃	/	/	私家园林	306	167—168
	东圃记	东　圃	浙　江	洪咨夔	私家园林	307	222

续表

洪咨夔	善圃记	善 圃	浙 江	杨平叔	私家园林	307	239—240
钱 时	静安堂记	静安堂	/	/	私家园林	307	345
	云隐记	云隐园	/	/	私家园林	307	350
	池阳冬窝记	池阳冬窝	安徽池阳	皇华主人	私家园林	307	352—353
	敬悦堂记	敬悦堂	/	/	/	307	372—373
	牧庄记	牧 庄	安徽淳安	钱 时	私家园林	307	374
	岁寒亭记	岁寒亭	安徽淳安	钱 时	私家园林	307	375
魏了翁	北园记	北 园	四 川	李允甫	私家园林	310	429
	眉州新开环湖记	环湖园	四川临邛	魏了翁（建造）	公共园林	310	288
	书鹤山书院始末	鹤山书院	四川邛州	魏了翁	书院园林	310	306—307
	靖州鹤山书院记	鹤山书院	湖北靖州	魏了翁	书院园林	310	395—396
	常德府东湖记	东 湖	湖南常德	/	公共园林	310	421—422
	湘乡县诸公洗笔池记	洗笔池	湖南湘乡	/	祠园	310	438—439
	浦城梦笔山房记	梦笔山房	/	/	书院园林	310	439—440
真德秀	睦亭记	睦 亭	/	/	/	313	400—401
	观莳园记	观莳园	/	曹 公	私家园林	313	448
	溪山伟观记	溪山伟观	福建延平	真德秀（修建）	官署园林	313	425—426
吕 午	竹坡记	竹 坡	安徽新安	吕 午（建造）	官署园林	315	112
	李氏长春园记	长春园	/	李不庵	私家园林	315	121

续表

吕　午	摇碧阁记	摇碧阁	/	/	/	315	122
	竹坡记	竹　坡	安徽新安	吕　午	官署园林	315	112
陈耆卿	松山林壑记	松山林壑	温　岭	丁少云	私家园林	319	137—138
李　骏	方洲记	方　洲	江苏扬州	李　骏（建造）	官署园林	319	210—212
高定子	绣春园记	绣春园	江苏建康	/	公共园林	318	354
	南园书院记	南园书院	浙江东阳	/	私家园林	318	355
应　熠	梓荫山屏山堂记	屏山堂	浙江宁波	/	公共园林	318	373
周思诚	濂溪祠记	濂溪祠	湖　南	/	祠园	318	407
邓巽扬	泸州北园记	北　园	四川泸州	尚　书 杨汝明	公共园林	319	229
毛　基	富川县江东书院记	江东书院	广西富州	毛　基	书院园林	319	217
包　恢	盱山书院记	盱山书院	盱　山	包　恢	书院园林	319	348
	远斋记	远　斋	江西上饶	徐致远	私家园林	319	365—366
李　韶	南溪书院记	南溪书院	福建尤溪	/	书院园林	319	201—203
方大琮	爱方亭记	爱方亭	/	尚书郎 郑逢辰	私家园林	322	289—299
袁　甫	江东仓司无倦堂记	无倦堂	/	/	官署园林	324	41—42
	象山书院记	象山书院	江西贵溪	/	书院园林	324	48—50
	白鹿书院君子堂记	白鹿书院	/	/	书院园林	324	55—56
	东莱书院竹轩记	东莱书院	/	/	书院园林	324	67—68
王　迈	盘隐记	石城山	福　建 石城山	陈　磊	私家园林	324	395—396

尹 焕	习池馆记	习池馆	湖北襄阳	陈公（复建）	官署园林	325	252
刘克庄	新筑石塘记	新筑石塘	浙 江	林寒翁	私家园林	330	335—336
	风月窝记	风月窝	/	/	私家园林	333	253
	水村堂记	水村堂	/	/	私家园林	333	333
	小孤山记	小孤山	浙江杭州	林寒翁	私家园林	330	312
	碧栖山房记	碧栖山房	/	陈侯德	私家园林	330	313
王 埜	始得山桥隐居记	山桥隐居园	浙江金华		私家园林	333	55
范元衡	梅隐庵记	梅隐庵	江苏吴县	陈一如	寺院园林	333	320
许 棐	梅屋记	梅 屋	浙江秦溪	许 棐	私家园林	333	378
常 棠	秀野堂记	秀野堂	浙江海盐	周应旂（修建）	官署园林	333	412—413
吴 渊	太平郡圃记	太平郡圃	安徽太平州	吴 渊（复建）	官署园林	334	34
	翠微亭记	翠微亭	安 徽	/	公共园林	334	28
	横碧堂记	横碧堂	/	/	私家园林	334	33
徐经孙	香远舟记	香远舟	/	罗仲志	私家园林	334	143
	君子亭铭并序	小 园	/	翔甫佺	私家园林	334	145
孙德之	山间四时园记	四时园	浙江东阳	陈元老	私家园林	334	191
	陈竹溪不凝云山楼记	不凝云山楼	浙江东阳	陈元老	私家园林	334	192
	代朱尚父玉溪书院记	玉溪书院	/	/	书院园林	334	195

王　柏	长啸山游记	/	浙江金华	徐先之	私家园林寺观园林	338	328—332
吴梦祈	李翰林九华书堂记	九华书堂	安徽池州	蔡元龙	私家园林	341	64
周梅叟	新建后圃亭院记	后圃亭院	湖南永州	/	公共园林	341	195—196
方　岳	依绿堂记	依绿堂	/	/	私家园林	342	351—352
	荷塘坞记	荷塘坞	/	/	私家园林	342	362—363
曾留远	石林书院记	石林书院	/	/	书院园林	343	209—210
陈景沂	招隐寺玉蕊花记	招隐寺	/	戴颙（舍宅为寺）	寺院园林	343	293
李昴英	元老壮猷之堂记	元老壮猷之堂	广　东	方大琮	私家园林	344	97—99
高斯得	温乐堂记	温乐堂	/	高斯得	私家园林	344	240—242
	宝庆府濂溪书堂记	濂溪书堂	湖南宝庆	宋仲锡（修建）	书院园林	344	223
洪扬祖	凤山书院记	凤山书院	浙江淳安	/	书院园林	344	378
史宅之	修涣堂记	修涣堂	/	/	官署园林	346	56
周郡虎	浯溪小憩亭题记	小憩亭	湖南永州	周郡虎（建）	公共园林	346	236
张　榘	东园记	东　园	江苏仪征	/	公共园林	346	81
欧阳守道	题钟伯玉西园	钟伯玉西园	江西东固	钟伯玉	私家园林	347	45
	六香吟屋记	六香轩	江西龙泉	君　中	私家园林	347	90
	青云峰书院记	青云峰书院	广东曲江	/	书院园林	347	115—116

欧阳守道	嘉莲亭记	嘉莲亭	永水之阳	胡伯雨	私家园林	347	117—118
	碧落堂记	碧落堂	江西高安	文天祥（修复）	/	347	130
黄震	水竹村记	水竹村	/	潘约之	私家园林	348	278—279
	李氏天理堂记	风池别墅	江西抚州	李君	私家园林	348	332
	清源隐居记	清源隐居	清源	何茂远	私家园林	348	333
	立雪亭记	立雪亭	/	/	/	348	257—258
	林水会心记	林水会心	浙江苕溪	沈氏	私家园林	348	262—263
家铉翁	秀野亭记	秀野亭	太行山下	王诚甫	私家园林	349	148—149
	道山堂记	道山别墅	/	赵器	私家园林	349	149—150
	道山书堂记	道山别墅	/	赵器	私家园林	349	151
释道璨	竹轩记	竹轩	/	明觉	寺院园林	349	361—362
陈著	参前亭记	参前亭	/	丁君	私家园林	351	93
	允斋记	允斋小圃	浙江鄞县	史氏	私家园林	351	98
	梅山记	梅山居园	/	/	私家园林	351	102
	敏求斋记	敏求斋	/	贾哲甫	/	351	103
庐钺	竹隐精舍记	竹隐精舍	/	/	寺观园林	351	262—263
姚勉	三友轩说	/	丰邑	黄君	私家园林	352	60
	杨云林方壶说	/	/	/	/	352	63
	左氏书庄记	左氏书庄	江西高安	左氏	私家园林	352	81—82

	龚简甫芳润阁记	芳润阁	/	龚简甫	私家园林	352	83—84
	胡氏双清堂记	双清园	江西丰城	胡景颜	私家园林	352	86—87
	幸居安水阁记	幸居安水阁	江西高安	幸居安	私家园林	352	90—91
	菊花岩记	菊花岩	江西上饶	刘良叔	私家园林	352	93
	竹溪记	竹溪	福建延平	吴伯大	私家园林	352	94
姚勉	灵源天境记	灵源天境	江西新昌	姚勉	私家园林	352	97—99
	盘隐记	盘隐园	江西高安	尹仲光	私家园林	352	101—102
	仁智堂记	仁智堂	江西抚州	危侯	私家园林	352	107—108
	赵氏村屋记	一村	/	赵某	私家园林	352	88
	草堂记	草堂	/	幸端中	私家园林	352	111
马廷鸾	绿山胜概记	绿山胜概	安徽婺源	张君	/	354	55
黄岩孙	思贤堂记	思贤堂	/		私家园林	354	416
家坤翁	抚州金棍园记	金棍园	江西抚州	/	公共园林	354	112
孙虎臣	丽芳园记	丽芳园	江苏仪真	/	/	355	17
赵淮	题秦桧别墅	秦桧别墅	浙江杭州	秦桧	私家园林	355	152
	张氏学古斋倡和诗序	学古斋	/	张仲实	私家园林	355	273—274
	题施东皋南园图后	南园	浙江雪川	牟存斋	私家园林	355	337
牟巘	苍山小隐记	苍山小隐园	安徽婺源	戴君宜	私家园林	355	354—356
	游桃坞记	桃坞	/	/	私家园林	355	379

续表

胡次焱	山园赋	山园	凤山	查亭叔	私家园林	356	102—105
	山园后赋	山园	凤山	查亭叔	私家园林	356	106
	明经书堂记	明经书堂	安徽婺源	明经先生	私家园林	356	140
	明经桥记	明经书堂	安徽婺源	明经先生	私家园林	356	142
	菊墅记	菊墅	清巷	洪拱臣	私家园林	356	148—149
刘辰翁	愚斋记	愚斋	/	平翁	私家园林	357	121
	小斜川记	小斜川	江西新昌	罗思敬	私家园林	357	125
	秀野堂记	秀野堂	湖南长沙	赵公	私家园林	357	126—127
俞德邻	困学斋记	困学斋	浙江钱塘	鲜于君	私家园林	357	374
李居仁	祇园寺记	祇园寺	江苏苏州	/	寺院园林	357	420—421
周梦孙	大园记	大园	浙江永康	柳叔	私家园林	358	47—50
何梦桂	易庵记	易庵	浙江淳安	潜阳子	私家园林	358	126
林一龙	刘公谷记	刘公谷	浙江乐清	赵君	私家园林	359	322—323
文天祥	萧氏梅亭记	萧氏园	江西赣州	萧元亨	私家园林	359	179—180
连文凤	四望亭记	四望亭	河北真定	高君	私家园林	359	336
郑思肖	南风堂记	郑氏园	/	郑思肖	私家园林	360	102
谢翱	山阴王氏镜湖渔舍记	王氏别业	浙江绍兴	王氏	私家园林	360	201
	乐闲山房记	乐闲山房	/	谢翱	私家园林	360	202

张　镃	玉照堂梅品	玉照堂	/	张　镃	私家园林	《齐东野语》卷15
洪景卢	稼轩记	稼　轩	江西上饶	辛弃疾	私家园林	《古今事文类聚前集》卷36
周　密	俞子清园池	俞子清园池	浙　江	俞子清	私家园林	《浙江通志》卷42
	湖山胜概	湖山胜概	浙　江	/	皇家/私家园林	《武林旧事》卷5
	范公石湖	范公石湖	江苏苏州	范成大	私家园林	《齐东野语》卷10
	记贾氏园	贾氏园	浙江杭州	贾似道	私家园林	《齐东野语》卷19
	吴兴园圃（36篇）	/	浙江吴兴	/	/	《癸辛杂识》前集
李弥大	道隐园记	道隐园	江苏苏州	李弥大	私家园林	《苏州历代名园记》
蒋　堂	北池赋并序	后　池	江苏苏州	蒋　堂（扩建）	官署园林	《春卿遗稿》
陈随应	南渡行宫记	行　宫	江苏苏州	/	皇家园林	《历代宅京记》卷18
杨　简	南园赋	南　园	/	/	/	《历代赋汇》卷84
王　炎	水西风光赋有序	/	/	/	/	《历代赋汇》卷84
方　岳	水月图后赋有序	/	/	/	/	《历代赋汇》卷84

附录三 宋代以"园记"或"圃记"名篇的散文一览表

作 者	篇 目	园林名称	园林所在地	园 主	园林类型	文献出处①	
						册	页
尹 洙	张氏会隐园记	会隐园	河南洛阳	张清臣	私家园林	28	34
欧阳修	海陵许氏南园记	许氏南园	江苏泰州	许 氏	私家园林	35	118—119
	真州东园记	真州东园	江苏仪征	施正臣许子春马仲途(修建)	公共园林	35	119—120
	李秀才东园记	李秀才东园	湖北随州	李公佐	私家园林	35	134—135
韩 琦	定州众春园记	众春园	河北定州	李昭亮(始建)韩琦(兴复)	公共园林	40	37
	相州新修园池记	相州园池	河南相州	韩琦(修建)	公共园林	《安阳集》卷21	
杨 蟠	众乐园记	众乐园	江苏高邮	毛渐	公共园林	48	243—244
文 同	武信杜氏南园记	杜氏南园	四川遂宁	杜 氏	私家园林	51	137
司马光	独乐园记	独乐园	河南洛阳	司马光	私家园林	56	238

---

① "文献出处"栏所涉文献以《全宋文》为主,故凡出处为《全宋文》者,径在表格中分列其册数、页数;非《全宋文》者,则列文献名和卷次。

续表

刘敞	兖州美章园记	美章园	山东兖州	李丞相孔中丞傅侍郎（修建）	公共园林	69	190
范纯仁	薛氏安乐庄园亭记	安乐庄园亭	山西河东	薛氏	私家园林	71	299
杨杰	九华药圃记	九华药圃	安徽池州	滕润之	私家园林	75	234—235
郭祥正	逍遥园并序	逍遥园	江西筠州	几圣大夫	私家园林	80	24—25
苏轼	灵壁张氏园亭记	张氏园亭	河南灵壁	张氏	私家园林	90	408
朱长文	乐圃记	乐圃	江苏吴县	朱长文	私家园林	93	160
郑侠	来喜园记	来喜园	福建	大庆居士	私家园林	100	4
黄裳	默室后圃记	默室后圃	/	黄裳友人	私家园林	103	333
黄庭坚	东郭居士南园记	东郭居士南园	/	东郭居士	私家园林	107	179
李复	游归仁园记	归仁园	河南洛阳	李邦直	私家园林	122	94
谢逸	小隐园记	小隐园	江西金溪	环仙翁	私家园林	133	242
唐庚	李氏山园记	李氏山园	广东惠州	李氏	私家园林	140	21
李良臣	铃辖厅东园记	铃辖厅东园	四川成都	兵马黔辖种侯	官署园林	146	51
王安中	河间旌麾园记	旌麾园	河北河间	清河公	私家园林	146	355—366
梅执礼	东园序	东园	安徽滁州	/	公共园林	156	57
俞向	乐圃记	乐圃	浙江杭州	宋公（兴建）	公共园林	156	160
丁彦师	东圃记	东圃	山西翼城	向淙	公共园林	174	407

续表

李　石	合州苏氏北园记	苏氏北园	四川合州	苏　氏	私家园林	206	42
陆　游	南园记	南　园	浙江杭州	韩世忠	私家园林	223	144
杨万里	唤春园记	唤春园	江西新喻	周仲祥	私家园林	323	332
何　恪	西园记	西　园	浙　江	何　恪	私家园林	242	44
李　纟	西园记	西　园	广东阳江	/	公共园林	242	453
蔡　迨	合江园记	合江园	四川成都	李　公（修复）	公共园林	259	125
王　炎	东园记	东　园	安徽婺源	伯　傅	私家园林	270	321
	双溪园记	双溪园	安徽婺源	王晦叔	私家园林	270	323
曾　丰	西园记	西　园	四　川	陈鲁卿	私家园林	277	39
袁　燮	是亦园记	是亦园	浙　江	袁　燮	私家园林	281	241—242
	秀野园记	秀野园	浙　江	袁　燮	私家园林	281	232—233
郑　域	桂氏东园记	桂氏东园	江西贵溪	舜俞公	私家园林	285	11
冯多福	研山园记	研山园	江苏镇江	岳　珂	私家园林	297	169
幸元龙	赵季明乐圃记	乐　圃	山　东	赵季明	私家园林	303	423—424
洪咨夔	东圃记	东　圃	浙　江	洪咨夔	私家园林	307	222
	善圃记	善　圃	浙　江	杨平叔	私家园林	307	239—240
魏了翁	北园记	北　园	四　川	李允甫	私家园林	310	429
真德秀	观莳园记	观莳园	/	曹　公	私家园林	313	448

续表

吕　午	李氏长春园记	长春园	/	李不庵	私家园林	315	121
高定子	绣春园记	绣春园	江苏建康	/	公共园林	318	354
邓巽扬	泸州北园记	泸州北园	四川泸州	杨汝明	公共园林	319	229
吴　渊	太平郡圃记	太平郡圃	安徽太平	吴　渊（复建）	官署园林	334	34
孙德之	山间四时园记	四时园	浙江东阳	陈元老	私家园林	334	191
张　槃	东园记	东　园	江苏仪征	/	公共园林	346	81
欧阳守道	题钟伯玉西园	钟伯玉西园	江西东固	钟伯玉	私家园林	347	45
家坤翁	抚州金柅园记	金柅园	江西抚州	/	公共园林	354	112
孙虎臣	丽芳园记	丽芳园	江苏仪真	/	公共园林	355	17
牟　巘	苍山小隐记	苍山小隐园	安徽婺源	戴君宜	私家园林	355	354—356
周梦孙	大园记	大　园	浙江永康	柳　叙	私家园林	358	47—50
周　密	吴兴园圃（36篇）	/	浙江吴兴	/	/	《癸辛杂识》前集	
	俞子清园池记	俞子清园池	/	俞子清	私家园林	《浙江通志》卷42	
	贾氏园记	贾氏园	浙　江	贾似道	私家园林	《齐东野语》卷19	
李弥大	道隐园记	道隐园	江苏苏州	李弥大	私家园林	《苏州历代名园记》	
蔡　确	北园记	北　园	安　徽	/	/	《古今图书集成·方舆汇编·职方典》卷816	

主要参考文献

一、古典文献

[汉] 赵岐注，[宋] 孙奭疏：《孟子注疏》，[清] 阮元校刻：《十三经注疏》，中华书局，1980。

[汉] 郑玄注，[唐] 孔颖达等正义：《礼记》，上海古籍出版社，1990。

[魏] 王弼等注，[唐] 孔颖达等正义：《周易正义》，上海古籍出版社，1990。

[魏] 何晏集解，[宋] 邢昺疏：《论语注疏》，[清] 阮元校刻：《十三经注疏》，中华书局，1980。

[魏] 何晏集解，[宋] 邢昺疏：《毛诗正义》，[清] 阮元校刻：《十三经注疏》，中华书局，1980。

杨伯峻编著：《春秋左传注》，中华书局，1990。

[汉] 班固撰，[唐] 颜师古注：《汉书》，中华书局，1962。

[汉] 司马迁撰，[宋] 裴骃集解，[唐] 司马贞索隐，[唐] 张守节正义：《史记》，中华书局，2014。

[晋] 皇甫谧撰：《高士传》，商务印书馆，1937。

[南朝宋] 范晔撰，[唐] 李贤等注：《后汉书》，中华书局，1965。

[梁] 沈约撰：《宋书》，中华书局，1974。

[梁] 萧子显撰：《南齐书》，中华书局，1972。

[北魏] 杨衒之撰，周祖谟校释：《洛阳伽蓝记校释》，中华书局，1963 年。

[北齐] 魏收撰：《魏书》，中华书局，1974。

何清谷撰：《三辅黄图校释》，中华书局，2005。

[唐] 杜佑撰：《通典》，王文锦等点校，中华书局，1988。

[唐] 房玄龄等撰：《晋书》，中华书局，1974。

[唐] 李百药撰：《北齐书》，中华书局，1972。

［唐］李吉甫撰：《元和郡县图志》，贺次君点校，中华书局，1983。

［唐］李林甫等撰：《唐六典》，陈仲夫点校，中华书局，2014。

［唐］李延寿撰：《北史》，中华书局，1972。

［唐］李延寿撰：《南史》，中华书局，1975。

［唐］令狐德棻等撰：《周书》，中华书局，1971。

［唐］韦述、杜宝撰，辛德勇辑校：《两京新记辑校·大业杂记辑校》，三秦
　　出版社，2006。

［唐］魏徵等撰：《隋书》，中华书局，1973。

［唐］吴兢撰，谢保成集校：《贞观政要集校》，中华书局，2009。

［唐］姚思廉撰：《陈书》，中华书局，1972。

［唐］姚思廉撰：《梁书》，中华书局，1973。

［唐］长孙无忌等撰：《唐律疏议》，刘俊文点校，中华书局，1983。

［后晋］刘昫等撰：《旧唐书》，中华书局，1975。

［宋］程大昌撰：《雍录》，黄永年点校，中华书局，2002。

［宋］窦仪等撰：《宋刑统》，薛梅卿点校，法律出版社，1999。

［宋］李格非撰：《洛阳名园记》，文学古籍刊行社，1955。

［宋］孟元老撰，邓之诚注：《东京梦华录注》，中华书局，1982。

［宋］欧阳修、宋祁撰：《新唐书》，中华书局，1975。

［宋］司马光编著，［元］胡三省音注：《资治通鉴》，中华书局，1956。

［宋］宋敏求撰：《长安志》，辛德勇、郎洁点校，三秦出版社，2013。

［宋］谈钥纂修：《嘉泰吴兴志》，1914年嘉业堂刻吴兴丛书本。

［宋］王溥撰：《唐会要》，上海古籍出版社，2006。

［宋］张礼撰，史念海、曹尔琴校注：《游城南记校注》，三秦出版社，
　　2006。

［宋］祝穆撰，［宋］祝洙增订：《方舆胜览》，施和金点校，中华书局，
　　2003。

［元］李好文编绘：《长安图志》，阎琦、李福标、姚敏杰校点，三秦出版
　　社，2013。

［元］骆天骧撰：《类编长安志》，黄永年点校，中华书局，1990。

［元］陶宗仪编：《游志续编》，1925年武进陶氏尊园影石本。

［元］脱脱等撰：《宋史》，中华书局，1985。

汪圣铎点校：《宋史全文》，中华书局，2016。

［明］李濂撰：《汴京遗迹志》，文渊阁四库全书本。

［清］毕沅撰：《关中胜迹图志》，张沛校点，三秦出版社，2004。

[清] 陆心源撰：《宋史翼》，清光绪刻潜园总集本。

[清] 王锡祺辑：《小方壶斋舆地丛钞》，光绪辛卯上海著易堂铅印本。

[清] 徐松辑：《宋会要辑稿》，中华书局，1987。

[清] 徐松撰，[清] 张穆校补：《唐两京城坊考》，方严点校，中华书局，1985。

[清] 永瑢等撰：《四库全书总目》，中华书局，1965。

（雍正）《陕西通志》，文渊阁四库全书本。

王永兴编：《隋唐五代经济史料汇编校注》，中华书局，1987。

陈鼓应：《老子注译及评介》，中华书局，1984。

袁珂校注：《山海经校注》，上海古籍出版社，1980。

汪荣宝撰：《法言义疏》，陈仲夫点校，中华书局，1987。

何宁撰：《淮南子集释》，中华书局，1998。

[晋] 王嘉撰，[梁] 萧绮录，齐治平校注：《拾遗记》，中华书局，1981。

[南朝宋] 刘义庆撰，[南朝梁] 刘孝标注，余嘉锡笺疏：《世说新语笺疏》，中华书局，2016。

[梁] 任昉撰：《述异记》，中华书局，1980。

[南朝梁] 慧皎撰，汤用彤校注：《高僧传》，汤一玄整理，中华书局，1992。

[唐] 范摅撰：《云溪友议》，古典文学出版社，1958。

[唐] 慧立、彦悰撰：《大慈恩寺三藏法师传》，孙毓棠、谢方点校，中华书局，2006。

[唐] 李肇撰：《唐国史补》，上海古籍出版社，1979。

[唐] 刘餗撰：《隋唐嘉话》，程毅中点校，中华书局，1979。

[唐] 刘肃撰：《大唐新语》，许德楠、李鼎霞点校，中华书局，1984。

[唐] 欧阳询等编撰：《艺文类聚》，汪绍楹校，中华书局，1965。

[唐] 徐坚等编撰：《初学记》，中华书局，1962。

[唐] 张彦远撰：《历代名画记》，秦仲文、黄苗子点校，人民美术出版社，1963。

[唐] 张鷟撰：《朝野佥载》，赵守俨点校，中华书局，1979。

[唐] 赵璘撰：《因话录》，上海古籍出版社，1979。

上海古籍出版社编：《唐五代笔记小说大观》，丁如明、李宗为、李学颖等校点，上海古籍出版社，2000。

[五代] 王定保撰，江汉椿校注：《唐摭言校注》，上海社会科学院出版社，

2003。

［五代］王仁裕等撰，丁如明辑校：《开元天宝遗事十种》，上海古籍出版社，1985。

［宋］蔡絛撰：《铁围山丛谈》，冯惠民、沈锡麟点校，中华书局，1983。

［宋］杜绾撰：《云林石谱》，商务印书馆，1936。

［宋］范成大撰：《范成大笔记六种》，孔凡礼点校，中华书局，2002。

［宋］郭熙著，梁燕注译：《林泉高致》，中州古籍出版社，2013。

［宋］洪迈撰：《夷坚志》，何卓点校，中华书局，1981。

［宋］洪迈撰：《容斋随笔》，孔凡礼点校，中华书局，2005。

［宋］李昉等撰：《太平御览》，中华书局，1960。

［宋］李昉等编：《太平广记》，中华书局，1961。

［宋］罗大经撰：《鹤林玉露》，王瑞来点校，中华书局，1983。

［宋］马永卿编，［明］王崇庆解：《元城语录解》，文渊阁四库全书本。

［宋］钱易撰：《南部新书》，黄寿成点校，中华书局，2002。

［宋］邵伯温撰：《邵氏闻见录》，李剑雄、刘德权点校，中华书局，1983。

［宋］文莹撰：《湘山野录》，郑世刚、杨立扬点校，中华书局，1984。

［宋］王谠撰，周勋初校证：《唐语林校证》，中华书局，1987。

［宋］王观撰：《扬州芍药谱》，文渊阁四库全书本。

［宋］王应麟编撰：《玉海》，中华再造善本，北京图书馆出版社，2006。

［宋］吴自牧撰：《梦粱录》，古典文学出版社，1956。

［宋］岳珂撰：《桯史》，吴企明点校，中华书局，1981。

［宋］周密撰：《癸辛杂识》，吴企明点校，中华书局，1988。

［宋］祝穆辑：《新编古今事文类聚》，北京图书馆出版社，2006。

俞剑华标点注译：《宣和画谱》，人民美术出版社，1964。

朱易安、傅璇琮等主编：《全宋笔记》，大象出版社，2006。

［元］陶宗仪撰：《南村辍耕录》，中华书局，1959。

［元］无名氏撰：《湖海新闻夷坚续志》，金心点校，中华书局，1986。

［元］徐大焯撰：《烬余录》，清刻本。

［明］计成著，陈植注释：《园冶注释》，中国建筑工业出版社，2009。

［明］田汝成著：《西湖游览志馀》，陈志明校，东方出版社，2012。

［清］蒋廷锡等辑：《古今图书集成》，中华书局，1986。

［清］李斗撰：《扬州画舫录》，汪北平、涂雨公点校，中华书局，1960。

［清］王先谦撰：《庄子集解》，沈啸寰点校，中华书局，1987。

［晋］陶渊明著，逯钦立校注：《陶渊明集》，中华书局，1979。

［南朝齐］谢朓著，曹融南校注：《谢宣城集校注》，上海古籍出版社，1991。

［南朝梁］刘勰著，范文澜注：《文心雕龙注》，人民文学出版社，1958。

［唐］白居易著，谢思炜校注：《白居易文集校注》，中华书局，2011。

陈尚君辑校：《全唐诗补编》，中华书局，1992。

陈尚君辑校：《全唐文补编》，中华书局，2005。

［唐］陈子昂著，彭庆生校注：《陈子昂集校注》，黄山书社，2014。

［唐］杜甫著，［清］仇兆鳌注：《杜诗详注》，中华书局，1979。

［唐］杜牧著：《杜牧全集》，陈允吉校点，上海古籍出版社，1997。

［唐］韩偓著，吴在庆校注：《韩偓集系年校注》，中华书局，2015。

［唐］李白撰，［清］王琦注：《李太白全集》，中华书局，1977。

［唐］李德裕撰，傅璇琮、周建国校笺：《李德裕文集校笺》，中华书局，2018。

［唐］骆宾王著，［清］陈熙晋笺注：《骆临海集笺注》，上海古籍出版社，1985。

［唐］沈佺期、宋之问著，陶敏、易淑琼校注：《沈佺期、宋之问集校注》，中华书局，2001。

［唐］王勃著，［清］蒋清翊注：《王子安集注》，上海古籍出版社，1995。

［唐］王绩著：《王无功文集》，韩理洲校点，上海古籍出版社，1987。

［唐］王维著，陈铁民校注：《王维集校注》，中华书局，1997。

［唐］韦应物撰，孙望校笺：《韦应物诗集系年校笺》，中华书局，2002。

吴钢主编：《全唐文补遗》，三秦出版社，1994。

谢思炜撰：《白居易诗集校注》，中华书局，2006。

徐鹏校注：《孟浩然集校注》，人民文学出版社，2014。

［唐］元结撰：《元次山集》，孙望点校，中华书局上海编辑所，1960。

［唐］张九龄著，熊飞校注：《张九龄集校注》，中华书局，2008。

［唐］张说著，熊飞校注：《张说集校注》，中华书局，2014。

［宋］韩琦撰：《安阳集编年笺注》，李之亮，徐正英笺注，巴蜀书社，2000，

［宋］计有功撰：《唐诗纪事》，上海古籍出版社，1965。

［宋］李昉编：《文苑英华》，中华书局，1966。

［宋］楼钥撰：《攻媿集》，中华再造善本，北京图书馆出版社，2005。

［宋］吕祖谦编：《宋文鉴》，齐治平点校，中华书局，1992。

［宋］ 欧阳修著：《欧阳修全集》，李逸安点校，中华书局，2001。

［宋］ 邵雍著：《邵雍全集》，郭彧、于天宝点校，上海古籍出版社，2016。

［宋］ 汪藻撰：《浮溪集》，文渊阁四库全书本。

［宋］ 王应麟撰：《辞学指南》，中华再造善本，北京图书馆出版社，2006。

［宋］ 姚铉编：《唐文粹》，四部丛刊本。

［宋］ 郑虎臣编：《吴都文粹》卷九，文渊阁四库全书本。

北京大学古文献研究所编：《全宋诗》，北京大学出版社，1991。

曾枣庄、刘琳主编：《全宋文》，上海辞书出版社，2006。

［金］ 王若虚撰：《滹南集》，文渊阁四库全书本。

［元］ 刘仁本撰：《羽庭集》，文渊阁四库全书本。

［明］ 陈子龙著：《陈子龙诗集》，施蛰存、马祖熙标校，上海古籍出版社，
2006。

［明］ 贺复徵编：《文章辨体汇选》，文津阁四库全书本。

［明］ 林文俊撰：《方斋存稿》，文渊阁四库全书本。

［明］ 王世贞撰：《弇州四部稿续稿》，文渊阁四库全书本。

［明］ 吴讷撰：《文章辨体序说》，于北山点校，人民文学出版社，1998。

［明］ 钟惺著：《隐秀轩集》，李先耕、崔重庆标校，上海古籍出版社，1992。

［清］ 董诰等编：《全唐文》，上海古籍出版社，1983。

［清］ 彭定求等编：《全唐诗》，中华书局，1985。

［清］ 孙梅撰：《四六丛话》，李金松校点，人民文学出版社，2010。

［清］ 严可均校辑：《全上古三代秦汉三国六朝文》，中华书局，1958。

［清］ 姚鼐纂集：《古文辞类纂》，胡士明、李祚唐标校，上海古籍出版社，
1998。

［清］ 朱彝尊辑：《明诗综》，文渊阁四库全书本。

二、近人著述

鲍沁星：《南宋园林史》，上海古籍出版社，2016。

曹林娣：《中国园林文化》，中国建筑工业出版社，2005。

曹林娣：《静读园林》，北京大学出版社，2005。

曹林娣：《东方园林审美论》，中国建筑工业出版社，2007。

曹林娣：《中国园林艺术概论》，中国建筑工业出版社，2009。

曹林娣：《江南园林史论》，上海世纪出版股份有限公司，2015。

曹林娣：《中国园林美学思想史·上古三代秦汉魏晋南北朝卷》，同济大学

出版社，2015。

曹林娣：《中国园林美学思想史·隋唐五代两宋辽金元卷》，同济大学出版社，2015。

曹淑娟：《流变中的书写——祁彪佳与寓山园林论述》，里仁书局，2006。

曹淑娟：《在劳绩中安居——晚明园林文学与文化》，台湾大学出版中心，2019。

陈从周：《园林丛谈》，上海文化出版社，1980。

陈从周：《帘青集》，同济大学出版社，1987。

陈从周：《惟有园林》，百花文艺出版社，1997。

陈从周：《梓室余墨》，生活·读书·新知三联书店，1999。

陈从周：《梓翁说园》，北京出版社，2004。

陈从周：《说园》，同济大学出版社，2009。

陈从周、蒋启霆选编，赵厚均校订注释：《园综》，同济大学出版社，2004。

陈飞主编：《中国古代散文研究》，福建人民出版社，2005。

陈弱水：《唐代文士与中国思想的转型》，广西师范大学出版社，2009。

陈尚君：《汉唐文学与文献论考》，上海古籍出版社，2008。

陈诒绂：《金陵园墅志》，翰文书店，1933。

陈寅恪：《金明馆丛稿》，上海古籍出版社，1980。

陈寅恪：《唐代政治史论稿》，上海古籍出版社，1988。

陈寅恪：《金明馆丛稿初编》，生活·读书·新知三联书店，2001。

陈寅恪：《金明馆丛稿二编》，生活·读书·新知三联书店，2001。

陈正祥：《中国文化地理》，生活·读书·新知三联书店，1983。

陈植、张公弛选注，陈从周校阅：《中国历代名园记选注》，安徽科学技术出版社，1983。

陈柱：《中国散文史》，吉林人民出版社，2013。

程民生：《宋代物价研究》，人民出版社，2008。

戴伟华：《地域文化与唐代诗歌》，中华书局，2006。

邓广铭、漆侠：《两宋政治经济问题》，知识出版社，1998。

邓小南：《课绩·资格·考察——唐宋文官考核制度侧谈》，大象出版社，1997。

丁钢、刘琪：《书院与中国文化》，上海教育出版社，1992。

杜顺宝：《中国园林》，淑馨出版社，1988。

杜松柏：《国学治学方法》，五南图书出版公司，2013。

方祖燊、邱燮友：《散文结构》，福记文化图书有限公司，1985。

傅璇琮：《唐代诗人丛考》，中华书局，1980。

傅璇琮等编：《唐五代人物传记资料综合索引》，中华书局，1982。

葛晓音：《唐宋散文》，上海古籍出版社，2011。

耿刘同：《中国古代园林》，商务印书馆，1998。

顾一平编：《扬州名园记》，广陵书社，2011。

郭黛姮：《南宋建筑史》，上海古籍出版社，2014。

郭英德：《中国古代文体学论稿》，北京大学出版社，2005。

郭预衡：《中国散文史》，上海古籍出版社，1986。

汉宝德：《物象与心境——中国的园林》，生活·读书·新知三联书店，
　　　2014。

侯乃慧：《诗情与幽境——唐代文人的园林生活》，东大图书公司，1991。

侯乃慧：《唐宋时期的公园文化》，东大图书公司，1997。

侯乃慧：《宋代园林及其生活文化》，三民书局，2010。

胡可先：《唐代重大历史事件与文学研究》，浙江大学出版社，2007。

胡如雷：《隋唐五代社会经济史论稿》，中国社会科学出版社，1996。

黄长美：《中国庭园与文人思想》，明文书局，1988。

黄冕堂编著：《中国历代物价问题考述》，齐鲁书社，2008。

贾晋华：《唐代集会总集与诗人群研究》，北京大学出版社，2001。

金学智：《中国园林美学》，中国建筑工业出版社，2005。

居阅时：《中国建筑与园林文化》，上海人民出版社，2014。

李斌城等：《隋唐五代社会生活史》，中国社会科学出版社，1998。

李浩：《唐代园林别业考论》，西北大学出版社，1996。

李浩：《唐代园林别业考录》，上海古籍出版社，2005。

李令福：《唐长安城郊园林文化研究》，科学出版社，2017。

李世葵：《园冶园林美学研究》，人民出版社，2010。

李文初等：《中国山水文化》，广东人民出版社，1996。

梁思成：《中国建筑史》，百花文艺出版社，2005。

林继中：《唐诗与庄园文化》，漓江出版社，1996。

林纾：《春觉斋论文》，人民文学出版社，1959。

刘师培：《中国中古文学史》，舒芜校点，人民文学出版社，1959。

刘天华：《画境文心》，生活·读书·新知三联书店，1995。

柳诒徵：《中国文化史》，中华书局，2015。

龙迪勇：《空间叙事学》，生活·读书·新知三联书店，2015。

罗燕萍：《宋词与园林》，中国社会科学出版社，2012。

梅新林、俞樟华主编：《中国游记文学史》，学林出版社，2004。

梅新林：《中国文学地理形态与演变》，上海人民出版社，2014。

彭一刚：《中国古典园林分析》，中国建筑工业出版社，1986。

漆侠：《宋代经济史》，中华书局，2009。

钱穆：《国史大纲》，商务印书馆，1991。

钱穆：《中国文化史导论》，商务印书馆，1994。

钱钟书：《管锥编》，生活·读书·新知三联书店，2001。

荣新江：《隋唐长安：性别、记忆及其他》，复旦大学出版社，2010。

尚永亮：《元和五大诗人与贬谪文学考论》，文津出版社，1993。

尚永亮：《唐五代逐臣与贬谪文学研究》，武汉大学出版社，2007。

史念海：《河山集》，生活·读书·新知三联书店，1963。

史念海：《唐代历史地理研究》，中国社会科学出版社，1998。

谭家健：《中国古代散文史稿》，重庆出版社，2006。

唐明邦：《邵雍评传》，南京大学出版社，2011。

田耕宇：《中唐至北宋文学转型研究》，中国社会科学出版社，2009。

童隽：《江南园林志》，中国建筑工业出版社，2014。

佟裕哲编著：《陕西古代景园建筑》，陕西科学技术出版社，1998

汪菊渊：《中国古代园林史》，中国建筑工业出版社，2006。

王铎：《中国古代苑园与文化》，湖北教育出版社，2003。

王立群：《中国古代山水游记研究》，中国社会科学出版社，2008。

王其均主编：《中国园林图解词典》，机械工业出版社，2006。

王毅：《中国园林文化史》，上海人民出版社，2014。

王毅：《翳然林水》，北京大学出版社，2014。

王书艳：《唐代园林与文学之关系研究》，中国社会科学出版社，2018。

翁俊雄：《唐代区域经济研究》，首都师范大学出版社，2001。

吴承学：《中国古代文体形态研究》，中山大学出版社，2000。

吴承学：《中国古典文学风格学》，北京大学出版社，2011。

吴欣主编：《山水之境——中国文化中的风景园林》，生活·读书·新知三
    联书店，2015。

吴曾祺：《涵芬楼文谈》，金城出版社，2011。

谢纳：《空间生产与文化表征——空间转向视阈中的文学研究》，中国人民
    大学出版社，2010。

谢遂联：《唐代都市文化与诗人心态》，浙江大学出版社，2010。

辛德勇：《隋唐两京丛考》，三秦出版社，2006。

严耕望：《严耕望史学论文集》，上海古籍出版社，2009。

杨鸿勋：《江南园林论》，中国建筑工业出版社，2011。

杨庆存：《宋代散文研究》，人民文学出版社，2002。

王稼句编注：《苏州园林历代文钞》，上海三联书店，2008。

余英时：《中国思想传统的现代诠释》，联经出版公司，1987。

余英时：《士与中国文化》，上海人民出版社，1987。

曾枣庄：《宋代文学与宋代文化》，上海人民出版社，2006。

张家骥：《中国造园艺术史》，山西人民出版社，2004。

张家骥：《中国造园论》，山西人民出版社，2012。

赵云旗：《唐代土地买卖研究》，中国财政经济出版社，2002。

浙江大学中国古代书画研究中心编：《宋画全集》，浙江大学出版社，2010。

周绍良编：《唐代墓志汇编》，上海古籍出版社，1992。

周绍良、赵超主编：《唐代墓志汇编续集》，上海古籍出版社，2001。

周维权：《中国古典园林史》，清华大学出版社，2008。

周云庵：《陕西园林史》，三秦出版社，1997。

周祖譔主编：《中国文学家大辞典·唐五代卷》，中华书局，1992。

朱有玠：《岁月留痕：朱有玠文集》，中国建筑工业出版社，2010。

宗白华：《美学散步》，上海人民出版社，1998。

三、外国著述

[德] 顾彬、梅绮雯、陶德文等：《中国古典散文——从中世纪到近代的散文、游记、笔记和书信》，周克骏、李双志译，华东师范大学出版社，2008。

[德] 黑格尔：《美学》，商务印书馆，1984。

[德] 马丽安娜·鲍榭蒂：《中国园林》，中国建筑工业出版社，1996。

[美] 包弼德：《斯文：唐宋思想的转型》，刘宁译，江苏人民出版社，2001。

[美] 高居翰、黄晓、刘珊珊：《不朽的林泉：中国古代园林绘画》，生活·读书·新知三联书店，2012。

[美] 孙康宜、宇文所安主编：《剑桥中国文学史》，生活·读书·新知三联书店，2013。

［美］杨晓山：《私人领域的变形——唐宋诗歌中的园林与玩好》，文韬译，江苏人民出版社，2009。

［美］宇文所安：《迷楼：诗与欲望的迷宫》，生活·读书·新知三联书店，2003。

［美］宇文所安：《盛唐诗》，生活·读书·新知三联书店，2004。

［美］宇文所安：《中国"中世纪"的终结——中唐文学文化论集》，陈引驰、陈磊译，生活·读书·新知三联书店，2006。

［日］大村西崖：《中国美术史》，陈彬和译，商务印书馆发行，1929。

［日］冈大路：《中国宫苑园林史考》，学苑出版社，2008。

［日］高楠顺次郎编：《大正新修大藏经》，台北财团法人佛陀教育基金会出版部，1990。

［日］吉川幸次郎：《宋诗概说》，郑清茂译，联经出版事业公司，2012。

［日］妹尾达彦：《唐长安城の官人居住地》，《东洋史研究》第 55 卷第 2 号，1996。

［日］妹尾达彦：《隋唐洛阳城の官人居住地》，《东洋文化研究所纪要》第 133 册，1997。

［日］妹尾达彦：《长安的都市规划》，高兵兵译，三秦出版社，2012。

［日］平冈武夫：《长安与洛阳》（资料编），京都大学人文科学研究所，1956。

［日］平冈武夫编：《唐代的长安与洛阳》，上海古籍出版社，1989。

［日］斯波义信：《宋代江南经济史研究》，方健、何忠礼译，江苏人民出版社，2012。

［日］田中淡等编著：《中国古代造园史料集成：增补〈哲匠录叠山篇〉秦汉—六朝》，中央公论美术出版，2003。

［日］圆仁著，小野胜年校注，白化文等修订校注：《入唐求法巡礼行记校注》，花山文艺出版社，1992。

［英］弗·培根：《人生论·论园艺》，何新译，华龄出版社，1996。

四、学术论文

吴世昌：《魏晋风流与私家园林》，《学文月刊》1934 年第 2 期。

台静农：《论唐代士风与文学》，《台大文史哲学报》第十四集，1965。

马正林：《隋唐长安城》，《陕西师范大学学报（哲学社会科学版）》1976 年第 3 期。

陈从周：《中国诗文与中国园林艺术》，《扬州师院学报（社会科学版）》1985 年第 3 期。

岳毅平：《白居易的园林意识初探》，《安徽师大学报（哲学社会科学版）》1998 年第 2 期。

李浩：《唐代园林别业与文人隐逸的关系》（上、下），《陕西广播电视大学学报》1999 年第 1、2 期。

梅新林、崔小敬：《由"游"而"记"的审美熔铸——中国游记文学发生论》，《学术月刊》2000 年第 10 期。

吴宏岐：《唐代园林别业考补》，《中国历史地理论丛》2001 年第 2 期。

李志红：《〈草堂记〉与白居易的园林意象》，《郑州大学学报（哲学社会科学版）》2004 年第 6 期。

贾鸿雁：《游记小议》，《云南民族大学学报（哲学社会科学版）》2005 年第 1 期。

王立群：《游记的文体要素与游记文体的形成》，《文学评论》2005 年第 3 期。

梅新林、崔小敬：《游记文体之辨》，《文学评论》2005 年第 6 期。

侯乃慧：《园林图文的超越性特质对幻化悲伤的疗养——以明人文集的呈现为主》，《政大中文学报》第四期，2005 年 12 月。

魏华仙：《宋代花卉的商品性消费》，《农业考古》2006 年第 1 期。

李浩：《唐代杜氏在长安的居所》，《中华文史论丛》2006 年第 3 期。

沈世培：《唐代私家园林别业的艺术理念》，《安徽师范大学学报（人文社会科学版）》2006 年第 6 期。

孔新人：《游记的历史分型》，《中国文学研究》2007 年第 3 期。

李浩：《〈洛阳名园记〉与唐宋园史研究》，《理论月刊》2007 年第 3 期。

左鹏：《论唐代长安的园林别业与隐逸风习》，《云南大学学报（社会科学版）》2007 年第 3 期。

祁志祥：《柳宗元园记创作刍议》，《文学遗产》2007 年第 5 期。

李浩：《微型自然、私人天地与唐代文学诠释的空间》，《文学评论》2007 第 6 期。

侯乃慧：《身分、功能与园林审美意趣——白居易私园与公园书写》，《人文集刊》2008 年第 6 期。

曹淑娟：《白居易的江州体验与庐山草堂的空间建构》，《中华文史论丛》2009 年第 2 期。

李浩、王书艳：《被遮蔽的幽境：唐代园林诗初探》，《陕西师范大学学报（哲学社会科学版）》2010 年第 1 期。

郗文倩：《中国古代文体功能研究论纲》，《福建师范大学学报（哲学社会科学版）》2010 年第 6 期。

侯乃慧：《园林道场——白居易的安闲养生观念与实践》，《人文集刊》2010 年第 9 期。

侯乃慧：《物境、艺境、道境——白居易履道园水景的多重造景美学》，《清华学报》2011 年第 3 期。

胡大雷：《论中古时期文体命名与文体释名》，《中山大学学报（社会科学版）》2011 年第 4 期。

杨清越、龙芳芳：《长安物贵 居大不易——唐代长安城住宅形式及住宅价格研究》，《乾陵文化研究》2011 年第 6 期。

马东瑶：《文人庭园与诗歌书写——以杨万里东园为考察中心》，《北京师范大学学报（社会科学版）》2013 年第 1 期。

马东瑶：《文人庭园与文学写作——以朱长文乐圃为考察中心》，《齐鲁学刊》2013 年第 4 期。

曹淑娟：《杜甫浣花草堂伦理世界的重构》，《台大中文学报》第 48 期，2015 年 3 月。

吴承学：《建设具有现代意义的中国文体学》，《文学评论》2015 年第 2 期。

蔡德龙：《韩愈〈画记〉与画记文体源流》，《文学遗产》2015 年第 5 期。

梅新林：《论文学地图》，《中国社会科学》2015 年第 8 期。

王书艳：《唐代文人园林的政治文化意蕴》《北方论丛》2016 年第 3 期。

李小奇：《唐诗在宋代园林建构中的影响——以宋代园记为考查中心》，《暨南学报（哲学社会科学版）》2016 年第 4 期。

岳立松：《明清乌有园记的书写策略与意义探寻》，《海南师范大学学报（社会科学版）》2016 年第 12 期。

岳立松：《清代〈西湖十景图〉的"圣境"展现与空间政治》，《北京社会科学》2016 年第 12 期。

岳立松：《"关中八景"形成与演进考论》，《兰台世界》2016 年第 18 期。

王书艳：《从唐代题园诗看文人园林观的嬗变及建构》，《新疆大学学报（哲学·人文社会科学版）》2018 年第 6 期。

谷中兰：《园林情结的自足与自解——范成大园林书写与精神超越》，《文学遗产》2019 年第 3 期。

李小奇：《游园记文学书写的园林特性——兼论与山水游记的不同》，《光明日报》（文学遗产版）2019 年 7 月 29 日，第 13 版。

李小奇：《王维辋川别业的园林观想》，《中国社会科学报》2021 年 12 月
　　21 日，第 4 版。

李小奇：《唐宋园林散文中的园居生活镜像》，《中国社会科学报》2022 年
　　3 月 15 日，第 6 版。

王静：《终南山与唐代长安社会》，《唐研究》（第九卷），北京大学出版社，
　　2003。

鲁晨海编注：《中国历代园林图文精选》（第五辑），同济大学出版社，
　　2006。

岳立松：《清代园林集景的文化书写》，西北大学博士后出站报告，2017。

姚旭峰：《明清江南园林演剧研究》，上海戏剧学院博士学位论文，2007。

董雁：《明清戏曲与园林文化研究》，陕西师范大学博士学位论文，2012。

王书艳：《唐人构园与诗歌的互动研究》，上海师范大学博士学位论文，
　　2013。

韦雨涓：《中国古典园林文献研究》，山东大学博士学位论文，2015。

李小奇：《唐宋园林散文研究》，西北大学博士学位论文，2016。

刘翔飞：《唐人隐逸风气及其影响》，台湾大学硕士学位论文，1978。

胡建升：《杨万里园林诗歌研究》，南昌大学硕士学位论文，2005。

张婕：《明清小说与园林艺术研究》，苏州大学硕士学位论文，2005。

徐海梅：《南宋园林词研究》，华中科技大学硕士学位论文，2006。

陈冠良：《唐代洛阳园林与文学》，西北大学硕士学位论文，2009。

李林：《唐代寺僧园林与僧侣的园林生活》，西北大学硕士学位论文，
　　2009。

李霞：《从宋词看中国文人园林的意境》，河北大学硕士学位论文，2009。

王书艳：《唐代园林诗中的“窗”》，西北大学硕士学位论文，2009。

张玲：《唐亭的文化透视》，西北大学硕士学位论文，2009。

赵卫斌：《唐代园记和园林散文研究》，西北大学硕士学位论文，2009。

房本文：《唐代园林经济与文人生活》，西北大学硕士学位论文，2010。

李青：《唐代楼阁题咏诗研究》，西北大学硕士学位论文，2010。

雷艳平：《苏轼园林文学研究》，湖南科技大学硕士学位论文，2010。

马玉：《唐代长安园林与唐诗》，西北大学硕士学位论文，2010。

魏丹：《唐代江南地区园林与文学》，西北大学硕士学位论文，2010。

何淑滨：《辛弃疾园林词研究》，中南大学硕士学位论文，2011。

杨晓丽：《二晏园林词研究》，中南大学硕士学位论文，2011。

张现：《〈全唐诗〉中的山石意象研究》，西北大学硕士学位论文，2011。

王江丽：《清代苏州园林文学研究》，安徽大学硕士学位论文，2014。

后　记

本书是在我的博士论文的基础上，由李浩恩师悉心针引，历经六年的反复修改打磨，终得完成。今将付梓，所有的付出都将化成新书的墨香，心中感慨良多。

忆昔考博西北大学，承蒙恩师不弃，有幸忝列门墙。每每侍坐问学，李浩师沉稳温和，谈及学术研究，纵横古今中外，旁征博引，如数家珍，思路之清晰、学识之广博，常常令我叹服至极。每次点拨都令我茅塞顿开，有迷津见光、柳暗花明之感；每次聆听老师的教诲，都如惠风拂面、细雨润物。心中暗想，见贤思齐，定当努力读书，厚植学养，日后如老师一般学识渊博，桃李天下。我虽然知道自己起点低、起步晚，难至老师之境，亦难达到老师期许的学术高度，但心有向往，理当一路前行。

李浩师治学严谨，素以要求高严著称。正因为此，学养浅薄的我自入校至毕业工作，从不敢懈怠，生活的日常即为上课、读书、听报告、写论文，旁不暇及。天道酬勤，我得以三年顺利博士毕业，毕业论文被评为西北大学校级优秀博士论文。毕业后老师督促我继续精耕细作，尽早将研究成果出版面世。带着这份嘱托，我不敢松懈，一直在读书思考，修改打磨论文，毕业三年即成功申报国家社科基金后期资助项目，立项后又修改两年有余，于今得以出版。这与老师的严格要求密不可分。面对案头、书架上李浩师给我提供的诸多专业书籍，回想跟随老师求学的点点滴滴，自己的每一步成长都离不开老师的关心、鼓励和支持，长念师恩，不胜感激！

感谢李浩师引领我走进了园林文学研究领域，为我打开了一扇通往学术殿堂的大门，让我遇到了更好的自己。在阅读园林著作和唐宋时期园林散文的过程中，我发现这个研究课题恰好契合了自己内心原生的园林情结，暗合本性中对林泉之趣的天然渴望。由此，我爱上了中国古典园林艺术。在这方艺术天地间，我不仅仅找到了自己研究的方向，还寻获了安顿心灵的家园和智慧。因为心之所好，科研便融进了生活的清流，静静流淌，所以学术研究的枯燥和辛劳悄悄隐退，让我更多感受到的是园林中山水的清明、花木的幽香、禽鸟的和鸣、居游的闲适、宴集的雅兴。阅读的过程就是去参访一座座园林，恍若置身翳然林水间，翛然走过四季，任日光月影在窗棂、几案上倏然掠过，步长廊闻花香沾衣，临池轩观游鱼出水，登层阁见野鸟容与。穿行字里行间，可听到园林中的吟诗琴啸、谈禅论道，可与王摩诘欹湖泛舟、同苏子瞻西园鉴古、共洪咨夔抱瓮灌园……总能凝神心会，萧然自放。读书之余，我不断行走，观南北园林佳构；更爱莳花种草，把阳台变成了花园；开始修习古琴，颐养心性。园林文学研究是一程美的旅行，更是一场心性的修行。

愚钝如我，资质平庸，得遇李浩恩师教诲提携，何其幸运幸福！

在成长的道路上，我感恩每一个帮助过我的人。我的硕士导师傅绍良先生一如既往地关心我的成长和进步；山东大学郑杰文教授，西北大学李芳民、郝润华、张文利等老师，以及陕西师范大学张新科、刘锋焘等诸位师长，在博士论文答辩过程中给予我悉心的指点；国家社科基金匿名评审专家宝贵而中肯的修改建议，也让我受益良多。所有高情厚谊，皆铭感于心。

由于学养有限，本书难免存在不足，恳请方家批评指正。

李小奇

2022 年 3 月 20 日

于长安居所书斋